LE MOULIN DU LOUP

DU MÊME AUTEUR
CHEZ LE MÊME ÉDITEUR

L'Orpheline du bois des Loups
Les Enfants du Pas du Loup
La Demoiselle des Bories
Le Chant de l'Océan

Marie-Bernadette Dupuy

LE MOULIN DU LOUP

Roman

Production Jeannine Balland
Romans Terres de France

PRESSES DE LA CITÉ

ISBN 978-2-258-07598-6

A mes chers parents,
qui ont su faire naître en moi l'amour des livres.

A ma très dévouée Guillemette qui,
comme le faisait ma petite tante Gaby,
m'apporte amour et soutien...
Il n'est pas toujours facile de vivre
auprès de certains auteurs...
En pleine écriture et perdue dans mes recherches,
il faut vraiment du courage pour me supporter,
alors merci à toi de me rester fidèle.

A Claude Aymeric, ma belle-sœur,
à qui j'aimerais tant un jour faire visiter
en témoignage de ma profonde affection,
la vallée des Eaux-Claires.

1

La battue aux loups

Vallée des Eaux-Claires[1], *janvier 1897*

— Vous avez entendu ? Ces maudites bêtes se rapprochent…

Hortense, l'épouse de Colin Roy, maître papetier, se signa. Sa fille Claire et sa nièce Bertille, attablées l'une en face de l'autre, s'immobilisèrent pour guetter le hurlement des loups. Un même frisson les parcourut. Ce n'était pas à cause du courant d'air glacé qui se glissait au ras de la porte… Les appels répétés que lançait la meute tapie dans la nuit les inquiétaient.

— C'est ce froid, aussi ! jura la grande femme debout près de la cheminée. Il gèle depuis deux semaines. Le vent du nord nous attire ces sales bêtes et les fait sortir des bois.

Claire jeta un coup d'œil perplexe à sa mère, Hortense Roy, qui ne bougeait pas. Une ride profonde marquait son front. Cela faisait des années qu'un masque d'austérité attristait un visage qui avait dû être joli. Même son regard clair, d'un gris bleuté, laissait percer une mystérieuse amertume… Sa toilette impeccable, sa coiffe blanchie et amidonnée, son foulard de cou rouge, sa lourde jupe en laine verte, protégée d'un large tablier de toile écrue, accentuaient terriblement ses traits affaissés et son teint blafard.

— Maman, ne te tracasse pas ! Nous n'avons pas de

1. Splendide vallée située à cinq kilomètres d'Angoulême, en Charente. La vision de cet alignement de falaises reste impressionnante surtout quand on sait que furent découverts ici de nombreux vestiges préhistoriques. Les amateurs de papier artisanal, les randonneurs, les passionnés d'escalade connaissent bien le chemin…

moutons, nous ! dit Claire d'une voix douce. Mes trois chèvres sont bien enfermées, et les murs sont solides, non ? Tes maudits loups n'entreront pas chez nous.

Hortense fit la moue sans même s'apercevoir du ton moqueur de sa fille. Elle se décida à saisir la grosse soupière qu'elle avait maintenue au chaud, sur le coin d'une monumentale cuisinière en fonte. Un délicieux fumet d'ail et de graisse d'oie s'en dégageait. Bertille Roy s'agita dans son fauteuil.

— Non, ma tante, ne servez pas. Nous pouvons encore attendre pour dîner. Oncle Colin ne va pas tarder. Il aime tant votre ragoût de haricots, je n'aurais pas le cœur d'en manger sans lui.

— Oh ! Ecoutez ! s'écria Claire bondissant du banc. Des coups de fusil...

— C'est la battue... chuchota Hortense. Il ne manquerait plus qu'il y ait un accident. Quelle idée a eue monsieur Giraud, aussi ! Celui-là, il lui manque deux brebis, et tous les hommes de la vallée doivent partir à la chasse. Un samedi soir en plus. Colin n'a jamais manié une arme, il n'avait pas besoin de suivre ses ouvriers !

Claire retint un sourire. Son père était un doux rêveur, toute son énergie et son habileté s'exerçaient au moulin. L'imaginer traquant des loups, son fusil dans les mains, lui paraissait ridicule. Mais Edouard Giraud, riche fermier qui tenait la vallée sous sa coupe, en avait décidé ainsi. Un de ses valets était venu, en courant, quérir tous les hommes valides du moulin, dont le papetier en personne.

— Et le vieux Moïse ? demanda Bertille. Est-il rentré ?

— Qu'il aille au diable ! s'écria Hortense. Je ne veux plus voir ce chien dans la maison. Il pue ! Et il chaparde...

Bertille bredouilla un mot d'excuse. Elle ne voulait pas déplaire à sa tante. Trois ans auparavant, ses parents étaient morts dans un terrible accident, un train avait violemment percuté leur voiture à cheval. Elle avait survécu, mais ses jambes ne lui servaient plus à rien. Elles étaient devenues des objets de honte qu'elle cachait soigneusement sous ses jupes. Colin, son oncle paternel, maître du Moulin du berger, l'avait recueillie.

« Ce sera comme une sœur pour notre Claire ! » avait-il dit

en souriant malgré ses larmes. Il pensait à son frère parti bien trop tôt...

Hortense n'avait rien répondu, mais prendre soin d'une fille infirme de quinze ans ne l'enchantait guère. Elle servait souvent la soupe à la grimace à sa nièce par alliance et ne lui avait jamais témoigné le moindre signe d'affection. Pourtant, il était difficile de ne pas aimer Bertille. Claire la chérissait et aucun soin ne la rebutait. Elle aidait sa cousine à se laver, à s'habiller. Là encore, elle prit sa défense tout en reculant vers la porte.

— Maman, Bertille a raison. D'habitude, Moïse vient réclamer sa part de soupe. Un loup pourrait l'égorger... J'y tiens, moi, à mon chien !

Claire attrapa sa pèlerine accrochée à la patère en cuivre. Elle ajusta la capuche sur ses longs cheveux bruns qui lui descendaient jusqu'aux reins. A cet instant, elle resplendissait de détermination et d'audace. Ses yeux noirs étincelaient, son petit nez se plissait d'excitation. Un sourire dansait sur ses lèvres rouge cerise.

— Je n'ai pas besoin de lanterne, la lune est pleine ! Je sors juste appeler Moïse, maman.

Hortense l'interrompit d'une voix coléreuse.

— Je te l'interdis, Claire, tu restes ici... Il y a assez de ton père qui bat la campagne ! Etiennette est couchée, j'ai besoin de toi !

— Je la comprends, la malheureuse, elle travaille comme dix de l'aube au crépuscule !

La jeune fille aurait protégé le monde entier de la dureté de sa mère. Etiennette, petite servante de quatorze ans, entrée chez les Roy au printemps précédent, menait une vie de souris craintive. Hortense lui offrait le gîte – une paillasse dans le grenier – et le couvert – les restes de la veille... Souvent, l'adolescente entendait des jérémiades, comme quoi elle prenait de la nourriture à monsieur le cochon que l'on engraissait, ou encore aux poules.

— Je reviens vite, maman !

Les doigts menus de la rebelle s'attaquaient déjà au loquet. Le battant s'ouvrit tout grand, laissant le passage à une bise glaciale. Claire, émerveillée de son propre courage, balaya d'un regard frondeur la vaste salle où s'était écoulée son enfance : les deux lourds bahuts de chaque côté de la cheminée gigantesque, la longue table en chêne sombre, l'horloge comtoise dont le balancier oscillait, les murs blanchis à la chaux, les poutres brunes au plafond auxquelles étaient suspendus des bouquets d'herbes sèches. La mince figure de Bertille ressemblait à une fleur dans ce décor familier. Elle était si pâle, si menue, avec un chignon très blond, des prunelles grises, un teint de lis.

— J'emporte le bâton ferré de papa ! ajouta Claire. Et puis, je ne risque rien, avec tous ces coups de fusil. Les loups ont sûrement décampé !

Elle s'élança dans la pénombre bleuâtre. Hortense se signa pour la deuxième fois. Personne ne pouvait retenir Claire, aussi vive et indisciplinée que les eaux de la rivière qui faisaient tourner les trois roues à aubes du moulin nuit et jour depuis des siècles.

Mon Dieu, veillez sur elle ! pria Bertille en silence.

Un petit pincement au cœur fit monter les larmes aux yeux de la jeune infirme. Comme elle aurait voulu suivre Claire, se draper avec autant d'aisance dans une cape et passer le seuil d'un bond ! Elle tapota ses cuisses maigres sous l'épaisseur des jupons. Souvent, Bertille avait envie de mourir. Ce qui la retenait sur terre, c'était la peur du péché, le sourire de son oncle Colin et l'affection de sa cousine.

Claire s'était trompée sur un point. De gros nuages cachaient la lune et une neige drue criblait ses vêtements. On aurait dit de la grêle.

J'aurais dû emporter une lanterne ! Et puis, fichtre, on y voit quand même !

Elle resta un instant en arrêt sur le perron qui s'élargissait en une terrasse pavée, sur sa gauche, puis descendit les marches en pierre. Prudente, elle scruta attentivement la grande cour, surprise de la voir déjà semée de blanc. Des recoins obscurs se dessinaient du côté de l'écurie, des étendoirs à papier et de la grange… De la bergerie s'élevèrent des bêlements inquiets. C'était le plus petit des bâtiments ; il donnait sur les vastes champs, les chemins creux montant sur le plateau boisé. Les trois chèvres du moulin s'agitaient. Cela fit battre plus vite le cœur de Claire. Avaient-elles senti la présence d'un loup en maraude ? Partout, elles pouvaient se terrer, ces bêtes aux dents longues, aux yeux obliques. La jeune fille n'en avait jamais vu de près ; cependant, certains hivers rigoureux, ils hurlaient leur faim sur les collines voisines.

— Moïse ! Moïse !

Le vent se jouait de sa voix frêle. Elle insista, appelant de nouveau. Soudain, des éclats de voix lui parvinrent. A l'est, des lueurs jaunes dansaient au pied des falaises.

La battue !

Elle hésita. Il lui suffisait de suivre le chemin en courant et bien vite elle retrouverait son père. Mais cela signifiait qu'elle vivrait de longues minutes d'angoisse, cernée par les ténèbres. Ses dix-sept ans empreints de vitalité et d'insouciance eurent raison de ses doutes.

Là-bas, il y aura papa et le fils de monsieur Giraud… Il me félicitera d'être si hardie !

Claire s'élança, rieuse. L'idée de discuter avec le beau Frédéric lui donnait des ailes. Le jeune homme n'avait pas encore choisi de fiancée et beaucoup de gens au pays pensaient qu'elle aurait l'honneur de conquérir son cœur.

Les Giraud étaient leurs voisins. Ils possédaient des hectares de bois et de pâtures, et ils élevaient des vaches et des chevaux.

Le froid la pénétrait jusqu'aux os, mais elle continuait à marcher, sachant bien que, plus elle presserait le pas, plus son sang circulerait vite. Elle tira la langue et avala quelques flocons. Un éclat de rire s'échappa de sa gorge. Rien ne pouvait freiner sa joie de vivre, ce soir-là. Les distractions étaient rares au moulin, et se retrouver seule en pleine tempête la grisait autant que la perspective d'approcher ses voisins. La fièvre de la jeunesse la tourmentait depuis le printemps.

Au mois de mai, la meilleure saison pour courir la campagne, la jeune fille multipliait les promenades le long des chemins, au bord des ruisseaux. C'était l'époque où elle cueillait les plantes bienfaisantes que la nature a semées sous les pas de l'homme pour l'aider à se soigner. Une science ancestrale, qui remontait à l'aube de la civilisation. Claire connaissait chaque vertu cachée dans les fleurs, les feuilles, les racines, et cela la distrayait de jouer les apothicaires dans une petite pièce du moulin que son père lui avait attribuée. Elle y faisait, sur un réchaud à alcool, des infusions ou des décoctions, surveillant le séchage de ses herbes et pilant les racines dans un mortier.

Les ouvriers du papetier avaient été les premiers à profiter de son savoir. Pour un doigt contusionné, Claire proposait un onguent à base de grande consoude ; pour une brûlure, elle appliquait la molène duveteuse, réduite en purée dans du lait de chèvre.

L'hiver lui semblait toujours trop long. Elle guettait impatiemment le retour de la sève, des bourgeons. En foulant la fine couche de neige qui craquait sous ses pieds, elle se souvenait de chaque fleur, de chaque plante poussant en ce lieu précis, sur les talus où la terre est plus dense. Elle se rapprocha des falaises.

Ces masses de rocher, semblables à des murailles de château fort, abritaient de nombreuses grottes, où les enfants n'avaient pas le droit de s'aventurer. La grand-mère de Claire, qui s'était éteinte l'automne précédent, racontait de sinistres histoires sur ces cavernes. Elle affirmait que des monstres des temps anciens dont on trouvait parfois des os ou des dents logeaient dans leurs profondeurs. Le diable ne craignait pas non plus de séjourner à l'entrée de ces repaires, puisqu'il remontait droit de l'enfer par les couloirs hantés de chauves-souris.

Hortense et Colin, eux, pensaient plus justement que les sauvagines trouvaient là des abris commodes contre les renards, les fouines et les blaireaux ; preuve en étaient les poulaillers souvent dévastés à la ronde.

Claire croisait les doigts en scrutant l'entrée d'une des grottes, lorsqu'un aboiement furieux la figea sur place.

— Moïse !

Aussitôt, elle perçut une voix d'homme, des cliquetis. Incapable de réfléchir, la jeune fille n'écouta que son instinct. Relevant ses jupons, elle grimpa en courant jusqu'à un replat semé de neige d'où provenaient les bruits.

— Moïse, non ! Viens par là !

Elle ne savait pas ce qui l'attendait. Son bâton pointé en

avant, elle s'immobilisa. Un homme se tenait dans le halo jaune d'une lanterne posée à terre. Il braquait son fusil sur Moïse. Le chien lui faisait face, la gueule ouverte sur des crocs en piteux état. Le vieil animal, de taille imposante, alternait les grognements et les jappements sur un ton menaçant.

L'homme aperçut Claire et hurla :

— Reculez, mademoiselle, cette bête est enragée !

Sous le chapeau à large bord, orné d'une plume de faisan, Claire eut la surprise de reconnaître Frédéric Giraud grâce à une mèche mordorée qui dansait sur son front, à son nez aquilin, à son teint mat hiver comme été et surtout à ses yeux verts en amande dont elle avait appris à subir le charme.

En d'autres circonstances, elle aurait été intimidée. L'urgence de la situation la rendit téméraire :

— Mais non, c'est mon chien ! Ne tirez pas, je vous en prie ! Je vais le calmer... Il a peur de vous, sans doute !

Le jeune homme tapa du pied, excédé.

— Eloignez-vous, bon sang ! Il y a un loup tapi au fond !

Claire sentit ses jambes trembler. Elle ne voyait que Moïse, les babines sanglantes, qui grondait comme si elle était une étrangère.

— Monsieur, par pitié, ne tirez pas ! Où est mon père ? Il ne vous laissera pas tuer mon chien... Je suis la fille de Colin Roy !

— Je le sais, pardi ! clama-t-il d'une voix dure. Je ne suis pas aveugle !

Ce qui suivit devait rester gravé des années dans le cœur de Claire et la blesser à vif. Elle se souviendrait de la scène avec toujours la même sensation d'impuissance, de fragilité, et elle déplorerait longtemps de n'être qu'une femme, et non pas un mâle omnipotent, arme en main.

Frédéric fit feu. La détonation se répercuta de falaise en falaise. La balle pénétra le poitrail de Moïse. Le chien s'écroula en poussant un cri étonné. Il roula sur le côté. Ses pattes s'agitèrent, tandis qu'un râle d'agonie le faisait haleter. Un second projectile atteignit une forme grise, tapie dans une sorte de cuvette rocheuse garnie de terre sèche.

— Oh ! non ! gémit Claire, épouvantée.

La louve eut le crâne éclaté. Elle retomba, inerte. L'odeur

de poudre, mêlée à celle de la bête, la violence implacable de cette double exécution chavirèrent le cœur de la jeune fille. D'une démarche vacillante, elle s'écarta un peu et vomit. Cela la gênait de se donner en spectacle devant l'héritier des Giraud, mais son corps avait pris tout pouvoir. Le front moite, le ventre noué par des frissons d'horreur, elle se sentit humiliée et faible.

— Vous êtes bien sensible ! murmura la voix grave de Frédéric. Il ne faut pas courir à la brune [1] dans la vallée. C'est l'affaire des hommes.

Claire s'essuyait la bouche du dos de la main. Le premier choc passé, elle n'avait plus qu'une envie, se précipiter sur ce monstre en bottes de cuir pour le rouer de coups.

— Vous êtes content ? gronda-t-elle.

Elle suffoquait, contenant ses larmes. Il cala le fusil sur son épaule et ramassa sa lampe, un sourire narquois au coin de la bouche.

— J'enverrai un de nos valets couper la patte du loup ; le bougre touchera la prime. Rentrez chez vous, Claire ! Vous êtes bien imprudente !

Frédéric Giraud marcha jusqu'à elle, lui frôla la joue d'un doigt ganté de cuir. Le faisceau dansant de la flammèche lui donnait un air arrogant et cruel.

— Je vous haïrai toute ma vie ! lui cria-t-elle.

Il éclata de rire en dégringolant la pente.

— Tant mieux, j'aime les fortes têtes ! lui lança-t-il encore. Mais l'été dernier, au bal du village, vous n'aviez pas l'air de me haïr !

Claire ne répondit pas. Elle tituba avant de s'agenouiller près de son chien. La pauvre bête respirait par saccades. Son bon regard doré brillait dans la pénombre.

— Mon cher Moïse, chuchota-t-elle en le prenant dans ses bras. Tu ne méritais pas ça…

Elle sanglotait, éperdue d'une douleur pleine de révolte. Des mots lui venaient aux lèvres. Elle les prononçait d'une voix tremblante à la manière d'un enfant.

— Mon brave Moïse, qu'est-ce que tu faisais là ? Je suis

1. A la nuit tombée.

bien sûre, moi, que tu n'as pas la rage… Tu avais une raison d'affronter ce bellâtre ! Je le sais, moi, que tu n'es pas méchant !

Plus elle parlait, plus Claire retrouvait sa lucidité. Elle se remémora la conduite étrange du chien ces dernières semaines.

— Il quittait la maison dès le matin et ne revenait que le soir. Maman prétend qu'il a tué de nos poules, lui qui ne chassait même pas les lapins sauvages.

Elle caressa la tête de Moïse, son flanc qui se soulevait de plus en plus vite. C'était un chien de berger, au poil couleur crème, taché de roux.

— Quand papa t'a ramené chez nous, je voulais t'appeler Blanchot, mais tu t'es jeté dans la rivière, et tu as failli être happé par une des roues du moulin… Je t'ai rattrapé par la queue. Maman a dit que tu devrais porter le nom de Moïse, parce que je t'avais sauvé des eaux, comme la fille du pharaon l'avait fait… pour Moïse, le prophète d'Israël.

Claire se tut et pleura plus fort. Sous ses mains, le corps de l'animal s'était relâché. Il était mort. Elle soupira de lassitude. Des coups de feu résonnèrent au loin. La battue n'était pas terminée.

La jeune fille ne se décidait pas à abandonner le corps de son chien. Soudain, elle crut entendre un petit cri. Stupéfaite, elle avança à tâtons vers la louve et fouilla le sol, le long de la dépouille encore chaude.

— Aïe !

Quelque chose l'avait pincée au poignet. Elle songea à un serpent, mais, en plein hiver, c'était impossible. Ses yeux s'étant accoutumés à l'obscurité, Claire devina un mouvement furtif.

— Qu'est-ce que c'est ?

Elle empoigna un petit animal qui se débattait en piaillant. Le souffle court, elle emporta son butin jusqu'au replat, où il faisait un peu moins sombre.

— Un louveteau ! Mais, mais…

La bestiole, pas plus grosse qu'un chat, se tortillait, affolée. Cependant, Claire voyait nettement une tache blanche sur la tête, qui contrastait avec le reste du corps, presque noir. Elle crut trouver une explication, si incroyable qu'elle osait à peine la formuler.

— Moïse aurait eu un petit avec une louve... et c'est pour ça qu'il défendait l'entrée de la tanière ! Papa saura, lui ! Non, papa en perdra son latin. Je ferais mieux d'aller chez Basile. Il m'aidera.

Claire cacha le louveteau sous sa cape. Sa peine était immense, mais la présence de l'animal contre son sein lui apportait un réconfort inespéré. Elle se jura d'élever ce rejeton que le destin lui offrait. La mort de son chien lui semblerait ainsi moins vaine.

Elle dévala la pente, riant et sanglotant. De cette nuit glacée et neigeuse naîtraient sa profonde compassion pour les proscrits en tous genres et son besoin de combattre l'injustice. La fille qui se hâtait vers la maison de Basile Drujon, ancien instituteur, était déjà différente de celle qui avait claqué la porte du moulin une heure plus tôt, vaillante et joyeuse. Du sang souillait sa jupe, son âme appréhendait un grand mystère : le bonheur et l'insouciance n'étaient jamais acquis.

Basile Drujon fumait sa pipe, les pieds calés sur un tabouret. D'ordinaire, c'était son heure de prédilection. Il prisait les flammes qui lui chauffaient les pieds et la face, tout comme le parfum du tabac dont il observait, amusé, les volutes de fumée. Mais ce soir, l'atmosphère lui déplaisait. Sa tignasse grise appuyée au dossier de son unique fauteuil, il bougonnait, ponctuant d'une injure chaque détonation qui déchirait le silence de la vallée.

Sa figure étroite, ses lèvres minces et décolorées que soulignait une fine moustache auraient pu lui donner un air mesquin, mais son large sourire et son regard brun doré, plein de tendresse, démentaient cette impression.

— Ces Giraud ne comptent pas leurs balles, foutus bourgeois ! Des ignares qui n'ont pas lu *La Mort du loup* de ce cher Vigny...

Paupières mi-closes, il déclama à mi-voix :

« Et sans daigner savoir comment il a péri
refermant ses grands yeux, meurt sans jeter un cri ! »

Au cours de son existence, Basile ne s'était pas contenté d'enseigner l'arithmétique et la poésie. C'était un communard, un républicain de la première heure. En 1870, rien n'avait pu l'empêcher de partir pour Paris et de se battre aux côtés de Louise Michel et de ses compagnons. Cela lui avait coûté son poste. De cette aventure, il gardait aussi une raideur à l'épaule due à une sale blessure et un lot de souvenirs tragiques. Quand il avait découvert la vallée des Eaux-Claires et fait la connaissance du maître papetier Colin Roy, il comptait une bonne cinquantaine d'années et aspirait à une retraite tranquille. Le père de Claire lui avait loué pour une bouchée de pain la bâtisse à l'abandon où il habitait. La rivière et la terre alentour le nourrissaient. Il pêchait des truites et des grenouilles, plantait des pommes de terre et des navets. Pour acheter son tabac et son pain, il vendait ses légumes. Parfois, il écrivait des courriers pour les illettrés, l'occasion se présentant souvent au fond des campagnes.

Il pensait à ses semis de printemps lorsqu'on frappa au volet.

— Basile, c'est Claire ! Ouvre, je t'en supplie !

— Bon sang ! grogna-t-il. Il est arrivé malheur au moulin pour que la gamine vienne si tard !

Il l'avait connue fillette, alors qu'elle avait cinq ans et, plus d'une décennie plus tard, il la considérait toujours comme une enfant, l'affublant de sobriquets affectueux.

Claire entra en trombe, haletante. Il referma avec soin, barrant la porte.

— As-tu le diable à tes trousses, petiote ? Quelqu'un est malade ? Bertille ? Ta mère ?

— Non ! Regarde ! balbutia l'adolescente en exhibant le louveteau. Basile, le croirais-tu ? Je mettrais ma main au feu que cette bête est née des amours de Moïse et d'une louve. Tu vois, il a du blanc sur le sommet du crâne, et au ventre aussi. Mon chien est mort...

— Calme-toi, ma fille, et dis-moi tout. On tirera des conclusions plus tard ! Tu trembles de tout ton corps !

Elle n'en attendait pas moins de son ami Basile. Il ne criait pas, n'invoquait pas Dieu et ses saints. Avec lui, la logique primait.

— Tu vas boire une goutte, ça te réchauffera ! ajouta-t-il.

Claire l'observa, soulagée. Basile clopina jusqu'à son placard, en rapporta deux verres et une bouteille.

— Alors ? demanda-t-il.

Elle commença son récit, les joues enflammées par l'alcool. Basile ne l'interrompit pas, même s'il hochait la tête et se grattait le menton.

— Quel grand couillon, ce Frédéric ! lâcha-t-il enfin, car Claire reniflait en évoquant la mort de son chien. Bah, si tu veux mon avis, il pensait vraiment que Moïse avait la rage ! C'est une affreuse maladie, petite. Si tu te fais mordre, tu deviens pire qu'une bête. A baver, à hurler. J'ai entendu parler d'un loup enragé. Il avait attaqué un enfant qui en était mort, et blessé un homme. Ce malheureux, il était atteint ; on l'aurait cru fou. Ses voisins l'avaient enfermé chez lui en clouant des planches aux fenêtres. Finalement, pour abréger ses souffrances, ils l'ont étouffé entre deux matelas. Pasteur, ce grand homme, a trouvé un vaccin. Encore faut-il pouvoir faire l'injection à temps.

— Mais je t'assure que Moïse n'avait pas la rage ! protesta Claire, troublée par les paroles de son ami. Je déteste le fils Giraud et, crois-moi, je le lui ai dit ! Je le prenais pour un gentilhomme ; ce n'est qu'une brute !

— Hum ! fit Basile, presque amusé. Les gentilshommes, ils aiment tuer. Ton Frédéric, il ne boude pas son plaisir quand son père chasse à courre. Il paraît qu'en forêt de Montignac il a saigné un cerf, un dix cors, d'un seul coup de couteau.

Claire baissa les yeux. Elle avait eu l'occasion d'admirer le jeune homme en veste rouge et pantalon blanc, un cor flambant neuf à l'épaule.

— Avoue qu'il te plaisait bien, cet été ! fit Basile. Tu as usé ta langue à me décrire le fils Giraud sur son cheval… Et au bal de la Mairie, le 14 juillet dernier, tu boudais au retour, car il ne t'avait pas invitée à danser !

— Eh bien, à présent, je le hais ! Il a tué mon chien ! Pour rien !

La jeune fille retenait ses sanglots. Elle se souvenait avec précision de ce bal. Elle portait une robe neuve, ornée d'un plastron de dentelle et confectionnée par sa grand-mère durant les veillées. Claire avait admiré Frédéric qui invitait les filles du bourg, excepté elle… Souvent, il la regardait, mais sans l'approcher. Elle aurait aimé rester plus longtemps, mais Bertille avait émis le souhait de rentrer. Cela attristait la jeune infirme de voir les danseurs évoluer autour d'elle. Elle avait pleuré tard dans la nuit. Toute la compassion de Claire n'avait pas réussi à la consoler.

Le louveteau pointa son nez vers la table.

— Qu'est-ce que tu vas faire de ce bâtard ? interrogea finalement l'ancien maître d'école. Ne fais pas la moue, c'est un bâtard. J'en ai croisé, des loups, pendant l'hiver de 1870, et ces bêtes-là, elles n'ont pas du poil blanc sur la gueule. Ton vieux Moïse s'est offert du bon temps avec sa louve. Il faudrait le noyer, Clairette ; ça ne fera pas un bon chien, ni un bon loup ! Il sera moitié sauvage, et sans crainte de l'homme. Et tu crois que ta mère te laissera l'élever ! Baste, elle va lui briser la nuque sur le coin de l'évier.

La jeune fille s'empressa d'enfouir son protégé sous sa pèlerine.

— Basile, je suis venue chez toi pour que tu m'aides à le garder ! Si tu veux le noyer, je ne remettrai plus les pieds ici… Cela ne te ressemble pas de parler comme ça ! Tuer un orphelin, si petit, si faible ! Et tes grandes idées de justice, qu'en fais-tu ?

Sous l'ardent regard de velours noir, l'homme capitula.

— Ce que j'en disais, moi, c'était histoire de t'éviter des ennuis. Bon, ton chien, il faut l'enterrer ! Je l'aimais bien. J'irai demain matin. Va, ne te tracasse pas. Tiens, prends la chandelle… Je connais quelqu'un qui voudra peut-être adopter ton protégé !

Basile se leva. Il déplia sa longue carcasse dépourvue de graisse et fit signe à Claire de le suivre. Il ouvrit une porte basse et pénétra dans la grange attenante. Une odeur forte et désagréable les assaillit. Un enclos en planches fermait un espace rempli de paille, le long d'un mur.

— C'est Gertrude, ma truie ! annonça-t-il.

— D'où sort-elle ? s'étonna Claire.

— Figure-toi, gamine, que tu ne m'as pas rendu visite depuis la Toussaint. Un vieux camarade de Puymoyen m'a fait cadeau de ce bestial en remboursement d'une dette. Et madame Gertrude, elle a du lait à nourrir un régiment !

Claire hocha la tête. L'énorme truie, couchée sur le côté, releva le groin. Deux porcelets s'agitaient entre ses cuisses. Basile, hilare, mit les poings sur les hanches.

— Pourquoi elle ne le nourrirait pas, ton louvart [1] ? J'en ai vu des choses, sais-tu ? Et l'expérience m'a appris que les bêtes sont moins cruelles que les hommes.

— Non, protesta la jeune fille. Elle va le tuer... Le cochon qu'on engraisse, je l'ai vu manger un poussin.

— Gertrude est bien éduquée, ma belle ! Aie confiance !

Elle n'hésita qu'un instant. Se piquant au jeu, elle tendit le petit animal à Basile. Il leva le loquet de la barrière et entra.

— Fais attention à lui, murmura-t-elle.

L'homme grimaça, amusé. Il s'accroupit pour montrer le louveteau à la truie. Elle souffla un peu, puis se recoucha. Basile présenta une des tétines suintantes à l'orphelin qui s'empressa de boire.

— Mon Dieu ! s'écria Claire, comme c'est drôle !

— Oui, on pourrait écrire une fable ! Le loup et la truie !

Ils s'attardèrent à contempler la scène. Le clocher de Puymoyen sonna neuf heures.

— Tu ferais bien de filer au moulin, toi ! déclara Basile. Ta mère doit se faire du mauvais sang. Et on n'entend plus de coups de fusil, ceux de la battue ont dû rentrer au bercail. Ne t'inquiète pas pour ta bestiole, je garde un œil sur elle. Et promets-moi de ne pas écouter les excuses de Frédéric Giraud. Je te parie qu'il va bientôt te les présenter en te contant fleurette. Ce crétin, c'est le moulin qui l'intéresse, pas ton joli minois ! Enfin, disons qu'il ferait d'une pierre deux coups ; il aurait le moulin et toi !

— Qu'est-ce que tu insinues, Basile ? demanda Claire, rougissante.

— Qui héritera de l'affaire, des bâtiments et des bonnes

1. Jeune loup.

terres que vous possédez ? Tes parents n'ont pas d'autres enfants ! Il le sait, le bougre, et son père, ce requin, voudrait bien mettre la main sur toi et ton capital. De la terre, ils n'en ont jamais assez, à cause de leur passion pour l'élevage. Ce n'est pas que l'argent leur manque, mais ce sont des rapaces, ma petiote, des rapaces !

— Ne t'en fais pas, je le déteste ! Crois-tu que je pourrais aimer un homme qui a abattu mon chien alors que je le suppliais de l'épargner ?

Claire colla un baiser sur la joue mal rasée de son vieil ami. Elle jeta un dernier regard au louveteau, en affirmant :

— Je reviendrai demain et tu l'écriras, ta fable. Promets !

Basile répondit par un ronchonnement. Il rallumait sa pipe à l'aide de son briquet à mèche d'amadou, serrant entre ses dents le tuyau en racine de bruyère.

Claire redoutait un peu l'accueil que lui réserverait sa mère. Elle avait disparu plus de deux heures, la nuit, alors que les Giraud chassaient les loups. Aussi poussa-t-elle la porte prudemment. Il lui sembla que rien n'avait changé. Bertille était assise au même endroit, Hortense se tenait toujours debout près de la cuisinière en fonte – son trésor, sa fierté de ménagère aisée –, l'horloge dispensait un tic-tac que le silence rendait plus sonore.

— Où étais-tu, ma fille ? Ton père est rentré. Il s'inquiétait.

— Oui, oncle Colin en aurait pleuré ! murmura Bertille. Et moi aussi, j'avais peur, Claire…

La jeune fille ôta sa pèlerine et secoua ses cheveux.

— J'étais chez Basile… si vous saviez ce qui…

Son père sortit de la pièce voisine qui faisait office de bureau. Colin Roy, à quarante-deux ans, arborait une chevelure blanche très frisée, qu'il attachait sur la nuque. Ses yeux bruns, aussi sombres que ceux de sa fille, dégageaient bonté et douceur.

— Papa ! hurla Claire en courant vers lui.

Il lui ouvrit les bras et l'étreignit. Hortense détourna la tête. Il lui arrivait d'être jalouse de la tendresse qui unissait ces deux-là.

— Papa, chuchota Claire, Moïse est mort, le fils Giraud l'a tué.

— Je sais, souffla-t-il. Il s'en est vanté. Je suis désolé pour toi, ma Clairette. Ne pleure pas. Ton chien avait peut-être la rage… L'avais-tu déjà vu montrer les dents ? Non ! La louve couchée dans la grotte souffrait sans doute du même mal. Frédéric a cru te protéger. D'ailleurs, il souhaite prendre de tes nouvelles très bientôt.

Bertille tendait l'oreille. Elle brûlait d'en apprendre davantage. Mais Hortense, exaspérée, posa la soupière sur la table avec rudesse.

— Il est temps de dîner ! coupa-t-elle sèchement.

Claire avait faim. Elle prit garde de ne pas relever les paroles de son père au sujet de la louve et de Frédéric Giraud. Seule Bertille aurait droit au récit complet de son aventure. Sa cousine serait contente de partager un secret avec elle.

Colin s'assit au bout de la table et commença à réciter le *Notre Père*. Les trois femmes répondirent par un amen discret. Les deux jeunes filles échangeaient des coups d'œil complices. L'une et l'autre savaient que, dans leur chambre, elles pourraient discuter à voix basse, au creux du grand lit.

— Savoureux ! commenta le maître papetier. Les haricots fondent sur la langue, et tu n'as pas économisé l'ail.

— C'est trop cuit ! gronda Hortense, flattée cependant par le compliment. A-t-on idée de te faire courir les bois par ce froid ! Je vous ai écoutés, Claire et toi. Le chien est mort, c'est ça ?

Son mari raconta brièvement l'histoire, qui ferait bientôt le tour de la vallée. Bertille en eut le vertige. Hortense, elle, parut satisfaite.

— Il faudra remercier Frédéric Giraud de nous en avoir débarrassés ! s'exclama-t-elle. Ce jeune homme, lui, a la tête sur les épaules.

Claire ressentit une bouffée de rage, presque de la haine à l'égard de sa mère. La froideur de cette femme trop pieuse à son goût la désespérait.

— Maman, Moïse était aussi une créature de Dieu ! lâcha-t-elle avec colère.

— Ne blasphème pas, ma fille ! rétorqua Hortense. Regarde-toi, on dirait une gueuse, échevelée, les joues rouges. A nous débiter des discours païens !

— Non, protesta Claire, c'est dans l'Evangile. Jésus dit que si l'on fait du mal au moindre petit oiseau, on lui en fait aussi, et son Père s'en attriste dans les cieux.

Hortense ne sut que répliquer. La jeune fille lisait beaucoup et jouissait d'une bonne mémoire. Les leçons de son catéchisme venaient de lui faire marquer un point.

Colin lança une œillade soucieuse à son unique enfant. Il la trouva encore plus jolie que d'ordinaire. C'était là, peut-être, la raison de la hargne maternelle. Claire s'épanouissait, sa taille s'affinait, mettant en valeur sa poitrine ronde et ses hanches rebondies. Esthète à ses heures, le papetier ne cachait pas son admiration pour la jouvencelle née d'une étreinte bien tiède, le soir de ses noces.

Claire se leva et sortit du buffet une assiette en faïence où trônait une tarte aux pommes nappée de miel. Elle l'avait faite le matin même, afin d'utiliser les derniers fruits de leur verger qui attendaient leur heure de gloire sur des claies, dans le grenier. Ils mangèrent en silence, apaisés par la douceur du dessert.

— Je monte me coucher ! dit la jeune fille en se léchant les lèvres comme une chatte gourmande. Es-tu prête, Bertille ?

— Oui, oui...

C'était un rituel. Claire reculait le fauteuil en osier où sa cousine était assise. Jambes fléchies, elle présentait ses épaules à l'infirme. Bertille s'accrochait au cou de Claire qui, d'un coup de reins, la calait sur son dos.

Il fallait ensuite monter l'escalier assez raide. De cet exercice qui aurait pu être pénible, Claire avait fait un jeu. Elle chuchotait à Bertille de crier : « Fouette, cocher ! » ou « En voiture ! » Cette fois, il n'y eut aucun rire, aucune plaisanterie. Hortense les vit disparaître en haut des marches et pinça les lèvres, une de ses manies.

— Jamais Bertille ne se mariera ! confia-t-elle à son époux. Nous l'aurons à charge jusqu'à notre mort. Mais je ne serais pas mécontente si le fils Giraud nous demandait la main de Claire... Les commandes se font rares, Colin, et nous vendons trop cher, comparé à certains.

Le papetier hocha la tête distraitement. Il n'avait pas envie de discuter de ces sujets délicats, d'autant plus qu'il n'imaginait pas le moulin privé de la présence radieuse de son unique enfant. La battue l'avait épuisé ; il était fourbu. Ce samedi glacial de janvier, le sang des loups tués sur la neige, la perte du vieux Moïse, tout cela l'affligeait. Il ne rêvait pas de l'aube rose qui se lèverait sur un paysage blanc de givre, car il devrait suivre Hortense à l'église, mais il aurait voulu se réveiller lundi seulement, pour pouvoir reprendre son ouvrage. Il crut sentir l'odeur âcre de la pâte à papier et imagina les bavardages de ses ouvriers. Là était sa vraie maison, entre les étendoirs et la rivière... Son cœur d'homme battait au rythme de l'eau vive, de ce grondement perpétuel qui ébranlait les murs et composait pour lui seul une musique familière.

Pourtant, sa journée n'était pas terminée. Dans la chambre aux murs bleus, Hortense éteignit la chandelle dès qu'ils furent allongés. A ses gestes, il sut qu'elle avait relevé sa chemise de nuit. Sa femme à la triste figure avait toujours un beau corps, mince et ferme. Elle posa la main sur lui, en bas du ventre, essaya une caresse à travers le tissu de son caleçon. Son attitude guindée n'était souvent qu'une façade dissimulant des désirs et des peines cachés.

— Colin, susurra-t-elle avec humilité, je ne suis pas si vieille. Il te faudrait un fils, pour reprendre le moulin plus tard. Colin... Dieu aura peut-être pitié de nous, cette fois. Demain, après la messe, j'allumerai un cierge. Si j'étais exaucée, quelle joie !

Elle tremblait, de désir ou d'envie de pleurer. Apitoyé, attendri aussi, il se coucha sur elle. L'acte fut bref, presque laborieux. Hortense frémissait, mordant un coin du drap. Le plaisir qu'elle éprouvait pendant les choses de l'amour la rendait honteuse. Ce déchaînement muet de ses sens lui faisait l'effet d'être possédée par un démon, alors qu'il s'agissait de son époux légitime, aussi bon catholique qu'elle. Quant à Colin, s'il se décidait à honorer sa femme sans grand enthousiasme, il se prenait vite au jeu, si bien que certaines de leurs nuits les voyaient aussi ardents et égarés que des jeunes mariés.

Bertille, selon Claire, était plus ravissante que jamais, assise dans leur lit, calée contre les oreillers, sa chevelure de lune défaite sur ses épaules. L'édredon rouge garni de plumes d'oie faisait ressortir sa pâleur. Ces moments loin du regard des adultes étaient l'occasion des confidences, des rires. Ce soir, un drame les troublait. Claire tentait d'arborer la bonne humeur qui lui était familière, mais cela lui coûtait de visibles efforts.

— Princesse, ma cousine, murmura la jeune fille en laissant choir sa jupe tachée du sang de Moïse, j'ai vu notre héros sous son vrai visage ce soir ! Ce goujat a osé toucher ma joue, alors qu'il venait d'abattre mon chien et une pauvre louve innocente.

Claire et Bertille avaient la tête pleine des romans d'aventures qu'elles lisaient à la veillée : *Le Capitaine Fracasse*, *Les Trois Mousquetaires*, *Le Comte de Monte-Cristo*. Elles prêtaient en cachette à leurs voisins et aux clients qui venaient au moulin des personnalités romanesques. Pendant deux ans, Frédéric Giraud, avec sa moustache et ses traits hautains, avait eu une place de choix dans leurs songeries amoureuses.

— Quand même ! protesta Bertille. S'il a eu ce geste, c'est que tu lui plais ! Et ton père dit vrai : sans doute, il croyait le chien enragé, ainsi que la louve.

— Hélas ! Si seulement je l'avais croisé au printemps prochain, quand les aubépines sont en fleurs. Il n'y aurait pas eu de battue, pas de fusil ! Je ne peux plus rêver de lui. C'est une sale brute. Pardon, un gredin de la pire espèce. Mais je l'ai berné, car tu ignores une chose, ma Bertille…

Claire tremblait encore un peu, car la vision de son chien ensanglanté l'obsédait. Elle se força à la gaieté, même en contant à sa cousine la découverte du louveteau. Celle-ci en resta bouche bée.

— Tu vas le garder ? demanda-t-elle. Ta mère n'en voudra pas !

— Elle sera obligée ! Il faut un chien ici, pour les rôdeurs.

Demain, je t'emmènerai chez Basile avant d'aller à la messe ! Nous prendrons la brouette.

L'infirme fit la grimace. Claire la transportait souvent d'un endroit à l'autre, dans le périmètre du moulin, à l'aide d'une grosse brouette en osier.

— Je préférerais la calèche, avança-t-elle. Quand nous croisons des gens, je suis gênée.

Cette revendication surprit Claire. La bâtisse de Basile se trouvait à un kilomètre à peine en amont de la rivière. La distance lui paraissait bien courte pour emprunter la voiture à cheval. Cependant, elle soupira :

— Si papa le permet, j'attellerai la jument. Je suis désolée, Bertille, j'aurais dû y penser. Ce n'est pas juste que tu sois dans cet état... Tu souffres en silence chaque jour que Dieu fait ! Sais-tu, rien ne me semble plus comme avant !

La résistance nerveuse de la jeune fille céda. Elle se jeta sur le lit, enfouit la tête dans l'édredon et se mit à sangloter. Sa cousine se pencha pour l'enlacer, pleurant à son tour. Elle admirait la générosité sans calcul de Claire, son sens du dévouement. A cet instant, elle pressentit tous les soucis, les chagrins que cela lui vaudrait.

— Tant que tu seras avec moi, Clairette, je serai heureuse...

Leurs mains se nouèrent lentement. Le hibou grand-duc qui avait élu domicile dans un recoin du grenier se mit à piétiner. Elles relevèrent la tête pour guetter son envol depuis la lucarne.

Le rapace décolla dans le battement d'ailes feutré familier à cette espèce, mais qui effrayait Etiennette, la petite servante, couchée à l'autre bout des combles.

L'imposant volatile survola la vallée des Eaux-Claires, comme chaque nuit, pour aller se percher au sommet d'une falaise. Son œil jaune cherchait une proie. Frédéric Giraud également, qui cheminait sous la neige, son fusil à l'épaule. Il avait déjà parcouru deux kilomètres à grandes enjambées sans pouvoir apaiser ses nerfs. Il méprisait l'hiver, saison où la terre sommeillait, comme morte, quand le gel ne la pétrifiait pas. Profondément lié à ce pays qui l'avait vu naître, le jeune homme vouait une passion aux chevaux, et en conséquence aux récoltes qui les nourrissaient. Chaque année, il surveillait la qualité de l'orge et de l'avoine, doublait le salaire des moissonneurs pour avoir de belles gerbes de paille blonde. L'été, saison généreuse remplie de promesses, le comblait. Dès le mois d'avril, le jeune homme parcourait les prairies pour fouler le sol brun d'où monteraient après les pluies de printemps les pousses vertes de la jeune herbe, gage d'un fenil bien pourvu.

Il pressa le pas, car il apercevait les toits du bourg de Puymoyen. De drôles d'idées lui trottaient dans la tête. Des images également. Dix fois pendant sa marche solitaire, il avait revu le séduisant visage de Claire Roy. Il ne s'attendait vraiment pas à la rencontrer au cours d'une battue, à la nuit tombée. Pourtant, il avait perçu sa présence avec une acuité étrange, devant la grotte. Il s'arrêta, un peu haletant, pour se remémorer la voix de la jeune fille, ses cris de supplication.

Sous la lourde cape qu'elle portait, il avait pu deviner le cou frêle, un peu de chair nacrée. La neige qui captait la moindre lueur dans la nuit avait dessiné pour le jeune homme la bouche charnue de Claire et la finesse de son nez. Elle avait comme souligné le regard noir.

— Cette fille, c'est une braise endormie. Celui qui soufflera dessus, il aura un beau feu de joie !

Il sentit un frisson au creux de ses reins. Il arpentait la vallée depuis la fin de la battue pour calmer la fièvre qui le tourmentait. Une sorte de propension au vice que son père lui avait léguée... Edouard Giraud, dans sa jeunesse et même après, avait la réputation de dépuceler tout ce qui portait jupon. Les mères du pays recommandaient à leur progéniture féminine d'éviter ce rude cavalier qui pesait plus de cent kilos. Il ne pouvait croiser une femme sans la coucher sur l'herbe. Rusé, il s'attaquait aux filles ou aux épouses de ses employés agricoles. Si l'un d'eux protestait, la famille n'avait aucune chance de garder sa métairie. Par crainte de perdre des revenus déjà modestes, on préférait se taire.

Frédéric pestait, non pas contre son hérédité, mais à la perspective de devoir contenir ses envies encore plusieurs minutes. Quand il avait tiré sur le chien, il était concentré sur la chasse, et un bon coup de fusil le réjouissait toujours. Maintenant, il regrettait d'avoir laissé Claire repartir indemne.

— Je pouvais l'embrasser, puisque je dois l'épouser. J'aurais peut-être été le premier à goûter ses lèvres...

Son père lui conseillait ce mariage.

« La gosse est jolie, et nous aurons le moulin ! La terre est bonne, là-bas, les murs sont solides... »

Frédéric entendait ce refrain depuis un an. Il eut un sourire moqueur. Sans doute, cela ne déplairait pas à ce vieux sanglier d'Edouard d'accueillir une belle-fille aussi séduisante sous son toit. Sur une branche basse, un chat sauvage le fixait. Ses yeux jaunes luisaient dans la pénombre. Le jeune homme arma son fusil, visa et tira. L'animal dégringola le long du tronc et disparut.

— Je l'ai raté ! Bête du diable...

Le clocher de Puymoyen sonna onze coups. Frédéric s'approcha d'une maison basse située à l'écart des autres. Il gratta au bois d'un volet. Il y eut un menu bruit et un des battants s'entrouvrit. Un bras dodu apparut, bientôt suivi d'un buste vêtu de dentelles.

— C'est toi ? fit une voix.

Une jeune femme tendit la tête. Il répondit :

— Qui veux-tu que ce soit ? Est-ce que tu reçois d'autres hommes à cette heure de la nuit ?

— J'arrive ! lui répondit-on, attends-moi dans la grange, mon aimé.

Il pinça les lèvres. Il devait supporter ce genre de fadaises, de mots doux pour prendre son plaisir. A pas lents, il recula et se glissa dans un bâtiment voisin. Sous les poutres énormes, une meule de paille luisait, dégageant un fugace parfum d'été. Le sol était jonché de foin. Derrière une cloison de planches, on devinait des vaches. Elles respiraient fort.

L'odeur de fumier et d'urine ne dérangeait pas Frédéric. Il venait là trois fois par semaine se repaître du corps dodu de Catherine. Elle le rejoignait, éperdue, offerte. Leurs ébats sommaires s'accordaient au décor et aux effluves du lieu.

— Comme tu viens tard ! chuchota-t-elle en courant vers lui. Mon Frédéric... As-tu tué quelques-unes de ces maudites bêtes qui me font si peur ? Tu aurais de la peine, dis, si un loup te prenait ta Cathy ?

Il ne daigna pas répondre. Il méprisait sa maîtresse, tout comme il vouait au diable une grande partie de l'humanité. Son seul souci, c'était de satisfaire les exigences de son corps. Sans ôter ses gants, souillés de sang et de terre, il retroussa la chemise de nuit de Catherine, lui écarta les cuisses. Elle poussa un petit gémissement de soumission. Le froid la faisait claquer des dents, mais elle dénoua le cordon de son vêtement et tendit ses seins à la pointe durcie. Il les dévora de baisers, distribuant de légers coups de dents.

L'assouvissement de son désir ne s'embarrassait pas de caresses. Il imposait à la jeune femme des mouvements rudes et conquérants. Il se surprit à imaginer Claire sous lui, à la place de Catherine. Sa jouissance en fut décuplée. Il devint enragé, n'accordant aucun répit à sa partenaire.

— Oh ! tu me fais mal, geignit-elle.

— Tais-toi ! murmura-t-il entre ses dents.

La violence le submergea. Il avait bu avant de suivre son père à la chasse. La froide colère qu'il éprouvait l'effrayait presque. Il enfouit son visage dans le cou de Catherine, dans la tiédeur de ses cheveux blonds. Là, il posa ses lèvres et téta la chair jusqu'au sang.

— Oh ! grand fou, dit-elle, ne fais pas ça, mon père le verra… et mon promis aussi ! Ce pauvre Follet, s'il savait !

Le calme revenait en lui. Il avait répandu sa semence entre les jambes de sa maîtresse – pas question de la mettre enceinte – et il bascula sur le côté. Il était épuisé.

Catherine lui couvrit le front et les cheveux de baisers. Il la repoussa comme il l'aurait fait d'une mouche importune.

— C'est que je t'aime fort, moi ! chuchota-t-elle. Je prends des risques en te recevant si tard. Si mon père nous trouvait !

Elle tenta une approche en posant sa main glacée sur le ventre de son amant. Il sursauta, poussa un juron et se leva.

— Rentre chez toi, grommela-t-il. Et ne parle pas de ton promis quand je viens te voir. Ce pauvre gars porte des cornes plus hautes que le clocher. Ne te moque pas de lui… Epouse-le vite, ce sera plus prudent.

Frédéric ramassa son chapeau et son fusil. Il jeta un coup

d'œil par la porte entrebâillée. La voie était libre. Il disparut dans la nuit.

Pendant que son fils aîné rendait visite à Catherine, Edouard Giraud, les jambes étendues devant un bon feu, savourait un vieux cognac. Sa demeure était plongée dans le silence ; le craquement du bois dévoré par les flammes composait une musique insolite qui plaisait à cet imposant personnage à la face marquée de couperose. Il faisait tourner entre ses doigts le verre rond où dansait un liquide ambré.

La longue marche qu'il s'était imposée, à cinquante-six ans, pour mener à bien la battue aux loups, l'avait rompu. Il songea aux trois bêtes tuées, dont les dépouilles reposaient dans la grange. Edouard Giraud avait touché deux des bêtes en plein flanc. Jouant les grands seigneurs, il avait promis à ses valets de ferme qu'ils toucheraient la prime.

Depuis plus de vingt-cinq ans, il régnait sur ce domaine qui surplombait la vallée des Eaux-Claires. Rien ne lui échappait : l'état des pâtures, la qualité du grain, le poulinage de ses juments. Sans la fortune de Marianne, sa femme, il n'aurait pas pu faire prospérer les terres et son élevage. Les clients venaient de loin acheter ses chevaux, des pur-sang anglais et des percherons. Sa soif de pouvoir lui faisait convoiter le Moulin du berger, mais Colin Roy serait difficile à déloger.

— Patience, se dit-il. J'ai du temps devant moi. Frédéric épousera cette petite garce de Claire et nous aurons le moulin.

Un bruit sourd à l'étage lui fit tendre l'oreille. Puis une voix :

— Edouard ! Monte…

L'homme se leva de son fauteuil, furieux d'être dérangé. Sa silhouette au ventre lourd, au dos légèrement voûté se dessina sur le mur d'en face, en ombre chinoise. Sa large face rougeâtre se plissa de contrariété. Personne n'aimait affronter ce faciès aux lèvres minces, au nez épaté et au regard décoloré d'un vert imprécis.

— Edouard ! appela-t-on encore.

— Qu'est-ce qu'elle me veut, cette harpie ? grogna-t-il.

Il eut envie de réveiller Pernelle, la bonne, pour l'envoyer auprès de sa patronne. Mais un fond de prudence l'en empêcha. Avec effort, il se hissa de marche en marche. Parvenu dans le couloir qu'éclairait une lampe à pétrole, il entra sans frapper chez sa femme.

Marianne Giraud gisait sur le plancher, le visage convulsé, couleur de cendre. Du sang coulait de son nez. La scène stupéfia son mari. Il se garda d'appeler ses domestiques.

— Eh bien ? fit-il tout bas. C'est la fin, on dirait !

— Edouard, mon ami, j'ai mal, très mal. Fais venir le docteur, par pitié. Depuis ce matin, je te le demande...

Il approcha. Fin chasseur, il savait se déplacer sans bruit malgré son embonpoint.

— Allons donc, Marianne ! Je ne vais pas déranger ce brave Mercier pour une simple chute... Quelle idée aussi de ne pas sonner Pernelle !

— Je n'en avais pas la force ! bredouilla-t-elle.

Il la souleva par un bras et passa une main sous ses fesses. Pour cet homme à la corpulence imposante, le pauvre corps de Marianne ne pesait pas plus lourd qu'une plume. Avec rudesse, il la recoucha.

— Mon cœur ! gémit-elle. Cela me serre, là !

Edouard contempla la malheureuse, d'un air où perçait toute la haine qu'il éprouvait pour elle.

Comment une jolie fille peut-elle se changer en pareil épouvantail ? songca-t-il.

L'ancienne Marianne lui apparut, petite, mince, des boucles rousses dégageant un cou laiteux. Elle l'aimait, « son géant », comme elle le surnommait au temps de leurs fiançailles, bien qu'il fût son aîné de douze ans. Lui, second fils d'un commerçant d'Angoulême en grains et fourrages, ne rêvait que de chevaux, de vastes prairies, d'une belle maison en pierres de taille. Il avait gagné le gros lot en épousant cette sauterelle – ainsi la décrivait-il à ses amis de beuverie – qu'il avait vite délaissée et trompée. Elle lui avait pourtant donné deux fils, Frédéric, puis Bertrand qui étudiait le droit à Bordeaux. Plus tard était née une fille, Denise. Le bébé n'avait vécu que deux semaines. Au grand regret du père Jacques, Edouard Giraud l'avait fait inhumer sur ses terres, au fond du parc, là où reposaient deux autres enfants de la famille. Désespérée, Marianne avait renoncé aux dîners mondains et aux promenades à cheval. L'accouchement difficile lui avait détraqué quelque chose dans le ventre, si bien que son mari ne voulait plus la toucher.

— Edouard, fais chercher le docteur par Pernelle, je t'en supplie, au moins pour nos fils ? Quand donc me pardonneras-tu ?

— Jamais, murmura-t-il. Et ne te plains pas, je ne t'ai pas tuée tout de suite ! Pour nos enfants justement. Il leur faut un père honorable, qui les guide à bon escient. Je n'allais pas moisir en prison pour une traînée de ton espèce.

Des larmes de terreur jaillirent des yeux de Marianne et inondèrent ses joues. Elle venait de comprendre qu'il n'y avait rien à espérer de cet homme qu'elle avait tant aimé jadis et qui la fixait maintenant d'un regard vengeur. Il l'avait condamnée…

2

Le Moulin du berger

Claire se réveilla à l'aube. La tête de Bertille reposait sur son épaule. Elle se dégagea délicatement et se leva. Son premier geste fut d'ouvrir la fenêtre. Elle repoussa un des volets. La beauté du paysage la fit sourire. Il avait encore neigé pendant la nuit et sa vallée se parait de blanc. Seules les hautes falaises présentaient leurs flancs gris au timide soleil qui perçait les nuages. Les arbres et les herbes hautes scintillaient, givrés par le froid.

Comme je serais heureuse, ce matin, se dit-elle, si Moïse n'était pas mort.

La pensée du louveteau confié à la truie Gertrude la réconforta un peu. Elle s'habilla sans bruit.

Autant demander tout de suite à papa la permission de prendre la calèche ! Il doit être levé aussi…

Elle descendit les marches sur la pointe des pieds. Colin Roy, attablé devant un bol de café, lui jeta un coup d'œil surpris.

— Je croyais que tu paresserais au lit, ma Clairette !

— Non, j'ai mal dormi, j'avais hâte de te voir.

La jeune fille remarqua l'absence de sa mère. Cela la rassura. Elle caressa la main de son père.

— J'aime bien quand nous sommes tous les deux !

— Maman se repose, expliqua le maître papetier.

Claire se coupa une tranche de pain qu'elle nappa de beurre. Ne sachant pas comment justifier leur visite chez Basile un dimanche matin, elle opta pour un léger mensonge.

— Papa, j'ai envie d'atteler la jument tout de suite. Il a tant neigé ! C'est joli, le paysage ! Je voudrais passer chez Basile lui apporter une bouteille de mon sirop de sureau. Il tousse beaucoup. Nous serons de retour pour aller tous ensemble à la messe.

Le père et la fille se regardèrent. Claire baissa les yeux la première.

— Je t'en prie, murmura-t-elle. Je suis un peu fatiguée pour pousser la brouette par ce temps ! En plus, ma cousine aurait froid.

— J'espère que notre voisin ne te bourre pas la tête de ces idées un peu trop libertaires à mon goût ! déclara Colin. J'apprécie Drujon, mais il a des discours, parfois, qui ne conviennent pas aux jeunes filles. Cela dit, agis à ta guise. Cette pauvre Bertille a si peu de distractions… Mais montez directement au bourg. Ta mère et moi, nous irons à pied à l'église. C'est notre unique promenade de la semaine, que veux-tu ! Qu'il neige ou qu'il pleuve, je suis de corvée.

Claire remercia son père d'un baiser sur la joue et fila à l'écurie.

— Roquette, tu vas te dégourdir les jambes ! s'écria Claire en se glissant dans la stalle d'une jument noire.

Elle alla chercher le harnais et la bricole. L'attelage n'avait pas de secret pour elle. C'était même une de ses tâches favorites. Soudain, elle vit le recoin où dormait son chien la nuit. Un rond dans le vieux foin, comme un nid.

— Je ne dois pas pleurer ! soupira-t-elle.

Mais elle ne put s'empêcher de maudire Frédéric Giraud une fois encore.

Une heure plus tard, encapuchonnée d'une pèlerine en laine, Bertille prenait place dans l'habitacle de la calèche. Claire avait relevé la capote pour couper le vent. Roquette s'ébrouait, excitée par les étendues de neige.

— La jument me paraît nerveuse ! lança l'infirme d'un ton inquiet.

— Elle va se calmer, assura Claire. Ne crains rien, princesse, je sais la tenir.

Les deux filles se sourirent. Ni l'une ni l'autre ne virent Hortense Roy qui écartait le rideau de sa fenêtre. La maîtresse du moulin tenait un chapelet entre ses doigts et priait. Cette nuit, elle avait encore éprouvé ce plaisir qui l'effrayait par son intensité, mais peut-être qu'un enfant lui viendrait. Si une grossesse s'annonçait, elle promit à Dieu et à ses saints de ne plus succomber à la chair. Ainsi se torturait cette femme de trente-six ans, trop pieuse pour oser savourer le bonheur.

— Hue ! hurla Claire en agitant les rênes.

La jument partit aussitôt au grand trot. Ses sabots faisaient voltiger des paquets de neige, alors que son souffle chaud entourait ses naseaux d'un voile de brume. Bertille cria de joie. Lorsqu'elle se déplaçait aussi vite, il lui semblait redevenir une personne normale dotée de deux jambes bien vivantes. L'illusion ne dura pas. Elle prit fin devant le logis de Basile Drujon. Il avait entendu le cheval et le bruit des roues. Ses visiteuses le virent sortir sur le seuil.

— Ohé ! s'exclama Claire. Nous voici ! Comment va notre protégé ?

Elle se figea brusquement. Son vieil ami n'avait pas son visage des bons jours. Il lui parut même vieilli de plusieurs années. La jeune fille sauta du siège avant et courut vers lui.

— Basile, qu'est-ce que tu as ? On dirait que tu as pleuré ?

Pas un instant elle ne pensa qu'il était arrivé malheur au louveteau. L'ancien instituteur n'était pas homme à verser des larmes pour une bête. Jamais elle ne lui avait vu une telle expression de détresse. Intimidée par la peine qu'elle lisait sur son visage, Claire baissa la voix.

— Des ennuis ? balbutia-t-elle.

Il hocha la tête en la prenant aux épaules.

— Marianne Giraud est morte cette nuit, petiote ! Je l'ai su par le père Jacques qui revenait du domaine. Il n'a pas pu lui donner l'extrême-onction, elle avait déjà trépassé... Son cœur... Chienne de vie !

Bertille se signa. Ils avaient eu beau parler très bas, elle avait entendu. Claire ne savait que faire ni que dire. En quoi la mort de madame Giraud pouvait-elle à ce point blesser son ami ?

Avec la fougue de la jeunesse, elle ne cacha pas son incompréhension.

— Tu la connaissais à peine, Basile ! Je sais par maman que c'était une dame très généreuse, mais quand même...

Il courba le dos, accablé. Sa nature franche et honnête lui donnait envie de crier la vérité, sa vérité à lui, mais, lié par une vieille promesse, il se tut.

— Je vais aider ta cousine à descendre de son perchoir et vous irez voir le louveteau. Ne m'en veuillez pas, je n'ai pas très envie de bavarder ce matin.

Claire et Basile transportèrent la jeune infirme sur une solide chaise paillée qui ne servait qu'à cet usage quand les filles venaient ici. Le tableau qu'elles découvrirent dans la grange les ravit. Le petit loup, serré entre deux porcelets que sa présence ne dérangeait pas du tout, tétait. La truie, paupières mi-closes, poussait de brefs cris de satisfaction.

— Voyez-vous ça ! maugréa Basile. La paix promise dans la Bible, les lions et les gazelles, les moutons et les loups... Une belle image !

— Est-ce que je peux le prendre ? demanda Claire. Je voudrais qu'il me connaisse. S'il grandit avec des cochons, il aura de vilaines manières.

Bertille éclata de rire, mais, gênée, elle mit une main sur sa bouche. Si Basile était triste, elle n'avait pas à pouffer ainsi. Il s'en aperçut :

— Ris donc, ma belle ! Il n'y a rien de plus agréable que le rire d'une femme !

Sa voix chevrotait. De plus en plus intriguée, Claire ouvrit la claie et pénétra dans l'enclos. Sans souci de salir ses bottines, elle marcha jusqu'au louveteau et le souleva.

— Oh ! Il m'a léché le nez ! Tu as vu, Bertille ? Je suis pressée de le ramener au moulin ! Maman pourra râler et trépigner, j'en ferai mon chien, le meilleur chien du pays, comme Moïse.

La jeune fille retourna auprès de sa cousine lui montrer le petit animal. Bertille lui gratta le dos.

— Tu vois, il a la moitié de la tête blanche. Il tient ça de mon brave Moïse.

Accaparées par le loup, ni Claire ni Bertille ne prirent garde à Basile qui rebroussait chemin. Il passa dans la pièce principale et jeta une bûche dans le feu. Son front arrivait à hauteur du manteau de la cheminée. Deux fois, puis trois, l'homme se cogna la tête contre la planche noircie. La douleur physique le soulageait. Il étouffa une plainte :

— Ma Marianne ! J'aurais dû t'emmener loin de cette brute !

Claire qui l'avait suivi et s'était approchée en silence lui tapota l'épaule. Basile se retourna, l'air égaré. Sa petiote, sa gamine avait une figure grave, un regard perspicace qui fouillait son âme.

— Tu aimais Marianne Giraud, n'est-ce pas ? chuchota-t-elle. Et tu as du chagrin...

— Ce ne sont pas tes affaires ! répliqua l'homme sèchement. Je n'ai rien à te dire.

Jamais Basile ne s'était montré aussi froid avec Claire. Elle recula, saisie de stupeur.

— Je voulais te consoler, excuse-moi... Tu m'as consolée hier soir, alors...

— Alors ce n'est pas la même chose, petite ! Tu pleurais ton chien, moi, moi... Bon sang, va-t'en donc ! Tu as laissé ta cousine sur sa chaise, la pauvre gosse !

Claire sortit précipitamment. Depuis la veille, son paisible univers quotidien s'effritait miette par miette. Le jeune homme qu'elle rêvait d'épouser avait abattu son chien et son vieil ami Basile la traitait comme une gamine incapable d'écouter ses confidences. En larmes, elle rejoignit Bertille.

— Nous ne pouvons pas rester ! lui dit-elle. Je vais te porter à la calèche.

Elle reposa le louveteau dans l'enclos. Celui-ci sautilla jusqu'à la truie et se remit à téter.

— Monte sur mon dos, Bertille. Basile est fâché, nous l'avons dérangé !

Après quelques efforts concertés, les deux jeunes filles prirent le chemin de Puymoyen. Elles seraient très en avance à la messe. Roquette galopait en fouettant l'air glacial de sa queue. De sa fenêtre, Basile avait assisté à ce départ aux allures de fuite. Il se reprochait déjà son attitude.

— Bah ! Claire me pardonnera ! Elle a le cœur tendre...

L'ancien instituteur se sentait las. Il s'affala dans son fauteuil, à deux pas de l'âtre rougeoyant. Sa main droite plongea dans la poche intérieure de son veston pour en retirer l'enveloppe que le père Jacques, en curé compatissant, lui avait remise.

« Tiens, Basile, avait-il dit, madame Giraud avait confié cette lettre à sa bonne afin qu'elle me la remette. En précisant que c'était pour toi. »

Le religieux en savait aussi long que lui, cela ne faisait aucun doute. Basile ouvrit l'enveloppe et déplia la feuille qui craqua un peu. Il dut respirer un bon coup avant de lire.

« Mon cher Basile,

« Ce courrier te parviendra si je meurs avant mon époux. Sache que j'ai eu quelques années de bonheur sur cette terre. L'époque de mes fiançailles, où j'ignorais la brutalité de certains hommes, puis la période bénie où j'ai élevé mes fils. Tant qu'ils étaient petits, ils m'ont consolée de bien des douleurs cachées.

« Ensuite, il y a eu les heures passées en ta compagnie, si douces ! Nos lectures, nos discussions, ta tendresse si précieuse. Je regretterai jusqu'à la fin de ma vie de ne pas avoir osé te suivre quand tu me l'as demandé. Cela aurait évité la tragédie dont nous avons été les acteurs, coupables ou non.

« Je me suis confessée au père Jacques. Comme toi, il devra vivre désormais avec cet horrible secret qui me ronge. En demeurant près d'Edouard, j'ai cent fois expié ma faute. Je t'en supplie, ne me trahis pas, jamais. Je ne veux pas que mes fils sachent la vérité. C'est ma dernière volonté. Je t'aimerai dans l'éternité, et même en enfer si le paradis m'est refusé.

« Ta Marianne »

Basile froissa la lettre à l'aveuglette et l'embrassa avant de la lancer dans les flammes. Le beau papier fabriqué au Moulin du berger se consuma après s'être enroulé sur lui-même, après avoir craqué et sifflé telle une bête mystérieuse à l'agonie.

Deux jours plus tard, Edouard Giraud, en tenue de chasse, guêtres en cuir fin, veston de velours au col de fourrure, assistait aux obsèques de son épouse. Il portait même un foulard de soie blanche au cou. Entouré de ses deux fils – Bertrand était arrivé en toute hâte de Bordeaux –, l'homme affichait une expression d'ennui. Il ne jugeait pas utile de feindre le chagrin. Frédéric, assis à sa gauche, gardait la tête baissée. Il avait bu la veille, et aussi le matin au lever.

Il fallait oublier le souvenir de sa mère du temps où elle jouait avec lui et l'aidait à faire de la bicyclette sur le chemin des falaises. Ensuite, il y avait eu beaucoup de cris sous le toit du domaine, et Marianne était devenue cette femme frêle qui gardait la chambre, lisant à s'en user les yeux. Il lui rendait rarement visite, car à son chevet il se faisait l'effet d'une brute stupide qui maculait les tapis, fumait et jurait. Maintenant, elle était morte et il se sentait coupable. Seul Bertrand avait pu lui arracher un aveu de chagrin.

« Quand je suis rentré à la maison après la battue, père m'a annoncé que maman s'était éteinte. Je suis monté la voir et elle m'a paru si petite, si fragile… Je n'ai pas pu l'embrasser, vois-tu, je n'ai pas pu. Elle avait le visage déformé. Je me suis enfui ! »

Bertrand avait observé les larmes de ce frère aîné dont il redoutait les colères et les manières rudes. Durant leurs années de pensionnat, à Angoulême, ils avaient perdu les liens noués lors de leur petite enfance. Frédéric s'était trouvé des amis à son goût, rejetant l'adolescent trop studieux né du même ventre pourtant.

L'église de Puymoyen, envahie par les gens du bourg, les voisins et les relations de la famille, était illuminée par des dizaines de cierges. Une folie du père Jacques, qui avait depuis des années bénéficié de la générosité de Marianne. Le curé semblait très éprouvé, ce qui intriguait certains de ses paroissiens. La frêle madame Vignier, l'épouse du maire, jouait de l'harmonium. Deux femmes éclatèrent en sanglots bruyants. Marianne Giraud avait grandi ici ; elles avaient couru ensemble au bord de la rivière, les beaux jours d'été. Les gens de la vallée l'avaient aimée, puis plainte bien souvent. Beaucoup se disaient que plus rien désormais ne freinerait les agissements de son époux.

— Qu'on en finisse ! marmonna Edouard Giraud.

Bertrand fronça les sourcils, furieux de la conduite de son père. Le jeune homme se demandait comment il supporterait ce séjour en Charente. Il devait demeurer au moins jusqu'à vendredi et s'en désolait. Son regard accrocha un visage lumineux à force de pâleur. Surpris, il reconnut Bertille Roy, la nièce infirme du maître papetier.

Elle a bien changé depuis l'été dernier ! songea-t-il.

A ses côtés, il aperçut Claire, penchée sur son missel. Les deux filles rivalisaient de joliesse, de fraîcheur. Au milieu de l'assemblée composée en grande partie de teintes sombres et de figures ternes, il les compara à des fleurs printanières. La minute suivante, il fut saisi de panique. Qu'avait dit son père, déjà ? C'était ce matin, alors que les croque-morts clouaient le cercueil de leur mère.

« Si ce grand couillon de Frédéric ne veut pas de Claire Roy, mon deuil terminé, je l'épouserai... Une petite caille bien dodue et bien tendre comme ça, avec le moulin en prime, je serais le dernier des crétins de la laisser filer. »

Frédéric dormait encore et n'avait pas pu donner son opinion. A présent, Bertrand se persuadait qu'une telle monstruosité ne pouvait arriver. Colin Roy aimait sa fille ; jamais il ne consentirait à une union aussi mal assortie.

Mon frère, c'est un moindre mal ! pensa-t-il encore. Mais mon père, mon Dieu, ce serait une infamie.

Pas un instant il ne s'imagina en possible prétendant. Bien que sensible aux charmes de Claire, il était fiancé à une demoiselle de la bourgeoisie bordelaise. Il espérait se marier avant l'été prochain. Cela ne l'empêchait pas, pendant ses rares séjours au domaine, de croiser avec plaisir les jeunes filles dont il appréciait la gaieté et la bonne éducation. Par sa mère, il les savait instruites et sages.

Marianne Giraud fut enterrée dans le caveau de sa famille. La neige qui couvrait les tombes et nappait le haut des croix conférait un peu de poésie au cimetière. Le long défilé des condoléances commença. Le père Jacques grelottait sous son étole, mais ce n'était pas de froid. La colère le faisait trembler. A la fin de la cérémonie, il avait vanté les vertus de la défunte d'une voix énergique, en soutenant le regard ironique, presque méprisant d'Edouard Giraud. Entre les deux hommes, c'était une lutte de plusieurs années. Le riche propriétaire terrien contre le curé pauvre, un schéma classique dans les campagnes. La brute dépassée par ses désirs et ses vices, et le religieux tenu à la chasteté ainsi qu'au silence.

Claire était restée à l'écart une fois sortie de l'église. Elle avait sollicité l'aide de deux ouvriers du moulin pour installer sa cousine dans la calèche. A présent, elle continuait à chercher parmi la foule la silhouette de Basile Drujon.

— Il n'est pas venu, ou alors il s'est déguisé ! chuchota-t-elle à Bertille. Pourtant, je t'assure que je dis vrai : il l'aimait.

Bertille soupira d'agacement. Elle s'estimait condamnée à la solitude et en montrait parfois de l'aigreur.

— Claire, je t'en prie ! Ne parle pas de ça ! Que des jeunes gens soient amoureux, je le comprends, mais Basile est vieux ! Et madame Giraud n'était plus une beauté...

— Que tu es méchante ! pesta Claire. Pourquoi aurait-il eu tant de peine sinon ? Je croyais qu'il viendrait...

Appuyée à la roue de la voiture, la jeune fille jeta un coup d'œil déçu sur la campagne environnante, d'un blanc figé. Des corneilles survolèrent le clocher du bourg et se dispersèrent avec des cris rauques.

— Bertrand Giraud m'a regardée longtemps ! souffla Bertille. En voici un qui me plairait si... si je pouvais...

Elle se tut, la gorge nouée. Claire s'étonna.

— Lui ! Moi, je le trouve fade. Il n'est pas bien costaud ! Mais une chose est sûre, il a l'air gentil.

— Tu préfères Frédéric, n'est-ce pas ! ironisa Bertille. Plus tard, il ressemblera à son père, tandis que Bertrand tient de sa mère. Il a les cheveux roux comme elle, et frisés.

Claire prit une mine outragée. Elle grimpa dans la calèche et ajusta ses gants.

— Ni Frédéric ni Bertrand ! déclara-t-elle. Je me moque des frères Giraud. Quand j'aimerai un homme, il sera fort et généreux, loyal... Pour l'instant, mon souci, c'est de manger et de me réchauffer. Le vent me glace les os.

Colin et Hortense approchaient. La jeune fille leur fit signe de se hâter. Bertille se serra contre elle.

— Le jour où tu te marieras, Claire, moi je serai toute seule !

— Mais non, princesse ! répliqua-t-elle. Je ne te quitterai jamais !

Claire joignit un sourire attendri à cette promesse. Cependant, pour la première fois, elle eut l'impression d'avoir menti à sa cousine. Ce futur mari qu'elle rencontrerait un jour, rien ne disait qu'il accepterait la présence d'une infirme sous son toit.

Elle en était là de ses réflexions lorsque sa mère la toisa d'un air dur.

— Claire, tu n'as pas présenté tes condoléances aux Giraud. Bertille a une excuse, pas toi. Vas-y !

Le maître papetier faillit protester, mais il renonça. En règle générale, il évitait de contrarier sa femme.

— Papa ! supplia Claire, je ne suis pas obligée ?

— Obéis à maman, je te prie ! souffla-t-il. Tu n'en as pas pour longtemps.

Claire n'avait plus le choix. Elle sauta de la voiture et s'éloigna d'un pas rapide vers l'entrée du cimetière. Ses parents la surveillaient, l'un et l'autre perdus dans d'étranges pensées.

Qu'elle est gracieuse et volontaire ! se disait Colin. Hortense ne l'aime guère pour vouloir la marier à un homme comme Frédéric...

Il lui faut un époux sévère ! songeait sa mère. Sinon, il arrivera malheur. Claire est bien capable de nous déshonorer...

— Je suis désolée, monsieur ! déclama d'un ton ému la jeune fille en se retrouvant face à Edouard Giraud. Condoléances !

Elle tendait sa main menue gantée de velours gris. Le gros homme qui la dépassait d'une trentaine de centimètres se pencha, la lèvre gourmande.

— Merci, ma petite Claire.

Il lui broya les doigts en la déshabillant d'un regard avide. Elle s'empressa de reculer afin de saluer les deux frères. Frédéric lui parut indifférent, mais Bertrand la gratifia d'un sourire amical. Il la remercia d'une légère inclination du buste. Elle s'esquiva très vite, avec le sentiment d'avoir frôlé un danger immense.

Sur le chemin du retour, elle jugea indispensable de rendre visite à Basile. Colin menait la jument bon train et il poussa une exclamation ennuyée lorsqu'elle lui demanda de s'arrêter.

— Je rentrerai à pied, papa, je serai à l'heure pour déjeuner... Je suis inquiète pour Basile ; il aurait dû venir aux obsèques ! Peut-être qu'il est souffrant ?

Rien ne la fit renoncer. Ni les mines offensées de sa mère ni les yeux tristes de Bertille. La calèche disparut au prochain virage. Sans bruit, Claire entra dans la grange. Gorgée de récits romantiques, elle laissa son imagination s'emballer. Elle se figura son vieil ami au désespoir, prêt à toutes les folies. Il pouvait se donner la mort pour suivre son grand amour dans l'au-delà. Passant par le cellier, la jeune fille eut une mauvaise surprise. La truie avait disparu, sa progéniture aussi.

— Et mon louveteau ? murmura-t-elle. Où est-il ?

Elle ouvrit sans bruit la porte donnant sur la pièce principale. Basile lui tournait le dos, vêtu d'un costume de drap brun, coiffé d'un chapeau. Le feu était éteint. Un sac de voyage en gros cuir trônait sur la table.

— Basile ! chuchota-t-elle en lui effleurant le bras. Basile, qu'est-ce que tu fais ?

Il lui lança un coup d'œil attendri.

— Ah, c'est toi, petiote ! Je m'en vais, voilà tout. Si je reste une heure de plus au pays, je deviens fou... Vois-tu, j'ai la langue liée par une promesse, mais c'est trop difficile de garder le silence. Je préfère prendre le large ! Je compte demander l'hospitalité à un de mes amis, à bonne distance de cette maudite vallée.

Claire refusait d'y croire. Perdre la présence attentive de Basile la bouleversait.

— Tu m'abandonnes ? chuchota-t-elle. Reste, je t'en prie ! Dis-moi ce qu'il y a, au moins ? Tu as tellement changé depuis que Marianne Giraud est morte... Et tu n'es même pas venu au cimetière !

— Cela ne te concerne pas, Claire ! Je suis un vieux mécréant. Ceux que j'aime, je les garde au chaud dans mon cœur. Les tombes, les croix, ça ne me plaît pas !

Basile évitait son regard. Le dos voûté, il paraissait plus âgé que d'ordinaire. Elle se mit à pleurer.

— D'abord, Moïse que l'on me tue, ensuite, toi qui pars ! C'est injuste à la fin !

Il haussa les épaules, si bien qu'elle eut le sentiment d'être une jeune personne sans intérêt.

— Je ne peux pas t'expliquer, petiote ! Pas aujourd'hui ! Prends ta bestiole et laisse-moi en paix. Ne fais pas l'enfant.

L'instituteur désigna une caissette en planches près de la cheminée.

— Je me doutais que tu viendrais aux nouvelles ! J'allais t'apporter ton loup au moulin. Il a mangé de la viande ce matin ; il n'a plus besoin de lait, à mon avis. Enfin, du lait de tes chèvres fera l'affaire. J'ai rendu la truie à celui qui me l'avait confiée. J'espère que ta mère ne te mènera pas la vie trop dure...

Claire avait sorti le petit animal de sa prison. Il lui lécha le nez. Emue de cette marque d'affection, elle répliqua :

— Personne ne lui fera de mal ! Maman sera bien obligée de le supporter. Il nous faut un chien à cause des rôdeurs. Dis, Basile, tu reviendras ?

— Peut-être bien ! D'abord, je passe une semaine à Angoulême ; ensuite, j'irai à Paris. J'ai un cousin là-bas.

Il la fixa avec beaucoup de tendresse. Soudain, il la prit aux épaules.

— Surtout, Claire, évite les Giraud. Ne fais pas la bêtise d'épouser Frédéric. Tu serais malheureuse. Ecoute, je laisse la clef sous une tuile, derrière l'appentis. Je te confie la maison. Si tu as envie de t'occuper de mes semis de printemps, tu sais où sont les outils et les sachets de graines.

La jeune fille hocha la tête, incapable de répondre tant elle avait la gorge nouée. Basile l'accompagna jusqu'à la porte. Il la suivit longtemps des yeux, tandis que sa silhouette gracile se faisait de plus en plus petite sur le chemin longeant la rivière.

La famille Roy était à table. Claire entra, les joues rougies par le froid, le regard brillant.

— Tu es en retard ! gronda Hortense. J'ai déjà servi le poulet ! Regarde-moi ça, la peau est trop grillée, les carottes sont en bouillie. Par ta faute !

— J'ai dit au revoir à Basile, maman. Il s'en va en ville, puis à Paris. Mais il m'a fait un cadeau… Voyez un peu ! Un chiot !

Elle écarta sa cape et en sortit le louveteau. Colin devina que sa fille cachait son chagrin. Il vola à son secours. Coupant court à toute discussion, il déclara, d'un ton net :

— Quelle bonne idée ! J'allais justement me mettre en quête d'une brave bête pour remplacer Moïse. Viens t'asseoir, Claire !

Bertille eut un rire silencieux. Hortense Roy se pinça le nez avant de marmonner, d'une voix irritée :

— Il pue, je vous dis qu'il pue !

— Pas du tout, maman ! clama Claire. Si l'on t'écoutait, le monde entier empesterait…

Elle reprit l'animal et le cala sur ses genoux. Mère et fille échangèrent un coup d'œil furieux. La guerre intime qui les opposait semblait ne jamais devoir finir. Le repas se prit en silence. Pour servir le dessert, Claire confia le louveteau à Bertille. Elle n'aurait laissé à personne le soin de présenter le gâteau au chocolat décoré de cerneaux de noix qu'elle avait préparé la veille.

Mai 1897

Claire travaillait dans le potager du moulin depuis l'aube, aidée par Etiennette. La servante arrachait les mauvaises herbes. Le jardin donnait aux Roy tous les légumes nécessaires aux repas, et c'était un apport précieux, car le maître papetier nourrissait ses ouvriers à midi. Au bout des allées poussaient les herbes aromatiques qui parfumaient ragoûts et viandes : le thym, la sauge si précieuse, le persil et le cerfeuil. Des touffes d'oseille s'alignaient contre un muret ensoleillé.

— Regarde les carottes, Tiennette, elles sont superbes, j'ai réussi mes semis.

Accroupie dans l'allée centrale, les mains terreuses, les cheveux bien rangés sous une étroite coiffe de lin blanc, Claire veillait sur ses plantations avec la tendresse d'une mère. D'un doigt avisé, elle examinait les choux aux larges feuilles d'un vert tendre.

Plus loin, jouxtant une prairie, s'étendait une culture de

pommes de terre. Claire avait biné les rangs une heure plus tôt sans ménager ses efforts. A présent, les joues rouges, elle respirait l'odeur âcre du sol humide.

— Cet après-midi, j'emmènerai les chèvres en bas des falaises, murmura-t-elle. Ma mère tient à ce qu'elles fassent du bon lait, mais elle ne les aime pas…

— Pour sûr, acquiesça Etiennette, elle dit que ce sont les filles du diable !

Claire éclata de rire en se redressant avec souplesse. La croissance des laitues, des pieds de tomates et de haricots lui donnait toute satisfaction. Elle ramassa un gros panier en osier et le cala sur sa hanche. De jeunes poireaux en dépassaient, promis à la soupe du soir.

— Moi, je m'en vas nourrir les poules, mam'selle Claire ! annonça la servante.

Etiennette s'éloigna vers la barrière en bois qui fermait le potager. Ses chevilles maigres émergeant des sabots maculés de boue émurent Claire, autant que le devantier rapiécé dont le tissu rayé protégeait une robe plus misérable encore.

Maman exagère ! songea-t-elle. Elle ne donnerait même pas une de mes vieilles jupes à Tiennette. Je trierai mon linge un de ces jours pour habiller cette pauvre fille.

Claire s'étira. Elle se sentait heureuse comme à chaque mois de mai. C'était la saison où les herbes sauvages envahissaient les talus des chemins et le creux des fossés. Elle profiterait de sa balade pour couper au bord du ruisseau, un affluent de la rivière, quelques tiges d'angélique. Confites au sucre, elles deviendraient de délicieuses friandises d'un vert transparent dont sa mère ornerait les brioches.

A grands pas, elle se dirigea vers le bâtiment principal du moulin qui abritait la salle des piles. Au fond de la cour, elle aperçut Etiennette. La servante avait relevé son tablier rempli de grain qu'elle jetait à la volaille excitée. Le gros coq noir et brun lui cherchait querelle.

— Donne-lui un bon coup de pied ! hurla Claire. Sinon il te pincera les mollets.

Etiennette fit signe qu'elle avait compris, mais, à ses mouvements de recul, à ses petits cris, on voyait bien qu'elle craignait le volatile au bec pointu.

Claire haussa les épaules. Elle pénétra dans la salle des piles, où elle était sûre de trouver son père. Le bruit était assourdissant. Elle s'approcha d'une des énormes cuves en cuivre dans lesquelles on brassait la pâte à papier. Un des ouvriers travaillait à quelques pas de la jeune fille. Il maniait une large spatule prolongée d'un long manche, qui plongeait et fendait une matière visqueuse, d'un gris indécis. Le jeune homme devait éviter le martèlement ininterrompu de la pile hollandaise qui, elle aussi, broyait le mélange de chiffons déchiquetés et de cellulose. De ce magma tiède naîtraient les belles feuilles de papier au poli d'ivoire qui avaient fait la réputation du moulin.

Colin Roy, lui, surveillait la mise en marche de la presse. Il faisait chaud dans la grande salle. Après un hiver plus froid que de coutume, le printemps charentais avait repris ses droits, et cela, depuis le début du mois de mars. Les prés s'étaient couverts de la floraison jaune des pissenlits et des boutons d'or, les arbres fruitiers s'étaient ornés de nuées roses ou blanches, semant au vent une pluie de pétales.

— Comment va Catherine ? demanda Claire à l'ouvrier que chacun surnommait le Follet, dans la vallée.

Son nom de baptême, Luc Sans-Souci, était presque oublié.

— Oh, ma pauvre demoiselle, la Catherine souffre le martyre, pour sûr... Le docteur craint le pire.

Le Follet releva la tête. Dans le regard sombre de la fille du patron, il ne lut que compassion.

— Dame, elle a perdu not' petit, alors... C'est à la grâce de Dieu maintenant.

— Nous devons tous prier pour elle, fit Claire.

Elle n'allait pas souvent à Puymoyen, mais, à la sortie de la messe le dimanche, les discussions agitaient le parvis de l'église. A la mi-avril, le curé avait annoncé le prochain mariage de Catherine, la fille du forgeron, avec le Follet. Comme ils étaient promis depuis l'été précédent, leur union n'avait guère surpris. Cependant, les vieilles du bourg prétendaient que la fiancée avait mis la charrue devant les bœufs, car elle avait le ventre bombé et avait été surprise en train de vomir derrière le puits communal. Les parents de la jeune fille n'avaient pas démenti. Etait-ce si grave, après tout ? Il y en avait, dans le pays, des couples qui s'étaient jetés sur l'herbe tendre du printemps avant de passer devant l'autel. Depuis, bénies par Dieu, leurs épousailles ne faisaient plus jaser. Ni le premier-né, qui serait bientôt suivi d'une ribambelle de frères et sœurs.

Le mariage avait eu lieu une semaine plus tôt. Les Roy y avaient assisté, offrant une bouteille de bon vin et une belle cruche en céramique. Le Follet avait accueilli sa jeune femme dans la maison qu'il louait, sur le chemin grimpant au village. Deux jours plus tard, Catherine avait commencé à se plaindre de terribles douleurs au ventre. Elle perdait du sang. Le docteur lui avait conseillé de rester couchée. Depuis, la fièvre rongeait la malheureuse dont les souffrances empiraient malgré le laudanum et les tisanes.

— Courage, le Follet, murmura Claire, qui songeait à sa mère.

Hortense attendait elle aussi un bébé pour l'automne. Cette grossesse, l'épouse du papetier en avait remercié Dieu chaque matin, mais plus les mois passaient, plus elle redoutait le jour de l'accouchement. Le docteur lui avait prescrit beaucoup de repos. Colin avait chargé sa fille de prendre en main la maison. Avec l'aide d'Etiennette, Claire veillait au ménage et aux repas. Certaines tâches revenaient à Bertille, comme la couture ou l'épluchage des légumes. Energique et dévouée, Claire ne se plaignait pas. Colin avait juste remarqué qu'elle venait plus souvent au moulin, comme pour fuir le labeur quotidien que cette situation lui imposait.

— Je te plains, mon pauvre Follet ! ajouta encore la jeune femme, n'osant quitter l'ouvrier sans paroles de vrai réconfort. J'espère que Catherine va se remettre bien vite. Vous étiez juste mariés.

— A la grâce de Dieu, mam'selle...

Claire lui sourit avant de rejoindre son père. En chemise, le front perlé de sueur, il s'échinait à déloger des particules de papier rivées au fond de la presse.

— Papa, est-ce que je peux t'aider à quelque chose ?

Il fit non de la tête. Colin n'aimait pas voir Claire traîner entre les cuves ou discuter avec ses ouvriers.

— Tu serais plus utile à la cuisine, marmonna-t-il. Tu sais

bien qu'Etiennette a besoin qu'on lui donne des ordres précis ; elle est si brouillonne ! Et Bertille doit s'ennuyer de toi.

— Maman lui a donné des torchons à ourler ! Je l'ai installée dehors, sous le pommier. Elle n'aura pas fini avant le déjeuner.

Après une courte pause gênée, Claire ajouta :

— Papa, crois-tu que Catherine va mourir ? Elle n'a que vingt ans ! Pourquoi gardes-tu le Follet ce matin ? Il devrait être près de sa femme, pas chez nous !

Le maître papetier courba l'échine.

— Catherine est chez ses parents. Sa mère la soigne.

Colin aurait préféré éviter ce sujet. Une chance que la jeune fille fût restée à l'écart du bourg, où les langues se déliaient. Il n'avait jamais ajouté foi aux ragots, mais là... Une rumeur affirmait que le fringant Frédéric Giraud n'était pas étranger à la grossesse de Catherine et que le Follet était un pauvre cornard [1], assez sot pour se marier à une fille facile et prendre la faute sur lui. Le fils du domaine aurait été vu à plusieurs reprises quittant à l'aube la grange du père de Catherine. Le témoin avait été bien content de répandre son fiel.

— Le Follet est venu travailler de son plein gré ! maugréa le papetier. Vu les circonstances, je ne l'attendais pas. Je lui dirai de partir à midi. Maintenant, si tu veux me rendre service, monte donc aux étendoirs. Touche les feuilles pour t'assurer du séchage. Avec ce vent chaud, je pourrai les encoller cette nuit.

— J'y vais, papa ! murmura-t-elle.

Elle sortit en balançant ses jupons. La vallée s'allongeait sous ses yeux, nimbée d'un soleil tendre. La pierre des falaises paraissait blanche, égayée par des touffes de giroflées sauvages. Les bosquets répandaient un semis d'émeraude au bord de la rivière. C'était son domaine, le lieu où elle souhaitait demeurer sa vie durant. Elle regarda avec affection le long bâtiment abritant les étendoirs, puis le toit de l'écurie et le bief où bondissait l'eau de la rivière. A sa gauche se dressait la maison du maître, cossue et à l'architecture harmonieuse.

La silhouette de Bertille, assise sous le pommier, faisait

1. Mari trompé.

songer à un tableau. Sa cousine portait une robe rose, nouvellement confectionnée par ses propres soins. Ses cheveux blonds très pâles voletaient sur ses épaules.

Claire ne s'attarda pas. Elle tenait à rendre service à son père. Bien souvent, la jeune fille s'avouait qu'elle aurait préféré travailler à la fabrication du papier, plus intéressante à son idée que la préparation des ragoûts et des soupes.

Elle pénétra dans la salle basse où s'entassaient des ballots de chiffons. Colin Roy en avait pris livraison la veille, et il y avait eu encore une fois une longue discussion avec le chiffonnier, qui montait les prix. C'était un vieil homme au nez de rapace. Claire ne l'aimait pas. Il collectait à Angoulême, sur le plateau de la ville – où demeuraient les notables, les bourgeois – et dans les faubourgs, tous les vieux linges, draps, torchons, chemises hors d'état de servir. Lorsque son char à bancs tiré par un gros cheval de trait arrivait devant le moulin, les femmes se tenaient à l'écart. Ces hardes empestaient fréquemment, et le chiffonnier avait les mains baladeuses. Un jour, il avait pris Claire par la taille et avait voulu l'embrasser sur la joue. Elle avait bondi en arrière, effarée.

La jeune fille grimpa lestement à l'étage. La vision des centaines de feuilles de papier, pendues par le milieu sur les cordes de chanvre, la charmait depuis sa plus tendre enfance. Elle imaginait que des anges faisaient sécher leurs ailes ici. Entre deux doigts, elle tâta le papier. Le séchage lui parut parfait.

Un gémissement et des coups de patte sur ses bottines lui firent baisser le nez. Son chien l'avait suivie et il lui faisait fête, remuant la queue avec frénésie. A demi aplati sur le sol, il s'empressa de rouler sur le dos pour exposer son ventre.

— Mon Sauvageon ! Je t'ai cherché partout ce matin. Vilaine bête, va, qui cours la campagne dès l'aube. J'espère que tu ne vas pas rôder chez les Giraud ; tu pourrais prendre un coup de fusil…

Claire s'agenouilla pour caresser l'animal. A six mois, il était déjà de belle taille. Bien planté sur ses pattes robustes, le dos droit, l'œil doré, son sang de loup se devinait à sa façon de hurler et d'aspirer l'eau dans le seau au lieu de la laper. Par chance, la tache blanche qui partageait son crâne de la nuque à droite jusqu'à l'œil gauche lui donnait l'air d'un chien civilisé. Les oreilles dressées, il ressemblait davantage à sa mère qu'à son père, malgré la marque laiteuse que lui avait laissée ce dernier.

L'écho d'une galopade fit se relever la jeune fille. Quelqu'un venait par le chemin de la vallée. Elle courut à l'une des ouvertures qui n'était pas sans évoquer les impostes des vieux châteaux, surtout pour Claire. Elle aperçut un cheval gris, le poitrail noir de sueur.

Oh ! non ! C'est Edouard Giraud ! Qu'est-ce qu'il nous veut, celui-là ?

Le cavalier avait mis pied à terre. Il attachait son cheval à un anneau scellé dans le mur de la maison tout en discutant avec Bertille. Hortense sortit au même instant, un large sourire au visage. Intriguée, Claire s'empressa de descendre. Au pas de course, elle s'élança. Son chien aboyait, comme chaque fois qu'un visiteur approchait de la maison.

— Ah, voici votre fille ! s'écria Edouard Giraud, la face rubiconde. Bonjour, mademoiselle. Le médecin m'a dit de faire un peu d'exercice, aussi je suis parti à cheval. Je rentrais chez moi et je tenais à saluer les dames du moulin.

Bertille avait un peu de rose aux joues. Sans doute avait-elle cru qu'il s'agissait d'un des fils et non du père. Hortense se montrait bien trop aimable ; Claire trouvait cela ridicule.

— Un verre d'eau fraîche, monsieur Giraud, ou du vin blanc ? minaudait l'épouse du maître papetier. Je suis heureuse de pouvoir vous remercier pour votre commande. Les temps sont durs pour mon mari. La concurrence, n'est-ce pas ? Nous sommes établis en pleine campagne. L'acheminement de nos papiers commence à poser problème.

— Maman ! intervint Claire, furieuse.

La jeune fille estimait que leurs affaires ne concernaient pas ce gros homme indélicat. Il ne respectait pas le deuil d'un an que les honnêtes gens pratiquaient, et elle le rendait responsable du départ de son ami Basile.

— Voyez-moi cet air méprisant ! ironisa l'homme. Quel caractère ! Vous deviendrez une femme avec qui il faudra compter, jeune Claire ! Dites-moi, vous avez là un drôle de chien ! On dirait un loup.

Claire ne se troubla pas. Elle répondit sèchement :

— Votre vue doit baisser, monsieur ! C'est un bâtard, mais il garde bien le moulin contre les intrus.

Edouard Giraud éclata d'un rire forcé. Hortense jeta un coup d'œil menaçant à sa fille en l'envoyant chercher une carafe de vin et un gobelet d'argent. Bertille, qui ne pouvait pas s'en aller sans aide, baissa le nez sur son ouvrage. Elle n'avait pas à jouer les coquettes ; aucun homme ne se préoccupait d'elle. Même pas ce riche fermier, dont la réputation faisait frémir.

Dans la cuisine, Claire ne décolérait pas.

— Ce porc, la façon qu'il a de me regarder ! Papa a raison, je ne dois pas m'éloigner de chez nous... Ah ! S'il me touchait, je crois que je vomirais !

Cela la fit penser à Frédéric. Le jeune homme avait quitté le pays depuis quelques jours pour assister au mariage de son frère Bertrand, à Bordeaux. Claire ne l'avait pas revu depuis les obsèques de sa mère, Marianne. Elle en était soulagée, bien qu'un peu déçue. Tous les gens de la vallée et du bourg de Puymoyen le considéraient comme son futur fiancé. Elle ne démentait ni ne confirmait la rumeur. Cela l'amusait d'être interrogée et surveillée par les marieuses du pays.

Elle haussa les épaules et apporta la carafe et le gobelet. Edouard l'accueillit d'une œillade gourmande.

— Merci, mademoiselle ! Il ne me manque qu'un sourire sur vos jolies lèvres...

Tout en débitant ses compliments, l'homme examinait l'ensemble du moulin, construit en pierres de taille. Il jaugea le bâtiment principal où se trouvaient la salle des piles, la salle des cuves et le pourrissoir, les étendoirs et la demeure des Roy qu'un rosier rouge couvrait d'une floraison exubérante. Les trois roues à aubes tournaient avec la régularité d'une pendule, entraînant les piles hollandaises dont le martèlement continu résonnait loin alentour.

Colin Roy fit alors son apparition, sanglé dans un grand tablier bleu, un foulard sur ses cheveux neigeux. Les deux hommes échangèrent une poignée de main. Claire eut l'impression étrange que son père n'était pas surpris, pire, qu'il attendait cette visite. Hortense annonça qu'elle montait dans sa chambre. Tout se mettait en place ; on aurait dit une cérémonie bien ordonnée.

— Les filles, restez au bon air ! chuchota-t-elle. Claire, surveille le cheval de monsieur Giraud.

Le papetier fit entrer le fermier dans la salle commune où mangeaient les ouvriers.

— Qu'est-ce qu'ils mijotent ? murmura Claire à sa cousine.

— Peut-être que monsieur Giraud vient te demander pour son fils ! Ce mariage paraît inévitable, si j'en crois ta mère. Ce matin encore, elle me confiait que ce serait la meilleure chose du monde.

Assise sur l'herbe, Claire retint un juron qu'elle avait appris en écoutant les ouvriers de son père.

— Je ne veux pas épouser Frédéric ! L'année dernière, il ne me déplaisait pas, mais à présent non, je ne me vois pas dans son lit ! Je n'ai pas oublié qu'il a tué Moïse.

— Claire ! protesta Bertille. Tu en as, des manières !

— Ne fais pas l'innocente… Quand on se marie, c'est pour avoir des enfants sans être une pécheresse ! Et pour faire des enfants, ma belle, il faut passer à la casserole. Comment crois-tu que maman a eu ce bébé dans le ventre ? Mais je préfère ne pas y penser… Ça me dégoûte !

Bertille était très rouge, ce qui lui arrivait rarement. Claire la surprenait toujours. Soit elle se répandait en rêveries romantiques sur l'amour, soit elle avait des discours crus qui ne s'embarrassaient pas de poésie.

— Cela ne t'a pas réussi, ton amitié avec le vieux Basile ! déclara-t-elle d'un ton sentencieux. Cet homme n'avait aucune religion, et il t'a mis des saletés en tête.

Le chien s'était allongé sur la jupe de Claire. Il fermait les yeux, béat. La jeune fille le caressa de la tête au bas du dos.

— Basile n'a rien à se reprocher ! dit-elle. Enfin, Bertille, à moins d'être aveugle ou idiote, ce n'est pas très compliqué de comprendre ce que font les hommes et les femmes ensemble ! Ils s'accouplent comme les bêtes ! Quand le père de Catherine est venu au moulin il y a quatre ans, avec son étalon, pour saillir notre jument, j'étais là… à ma fenêtre…

Bertille rangea la pièce de linge qu'elle brodait aux initiales des Roy. Les prunelles dilatées par la gêne, elle interrogea, très bas :

— Alors quoi ? Je ne vivais pas chez vous, à cette époque ! Dis-moi.

Claire observa les environs. Personne. Elle se redressa pour parler à l'oreille de sa cousine. Après un long chuchotis entrecoupé de petits rires, elle ajouta, en haussant le ton :

— Maintenant, regarde donc sous le ventre du cheval. Lui aussi, c'est un étalon !

Bertille s'empourpra à nouveau.

Catherine n'en pouvait plus. La douleur irradiait de son ventre, montait sous les seins. La fièvre lui vrillait le front. Sous ses fesses, sa chemise était poisseuse. Elle ne perdait plus de sang, mais un liquide nauséabond s'écoulait. Assise à son chevet, sa mère priait. Sa petite sœur, Raymonde, la fixait d'un air terrifié. Il régnait dans la pièce une odeur affreuse, fétide, qui se dégageait de la malade.

— Maman, je souffre, comme je souffre... As-tu appelé le curé ? gémit la jeune femme.

— Oui, ton père a promis de le prévenir.

— Et le Follet, que fait-il ? bégaya Catherine.

— Il travaille au moulin, ma fille. Il sera là ce soir.

— Et si je passe, d'ici là ! Je t'en prie, Raymonde, va le chercher ! Je voudrais le voir...

Le visage cireux de Catherine exprimait une détresse et surtout une souffrance telles que la fillette se leva de sa chaise.

— Est-ce que je peux y aller, maman ? supplia-t-elle.

La mère, les lèvres pincées, signifia que non. Raymonde recula près de la fenêtre, secouée de sanglots. Ce n'était pas juste, de refuser ça à sa sœur.

Catherine abandonna la lutte. Elle voulait vite se confesser, recevoir l'absolution pour ses péchés, mais le père Jacques tardait. L'envie de tenir la main de son jeune époux, elle, était dictée par un autre sentiment. Il fallait lui demander pardon ; le remercier aussi.

— Maman, je t'en prie, si je meurs sans le revoir...

La femme se leva.

— Calme-toi, ma pauvre fille, calme-toi ! Je vais te redonner du laudanum.

Elle prit le flacon qu'avait apporté le docteur la veille en disant ces mots terribles : « Cela lui évitera de trop souffrir, mais elle est perdue. »

Le remède, mélange d'opium et de plantes médicinales, fit son effet. Catherine se détendit. Elle croisa les mains sur sa poitrine, paupières closes. La douleur reculait, mise en fuite, et la jeune malade se prit à espérer. Peut-être qu'elle allait vivre, après tout. On frappait. Sa mère ouvrit et la haute silhouette du père Jacques obscurcit le seuil.

— Entrez, mon père, elle est au plus mal. Je l'ai installée dans notre chambre.

Ces mots frappèrent Catherine en plein cœur. Ce n'était plus la peine de croire au miracle. Le prêtre approchait avec un bon sourire. Il ferma la porte derrière lui.

— Nous sommes seuls, petite, apaise-toi. Alors, tu veux te confesser ? C'est ton père qui m'a dit ça.

Catherine le fixa d'un air halluciné.

— Oui, m'sieur le curé, faut m'entendre en confession, parce que je vais mourir. Je vois bien que ma mère et ma sœur pleurent depuis que le docteur est passé hier soir. Et je m'sens bien faible.

Le prêtre tira un tabouret contre le lit, à hauteur de l'oreiller. Plein de pitié pour la jeune femme, il lui caressa le front. La peau en était moite et brûlante.

— Qu'as-tu donc de si grave à me dire, Catherine ? Je t'écoute ; nous sommes seuls.

— J'ai péché, mon père, j'ai beaucoup péché ! Le petit que je portais, il n'était pas du Follet, non… Alors, quelque part, je m'suis dit que le bon Dieu me punissait !

Le religieux ferma les yeux un court instant. Il revit ces noces hâtives, célébrées une semaine plus tôt. Le Follet avait une triste figure pour un amoureux. Quant à Catherine, il lui avait trouvé le teint jaune, le regard affolé. Elle gardait le nez baissé sur sa robe de dentelle – celle de sa mère, amidonnée et blanchie – sans paraître plus gaie que son promis.

— Allons, soulage-toi, petite, que t'est-il arrivé ?

— J'avais un galant, père Jacques ! Un beau monsieur que

j'aimais fort. Il venait toquer à mon volet. Il m'a eue vierge ! Le Follet, il ne m'a jamais touchée. L'autre, plusieurs fois. Alors, quand j'ai compris que j'étais grosse, j'ai caché la chose. Mon père m'aurait chassée ; il a son honneur. Je me suis confiée au Follet, je l'ai supplié de m'épouser quand même, dans l'état où j'étais. C'est un brave gars, il a bien voulu... Je vous jure, m'sieur le curé, puisqu'il me prenait avec l'enfant d'un autre, je serais devenue une bonne femme pour lui.

— Ne jure pas, ma fille ! Qui était-ce, ton galant ?

Le curé avait des doutes. Quelques commères s'étaient fait un plaisir de traiter Catherine de catin et de citer le fils Giraud.

— Un beau monsieur ! sanglota-t-elle.

— Un beau monsieur qui t'a déshonorée et abandonnée. Pourquoi ne t'a-t-il pas épousée, lui ?

Une rage froide, dénuée de charité, vibrait dans la voix du prêtre. Ses études au séminaire de Limoges ne l'avaient pas rendu servile. Face aux prises de pouvoir des uns ou aux vices des autres, il se sentait une âme de révolutionnaire. Depuis quinze ans qu'il exerçait son sacerdoce à Puymoyen, le diable avait pour lui revêtu le visage d'Edouard Giraud. Frédéric suivait les traces de son père.

— Je préfère pas dire son nom, chuchota Catherine. Mais je suis allée le trouver un peu avant mes noces. Je lui ai avoué, pour l'enfant. Et il m'a chassée, m'sieur le curé, chassée comme une malpropre.

Le religieux serra les dents. Il avait entendu en confession bon nombre de saletés, mais il était lié par le secret. Dévisageant la malheureuse jeune femme agonisante, il ne put s'empêcher d'évoquer Marianne Giraud. Jamais il n'effacerait de sa mémoire ce sinistre jour de pluie où elle s'était glissée dans le confessionnal pour dénoncer le meurtre le plus abject qui soit. Il était sûrement confronté à une nouvelle victime et, encore une fois, il ne pouvait pas réclamer justice.

— Est-ce qu'il t'a battue ? As-tu perdu le bébé par sa faute ? questionna-t-il dans un souffle. Dis-moi la vérité, Catherine !

— Non, non, je vous jure. En rentrant chez moi, j'ai couru et je suis tombée. J'ai eu des douleurs de ventre durant la nuit. Quand vous m'avez mariée, je souffrais déjà. Et puis j'ai perdu du sang... mais pas mon fruit, mais ça me ronge, je brûle, m'sieur le curé, et je sens mauvais, si vous saviez, ça me fait peine...

Le père Jacques savait. Le docteur Mercier, qu'il connaissait bien, lui avait dit que Catherine avait tout l'intérieur infecté. C'était une heure plus tôt, devant la grille du cimetière.

— Ma chère petite ! déclara-t-il assez fort. Ne crains rien. Aie confiance en la miséricorde divine. Tu n'es pas la plus coupable. Donne-moi ta main, nous allons prier tous les deux...

Catherine perdait conscience. Ces doigts secs qui étreignaient les siens la rattachaient encore au monde des vivants, mais elle avait l'impression de s'envoler. Des scènes lui apparurent, comme cernées d'un halo. Il y avait la paille jaune sous sa joue et, sur elle, un grand corps d'homme qui se démenait. Elle criait de bonheur ; son amant était si beau. Elle crut le voir au galop sur son cheval, ses cuisses musclées tendues par l'effort, puis elle se souvint de son sourire lorsqu'il retroussait sa chemise de nuit, qu'il la pénétrait. Enfin, elle revécut l'horrible soir où elle avait couru jusqu'au domaine. Prête à lier sa vie au Follet, elle espérait un coup du sort, elle rêvait de pouvoir rester près de celui qu'elle aimait vraiment.

« Mon Frédéric, n'abandonne pas ta Cathy qui t'aime à la folie ! Je dois épouser le Follet, alors que je t'aime comme une folle ! Et puis, j'avais pas osé te le dire, mais j'attends un enfant de toi... Si tu me prenais chez toi, comme servante, comme bonne, je m'en fiche, je ne veux pas te quitter... »

Elle s'était jetée à ses genoux, les enserrant de ses bras, tout entière dans sa supplique. Il avait tant goûté à la saveur de sa chair, il l'avait si souvent mordue, tétée.

Le père Jacques vit la tête de Catherine rouler sur l'oreiller d'un mouvement spasmodique.

— Oh ! non, non... geignait-elle dans son délire.

Il ignorait que la jeune femme croyait être de nouveau la proie de Frédéric. Aussi violent que pendant leurs étreintes, il l'avait repoussée en arrière, la faisant tomber sur le carrelage de l'écurie. Comme il avait les mâchoires contractées ! Et ce rictus aux lèvres... L'œil fou, il avait commencé à la frapper, des coups de pied au ventre, dans le dos, sur les seins.

Epouvantée, elle n'avait pas osé pousser un cri, certaine qu'il pouvait la tuer. A cause de lui, l'enfant était mort.

Catherine eut un sursaut, puis s'effondra dans le lit. Le curé, qui supportait religieusement la puanteur de ce jeune corps, se remit à prier. Il lui avait fermé les yeux. La mère entra, alarmée par le silence.

— Ma pauvre enfant ! se lamenta-t-elle. Dieu ait son âme…

Raymonde se tenait sur le pas de la porte. Elle fixait sa sœur et refusait de comprendre.

— Ne reste pas là, mon enfant ! lui dit doucement le curé. Va chercher le Follet. Va !

Edouard Giraud venait de partir, non sans les avoir saluées d'un signe de tête. Claire n'avait pu s'empêcher d'admirer le trot régulier de l'étalon, qui portait sans peine un cavalier aussi lourd.

— Vois-tu, Bertille, si j'avais épousé Frédéric, j'aurais eu au moins un plaisir : posséder des chevaux superbes, de bonne race. Enfin, j'aime autant ma brave Roquette.

— Tu ferais mieux d'aller questionner ton père ! murmura sa cousine. J'ai dans l'idée que leur conversation te concernait.

Claire jeta un coup d'œil curieux vers la porte de la salle commune. Le papetier ne se montrait pas.

— Tu as raison, j'y vais !

La jeune fille trouva son père le visage défait. Il se tenait assis à la table, les mains nouées devant lui.

— Papa ! Qu'est-ce que tu as ?

Il la regarda d'un air absent et poussa un long soupir.

— Ma Clairette ! Que Dieu nous protège ! Je ne suis pas de taille à me battre contre ce qui se prépare…

Jamais Colin Roy n'avait eu cette expression égarée. Claire en fut bouleversée. Elle l'entoura de ses bras.

— Dis-moi ce qui se passe, papa ! Si monsieur Giraud est venu demander ma main pour son fils, ne sois pas triste, je refuserai. Nous ne sommes plus au Moyen Age. J'ai mon mot à dire.

Avec un sourire désabusé, il lui caressa la joue.

— Les affaires ne sont pas brillantes, et je suis fatigué. Mon dos me fait souffrir. Ne t'inquiète pas. Et, pour être franc, Claire, même si tu voulais épouser cet individu, je m'y opposerais. Frédéric Giraud ne te mérite pas.

A demi rassurée, Claire respira à son aise. Mais un long cri de chagrin la fit sursauter. Une voix frêle appelait, dans la cour.

— Le Follet, le Follet !

— Mon Dieu, c'est Raymonde ! souffla Claire. Il est arrivé un malheur !

Colin se leva, renversant le banc. Ils sortirent tous deux d'un même élan affolé. La fillette se tenait immobile, en plein soleil. La lumière crue marquait sa petite figure désespérée.

— Le Follet, vite, Catherine est morte !

Déjà le jeune ouvrier accourait, un de ses camarades occupé aux étendoirs l'ayant prévenu. Le bruit était tel dans la salle des cuves que l'on n'entendait rien de ce qui se passait dehors.

— Raymonde ! hurla-t-il.

Bertille assistait à la scène, blême d'effroi. Ses doigts crispés sur les accoudoirs du fauteuil témoignaient de sa rage impuissante. Pourquoi ne pouvait-elle pas courir au secours de l'enfant, comme le faisait Claire à présent… Sa cousine s'était accroupie pour embrasser les joues noyées de larmes. Le Follet, lui, ôtait son tablier et ses sabots. Très pâle, il se signait en reniflant.

— Voilà que je suis veuf, à peine marié ! bégayait-il. Misère, misère…

— Je te donne congé trois jours, mon pauvre garçon, annonça le maître papetier, apitoyé.

Le Follet le remercia avant de s'éloigner au pas de course. Raymonde échappa à Claire et le suivit.

De sa fenêtre, Hortense avait tout vu et entendu. Elle tremblait, les paumes plaquées sur son ventre proéminent. Catherine avait perdu son bébé, une mauvaise fausse couche. La laitière, deux jours plus tôt, lui avait raconté combien la jeune femme avait souffert, perdant des matières corrompues et puantes. L'épouse du papetier fut saisie d'une peur atroce. Elle crut percevoir une tension dans ses reins, un spasme sous l'estomac. A pas lents, elle marcha jusqu'à son lit et souleva la courtepointe garnie de laine.

— Je porte un fils, je le sens ! balbutia-t-elle. Je le mettrai au monde vivant, bien vivant. Ce sera le maître ici.

Hortense Roy s'allongea et se couvrit malgré la tiédeur ambiante. Elle décida de rester alitée durant les quatre mois à venir. Son corps contenait un être si précieux ; il lui fallait du repos, encore du repos.

Etonnée de ne pas voir sa mère dans la cuisine, Claire monta dans la chambre. Elle pleurait, révoltée par le décès de Catherine et émue par le chagrin de Raymonde et du Follet. Découvrir Hortense couchée l'alarma.

— Maman ! Es-tu malade ? Maman…

— Ne crains rien, je me sentais faible. Il vaut mieux que je garde la chambre.

— Maman, Catherine est morte !

— Je sais, ma fille ! Je plains ses parents de tout cœur. Si peu de temps après les noces…

Malgré sa peine, Claire perçut comme un relâchement dans le ton d'ordinaire si sec de sa mère. Elle lut dans son regard un éclair de panique. Cédant à un mouvement d'affection, la jeune fille s'agenouilla, posant sa tête sur l'épaule maternelle.

— Là, ma petite, là, chuchota Hortense qui lui touchait les cheveux d'un geste maladroit. Je suis bien contente de t'avoir, ma Claire ! J'ai dû te paraître bien sévère, souvent, mais je t'ai toujours aimée, et je suis fière de toi.

Ces paroles frappèrent Claire de stupeur. Soudain, elle s'estima idiote. Pourquoi avait-elle douté de l'amour de sa mère ? Quelle femme détesterait son enfant unique ?

— Maman, pardonne-moi ! J'ai mauvais caractère, parfois ! Maintenant, c'est fini, je serai la plus sage des filles ! Reste tranquille, je vais servir le déjeuner et je t'apporterai un plateau.

Hortense retint Claire par la main, car elle se relevait, dans son empressement à bien faire.

— Merci, ma petite ! Surtout, tu feras un beau bouquet de nos roses pour l'enterrement de Catherine. Dieu me garde de connaître un tel malheur ! Perdre son enfant !

Claire promit. Elle descendit l'escalier dans un étrange état d'exaltation. Depuis l'hiver, la vie lui imposait une suite de chauds et de froids qui la bousculaient. Il avait fallu la mort de Catherine – ancienne ouvrière du moulin – pour recevoir de sa mère des preuves d'amour. Le décès de Marianne Giraud avait chassé Basile du pays. Tout son petit univers basculait dans une sorte de chaos. Elle se redressa, prête à affronter les épreuves futures dont elle pressentait l'approche lente malgré la douceur de ce mois de mai…

3

Le joli mois de mai

Trois jours s'étaient écoulés. Catherine reposait au cimetière, dans la partie réservée aux gens de condition modeste, ceux qui plantaient une simple croix de bois sur un monticule de terre. Les caveaux en belle pierre du pays, d'un gris clair, étaient destinés aux familles riches.

Le Follet avait repris son travail de *coucheur* au moulin le lendemain de l'enterrement. Colin Roy ne le trouvait pas très affligé et s'en étonnait. Cependant, les états d'âme de ses ouvriers passaient au second plan. Ce garçon aux oreilles décollées, avec de longs bras poilus, était un des meilleurs coucheurs qu'il ait eus depuis longtemps. Il fallait en effet un tour de main habile pour cette opération. Debout près de la cuve chauffée par un petit brûleur à huile, le jeune homme devait plonger dans la pâte à papier la forme qui recueillerait le compte juste de matière visqueuse.

Cette forme était un élément indispensable. Colin les fabriquait lui-même, mais jadis un ouvrier spécialisé en avait la charge. Ce cadre en bois, qui sertissait un fin treillis de fils de cuivre ou de laiton, servait à recueillir la pâte et à l'étaler en un mouvement de va-et-vient, non sans incliner la forme. Ensuite, on la posait sur le bord de la cuve afin d'égoutter l'eau superflue. Le coucheur tendait bientôt le cadre à un autre homme, chargé de l'ajouter sur les formes empilées auparavant.

Le Follet avait une façon de procéder rapide et efficace. Ce matin-là, il opérait avec une profonde concentration, sous l'œil du maître papetier. Profitant d'un moment où ils étaient seuls, Colin demanda :

— Pourquoi es-tu revenu si vite ? Tu as perdu ta femme, tu avais le droit de la pleurer !

— Eh ! Je la pleure aussi bien ici ! répliqua le Follet. Je ne veux pas vous causer d'embarras. La commande ne sera pas prête à temps si on chôme !

Colin hocha la tête. Son ouvrier jeta un regard alentour et murmura :

— Vous savez, patron, le petit, il n'était pas de moi… Tout le bourg en cause ; pourquoi je me tairais ? La Catherine, j'ai bien voulu l'épouser, histoire de lui éviter le déshonneur ! Je ne l'ai jamais touchée, moi… Nous étions de bons camarades, et des promis, oui, parce que nos parents avaient arrangé ça à leur idée. Mais bon, si je me remarie un jour, ma promise, ce sera une fille neuve, qui n'a pas connu le loup !

Colin Roy resta songeur. Puis, tout bas, il ajouta :

— Le père, ce n'était pas le fils Giraud ?

— Peut-être bien, patron, je suis pas devin. Y a des chances, cela dit…

Le papetier étouffa un juron et s'éloigna. Il se sentait pris au piège. Le nœud qui lui serrait la gorge depuis la visite du gros Edouard Giraud l'étreignit davantage.

— Qu'est-ce que j'ai fait, mon Dieu ? murmura-t-il. Si seulement Hortense ne m'avait pas poussé dans cette voie !

Il descendit dans la salle des piles – le cœur vivant du moulin – pour trouver un peu d'apaisement. D'un naturel doux, Colin luttait contre la colère. Il avait envie de monter dans la chambre de sa femme pour la secouer. En plus, elle gardait le lit maintenant, jouant les malades.

Demain, je parlerai à Claire ! se promit-il comme la veille et l'avant-veille.

Le remords lui coupait l'appétit. Il le dérangeait pendant son travail au moulin. Colin Roy avait la pénible impression d'avoir vendu sa propre fille, son unique enfant, au plus offrant.

Claire était loin de se douter des préoccupations de son père. La mort de Catherine l'avait peinée et elle y songeait souvent. Les deux filles s'étaient connues sur les bancs de la communale de Puymoyen, malgré les trois ans qui les séparaient. Catherine était dans la classe du certificat d'études ; Claire apprenait à lire. Cependant, lors des récréations, la plus grande veillait sur les petites, improvisant des rondes ou chantant à tue-tête.

Ce matin-là, celui d'un jour qui allait changer sa vie, Claire coupait des tranches de lard. Elle désirait agrémenter d'un peu de viande le sempiternel plat de navets et de pommes de terre servi aux ouvriers. Sa mère, si pingre, n'en saurait rien.

— C'est assez agréable d'être maîtresse de maison ! souffla-t-elle à Bertille, assise près de la cuisinière.

L'infirme voulait se rendre utile en secondant sa cousine. Pour l'instant, elle remuait le contenu d'une lourde marmite à l'aide d'une longue cuillère en bois. Etiennette mettait le couvert dans la salle commune, où le papetier déjeunait en compagnie de ses employés.

— Ne parle pas trop fort, Clairette, si jamais elle t'entendait !

— Aucun risque, maman prie et, quand elle prie, le toit pourrait se fendre, la rivière déborder, elle ne ferait pas attention. Mais je la comprends, elle a si peur de perdre son bébé comme cette pauvre Catherine.

Bertille approuva en silence. Personne ne pensait à s'apitoyer sur son sort à elle. Avec ses jambes mortes, elle n'aurait jamais d'enfant, car aucun homme ne voudrait la toucher.

— Au moins, Catherine a eu quelques mois d'amour ! murmura-t-elle.

— Tu exagères, Bertille, coupa Claire. Elle a terriblement souffert. Tu ne peux pas l'envier, quand même…

Le chien lança un jappement impérieux. Le parfum du lard l'excitait.

— Malheur, tais-toi ! fit Claire. Si maman comprend que tu entres dans la cuisine, cela fera un drame. Tiens !

La jeune fille lui donna une lamelle de gras. Les cheveux coiffés d'un foulard, son corsage rose protégé par un tablier blanc, elle était toujours ravissante. Il émanait de sa chair dorée, de ses traits réguliers une vitalité surprenante. Colin la découvrit ainsi, alors qu'il entrait.

— Eh bien, ma Claire, tu n'es pas en retard ! Déjà aux fourneaux !

— Oui, papa, et ce soir, j'irai ramasser des escargots. Le temps est à l'orage, ils vont sortir de leurs cachettes. Ils auront le temps de jeûner. Je les accommoderai pour le banquet du mois de juin. J'espère que maman daignera descendre de son lit. Tu n'es pas content ? C'est ton plat préféré, les cagouilles, surtout à ma façon.

Claire tenait la recette de sa grand-mère. Après deux semaines sans s'alimenter, les escargots étaient prêts pour la marmite. La jeune fille les faisait ensuite dégorger au sel et au vinaigre, dans une cage grillagée réservée à cet usage. Ils bavaient abondamment, mais elle les rinçait dans l'eau de la rivière. Ensuite, il fallait les jeter dans un court-bouillon relevé de plantes aromatiques, celles qui poussaient en lisière du potager : du thym, du laurier, de la sauge, du persil. La cuisson durait deux bonnes heures, après quoi Claire les égouttait et les accommodait avec de la purée de tomates, de l'ail pilé et du lard émincé. La famille et les ouvriers du moulin se régalaient toujours.

Colin se montrait le plus gourmand à cette occasion. Pourtant, il ne fit pas de commentaire, et le mot familier de cagouille ne lui arracha pas un sourire. Il dévisagea sa fille, puis ressortit.

— Mon père est bizarre en ce moment ! déclara-t-elle. Il a un souci, mais lequel ? A ton avis, Bertille ?

Sa cousine semblait boudeuse. Elle répondit, d'une voix dure :

— Je n'en sais rien. Tu vas encore m'abandonner ce soir ! J'aimerais tant, moi aussi, me promener dans la vallée. L'air est si doux à la tombée de la nuit ! Je t'en prie, tu pourrais prendre la brouette ; comme ça je serais avec toi... Etiennette pourrait nous accompagner aussi.

Claire retint une grimace de dépit. Elle avait besoin de fuir l'atmosphère morose de la maison. Elle se réjouissait de marcher seule sur le chemin longeant la rivière, de constater une fois encore, en passant devant chez Basile, que son vieil ami n'était pas de retour.

— Ma Bertille, ne m'en veux pas, mais je perdrais du temps

si je devais pousser la brouette. Tu imagines, à chaque escargot que je verrais, je devrais m'arrêter ! Quant à Etiennette, elle se lève avant le soleil ; on ne peut pas la faire veiller. Ecoute, demain, j'attellerai Roquette et nous irons à l'épicerie de Puymoyen acheter les biscuits que tu aimes tant. Je te mettrai ta plus jolie robe, ton chapeau de paille... Nous porterons des fleurs sur la tombe de Catherine.

Sa cousine détourna la tête pour cacher les larmes qui roulaient sur ses joues.

— Ne prends pas cette peine, Claire ! Je crois que je vais entrer au couvent, chez les Ursulines de Saint-Cybard. Je ferai des travaux de couture et de la broderie. Tes parents ne m'auront plus à charge. Je suis une bouche supplémentaire à nourrir... Et j'ai l'âge de le comprendre !

Claire s'approcha, tenant une assiette remplie de tranches de lard. Elle jeta la viande dans le brouet de légumes, sans quitter un air de profonde surprise. Les paroles de Bertille la bouleversaient.

— Mais qu'est-ce qui t'arrive ? lui demanda-t-elle. Papa te considère comme sa fille ! Bertille, tu es l'enfant de son frère ! Jamais il ne te dira de partir du moulin. Il t'a accueillie à bras ouverts, en larmes ! Je m'en souviens, il a remercié Dieu de t'avoir sauvée. Et ton histoire de bouche à nourrir, c'est de mauvais goût. Nous avons de solides revenus, et, aux repas, nous n'en sommes pas à une part de plus ou de moins.

Bertille soupira, moqueuse. Quand elle arborait ce petit sourire supérieur, Claire aurait pu la gifler.

— Tu bouges sans arrêt, évidemment ! poursuivit l'infirme. Tu cours à la salle des piles, tu passes admirer l'eau du bief, tu montes chez ta mère, tu files à l'écurie avec ton chien. Moi, je suis là, sur ce fauteuil, et il y a des choses qui ne m'échappent pas !

— Quoi ? interrogea Claire. Vas-y, parle donc !

— Ton père a des soucis d'argent. Il a perdu deux de ses gros clients. Il disait hier à ta mère qu'il allait vendre la maison qu'il loue à Basile. Si j'entre au couvent, cela arrangerait tout le monde. Surtout si tu te maries bientôt...

Claire eut mal au cœur. Elle ne pouvait pas mettre en doute les paroles de sa cousine.

— Je ne croyais pas que c'était si grave, dit-elle seulement. Papa aurait dû me prévenir. Mais c'est une raison de plus pour ne pas me marier ; une noce coûte cher.

Soudain, elle revit la face réjouie d'Edouard Giraud, le jour de la mort de Catherine. Que venait-il faire au moulin... sûr de lui, à cheval comme un conquérant ?

La journée avait paru interminable à Claire. Elle avait servi le déjeuner, fait la vaisselle, aidé son père aux étendoirs et, au moins dix fois, avait couru à l'étage, car Hortense l'appelait. Etiennette se proposait, mais la maîtresse de maison ne voulait pas voir la jeune servante entrer dans sa chambre.

— Elle sent la crasse et ses sabots sont toujours boueux puisqu'elle nourrit le cochon ! disait-elle.

Claire devait apporter à sa mère de l'eau fraîche, de la tisane, son nécessaire à couture, l'almanach... Ensuite, il y avait eu le dîner, son père taciturne, la mine sombre, Bertille toute triste.

A présent, elle avançait sur le chemin longeant les falaises, son chien sur ses talons. L'animal flairait des pistes de lapins et s'élançait à droite ou à gauche, grisé par les parfums de la nature que le mois de mai exaltait.

— Dis donc, Sauvageon, ne m'abandonne pas ! Un peu plus et papa refusait de me laisser sortir ! J'ai pourtant assez travaillé.

Elle respira avec délices l'air doux du soir. Les criquets chantaient dans l'herbe alors que le ciel se voilait de longues traînées roses.

— Oh, quel plaisir... un peu de liberté, de solitude.

Claire fredonna la chanson qui courait sur ses lèvres depuis des années. Elle l'avait apprise malgré elle, en écoutant les ouvriers de son père. Les hommes comme les femmes l'entonnaient pour se donner du cœur à l'ouvrage et, dans chaque moulin de Charente, le refrain résonnait à l'heure de brasser la pâte ou de presser les larges feuilles de papier encore humides. Si on la chantait à la veillée, les participants tapaient du pied en cadence tout en frappant des mains pour imiter le bruit des maillets de la pile.

« … De bon matin, je me suis levé
Vive les garçons papetiers,
De bon matin je me suis levé
Vive la feuille blanche !
Vive les garçons papetiers
Qui font leur tour de France !

A ma cuve je suis allé
Vive les garçons papetiers
A ma cuve je suis allé[1]*… »*

Elle avait emporté une lanterne, mais, selon son habitude, elle ne l'allumerait qu'à la nuit noire. La présence de son chien la rassurait. Celui qui oserait lui chercher querelle aurait à affronter la bête dont le côté loup pouvait réserver des surprises.

— Vive les garçons papetiers…

Claire se tut. Elle se forçait à être gaie, mais ne parvenait pas à oublier la fin tragique de Catherine, les soucis d'argent de son père, le désespoir de Bertille…

— Ah ! Encore un ! Regarde, Sauvageon…

Elle se pencha et ramassa l'escargot dont la coquille s'ourlait d'un bord bien dur. C'étaient les seuls qu'il fallait prendre pour la cuisine, car ils étaient adultes et la fameuse coquille ne se briserait pas à la cuisson. Son panier grillagé, au couvercle muni d'un ressort, était à demi plein. Basile le lui avait offert. Il appelait ça une bourriche et s'en servait, lui, à la pêche. Penser à l'instituteur l'attrista davantage.

Je vais avancer jusque chez lui, il y a toujours des cagouilles le long de son mur ; le fossé est tellement humide.

Elle coupa à travers un petit pré semé de renoncules sauvages, d'un blanc laiteux. Son regard effleura l'énorme pan de falaise qui surplombait le moulin.

J'étais si heureuse, avant… Tout a changé en quelques mois.

Elle songea à son enfance paisible. Ses premiers souvenirs avaient pour décor le moulin. Alors qu'elle avait trois ans, elle

1. Chanson des papetiers, origine angoumoisine.

avait visité dans les bras de son père la salle où les piles hollandaises battaient inlassablement la pâte à papier, répandant cette odeur âcre qu'elle avait appris à aimer. Hortense, bien que sévère, lui témoignait de l'affection. Claire portait de jolies robes, elle avait les cheveux bien nattés et un petit tablier blanc brodé de dentelles présidait à ses jeux dans la cour. Pour une enfant privée de frères et de sœurs, le moulin était un univers passionnant. Il y régnait une animation constante, de quatre heures du matin jusque tard le soir.

Le va-et-vient des ouvriers, les attelages entrant à grand bruit pour livrer des chiffons ou emporter les rames de feuilles, les repas pris en commun avec les discussions, les chansons, tout cela lui avait appris le partage et le sens de l'observation. Très bonne élève – elle avait eu d'excellentes notes au certificat d'études –, Claire semblait destinée à devenir institutrice. Mais elle n'avait pas voulu suivre cette voie.

« Je veux rester à la maison ! » avait-elle dit à ses parents, sans oser avouer que la fabrication du papier l'intéressait plus que tout.

Elle savait que le métier exigeait beaucoup de temps et qu'il s'agissait d'un travail d'homme. Maintenant encore, elle espérait en apprendre plus afin de seconder son père, mais il ne comprenait pas. Elle s'en consolait en soignant ses trois chèvres et la jument. Le potager aussi était son domaine, mais Claire ne bêchait pas la terre ; c'était le Follet qui labourait à la houe et qui hersait. Colin le payait pour ce service.

La jeune fille avança vers la bâtisse trapue où elle avait passé de si joyeuses heures en compagnie de Basile. Elle crut deviner, par une des ouvertures de la grange, l'éclat d'une chandelle. Son cœur manqua un battement, d'émotion et de surprise.

— Il est revenu ! Tu as vu, mon chien ! Sûr, Basile aura du mal à te reconnaître ! Toi, je te défends de grogner. C'est un ami.

Claire suspendit la bourriche à une branche basse et se mit à courir. Elle poussait la petite porte de la grange quand la lumière s'éteignit. Le chien gronda sourdement.

— Sois sage ! Peut-être que Basile allait se coucher ! Voilà, il a voyagé toute la journée, il est fatigué ! Tant pis, je veux le voir !

Secouant ses cheveux dont la masse brune croulait sur ses épaules en boucles souples, Claire s'aventura dans la première dépendance. Ces bâtiments que l'ancien instituteur utilisait rarement n'étaient pas fermés à clef. Seul le logis disposait d'une solide serrure.

— Qu'il fait sombre ! pesta la jeune fille en piétinant un lit de paille desséché.

Un bruit sur sa gauche la fit sursauter. Le chien poussa un aboiement étouffé, mi-hurlement, mi-grognement. Elle le retint par le collier, mais il se démena et fonça dans les ténèbres.

— Non, Sauvageon !

Elle fut saisie d'une peur viscérale. Comment avait-elle pu se montrer aussi sotte ? N'importe qui pouvait se cacher là… Le bruit, de nouveau. Terrifiée, Claire n'osait ni reculer ni continuer. Au même instant, le chien gronda, jappa, avant de crier d'une étrange façon. Cela ressemblait à un cri d'agonie. Puis le silence revint.

— Sauvageon ? Où es-tu ?

Claire luttait pour ne pas hurler de frayeur. Elle regretta d'avoir laissé sa lanterne dehors, sur une borne en pierre. L'obscurité la cernait et son chien ne lui répondait pas. Elle tendit les mains devant elle à la manière d'une aveugle. Soudain, quelqu'un la ceintura d'un bras robuste, tandis que des doigts écrasaient sa bouche.

— Si tu cries, je te saigne ! chuchota une voix d'homme. J'ai un surin[1] !

La jeune fille sentit un objet pointu lui piquer les côtes. La panique la submergea.

— T'as compris ? Pas un mot !…

Elle réussit à bredouiller, en tremblant de tout son corps :

— Je ne crierai pas ! Ayez pitié…

Complètement affolée, Claire cherchait pourtant à identifier la voix qui la menaçait. Son agresseur était mince, ce n'était

1. Argot du XIXe siècle : couteau.

donc pas Edouard Giraud, connu pour ses mœurs dépravées. Elle songea à Frédéric, mais il n'avait pas cet accent, ni ce vocabulaire.

— Mon chien, ajouta-t-elle très bas, que lui avez-vous fait ? Il n'est pas mort ?

L'angoisse qu'elle éprouvait pour l'animal dépassait sa peur. Les doigts de l'homme se firent légers sur ses lèvres. Elle sanglota, éperdue de chagrin :

— Si vous l'avez tué, oh, si vous l'avez tué...

— Je l'ai juste assommé avec un bout de bois ! Il m'a mordu. T'avais qu'à mieux le tenir !

C'était une situation vraiment particulière, ce dialogue dans le noir, leurs corps serrés l'un contre l'autre. Claire sentit une main caresser sa poitrine, puis glisser vers sa hanche. Elle sursauta, prête à se rebiffer, mais une prudence instinctive la fit rester calme. L'inconnu l'étreignit plus fort en riant tout bas. Malgré les sentiments de colère et de méfiance qui l'agitaient, la jeune fille sentit une langueur troublante l'envahir.

— Lâchez-moi ! gronda-t-elle.

Elle se dégagea avec brusquerie. Son élan l'entraîna et elle tomba à genoux. Craignant des représailles, la jeune fille tenta de fuir sans se relever. Ses mains touchèrent de la fourrure.

— Sauvageon !

Claire posa sa joue sur le flanc du chien-loup. Elle perçut une respiration saccadée.

— Il est vivant ! Mon Dieu, merci...

La voix répliqua, d'un ton ironique :

— C'est moi que tu dois remercier ! J'aurais pu lui trancher la gorge, à ton bâtard !

Elle ne daigna pas discuter. L'individu tapi dans les ténèbres n'avait pas l'air si dangereux que ça, et pas beaucoup plus âgé qu'elle. Il fanfaronnait d'un ton assez prétentieux. Sans doute était-il curieux aussi, car il ralluma la chandelle.

En découvrant Claire assise sur la paille, la tête ensanglantée du chien sur ses jupes, il siffla d'admiration. Son corsage dégrafé dévoilait la naissance des seins, ronds et menus ; la clarté jaune de la flamme dorait son teint et ravivait le rouge de sa bouche. Il approcha sans lâcher le couteau.

— T'es plutôt jolie, dis donc. Ouais, un beau morceau de fille !

Claire n'osait pas le regarder. Elle se concentra sur la blessure de son chien qui n'était guère profonde. Enfin, très doucement, elle leva sur le jeune homme ses prunelles noires, brillantes de colère.

— Ce n'était pas la peine de le frapper ! Pourquoi vous cachiez-vous ici ?

— Eh ! Me parle pas sur ce ton ! lui répondit-il d'une voix moins assurée.

La jeune fille prit le temps de jauger son adversaire. Elle distinguait mal son visage, mais il portait un simple costume de coutil écru qu'elle crut reconnaître. Les bagnards de la colonie pénitentiaire de La Couronne [1] étaient affublés de ce genre de tenue facilement repérable en cas d'évasion. Un jour que son père rendait visite au maître papetier du moulin de Fleurac, un autre établissement charentais, elle l'avait accompagné. Ils étaient passés en calèche près des champs que les colons labouraient. La vue des misérables créatures qui accomplissaient une dure besogne du matin au soir l'avait désolée. Il y avait des enfants et des adolescents. Bien sûr, elle en avait parlé à Basile. Il lui avait expliqué, la bouche amère, que ces « pauvres gosses » étaient là pour des broutilles. Leur plus gros crime, dans la plupart des cas, c'était d'avoir volé de la nourriture parce qu'ils mouraient de faim.

— Toi, déclara-t-elle, tu t'es enfui de La Couronne... du bagne... C'est ça ?

Le tutoiement lui était venu spontanément. Depuis l'enfance, elle fréquentait les ouvriers de son père et se montrait familière avec eux.

— Tu te crois futée ! s'écria le garçon.

Mais il était visiblement inquiet et jeta un coup d'œil sur sa veste.

— Les gendarmes m'ont repris deux fois parce que je faisais la connerie de partir vers l'ouest. Je voulais m'embarquer à La Rochelle. Là, ils ne m'auront pas. Je cherchais à manger, dans cette baraque, et des vêtements aussi. Avec ça sur le dos, on ne

1. Commune proche d'Angoulême.

va pas loin. J'ai un plan, je vais me cacher dans le coin au moins trois semaines. Si je leur échappe, après ils abandonneront les recherches. Enfin, à moins que tu me dénonces !

— Ce n'est pas mon genre ! coupa Claire, qui ressentait un début de pitié pour le fugitif.

Elle tamponnait la plaie du chien à petits coups de mouchoir.

— Dis donc, tu l'aimes, ton bâtard ! Je voulais pas lui faire de mal, mais il allait me prendre à la gorge ! J'ai pas eu le choix, je l'ai cogné. Personne ne m'a soigné si gentiment, même pas ma mère. D'abord, je l'ai pas connue...

Le jeune homme s'assit. Il ôta sa casquette, exhibant un crâne tondu récemment, car pas une ombre de repousse ne se devinait.

— Mon nom, c'est Jean ! Au bagne, les petiots m'appelaient « Jeannot coup de couteau » !

Il éclata de rire. Claire l'observa. Il avait de belles lèvres pâles, un nez fin, de grands yeux bleus aux cils noirs, une peau mate. Elle décida qu'il ne pouvait pas être mauvais, avec un regard aussi beau, dont elle subissait déjà le pouvoir magnétique.

— Alors tu as faim ? chuchota-t-elle, radoucie. Moi, je n'ai que des escargots vivants à te proposer, c'est assez baveux...

Jean grimaça, les mains sur l'estomac. Amusée, elle ajouta :

— Je sais où est la clef ; l'homme qui habite là est notre locataire. Je suis sûre qu'il reste à grignoter, dans son placard. Ne bouge pas, j'y vais.

Claire bondit sur ses pieds. Le chien voulut la suivre, mais il se recoucha, encore étourdi.

— Reste là, toi aussi, Sauvageon ! Repose-toi.

Jean recula pour se tenir à distance de l'animal qui recommençait à grogner en le fixant de ses prunelles dorées.

— Il est bizarre, ce cabot ! Tu es sûre qu'il ne va pas m'attaquer ?

— Je ne crois pas, si tu bavardes avec lui ! Sa mère était une louve ! lui confia Claire, contente de partager son secret avec l'inconnu. Et son père, c'était mon chien, Moïse. Un de nos voisins les a tués. Cet hiver, pendant une battue. Je le déteste, depuis... Moi, j'ai recueilli leur petit, et je l'ai nourri. Enfin, les premiers jours, il a bu le lait d'une truie qui se nommait Gertrude. Après, il a eu droit à du lait de chèvre, comme les gosses de bourgeois !

Sidéré, le jeune bagnard se gratta le menton. Ce fut au tour de Claire de rire sans bruit, avec le sentiment délicieux de vivre une aventure inouïe. Jean, charmé par la vue de ses petites dents blanches, la prit aux épaules, l'attira contre lui et l'embrassa.

— Mais tu es fou ! En voilà des manières ! Pour qui me prends-tu ?

Elle le repoussa, étonnée par les sensations qui l'assaillaient. Son cœur battait bien trop vite, ses jambes tremblaient.

— Je vais chercher la clef ! souffla-t-elle. Tu mangeras un peu ! Si je trouve des habits, je te les rapporte. Ensuite, il faudra te cacher, tu as raison, mais surtout pas ici ! Les gendarmes ont l'habitude de visiter les granges et les écuries. La vallée est truffée de grottes ; j'en connais une difficile d'accès...

Elle partit en courant et prit la clef. La lune se levait. Il faisait nuit. Au loin, le Moulin du berger se profilait derrière une haie de noisetiers. A l'étage, deux fenêtres étaient éclairées.

Colin Roy fixa l'horloge d'un œil inquiet. Jamais il n'aurait dû autoriser Claire à sortir seule, au crépuscule. Il lui avait cédé par lassitude. Jadis, il l'accompagnait et tous deux fouillaient les fossés ou les vieux murs, pour dénicher des escargots. L'heure tournait et la jeune fille ne revenait pas. Le maître papetier avait monté Bertille dans la chambre avant de se résigner à rejoindre son épouse. Hortense, mise au courant de la situation, s'était redressée avec précaution.

— Colin, perds-tu l'esprit ? Claire n'en fait qu'à sa tête, vraiment ! Et si elle t'avait berné ? Elle peut rencontrer un galant à son aise et jeter sa vertu aux orties ! Nous aurions l'air de quoi devant les Giraud ?

— Le mariage n'est pas fait, Hortense ! Soit, j'ai donné ma parole, mais je peux la reprendre. Quel imbécile j'ai été ! Demander un prêt à ce vieux renard de Giraud...

Sa femme pinça le nez, livide.

— Tu aurais préféré renvoyer chez eux la moitié de tes ouvriers ? Des pères de famille pour la plupart ! Mon pauvre Colin, crois-tu que tu pourrais faire marcher le moulin à toi tout seul ?

Le papetier, bien que très fatigué, hésitait à se dévêtir. Si Claire tardait encore, il irait la chercher.

— Couche-toi donc ! s'écria Hortense. Ta fille doit rêver au clair de lune, telle que je la connais ! Elle a l'esprit bourré de fadaises à cause de tous ces romans qu'elle lit. Et Bertille l'imite. Nous avons agi au mieux, Colin. Quand elle sera devenue madame Frédéric Giraud, Claire sera à l'abri du besoin. Elle aura monté un échelon dans la société et tu pourras dormir tranquille ; Edouard Giraud n'osera pas réclamer son dû puisque nos deux familles seront liées.

Colin se frotta les tempes. Les discours de sa femme lui donnaient la migraine. Il alla se poster à la fenêtre, espérant apercevoir la silhouette de la jeune fille dans la cour.

— N'empêche ! maugréa-t-il. J'ai l'impression d'avoir vendu Claire à ces gens ! Et j'ai commis une grave erreur. Mais ce vieux salaud de Giraud me tenait à la gorge. L'argent contre la promesse d'unir nos deux enfants, comme il disait... Hortense, sais-tu que cette malheureuse Catherine était grosse de trois mois, que le père, c'était Frédéric ? Il l'a mise enceinte, certain que le Follet l'épouserait quand même. Va savoir si cette gosse n'a pas perdu son bébé à force de remords.

Hortense Roy faillit lâcher sa tasse de tisane. Elle roula des yeux effarés.

— Tu mens !

— Hélas ! J'aimerais bien. Ce crétin trompera Claire ; il a le diable chevillé au corps, comme son père.

Très pieuse, presque bigote, Hortense se signa. Sans cesse partagée entre ses projets de fortune, d'ordre absolu et son devoir de mère, elle pensait sincèrement avoir trouvé le meilleur mari pour sa fille. Qui pouvait prétendre à la main de Claire, sinon... A Puymoyen, les garçons de son âge étaient des paysans incultes. Quant aux ouvriers du moulin, aucun n'était célibataire. Peut-être que, dans le voisinage, un ou deux jeunes hommes auraient fait l'affaire, mais Hortense visait haut. Le domaine de Ponriant l'avait toujours attirée ; elle voulait y placer sa fille unique, mais pas à n'importe quel prix.

— Dieu tout-puissant ! Mais enfin, Colin, pourquoi me dire ça seulement ce soir ! Jamais je n'aurais consenti si j'avais su ! Bien sûr, il faut reprendre notre parole !

Colin leva les bras au ciel, excédé :

— Et Giraud en profitera pour exiger le remboursement du prêt dans les plus brefs délais ! Il est loin d'être sot... Non, maintenant, je suis sous sa coupe, piégé, contraint de le satisfaire.

Le couple échangea un regard affolé. Hortense massa son ventre, prise d'une terrible angoisse.

— Et ce fils que je vais te donner, Colin, pouvons-nous le sacrifier ? Ce sera lui ton successeur, le maître du moulin ! Je t'ai poussé à faire cet emprunt pour notre enfant à venir...

Le papetier courba le dos, accablé. Son épouse lui tendit les mains ; il resta à l'écart.

— Ma pauvre femme, nous pouvons aussi bien avoir une autre fille, qui sera sans dot.

— Non, c'est un garçon, je le sens ! clama Hortense. Ne désespère pas, Colin. Ecoute, nous avons encore du temps. Les Giraud portent le deuil ; il n'y aura pas de noces avant six mois. Quand il le faudra, je parlerai à Claire. Elle comprendra. Elle n'a plus d'autre issue à présent. Elle devra épouser Frédéric.

Bertille, allongée sur son lit, crut entendre des éclats de voix provenant de la chambre de son oncle. Elle maudit une fois encore son infirmité. Quelques mots avaient retenti de façon plus nette.

Il est question de Frédéric... songea-t-elle, et de Claire.

Elle tenta de reprendre sa lecture, mais le retard de sa cousine la préoccupait.

Je ne vois qu'une explication : Basile est de retour et ils font la causette. Quand même, elle exagère !

Bertille ferma avec un soupir le roman qu'elle lisait. C'était une édition bon marché d'une œuvre de Victor Hugo, *Les*

Misérables. Le grand poète était mort l'année de la naissance de Claire, qui lui vouait une admiration profonde.

Dès que je suis arrivée au moulin et que Colin m'a présenté ma cousine, j'ai su qu'elle me donnerait le courage de survivre ! se dit-elle, émue.

Elles avaient inventé un monde qui leur appartenait, à l'écart des adultes. Cette chambre aux murs tapissés de motifs fantasques et aux boiseries de chêne avait servi de décor à de folles soirées pendant lesquelles Claire récitait des poèmes, fabriquait des marionnettes ou racontait des histoires romanesques. Ces souvenirs arrachèrent un sourire à Bertille. Combien de fois avaient-elles rêvé d'un baiser volé, d'un prince sur son cheval blanc ? La réalité avait de moins belles couleurs.

Claire entra chez Basile dans un état d'exaltation intense. Elle avait les joues en feu et les mains glacées. Jamais elle n'aurait imaginé vivre des instants aussi passionnants. La monotonie de sa jeune existence s'abolissait, grâce au pouvoir d'un regard bleu azur où elle avait cru lire une profonde désespérance.

Elle fouilla les placards, visita le garde-manger et ne récolta qu'un bout de lard couvert d'une cristallisation de sel, aussi dur qu'un caillou. Dans un panier, quelques noix moisissaient.

Bah, l'intérieur est peut-être mangeable ! Si seulement je pouvais faire du café ou de la soupe.

Dans la chambre contiguë, Claire dénicha un pantalon usé jusqu'à la corde, une chemise mitée et un gilet poussiéreux. Elle se rappela avoir vu Basile dans cet accoutrement lorsqu'il jardinait.

Cela suffira… Il me faudrait un béret ou un chapeau ! Les honnêtes gens n'ont pas le crâne rasé.

Son butin sur le bras, elle referma la porte qui communiquait avec la grange. Un instant, la jeune fille eut peur d'avoir rêvé. Son beau bagnard serait-il vraiment là, le reverrait-elle ?

Il a pu s'enfuir, aussi ! Il peut craindre que je le dénonce…

Son cœur s'affola. Puis elle crut sentir encore les mains chaudes du jeune homme sur sa hanche, sur ses seins. Son corps avait répondu à une vitesse effarante à ce premier contact masculin. Claire compara ce trouble vertigineux à une fièvre violente, qui bouleverserait la course du sang, éveillant une faiblesse dangereuse. A son âge, elle ignorait tout de l'amour physique, malgré des suppositions assez exactes, déduites de son étude de la nature et des animaux. Rien ne l'avait préparée aux embûches de la passion charnelle, à l'attirance particulière qu'un homme et une femme peuvent éprouver contre leur gré, parfois.

Impatiente de le rejoindre, elle avança vers le halo jaune de la chandelle. Jean avait disparu de son champ de vision. Elle marcha jusqu'à son chien et aperçut une silhouette allongée sur la paille. Le garçon s'était couché. Il paraissait dormir.

— Oh ! Réveille-toi ! chuchota-t-elle en le secouant par l'épaule.

Il souleva une paupière et bâilla :

— Tu en as mis, du temps ! dit-il.

— J'ai fait le plus vite possible. Tu n'es guère patient ! répliqua-t-elle. Tiens, regarde ce que j'ai trouvé ! Ce n'est pas grand-chose, mais je reviendrai demain soir.

Il la contempla sans gêne, d'un air étonné.

— Pourquoi es-tu si gentille avec moi ?

— Ma mère est très croyante ! Disons qu'elle m'a donné le goût de la charité. Je suis certaine que tu n'es pas méchant et que tu n'as rien fait de mal. Ecoute, je dois partir. Je te laisse la clef de la maison. Si des gendarmes venaient par là, cache-toi chez Basile. Ils ne vont pas forcer une serrure si les dépendances sont désertes.

— Ton Basile, s'il revient, il va me livrer !

Claire secoua la tête. Elle avait confiance en son vieil ami plus qu'en ses parents.

— Non ! C'est un ancien communard. Il s'est battu aux côtés de Louise Michel sur les barricades… à Paris ! Dis-lui que tu me connais ; il te protégera. Au revoir, Jean, sois prudent !

Le jeune homme se redressa et s'assit en tailleur. Il examina les vêtements.

— Tu me sauves la vie avec ça ! murmura-t-il. Tu as même pensé au chapeau !

Claire n'avait aucune envie de rentrer au moulin. Jean la fascinait. Une prudence élémentaire la fit reculer.

— Demain soir, à la même heure ! Je te montrerai la grotte !

— Tu jures ? Tu ne vas pas me trahir ! J'ferais mieux de prendre le large.

Les mêmes mots que Basile cet hiver. Claire insista.

— Moi, je n'ai jamais eu froid ni faim, Jean ! Je veux t'aider, voilà tout ! Oh ! tu as vu ? Sauvageon te lèche le bras ! Au moins, il n'est pas rancunier, mon chien… Je n'ai pas peur de toi, alors lui non plus !

Le sourire d'enfant qui illumina le visage du fugitif acheva de séduire Claire. Elle pensa en elle-même : Comme il va me manquer ! Et, heureuse de vivre cette aventure, d'une petite voix, elle lui dit :

— Promets que tu m'attendras !

Jean fit oui d'un signe. Il la fixait, partagé entre l'incrédulité et la joie. Le chien-loup s'était levé, prêt à la suivre. Elle quitta la grange en courant.

L'accueil que lui réservait son père eut vite fait de la dégriser. Assis à la table familiale, le maître papetier lui jeta un coup d'œil furieux.

— Claire ! Où étais-tu passée ? Il est plus de neuf heures !

Le ton plus dur que de coutume contenait aussi de la méfiance, ce qui irrita la jeune fille.

— Eh bien, si tu t'inquiétais, il fallait m'accompagner, comme avant ! J'ai cassé ma lanterne, figure-toi, oui, le verre est fendu, je n'y voyais rien. Et il n'a pas plu une goutte ! Je n'ai presque pas ramassé de cagouilles.

Hormis Bertille, Colin était celui qui connaissait le mieux Claire. Il la regardait si souvent que rien ne lui échappait de ses états d'âme.

— Tu as un drôle d'air, affirma-t-il. Tu n'as pas eu d'ennuis, dis ? Je ne veux plus que tu sortes seule la nuit. Ta mère a raison, tu n'as plus l'âge d'aller où bon te semble… Une fille en âge de se marier doit avoir une conduite irréprochable, ma Clairette.

Le papetier avait parlé d'une voix douloureuse, comme s'il souffrait. Claire ne comprenait pas.

— Mais, papa ! J'avais mon chien ! Tu en fais, une histoire !

— Claire... Je voudrais tant que tu sois heureuse ! ajouta-t-il.

— Je suis très heureuse, papa !

Elle s'approcha de lui et l'embrassa sur le front.

— Toi, tu as des soucis... Pourquoi est-ce que tu refuses de m'en parler ? Je ne suis pas sotte, tu me le répètes assez !

Colin eut un sourire attendri. Il trouvait sa fille très jolie, avec son regard pétillant. Comment l'attrister, pire, briser ce bonheur innocent qui irradiait d'elle...

— Plus tard ! marmonna-t-il. Enfin, bientôt nous aurons une discussion. Monte te coucher. Bertille doit t'attendre.

Claire obéit. Elle avait hâte de raconter son aventure à sa cousine. Pourtant, au moment de tourner la poignée, elle hésita sur la conduite à tenir.

Si je gardais le secret... Oh non, impossible ! Bertille doit savoir ce qui se passe.

Bertille lisait. Elle avait brossé ses cheveux blonds, qui se répandaient sur sa poitrine en vagues ondulées. Claire eut un petit choc, comme bien souvent, devant tant de pâleur lumineuse. La jeune infirme lui faisait penser aux fées des contes. Elle en conçut même une pointe de jalousie qu'elle se reprocha aussitôt. Certes, elle avait la peau mate, les cheveux épais et foncés, mais elle pouvait courir à son gré.

— Bonsoir, princesse ! dit-elle. Que tu es belle !

Claire se déshabilla en toute hâte. Nue, elle passa une chemise de nuit qui la couvrait du cou aux pieds. La mine réjouie, elle se jeta dans le lit, brassant draps et couvertures.

— Doucement ! protesta Bertille. Tu as failli éteindre la bougie. Je n'ai pas fini mon chapitre. Jean Valjean a volé les chandeliers en argent du curé.

— Ah ! Tu en es là ! Pauvre forçat, tu vas voir ce qui lui arrive ensuite, moi je...

Sa cousine lui posa un doigt sur la bouche.

— Ne me dis pas la suite ! Ce n'est pas drôle... Tu as retrouvé Basile, je parie ? J'ai entendu mon oncle faire les cent pas dans la cuisine. Un peu plus, il partait te chercher !

— J'ai eu de la chance ! soupira Claire en joignant les mains. Oh ! ma Bertille, si tu savais... D'abord, jure de ne pas trahir mon secret, un secret qui peut compromettre le destin d'une personne.

L'infirme posa son livre sur la table de chevet. La curiosité lui empourprait les joues. Claire s'empressa de lui faire le récit de sa rencontre avec Jean, omettant certains détails, comme les caresses audacieuses qui l'avaient troublée. Dès qu'elle eut terminé, Bertille déclara tout bas :

— Cette fois, tu es devenue complètement folle, Claire ! Tu as aidé un bagnard à se cacher ! Qu'est-ce qui te prend ? Il a menti, sûrement, pour t'apitoyer... Ce sont des criminels, ces gens ! La preuve, il a failli tuer ce pauvre Sauvageon ! J'en connais un autre qui a tué un chien, mais celui-là, tu ne lui pardonnes pas !

Claire avait rayé Frédéric Giraud de ses préoccupations. Même rasé, même en tenue de bagnard, Jean lui plaisait davantage. Elle continua à le défendre.

— Si tu voyais ses yeux, Bertille ! Ces cils noirs, ce bleu de porcelaine... Les colons de La Couronne sont de simples voleurs, et ils ont volé pour manger ! Papa me l'a expliqué, Basile aussi. Tu lis *Les Misérables* et tu ne comprends pas ! Jean Valjean n'est pas un assassin, non ? Il a pris du pain, et il s'est retrouvé les chaînes aux pieds.

Bertille noua ses doigts à ceux de sa cousine. Elle murmura, d'une voix triste :

— Ecoute, Claire, j'ai peur pour toi. Tu veux retourner le voir demain soir. S'il te faisait du mal ? Il t'a menacée, quand même ! Tu as senti la pointe de son couteau...

— Il voulait m'empêcher de hurler ! Et s'il a frappé mon chien, c'était pour se protéger. Je t'assure que Sauvageon peut être dangereux. Il a du sang de loup, n'oublie pas !

Claire s'allongea, paupières closes. Elle voulait se montrer calme et sage, alors que son corps frémissait d'une maladie nouvelle, une maladie inconnue ! Son cœur aussi lui jouait des tours, à battre de façon saccadée, à palpiter comme un oiseau à l'agonie. Fervente lectrice des romans où l'action se mêlait aux beaux sentiments, la jeune fille avait parcouru avidement les passages où il était question d'amour. On y faisait état de

« tendre inclinaison », d'émotions, d'âmes sœurs, de fidélité jusqu'à la mort, mais pas un mot sur ce qu'elle ressentait.

— Je t'en prie ! chuchota Bertille. Laisse ce garçon se débrouiller seul. Si encore Basile était là, il te raisonnerait, lui. Si quelqu'un vous surprend, tu seras perdue… On dira des choses sur toi… Pense à ton père. Il ne mérite pas ça.

— Personne ne saura si tu gardes le secret ! Tu as promis !

Bertille lui tourna le dos et souffla la flamme de la chandelle.

Edouard Giraud avait invité à dîner deux notables angoumoisins de ses amis : le chef de la police, Aristide Dubreuil, célibataire endurci, ainsi qu'un notaire et son épouse. Maître Quérand veillait sur les biens des Giraud depuis vingt ans. Il avait même courtisé Marianne, née demoiselle de Riant, avant de la voir épouser ce gros homme sanguin qui riait un peu trop à son goût. Frédéric venait de rentrer de Bordeaux et assistait au repas.

— Buvons au mariage de Bertrand, mon cadet ! clama Edouard Giraud. Je serai bientôt grand-père si Dieu le veut ! Frédéric me représentait aux noces ; je ne pouvais pas laisser le domaine sans surveillance. Mon intendant n'a guère de cervelle…

Chacun approuva. La femme du notaire, très élégante, le décolleté servant d'écrin à une superbe parure d'émeraudes, minauda.

— Et votre aîné ! Je trouve qu'il a triste mine ce soir ! Cela manque de demoiselles sans doute ?

On rit à la boutade. La grande salle à manger resplendissait. Pernelle et la cuisinière avaient allumé le lustre en cristal, supportant plus de cinquante bougies. Sur une commode, une grande lampe à pétrole dispensait une clarté rose. Les meubles cossus, les lourds rideaux de damas, les tapis épais témoignaient du goût sûr et de la fortune de la maîtresse de maison, qui reposait au cimetière.

— Cette chère Marianne nous manque, dit soudain le chef de la police. Quelle perte cruelle ; je la revois encore, assise parmi nous.

Edouard Giraud hocha la tête. Il jouait à merveille la comédie du veuf inconsolable ; Dubreuil et le notaire étaient les seuls qu'il se sentait obligé de duper. Les convier à sa table, renouant ainsi avec le monde, faisait partie d'un plan. Il tenait à la fois la police et la loi à sa disposition. Le policier, fin limier, ne devait pas se poser de questions sur le décès prématuré de Marianne. Quant au notaire, il avait dans son étude tous les documents relatifs à la gestion de ses biens.

— Frédéric, commença-t-il, afin de couper court à la nostalgie de Dubreuil, as-tu vu ce poulain qui est né hier ? Une merveille ! J'en ferai un étalon...

— Je ne suis pas passé aux écuries, père ! rétorqua le jeune homme, sans chaleur.

— Mon fils souffre de migraine, je crois ! annonça Giraud. L'air du Bordelais ne lui réussit pas. Dis-nous donc si la mariée était aussi jolie que sur la photographie que ton frère a envoyée ?

Frédéric eut un sourire ironique. Son frère se contentait de peu en matière de femme. Il revit la maigre jeune fille perdue dans un fatras de soie blanche, le visage émacié, le regard timide.

— Ravissante, père ! mentit-il.

Le notaire jeta un coup d'œil à sa propre épouse, bien en chair et dotée d'un solide appétit sexuel. Elle avait le nez un peu long, mais beaucoup d'allure. Il se jugea aussi heureux en ménage que le cadet des Giraud.

— Et vous, mon cher Aristide ! demanda le maître de maison en découpant la viande qui fumait dans son assiette. Que se passe-t-il en ville ? Après qui courez-vous ?

Le chef de la police fit mine de se plonger dans une profonde réflexion. A quarante-huit ans, il avait le crâne dégarni, mais il portait une barbe drue, d'un noir semé de gris. Les traits épais, le teint jaune, il impressionnait par un regard gris rusé, sous des sourcils en broussaille agités d'une extrême mobilité.

— Je n'ai que du menu fretin à me mettre sous la dent, Edouard ! Il est loin le temps du curé Gothland qui défraya la chronique en tuant sa bonne et en couchant avec la charmante épouse du docteur... C'était à Saint-Germain-de-Montbron, aux confins du département, il y a un bon bout de temps, mais l'affaire n'a jamais été élucidée. Disons que le curé a nié. Cela ne l'a pas empêché de finir à Cayenne, au bagne...

Le vin coulait à flots. Frédéric buvait verre sur verre, sous l'œil perplexe de son père. Le jeune homme déclara, d'une voix pâteuse :

— Il y a forcément des crimes impunis qui ne seront jamais soumis à un tribunal ! Parmi nous, à cette table, peut se trouver un assassin ! Vous n'êtes pas de mon avis, père ?

Blandine, l'épouse du notaire, éclata d'un rire aigu. Elle était assise à côté de Frédéric et le jugeait fort attirant.

— Un jour ou l'autre, un coupable se trahit ! affirma Aristide Dubreuil en contemplant les morceaux de cèpes qu'il allait engloutir. On m'a appris qu'un jeune bandit s'est échappé de la colonie pénitentiaire, à La Couronne. Un récidiviste ! Il a été repris deux fois ; mes hommes le coinceront bientôt. Ce bétail-là n'a qu'une idée : filer vers les ports pour embarquer. Mais certains réussissent ! Peu me chaut [1], ils ne traînent plus dans nos rues. Ce Jean Dumont, une forte tête, atteignait sa majorité. Il allait être transféré à Cayenne. Ils meurent comme des mouches là-bas.

— Bon débarras ! trancha Giraud, mal à l'aise depuis quelques instants.

Il avait ouvert son col de chemise que l'empesage rendait raide. La chair flasque rougie gardait la marque du linge. Les paroles de Frédéric résonnaient dans son esprit. Lui aussi avait abusé du vin blanc, sucré et riche en alcool. Son fils lui battait froid depuis plusieurs semaines. Il s'était empressé de l'expédier à Bordeaux quand Bertrand les avait conviés à son mariage. L'histoire de Catherine, cette fille qui était morte d'une fausse couche, causait des remous dans la vallée. Edouard était certain que Frédéric l'avait engrossée. Le gros homme plissa les yeux. Un matin, il avait entendu du vacarme dans le cellier attenant aux écuries. Une voix de femme suppliait. Ensuite, il y avait eu des gémissements, des bruits

1. Expression de l'époque qui signifie : Peu m'importe.

sourds. Par une fenêtre de la sellerie, Giraud avait vu Catherine s'enfuir en titubant, les yeux pleins de larmes. Il avait rejoint son fils.

« A quoi bon maltraiter cette fille ? Elle peut te donner encore du plaisir quand elle aura accouché...

— J'aurais pu la tuer ! avait répondu Frédéric, le regard fou. Cette chienne voulait que je les prenne ici, au domaine, elle et son bâtard ! »

A présent, Edouard Giraud s'interrogeait. Que signifiaient ces mots que son fils lui avait lancés ? Ce n'était pas un hasard. Se doutait-il de quelque chose au sujet de sa mère... ou bien s'accusait-il en public d'avoir causé la mort de Catherine ? Cela remontait peut-être plus loin encore. Il se sentait oppressé.

Heureusement, le notaire orienta la conversation vers les chevaux du domaine. Alors qu'il vantait la valeur marchande d'une de leurs juments, Frédéric leva son verre :

— Mon père m'a promis une des plus belles pouliches de la région, Claire Roy ! Il touche au but, à savoir le Moulin du berger ! Ce pauvre papetier qui voit ses finances décliner a fait la bêtise de nous emprunter de l'argent, avec sa fille en garantie ! Alors, messieurs, madame Quérand, je vais bientôt dépuceler en tout bien tout honneur la demoiselle... qui me déteste et n'a que dix-sept ans ! J'ai consenti au mariage, sinon mon père me damait le pion !

Cette fois, Blandine Quérand s'empourpra, gênée par les propos de son voisin de table. Le policier baissa le nez et le notaire toussa. Un lourd silence s'installa. Congestionné, Giraud bredouilla :

— Frédéric, ce sont nos affaires ! Tu n'as pas à... Tu ne dois pas...

L'homme suffoquait. Des années durant, il s'était engraissé de gibier, de foie gras et de volailles. Il avait bu les meilleurs cépages d'Aquitaine en allumant un cigare à la fin des repas. Chacun le vit se crisper et devenir écarlate. Puis il vira au gris avant de devenir livide. Son robuste corps bascula enfin de la chaise. Terrassé par une attaque, le maître de Ponriant avait rendu l'âme.

Frédéric ne montra aucune émotion. Il vida son verre, replia sa serviette et se leva pour sonner les domestiques. Son règne commençait.

4

Jean

— Ton chien a hurlé à la mort cette nuit, Claire ! dit Hortense en posant son ouvrage sur le lit. Et ce matin, ton père vient m'annoncer que monsieur Giraud a succombé à une attaque. Les bêtes sentent ces choses... Pour hier soir, ne recommence pas ! Tu ne dois plus traîner dehors à des heures pareilles.

— Pardon, maman ! J'ai cassé le verre de la lanterne. Je n'ai pas pu marcher bien vite à cause de ça ! Je n'allais pas me tordre une cheville ; qui aurait tenu la maison ? Sûrement pas Etiennette, car tu n'as pas confiance en elle !

— Ne sois pas insolente, Claire. Si tu veux ramasser des cagouilles, fais-le avant la nuit. Il y en a en pagaille près du bief ; inutile de courir la campagne.

La jeune fille approuva en silence. Elle cherchait déjà comment sortir, le soir venu.

Calée sur ses oreillers, Hortense brodait un bavoir. Claire, qui lui tendait un bol de lait chaud, jeta un regard sur la bosse du ventre, que l'on devinait malgré la literie. Là se cachait son futur petit frère, puisque sa mère affirmait que c'était un garçon.

— J'aimerais que cet après-midi tu montes dans le grenier prendre ta layette qui est rangée dans un coffre. A droite près de la porte. Je trierai ce qui m'intéresse, ce que je peux blanchir.

— Oui, maman !

Claire n'était pas affectée par le décès d'Edouard Giraud,

mais l'humeur de ses parents la surprenait. Depuis qu'un ouvrier du moulin leur avait appris la nouvelle, ils semblaient vraiment soulagés. Cela la déconcertait, surtout de la part de sa mère, si pieuse. Cependant, l'esprit occupé par Jean, elle ne se posa guère de questions. La journée serait longue à guetter le coucher du soleil, l'instant où elle pourrait courir chez Basile.

— Tu n'as plus besoin de moi, maman ? J'ai le repas de midi à préparer.

— J'espère que Bertille t'aide suffisamment ! Assise, elle est comme les autres, elle a deux mains et peut s'en servir.

Claire ne répondit pas ; elle était écœurée. Elle dévala l'escalier en se demandant comment son père avait pu aimer une femme aussi dure. Dans la cuisine, elle ouvrit grand les fenêtres. Un lilas, planté contre le mur de la maison, lui offrit son parfum délicat. Un rosier blanc grimpait le long des pierres claires, emprisonnant au fil des ans une vieille treille en fer.

Le moulin faisait entendre sa chanson, dont l'écho se répercutait de falaise en falaise. La jeune fille aimait ce grondement cadencé, celui de l'eau divisée par le bief, le chuintement des roues à aubes et le battement des piles. La masse imposante du bâtiment des étendoirs se dorait au soleil. Par les ouvertures, elle aperçut les larges feuilles couleur d'ivoire, que le vent tiède achevait de sécher.

— Claire ! Claire !

C'était Bertille qui l'appelait. Sa cousine devait se languir dans la chambre. Pour la jeune infirme, l'animation qui régnait au moulin les jours de la semaine représentait une précieuse distraction. Le repas des ouvriers, dans la salle commune où s'alignaient deux grandes tables, mettait de la gaieté. Colin prenait place à leur table. C'étaient des discussions sur le « vélin royal », dont la fabrication demeurait angoumoisine, par tradition, ou sur les nouvelles méthodes modernes, comme celle qui consistait à ajouter la colle directement dans la pâte. La conclusion ne variait pas : les papiers charentais avaient la réputation d'être les meilleurs.

— Je viens te chercher ! cria Claire.

Elle étala les pommes de terre à éplucher sur la pierre de

l'évier et décrocha des oignons suspendus à une poutre. Elle débordait d'énergie et d'impatience. Les menus travaux qui l'amusaient d'ordinaire l'agaçaient.

Enfin, elle grimpa les marches quatre à quatre, faisant claquer les talons de ses bottines. Cela excédait Hortense, mais la jeune fille n'y pensait plus. Bertille attendait assise au bord du lit. Coiffée d'un chignon, un foulard de cou jaune cachant le décolleté en pointe du corsage, l'infirme avait un air boudeur.

— Eh bien, tu comptais me laisser là jusqu'à ce soir ! As-tu peur que je trahisse ton secret ?

— Ne sois pas sotte, Bertille ! coupa Claire. Allez, monte sur mon dos.

Elle noua ses bras frêles autour des épaules de sa cousine, qui se redressa d'un mouvement de reins. Ayant sous le nez les mains diaphanes de Bertille, Claire y déposa un baiser.

— Je suis désolée pour toi. Cette vie que tu mènes, tu dois la détester. Mais ce n'est pas ma faute, ce qui t'est arrivé !

— Je sais bien ! répondit l'infirme. Pardonne-moi ! Le matin, j'en veux au monde entier. Je n'arrête pas d'imaginer tout ce que je ferais si j'avais des jambes en bon état. Après, j'ai mal au cœur…

Bertille frotta sa joue contre le dos de Claire. Elles étaient réconciliées.

Colin Roy avait quitté le moulin à dix heures. Ruminant des pensées diverses, il avait attelé la jument pour se rendre au domaine de Ponriant. Il aurait pu faire le chemin à pied, mais la visite était importante ; il préférait en être débarrassé au plus vite.

Pour la circonstance, le maître papetier avait endossé son costume du dimanche, en velours côtelé noir. Sa chemise blanche brillait de propreté au soleil et son chapeau avait été soigneusement brossé.

Excepté pour aller jusqu'à l'église de Puymoyen assister aux messes dominicales, Colin sortait peu et rarement en solitaire. Ce jour-là, il apprécia d'autant plus la douceur grisante de l'air printanier et l'éclat des hautes falaises frappées de lumière. Un de ses ouvriers, chargé de découper en lamelles

les chiffons achetés au poids, lui avait raconté que des savants venaient durant l'été explorer les nombreuses grottes qu'abritait la vallée des Eaux-Claires.

Je me demande ce qu'ils peuvent y trouver, dans ces repaires de sauvagines... se dit-il.

Le décès brutal de Giraud l'avait sidéré. Le gros propriétaire terrien hantait ses idées ; il revoyait sans cesse le moment où ils avaient échangé une poignée de main, scellant leur accord. Un prêt important qui sortirait le papetier de ses ennuis, contre Claire.

« J'ai votre parole, Roy ! » avait susurré Edouard Giraud.

En poussant la jument au trot, Colin murmura :

— Ce diable d'homme voulait le moulin et ma fille ; je ferai en sorte de garder l'un et l'autre.

Dès l'aube, il avait élaboré un discours à l'intention de Frédéric, qui allait prendre la suite de son père. Jusqu'à quel point, nul ne le savait encore.

Mais j'ai des arguments ! se rassura le papetier.

Sa détermination ne tarda pas à faiblir. Le domaine était envahi de visiteurs qui, prévenus de la mort de Giraud, venaient présenter leurs condoléances et rendre hommage au défunt. Colin confia jument et calèche à un valet d'écurie. Il dénombra six autres attelages : des voitures pimpantes, des chevaux à la robe lustrée.

Le gratin du pays s'est donné rendez-vous ici ! songea-t-il.

Comme les autres, il put entrer dans le salon sans croiser de domestiques. Les rideaux étaient tirés, filtrant le soleil. Deux femmes, des élégantes, discutaient près de la cheminée en marbre. Trois hommes étaient assis autour d'un guéridon. Tous le regardèrent avec curiosité.

— Savez-vous où se trouve Frédéric Giraud ? demanda-t-il d'une voix hésitante en maudissant sa timidité.

— Là-haut, avec son père ! murmura une des femmes. Ne montez pas, monsieur, il va descendre d'un instant à l'autre.

Le maître papetier dut patienter, son chapeau entre les mains. Il n'était jamais entré dans ce riche logis et observait discrètement la décoration, les bibelots et les meubles aux formes harmonieuses. Soudain, il plaça Claire dans ce cadre raffiné. Si sa fille portait des toilettes aussi somptueuses que les visiteuses, combien elle serait plus belle, plus gracieuse !

Je me laisse éblouir par tout ce luxe inutile ! se reprocha-t-il. L'argent ne suffit pas à rendre une femme heureuse.

Il grimaça, saisi d'une vague amertume. Hortense n'avait jamais été satisfaite. Il avait travaillé dur des années afin de lui offrir des tissus de qualité, une cuisinière en fonte fabriquée en Hollande et bien d'autres choses. Elle ne manquait de rien au moulin. Pourtant, passé l'émoi des premiers jours, son épouse avait changé. Toujours froide le jour, sévère avec leur Clairette, avare aussi. Sa fougue amoureuse le désemparait, car si la nuit rendait Hortense capable de s'abandonner toute, au lever elle se perdait en jérémiades, agenouillée sur son prie-Dieu.

Un bruit de pas le fit sursauter. Frédéric Giraud se tenait devant lui, le visage impassible. C'était un bel homme, certes, mais moulé dans l'acier le plus dur. C'est ainsi que Colin le jugea.

— Maître Roy ! Que c'est aimable de vous être déplacé si vite !

— Je suis navré pour votre père ! bredouilla le papetier. Au nom de ma famille, je vous présente nos condoléances. J'aimerais vous parler également...

Frédéric fit la moue. Il salua d'un signe de tête les autres personnes et conduisit Colin dans un bureau tout proche. Il ferma la porte et s'installa derrière une large table.

— Je vous écoute, monsieur Roy, comme le futur beau-père que je vois en vous !

L'entretien commençait mal. Décontenancé, Colin s'assit sur une chaise. Il voulait libérer Claire d'une promesse dont elle ignorait tout, et le jeune homme ne lui facilitait pas la tâche.

— Justement ! fit-il, je souhaitais débattre de ce projet. D'abord, je vous avouerai que ma fille n'est pas au courant. C'était une entente établie avec feu votre père, dont nous pouvons reconsidérer la nécessité.

Frédéric l'épiait, un peu moqueur, tout en jouant avec un coupe-papier en cuivre, à la pointe effilée.

— Poursuivez, souffla-t-il.

— Eh bien… vous avez su, forcément, que j'ai emprunté une grosse somme d'argent à votre père. Je rembourserai cette dette, j'ai des commandes en vue. Je pense verser des paiements réguliers. Nous pouvons établir des traites. Mais pour Claire, vous comprendrez que je ne peux pas l'obliger à vous épouser.

Le jeune homme tiqua, exaspéré.

— Une parole est une parole ! Je serai franc, monsieur : mon père désirait cette union ! Je ne vous cacherai pas qu'il voulait la mainmise sur votre moulin et les terres qui en dépendent. Moi, c'est Claire qui m'intéresse. Je vous propose un marché ! Je vous délie de votre dette, et le mariage a lieu très vite.

Colin secoua la tête. C'était le moment redouté : il devait abattre ses cartes.

— Quel père confierait son unique enfant à un homme qui a abusé de la crédulité d'une autre jeune fille ? Tout le pays cause, monsieur Giraud, de la mort de Catherine. On dit qu'elle était grosse de vos œuvres et que vous l'avez repoussée. Son mari, un de mes ouvriers, me l'a confirmé. Le père Jacques dont la parole ne peut être mise en doute prétend que cette malheureuse avait sur le corps des traces de coups. Renoncez à Claire, je ne peux consentir à vous la donner. Son honneur m'est précieux et…

Frédéric tapa du poing sur le bureau. Penché en avant, un rictus aux lèvres, il fixa d'un regard furieux le papetier.

— Si je ne suis pas digne de votre fille, restons-en là ! Je renonce à votre pucelle, mais demain matin, à la première heure, je veux l'argent de l'emprunt ici, dans ce bureau ! J'ai des amis bien placés. Je peux vous briser, maître Roy, vous ruiner… Réfléchissez ! Si vous tenez à conserver vos biens, votre cher moulin et votre Claire, je suis prêt à attendre l'année prochaine pour les noces. Tous ces deuils, n'est-ce pas ? Il ne faut pas choquer les bonnes consciences ! Et écoutez-moi bien : vous prêtez foi aux commérages des vieilles folles de Puymoyen ? Vous m'accusez sans preuves ! Catherine n'avait qu'à être sage… Je n'ai pas à endosser la paternité de tous les bâtards qui naissent au pays !

Dépité, ne sachant plus à quel saint se vouer, Colin baissa le nez. Frédéric en profita :

— Et puis de quoi vous plaignez-vous, bon sang ? J'offrirai à Claire une rente convenable, elle s'habillera chez les meilleurs commerçants d'Angoulême ! Devenir la maîtresse de Ponriant, est-ce si méprisable… Vous préférez la marier à un de vos ouvriers ?

Le papetier perdit patience. Il cria, rouge de colère :

— Pour quelqu'un comme vous, les prétendantes ne manquent pas ! Dans la région, les héritières en âge de convoler se dégotent aisément, quand même ! Pourquoi tenez-vous tant à épouser ma fille ?

Le jeune homme se rejeta en arrière, la tête appuyée au dossier du fauteuil. Il eut un sourire rêveur qui lui conférait une séduction inattendue.

— Ma mère rencontrait souvent Claire à la messe. Elle appréciait la gentillesse et l'instruction de votre fille. Son éducation… Je n'ai pas la folie des grandeurs ! Mon père n'était qu'un homme de condition modeste, enrichi par son union avec Marianne de Riant. Je désire une jolie femme, certes, mais pas une bécasse ! Claire a du caractère et elle est intelligente. A ce propos, dites-lui de ma part que son chien est vraiment une belle bête. Monsieur, j'ai à faire…

Colin pointa un doigt vers le jeune homme.

— Puisque vous parlez de chien, voici encore un mauvais point pour vous ! Claire ne vous pardonne pas d'avoir abattu, sans tenir compte de ses supplications, le vieux Moïse sous ses yeux ! Elle vous en veut toujours et je la comprends.

— Fichtre ! marmonna Frédéric, je lui ai sans doute sauvé la vie ! Ce chien m'avait l'air enragé, une louve s'apprêtait à me sauter à la gorge ! Quel chasseur n'aurait pas tiré ? Si vous n'avez pas d'autres balivernes à me dire, je ne vous retiens pas, maître Roy. Mais n'oubliez pas, si j'épouse Claire, vous ne me devez plus un centime !

Congédié, Colin se leva. En aveugle, il traversa le salon et sortit sur la terrasse aux balustres de pierre blanche. Du promontoire où était bâti le logis, la vue sur la vallée était magnifique. Les falaises protégeaient le cours de la rivière, enserrant des pentes herbeuses, des prés d'un vert profond. Au loin, le

Moulin du berger se dessinait, trapu, imposant. Le papetier, l'esprit confus, s'abîma dans la contemplation d'un paysage qu'il redécouvrait.

Claire serait chez nous en peu de temps ! songea-t-il. Je la perdrais moins maîtresse à Ponriant que si elle épousait un homme qui l'emmènerait je ne sais où…

Il avait l'impression d'avoir perdu la bataille. Jamais il n'aurait la somme due pour le lendemain. Il murmura en se chauffant au soleil :

— Aucun papier ne fait état de la parole donnée, mais Frédéric me tient !

Il prit le chemin du retour, accablé. Pourtant, plus il se rapprochait du moulin, plus il reprenait espoir.

Un an, ce salaud m'accorde un an de répit ! Claire se fera à l'idée, peut-être. Frédéric lui plaisait il n'y a pas si longtemps…

Accoudée à la fenêtre de la cuisine, Claire regardait le ciel dont le bleu pâlissait. Les rayons obliques du soleil couchant doraient la cime des frênes et enflammaient les toitures d'ocre des bâtiments. Les ouvriers de son père s'éloignaient, leur besace en bandoulière. La plupart habitaient Puymoyen.

Sauvageon était couché sur le seuil de la pièce, le museau posé sur ses pattes avant. Ses yeux obliques, couleur d'ambre, s'attachaient au moindre mouvement de Claire.

— Allez ! trépigna la jeune fille. Des nuages, par pitié, un peu de pluie.

Elle avait parlé très bas, mais Bertille qui cousait, installée dehors, haussa les épaules. Se tournant vers sa cousine, elle murmura :

— Escargot, montre-moi tes cornes ! Il ne tombera pas une goutte, ma Clairette !

Du toit à cochons montèrent des grognements, suivis par un cri aigu. Etiennette venait de nourrir la grosse bête que les Roy engraissaient chaque année. Colin Roy sortit de la salle des piles. Il détachait son tablier. Claire savait qu'il était allé de bon matin au domaine de Ponriant. Au repas de midi, elle l'avait interrogé sans obtenir de détails. Hortense devait être mieux renseignée puisqu'il était monté dans sa chambre et qu'ils avaient discuté longuement.

— Papa ! appela-t-elle. Ce soir, je remplirai ma bourriche, sûr ! Je crois que j'ai entendu un coup de tonnerre…

Le papetier enjamba le chien et accrocha son tablier à un clou. Il paraissait vieilli. Claire s'empressa de lui servir un verre de vin.

— Le dîner est prêt ! J'ai déjà monté un plateau à maman. Si tu veux bien m'aider à rentrer le fauteuil de Bertille, nous passons à table.

Colin la dévisagea. Il hocha la tête.

— Claire, ne compte pas sortir seule ce soir ! Ta mère juge que ce n'est pas convenable. Et je suis trop fatigué pour t'accompagner.

Dans certains cas, la rébellion ne servait qu'à envenimer une situation. Fine mouche, la jeune fille changea de plan.

— Tu as raison, je ferais mieux de me coucher tôt. Je suis épuisée. Ce n'est pas rien de tenir une maison, et de cuisiner pour une douzaine de personnes. Une bonne soupe et au lit ! De toute façon, il ne pleuvra pas, alors à quoi bon…

Elle joignit à cette preuve de soumission un adorable sourire, avec une légère tape sur l'épaule paternelle. Colin, désarmé, fut empli d'admiration pour sa fille. Elle n'avait que des qualités : dévouée, généreuse, dure à la tâche et tellement jolie.

— Tu es une perle ! lui dit-il. Et on ne donne pas de perles aux pourceaux, n'est-ce pas ?

Claire éclata de rire.

— Je ne vois pas de pourceaux par ici ; le nôtre est bien enfermé. Mais j'ai trouvé de bons œufs frais dans la basse-cour et je vais te cuire une omelette aux herbes. Le persil est magnifique et j'ai cueilli de l'oseille.

Colin et elle portèrent le fauteuil en osier de Bertille. Perchée à l'intérieur, l'infirme se cramponnait aux accoudoirs. Elle se sentait d'humeur joyeuse. Claire réussirait à voir son bagnard aux yeux bleus, elle en aurait mis la main au feu, mais au retour sa cousine lui ferait un récit complet.

J'aurai l'impression de vivre un peu ce qu'elle aura vécu ! se dit-elle avec un soupir. Je dois l'accepter, ça ne changera pas. Jamais…

L'horloge comtoise dont le bois sombre était peint de fleurs colorées sonna la demie de huit heures. Colin était couché et Hortense dormait déjà, une main sur le ventre. Claire avait empilé la vaisselle que la servante laverait le lendemain matin. L'adolescente avait regagné sa soupente après un bref salut gêné. Les deux filles étaient montées sitôt le dessert avalé. Bertille trônait dans le lit.

— Je vais bientôt imiter ta mère ! déclara-t-elle à Claire. Je garderai la chambre. J'ai moins l'air d'une infirme, assise dans mes oreillers. Je tiendrai salon ici, dans une robe de velours noir ! J'inviterai les beaux esprits de la ville et je leur servirai du thé.

Mais Claire l'écoutait à peine.

— Tu as tout ce qu'il te faut, princesse ? demanda-t-elle simplement, les joues rouges d'excitation. La tisane, un briquet pour ta chandelle, si jamais un courant d'air la soufflait, ton livre… tes pastilles à l'anis. Je vais attendre un peu et je pars. Papa a l'ouïe fine, je sortirai par le réduit.

Elle natta ses cheveux, mit une jupe de drap bleu assez usée et un corsage au col droit.

— Tu as l'air d'une écolière bien sage ! fit remarquer Bertille en riant. Il te manque juste une veste en laine. La rouge…

— Non, pas la rouge, la verte. Elle est moins voyante.

La jeune fille délaça ses bottines pour les porter à la main. Elle respirait vite, un peu anxieuse. Si ses parents s'apercevaient de son escapade, ils ne lui feraient plus confiance. Elle ne pourrait plus se promener à sa guise, même en plein jour. Par précaution, elle fit répéter sa leçon à Bertille.

— Que dois-tu faire si papa venait dans la chambre ?

— Oncle Colin n'est jamais entré ici la nuit. Si, une fois, parce que j'étais malade et que je pleurais. Mais s'il avait l'idée de nous rendre visite, Dieu sait pourquoi, je fais comme prévu.

L'infirme tapa du bout des doigts sur le drap, le souleva et désigna un gros traversin, censé remplacer le corps de Claire.

— Merci, ma princesse !

Claire vérifia le contenu de sa besace en cuir : du pain frais, du fromage, une bouteille de vin et une part du gâteau aux cerises qu'elle avait servi au dîner. Elle avait dérobé dans la réserve un saucisson et deux boîtes de pâté, ainsi que trois chandelles.

— Je pars, Bertille, souhaite-moi bonne chance ! Peut-être que Jean a disparu, qu'il ne m'a pas attendue ! chuchota-t-elle.

— Sois prudente, je t'en prie ! Si ce garçon te faisait du mal, je m'en voudrais toute ma vie parce que je n'aurais pas prévenu tes parents... Tu es folle de te fier à un inconnu, évadé du bagne en plus !

La jeune fille embrassa sa cousine avant de sortir sur la pointe des pieds. A chaque pas dans l'escalier, elle craignait d'entendre son père l'appeler. Mais elle perçut un ronflement sonore.

Il dort, merci, mon Dieu !

Sans ses bottines, Claire ne faisait aucun bruit. Elle se glissa dans le réduit où étaient installées les commodités et se retrouva dans la cour. Une forme grise jaillit d'un appentis où Colin stockait du foin. Sauvageon la rejoignit de son trot léger, propre à ses frères loups.

— Tu es là, mon chien... Viens !

Claire se hâtait sur le chemin longeant la rivière. Le sac lui cognait la hanche, mais elle ne voulait pas ralentir le pas. Chaque minute comptait. Elle ne perdait aucun détail de la campagne endormie. Là, une chouette s'envolait, dérangée dans son guet ; plus loin un lièvre détalait, effrayé par l'écho de sa marche. Dans la pénombre, Sauvageon ne ressemblait plus à un chien, mais bien à un loup en maraude. Il humait le moindre parfum du vent, allant d'une démarche silencieuse et un peu sautillante.

A quelques mètres de la maison de Basile, la jeune fille s'arrêta. Son cœur battait trop fort. Elle éprouvait une crainte irraisonnée, comme sur le seuil d'un monde inconnu. Dans un instant, Jean serait en face d'elle. Tout le jour, Claire avait imaginé la scène. A présent, elle doutait.

Il n'est pas si beau, en fait ! pensa-t-elle. Et il a eu des façons un peu brusques avec moi. Je lui donne les provisions et je rentre. Il se débrouillera seul pour trouver une meilleure cachette qu'ici.

Sauvageon se mit à grogner, le poil hérissé. Claire crut entendre le bruit d'une galopade. Un cavalier arrivait sur le chemin. Elle se rua dans la grange et referma la lourde porte le plus doucement possible. Son chien l'avait suivie. Elle le tint par le collier :

— Tais-toi surtout !

Dehors, un cheval s'ébroua. Il y eut le choc des sabots sur le sol, un ordre bref. L'animal repartit au grand galop.

Il s'en est fallu de peu ! se dit-elle. Si quelqu'un m'avait vue ici, à cette heure...

Un craquement tout proche la fit sursauter. Des doigts lui effleurèrent le bras.

— Jean ? C'est toi ?

— Oui !

— Un cavalier est passé devant la maison ! Il ne faut pas allumer de chandelle. Il peut revenir.

Par une lucarne coulait une vague clarté bleue. Les yeux de Claire s'accoutumèrent rapidement à l'obscurité. Elle devina la silhouette du jeune homme.

— J'avais peur que tu ne sois plus là ! avoua-t-elle. Je t'ai apporté à manger. Tiens !

A tâtons, elle sortit le pain. Il le lui arracha presque des mains et mordit la croûte à belles dents. Sauvageon jappa, quémandant sa part.

— Sage ! dit-elle. Couche-toi !

Jean s'était assis sur la paille clairsemée. Claire n'osa pas l'imiter. Elle restait debout, sur le qui-vive.

— Prends du fromage aussi ! Le pain sec, ce n'est pas fameux !

— T'es rigolote, toi ! Pas fameux ? On dirait du gâteau...

Claire l'observait. Le jeune bagnard avalait goulûment, mâchant à peine. Il s'étouffait parfois et reprenait son souffle. Elle lui donna le fromage et la part de génoise aux cerises. Il engloutissait la nourriture en poussant de petits cris de satisfaction. La jeune fille, surprise, bénit la pénombre qui atténuait les détails. Ce repas dévoré à la hâte aurait eu un côté embarrassant.

Enfin, elle s'agenouilla et lui proposa du vin.

— Sans blague ! balbutia-t-il. C'est Noël !

Jean but une rasade au goulot et essuya sa bouche du revers de sa manche. Hortense Roy en aurait frémi d'horreur.

— Tu as dû tacher ta chemise, mais ce n'est pas grave... souffla-t-elle, impatiente d'allumer une bougie.

Il ne pouvait plus se méfier d'elle maintenant. Claire se souvint du regard bleu, des cils noirs. Elle n'attendait que ça, les revoir.

— Tu t'es ennuyé, aujourd'hui, enfermé là-dedans ? dit-elle.

— Non, j'ai dormi... Il faisait chaud, j'étais comme un prince !

Il eut un hoquet, suivi d'un haut-le-cœur. Elle le vit bondir sur ses pieds et se précipiter au fond du bâtiment. Des gargouillis, des sons rauques lui parvenaient. Jean vomissait.

— Qu'est-ce que tu as ?

— Fous-moi la paix !

Claire, vexée, caressa Sauvageon. Elle n'avait jamais souffert de la faim. Elle ignorait tout de la misère. Un autre bruit bizarre l'intrigua. Cela ressemblait à des sanglots. Discrètement, elle se leva et avança. Le garçon était recroquevillé contre le mur, accroupi.

— Jean ! Ne pleure pas... Tu es malade ? Allons, ne reste pas là !

Mais il demeurait prostré, tandis qu'une odeur désagréable faisait reculer la jeune fille.

— Je vais te chercher de l'eau fraîche, murmura-t-elle. Tu n'as pas à avoir honte... Dis, c'est ça, tu as honte à cause de moi ?

La réponse lui importait peu. Claire avait deviné ce qui blessait le jeune homme. Il se sentait humilié. Elle sortit et marcha jusqu'à la rivière. Basile avait calé un seau dans une fourche d'arbre, qu'il remplissait dans une petite crique. Elle le remplit et pénétra à nouveau dans la grange. Il n'avait pas bougé.

— Donne-moi la clef de la maison, Jean. Nous serons plus en sécurité à l'intérieur. Les volets sont fermés, on pourra allumer une chandelle. Ne fais pas tant d'histoires. J'habite le moulin, en aval. Et j'ai une cousine, Bertille, qui est infirme. Quand elle avait quinze ans, ses parents sont morts. Un accident, un train qui a heurté la calèche. Je la lave, je la conduis au cabinet d'aisances, je la porte sur mon dos. Alors viens donc, je vais t'aider à te nettoyer.

Elle devina qu'il redressait la tête. Comme s'il s'agissait d'un frère, Claire le saisit par le coude et l'obligea à se lever. Elle siffla Sauvageon qui se faufila derrière eux.

— Voilà, un peu de lumière et de l'eau ! déclara-t-elle.

La bougie, calée dans un pot, projeta des reflets mouvants sur les murs. Jean se détourna. Claire prit un torchon dans le placard et le trempa dans le seau.

— Tu n'as qu'à ôter ta chemise, elle est sale ! conseilla-t-elle.

Il se résigna à obéir, toujours silencieusement. La jeune fille s'approcha et lui lava les joues, le menton, le cou. Elle frottait avec délicatesse, mais la poitrine mince de Jean l'intimida. Il lui prit le linge des mains et continua.

— T'es une drôle de fille ! C'est vrai, ce que tu as raconté, pour ta cousine ?

— Je ne suis pas une menteuse ! Enfin, ça dépend ! Pour venir, ce soir, je suis sortie en cachette de chez moi. J'étais rentrée trop tard, hier. Bon, il te faut une chemise propre…

Claire eut beau fouiller la chambre de Basile, elle ne trouva rien de convenable. Elle se décida à ouvrir une malle en bois. Elle y dénicha un tas de draps moisis. Sous une pile de lettres nouée d'un ruban, elle avisa une blouse de toile comme en portaient les peintres.

— Cela suffira ! pensa-t-elle.

Appuyé au montant de la porte, Jean la regardait. Il dit soudain, à voix basse :

— A La Couronne, ils nous menaient la vie dure ! On crève de faim là-bas. Leur soupe, c'est de l'eau tiède avec des feuilles de rave qui flottent. Si tu avais vu les yeux des petits quand la cloche sonnait. Ils se jetaient sur la tranche de pain dur qu'on leur donnait, et ils trempaient ça dans le bouillon. L'hiver, c'est l'enfer… Les dortoirs, y sont pas chauffés, la terre est gelée, il faut creuser quand même. Avant, j'étais au bagne, à Hyères, sur une île dans la Méditerranée. C'était pire ! Dix gosses ont crevé de la dysenterie ; ils avaient bu de l'eau croupie… Et puis tu as les grands, les plus forts, qui font des saletés la nuit. Ils s'en prennent aux tout-petits, les minots de huit ans, comme si c'étaient des femmes, quoi !

Claire avait écouté, pétrifiée. Elle se releva, la blouse sur le bras. En quelques mots, Jean lui avait dévoilé un pan de la noirceur et de la cruauté humaines. Certains propos lui paraissaient incompréhensibles, comme ceux sur les enfants et les saletés. Née au moulin, confinée entre le bourg de Puymoyen et la maison familiale, elle avait grandi dans l'insouciance, gâtée par son père, éduquée par sa mère. Seuls les romans qu'elle lisait avec avidité pour en discuter ensuite avec Bertille l'avaient poussée à réfléchir au vaste monde, aux pays lointains. Plus récemment, elle avait découvert le chagrin et la violence inutile. La vision du vieux Moïse, la poitrine en sang, traversa son esprit. Ce bond en arrière qu'il avait fait, et ce gémissement de terreur quand la balle l'avait touché.

— Je ne savais pas ! soupira-t-elle, très pâle. Ou si peu ! Sans Basile, je serais encore plus stupide. Il m'explique souvent ce qu'on écrit dans les journaux. Le bagne de La Couronne, il m'en a parlé aussi… Il disait que c'était une honte ; que les vrais criminels, il fallait les chercher dans les salons bourgeois, sous de beaux habits.

Jean enfila la blouse et en caressa le tissu.

— C'est quoi, ton petit nom ?

— Claire !

Il la parcourut toute d'un regard émerveillé. La jeune fille en fut gênée.

— T'es rudement belle, et brave ! J'ai pas connu beaucoup de filles, mais j'en voyais de temps en temps ! Claire…

Il lui toucha le front, le cou, avec une expression nouvelle. Il la désirait, son corps en tremblait. Embrasser sa bouche, respirer ses cheveux brillants, ce devait être encore meilleur que le pain blanc. Elle recula, troublée.

— Il est tard, sûrement… bredouilla-t-elle. Je ne peux pas te conduire à la grotte. Tu n'as qu'à dormir là, chez Basile. Ferme à clef derrière moi, personne ne te trouvera. Tu auras un vrai bon lit, et il reste du vin.

Jean lui barra le passage. Comme elle tenait le bougeoir, un peu de cire chaude se renversa sur ses doigts.

— Aïe, ça brûle !

Le jeune homme lui prit la main, la couvrit de baisers.

— Va-t'en ! souffla-t-il, haletant. Mais dis que tu reviendras !

— Oui, je reviendrai ! Demain soir.

Ses jambes tremblaient, elle eut du mal à rejoindre la grange. Claire n'avait plus aucune force, à cause de ce qu'elle avait lu dans les yeux bleus de Jean. Un appel, une prière muette. Le cœur serré, une chaleur étrange en bas du ventre, elle reprit le chemin du moulin à petits pas. Sauvageon marchait sur ses talons.

Bertille faillit crier de surprise en la voyant entrer dans la chambre. Elle marqua la page de son livre et le referma.

— Claire, qu'est-ce que tu as ? Il est tard, sais-tu ?

Sa cousine haussa les épaules. Elle se coucha tout habillée dans le lit.

— Ma Bertille, c'était affreux !

— Il t'a fait du mal ! Claire, parle-moi. Tu es toute blanche... Je t'avais prévenue pourtant !

— Mais non, chuchota-t-elle. Ce n'est pas ça ! Il avait si faim, le malheureux, il a tout vomi. Après, il pleurait. J'aurais voulu le consoler, je ne pouvais pas. Je n'osais pas...

Claire sanglotait. Bertille se blottit contre elle.

— Explique-moi, je ne comprends rien.

— J'ai tant de peine pour lui !

— C'est vraiment tout ? risqua la jeune infirme. Tu peux l'aider, ce garçon, mais ne tombe pas amoureuse !

Bertille se tut un instant. Elle caressa la joue de Claire en ajoutant :

— Quelqu'un comme lui, si tu l'aimais, rien ne serait possible ! Les gendarmes doivent le rechercher. Il ne sera jamais en paix. Si ton Jean était un ouvrier du moulin, ou un berger, un journalier, ce ne serait pas si grave. Tes parents veulent ton bonheur ; ils céderaient, à force. Mais un bagnard !

Claire se redressa sur un coude. Les discours de sa cousine lui faisaient froid dans le dos.

— Tu raisonnes trop, Bertille ! Je ressens de la compassion pour Jean, et c'est normal. Il n'a pas de famille ; sans doute a-t-il souffert de la faim, du froid. Toi, tout de suite, tu crois que je vais l'aimer ! Dès qu'il aura repris des forces, il partira... Je ne suis pas amoureuse de lui, c'est un inconnu !

La voix de la jeune fille, grave et tendue, démentait le sens des paroles. Elle déclara qu'elle voulait dormir. Bertille chuchota encore :

— Si tu avais vu ton visage quand tu es entrée ! Tu n'étais plus la même, comme dans les romans. Tu étais « transfigurée », Clairette !

Claire ne répondit pas. Paupières closes, une main sous sa joue, elle revivait ces minutes éblouissantes lorsque les lèvres de Jean avaient baisé ses doigts pour effacer la brûlure de la cire. Et ce regard qu'il avait eu, ardent, avide. Il semblait prêt à se jeter sur elle ; pourtant, il avait su se contenir. Il lui manquait déjà. Elle aurait voulu dormir jusqu'à la nuit prochaine pour courir encore une fois chez Basile. Son imagination s'enflamma. Elle se vit dans les bras du jeune homme, la tête renversée en arrière, recevant des baisers au creux du cou, sur la bouche. Son jeune corps en frissonna tandis qu'elle se sentait toute chaude de bonheur.

Alors, Bertille a vu juste : je suis amoureuse !

Ce constat la combla de joie. Depuis des mois, tout son être espérait un tel bouleversement. Elle avait cru aimer Frédéric Giraud, mais c'était un miroir aux alouettes que sa mère avait agité pour la pousser vers le meilleur parti de la vallée. Jamais le fils du domaine n'avait éveillé en elle le moindre sentiment sincère, ni ce feu de joie qui la consumait en présence de Jean.

Claire soupira, inquiète. Bertille avait plus de bon sens qu'elle. Cet amour qui l'envahissait, elle devait le repousser et le combattre. Jean portait au poignet un numéro tatoué sur la peau. Innocent ou coupable, ses années de bagne feraient toujours de lui un paria. Il n'était que de passage dans sa vie. Mais ces quelques jours qu'elle pouvait voler au destin lui semblèrent suffisants... Chaque instant serait une fête, elle s'en fit la promesse.

Claire ne marchait pas. Elle volait. Les bras légèrement écartés du corps, le visage levé vers les étoiles, elle foulait l'herbe humide, avec au cœur une impatience presque douloureuse. Le chien aux yeux de loup trottait à ses côtés. La jeune fille éprouvait une griserie profonde : elle était libre, la nuit lui appartenait, et tout son jeune corps vibrait d'une mystérieuse exaltation.

Est-ce que Jean ressent la même chose que moi ? se demanda-t-elle.

A peine levée, elle s'était promis de rejoindre Jean le soir, dès que ses parents seraient couchés. Chaque heure lui avait pesé, malgré ses occupations habituelles et la présence complice de Bertille. Son seul plaisir avait été de cuisiner un énorme gâteau de Savoie, une autre recette qu'elle maîtrisait à la perfection, ceci dans la perspective d'en porter un morceau à Jean. Elle avait visité le poulailler en compagnie de la servante. Les œufs abondaient en cette saison pour la pâtisserie, car le moulin disposait d'une basse-cour bien pourvue : des oies, des canards, des poules, et même un paon blanc, que Colin avait offert à Claire pour ses quatorze ans. Les volailles finissaient toutes en plats savoureux, rôties, mijotées en ragoût ou dans la garniture de gros pâtés en croûte.

Les mois d'hiver, Hortense Roy ne manquait pas de récolter du duvet, au grand chagrin de sa fille. Ce n'était pas une mince affaire de maintenir les oies entre ses genoux, pour arracher les fines plumes du poitrail et du ventre, qui garnissaient ensuite les édredons et les oreillers du logis. Si une voisine participait à la tâche, elle emportait sa part de plumes. Claire s'en tirait toujours avec des pinçons aux avant-bras et aux mains, car les oies se débattaient en distribuant des coups de bec. Si les bêtes étaient abattues pour les confits, Hortense passait les corps inertes dans l'eau bouillante et récupérait là aussi le duvet qui séchait dans des sacs de toile suspendus au fond des étendoirs, près des feuilles de papier.

La maison de Basile dessinait une masse trapue et noire au bord de la rivière. Claire se mit à courir après avoir jeté au sol la bourriche emportée par précaution. Si par malheur ses parents s'apercevaient de sa disparition, elle pourrait prétendre « être partie aux cagouilles » en cachette. Ce ne serait pour eux qu'une désobéissance sans gravité.

S'ils savaient que je rencontre un homme, en plus un réprouvé, un colon de La Couronne !

Elle prit Sauvageon par son collier et entra dans la grange. Il y faisait très noir.

— Jean ? Jean ? murmura-t-elle.

Aucune réponse. Claire se souvint qu'elle avait conseillé au jeune homme de dormir dans la chambre de Basile, de s'enfermer pour plus de sécurité.

Sans doute, il n'a pas osé sortir !

Le chien grogna, les crocs menaçants. Claire scruta les ténèbres, soudain inquiète.

— Qui est là ?

Elle courut jusqu'à la porte du cellier qui communiquait avec la pièce principale de l'habitation. La poignée tourna sans résistance ; ce n'était pas fermé à clef.

— Jean ? appela-t-elle en poussant le battant.

La première chose qu'elle vit, ce fut un petit feu dans la cheminée, ainsi que le coquemar [1] en émail rouge posé sur les braises. Quelqu'un était assis dans le fauteuil élimé, face aux flammes. Claire observa les chaussures, la main sur l'accoudoir. Une fois encore, elle chuchota :

— Jean ?

Une voix rauque lui répondit :

— Eh non, ce n'est pas Jean ! Qu'est-ce que tu as fabriqué, Claire ?

Basile s'était levé de son siège et se dirigeait vers elle. Il semblait furieux. La jeune fille resta bouche bée tandis que le chien grognait de plus belle.

— Fais taire cette bête et donne-moi vite des explications, petiote !

C'était tellement inattendu de revoir Basile, de se retrouver sous son regard aigu et perspicace.

— Alors, tu es de retour ? balbutia-t-elle, rouge de confusion. Sage, Sauvageon, c'est un ami !

Basile la dévisageait avec insistance. Il lui releva le menton d'un geste autoritaire.

— Claire, qui as-tu installé ici ? J'ai trouvé mon lit défait,

1. Petite marmite à trois pieds.

l'oreiller éventré, des plumes partout... Mon coffre à linge était vidé, plusieurs lattes du plancher sont à demi arrachées ! Et mes bocaux de prunes ? Je les avais rangés sur une étagère, au grenier. Trois sont vides, le jus répandu à même le sol... Qui est ce Jean ? Parle donc !

Elle aurait voulu disparaître par enchantement. Basile recula un peu, soudain plus moqueur que fâché.

— Tu as trouvé un amoureux ? Et vous avez fait la fête chez moi ? Cela m'étonne de ta part de ne pas avoir veillé au ménage.

— Basile, je suis désolée ! murmura-t-elle, prise de panique. Ce n'est pas ce que tu crois ! Je vais tout nettoyer, je te le promets.

Elle tremblait de surprise et de déception. Où pouvait bien être passé Jean ? Elle l'imagina en fuite, déjà loin de la vallée, et faillit éclater en sanglots. Basile la connaissait bien. Il nota l'altération de ses traits, l'éclair de chagrin dans ses prunelles noires.

— Dis-moi, petiote, toi tu t'es fourrée dans un drôle de pétrin. Tu entres ici comme une voleuse, à la nuit tombée, et tu n'as pas l'air d'avoir la conscience tranquille ! Ce Jean, tu l'as rencontré comment ? Si c'est lui qui a dévasté la maison, tu as fait un mauvais choix...

Claire hésitait. Elle pestait intérieurement sur les aléas de la vie qui lui redonnaient son vieil ami, mais la privaient de Jean. Elle fut étonnée de sa déconvenue. Ce garçon, qui n'était encore qu'un étranger, comptait déjà beaucoup.

— Basile, je te raconterai tout, mais je voudrais d'abord le retrouver ! Je lui avais dit qu'il pouvait s'abriter là, et je lui avais parlé de toi... Il devait se présenter comme un de mes amis si tu revenais ! Je ne comprends pas pourquoi il s'est enfui ! A quelle heure es-tu arrivé ?

La jeune fille jetait des coups d'œil dépités autour d'elle. Basile désigna le panier qu'elle portait.

— Tiens, tiens, je vois le goulot d'une bouteille de vin, et je sens une odeur de gâteau ! Navré d'avoir gâché votre soirée, ma belle ! Enfin, pour répondre à ta question, car tu me sembles bien désespérée, je te dirai que j'étais là vers sept heures, au coucher du soleil. J'ai bavardé un moment avec

Jonas, le garde champêtre. Eh oui, devant le seuil de la maison. Ensuite, je suis entré et j'ai découvert ce capharnaüm !

Claire s'appuya au mur. La conduite de Jean la déconcertait. Pourquoi avait-il soulevé des lattes du plancher... Que cherchait-il ? De l'argent sans doute. Basile la regardait avec son bon sourire.

— Tu n'es plus en colère ? chuchota-t-elle. Au fait, sais-tu que monsieur Giraud, le père, pas le fils, est mort avant-hier soir ? On l'enterre demain... Il a eu une attaque cérébrale, d'après ce qu'on dit au village.

— Je l'ai appris ! Cela m'a soulagé et je me suis mis en route aussitôt. Je pouvais revenir, puisque ce salaud ne respirait plus le même air que nous ! Je n'étais pas bien loin, Claire. Je ne suis pas allé à Paris, par souci d'économie. J'ai passé ces cinq mois à Angoulême, chez un ami. Un journaliste. Les nouvelles me parvenaient toutes fraîches comme tu penses bien. J'ai su aussi qu'un jeune forçat s'est enfui du bagne pour enfants de La Couronne, la veille de son transfert à Cayenne, en Guyane française. Là-bas, les détenus ne font pas de vieux os... La chaleur, les serpents, les bestioles, la malnutrition ; ils ne résistent pas. Ce gars-là est un malin ; il a tenté sa chance.

La jeune fille avait toujours fait confiance à Basile. Cependant, elle préféra garder son secret. Cela ne l'empêcha pas de manifester une curiosité qui pouvait paraître naturelle.

— Ah ! fit-elle. Et qu'avait-il fait pour qu'on l'expédie à Cayenne ? Un vol de canard... Ou d'un pain de deux livres ?

Basile recula et reprit sa place devant le feu. Il tournait le dos à Claire ; elle ne vit pas son expression soucieuse.

— C'est un assassin, petiote ! Je n'en sais pas plus ! Condamné pour meurtre à l'âge de seize ans. Dès sa majorité, il devait porter les chaînes des forçats ! Mais il court la campagne...

Le cœur de Claire battait très fort. Ses idées se bousculaient. Etait-ce Jean dont parlait Basile ? De toutes ses forces, elle refusait cette éventualité. Il y en avait d'autres, des colons, à La Couronne, qui pouvaient s'enfuir. Jean ne pouvait pas être un criminel. Elle eut une sorte de malaise, tant ses nerfs la torturaient. Son chien se mit à gémir, car elle tirait si fort sur le collier qu'il s'étranglait.

— Couche-toi, Sauvageon ! lui ordonna-t-elle.

Elle le lâcha. Basile se pencha un peu en la regardant de côté.

— Il est beau, ton bâtard de loup ! Une sacrée bête ! Pourtant, il n'a pas encore sa taille d'adulte ! Ah, je te revois me le confier ! Nous étions plus heureux, cet hiver, n'est-ce pas ! De ma retraite angoumoisine, j'ai réfléchi aux caprices du destin. Cet ami qui m'hébergeait, Arthur Tillac, il habite près de l'école Condorcet. De ma fenêtre, j'entendais les gamins rire ou se battre. Je sentais presque l'odeur de la craie et de l'encre. Je pensais souvent à toi, à cause du papier ! En ville, il sert à tout, le papier. Oh, il n'a pas la qualité du vôtre, mais les journaux, les cahiers, les feuilles de correspondance... Cela me rappelait ma petite camarade Claire, et le chant du moulin qui résonne jusqu'ici. Enfin, tu me manquais. J'avais le cœur en peine, oui...

Claire se dit qu'elle aurait l'occasion de discuter avec Basile les prochains jours. Elle avait envie de connaître la vérité sur ses liens avec Marianne Giraud. Mais pas maintenant. Elle avait peut-être encore une chance de retrouver le jeune homme.

— Je vais te laisser, Basile, il est tard. Je reviendrai demain t'aider à ranger.

L'ancien instituteur se releva. Il ralluma sa pipe avec une grimace.

— Tu ne m'as toujours pas dit qui était ce Jean que tu cherches ? marmonna-t-il. Tu m'expliqueras ça demain, mais c'est bizarre, vois-tu, car le bagnard qui s'est échappé, il s'appelle Jean Dumont. Une coïncidence, évidemment !

— Evidemment ! balbutia-t-elle. Bonsoir, Basile, je me sauve !

Claire tourna les talons, siffla Sauvageon et sortit. Basile ne la rappela pas. Il secouait la tête, inquiet.

Une fichue coïncidence, ouais ! soupira-t-il.

La jeune fille fit quelques mètres et s'arrêta. Elle se trouvait stupide. Comment pourrait-elle retrouver Jean ? La vallée regorgeait de cachettes et il faisait nuit. Le chien s'éloignait, comme s'il suivait une piste. Claire hésita à le rappeler.

Et s'il sentait les traces de Jean...

Elle courut vers Sauvageon, le caressa, en murmurant :

— Cherche, mon loup, cherche bien !

L'animal fila vers les falaises en remuant la queue. Elle s'élança, pleine d'un espoir insensé.

— Rien qu'une fois ! chuchotait-elle. Le revoir rien qu'une fois ! Mon Dieu, je vous en prie, accordez-moi ça !

Sauvageon traversait une pente herbeuse. Claire perçut le parfum des falaises, un mélange sauvage de buis vert, de giroflées et de pierre humide. Elle refusait de penser à ses parents, à Bertille, à la fuite impitoyable des heures. La lune s'était levée et le paysage se composait d'ombres bleues et d'étendues blanches. Soudain, un sifflement s'éleva d'un arbre tout proche. C'était le vieux chêne des amoureux, que l'on appelait ainsi en raison de sa ramure impressionnante et de ses branches basses qui avaient servi d'échelle à bien des couples cherchant un refuge sûr.

— Ohé, Claire !

Le chien jappa, levant le nez. La jeune fille l'imita en appelant :

— C'est toi, Jean ?

— Oui, monte donc !

— Je ne peux pas ! J'ai un panier et une besace ! Descends, toi...

Une forme sombre glissa au sol, dans un bruissement de feuillages. Le jeune bagnard se dressa devant Claire. Il avait un air de colère qui l'enlaidissait.

— J'ai faim ! gronda-t-il. Qu'est-ce que tu apportes ?

Déjà il tendait la main vers les provisions. Elle l'arrêta d'une tape sur le bras.

— Tu as des manières de brute ! murmura-t-elle. D'abord, tu me dois des explications. Pourquoi as-tu tout mis sens dessus dessous chez Basile ? Le plancher ! Et les bocaux de prunes ? Je te faisais confiance, moi, et tu m'as déçue.

Il la fixait sans répondre. Elle se troubla.

— Tu as besoin d'argent ? demanda-t-elle. Basile n'est pas riche ; il nous loue cette vieille bâtisse pour presque rien. En plus, tu t'es enfui alors que je t'avais dit de te présenter…

— Tais-toi donc, tu me casses les oreilles ! maugréa-t-il. Ton copain, il discutait devant sa porte avec un autre type. Je me suis tiré, j'aimais pas sa voix. Et puis les maîtres d'école, ils sont bons qu'à te taper sur les doigts avec la règle. Je le sais, j'y suis allé apprendre à lire, à écrire. Mais j'aime pas les gratte-papier !

Il attrapa la bouteille de vin dont le goulot dépassait du panier. Il but goulûment, paupières mi-closes. Gênée, Claire lui offrit la part de gâteau.

— Je l'ai fait ce matin en pensant à toi ! lâcha-t-elle. Du Savoie, parfumé à la vanille. J'ai pilé le sucre au mortier… Je voulais tant te faire plaisir, et tu n'es même pas gentil ! Tiens, je m'en vais, ça vaut mieux.

Elle fit le geste de tourner les talons, mais il la retint par l'épaule. Il eut un rire un peu sot, en avouant :

— Je ne connais pas grand-chose aux filles. Le grand Dédé, il nous racontait qu'il fallait les coucher dans le foin et les trousser. Que c'était ça qu'elles voulaient, les filles. Dis, c'est vrai ?

Claire se sentit épuisée. Elle s'assit sur l'herbe en prenant garde de rester dans l'ombre du chêne.

— Jean, souffla-t-elle, ton Dédé, ce n'est pas un gars très malin. En tout cas, moi, je ne suis pas de ces filles-là. Quand j'aimerai un homme, je l'épouserai et je lui donnerai des enfants. Sinon, c'est un péché. Et je n'ai pas envie d'être damnée…

Il s'agenouilla et lui caressa les cheveux.

— Tu n'y crois pas, à ce que tu racontes ! Le bon Dieu, y a un tas de gens qu'il doit pas punir.

Elle frémissait, mal à l'aise. Les doigts de Jean s'égarèrent sur sa nuque, se glissèrent vers son cou, puis sous son foulard. Soudain, elle se souvint des paroles de Basile. Vite, elle se releva. Les mains qui la touchaient avaient peut-être été souillées par le sang d'un innocent.

— Jean, quel est ton nom de famille ?

Il s'était allongé sur le côté, la tête posée sur son bras replié.

— Pourquoi ? Qu'est-ce que ça peut te faire ? Cette nuit, je pars, parce que ça sent le roussi par ici. Ton Basile, il va porter plainte, et les gendarmes vont se pointer.

Claire le toisa, inquiète. Elle aurait tellement voulu changer le cours des choses.

— Tu ne t'appelles pas Dumont, dis ?

Au tressaillement qui le secoua, à son expression affolée, elle comprit. C'était lui. Il nia farouchement.

— T'es malade ! Je connais pas de Dumont, moi...

Il avala la part de gâteau en trois bouchées, s'étouffant presque. Puis il fouilla le panier, prit le pain, le fromage et un saucisson.

— Passe-moi ta besace, j'en aurai besoin ! Je m'en vais, j'te dis !

Vaincue, elle lui lança le sac. A quoi bon s'attarder... Il n'avait qu'à disparaître pour toujours. Doucement, elle recula. Il bondit et lui saisit une cheville. Sauvageon grogna.

— Tu vois, mon chien n'apprécie pas tes manières ! Laisse-moi m'en aller. Je t'avais apporté des vêtements de mon père. Change-toi et va-t'en donc ! Je sais la vérité. Tu as tué quelqu'un.

Il ne la lâchait pas. Elle tenta de se dégager, mais il lui empoigna l'autre jambe. Claire prit peur.

— Ne me fais pas de mal ! supplia-t-elle. Je dois rentrer !

— Attends ! dit-il d'une voix plus douce qui montait vers elle, nette et ferme dans le silence. Personne n'a jamais fait pour moi un quart de ce que tu as fait en deux jours... Je veux te remercier, Claire. Je ne suis pas un assassin, ça non, tu dois pas le penser. Ecoute, je t'en prie.

Elle cessa de se débattre. Il appuya son front contre son mollet et continua à parler.

— Ma mère, j'm'en souviens plus. Elle est morte en couches, j'étais tout petit. Mon père, lui, il est mort quand j'avais onze ans... Je me suis retrouvé tout seul avec mon frère ; il avait neuf ans. Je pouvais pas l'abandonner. On est partis sur les routes, tous les deux. Je cherchais du travail dans les fermes et dans les usines. Mais personne n'a voulu m'embaucher. Lucien, mon frère, il crevait de faim ! Un jour, j'ai volé du pain et de la brioche. Les gendarmes nous ont arrêtés le soir même. On a été transférés dans les îles d'Hyères, en Méditerranée, ça, je te l'ai déjà dit... Là-bas, c'était l'enfer. Mais tant que mon frère était avec moi, je résistais, je me plaignais pas. Je le protégeais, Lucien. Il était joli gosse, les yeux bleus comme moi. On tient ça de notre mère, y paraît, et les plus vieux, les durs, ils en avaient après lui, pour en faire leur fiancée, tu comprends ? Eux, encore, j'arrivais à les tenir en respect. Un jour, c'est le surveillant qui s'y met ! J'ai essayé de prévenir le directeur, mais j'ai eu droit au fouet et au cachot. Ce fumier de maton, il en a profité ; il a violé Lucien. Quand ils l'ont su, tous les autres l'ont traité de fillette, de tapette, mon frère... L'autre, le surveillant, il se foutait de moi. Lucien, il dormait plus, il vomissait. Dès que j'ai pu, j'ai coincé ce salaud de Dorlet – c'était le surveillant – et j'ai cogné. J'étais comme fou, Claire ! Fou de rage, de chagrin... J'avais pas pu le protéger, mon petit frère ! Ils m'ont remis au cachot.

La jeune fille ne bougeait plus, pétrifiée par ce qu'elle entendait. Son innocence se brisait, sa foi et sa naïveté aussi. Elle ignorait jusqu'à cette nuit que l'on pouvait violer un garçonnet, mais elle n'osait pas poser de questions. Jean reprit, haletant :

— Un matin, on vient me chercher. Pour enterrer mon Lucien. Il était mort. La dysenterie, qu'ils disaient tous... Moi, je devais creuser sa tombe. Je tenais la pelle à deux mains, et le surveillant, il rigolait. Alors je lui ai fendu le crâne, avec la pelle. Il est tombé, mort ! J'en pouvais plus de haine. J'ai passé trois ans sur l'île. Après ils m'ont conduit à La Couronne. A ma majorité, je devais être envoyé à Cayenne pour y crever à mon tour. Je me suis enfui, Claire, et ils m'auront pas. Jamais. Je vais m'embarquer à La Rochelle. Comme j'avais promis à Lucien. J'irai en Amérique.

Elle perçut de l'humidité sur ses pieds. Jean pleurait. Son cœur de femme, malgré sa jeunesse, s'émut. Il ne mentait pas. Cela, elle en était sûre. Avec délicatesse, la jeune fille tomba à genoux en prenant la tête du garçon entre ses mains pour le repousser. Un rayon de lune les effleura, frappant de clarté son visage à lui. Claire contempla les yeux bleus trop brillants, les lèvres pleines au dessin précis. Sans plus réfléchir, elle les embrassa, malhabile, tremblante.

— Tu dois partir en Amérique, tu as raison ! balbutia-t-elle en reprenant son souffle. Loin, très loin ; tu dois être libre. Je t'aiderai, Jean. Tous les ans, à Noël, depuis que je suis petite, mon père m'offre un louis d'or. Cela représente un beau petit pécule ! Je vais te le donner. Mon pauvre Jean… Tu as eu tant de chagrin. Je le fais pour toi, et en mémoire de ton petit frère.

— Alors, tu es un ange, dis, un ange du ciel !

Il l'enlaça, baisant son front, ses joues, sa bouche. Elle se réfugia en lui, câline, meurtrie par le terrible récit. Ils mêlaient leurs larmes, leurs soupirs. Elle souhaitait le consoler, mais le désir s'empara brusquement de son corps, le rendant brûlant et fragile. Claire se sentait dédoublée ; la sage fille du meunier abritait une sorte de femelle avide de plaisir. Elle avait envie d'arracher ses vêtements et ceux de Jean, de se frotter à lui, toute nue, qu'il lèche chaque parcelle de sa peau.

Le jeune homme avait connu deux femmes au cours de ses évasions – l'épouse d'un forgeron qui l'avait caché dans le grenier à foin, attendrie elle aussi par ses yeux bleus, et une dame de petite vertu, sur le rempart du Nord à Angoulême. Il était en cavale. Elle lui avait ouvert sa chambre et, gratis, lui avait offert ses services. Il comprit le premier que Claire était entraînée par ses sens, comme affolée par ses propres sensations.

Il la serra une dernière fois de toutes ses forces, puis roula à un mètre d'elle.

— Il faut pas ! chuchota-t-il. Tu seras une fille perdue après. Tu disais tout à l'heure que tu feras ça avec ton mari, mais moi, je pourrai jamais t'épouser. Pourtant, j'en pince pour toi ! Tu es rudement belle et tu as bon cœur. Seulement, je voudrais que tu sois heureuse, que tu marches la tête haute à mon bras. C'est du rêve, ça se peut pas…

Dégrisée, la jeune fille éclata en sanglots. Elle avait un peu honte de sa conduite.

— Si, tu m'épouseras un jour, promets-le ! C'est toi que je veux ! Aucun autre homme, jamais ! Promets !

— Alors, viens en Amérique avec moi ! s'écria Jean. En voilà, une bonne idée ! Je me cache encore deux semaines, toi tu prépares ton bagage. L'argent que tu as, il nous paiera le passage sur un bateau. Peut-être même qu'on aurait de quoi s'acheter une terre, là-bas.

Jean s'exaltait et sa figure s'animait. Il ressemblait à un enfant devant un jouet. Ses traits se détendaient et une fossette creusait son menton qu'une barbe naissante ombrait. Claire se taisait, éblouie par tous ces mots qui lui parlaient d'aventure, de voyage sur l'océan, d'un autre monde inconnu. Mais elle retomba vite de ces nuées enchantées. Son bon sens la fit protester :

— Je ne peux pas m'enfuir comme une voleuse ! Ma mère attend un enfant et il y a Bertille, ma cousine. Que deviendrait-elle sans moi ? Et le moulin, mon père ! Non, Jean, je dois rester ici.

Le clocher de Puymoyen sonna une heure. Claire se releva, effrayée.

— Mon Dieu, qu'il est tard ! Je me sauve, Jean. Non, viens, je vais t'emmener jusqu'à une petite grotte tout près. Je reviendrai demain soir, ou après-demain. Jure-moi de ne pas quitter le pays sans me dire au revoir ! Jure-le !

Elle lui tenait les mains, car il s'était levé également. Jean la dépassait d'une tête. Il devint grave ; Claire eut l'impression que son âme tout entière prenait possession de son regard bleu, qui lui se précipitait à la rencontre de son âme à elle. Elle vacilla et s'accrocha à lui.

— Je le jure, Claire ! Je ne m'en irai pas sans te revoir.

Ce serment la rassura. Ils marchèrent vers la falaise, main dans la main, le chien-loup sur leurs talons.

5

L'honneur des Roy

Frédéric Giraud, à la même heure, veillait la dépouille de son père. Le gros homme reposait dans sa bière en chêne massif, flanquée de poignées en cuivre ouvragées. Pernelle qui depuis des années faisait office de cuisinière et de femme de chambre priait de l'autre côté du cercueil. Bertrand était arrivé très tard de Bordeaux. Il fixait le visage décoloré du mort d'un air hébété.

Plus d'une centaine de cierges éclairaient le salon. Toute la journée, les visiteurs s'étaient succédé. Des notables d'Angoulême, de riches fermiers des communes voisines, Mouthiers, Dirac, Torsac.

— Comme on trépasse vite, déclara Frédéric à son frère. Père buvait et mangeait comme à son habitude, et soudain il s'est écroulé. Plus une étincelle de vie dans ce corps si robuste ! Nul ne sait le jour ni l'heure, comme on dit...

— Quel malheur ! soupira le cadet. Je ne parviens pas à le réaliser. Si encore il était venu à mon mariage. Mais non : la dernière fois que je l'ai vu, que j'ai pu discuter avec lui, c'était lors des obsèques de maman.

Pernelle avait engagé, avec l'accord du jeune maître, sa nièce et son neveu, des bessons [1]. Leurs parents les avaient baptisés Louise et Louis, ce qui faisait souvent rire les gens. Ils l'avaient aidée, depuis le matin, à faire reluire chaque meuble et à sortir les tapis et les tentures. C'était une idée de

1. Jumeaux.

la domestique. Le domaine devait être impeccable pour la circonstance. Les adolescents murmuraient des prières, chacun muni d'un chapelet. Frédéric se leva et fit signe à Bertrand de le suivre.

— Viens dans le bureau, juste un instant…

Le jeune homme poussa un soupir de soulagement en refermant la porte derrière lui. Il ouvrit une petite armoire et se servit un verre de cognac qu'il avala d'un trait.

— En veux-tu, Bertrand ? J'ai besoin d'un remontant ! Au diable les traditions… Ne pas dormir de la nuit, sous prétexte qu'il y a un mort entre nos murs ! J'ai hâte que père soit enterré.

Bertrand fronça les sourcils. Il étudia l'aspect de son aîné d'un œil inquiet.

— Tu bois toujours autant ! désapprouva-t-il. Cela te sert à quoi, enfin ? Tu hérites de Ponriant, des chevaux, des terres ! Mais à te voir, on dirait que tu fuis un fantôme… Allons, Frédéric, un peu de sérieux !

— Oh mon Dieu ! ironisa ce dernier, que c'est comique ! Mon petit frère me fait la morale, maintenant ! Je bois, oui, à la santé de notre père, de notre mère ! Des secrets qu'ils ont enfouis là ! Cela ne leur a pas porté chance, on dirait. Ils se sont suivis dans la tombe !

Il se frappa la poitrine, la bouche tordue par une grimace bizarre. Bertrand se laissa tomber sur une chaise. Il transpirait à grosses gouttes malgré sa constitution mince.

— Ouvre donc la fenêtre, on étouffe ici ! se plaignit-il. A quoi fais-tu allusion ? Quels secrets, bon sang ? Parle !

— Rien, ne te ronge pas, ne sue pas tant ! Quel couple ne cache pas de vilaines petites choses à ses enfants ? Je plaisantais, évidemment !

Frédéric se versa à nouveau un verre de cognac, mais, cette fois, il savoura l'alcool en faisant claquer sa langue contre son palais.

— Retourne auprès de notre cher père ! Si tu vois son âme s'envoler, guette bien la direction qu'elle prend ! Je serais étonné qu'elle monte au ciel. Vois-tu, je crois plutôt qu'elle traversera le plancher pour griller en enfer !

Bertrand secoua la tête, désemparé. Il ne comprendrait jamais son frère. Choqué, il s'écria :

— Tu ne respectes vraiment rien ! Père avait des défauts, certes, mais en quoi mérite-t-il ton mépris ? Il est mort, laisse-le donc en paix ! Je me félicite d'être venu seul. Ma jeune épouse serait épouvantée par ta conduite. Marie-Virginie est très prude.

Frédéric ricana, imitant aussitôt le ton de Bertrand.

— Comme tu as dit ça, « ma jeune épouse » ! Tu l'as baisée, quand même, espèce de grenouille de bénitier ! Tu t'es empressé, à peine au chevet de père, de m'annoncer que ta femme était enceinte.

— Certains signes ne trompent pas, en effet. Je pense que mon enfant naîtra l'an prochain, en janvier. La grenouille de bénitier te conseille de faire comme moi. Marie-toi, mon vieux, cela te calmera ! Il faut une maîtresse à Ponriant. Si tu vis seul ici, il y aura bientôt de la paille dans le salon et des putains dans les chambres.

Les deux hommes s'affrontèrent du regard. Frédéric alluma un cigare, avant d'annoncer sèchement :

— Mais je vais convoler, cher frère ! Je traînerai Claire Roy devant l'autel, au mois de septembre ! J'exaucerai ainsi les dernières volontés de père... Tant pis pour mon deuil ! J'avais prévu de patienter un an ; c'est trop long ! Le Moulin du berger entrera dans la famille. Je tiens le papetier à la gorge. Il m'a promis sa pucelle.

Frédéric tremblait d'excitation. Il souriait dans le vague, comme à la vue d'une image qui le séduisait. Bertrand fut effaré :

— Claire, la jolie Claire ! Elle accepte ? La malheureuse, je ne la pensais pas du genre à céder à l'appât du gain. Ni à ton charme...

— Tais-toi, Bertrand ! gronda Frédéric. Tais-toi ou je te casse la gueule ! Cet imbécile de Colin a emprunté une grosse somme d'argent à notre père il y a quelques jours. A la condition qu'il nous donne sa fille. La demoiselle n'est pas au courant de la combine. Le papetier est venu hier matin me supplier de rompre son engagement ! J'ai refusé ! Cette fille, je la veux ! Je l'aurai... Ou bien il me rembourse, ce brasseur de guenilles, mais il ne peut pas. Le papier n'est plus une valeur sûre. Des fabriques qui vendent bien moins cher que les moulins se sont établies dans les villes. La qualité du produit n'est plus le principal souci !

— Tu es bien renseigné, dis-moi ! Tu t'intéresses à la chose, ou tu comptes amadouer Claire avec ta science toute neuve ?

— J'ai des projets, répliqua Frédéric. Autant me documenter !

Il se mit à siffloter. Son frère ne put s'empêcher de lui trouver de l'allure et une beauté virile. Bâti en athlète, les épaules carrées, les traits réguliers, le nouveau maître du domaine en imposait. Pourtant, son regard fuyait souvent celui de ses interlocuteurs, comme rempli d'une peur incompréhensible.

Bertrand était sorti du bureau sans attendre de réponse à sa question. Il imaginait Claire Roy régnant dans ces belles pièces et le conviant à sa table.

Bah ! se dit-il en lui-même. Elle sera ma belle-sœur ! J'aurais pu tomber plus mal !

Il avait repris sa place au chevet de son père. Pernelle lui lança un regard apitoyé. Elle le jugeait brave et sincèrement affligé. La domestique en savait long sur la famille Giraud. Entrée à son service vingt ans auparavant, elle avait vu grandir les deux garçons. Une fois encore, elle se répéta, en son for intérieur : Je vais donner mon congé, maintenant que monsieur est mort. Je resterai pas là !

Frédéric, lui, but deux autres verres de cognac. L'esprit confus, il se sentit infiniment soulagé. Il chassa une à une les pensées qui le tourmentaient et le sentiment de culpabilité dont il souffrait en silence. A pas lents, il monta dans sa chambre et s'allongea sur le ventre. Il avait envie d'une femme. La vision de Claire le hantait. Il l'apercevait au bourg, le dimanche. Légère et ronde, des yeux de velours. Il froissa le drap en mordant son oreiller.

Si, à cet instant, on lui avait expliqué qu'il était amoureux, il n'aurait su que protester. L'amour ne signifiait rien à son avis. Il le confondait avec le désir, la joie de soumettre un corps de femme à ses exigences. Un sommeil d'ivrogne le terrassa alors qu'il murmurait le prénom de la jeune fille.

Bertille s'éveilla en sursaut. Quelqu'un marchait dans la pièce. Elle se redressa sur un coude, apeurée.

— Claire ?

La jeune infirme devina une silhouette près du lit. A tâtons, elle chercha la boîte d'allumettes et le chandelier.

— Non, pas de lumière ! chuchota la voix de sa cousine. Ne crains rien, c'est bien moi, Claire...

— Mais quelle heure est-il ?

Claire se glissa entre les draps. Bertille chercha à lui toucher le front.

— Laisse-moi, princesse, je suis fatiguée. Je te raconterai demain pourquoi je rentre si tard... Basile est de retour...

Les deux filles restèrent silencieuses. Soudain, Bertille souffla :

— Tu ne vas pas continuer à sortir tous les soirs, Clairette ! Ton père a failli entrer dans la chambre vers neuf heures. Il voulait te parler ; moi je lui ai dit que tu dormais déjà. Il était surpris. Heureusement, tante Hortense l'a appelé.

— Promis, demain, je resterai ici. Jean ne partira pas sans me revoir, il a juré ! Oh, Bertille, je l'aime tant. Tu vas te moquer parce que je ne l'ai vu que trois fois. C'est un étranger, un bagnard, mais dès qu'il me touche je deviens folle ! Tiens, on dirait la chatte qui rôde près des étendoirs. A se tordre par terre, à montrer son ventre ! Ah, je ne lui jetterai plus de l'eau, plus jamais !

Bertille devint toute rouge. Elle colla sa bouche à l'oreille de Claire pour l'interroger.

— Est-ce que tu as... ? Avec lui ?... Dis...

— Non, non ! Mais je l'ai embrassé...

Claire commença son récit, n'omettant aucun détail. A l'aube, les deux cousines ne dormaient toujours pas.

Colin Roy s'était montré inflexible. Il tenait à assister aux obsèques d'Edouard Giraud en compagnie de Claire. La jeune fille, qui n'avait dormi qu'une heure, protesta.

— Papa, je t'en prie ! Il y a du travail ici, à ne plus savoir où donner de la tête ! Le repas des ouvriers, les draps à trier, le ménage…

— Etiennette s'en chargera, et si ce n'est pas fait à la perfection, tant pis, la terre ne s'arrêtera pas de tourner ! Tu viens avec moi ! Si cela peut te consoler, nous emmènerons Bertille. J'attelle Roquette. Préparez-vous.

Hortense frappa sur le plancher de sa chambre. Cela donnait des coups sourds au plafond de la cuisine. Quelques poussières tombèrent en pluie, captées par le soleil qui entrait à flots dans la pièce.

— J'arrive, maman !

Le papetier eut un air affolé. Il retint sa fille par le bras et s'élança à sa place dans l'escalier.

— Je vais voir ce qu'elle veut ! Fais un brin de toilette et habille-toi mieux, Clairette.

Surprise, Claire obéit. Son père semblait bouleversé, ce matin, mais elle ne chercha pas à en deviner la raison. Bertille était restée au lit.

— Allons, paresseuse, secoue-toi ! lui cria-t-elle. Nous partons à Puymoyen, en calèche. Papa ne sait plus à quel saint se vouer ! Nous devons l'accompagner à l'enterrement de monsieur Giraud…

L'infirme ne cacha pas sa joie. La moindre sortie était une fête inespérée pour elle. Elle se brossa les cheveux et les coiffa avec une dextérité étonnante en chignon. Bertille s'organisait pour dépendre le moins possible de sa cousine. Le tiroir de sa table de chevet contenait un miroir à main, sa brosse, un peigne, des épingles et des rubans. Claire l'aida à passer sa robe du dimanche, grise et bleue.

Dans la chambre voisine, Hortense affrontait le regard furieux de son mari.

— Qu'est-ce que tu voulais à Claire ? murmura-t-il. Elle t'avait déjà apporté ton plateau !

— Ta sottise te perdra, mon pauvre Colin ! Je trouvais judicieux de la prévenir, puisqu'elle ne pourra pas éviter Frédéric. Il va jouer les coqs devant elle, lui parler fiançailles... Elle risque de se rebiffer ! Il ne faut pas.

Hortense serrait les poings, un air terrible au visage. Jamais Colin ne l'avait trouvée aussi laide.

— Tu es pressée qu'elle s'en aille ! avança-t-il tout bas. Claire est pourtant la fille la plus dévouée que l'on puisse avoir, la plus adorable, mais sa présence te dérange. Tu ne penses plus qu'à cet enfant dans ton ventre ! Ton fils ! Est-ce que tu t'es préparée à avoir une seconde fille ?

Elle le toisa, outrée.

— Je suis sûre que c'est un garçon ! Il sera maître papetier, comme toi ! Il dirigera le moulin... répliqua-t-elle, les traits apaisés. Nous l'appellerons Matthieu. C'est joli, j'ai lu ce prénom dans l'almanach.

Elle s'allongea et ferma les yeux.

— On dirait que tu perds l'entendement ! soupira Colin. En tout cas, écoute-moi : Frédéric Giraud semble prêt à patienter jusqu'à l'année prochaine. Ce mariage ne se fera pas ! Sauf si Claire le souhaite !

— Ce n'est pas à elle de décider ! maugréa son épouse.

— Nous verrons bien ! répondit Colin en quittant la chambre.

Deux ouvriers du moulin que Colin avait libérés de leurs obligations pour l'occasion aidèrent Bertille à reprendre place dans la calèche des Roy. Tout était terminé. Edouard Giraud reposait dans le caveau de la famille de Riant, près de Marianne. Le curé avait fait son office sans grandiloquence. Peu lui importait l'assistance : devant les bourgeois et les propriétaires terriens accompagnés de leurs femmes et de leurs enfants, il s'était montré nerveux, froid et distant. L'église les contenait à peine, tous ces gens endimanchés. Cependant, Claire nota que les gens du bourg, les paysans, les humbles, comme les nommait sa mère, n'étaient pas venus aux obsèques. Le maître de Ponriant n'était pas aimé. Certains lui vouaient même une haine féroce. Néanmoins, elle avait eu la surprise de découvrir Basile, assis sur les derniers bancs de l'église, alors qu'elle remontait l'allée pour sortir.

— Qu'est-ce que tu faisais là, un mécréant comme toi ! lui avait-elle murmuré à l'oreille.

— Je me réjouissais ! lui avait-il répondu entre ses dents. Ce salaud de Giraud est mort ! Je n'allais pas manquer ça !

— N'oublie pas, avait-elle ajouté, c'est la première fois que nous nous revoyons. Papa ne sait pas que je suis sortie hier soir.

Il avait grommelé, mécontent. Sa petite Claire, dont il appréciait la loyauté et le sérieux, lui paraissait changée.

J'ai quitté une enfant sérieuse et loyale ; je retrouve une jeune femme au regard affolé, qui ment comme un arracheur de dents à ses parents… Ça ne me va guère ! avait-il pensé.

Maintenant la foule se dispersait. Contente de voir autant de monde, Bertille admirait les robes des Angoumoisines. Parmi les hommes en costume sombre, elle ne pouvait s'empêcher de chercher la haute silhouette de Frédéric. Jamais elle ne l'avait trouvé aussi beau qu'en ce jour de deuil. Comme Claire la rejoignait, elle chuchota :

— Quand même, ce Frédéric… Oh ! Ces yeux qu'il a ! Verts comme les feuilles toutes neuves. Et ces épaules !

— Ne me fais pas l'article. Il ne m'intéresse plus ! coupa sa cousine. Tiens, Basile vient vers nous ! Je parie qu'il va me sermonner sur ma conduite.

L'ancien instituteur souleva son chapeau en souriant aux deux jeunes filles. Sous la capote noire, assises l'une contre l'autre, elles étaient ravissantes. Cependant, l'éclair de défi qui brillait dans les prunelles sombres de Claire l'agaça.

— Dis donc, toi ! murmura-t-il, ne me prends pas pour un ennemi ! Je me permets de parler devant Bertille, car je suis certain qu'elle est au courant de tes petits secrets. Petiote, sois prudente. Tu as tort de courir la campagne en pleine nuit, de trahir la confiance de ton père…

Claire lui fit signe de baisser le ton. Il secoua la tête, avant de dire encore :

— As-tu revu ce Jean dont tu sembles amoureuse ?

— Non ! lança-t-elle, furieuse de rougir. Et puis quand bien même je l'aurais revu, j'ai l'âge d'avoir un galant !

— Cela dépend du personnage ! J'aimerais que tu viennes à la maison, plus tard, ma petiote, que l'on en discute. Si ce garçon est honnête, je veux bien le rencontrer ! Face à lui, je pourrai me faire une opinion. Si le gaillard me plaît, je ne dis rien à ton père, sinon...

Bertille empoigna le bras de Claire. Bertrand Giraud approchait. Durant la cérémonie, il s'était tenu le nez baissé sur ses souliers, très pâle. Basile le salua et s'éloigna à grands pas. Le jeune homme caressa la jument, puis il dévisagea Claire avec insistance.

— Pourrais-je vous entretenir d'un sujet qui me préoccupe beaucoup ? demanda-t-il.

— Nous en serions ravies ! répondit la jeune fille.

— Vous vous trompez, Claire, je voudrais vous parler à vous, personnellement. Sans vouloir vous vexer, Bertille.

La jeune infirme fit le sourire le plus gracieux de sa collection. Soit, elle n'avait plus l'usage de ses jambes, mais elle tenait à faire valoir sa taille fine, sa poitrine et le délié de son cou gracile.

— Je comprends ! soupira-t-elle, un peu coquette. Emmenez Claire un instant, je ne m'ennuie pas à examiner tous ces gens de la ville.

Bertrand lui rendit son sourire. Plus, il se perdit dans son regard d'eau vive. Un élan de compassion le tendit vers elle. Il emprisonna ses doigts gantés de soie et les baisa à peine, comme le voulait l'usage.

— Merci, jolie demoiselle ! Je vous rends vite votre cousine...

Bertille avait rosi de plaisir sous le compliment. Claire contourna la calèche pour marcher un peu sur le chemin communal. Bertrand la rattrapa. Il avait préparé son discours, mais à présent les mots se mêlaient dans sa tête.

— Vous vous souvenez, Claire, de ces deux années où j'allais à l'école du bourg ? Nous n'étions pas dans la même cour, mais souvent je vous admirais derrière la grille. Vous avez toujours représenté pour moi l'énergie, la droiture, la beauté !

La jeune fille fronça les sourcils. Elle ne s'attendait pas à une telle entrée en matière. Cependant, elle était sûre d'une chose : Bertrand ne lui faisait pas la cour puisqu'il était marié depuis peu. Elle murmura :

— C'est gentil, Bertrand, mais pourquoi évoquer notre passé d'écoliers ? Je vous connais si peu !

— Bien assez pour m'écouter ! Pour savoir que je ne vous veux aucun mal !

Le jeune homme ne pouvait s'empêcher de regarder Claire. Il prenait conscience de la femme qu'elle deviendrait. Sur son visage empreint de douceur, l'intelligence pétillait, conférant à ses traits un charme rare. Certes, elle était belle, mais à sa façon. Ses yeux noirs, sa bouche rouge et mobile, son nez fin auraient pu demeurer ordinaires sans cette flamme de vie qui émanait d'elle. Il revit son frère la veille, alors qu'il titubait dans le bureau, ivre à faire peur. Le courage lui vint. Frédéric ne méritait pas de cueillir une fleur aussi rare.

— Voilà, Claire, j'ai appris l'odieux marché que votre père et le mien ont conclu il y a quelques jours.

— Mais de quoi parlez-vous à la fin ? s'étonna-t-elle.

— Voyons, de cet arrangement honteux ! Votre père avait de très graves ennuis d'argent. Il a emprunté la somme dont il avait besoin au mien.

Elle s'arrêta, une boule d'angoisse lui bloquant la respiration.

— Et alors ? parvint-elle à articuler. Nous devons vous rembourser, vous et votre frère... Est-ce que cela vous cause du tort ?

— Mais non ! coupa Bertrand. Non, Claire, je me fiche de cet argent, mais l'unique condition de ce prêt, c'était vous ! Votre père s'est engagé sur l'honneur que le mariage se ferait.

Très pâle, elle posa sur lui un regard incrédule. Il nota que ses lèvres avaient perdu leur couleur de fruit rouge.

— Quel mariage ? balbutia-t-elle.

— Eh bien, entre mon frère et vous ! Frédéric compte vous épouser en septembre ! C'est stupide, n'est-ce pas ? Vous devez refuser !

Claire jeta un œil terrifié au clocher de l'église blanchi par le soleil de midi. Elle avait l'impression de faire un cauchemar.

— Oui, stupide ! renchérit-elle soudain. Enfin, nous ne sommes plus à l'époque où les seigneurs mariaient leurs enfants contre leur gré ! Et puis mon père m'aime, il n'a pas pu accepter ce genre de contrat. Non, il n'aurait jamais osé !

Bertrand arracha ses gants blancs et les fourra dans sa poche de gilet. De fines gouttes de sueur perlaient à son front.

— Je suis navré d'avoir eu à vous prévenir sans ménagement, Claire ! Mais c'est sérieux. Si votre père ne rembourse pas immédiatement mon frère, je crois que vous perdrez le moulin et les terres qui vous appartiennent. J'ai essayé de faire fléchir Frédéric. Ce matin encore, je lui en ai parlé. J'ai même proposé de le rembourser. Il m'a ri au nez. La vérité, c'est qu'il s'est entiché de vous et qu'il tient à cette noce.

La jeune fille ne sentait plus ses jambes. Le choc aurait été moindre si Jean n'était pas entré dans son existence. L'amour tout neuf qui la bouleversait la rendait fragile. Un an plus tôt, épouser Frédéric l'aurait comblée. A présent, cela lui semblait impossible. Elle fit des efforts pour se reprendre et s'exprimer sans éclater en sanglots.

— Merci, Bertrand, c'est très gentil de votre part de me dire tout ceci. Je dois interroger mon père… Il devait être vraiment dans une situation terrible pour me promettre comme une vulgaire marchandise ! Au revoir, merci encore…

Elle partit en courant.

Bertille qui jouait avec son ombrelle vit revenir sa cousine. Claire paraissait malade. Elle était livide et avait le souffle court. Elle monta dans la calèche et se plia en deux sur le siège.

— Qu'est-ce que tu as ? s'enquit-elle. Mal au ventre ?

— Où est papa ? répliqua Claire.

— Là-bas, avec le maire et le garde champêtre. Fais-lui signe !

— Non ! Pas maintenant ! Qu'il rentre à pied, cela lui apprendra !

A la grande stupeur de Bertille, Claire prit les rênes qu'elle fit claquer sur la croupe de la jument. Comme prise d'une fureur incontrôlable, elle guida l'animal jusqu'à la porte du cimetière et réussit à faire demi-tour, les roues soulevant de la poussière grise. Roquette, peu accoutumée à pareil traitement, se mit au galop. Le départ de l'attelage en sidéra plus d'un.

— Votre bête s'emballe ! constata le maire en s'adressant à Colin.

Frédéric avait vu la scène. Il secoua le papetier par l'épaule.

— Bon sang, votre fille est en danger, et vous restez à discuter ! Vite, qu'on me donne un cheval !

La seule monture disponible était la mule du forgeron, qui avait tiré le corbillard. Frédéric tapa du pied. Colin Roy le rassura :

— Ma jument a obéi aux ordres de Claire ! Ma fille n'a besoin de personne ! Elle mène la calèche depuis l'âge de dix ans. Mais je me demande quelle mouche l'a piquée !

Son entourage ne put déterminer s'il faisait allusion à sa fille ou à la jument.

Bertille avait cru mourir cent fois. Cramponnée à l'accoudoir de ses deux mains, elle poussa un gros soupir de soulagement lorsque la jument s'immobilisa près de l'écurie du moulin. Claire tremblait, les mâchoires crispées.

— Mais qu'as-tu, à la fin ? hurla sa cousine. J'ai failli tomber sur le chemin ! C'est la faute de Bertrand, dis-le !

— J'ai appris une chose affreuse, ma Bertille ! Si c'est vrai, je te préviens, je m'enfuirai. Jean me l'a proposé cette nuit. Il dit qu'avec mes économies nous pouvons aller en Amérique et acheter de la terre. Là-bas, il sera un homme libre !

— Tais-toi donc ! chuchota Bertille. Regarde un peu, la fenêtre de ta mère est grande ouverte. Si jamais elle t'entendait... Explique-moi ce qui se passe ! Je t'en prie !

Claire fit non de la tête et sauta à terre. Elle fit signe à sa cousine de se jucher sur son dos. La rage décuplait ses forces. L'infirme noua ses bras autour de son cou et se laissa transporter jusqu'au fauteuil en osier qui lui était réservé sous le pommier de la cour.

Le Follet sortit de la salle des piles. Il s'apprêtait à se rouler une cigarette, mais Claire le héla.

— Pourrais-tu dételer Roquette et la mettre au pré ? Tu me rendrais service, car je suis en retard pour le déjeuner...

— Tout ce que vous voudrez, mam'selle Claire ! répondit l'ouvrier en rangeant sa blague à tabac.

Sous le regard perplexe de Bertille, la jeune fille se rua vers la maison. Sauvageon, qui était enchaîné, bondit pour la suivre.

— Sage, mon chien ! Je reviens te détacher.

Claire agissait dans un état second. Elle savait que le moindre geste ordinaire, comme préparer le couvert, tirer du vin ou couper le pain, viendrait à bout de sa colère et l'affaiblirait. Aussi monta-t-elle aussitôt l'escalier en relevant ses jupes. Hortense était assise contre le bois du lit et tricotait. Elle garda les yeux baissés sur son ouvrage.

— Alors, ma fille, comment se sont déroulées les obsèques de ce pauvre monsieur Edouard ? Tu as couru, on dirait ?

— Maman, Bertrand Giraud m'a parlé. Il paraît que je dois épouser Frédéric... A cause d'une dette de papa ! C'est faux, dis ? Je ne suis quand même pas un objet que l'on met en gage ! Réponds donc !

Hortense compta ses mailles avant de poser la brassière blanche qu'elle imaginait déjà sur le corps menu de son fils.

— De quoi te plains-tu, Claire ? dit-elle. Frédéric est le meilleur parti du pays. Il te plaisait l'année dernière, tu faisais de ton mieux pour qu'il te remarque ! Il a des chevaux de prix, et tu aimes les chevaux ! Ponriant est une magnifique maison. Tu en seras la maîtresse. As-tu songé aux belles toilettes que ton mari t'achètera pour tenir ton rang, comme on dit... Allons, ma fille, même sans ce souci d'argent, la sagesse voulait que tu te maries avec Frédéric. Cela dit, Bertrand n'avait pas à s'en mêler !

La jeune fille entendait les battements de son cœur résonner dans tout son corps. Elle s'assit sur le bord du lit, désemparée. Depuis que sa mère se confinait entre les quatre murs de cette pièce, Claire n'avait pas renoué de liens affectueux. Il n'y avait eu qu'un seul jour d'attendrissement, celui où elles s'étaient cajolées, fêtant une sorte de réconciliation ; puis plus rien, ni complicité ni tendresse.

— Maman ! gémit-elle. Personne ne peut me forcer à épouser un homme qui ne me plaît pas ! Je suis libre, j'ai des droits...

— Quels droits ? gronda Hortense. Les femmes naissent pour servir leur mari, tenir une maison, avoir des enfants. Il vaut mieux que ce soit dans l'opulence que dans la misère, crois-moi !

Claire serra les poings.

— Tu n'as pas été trop à plaindre, toi ! Tu n'as jamais manqué de rien. Et tu aimais papa !

Hortense se redressa. Son regard absent reprit de la consistance. Il s'assombrit même. Toisant sa fille, elle dit, tout bas :

— Tu ne sais rien de ma vie, ma pauvre Claire ! Mais puisque tu es une petite curieuse, je t'apprendrai que moi, j'aimais ton père, oui... mais lui il n'avait que de l'amitié pour moi. Il m'a épousée pour entrer en possession du moulin qui était ma dot ! J'étais laide, que veux-tu, les garçons m'évitaient. Ce n'est pas comme toi qui les ferais marcher sur les mains ! Oh, Colin m'a toujours respectée. Il s'est montré gentil, attentionné. Pense donc : je lui offrais ces terres, cette rivière, les piles refaites à neuf selon les méthodes hollandaises, le bief en bon état, les étendoirs. Le Moulin du berger ! Un drôle de nom, n'est-ce pas ? Et ce berger, moi je connais son histoire, le malheureux...

Claire n'osait pas interrompre sa mère qui semblait revivre un temps lointain. La jeune fille en oubliait un instant ce mariage conclu à son insu, le repas des ouvriers à servir, sa cousine abandonnée dans le jardin. Hortense parlait toujours de sa voix grave.

— Oui, il y a longtemps, un berger habitait ici, au bord de l'eau. Il avait loué les terres, car le moulin était à l'abandon. Il faisait paître là une vingtaine de brebis. C'était sa seule compagnie, avec un vieux chien aveugle. Tous logeaient dans l'écurie, les bêtes et le berger confondus. Les gens de Puymoyen le fuyaient comme la peste, quand il montait au bourg. On le croyait âgé, ce berger contrefait, très laid, mais en vérité c'était un jeune homme qui avait survécu, enfant, à un terrible incendie. Un jour, il rencontra une fille au pied de la falaise, une fille si belle qu'il se sauva pour ne pas l'effrayer. Elle n'avait pas eu le temps de voir son visage déformé par la marque des flammes, et s'entêta à le retrouver. Une nuit, il l'aperçut de nouveau. C'était une pécheresse : elle se baignait dans la rivière. Nue ! Dès que la lune se cacha, il approcha. Et...

— Et alors ?

Hortense sursauta. Elle se demanda tout à coup pourquoi elle racontait des choses aussi perverses à sa propre enfant. Claire attendait la suite, les yeux brillants.

— Et alors, ils ont commis la faute ! Certains prétendent qu'ils s'aimaient follement, qu'elle se moquait de sa face hideuse ! Toujours est-il que ceux de la vallée, surtout les parents de la fille, se mirent en tête de chasser celui qu'ils considéraient comme un monstre ! Ce fut une battue bien spéciale ; ils traquèrent ce pauvre berger. Son chien fut tué, ses brebis affolées se jetèrent dans le bief et se noyèrent. Lui, on le roua de coups et on le châtra. Il en mourut. C'était mon arrière-grand-père, oui... car la fille portait un enfant de lui, et elle mit au monde un garçon. Elle l'éleva ici, dans le moulin qu'il fit prospérer. D'abord, il vendit de la farine et de l'huile, puis, un beau jour, il fabriqua du papier. Il épousa une brave demoiselle de Torsac qui donna naissance à mon père. Je tiens de mon aïeul ma vilaine figure. Enfin, ma grand-mère pensait que c'était une punition, parce que mes ancêtres s'étaient unis sans la bénédiction de Dieu.

Claire resta silencieuse un moment avant de s'écrier :

— C'est affreux, tout ça ! Mais tu n'es pas laide, maman ! Si tu étais plus gaie, si tu riais un peu aussi...

Hortense fixa sa fille d'un air égaré.

— Si je riais ! Je n'ai jamais eu envie de rire, Claire. File à la cuisine, midi a sonné. Où est ton père ?

La question ramena la jeune fille à son tourment. Colin Roy, encore coiffé de son chapeau, entra au même moment dans la chambre.

— Eh bien, Claire ! Cela t'amuse de me ridiculiser devant les notables d'Angoulême dont certains sont des clients, et devant le maire ! Es-tu folle d'avoir poussé la jument au galop ! Sur le chemin ! Tu aurais pu renverser quelqu'un !

Colin s'adressait à sa fille avec sévérité, le regard dur. Claire songea qu'en quelques mois le père doux et câlin, si indulgent à son égard, avait beaucoup changé.

— Papa ! dit-elle, j'étais en colère, pardonne-moi. Bertrand Giraud m'a dit une chose si terrible. Tu m'as promise à Frédéric, pour de l'argent, sans même me prévenir ! Alors je t'ai détesté, tu comprends ! Je ne peux pas le croire. Par pitié, dis-moi que c'est faux !

Le maître papetier marcha jusqu'à la fenêtre. Il regarda dans le jardin. Bertille levait son pâle visage vers lui, la mine soucieuse.

— J'ai eu tort, ma Clairette ! lâcha-t-il enfin. Edouard Giraud me proposait une somme mirobolante qui nous sauvait tous. Je n'étais plus tenu de renvoyer la moitié de mes ouvriers, ni de vendre le moulin. Ma vie est ici, à écouter battre les piles, à surveiller le séchage des feuilles, à préparer la colle… Je ne connais pas d'autre métier !

Claire se leva et rejoignit son père. Déjà elle s'alarmait de le voir si triste.

— Papa, tu as bien dit vendre le moulin ! Mais pourquoi ?

— J'ai perdu mes deux plus gros clients, l'Anglais Fisburg et le Hollandais Manssen. Ils se plaignaient des délais de livraison et des prix, et ils ont préféré signer avec une papeterie moderne, installée sur un bras de la Charente. Plus proche de La Rochelle… Et j'avais des dettes. J'ai cru bien faire ! Tu semblais entichée de Frédéric ; je me suis dit que tu serais riche, et que tu habiterais tout près ! Mais ne crains rien, Claire, ce mariage, je ne t'y obligerai pas. Je t'aime, ma fille, et je préfère perdre le moulin plutôt que toi… Pourtant, mon honneur est en cause, car j'ai donné ma parole ! Tant pis, je serai parjure !

Hortense poussa un cri de colère :

— Colin ! Je t'interdis ! Tu ne sacrifieras pas mon bien aux caprices d'une écervelée. Tu as oublié de lui dire le plus important. Si elle épouse Frédéric, tu ne dois plus un sou aux Giraud.

Claire se mit à pleurer et s'enfuit. Elle dévala l'escalier et sortit au grand air. Le chien s'étranglait tant il tirait sur sa chaîne.

— Là, mon Sauvageon, je te libère…

Elle prit l'animal dans ses bras, agenouillée sur l'herbe. Bertille lui fit signe.

— Oui, princesse, j'arrive ! répondit Claire en retenant ses larmes.

La jeune fille regarda le ciel d'un bleu très pur. Elle ne

voulait retenir de tous ces discours que les mots de son père : « Ce mariage, je ne t'y obligerai pas. » C'était une promesse de liberté, un garant contre le sort. Sa cousine l'attrapa par le poignet.

— Mon Dieu, Claire, vas-tu me dire ce qui se passe ! Mon oncle avait un air tragique, à l'instant, à la fenêtre, et ta mère hurlait de rage. Et toi, tu sembles prête à pleurer !

— Je te raconterai tout cet après-midi ! Tu feras croire que tu es fatiguée et je te monterai dans la chambre.

— Non, je n'aurai pas la patience... protesta Bertille.

— Je n'ai pas le temps maintenant !

Claire souleva l'infirme et la porta dans la salle commune. Les ouvriers du moulin s'attablaient. Colin était à sa place et le Follet coupait du pain. Dominant la chanson de la rivière et le battement des piles, des discussions et des plaisanteries s'élevaient. La jeune fille se hâta de servir des pâtés en bocaux, une terrine de rillettes et du boudin froid. Elle apporta aussi un quart de meule de fromage et un pot de beurre.

— Aujourd'hui, messieurs, vous casserez la croûte sans moi, je ne me sens pas bien.

Une rumeur amicale s'éleva. Claire était aimée et respectée. Chacun y allait de son commentaire.

— Ah, quel dommage, mam'selle ! Notre rayon de soleil qui s'en va !

— J'aurai moins d'appétit, sans vous au bout de la table !

— Prenez une tartine au moins, mam'selle Claire !

Elle secoua la tête, émue. C'était comme une grande famille qui la suppliait de rester. Sa révolte faiblissait. Que deviendraient-ils tous si le moulin fermait ? Le brave Eugène avait six enfants à nourrir, le vieux Maurice, un des meilleurs coucheurs, entretenait le ménage de sa fille, mariée à un bon à rien. Ils vouaient une confiance immense au maître papetier et ils étaient fiers de travailler à ses côtés. La ruine de son père les menaçait tous. Il lui suffisait pourtant d'un mot de sa part à elle, d'un oui pour les sauver. Elle en eut le vertige.

— Non, je ne peux pas rester, excusez-moi !

Sur ces mots, elle lança à son père un coup d'œil encore méfiant et courut chez Basile, Sauvageon sur ses talons.

Claire dut frapper plusieurs fois à la porte de Basile. Enfin, elle l'entendit marcher et tirer le loquet.

— Alors, tête folle ! ronchonna-t-il. Tu viens à confesse ? Un peu échevelée et avec une drôle de mine.

Elle entra, la gorge serrée. Il y avait tant de doutes, de questions, de peurs qui l'oppressaient.

— Basile, ne te moque pas de moi, je t'en prie !

La jeune fille respirait par saccades. Sauvageon commença à flairer le plancher tout en lorgnant le moindre geste de Basile d'un œil doré, oblique.

— Bon sang ! s'écria-t-il. Ton chien tient vraiment du loup... Tes parents sont-ils aveugles ou idiots ? Sa tache blanche ne trompera pas longtemps les gens du coin ! Méfie-toi. Les chasseurs du genre de Frédéric Giraud vont se douter de son hérédité.

Appuyée contre le mur, Claire répliqua, d'un ton plaintif :

— Je t'en prie, ne parle pas de Frédéric... Si tu savais, Basile !

Il s'approcha, intrigué. Elle voulut s'expliquer, mais les sanglots l'interrompirent.

— Allons, qu'as-tu encore ? Ce bellâtre t'a causé du tort ?

Embarrassé, Basile lui caressa la joue. Claire se réfugia dans ses bras en pleurant plus fort. La vie lui paraissait trop difficile tout à coup. La sévérité, l'égoïsme de sa mère, la trahison de son père, les plaintes de Bertille, et Jean, son Jean, comme elle l'appelait dans le secret de son cœur. Jean le réprouvé, le bagnard.

— Décidément, fit Basile, tu n'accours chez moi que pour épancher tes peines ! Enfin, je suis au moins utile à quelqu'un. Claire, calme-toi, je ne suis pas habitué à consoler les femmes, moi...

— Je suis sûre que si ! bredouilla l'adolescente en reniflant.

Elle ne se décidait pas à renoncer à l'asile réconfortant qu'offrait la maigre épaule de son vieil ami. Très bas, à demi-mot, elle lui confia ce qui la tourmentait.

— Fichtre, ma pauvre petiote ! conclut-il quand elle eut terminé. Je ne pensais pas Colin Roy capable de ça ! Ton père est un faible, Claire ; il s'est fait piéger par cette brute de Giraud... En voilà un qui n'a pas volé sa place au cimetière.

Basile conduisit Claire jusqu'au fauteuil et la força à s'asseoir.

— D'abord, tu vas boire un remontant. Et dis à ton chien de se coucher ; il me donne le tournis avec ses va-et-vient.

La jeune fille siffla. Sauvageon bondit vers elle et s'allongea à ses pieds. Elle lui gratta le crâne, en chuchotant :

— Sois sage !

— La belle et la bête ! commenta l'ancien instituteur, impressionné par la complicité qui unissait Claire et l'animal.

— J'aimais beaucoup ce conte quand j'étais petite, répondit-elle. C'est étrange, ce matin, maman m'a raconté une histoire horrible, celle du berger, celui qui a donné son nom au moulin.

Basile lui tendit un verre d'eau-de-vie. Il eut un sourire triste.

— Je la connais, mais ce n'est pas ta mère qui me l'a confiée... Dis-moi, petiote, à part cette sale affaire de mariage, si tu me parlais de ce gaillard que tu as invité chez moi et qui a de si mauvaises manières ! Sans mentir ! Tu peux avoir confiance, je sais me taire s'il le faut.

Claire releva la tête. Une mèche noire vint danser sur sa joue. Elle eut la certitude que Basile pourrait aider Jean, par souci de justice.

— C'est bien Jean Dumont, le garçon qui s'est échappé de la colonie de La Couronne. Il s'était caché dans la grange. Il avait faim, et les gendarmes le recherchaient. Au début, j'ai eu peur, mais j'ai compris qu'il ne me ferait aucun mal.

Plus elle parlait, plus Claire s'animait, vibrait d'intérêt et de passion contenue. Basile assistait à cette métamorphose. Il n'était pas dupe des sentiments de la jeune fille. Elle trouvait les mots justes, défendait avec ardeur le fugitif, le criminel.

— Il a tué ce surveillant sous le coup de la rage et de la douleur ! Son petit frère était mort après avoir enduré un calvaire ! Basile, est-ce que tu le condamnes, toi aussi ? Si on le prend et qu'on l'envoie à Cayenne, il mourra... Le vrai coupable, c'est ce Dorlet, et la misère !

Les convictions humanitaires de Basile Drujon, qui avait dressé des barricades dans les rues de Paris pendant la Commune, ne demandaient qu'à s'enflammer de nouveau. Le récit de Claire, sobre mais poignant, lui avait ouvert les yeux sur la véritable personnalité de la jeune fille. A l'écouter, il prenait conscience qu'elle avait étudié, beaucoup lu, et qu'elle était capable d'évoquer certaines perversions sans pruderie.

— Tu ferais une bonne avocate, petiote ! Mais ce qui me saute aux yeux, c'est que tu es amoureuse de ce garçon ! laissa-t-il tomber.

Ce n'était pas une interrogation, mais un constat. Elle fit oui d'un geste du menton.

— Eh bien, gamine, nous voilà dans de beaux draps ! Ton Jean finira par être repris s'il ne file pas rapidement à l'étranger... Vois-tu, des jeunes colons comme lui, une fois majeurs, peuvent être placés en apprentissage sous la férule d'un honnête citoyen. Même ton père aurait pu l'embaucher, mais seulement s'il était simplement coupable d'un délit de vol. Accusé de meurtre, il n'a aucune chance de mener une vie normale en France. On le retrouvera tôt ou tard... Es-tu certaine qu'il dit la vérité ? Il a pu inventer tout ça pour que tu l'aides !

Claire fixa Basile longuement, avant d'ajouter :

— Il a gémi et pleuré sur mes genoux, comme un enfant ! Quand il parlait de Lucien, son frère, sa voix tremblait... Oh ! non, il ne m'a pas menti.

— Bon, bon, coupa Basile qui avait pâli. Je suppose que tu as assez d'intuition pour trier le vrai du faux ! Ah, ces fumiers qui osent toucher aux enfants, les blesser dans leur innocence ! Ils sont rarement punis, eux, ces salauds ! Moi aussi, un jour, j'ai eu envie de tuer, de supprimer l'individu ignoble qui avait abusé de son pouvoir... Mais je n'ai pas pu aller au bout... Bah, le châtiment finit par tomber ; il suffit d'être patient.

Claire était persuadée que Basile faisait allusion à Edouard Giraud. Cependant, elle était trop préoccupée par son propre sort et celui de Jean pour l'interroger.

— Que me conseilles-tu ? supplia-t-elle.

— Suis ton instinct, ma Clairette ! Si tu aimes ce garçon, ne dresse pas de barrières entre vous... Ma porte lui est ouverte si jamais il a besoin de moi. Et toi, évite Frédéric comme la peste ! Ton père va bien trouver une solution, bon sang ! Au moins, fais traîner cette affaire, demande du temps !

— Papa dit que son honneur est en cause, Basile ! S'il perdait le moulin, par ma faute ?

— Pas de ça, Claire ! rugit-il. Tu ne peux pas te sacrifier au nom de vieux principes !

Ils s'apprêtaient à en discuter encore lorsqu'on frappa. Basile jeta un coup d'œil par la fenêtre.

— Les gendarmes ! Sauve-toi par le cellier, Claire ! souffla-t-il. Cela pourrait leur mettre la puce à l'oreille, de te trouver chez moi... Vite, disparais !

Elle marcha courbée en deux jusqu'au fond de la pièce. Sauvageon n'avait pas aboyé. Elle le remercia d'une caresse.

— Viens, mon chien ! Je dois prévenir Jean...

Claire s'engagea sur un sentier peu fréquenté qui serpentait entre des bosquets de saules. Le mois de mai qui s'achevait faisait ressembler la vallée des Eaux-Claires à un rucher en pleine effervescence. La fenaison commençait tôt cette année, sous un chaud soleil. La moindre touffe d'herbe était bonne à couper. Plusieurs charrettes attendaient d'être chargées, posées comme de gros jouets le long du chemin. Les faux allaient bon train. Hommes et adolescents, chapeau de paille sur la tête, les manches relevées, avançaient dans les prés. Les lames courbes, affûtées avec soin d'heure en heure, captaient la lumière. Les femmes suivaient les faucheurs. Elles étaient munies d'un râteau en bois à long manche, le fauchet, dont les dents assemblaient puis étalaient les longues tiges pliées sur le sol.

L'air embaumait d'exhalaisons diverses, car chaque fleur, chaque plante délivrait son parfum sucré ou acide. La jeune fille se rendit compte que, depuis l'arrivée de Jean, elle ne s'était plus souciée de ses cueillettes habituelles. Mais le charme demeurait, car elle avait respiré ces senteurs champêtres depuis son plus jeune âge. Une fois encore, elle céda à la douce ivresse du printemps.

Combien j'aimerais m'allonger à l'ombre d'un arbre, m'étirer et rêver ! se dit-elle.

Fatiguée par les émotions qui l'assaillaient depuis le matin, Claire ne marchait pas vite. Elle ne voulait pas attirer l'attention en se dirigeant tout droit vers les falaises. Une de ses anciennes camarades d'école lui fit un signe de la main tout en s'éloignant.

— Rien ne change dans la vallée ! pensa-t-elle. Les gens travaillent et discutent ; ce soir, ils rentreront chez eux contents de leur journée. Je voudrais revenir un an en arrière, alors que j'étais si gaie.

Elle se revit parée de sa robe d'été jaune et bleue, un ruban autour du front. L'écho d'une galopade la ramena à l'instant présent. On l'appelait :

— Claire !

La voix lui était connue. Sans se retourner, elle sut qui se trouvait là. Sauvageon se mit à grogner.

— Où courez-vous, Claire ? Ce n'est pas la direction du moulin ?

Frédéric Giraud maintenait d'une main de fer un magnifique cheval blanc. L'animal piaffait et se débattait afin d'échapper à la dureté du mors et de son cavalier. La jeune fille fit face.

— Lâchez donc votre bête ! s'écria-t-elle. Elle a la bouche en sang !

— Si je vous écoutais, cette carne me conduirait droit au bout du monde... Je le dresse, il doit savoir que je suis le maître !

Claire haussa les épaules et s'approcha du cheval. Elle lui parla doucement, soufflant sur ses naseaux. Puis elle s'enhardit à caresser la puissante encolure moite de sueur.

— Là, mon beau, n'aie pas peur !

Frédéric éclata de rire, sans céder un pouce de rênes. Claire l'y obligea en tirant sur les lanières de cuir. Le cheval baissa la tête, s'ébroua et chercha à brouter.

— Vous voyez, il se calme !

— Vous me surprenez, dit-il. Amadouez-vous aussi bien les hommes ?

Elle lui jeta un regard noir. Puis se troubla en le détaillant. C'était le mari que ses parents avaient choisi pour elle. Ils le lui imposeraient si elle ne se rebiffait pas. Elle remarqua la robustesse de ses cuisses, moulées dans un pantalon beige, et ses doigts noueux. Enfin, elle revint au visage émacié et aux yeux verts qui donnaient au jeune homme un air de fauve. Un frisson la parcourut.

— Où allez-vous ? demanda-t-il à nouveau. J'ai croisé les gendarmes tout à l'heure. Ils cherchent un gibier de potence. Ne vous égarez pas, Claire ; je serais désolé si vous rencontriez ce genre d'individu !

Furieuse, elle répliqua :

— Ma parole ! Vous agissez déjà en époux ! Je vous préviens, je suis encore libre, et j'irai où bon me semble... Votre frère a eu la bonté de me dévoiler les projets de mon père et les vôtres, tout ça pour de l'argent ! A combien suis-je estimée ? J'espère que vous avez mis un bon prix ?

Claire bredouillait un peu, irritée à l'idée de ce marché conclu sans son accord. Il l'humiliait.

Frédéric grimaça en maudissant Bertrand. Il ne voulait pas gâcher leurs futures relations. Malgré sa nature froide et orgueilleuse, il avait espéré des fiançailles radieuses, une mariée heureuse d'entrer en maîtresse à Ponriant.

— Que le diable emporte mon nigaud de frère ! tonna-t-il. Vous ne deviez rien savoir de cette histoire... Claire, je n'aurais pas exigé de votre père qu'il tienne sa promesse si je n'éprouvais pas pour vous des sentiments sincères !

Elle secoua la tête en retenant son chien qui grognait plus fort.

— C'est trop tard, Frédéric, le mal est fait ! déclara-t-elle. Il ne fallait pas disposer de moi comme d'une marchandise ! Un mariage arrangé ne me tente pas ! Au revoir, je suis pressée.

Il la vit s'en aller d'un pas rapide. Incapable d'agir sans colère, il poussa un juron, avant de hurler :

— Vous n'aurez pas le choix de toute façon ! Ne me refusez pas votre main, sinon je tuerai ce bâtard de loup, comme j'ai tué ce vieux cabot enragé qui vous menaçait...

La jeune fille se figea. Une nouvelle fois, elle affronta le jeune homme :

— Pourquoi racontez-vous de telles bêtises ? Mon chien est peut-être un bâtard, mais rien d'autre ! Avez-vous des loups si dociles ? Et quelle erreur de me rappeler la mort de Moïse ! Ce n'est pas avec des souvenirs pareils que je vais vous trouver à mon goût !

Frédéric éclata d'un rire jaune. Il éperonna son cheval et le lança au grand galop sur le chemin. Claire ne pouvait pas soupçonner la panique qui tordait les tripes de l'héritier de Ponriant à la seule idée de ne pas être aimé d'elle.

Le clocher de Puymoyen sonna trois heures. La jeune fille renonça à rejoindre Jean. Il valait mieux attendre la nuit ou le lendemain.

J'ai abandonné Bertille à table, et papa doit s'inquiéter ! Je dois rentrer…

Elle fit demi-tour, l'esprit agité de pensées diverses : le retour de Basile, ses propos mystérieux, parfois, son soutien assuré, l'arrivée des gendarmes, les déclarations enflammées de Frédéric.

Et moi, qu'est-ce que je deviens dans tout ça ? se dit-elle, désespérée.

Claire s'arrêta un moment pour contempler le moulin dont les solides bâtiments de pierre blanche se découpaient sur le gris de la falaise. Malgré la distance, elle percevait le battement des piles et le cri du paon blanc perché sur le muret du jardin. Le toit en pente douce qui abritait le logis des Roy était doré par le soleil.

— C'est mon domaine à moi ! murmura-t-elle. Ma maison…

Un élan de tendresse, un besoin de retrouver la sécurité de son foyer la firent s'élancer à travers une friche où se mêlaient ronces et chardons. Elle arriva dans la cour du moulin en même temps que le marchand de peaux de lapin qui tirait une remorque remplie de peaux retournées, malodorantes. Il la salua en soulevant un chapeau crasseux. Etiennette se ruait à sa rencontre, deux dépouilles séchées à la main. Claire lui permettait de garder les sous que lui donnait le vieil homme en échange.

Son père accourut, sanglé de son éternel tablier maculé de colle et de débris de pâte à papier.

— Clairette ! Bon sang, j'étais malade d'inquiétude ! Les gendarmes ont fouillé le moulin de fond en comble… Ils cherchent un bagnard, un type dangereux… Ma chérie, ne te sauve plus comme ça !

Colin l'étreignit. Il tremblait. Claire se laissa câliner, savourant le réconfort des bras paternels.

— Pardon, papa ! chuchota-t-elle.

— C'est moi qui devrais dire ça ! répondit-il. Je t'ai fait du mal, ma fille… Si tu savais comme je suis soulagé. J'ai eu peur que tu fasses une bêtise !

— Quelle bêtise, enfin ? protesta-t-elle. J'étais en colère et fatiguée. Je suis juste allée me promener.

— Alors qu'un forçat bat la campagne, petite folle !

Colin resserra son étreinte. Claire ferma les yeux. Elle décida de ne plus chercher à revoir Jean, et même de redevenir l'enfant sage qui craignait tant de déplaire à ses parents. La « demoiselle du moulin », comme beaucoup de gens la surnommaient.

Je l'oublierai ! se promit-elle. Je serai forte, je l'oublierai…

Colin était si content de retrouver Claire saine et sauve qu'il la prit par l'épaule pour la conduire dans la salle des piles. Fillette, elle était fascinée par le mouvement perpétuel des gros cylindres munis de lames que l'eau actionnait. Là encore, elle se pencha sur les cuves où s'élaborait la pâte à papier. Dans une pièce adjacente, trois ouvriers découpaient les chiffons à l'aide d'une lame recourbée. Assis sur un siège sans dossier, les hommes passaient sur le tranchant de l'outil le linge qui devait être réduit en lambeaux. Claire se rappela avoir vu des femmes employées à cette tâche deux ans plus tôt.

— Papa, pourquoi n'as-tu plus une seule ouvrière ?

— Ta mère ne le supportait pas ! Elle est d'une nature jalouse, au cas où tu ne l'aurais pas remarqué. J'avais engagé Catherine et sa cousine, mais elles lambinaient, plus occupées à blaguer avec les hommes. Le Follet est tombé dans le piège ; il a commencé à fréquenter Catherine. Ma pauvre Hortense a cru que je courtisais la cousine ! Bref, sans jupons et dentelles à l'intérieur du moulin, j'ai au moins la paix, à défaut d'autre chose.

Claire découvrait une autre face du couple que formaient ses parents. La jalousie était un sentiment qu'elle ignorait, de même que l'envie. L'idée lui vint que sa propre mère pouvait la détester ou souffrir de sa complicité avec son père. Elle eut l'impression qu'un gouffre s'ouvrait sous ses pieds, celui du monde des adultes.

— Qu'il fait chaud ici ! fit-elle pour ne pas penser davantage. Vous êtes courageux, tous, de travailler dans cette fournaise.

— Ah, c'est plus agréable l'hiver ou l'automne ! avoua son père. Mais seul compte le résultat. Regarde !

Le front soucieux, il l'entraîna dans une autre salle, qui servait d'entrepôt. Les rames de feuilles, entassées sur des palettes en bois, formaient une masse impressionnante. Dans l'air flottait un relent de colle et d'humidité.

— Du vélin royal d'Angoumois ! précisa le maître papetier. Je dois trouver un acheteur. C'était une commande pour l'Angleterre qui me reste sur les bras. Et ce tas-là aussi... Je ne comprends pas, Claire, comment marche le commerce actuellement ! Priorité aux choses vite faites, faciles à expédier. La qualité, on s'en fiche ! Autant fabriquer du carton d'emballage...

Le ton était amer. Claire lui serra la main.

— Si le carton se vend bien, pourquoi pas ?

— Et mon honneur ! Nos papiers avaient une réputation d'excellence au-delà de nos frontières. Grâce à mon labeur et à celui de nos ouvriers, nous avons vécu dans l'aisance. Tout voir s'effondrer à cause des nouvelles fabriques, cela me rend malade.

Colin passa dans la salle d'encollage. Claire pinça le nez. L'odeur de la colle s'était incrustée là au fil des saisons et lui soulevait le cœur. Au moulin du Berger, on la préparait encore avec de la gélatine obtenue par la cuisson d'os et de rognures de peaux sèches.

— Ah, tu fais la moue ! Jadis, ici, c'était le pourrissoir ! Les chiffes finement découpées étaient mises à décomposer dans de l'eau tiède. Il fallait guetter l'apparition de petits champignons noirs pour être sûr que la matière était pourrie à point. Ton grand-père tenait à cette méthode, que je n'utilise plus.

La jeune fille sortit en courant. Son père la rejoignit en plein soleil, dans la cour.

— Papa, j'ai lu dans la gazette d'Angoulême que la pâte à

bois donne de très bons papiers ! Tu devrais t'y mettre. Sur nos terres, les arbres se multiplient, surtout les peupliers et les frênes. Si tu prouvais à tes clients que tu suis le progrès, ils te feraient à nouveau confiance…

Colin balaya la suggestion d'un geste las.

— Ce serait trop de changements, Clairette ! Je tiens à préserver la tradition.

— En étant ruiné, comment feras-tu ? avança-t-elle, soudain révoltée par son expression résignée.

— Je n'ai plus le courage de lutter, ma fille. Tu m'en voulais de prévoir un mariage avantageux pour toi et pour moi, mais je pensais aussi à ton avenir. Tu n'as pas voulu entrer à l'Ecole normale d'institutrice. Que deviendras-tu si je n'ai plus un sou ? Epouser Frédéric Giraud te sauvait la mise. Le moulin restait dans la famille, tu disposais d'une rente. Et puis, je n'avais plus cette dette à payer ! Cela nous permettait aussi de garder Bertille. Elle a fait allusion à son entrée au couvent, et je crois que nous devons la laisser partir.

Claire baissa la tête, accablée. De toute évidence, le sort de plusieurs personnes dépendait de sa bonne volonté. Si elle se mariait avec le riche maître de Ponriant, les ouvriers garderaient leur place et sa cousine pourrait demeurer au moulin ou au domaine, à ses côtés. Bouleversée, la jeune fille embrassa son père et se dirigea vers la maison. Il y régnait un grand calme. Bertille sommeillait dans son fauteuil. A l'étage, pas un bruit.

Elle avisa la vaisselle sale, les épluchures de légumes sur la table, le pot de chambre de sa mère près de la porte du débarras. Personne ne l'avait vidé. Il lui faudrait gronder la servante, qui était incapable de mener plusieurs travaux de front.

— Ah, tu es là ? demanda soudain sa cousine en la dévisageant. Eh bien, c'était l'affolement ici ! Quand les gendarmes sont arrivés, à quatre, ton père est devenu tout blanc. Il croyait qu'on en avait après lui… Ensuite il a eu peur aussi, mais pour toi ! Il t'imaginait égorgée, éventrée, que sais-je encore ?

Bertille s'exprimait sèchement, les doigts crispés sur un mouchoir.

— J'étais chez Basile. Personne ne m'a cherchée, c'est le premier endroit où me trouver ! dit Claire.

La jeune infirme fixait la fenêtre. Le vol des hirondelles la fascinait tout en la plongeant dans une profonde mélancolie. Ces petits oiseaux noirs faisaient montre d'une telle rapidité, d'une telle vitalité. Ils étaient libres, d'un coup d'aile, de se rendre où ils le souhaitaient.

— Autant te prévenir, Claire, souffla-t-elle, les gendarmes avaient l'intention de fouiller les grottes de la vallée. A mon avis, ils ont dû trouver ton Jean à l'heure qu'il est.

Claire frissonna. La voix de Bertille était dénuée de compassion. La jeune fille se sentit soudain très seule. Un peu plus tôt, elle avait choisi d'oublier le garçon aux yeux bleus ; à present, elle tremblait pour lui.

— J'ai du travail, déclara-t-elle, déterminée à tirer un trait sur tout ce qui ne concernait pas son foyer et le moulin. Il me faut un peu d'eau chaude pour la vaisselle. Décidément, Etiennette ne sert à rien ; maman avait raison de s'en plaindre.

Elle brisa menu du petit bois et l'empila dans la cuisinière. Ses gestes demeuraient précis et sûrs, mais son esprit courait la campagne.

— Tu devais me raconter des choses, murmura Bertille. Nous n'avons jamais eu de secrets l'une pour l'autre. Maintenant, tu me traites comme un meuble. Tu me poses où ça t'arrange et tu t'en vas je ne sais où… C'est le Follet qui m'a portée dans la maison. Il m'a installée là, mais je n'ai pas osé lui demander de monter dans notre chambre chercher un livre. Tu ne m'aimes plus, Clairette ! Je n'ai plus qu'à prendre le voile. Ainsi, je ne te gênerai plus…

L'infirme se mit à pleurer en silence. C'était inattendu. Elle avait l'habitude de cacher ses émotions. Claire posa le récipient qui l'encombrait et s'agenouilla près du fauteuil.

— Tu t'en fais, des idées idiotes ! Mais si, je t'aime toujours, princesse, mais c'est une mauvaise journée. Et tu m'as parlé méchamment, pour Jean. Rassure-toi, je n'ai plus envie de jouer les aventurières, de mentir à mes parents. Je ne sortirai plus le soir…

Ce fut au tour de Claire de verser des larmes de tristesse. Une chape de malheur la menaçait, elle en avait la perception depuis son retour au moulin. Les paroles sibyllines de Basile lui paraissaient vaines.

— Qu'est-ce qui s'est passé aujourd'hui ? demanda tout bas Bertille.

Claire lui résuma la situation, sans rien omettre, même pas les menaces de Frédéric.

6

La Grotte aux fées

Pour tromper l'ennui qui le minait durant la journée, Jean s'efforçait de dormir. L'étroite grotte où Claire l'avait conduit était assez humide. Le sol semé de cailloux s'était vite révélé inconfortable. Mais la cavité présentait un précieux atout : un énorme lierre en masquait l'entrée, enroulé autour d'un buis au tronc tordu.

Le jeune homme avait ménagé ses provisions et son estomac. Le plus souvent sur le qui-vive, il se levait pour épier les environs, écartant d'un doigt le feuillage. Le cri des faucheurs et le meuglement des bœufs attelés aux charrettes montaient jusqu'à lui. Le parfum des herbes fraîchement coupées l'assaillait aussi. Il lui donnait envie de pleurer. Cette senteur douce le ramenait à sa petite enfance. Deux étés, ses grands-parents l'avaient gardé ; ils étaient métayers. Jean se revit grisé par le vent chaud qui gonflait sa chemise et ébouriffait ses cheveux bruns. Lucien lui tenait la main, car il marchait à peine.

— Chienne de vie ! jura-t-il en lançant furieusement une pierre contre la paroi rocheuse.

Il ne voulait pas penser à Claire ; pourtant, son visage l'obsédait. Le dessin de ses lèvres, la chaleur de ses mains, son sourire le hantaient. Chaque fois qu'il se souvenait du moment où elle s'était allongée contre lui, câline, égarée par le désir, il sentait son sexe durcir. Alors il fermait les yeux et serrait les poings pour ne pas se donner du plaisir en solitaire.

Si jamais elle arrivait et me trouvait occupé à ça ! se reprochait-il.

De son refuge, il pouvait entendre le clocher de Puymoyen. A quatre heures, dans la vallée baignée d'une lumière dorée résonnèrent des hennissements et des appels. Il avança prudemment jusqu'au rideau de lierre.

Merde, les gendarmes !

La bouche sèche, Jean guettait la lente progression de quatre hommes vêtus de noir, coiffés d'un bicorne. Les sabres qu'ils portaient à la taille scintillaient.

Le jeune bagnard passa les mains sur les vêtements de Colin Roy, qu'il avait enfilés le matin même. Seuls son crâne rasé et le matricule tatoué sur sa peau, à l'encre, pouvaient le trahir.

S'ils me trouvent là, de toute façon, je suis bon pour les chaînes ! Un honnête citoyen ne se planque pas au milieu du jour...

Il eut envie, un instant, de descendre discrètement la pente pour se fondre parmi un groupe de paysans qui chargeaient du foin.

Non, ils ne me connaissent pas. Ils me poseront des questions !

La terreur lui tordait les tripes. Il recula vers le fond de la grotte après avoir ramassé la besace de Claire. Une galerie obscure s'ouvrait sur sa gauche. Il s'y enfonça, courant presque. Deux fois il se cogna le front à une aspérité du roc, tant il faisait noir. Le plafond s'abaissait. Jean continua à quatre pattes. Enfin, il se coucha face contre terre.

— Ils ne me trouveront pas, répétait-il, ils ne peuvent pas me trouver...

Les heures s'écoulèrent. De menus bruits le faisaient sursauter, comme si des doigts froissaient du tissu. Claire lui avait dit que des fées habitaient là jadis. Il se dit qu'il les entendait peut-être. Elles devaient danser au-dessus de lui. Une bestiole grimpa sur son bras droit ; il ne saurait jamais quoi, araignée ou cloporte... Quand il se décida à revenir sur ses pas, une frayeur immense le saisit. Et s'il se perdait ? Affolé, il avait foncé droit devant lui, mais il pouvait très bien être en train de suivre une autre galerie en faisant demi-tour.

— S'il y a un bon Dieu, gémit-il, faites que je sorte de ce piège à rats !

Jean parvint à se calmer. Il palpa le rocher et se fia à l'une des parois, au hasard. Il progressa lentement, luttant contre l'envie de hurler. Le parfum des foins laissés sur le sol et rafraîchis par la nuit le réconforta. Il était dans la bonne direction. Bientôt, un filet de ciel étoilé, entre les feuilles du buis, lui apparut.

J'suis un veinard ! se dit-il.

Il écarta la végétation et se posta sur l'avancée pierreuse qui faisait une sorte de seuil à la grotte. La vallée s'étendait sous ses yeux, blanche et déserte. La lune illuminait les prés, se reflétait dans le cours de la rivière et dansait sur la cime des arbres.

Faut que je reste planqué là plusieurs semaines, le temps que mes cheveux repoussent…

Jean frotta le numéro qui le désignait à la colonie pénitentiaire : trois chiffres sombres sur l'avant-bras. Il sortit son couteau. Il s'agenouilla, prit une profonde inspiration et trancha sa propre chair. Le sang gicla. La douleur lui monta à la tête, au cœur. Le paysage si paisible se mit à tournoyer.

Je dois pas tomber dans les pommes, ça non…

Il prit le grand mouchoir en lin que Claire lui avait donné et entoura la plaie en serrant fort. Une soif intense lui fit ouvrir la bouche et des taches brunes lui brouillèrent la vue. En titubant, Jean se glissa dans la grotte et s'écroula, inconscient.

Claire ne dormait pas. Elle écoutait les bruits de la nuit, le coassement grêle des grenouilles, le chant strident des grillons. Blottie contre sa cousine, Bertille écoutait aussi.

— Tu ne dois pas accepter ce mariage ! murmura l'infirme. C'est affreux, ce qu'a fait ton père ! Je le déteste… Et ta mère, comment peut-elle manquer de cœur à ce point ? Entrons toutes les deux au couvent ! Tu en as parlé la première : c'est le seul moyen d'échapper à Frédéric.

Réconciliées et plus complices que jamais, les jeunes filles avaient échafaudé bien des plans. Dès que Bertille avait appris l'engagement pris par le papetier, toute sa colère avait fondu. Elle n'avait plus eu qu'une idée : protéger sa cousine.

— Non, je ne suis pas faite pour cette vie-là ! se plaignit Claire. Et cela ne sauverait pas notre moulin. Papa a tellement travaillé ! Je suis en mesure de lui rendre la pareille. Depuis ma naissance, il m'a choyée. Je ne vais pas l'abandonner, ni maman ni toi. Tu ne serais pas heureuse chez les sœurs, princesse. Tes jambes sont mortes, mais pas ton âme, pas le reste de ton corps. Tu es si belle en plus, bien plus belle que moi.

— Tais-toi, tu es folle ! protesta Bertille. Mais je ne supporterai pas que tu épouses cet homme. Tu es amoureuse de Jean ! Il doit t'attendre, le malheureux.

Claire eut un sourire triste dans la pénombre. Elle caressa le front de sa compagne de lit.

— Cet après-midi, tu étais prête à cracher sur lui, et voilà que tu le plains ! Ne prononce pas son nom, princesse, j'ai promis de l'oublier !

— A qui ?

— A moi-même, j'ai juré de ne plus penser à lui...

La voix de Claire se brisa, quand elle avoua :

— Mais je n'y arrive pas, Bertille, j'ai envie de le voir, de le toucher. Tu as raison, il m'attend sûrement. Il n'a plus rien à manger, il est seul, et je le trahis...

Cependant, elle ne bougea pas. Cela lui semblait un obstacle insurmontable de quitter la chambre et de marcher dans les prés. Si Jean n'était plus dans la Grotte aux fées, elle saurait qu'il avait disparu pour toujours de son existence.

— J'irai demain peut-être. Et je rendrai aussi visite à Frédéric Giraud.

— Que lui diras-tu ? s'étonna sa cousine.

— Je ne sais pas encore, mais les gens sont moins redoutables quand on les affronte vraiment. Je voudrais être certaine d'une chose.

Bertille s'agita, se redressant un peu.

— Claire, j'aurais dû te mettre au courant bien avant au sujet de Frédéric, justement. J'ai entendu une conversation entre deux ouvriers aujourd'hui, à table. Souvent, on ne pense plus à moi, parce que je suis dans mon coin, immobile, comme prisonnière de l'endroit où l'on m'a posée. Alors le ton monte et, à moins de me boucher les oreilles, je suis obligée d'écouter.

— Alors ?

— Eh bien, c'est lui, Frédéric, qui avait mis Catherine enceinte. Comme il l'a repoussée, elle a supplié le Follet de la marier. Pour lui éviter le déshonneur… Je crois même que le pauvre garçon s'est confié à ton père. Et Catherine, elle serait morte à cause de trop de chagrin !

Claire passa par divers sentiments : la révolte, le dégoût, la rage.

— Et ce lâche prétend m'aimer ! Moi qui suis prête à me sacrifier, à l'épouser ! Oh, mon Dieu, si je pouvais m'enfuir avec Jean et t'emmener, ma Bertille ! Cela me briserait le cœur de te laisser ici avec mes parents, ou de te savoir au couvent… Et maman qui va accoucher cet automne !

Elle étouffa un sanglot d'impuissance. Jamais elle n'oserait tirer un trait sur sa famille.

— Demain, j'irai à la Grotte aux fées, Bertille. Pour lui dire adieu. On ne me volera pas ce bonheur-là. Tu as bien fait de me dire ça.

Bertille frissonna. Elle se blottit contre la jeune femme. Ce n'était plus la jeune fille qui parlait. La voix de Claire avait pris des intonations graves et douloureuses, celles d'une femme dont le cœur est à la torture.

— Si j'avais des jambes, et de l'amour plein le corps, je ferais comme toi, Clairette ! avoua-t-elle.

Basile n'arrivait pas à trouver le sommeil. Il s'agitait tellement entre ses draps qu'il préféra se lever.

— Au diable ma conscience ! jura-t-il. Claire m'a retourné l'esprit avec l'histoire de son Jean.

L'ancien communard en lui n'admettait pas l'horreur du récit qu'il avait entendu. Le maître d'école aussi se manifestait, car Basile Drujon avait veillé sur des centaines de gamins. Il leur avait enseigné les secrets de l'alphabet et de l'arithmétique, avec un but précis en tête : les élever vers un avenir meilleur. Il voulait leur donner la possibilité d'accéder à un emploi convenable.

— Envoyer des gosses au bagne, que l'on nomme joliment « colonie pénitentiaire » ! Des fumiers d'esclavagistes, oui ! Ils profitent d'une main-d'œuvre gratuite, sous-alimentée.

Il se rhabilla et se servit un verre de vin. Il fallait mettre un visage sur le nom de Jean Dumont et discuter avec lui.

— Si personne ne l'aide, ce gars-là, il finira mal ! Peut-être bien qu'il ne sait ni lire ni écrire, contrairement à ce qu'il a raconté à Claire. Ah, en voilà une qui ne manque pas de compassion, ni de finesse.

Basile réalisa alors qu'il aimait la jeune fille autant qu'une enfant née de sa propre chair. Il en vint à maudire Colin Roy.

— Le papetier abuse de la loyauté de Claire ! Il réussira, à force de discours, à la convaincre d'épouser Frédéric Giraud. Mais cela ne se fera pas. J'y veillerai ! Première chose, je vais chercher Jean. Les gendarmes ne toqueront pas deux fois à ma porte ; il sera en sûreté ici, chez moi. La petite a parlé de la Grotte aux fées, ce n'est pas si loin…

Il jeta un coup d'œil par le carreau. Il y avait assez de lune. Basile n'alluma pas sa lanterne, mais il l'emporta par précaution. Fébrile, il avait pris aussi sa pipe, du tabac et des feuilles.

— Les gars en cavale sont toujours contents de fumer. Ça réchauffe le cœur !

Il retrouvait l'enthousiasme, l'exaltation de ces mois où il s'était battu pour plus de justice et d'égalité. Le combat qu'il s'apprêtait à mener ce soir-là lui redonnait de l'énergie. Si Claire s'était entichée de ce garçon, il devait les aider tous les deux. Il s'avoua aussi que c'était une façon de se venger des Giraud, père et fils.

— Frédéric ne fera pas de mal à la gosse ! J'y veillerai, ça oui.

Il se répétait encore cette promesse en longeant le chemin des falaises. La nuit lui parut douce, pleine de parfums oubliés.

— Tiens, ça sent le miel et le foin ! Ah !

Basile Drujon devint soudain mélancolique. Plus jeune, il n'avait pas pris le temps d'aimer. Quelques maîtresses, car la chair est exigeante, puis l'âme sœur, la compagne rêvée, rencontrée trop tard. Il chuchota, les doigts crispés sur son bâton :

— Ma pauvre Marianne !

Il s'arrêta au pied d'un éboulis de cailloux. L'ombre du rocher gigantesque qui le dominait cachait les détails du sol. Basile devina pourtant des rideaux de lierre et la silhouette noire d'un vieux buis dont l'odeur fraîche, si particulière, s'accordait à ce lieu hanté par l'eau et la pierre. L'entrée de la Grotte aux fées se trouvait là.

Hé ! se dit-il, si j'étais un bagnard en fuite, je me méfierais ! Il a dû m'entendre approcher ou même me voir ! Il ne manquerait plus qu'il me file sous le nez !

Se faisant le plus silencieux possible, Basile commença à grimper.

— Oh, Jean ! Ne crains rien, je suis l'ami de Claire ! lança-t-il à mi-voix.

Il se hissa enfin sur le replat. Pas un bruit, pas un mouvement dans la végétation. Une chauve-souris voleta autour du chapeau de l'intrus.

— Jean ! Je viens te proposer l'hospitalité ! Les gendarmes ne viendront pas deux fois chez moi… Tu es là ? Je suis de ton côté, bon sang, n'aie pas peur !

Basile secoua la tête, déçu. Jean Dumont avait dû partir.

Puisque je suis là, se dit-il, autant vérifier que le gaillard a pris le large.

Il alluma sa lanterne et se glissa entre les branches de lierre. Tout de suite, il buta sur un corps.

— Et merde ! jura-t-il.

Un gémissement lui répondit. Jean avait perçu sa présence. Il tenta de se lever, mais retomba en arrière.

— Qu'est-ce qui t'arrive, gamin ? demanda Basile. Tu as faim ? Je suis un ami, ne t'agite pas ! Je ne te veux aucun mal !

L'ancien instituteur s'agenouilla. Dans la clarté jaune de la flamme, le jeune homme lui sembla en sueur, le regard voilé. Il l'examina et découvrit une vilaine blessure au bras gauche. Du sang séché maculait la chair alentour.

— J'suis tombé dans les pommes, m'sieur…

— Tu t'es bien esquinté, dis, malin ! Tu n'en voulais plus, de ton matricule ?

Jean roula sur le côté. Il aurait voulu s'enfuir, car cet inconnu paraissait bien informé.

— Foutez le camp, bredouilla-t-il, j'ai besoin de personne ! J'avais pas de matricule, j'me suis coupé avec mon surin. Ça peut arriver, non ?

Basile éclata de rire, sans faire un geste.

— Et Claire, tu n'as pas besoin d'elle ? Si elle t'apportait un peu de vin, ou du pain frais, tu ne lui dirais pas de foutre le camp ! Assieds-toi donc, tu te sentiras moins faible. Mon grand-père prétendait qu'allongé on tend le cou à la mort ! Je suis Basile, le type chez qui tu as mis un beau bordel…

— Le maître d'école ! s'étonna Jean.

— Eh oui ! Tu te sens capable de marcher ? Je t'héberge, Dumont, jusqu'à ce que la police t'oublie ! Et que tes cheveux repoussent.

Le jeune bagnard trouva la force de se redresser. Il darda sur Basile son regard bleu.

— Pourquoi vous faites ça ?

— En souvenir de quelqu'un, et pour Claire ! Je n'aime pas savoir qu'elle court la campagne en pleine nuit… Elle pourrait faire des mauvaises rencontres ! Alors, tu me fais confiance ou tu restes à moisir dans ta grotte ?

Jean se leva. Il tremblait de nervosité et de soif.

— Tiens, bois un coup, mon gars ! lui proposa Basile, ça te fera du bien.

Basile sortit de sa poche intérieure une flasque en métal.

— De l'eau-de-vie de prune ! De la bonne ! Même que je nettoierais bien cette saleté avec. Si ça s'infecte.

Il désigna la plaie qui suintait. Jean eut un mouvement de recul.

— Pas maintenant, je crains pas la douleur, mais j'ai pas envie de tourner de l'œil comme une mauviette !

Jean attrapa le flacon et but une grande goulée. L'alcool était fort ; il toussa et cracha. Basile ne fit aucun commentaire. Pour rassurer le jeune colon, il avait employé le même ton que lui, avec des mots simples. C'était une manière de briser les barrières, bien souvent.

— Suis-moi ! Tu connais le chemin… dit-il encore en souriant.

Claire se leva tôt, sans réveiller sa cousine. Elle voulait faire sa toilette et se brosser les cheveux. Etiennette lavait la vaisselle dehors, sous la fenêtre de la cuisine. L'eau grasse laissait des marques sur ses bras nus.

— Veux-tu un bol de chicorée ? demanda Claire à la jeune servante.

— Non, merci bien, mam'selle ! J'ai déjà cassé la croûte.

La jeune fille dressa la liste de tout ce qu'elle avait à faire avant de quitter le moulin, si son père lui donnait la permission de s'absenter. Elle s'assit sur le tabouret près de la cuisinière. Colin la trouva le regard perdu, la bouche entrouverte.

— Bonjour, Claire ! Tu es de plus en plus matinale. Il fait à peine jour. Nous avons presque fini l'encollage.

Le maître papetier s'efforçait de paraître confiant ; il parlait d'une voix ferme et gaie.

— Papa, ce n'est pas la peine de jouer la comédie ! Je sais bien que tu te fais du souci… Tiens, il y a du café sur le feu. Tu devrais te reposer cet après-midi.

Colin fronça les sourcils, dépité d'être mis à nu par sa propre fille.

— Je ne vais pas me pendre, Clairette ! Soit, le navire coule, mais je reste le capitaine ! Je lutterai jusqu'au bout pour sauver mes hommes.

Il eut un petit sourire nerveux en lui caressant la joue.

— J'ai lu ça dans un de ces bouquins que tu adores ! Eh oui, il m'arrive de lire, moi aussi. Le dimanche, après le repas, une petite heure.

Par le plus grand des hasards, le papetier avait touché Claire en plein cœur. Une rafale de souvenirs la bouleversa. Elle revit son père lui offrant, à la moindre occasion, un livre relié qu'il achetait à Angoulême. Au fil des années, les romans à la tranche dorée s'alignaient sur une étagère qu'un des ouvriers avait fabriquée. Elle se rappelait aussi combien ils étaient complices, unis par le même amour des belles choses.

— Papa ! chuchota-t-elle, qu'est-ce qui nous est arrivé ? Nous étions tellement heureux, avant ! Le jour de ma communion, tu m'as fait un cadeau magnifique, *La Légende des siècles*, de Victor Hugo. Et maman qui faisait la grimace. Elle ne savait pas que les livres avaient été imprimés sur nos papiers ! Tu étais si fier, si content.

Claire ne put en dire plus. Elle refoulait ses larmes. Hortense tapa sur le plancher avec la canne dont elle ne se séparait plus. Ils l'entendirent grommeler :

— Ma chicorée, Claire, j'ai soif…

— Papa ! se plaignit la jeune fille. Pourquoi maman ne se lève pas un peu ? Elle qui veillait à tout !

Colin se pencha et déposa un baiser sur le front de Claire.

— Ne lui en veux pas, elle tient tant à me donner un fils ! Courage, ma petite.

Une charrette entra dans la cour, tirée par une mule rousse aux longues oreilles. C'était la laitière, la mère d'Etiennette, une robuste femme de quarante ans. Trois bidons en fer s'entrechoquaient sur le véhicule.

— Oh, le lait ! s'exclama Claire, j'y vais !

Elle courut vers la porte. Colin l'y suivit pour se diriger vers le moulin. Il se disait que la vie continuait malgré tout.

A trois heures, Claire était prête à partir. Sous l'œil inquiet de Bertille, elle mit son chapeau de paille orné d'un ruban rouge. La jeune infirme avait préféré rester allongée sur son lit, car il faisait trop chaud à son goût.

— J'ai attelé Roquette, princesse, je dois me dépêcher. Le Follet la surveille.

— Tu vas te gâter le teint à sortir au pic du soleil, se força à dire Bertille, prête à fondre en larmes.

— Tant pis, ça m'est égal si j'ai l'air d'une bohémienne… Ne te tracasse pas. Frédéric ne me mangera pas, je suis coriace !

Sa décision était prise, plutôt deux fois qu'une, depuis qu'elle avait appris l'histoire de Catherine.

— Au retour, je m'arrangerai pour monter à la Grotte aux fées ! J'ai dit à papa que j'avais besoin de réfléchir et de voir Basile. Je ne sais pas s'il m'a crue… Au revoir, princesse.

Claire envoya un baiser de la main et descendit l'escalier. Sa mère dormait sûrement, car il n'y avait pas un bruit dans sa chambre.

Pourvu qu'elle ne se réveille pas ! pensa-t-elle.

Enfin elle se retrouva à l'air libre. Debout, à côté de la calèche, le Follet mâchonnait une brindille d'herbe en tenant les rênes de la jument. Il jeta à la jeune fille une œillade admirative.

— Dame, vous êtes bien belle, ce tantôt, mam'selle Claire !

— Merci ! répondit la demoiselle, un peu gênée.

Elle ne respira à son aise qu'une fois perchée sur le siège, les yeux rivés sur l'encolure de Roquette qui trottait sans hâte. Le chemin était désert, parsemé de lumière et d'ombrages. Dans un pré voisin, on fauchait encore. Les bœufs meuglaient, sans doute agacés par les mouches. L'air était brûlant.

— Allez, plus vite, paresseuse ! cria Claire sans jeter un regard vers la maison de Basile qu'elle venait de dépasser.

Frédéric était affalé sur une élégante banquette recouverte de satin fleuri, où sa mère avait eu l'habitude de se reposer. Les paupières mi-closes, il fumait un cigare. Hirsute, vêtu d'une chemise maculée de sueur, le maître de Ponriant n'avait même pas ôté ses bottes. Sur un guéridon, une bouteille de cognac était à sa disposition. Il en avait bu deux verres après un déjeuner frugal. Il se sentait seul.

Un hennissement strident, en provenance du pré le plus proche, le fit sursauter. C'était son étalon.

Qu'est-ce qu'il a, ce bougre ? Je lui ai laissé deux juments...

Le bruit caractéristique des roues cerclées d'un attelage le réveilla tout à fait. Il n'attendait personne et se leva. D'un pas hésitant, il alla jusqu'à l'une des fenêtres donnant sur le perron. En reconnaissant la calèche des Roy, ainsi que Claire, il recula, sidéré.

— Si je m'attendais à ça ! dit-il tout bas.

Son mal empirait. Chaque fois qu'il apercevait la jeune fille ou qu'il la rencontrait, un sentiment de honte mêlé de joie le rendait hargneux. Elle avait le don de le troubler, de le mettre hors de lui aussi.

— Pernelle ! hurla-t-il. Pernelle !

La vieille domestique accourut, sa coiffe de travers, son tablier relevé. Frédéric pointa un doigt vers la cour du domaine.

— Mademoiselle Roy est là, dehors ! Envoie Jacques, qu'il s'occupe de son cheval. Et fais-la monter.

Il passa une main dans ses cheveux d'un blond foncé et lissa sa moustache. Il lui fallut quelques minutes pour trouver sa veste d'été tombée derrière la banquette. Enfin, il s'estima présentable. Des chaussures de femme, à talons bas, résonnèrent sur le parquet. Claire avançait vers lui dans une robe jaune qui captait le moindre rayon de soleil. Elle avait laissé ses cheveux défaits. Il y vit une sorte de provocation, car les filles sages ne montraient pas leur chevelure ainsi. Il voulut la saluer d'un ton ironique, mais elle parla la première.

— Bonjour, monsieur Giraud !

Elle paraissait anxieuse et sa voix avait tremblé. Déconcerté, Frédéric inclina la tête poliment. Que venait-elle faire chez lui, seule ?

— Je suis flatté ! déclara-t-il.

Il se trouvait ridicule.

Sans y être invitée, Claire s'assit sur une chaise. Ses jambes la trahissaient. Jamais elle n'était entrée à Ponriant. Les tapis, les boiseries de chêne doré, les rideaux damassés, le lustre et ses pendeloques en cristal, tout la surprenait. Elle suffoquait. Elle découvrit soudain la grande cheminée en marbre blanc, où se dressait une statue en bronze. Frédéric suivit son regard.

— Diane chasseresse ! Avec son arc et sa biche ! Mon père l'avait achetée à Bordeaux. Vous lui ressemblez un peu, à cette déesse !

— Oh ! non ! protesta-t-elle. D'abord, je n'apprécie pas la chasse !

— Je ne le sais que trop ! dit-il.

Le jeune homme cherchait quoi dire, mais les mots lui manquaient. Claire était si jolie dans ce décor qu'il craignait de l'effaroucher. Elle se décida, cependant, embarrassée par le silence de celui qu'elle considérait comme un ennemi et qui, soudain, lui semblait faillible.

— Monsieur, je suis venue de mon plein gré. Mes parents l'ignorent. Je voudrais régler cette affaire de mariage. J'avais de quoi être choquée, quand même, que personne ne me demande mon avis. Nous pouvons en discuter à présent.

Il leva les bras au ciel, incapable de répondre. Son père l'avait conduit à cette mascarade en attisant ses plus bas instincts. Maintenant, il regrettait son attitude. Claire était innocente, elle.

— Vous devez me mépriser ! réussit-il à dire enfin. Je n'ai fait qu'agir au mieux de nos intérêts communs. Cela dit, je vous ai menacée, hier, et j'en suis navré. J'ai un sale caractère ; ma mère me le reprochait souvent.

Rien ne se passait comme Claire l'avait imaginé. Frédéric lui inspirait même un peu de compassion.

— Vous avez perdu votre mère et votre père en quelques mois, c'est bien triste ! fit-elle. Peut-être que vous me comprendrez, alors ! Je consens à ce mariage si vous me laissez du temps. Maman attend un bébé pour l'automne, elle aura besoin de moi à la maison, et papa, mon pauvre papa, je n'en peux plus de le voir si malheureux ! Cette dette, si je vous épouse, il n'en sera plus question ? Je veux en être sûre, monsieur ! Votre parole me suffira.

Frédéric s'était éloigné. Il se servit un verre de cognac.

— Dans ce cas, Claire, vous l'avez... ma parole... je vous la donne ! Moi aussi, je me contenterai de votre promesse.

Ragaillardi par l'alcool, il alla ouvrir un secrétaire en fine marqueterie. Dans un tiroir, il prit une feuille pliée en deux. Le papier craqua.

— Voyez, ceci est la reconnaissance de dette signée par votre père. Le pauvre homme n'était pas de taille face au mien. Il lui a confié l'état de ses finances et le nom de ses créanciers. Le moulin nous aurait appartenu tôt ou tard. Vous lui sauvez la mise, Claire !

Il aurait aimé ajouter qu'elle le comblait de bonheur, qu'il saurait la chérir, toutes ces balivernes que les prétendants disent à leur fiancée. On ne l'avait pas accoutumé au romantisme. Blessée par sa franchise, la jeune fille se releva brusquement. Il lui tendit le document :

— Prenez-le, brûlez-le, faites-en ce que vous voulez ! Maître Roy ne me doit plus un sou. Nous pourrions nous marier en juin, l'an prochain ! Est-ce que la maison vous plaît ?

Il souriait sans arrière-pensée, presque timide. Claire fut soulagée. Ce délai de douze mois la rassurait.

— C'est magnifique chez vous, aussi beau qu'un château ! Je vous remercie ! murmura-t-elle en prenant la feuille dont dépendait le sort de sa famille.

Elle recula vers la porte. Frédéric la suivit.

— Claire, nous devons nous fiancer bien avant la publication des bans ! Vous me permettez de vous rendre visite le dimanche ?

— Ne me pressez pas, je vous en supplie ! gémit-elle. Cela me ferait plaisir que l'on garde le secret jusqu'à Noël, disons...

Elle s'était promis de lui parler de Catherine, mais elle n'osait plus le faire. Il était si différent ce jour-là. Figée au milieu du vestibule, elle songea que la vie était pleine de surprises. Il n'y avait pas un an, la jeune fille aurait cru vivre un conte de fées en se retrouvant à Ponriant, promise en mariage à ce bel homme au regard vert. Sans plus réfléchir, elle susurra :

— Les gens sont bavards dans la vallée et au bourg. J'ai su, pour Catherine. J'avais de l'affection pour elle, c'était une fille courageuse et gaie. Je vous ai jugé durement à cause de ça, mais j'ai peut-être eu tort. Les ragots ne colportent pas que des vérités, n'est-ce pas ?

Elle le toisait, bien qu'étant beaucoup plus petite. Il essuya des gouttelettes de sueur qui perlaient à son front.

— Diable qu'il fait chaud ! marmonna-t-il. Pour Catherine, eh bien, il s'est passé ce qui arrive quand une fille se moque de son honneur... Elle me voulait, elle m'a eu ! Mais je n'allais pas l'épouser, ça non !

Claire ne savait pas comment prendre congé. La réponse de Frédéric la décevait, même s'il gardait son calme.

— Vous étiez amoureux pourtant ! dit-elle très bas.

— Mais non, enfin ! Oh, vous êtes bien innocente si vous ne comprenez pas. Je n'étais pas le premier pour Catherine.

Frédéric s'arrêta net, gêné. Il pensait Claire beaucoup plus naïve qu'elle ne l'était en réalité. Comment lui faire comprendre en termes convenables les besoins d'un homme... Spontanément, il la prit par le bras.

— Venez, je vais vous montrer quelque chose.

La jeune fille s'affola. L'heure tournait.

— Non, je dois partir.

— Ce ne sera pas long, venez donc.

Il l'entraîna dans le salon qu'ils avaient quitté et poussa une porte double. Claire aperçut une pièce de dimensions moyennes dont les murs disparaissaient derrière trois grandes armoires vitrées qui abritaient des centaines de livres. Près d'une fenêtre, une bergère tapissée de velours rouge invitait à la lecture. Une petite table au dessin ravissant trônait devant la cheminée.

— La bibliothèque de Marianne de Riant, ma mère... Elle a dû passer la moitié de sa vie ici ! Une bonne partie de ces ouvrages nous viennent de mes grands-parents.

Claire en resta bouche bée.

— Comment savez-vous que j'aime lire, moi aussi ! Sinon, vous ne m'auriez pas montré cet endroit !

— C'est Catherine qui me l'a dit, un soir. Elle vous aimait bien. Je crois même qu'elle vous admirait. Il paraît que vous aviez souvent un livre à la main, dans la cuisine ou dans votre jardin...

Une émotion intolérable terrassa Claire. Elle avait envie de pleurer, de crier, sans en connaître la raison. Elle avait l'impression de se débattre au centre d'une toile d'araignée dont elle ne s'échapperait pas. Pourrait-elle être heureuse dans cette demeure cossue, près de grands personnages qui empestaient le tabac et l'alcool ?...

— Je m'en vais ! balbutia-t-elle.

Il la dévorait des yeux. Un grain de beauté le fascinait, à la naissance de ses seins, que dévoilait le décolleté en pointe souligné d'une dentelle. De sa robe et de ses cheveux montait un parfum de fleur.

— Claire, je vous aime ! avoua-t-il. Je sais que vous m'épousez pour sauver le moulin et votre père, mais j'espère que vous n'en souffrirez pas, que je saurai vous choyer.

Les mots sincères lui étaient venus aux lèvres comme malgré lui ; il en tremblait un peu. Elle fut soudain envahie par le souvenir brûlant des baisers de Jean. Comment un inconnu pouvait-il autant lui plaire, la rendre malade d'amour ?

Je ne dois pas le revoir, jamais ! se jura-t-elle. Je viens de m'engager à respecter un autre homme, à m'unir à lui devant Dieu.

Frédéric la vit tressaillir. Il la crut troublée par sa déclaration passionnée.

— Partez vite ! ordonna-t-il de crainte de perdre la tête.

Pour Claire, il se voulait neuf, intègre, lavé de ses erreurs. Il serait chaste en attendant leur mariage, et il ne boirait plus. Elle sortit de Ponriant en courant, l'esprit en pleine confusion.

Basile avait cru voir la calèche des Roy passer devant chez lui, deux heures plus tôt, avec Claire sur le siège avant. Il guettait son retour, debout sur le seuil de sa maison.

Où est-elle partie, ma petiote ? se demandait-il. J'espère qu'elle ne cherche pas Jean... Non, elle est trop fine pour lui rendre visite en plein jour.

La fenaison battait son plein et les prés étaient encore parsemés de faucheurs, venus avec femmes et enfants, bien heureux de déserter les bancs de l'école à cette occasion. Beaucoup de gamins préféraient charger la charrette de foin plutôt que d'apprendre les tables de multiplication... Ils chahutaient en s'accrochant aux ridelles des attelages. Ou alors, ils donnaient des fleurs de trèfle aux bœufs pour qu'ils se tinssent tranquilles.

— Ah, la voilà ! sursauta Basile.

Il vit au détour du chemin la silhouette noire de Roquette lancée au galop. Claire était presque debout, secouant les rênes. Malgré la distance, il vit que la jeune fille avait les joues rouges et l'air égaré.

Bon sang ! Elle ne pourra jamais s'arrêter devant chez moi ! Qu'est-ce qu'elle a aujourd'hui ?

Il avança en agitant les bras.

— Oh ! Claire ! Doucement, doucement !

Elle le dépassa, en hurlant :

— Mais fais attention ! J'aurais pu te renverser !

— Claire, je dois te parler ! cria Basile.

Il fallut plusieurs mètres à Claire pour ralentir la jument et bloquer le frein. Elle se retourna sans descendre de son perchoir. Son vieil ami approchait à grands pas. Il ne cherchait pas à cacher sa contrariété.

— Deviens-tu folle, ma pauvre fille ! Tu veux tuer quelqu'un ?

— J'étais en retard, Basile... Excuse-moi !

Il parla tout bas, les sourcils froncés :

— Moi qui étais content de t'apprendre une bonne

nouvelle ! Jean est chez moi. Je suis allé le chercher. Les grottes ne sont pas sûres. Il est un peu malade, le pauvre garçon. Il s'est blessé au bras, mais je l'ai soigné. De la soupe, du repos, et il sera vite sur pied. Je pensais que tu aurais hâte de le revoir, non ? Et ton chien est là aussi. Il a brisé sa chaîne. Il devait te chercher. Il est entré dans ma grange. Ils font une paire de camarades, tes deux sauvages…

Claire sentit son cœur battre plus vite. Jean était si proche d'elle, derrière ces murs !

— Eh bien, puisque tu peux t'occuper de lui, je n'ai plus à m'inquiéter, ni à mentir à mes parents. Tu sauras mieux que moi comment l'aider à embarquer pour l'Amérique. Je dois rentrer au moulin à présent !

Elle s'apprêtait à ôter le frein de la voiture, mais Basile lui saisit le poignet.

— Dis donc, petiote, tu veux me faire tourner en bourrique ! Jean attend ta visite depuis midi. Je lui ai promis que tu ne tarderais pas, car d'habitude tu viens me voir presque tous les jours.

La jeune fille se dégagea, le regard lointain. Elle fixait parfois le feuillage des saules ou les prés d'un vert tendre, évitant les yeux inquisiteurs de Basile. Elle était soudain très pâle.

— N'insiste pas. Je ne veux pas le revoir ! Moi, je viens de promettre à Frédéric de l'épouser dans un an… J'ai sauvé le moulin, nos ouvriers, ma famille entière, mon petit frère qui doit naître. Rien ne changera, c'est ce que je voulais !

Hébété, l'ancien instituteur fut incapable de dire un seul mot. Claire continua, d'une voix blanche :

— Il y a une chose que personne ne comprend vraiment. Basile, j'aime le moulin ! C'est mon foyer, mon bien ! Si j'ai refusé d'entrer à l'Ecole normale, c'est que j'espérais seconder papa ! Il l'ignore, mais je rêve de travailler avec lui. J'en ai, des idées : des cartons fins, de couleur, pour les jouets d'enfants, du papier bible, dont le marché demeure stable. Peut-être que mon père va me regarder autrement désormais ; j'ai sa reconnaissance de dette, là, dans mon corsage ! Avec l'argent des Giraud, plus tard, j'investirai dans le moulin, j'engagerai un contremaître, des ouvrières.

Elle parlait, tendue comme une corde prête à se rompre, son

beau visage tourné vers la grande falaise surplombant la rivière.

— Alors, je te remercie pour Jean. Donne-lui mon bonjour et souhaite-lui bonne chance... Je ne l'ai vu que trois ou quatre fois. Je ne tiens pas tant que ça à lui. Relâche Sauvageon, je te prie. Il rattrapera la calèche.

Prestement, Claire débloqua le frein en faisant claquer sa langue et les rênes. Roquette, impatiente de retrouver la fraîcheur de l'écurie, se mit aussitôt à trotter. Les mains sur les hanches, Basile cracha par terre.

Je ne comprendrai jamais rien aux femmes, vieil idiot que je suis ! Et celle-là, qui n'a pas dix-sept ans ! Elle me dame le pion... Si je me doutais de ce qui mijotait dans sa caboche ! Mademoiselle a des ambitions de papetière !

Soudain, il prit conscience de la décision de Claire. Elle acceptait de se marier avec Frédéric Giraud.

Je l'empêcherai de faire une bêtise pareille ! promit-il.

Jean sommeillait. Basile l'avait installé dans une petite pièce de l'étage, probablement une ancienne chambre d'enfant. L'ameublement était sommaire : un lit en fer, une table bancale, une chaise. Les volets mi-clos laissaient passer un peu de soleil. Le jeune homme s'éveilla au bruit d'une porte qui claquait. Sous sa main, il sentit la douceur d'une fourrure. Sauvageon s'était couché à côté de lui.

— Eh ! toi, descends de là ! T'es sûrement plein de puces !

Mais Jean riait, frottant le crâne du chien-loup dont les yeux dorés s'attachaient aux siens.

— Tu fais des infidélités à Claire, toi...

Basile entra au même moment, les traits tirés. Il siffla l'animal.

— File de là, toi ! Allez, file ! Rentre au moulin !

— Et Claire, elle ne vient pas ? interrogea Jean. Tu m'avais dit qu'elle serait là en fin d'après-midi.

— Je me suis trompé, mon garçon, coupa Basile. Elle a dû être retenue par sa mère. Tu sais, Hortense, la pie-grièche...

Entre l'instituteur et le jeune bagnard s'était déjà établie une certaine complicité spontanée. Jean avait vite tutoyé Basile, que cela arrangeait. Il avait coutume de renverser toutes les barrières, même celles de l'âge ou du milieu. Dès le matin, en partageant une cruche de café bien chaud, Basile avait évoqué la famille Roy. Il avait présenté Colin – naïf, faible, mais brave, travailleur aussi –, puis la jolie Bertille aux jambes mortes, et Etiennette, la petite servante indolente. Hortense – selon lui bigote, égoïste, commère et envieuse – avait reçu ce surnom de pie-grièche, un oiseau bruyant et cruel envers les autres volatiles.

Quant à Claire, Basile l'avait portée aux nues : intelligente, généreuse, instruite, courageuse.

« La fille que j'aurais aimé avoir ! » avait-il conclu.

Maintenant, Jean avait le cœur gros. Il ne verrait pas Claire aujourd'hui. Le souvenir de la jeune fille, de ses sourires, de sa douceur, du goût de ses lèvres, tout le hantait. Il posa les yeux sur son bras bandé d'un linge propre. Il était soucieux.

— Si elle va à la grotte cette nuit et qu'elle ne me trouve pas ! Claire m'avait dit qu'elle reviendrait. Sûr, elle voudra m'apporter à manger…

— Ne t'agite pas, petit. Elle n'habite pas loin ! Ce sera pour demain ! Reprends des forces, profite de mon hospitalité. Plus tard, quand tu partiras, rien ne sera facile.

Jean baissa la tête. Il n'avait pas osé confier à Basile la promesse de Claire de lui donner de l'argent.

— J'vais trouver le temps long ici, soupira-t-il. Enfin, je me plains pas, dis, mais j'aime pas être enfermé. Ça me rappelle le cachot !

— Comme tu y vas ! protesta Basile. Est-ce que tu sais jouer aux cartes ?

— Non.

— Et lire, tu sais ? Claire dit que tu es allé à l'école…

— Non, j'avais honte, j'ai menti ! C'est un p'tit gars, à la colonie, qui m'a raconté que les maîtres, en classe, ils vous tapent sur les doigts à coups de règle. Quand elle m'a parlé de toi, je m'en suis souvenu !

Basile se tut. Il s'assit au bord du lit, submergé par une dangereuse mélancolie.

— Et si je t'apprenais à lire, Jean ? Vois-tu, on se rendrait service : je brasse des idées noires depuis quelques mois... Et pour toi, savoir lire, c'est le meilleur moyen de t'en sortir un jour. La liberté ne vaut pas cher si on ne peut pas déchiffrer trois mots ! Et puis Claire serait contente. Je la connais ! Même si tu ne la revoyais jamais, elle serait fière de toi !

Jean se redressa et attrapa Basile par les épaules.

— Pourquoi tu dis ça ? Pourquoi j'la reverrais jamais ?

A bout de patience, l'instituteur le repoussa. Il se reprochait d'en avoir trop dit. Sous l'œil bleu de Jean soudain méfiant, il prit le temps de réfléchir. Claire était encore libre et amoureuse de ce gars-là, un écorché vif tout aussi amoureux. Rien n'était joué. Il reprit :

— Bon sang, je n'en sais fichtre rien ! De quoi demain sera fait, personne ne peut le prévoir, ni toi ni moi ! As-tu faim ?

— Oui, j'ai faim depuis que j'suis né...

— De bons haricots de mon jardin, ça te tente ? Ils cuisent sur les braises, en bas. Avec de l'aillet frais, du persil et un gros morceau de lard ! De quoi oublier toutes les filles du monde !

Jean éclata de rire. Il était en sécurité, nourri, logé, blanchi, comme disait la directrice de la colonie pénitentiaire. Seulement, là, il y avait une sérieuse différence. La soupe était meilleure, les ragoûts aussi. Personne ne l'obligeait à brasser des cailloux ou à bêcher la terre. Et Claire reviendrait, il en était persuadé.

Hortense fut tirée de sa sieste par le bruit de la calèche et des aboiements frénétiques. Elle battit des paupières et regarda le décor de sa chambre qu'elle connaissait par cœur depuis qu'elle restait allongée jour et nuit.

— Oh ! fit-elle. Il a bougé...

Elle glissa ses mains sous le drap et les posa sur son ventre. Elle perçut un autre mouvement sous la peau tiède.

— Il est vigoureux. Il va bien, mon fils !

Des larmes roulèrent le long de son nez, qu'elle savoura. Hortense avait souvent méprisé la tendresse, la faiblesse. Cet enfant venait à bout de son humeur taciturne et sévère. Elle se blottit au creux de son lit, heureuse de son isolement. Elle profitait au maximum de ces heures de paresse et de plénitude. Les plaisirs délirants qui donnaient vie à un nouvel être lui paraissaient bien peu de chose comparés à la félicité qu'elle ressentait.

— Le père Jacques prétendait, en confession, pour me rassurer sans doute, que Dieu a donné le plaisir charnel aux hommes afin qu'ils se multiplient, qu'ils peuplent la terre... Mais quand j'aurai mon fils dans les bras, ce sera fini. Colin ne me touchera plus.

Elle ferma les yeux et esquissa un sourire qui la rendit presque jolie. Si Hortense Roy s'était vue à cet instant-là, elle aurait peut-être ressenti de l'apaisement et le regret d'avoir gâché sa jeunesse à se croire laide.

La voix de Claire montant de la cuisine la tira de la délicieuse torpeur dans laquelle elle replongeait. La jeune fille grondait son chien et brassait des casseroles. Hortense n'avait pas eu son goûter, mais elle renonça à appeler.

Je mangerai mieux au souper ! songea-t-elle.

Dans la pièce voisine, Bertille aussi avait entendu la calèche et les aboiements de Sauvageon. Elle posa son livre et força sur ses bras pour s'asseoir contre ses oreillers.

— Mais qu'elle monte ! fit-elle, impatiente. Je veux savoir ce qu'elle a dit à Frédéric !

L'adolescente infirme éprouvait une excitation proche du malaise. Seuls les mots de Claire, son récit détaillé la calmeraient. Elle guetta en vain le pas de sa cousine dans l'escalier.

— Vilaine bête ! disait celle-ci au chien-loup. Tu ne dois pas t'échapper, tu ne peux pas me suivre partout ! Comment as-tu réussi à casser cette chaîne !

L'animal lui manifestait une affection débordante. Il avait posé ses pattes puissantes sur ses genoux et la léchait. Il lui mordillait les mains quand elle le caressait. Puis il lui présenta son ventre, couché sur le dos, la tête en arrière. Claire ignorait que Sauvageon se comportait comme ses frères loups. Il lui manifestait sa soumission et lui faisait allégeance puisqu'il voyait en elle la louve dominante, le chef de la meute. Amusée par son attitude, elle appuya la pointe de son pied entre ses pattes avant, remontant vers le cou. Le chien-loup s'immobilisa, docile et ravi.

— Tu as gagné, dit-elle, je ne te quitterai plus.

Après avoir souri aux anges, elle se rembrunit. A qui rendrait-elle visite en premier ? A son père ? A Bertille ?

Colin coupa court à ses hésitations. Il entra dans la cuisine, luisant de sueur.

— Ah ! Clairette, tu es de retour ! Il fait une chaleur dans la salle des cuves ! J'ai soif, très soif.

Elle plongea un verre dans le récipient en terre cuite qui gardait l'eau au frais, le remplit à ras bord et le donna à son père.

— Merci ! Quand je pense que je m'éreinte au travail pour tout perdre bientôt...

— Papa, je t'en prie, n'en dis pas plus ! Tu te plains depuis des jours, mais c'est terminé. Je voulais attendre le dîner. Tant pis ! Tiens, tu n'as plus à te faire du souci !

Elle avait sorti de son corsage une feuille de papier pliée en deux et la lui tendait, le visage dur. Colin la prit. Il reconnut le document et pâlit.

— Tu peux la brûler, ou la déchirer ! dit-elle. Tu pourrais même la jeter dans une des cuves, qu'elle tombe en miettes et disparaisse ! Je te l'offre. C'est mon cadeau pour toutes ces années où tu m'as chérie, protégée, gâtée. Tu étais si malheureux, papa...

Claire éclata en sanglots, les bras ballants. Une moue de désespoir la défigurait. Elle pleurait comme une enfant, sans se cacher.

— Claire, mon Dieu ! Qu'as-tu fait, ma pauvre enfant ?

Colin lui ouvrit les bras. Elle s'y réfugia, laissant libre cours à son chagrin.

— Papa, je devais le faire, pour vous tous ! J'ai promis à Frédéric de l'épouser ! Tu n'as plus de dette envers les Giraud... Maintenant, tu sais. Ne m'en parle plus, plus jamais. Pas avant un an en tout cas, tu as compris ? Il m'accorde un an ! Je crois bien qu'il m'aime pour de bon...

Malgré son émotion, le maître papetier ne parvenait pas à dissimuler son extrême soulagement. Il embrassait sa fille et la berçait. Il ne protestait même pas, alors qu'elle l'avait imaginé scandalisé, lui reprochant son geste insensé.

— Comment te remercier, ma Clairette ! Tu m'as ôté du

cœur un poids terrible, qui me tuait à petit feu. Tu as bien agi, ma fille, tu as toute ma gratitude !

Ce n'était pas ce qu'elle aurait aimé entendre. Mais peu à peu le bonheur de son père la consola. Elle ressentait un début de fierté à l'idée de son sacrifice.

— J'irai à Angoulême. Je trouverai de nouveaux clients ! C'était une mauvaise passe. Nous allons remonter la pente ; mes ouvriers sont prêts à donner un fameux coup de collier, tu verras. Allons, raconte-moi ce qui s'est passé au domaine... Tu as eu soin de ne pas m'avertir de tes projets ! C'est une belle demeure, n'est-ce pas ! As-tu vu ces meubles, ces tapis ?

Devant cet élan d'enthousiasme, Claire avait l'impression d'être plus âgée que son père.

— J'ai surtout vu les chevaux, papa ! répondit-elle. Pour moi, il n'y a pas de plus belle maison que notre moulin... Je monte chercher Bertille, elle doit se languir dans sa chambre ! Je préfère que ce soit toi qui annonces la nouvelle à maman.

Elle s'élança vers l'escalier. Encore sous le choc, Colin n'eut pas un geste pour la retenir. Il remarqua seulement sa robe jaune, ses bas de soie blanche et le ruban rouge de son chapeau.

— Claire ! appela-t-il tout bas. Claire, j'ai le temps de causer un peu, tu ne m'as rien expliqué !

Elle se retourna, penchée en avant pour le regarder.

— Je t'ai demandé de ne plus en parler, papa ! Sois gentil, par pitié !

Il comprit alors le prix que son enfant aurait à payer dans un an. Elle n'aimait pas son futur mari. Il venait de lire dans les yeux noirs de sa fille une rage mystérieuse, l'amertume du renoncement. Accablé, il retourna au moulin.

Un mois s'était écoulé. Juin s'achevait. Un soleil éblouissant écrasait la vallée. Sur les rochers, au pied des falaises, les vipères se lovaient entre les touffes de giroflées sauvages. Le débit de la rivière avait baissé. Sur les collines voisines, les terres des Giraud se couvraient d'une mer blonde de blés mûrissants. La moisson serait précoce cette année.

Bertille et Claire délaissaient le jardin pour leur chambre. Elles y discutaient inlassablement de l'avenir en agitant leurs éventails. La pièce étant bien aérée, des bouquets de plantes séchaient, suspendus aux poutres. Afin de s'occuper les mains et surtout l'esprit, Claire avait redoublé d'intérêt pour son herboristerie personnelle.

— Chaque matin, murmura la jeune infirme, je me réveille et je me dis que tu as eu tort ! Comment pourras-tu épouser un homme que tu n'aimes pas ? Le pire, c'est quand tu répètes que tu as agi pour nous, pour moi ! Quelle importance, si je passe mes jours au couvent ?...

— Change de sujet ! coupa Claire. J'ai gagné du temps. Papa a brûlé la reconnaissance de dette et moi, je ne suis pas un pion que l'on pose où on veut. J'ai consenti à ce mariage, j'ai passé un contrat avec Frédéric. De mon plein gré ! Je ne supportais pas d'être utilisée par ces messieurs.

Bertille sourcilla, étonnée.

— Ton père, tu le traites de « monsieur » lui aussi !

— Oui, mais je lui ai pardonné. Je sais qu'il a agi sous le coup de l'affolement et de la crainte. Et puis c'est long, un an ; il peut s'en passer, des choses ! Même si je mourais, papa ne devrait rien à Frédéric.

— Tais-toi, protesta Bertille. Je t'interdis de dire ça. Tu ferais mieux de rendre visite à Basile, tu aurais ainsi des nouvelles de Jean.

Claire imposa le silence avec un « chut » inquiet.

— Si maman écoutait ! Il a dû partir. Je n'ai même pas prononcé son nom depuis des jours. Quand il me touchait, c'était tellement bizarre, j'en avais mal au ventre... Je pensais à lui toute la journée, et mon cœur battait fort, sans arrêt !

Un peu jalouse, Bertille chuchota :

— J'ai ressenti quelque chose d'étrange, partout, le jour où Bertrand Giraud m'a embrassé la main. C'était si doux, si léger, ses lèvres sur mes doigts...

Elle s'allongea, levant les bras au ciel. Sa chemise en soie dévoila ses aisselles semées de frisettes blondes. Claire eut pitié de ce beau corps gracile qui ignorerait sûrement la saveur des caresses.

Ni Hortense, ni Colin, ni même Basile ne pouvaient soupçonner les confidences, les rêveries romanesques, les propos souvent hardis qu'échangeaient les deux cousines étroitement liées par un destin cruel. Avant l'accident qui avait causé la mort de ses parents, Bertille n'avait rencontré Claire qu'une seule fois, à l'enterrement de leur grand-père paternel. Le frère de Colin était parti dans le Midi très jeune et il n'était revenu en Charente qu'à cette occasion.

— Raconte-moi encore, Ponriant… quémanda l'infirme. Tous les livres, la statue de Diane !

— Tu habiteras là-bas avec moi ! déclara Claire. Tu auras le loisir de contempler le décor jusqu'à en être écœurée.

Dehors, Sauvageon se mit à aboyer. Elles entendirent la voix du Follet qui appelait l'animal, puis une autre voix, plus posée. Claire sauta du lit.

— Mais c'est Basile ! Il ne vient jamais au moulin… Je descends !

Elle dégringola les marches, pieds nus, et traversa la cuisine. Etiennette astiquait la bassine en cuivre, car le lendemain Claire avait prévu de faire des confitures de cerises.

— Entre, Basile ! cria-t-elle du pas de la porte. Je n'ai pas mis mes chaussures. Sauvageon, sage !

Revoir son vieil ami au milieu de la cour, avec sa longue silhouette dégingandée et son costume marron rayé, la bouleversait. Il souleva son canotier en piteux état et s'avança vers elle. Il lui serra la main.

— Bonjour, Claire ! Je voudrais te parler. Je ne te vois plus, alors…

Elle le dévisagea, avide de savoir ce qui se passait. Etiennette avait arrêté de frotter et les observait, bouche bée.

— Marchons un peu dans ce cas ! proposa la jeune fille. Nous pouvons aller jusqu'au bief.

Elle mit la paire de sabots qu'elle portait au jardin et entraîna son vieil ami vers la rivière. Basile semblait écouter quelque chose. Il ronchonna :

— Quel boucan fait ton moulin ! Comment pouvez-vous supporter ça ?

— La nuit aussi, parfois… Ce sont les piles qui broient la pâte. Quant à nos trois roues, je me dis qu'elles chantent. Nous n'y faisons plus attention.

L'homme la regardait. Ses cheveux étaient noués d'un ruban, rassemblés sur la nuque. Des mèches rebelles voletaient sur son front. Une robe blanche, très simple, moulait ses formes.

— Claire, je ne suis pas venu te faire la morale, ni critiquer tes décisions, mais on ne laisse pas tomber un ami du jour au lendemain sans raison sérieuse. Nous avons toujours été francs et honnêtes l'un envers l'autre. Cette histoire de mariage, c'est vrai ? D'abord, j'ai cru que tu avais une crise nerveuse, un coup de folie ! Mais depuis un mois, tu n'as pas quitté le moulin, j'ai guetté la calèche, ou ton chien. Jean croit que tu le méprises !

— Jean ! Il est toujours chez toi ? demanda-t-elle.

— Oui, et nous sommes devenus de bons camarades ! Tu sais juger un homme, petiote ! Ce garçon me plaît. Je n'ai pas envie qu'il croupisse à Cayenne... Et il me répète que tu dois lui remettre quelque chose, qu'il n'ira pas loin sans cela.

La jeune fille s'assit sur le mur bordant un étroit canal où l'eau bondissait, limpide et vive. Elle se souvenait tout à coup. Elle avait promis à Jean de lui donner ses louis d'or. Il ne lui vint pas à l'esprit de mentir sur ce point.

— Il ne t'a pas dit quoi ! Je comptais lui donner mes économies, mais je ne les ai plus. Papa avait besoin d'argent comptant ; je les lui ai remises.

Basile se gratta la barbe, gêné.

— Evidemment, il lui faut de l'argent s'il veut quitter la France, mais j'ai peut-être une autre solution. Vois-tu, je partais pour Angoulême. J'ai rendez-vous sur la place de l'église, au bourg, avec le père Gauthier, l'épicier. Il m'emmène en voiture. Vu l'âge de son cheval, nous n'irons pas vite, mais cela m'évitera d'aller à pied. Je suis venu te prévenir, si par hasard tu nous avais rendu une petite visite ! J'ai conseillé à Jean de retourner à la Grotte aux fées dès la nuit tombée. Je serai absent deux jours. Je ne voudrais pas qu'il soit découvert. Un certain Dubreuil, le chef de la police d'Angoulême, est passé m'interroger l'autre matin. Quand Jean a su ça, il n'en menait pas large.

Claire eut un frisson de crainte. Elle se reprocha d'avoir délaissé Basile et son protégé pour préserver sa tranquillité.

— Et s'il avait fouillé ta maison ?

— Je serais en prison, moi aussi, sans avoir pu te dire adieu, petiote ! Bah, il y a un bon Dieu pour les braves. Ce triste personnage ne s'est pas attardé. Il avait déjeuné au domaine de Ponriant et il a prétendu que c'était une visite de courtoisie ! Enfin, moi je dirais que ça sent le roussi. Jean doit disparaître.

La jeune fille se releva, nerveuse. Elle murmura :

— Ton idée, je peux la connaître ?

— A mon retour ! Je suis superstitieux, Claire ! J'ai besoin de télégraphier à un vieil ami qui habite du côté de La Rochelle. Tu n'en sauras pas davantage.

Basile s'approcha d'elle et lui caressa la joue, lisse comme un pétale.

— Ah ! La jeunesse... Tu es de plus en plus jolie, petite. Tu vis ton printemps, ne le gâche pas !

Il la prit aux épaules, une moue de chagrin plissant ses lèvres.

— Tu ne m'as pas répondu. Ce mariage, va-t-il se faire ? Ce sont les belles choses du domaine qui t'ont tourné la tête ? Ne me dis pas que tu aimes ce type !

Claire fut franche. Cela la soulageait de se justifier.

— La dernière fois que nous nous sommes vus, toi et moi, je revenais en calèche du domaine. J'avais pris la décision d'épouser Frédéric pour le bien de ma famille. Cela me faisait peur, de revoir Jean. J'aurais trop souffert...

— Et lui, il n'a pas eu mal au cœur ? Tu montres un coin de paradis à ce gosse qui n'a connu que la haine et la misère, et tu t'enfuis ensuite. Ce n'est pas très courageux, Claire. Tu me déçois. Dis-lui au moins adieu, à Jean, et n'oublie pas, tu vis ton printemps, la plus belle saison d'une femme... Les regrets, ensuite, on les garde jusqu'à sa mort.

Basile souleva son chapeau et s'éloigna à grandes enjambées. Claire se sentait lasse. Elle leva le nez vers le soleil. Il restait de longues heures avant le crépuscule. Dans un petit pré en friche fermé par une clôture en bois, ses chèvres se régalaient de ronces et d'herbes folles. Elle siffla pour attirer leur attention. Les biques arrivèrent en bêlant. Claire les gratta entre les cornes et lissa leur barbiche.

— Soyez sages, mes filles, j'ai le cœur si lourd !

Son chien bondit d'une haie de prunelliers. Son irruption intempestive dispersa le petit troupeau.

— Sauvageon, sage ! Ne touche jamais à mes chèvres, compris ?

L'animal remua la queue et quémanda une caresse.

— Viens, rentrons au frais ! chuchota-t-elle. Ce soir, nous irons nous promener...

7

Orages

Aristide Dubreuil longeait la rue de l'Evêché. D'une main, il tenait une canne à pommeau d'ivoire ; de l'autre, il serrait un porte-documents en cuir.

— Cette fois, je le tiens ! marmonna-t-il en arrivant devant sa porte.

Il logeait depuis des années au troisième étage d'un immeuble cossu de la haute ville, à une centaine de mètres de la cathédrale.

L'encerclement des maisons voisines, des murs gris, les alignements de fenêtres souvent ornées de sculptures convenaient à son caractère solitaire – acariâtre, disaient ses hommes –, et son appartement témoignait de la même sobriété. Peintures brunes et jaunes, meubles sombres, un cadre presque monacal où le policier ruminait ses défaites et organisait ses victoires. Il s'installa à son bureau sans quitter son veston. En toute hâte mais posément, il ouvrit un dossier en carton gris.

— Basile Drujon... anarchiste notoire... séjour à l'Hôpital des bénédictins, à Tours, en 1871, pour une blessure à complications... Instituteur dans le canton de Laval...

Il répéta entre ses dents : « Anarchiste notoire. » Dubreuil détestait l'anarchie, le désordre, les belles idées philosophiques qui mènent au chaos, bien souvent.

— Que disait ce jeune imbécile de Frédéric, déjà ? Ah oui : « Si vous cherchez un bagnard dans la vallée, passez chez Drujon, c'est un ancien communard... Il a dressé des barricades ! »

Il se rejeta contre le dossier de son fauteuil, les yeux mi-clos, afin de revoir la physionomie de l'ancien instituteur. Avec le recul, il lui trouva un air sournois, un regard fuyant.

— Jean Dumont ! murmura-t-il en prenant un autre feuillet écorné et jauni. « A tué le surveillant Dorlet, dans les îles d'Hyères. Individu violent. Prévoir son transfert à Cayenne dès sa majorité. »

Le rapport écrit en lettres minuscules, souillé de taches d'encre, n'indiquait pas la mort du petit Lucien, ni les sévices dont il avait été victime. Cela n'aurait rien changé dans l'esprit rigide du policier. Dumont était un criminel ; il porterait tôt ou tard les fers aux chevilles et les chaînes du forçat.

Aristide Dubreuil referma le dossier. La piste qu'il suivait depuis cinq semaines était vague, imprécise, ne reposant que sur deux témoignages. Un gosse de la colonie de La Couronne, effrayé par les gendarmes et le regard glacial du policier, avait avoué que « le Jean, y voulait se planquer quelque part ! »

Il a été repris deux fois ! raisonna Dubreuil. La première fois, il a volé une barque pour descendre le fleuve jusqu'à Rochefort, mais il s'est fait pincer à Saint-Simon. Ensuite, je l'ai arrêté en personne, ici à Angoulême, rempart du Nord. Une putain l'avait hébergé. Tiens, un beau gosse, qui met les femmes de son côté !

Le second témoignage lui paraissait sujet à caution. C'était la jeune servante du Moulin du berger, un peu sotte à son avis, qui avait débité une drôle d'histoire alors qu'il l'interrogeait dans la bergerie. Sans témoin, car il comparerait plus tard les différentes dépositions.

« Mam'selle Claire, la fille des patrons, je l'ai entendue se lever la nuit et sortir de la maison. C'est pas catholique, ça, m'sieur ! Je crois bien qu'elle a emporté du pain et du gâteau... Moi, y m'en donneraient jamais, une part de gâteau, les Roy ! »

Il lui avait fait signe de se taire. Les jérémiades des domestiques l'exaspéraient. Les petites gens sont si envieux. Dubreuil savait que Claire Roy allait épouser Frédéric Giraud. Le futur marié s'était chargé de le renseigner lors de sa dernière visite au domaine.

Elle a dû perdre son pucelage dans une chambre de Ponriant, et les parents ferment les yeux ! Ils ont tout intérêt à hâter la noce pour ne pas rater une si belle occasion... Je serais curieux de la connaître, la jolie Claire.

Le policier passa plus d'une heure à réfléchir dans son logis. Il en ressortit ensuite. Il avait ses habitudes à l'Auberge du cheval de bronze. Il se leva et décida de déjeuner en ville.

Claire avait attendu les dix heures pour quitter le moulin. Une nuit orageuse pesait déjà sur la vallée. Des nuages sombres couraient dans le ciel tandis qu'un vent chaud agitait les feuilles des peupliers. La jeune fille se sentait toute moite, oppressée. Elle avait laissé Bertille exténuée par l'air vibrant d'électricité.

« Ne te fais pas foudroyer, Clairette ! »

Comme pour justifier les craintes de la jeune cousine, un roulement de tonnerre ébranla la paix du soir. Un éclair argenté zébra l'horizon.

— Oh, qu'il pleuve ! implora Claire. C'est insupportable, cette touffeur...

Sa robe de coton fleurie collait à son corps. Elle avait coiffé ses cheveux en chignon pour dégager son cou et ses épaules. Son chien haletait, le poil ébouriffé, car il s'était roulé dans la boue d'une petite anse cachée parmi les hautes tiges d'angélique.

— Tu sens la vase ! lui dit-elle.

Claire avait emporté une lanterne, mais elle espérait ne pas en avoir besoin. Elle se guidait sur le dessin des falaises et la disposition des prés fauchés entourant le chemin principal. Maintenant, elle suivait un sentier peu fréquenté qui bordait un ruisseau étroit traversant les terres des Roy.

La Grotte aux fées n'était plus loin. Claire s'arrêta. Trop d'émotions l'assaillaient. Elle allait revoir Jean, lui parler. L'appréhension se mêlait à l'impatience, la joie au chagrin. Dans un an, à la même époque, elle serait dans le lit de Frédéric. Il la toucherait. Il aurait tous les droits. Leurs enfants viendraient au monde sous le toit de Ponriant.

— C'est ainsi ! soupira-t-elle, résignée. Je n'aurais pas dû écouter Basile, je n'aurais pas dû venir !

Elle avait l'impression qu'en avançant encore elle se condamnait à une vie entière de peine et d'amertume. Soudain, Sauvageon fila en jappant. Un autre coup de tonnerre éclata, suivi d'un long grondement. Une série d'éclairs jeta sur le paysage une clarté éblouissante. Claire eut le temps de voir un homme entièrement nu, debout au milieu du ruisseau, qui la regardait, l'air stupéfait. Elle reconnut ses yeux bleus.

— Jean ! appela-t-elle.

— Claire… attends…

Mais l'orage semblait se jouer de leur embarras, illuminant à nouveau la vallée. Incapable de bouger, de tourner la tête, Claire vit encore les cuisses blanches et musculeuses du jeune homme, son ventre plat au-dessus d'une toison brune, et les bras, le cou, les épaules. Le chien pataugeait dans l'eau et sautait sur Jean, excité et brusque.

— Tu me griffes, file… ordonna celui-ci.

L'obscurité était revenue. Claire perçut des clapotis et des jurons. Jean la rejoignit, seulement vêtu d'un pantalon.

— Il faisait si chaud, s'excusa-t-il. Je n'y tenais plus. Je me suis trempé là-dedans pour me rafraîchir.

— Moi aussi, je suis en sueur, avoua-t-elle. Et il ne tombe pas une goutte.

Elle le devinait à la pâleur de son corps parmi les ténèbres. Il ne faisait pas un geste, ne disait rien.

— Eh bien, bonsoir ! bredouilla-t-elle, confuse. Tu dois m'en vouloir, non, parce que je ne suis pas passée chez Basile depuis un mois, mais j'ai dû donner mes économies à mon père. Nous avons eu de gros soucis au moulin… Tu es fâché ?

— Oui, répondit-il. Il fait trop noir, je ne te vois pas, et j'avais tellement envie de te voir.

Il tendit une main qui effleura la taille de Claire. Elle recula.

— Je t'en prie, je suis moite de partout ! Et j'ai marché si vite en plus.

— Viens te baigner, l'eau est froide, ça fait du bien ! Allez, viens !

Jean lui prit la main et l'entraîna vers le ruisseau. Elle résista, mais il était plus fort, si bien qu'ils titubèrent avant de s'écrouler sur l'herbe. Claire voulut se dégager, mais il la poussa en riant. Bientôt, tous deux se retrouvèrent assis dans le petit cours d'eau. Sauvageon se mit à aboyer comme un fou.

— Tais-toi ! ordonna-t-elle. Sage, si quelqu'un t'entend ! Va chasser, allez, file...

Le chien se coucha, l'air malheureux. La sensation de frais, la caresse de l'eau vive sur ses jambes et sur le bas de son dos fut un plaisir infini pour la jeune fille. Jean la serrait contre lui et riait tout bas. Elle s'abandonna à ces instants de plénitude et de pur amusement. Ils commencèrent à s'éclabousser et à chahuter à pleines mains. Chacun jubilait en secret de parcourir au hasard le corps de l'autre, là une épaule ronde, là un bras poilu. A ce jeu, Jean prit vite l'avantage. Ses doigts emprisonnèrent les seins de Claire, à la pointe durcie sous le tissu.

— Enlève donc ta robe, elle sera pleine de boue ! chuchota-t-il à son oreille pour ensuite chercher ses lèvres, les prendre et les dévorer, avide, ardent.

Elle ne perdit pas de temps à protester, à feindre la pudeur. Une chaleur qui ne devait rien à l'air orageux consumait son corps. Elle était mêlée à une étrange impression de vide à combler, d'impatience. La voix de Jean lui donnait envie de pleurer d'amour, ses baisers aussi. Claire en oubliait le lieu où ils se trouvaient. Son esprit avait élevé un mur de bonheur intense qui arrêtait les intrus. Frédéric n'existait plus, ni les promesses ni les projets. Egarée, ivre de désir, la jeune fille, debout dans le ruisseau, se débarrassa de tous ses vêtements. Agenouillé, Jean posa son visage contre le ventre doux, à peine bombé. Il frotta sa joue contre les cuisses rondes avant de se redresser lentement pour lécher la poitrine constellée de gouttelettes d'eau. Enfin il fut debout lui aussi et il reprit sa bouche dont il ne se lasserait jamais, lui semblait-il.

— Jean, mon Jean ! soupira-t-elle. Comme je t'aime !

Il sourit, éperdu. Peut-être confondait-elle la fièvre qui l'embrasait avec le véritable amour, mais, à cet instant, il s'en moquait bien. Elle sentit quelque chose de dur se plaquer sur son ventre. C'était la première fois qu'elle était confrontée au sexe d'un homme.

— On sort de là, lui suggéra-t-il. L'herbe sera plus

confortable. Moi, j'aurais préféré un bon lit, une chandelle pour te voir partout.

Elle comprit qu'aucun d'eux ne reculerait. Jean ne fit pas allusion à ses principes de demoiselle bien éduquée – qui prônaient le mariage avant l'acte – et Claire suivit en aveugle la voie enchantée où elle voulait se perdre.

Ils se jetèrent sur la berge. Sauvageon se leva et se coucha plus loin. Le couple s'embrassa longtemps. Jean apprivoisait la jeune fille, ne lui imposant aucune caresse trop directe.

— Que tu es tendre, susurrait-elle, que tu es gentil... J'ai peur, tu sais !

— Peur de quoi ?

— D'avoir mal, il paraît que ça fait mal. J'ai entendu une fille le dire, un soir, à la veillée. Oh, elle était juste mariée, et elle gardait un mauvais souvenir de sa nuit de noces !

Jean lui jura qu'il ferait attention. La nature passionnée de Claire lui fit répondre :

— Oh, fais-le, vite, tout de suite...

Elle s'offrit, les jambes un peu ouvertes. Il se coucha sur elle, retenant un cri d'allégresse. Soudain, le chien gronda sourdement. Quelqu'un approchait, une lueur jaune dansait au milieu du pré, derrière les buissons.

— Mon Dieu, tu es perdu ! murmura-t-elle.

— Non, ils ne m'auront pas...

Le jeune homme ramassa son pantalon et, après avoir reculé à plat ventre, se laissa glisser dans le ruisseau. Affolée, Claire essaya de rassembler ses vêtements. Sauvageon aboyait avec fureur à présent. Deux gendarmes, le sabre en main, apparurent. Leur lanterne lança des reflets dorés sur la peau nue de la jeune fille qui se couvrit de sa robe mouillée. Elle ne put cacher aux regards des hommes une bonne partie de son corps. D'une main, elle était obligée de retenir le chien par son collier.

— Ah ! s'exclama un des gendarmes, surpris de découvrir une fille seule et dévêtue.

Claire avait lu tant de romans d'aventures et de comédies qu'elle réagit aussitôt.

— Je me suis rafraîchie au ruisseau, monsieur, il fait si chaud ! Je cherche une de mes chèvres depuis neuf heures du soir. Elle s'est échappée de l'enclos. Je suis Claire Roy, la fille du maître papetier du Moulin du berger, et la fiancée de monsieur Giraud, de Ponriant.

La précision n'était pas inutile, car il y avait deux autres moulins, en amont, plus modestes et moins réputés. Quant au domaine des Giraud, il jouissait aussi d'un statut honorable.

— Ce n'est pas prudent de vous promener seule, mademoiselle ! dit le plus vieux des gendarmes en baissant son sabre. Et votre bête, là, ce n'est pas un chien. Il a tout du loup !

Il brandit sa lanterne bien haut. Claire s'aperçut que la tache blanche de Sauvageon, maculée de boue séchée, ne se distinguait plus. Avec ses solides pattes, sa puissante encolure, ses yeux d'or et ses crocs menaçants, il évoquait l'animal sauvage que tous les paysans haïssaient.

— Ce n'est qu'un bâtard, brigadier, affirma Claire. Ce n'est pas ma faute s'il ressemble à un loup ! Sois sage, Sauvageon, couché !

Dans sa hâte de convaincre les gendarmes de son innocence, Claire frappa son chien sur la croupe. Il s'aplatit sur le sol, penaud. Le plus jeune des deux hommes retint un sourire égrillard, car il avait une vue plongeante sur les reins cambrés de la jeune fille et sur ses fesses. Elle en prit conscience et, toute rouge, se mit en colère :

— Messieurs, j'aimerais me rhabiller, je vous prie ! Je ne sais pas ce que vous faites ici, sur les terres de mon père, mais comprenez-moi, la situation m'embarrasse beaucoup... Si mon fiancé apprenait ça !

Les gendarmes envoyés faire une ronde par Dubreuil hésitèrent un peu, mais ils comprirent qu'ils avaient intérêt à s'éloigner.

— Toutes nos excuses, mademoiselle ! Seulement, méfiez-vous, il paraît qu'un forçat rôde autour d'Angoulême. Vous feriez mieux de rentrer chez vous !

Claire approuva en leur faisant signe de s'éloigner. Jean, allongé dans le ruisseau, plus mort que vif, commençait à frissonner. Il avait tout entendu, à défaut de voir la scène. Des mots tonnaient dans sa tête, plus fort que l'orage. A deux reprises, Claire avait mis en avant son fiancé, Frédéric. Il se sentit abandonné, trahi, perdu. Sa condition de paria le rendait humble. Il ne s'estima pas de taille à disputer la jeune fille à ce Giraud, sûrement un riche blanc-bec. Il en aurait pleuré.

— Jean ! appela tout bas Claire. Ils sont partis...

La joue souffletée par le courant, il ne lui répondit pas. La bonne fièvre qui les avait jetés dans les bras l'un de l'autre, le désir, les mots d'amour murmurés n'avaient plus aucun sens.

— Va-t'en ! cria-t-il à mi-voix. Va-t'en et ne reviens plus...

Claire se rhabilla. Si Jean avait changé d'humeur, elle n'allait pas rester toute nue.

— Je ne m'en irai pas ! souffla-t-elle. Qu'est-ce que tu as ? Je t'ai évité d'être pris par les gendarmes et tu m'en veux !

Il bondit devant elle, ruisselant. L'orage s'éloignait et le ciel se dégageait. Un quartier de lune dispensait une vague luminosité. La jeune fille remarqua alors des cheveux bruns, très courts, qui bordaient le front de Jean. Elle le trouva encore plus beau ainsi.

— Pourquoi tu me regardes comme ça, la bouche ouverte ? grogna-t-il. Tu veux gober les moustiques ?

— Ne sois pas méchant ! protesta-t-elle.

— Cours demander du réconfort à ton fiancé !

Soudain, Claire comprit. Elle arrêta de reboutonner le haut de sa robe, si bien que Jean ne put détourner ses yeux d'une poitrine ravissante, au galbe tentant.

— Je n'avais pas le choix ! murmura-t-elle. Je devais le dire pour qu'ils me laissent tranquille... qu'ils s'en aillent... J'avais trop peur qu'ils t'emmènent !

Elle hésitait à s'expliquer. Cela lui paraissait compliqué. Se jetant à son cou, elle chuchota :

— Je te raconterai tout, Jean, mais une autre fois ! Nous avons si peu de temps ! De toute façon, tu vas partir en Amérique, au bout du monde, et moi je suis obligée de rester ici, avec ma famille, toute ma vie, tu comprends ? Ma vie est là, dans la vallée, sous le toit où je suis née. Qu'est-ce que ça peut faire, que je sois fiancée ! C'est toi que j'aime... Je veux que tu sois le premier !

Elle avait crié ; elle pleurait sans en avoir vraiment conscience. Jean la prit dans ses bras et l'étreignit. Il ne connaissait pas grand-chose aux filles, mais il percevait chez

Claire une profonde bonté, une sincérité absolue. Blottie contre lui, elle répétait son prénom comme une litanie, en le caressant le long du dos de ses doigts chauds et menus.

— Jean, Jean, Jean…

Il eut le pressentiment que jamais il n'oublierait cette petite voix brisée par le chagrin, qui l'appelait. Il lui embrassa les cheveux et le front.

— Viens, fit-il, repris par le désir. Je m'en moque des autres, ce soir, tu es à moi, rien qu'à moi.

Ils montèrent vers la Grotte aux fées, main dans la main. Un grand calme pesait sur les falaises, sur les prés fauchés dont la senteur s'exaltait dans l'air tiède. Jean écarta le rideau de lierre pour Claire. Il attrapa la lanterne qu'elle tenait à la main.

— Nous n'aurons pas de lumière. Tant pis ! dit-il en riant.

Déjà il faisait glisser sa robe sur ses hanches. La jeune fille poussa un soupir de bonheur.

— Le sol est dur ! marmonna Jean. J'aurais voulu te coucher dans un bon lit.

— C'est le paradis, affirma-t-elle. Personne ne viendra, maintenant…

Elle s'allongea sur ses vêtements trempés, indifférente aux cailloux dont la rugosité lui meurtrissait le dos.

— Ne me fais pas mal ! gémit-elle.

— N'aie pas peur, je t'aime trop, je ferai attention.

Il posa sa bouche sur la sienne, entrouvrit ses lèvres. Ce fut un interminable baiser. Claire se tendait, frémissante, saisie d'un délire de tous ses sens. Son corps brûlait, affamé. Impudique, affolée, elle le guida au moment ultime. Jean se perdit en elle, doucement, pleurant presque de joie. Soudain, il se retira, comme on ôte sa main du feu.

— Mais, qu'est-ce que tu as ? bredouilla-t-elle.

— J'veux pas que tu aies un petit. C'est une fille, en ville, qui m'a appris ça…

— Si j'attendais un enfant de toi, au moins, j'aurais le courage de m'enfuir ! songea-t-elle, attristée.

Elle n'osa pas l'interroger sur ce qu'il avait fait. Grisée par la découverte de l'amour et de ses secrets, attendrie par leur intimité, Claire s'imagina loin de ce pays, sur une terre étrangère, au bras de Jean. Ils seraient mariés, libres de leurs actes.

— Mets-moi un bébé dans le ventre ! supplia-t-elle en se collant à lui, provocante. Viens, viens !

Surpris, il ne fut pas de taille à se défendre. Elle le touchait, léchait son épaule et son torse. Jamais il n'avait connu une femme aussi ardente. Trois fois encore, ils cédèrent à la passion charnelle qui les animait, forte, évidente, épuisante...

L'aube se leva. Sauvageon, assis devant la grotte, aboya. Des hommes arrivaient, marchant de chaque côté d'un char à bœufs, le fauchet sur l'épaule, suivis de leurs femmes.

— Claire, réveille-toi ! murmura Jean en la secouant. Ton loup, il grogne.

Le jeune bagnard ne voyait que le loup chez l'animal, ou bien il refusait de tenir compte du sang paisible du vieux Moïse. Pour lui, Sauvageon était un loup apprivoisé. En ouvrant les yeux, Claire aperçut de la clarté entre les feuilles de lierre.

— Mon Dieu ! Mon père... S'il s'aperçoit que j'ai passé la nuit dehors !

Elle bondit sur ses pieds, les cheveux fous. Jean la contempla.

— Que tu es belle ! Reste avec moi !

— Non, je ne peux pas !

La panique rendait ses gestes maladroits. Elle ne pensait même pas au regard curieux de son amant, qui se posait sur ses seins au mamelon brun, sur la toison en bas de son ventre, sur les cuisses blanches et rondes. Enfin elle s'estima présentable.

— Je reviendrai, mon Jean ! Ne t'en va pas sans me dire adieu !

— Ne laisse pas passer un mois alors ! s'exclama-t-il.

Elle l'embrassa à pleine bouche avant de dévaler la pente.

Six heures sonnaient à la pendule du moulin, dans la grande cuisine déserte. La servante s'agitait dans le cellier, brassant des bassines en fer-blanc. De la salle des piles montait la rumeur familière des ouvriers au travail. Claire ôta ses bottillons et gravit une à une, sur la pointe des pieds, les marches de l'escalier. Bertille était assise dans le lit, les mains jointes sur le drap. Elle murmura aussitôt :

— Tu en as, une drôle de figure ! Je te signale qu'il fait grand jour !

Claire ôta sa robe maculée de boue et assombrie par l'humidité. Le linge froid lui collait à la peau. Elle prit une chemise de nuit dans l'armoire et l'enfila avec un plaisir évident. Enfin, elle s'installa près de sa cousine.

— Je l'ai fait ! chuchota-t-elle. Moi et Jean… Je n'ai pas eu mal, juste du bonheur, mais si fort, si intense !

Bertille roula des yeux effarés. Elle examina sa cousine sous tous les angles avant de déclarer :

— Tu as les lèvres meurtries, trop rouges, les cheveux sales ! Oh, Claire, et si tu avais un bébé ?

— Eh bien, je m'en irais ! Mais ce n'est pas obligé, quand même… Princesse, je suis si heureuse ! Rien ne gâchera ma joie, rien !

Malade de curiosité, Bertille demanda des détails. Claire lui raconta sa nuit, sans oublier l'irruption des gendarmes. Bertille en tremblait d'excitation.

— Ces hommes t'ont vue nue ! Je serais morte de honte, à ta place !

— Je ne pensais qu'à Jean. Je devais le sauver.

Elles discutèrent encore longtemps. Puis Claire se leva :

— Je vais t'apporter du café et des tartines, princesse !

Claire sortit de la chambre après avoir revêtu des vêtements propres et natté ses cheveux. Bertille s'allongea et enfouit son visage dans l'oreiller. Jamais elle ne connaîtrait les tourments et les délices de l'amour. En larmes, la jeune femme crut ce matin-là mourir de chagrin et de révolte impuissante.

Frédéric Giraud flânait sur la promenade des Anglais, une belle esplanade de sable blanc plantée de tilleuls qui partait de l'hôtel de ville d'Angoulême et rejoignait un des remparts donnant sur la plaine. A la hauteur du théâtre, il s'arrêta pour fixer sa grand-tante, Adélaïde de Riant, pendue à son bras. C'était une vieille dame très élégante, toute vêtue de noir à l'exception d'un ruban de cou mauve.

— Alors, tu es sûre, chère Adélaïde, de ta décision ?

— Cette bague est une merveille… Je te l'offre de grand cœur, mon petit-neveu. Je suis si contente de te savoir bientôt marié. Je me languissais de toi ; aucune nouvelle depuis un an, hormis ces sinistres faire-part m'annonçant la mort de tes parents. Enfin, tu es là, c'est le plus important. Tu lui as manqué, à notre mignonne ! Si, je l'ai senti. Elle regardait souvent la porte. Comme elle était contente, hier, de te revoir !

Frédéric bredouilla des excuses.

— Je suis désolé ! Je viendrai plus régulièrement désormais.

Il ne pouvait pas avouer à cette personne si douce, si éprise de moralité et de sagesse, ses errances à cheval, ses conquêtes d'un soir sur un tas de paille, derrière un mur de grange, ni les quantités d'alcool qu'il ingurgitait pour combattre ses démons.

— Tout va changer ! assura-t-il.

Depuis la veille, le jeune homme dépensait sans compter. Des mois encore le séparaient du jour de son mariage, si bien qu'il avait décidé de rendre visite à la seule parente qu'il affectionnait. Lui parler de ses futures noces leur donnait de la consistance. La nouvelle avait ravi sa grand-tante, qui tenait à lui remettre un superbe diamant entouré de brillants, une pièce rare du siècle précédent, destiné à Claire.

— Souhaitons que la bague soit à sa taille ! ajouta la vieillc dame.

— Je l'espère ! soupira Frédéric, une fine ride creusant son front. Elle a des mains très fines.

— Si nous rentrions maintenant ! Je suis un peu lasse !

Frédéric appela un fiacre. Il indiqua l'adresse au cocher.

— Rue de Beaulieu !

Dans la voiture, Adélaïde de Riant regarda le jeune homme avec attention. Elle lui prit le poignet, avant de murmurer :

— Quand te maries-tu ? Je voudrais que tu m'amènes cette jeune fille ! Tu sais que je ne mettrai jamais les pieds au domaine. C'est trop loin pour moi et j'y verrais des fantômes dans chaque pièce… Ton épouse s'y plaira peut-être !

— Nous nous marions en juin, l'année prochaine, je te l'ai déjà dit.

— Que veux-tu, je perds la tête ! C'est l'âge ! Mais que c'est long ! En juin, dis-tu ? Nous ne sommes qu'en juillet ! Il faudra me présenter ta Claire avant cette date ! Je ne suis pas éternelle, mon pauvre Frédéric. Qui s'occupera de notre mignonne quand je ne serai plus là ? Tu dois parler à ta fiancée.

Frédéric promit tout bas. Il pensait à une rencontre qui avait eu lieu le matin même. Aristide Dubreuil, ce policier au long nez, l'avait salué avec ostentation. C'était devant la Grande Brasserie du Centre. Ils avaient discuté quelques minutes.

« Je pars pour Ruffec, cher ami ! Le préfet de police m'envoie là-bas pour une nouvelle affaire... Mes hommes ont fouillé tous les alentours d'Angoulême sans trouver trace de ce jeune bagnard, Jean Dumont ! Le gaillard doit être loin, à présent ; il nous a filé entre les doigts... Mais je suis patient, je le retrouverai tôt ou tard, à moins qu'il n'ait embarqué pour l'étranger. Dans ce cas, bon débarras, n'est-ce pas ? »

Frédéric n'avait pas répondu. Le sort du forçat lui était indifférent. Mais Dubreuil, l'œil brillant de satisfaction, avait continué :

« Transmettez mes respects à votre fiancée, Claire Roy ! Et quand vous serez mariés, emmenez-la aux bains de mer ! Il semblerait qu'elle apprécie l'eau fraîche... Deux gendarmes l'ont surprise dans le plus simple appareil, il y a une semaine, au milieu de la nuit, au bord du ruisseau qui ceinture les terres du moulin. Une innocente naïade, qui a brandi votre nom comme un bouclier ! Vous êtes un chanceux, Frédéric... »

Fiel et miel mêlés, c'était bien du style d'Aristide Dubreuil. Depuis, Frédéric s'interrogeait. Il avait hâte de rentrer au domaine tout en ayant envie de ne jamais y retourner. C'était là-bas, sous le large toit de tuiles rousses, qu'il avait eu un avant-goût de l'enfer.

— As-tu les sucres d'orge et le ruban pour la poupée ? demanda la vieille dame. Nous sommes arrivés.

Repris par ses doutes et ses craintes, le jeune homme paya la course. Il aida sa grand-tante à descendre. Ils pénétrèrent dans une haute maison grise où une bonne vint les accueillir. Frédéric lui remit sa veste et son chapeau et se dirigea vers le fond du vestibule. Il ouvrit une porte avec un grand sourire.

— Me voici, petite sœur...

Claire arrangea un pli qui l'agaçait sur le drap de sa mère. La jeune femme débordait d'énergie et de dévouement. Depuis dix jours, elle se dépensait sans compter au moulin. La servante peinait à suivre le mouvement. Les repas, le jardinage et le ménage étaient menés tambour battant. Hortense ne cachait pas sa satisfaction. Le matin même, elle avait dit à Colin :

« Notre fille est bien gaie depuis qu'elle a promis sa foi à Frédéric ! Ce n'était pas la peine de faire tant d'histoires. Elle sera riche et maîtresse de Ponriant... As-tu remarqué comme elle chantonne toute la journée ? Elle est amoureuse... »

Hortense voyait juste, à ce détail près qu'elle se trompait de galant. Certes, Claire respirait l'amour, mais c'était celui de Jean. Chaque soir, ils se retrouvaient à la Grotte aux fées. Le jeune homme y avait apporté une couverture et une lanterne. Ce trou de rocher leur servait de demeure nuptiale. Ils voulaient profiter des semaines à venir. Après deux voyages jusqu'à Angoulême, Basile avait annoncé le départ de Jean pour le mois de septembre.

« L'ami que je connais à La Rochelle te prendra à bord. Tu paieras ton trajet en trimant dur, mais tu poseras le pied sur la terre d'Amérique, mon garçon. Là-bas, tu seras un homme libre ! »

Quand Claire avait appris la nouvelle, elle avait ri de soulagement. Septembre lui paraissait loin, du côté de l'automne déjà. Ils avaient tout l'été devant eux, un bel été.

Claire allait quitter la chambre.

— Je te laisse, maman, tu as tout ce qu'il te faut ! Ta carafe d'eau fraîche au sirop de cerise, ton nécessaire à couture, ton tricot... A dîner, je préparerai des cèpes sautés à l'ail, avec du bon lard grillé. Et une salade, mes laitues sont superbes.

— Des cèpes ! s'étonna Hortense. Tu as trouvé des cèpes ?

— Il a plu ces derniers temps, et il fait si chaud... C'est le neveu de Basile qui me les a vendus.

— J'ignorais que ce vieux scribouillard avait un neveu !

s'étonna Hortense, sans cesser de caresser son ventre qui n'en finissait pas de s'arrondir.

Claire eut un sourire amusé. Ce mystérieux neveu n'était autre que Jean. La police avait abandonné ses recherches dans la vallée. Basile avait eu l'idée de présenter Jean comme son neveu, à Puymoyen et à tous ceux qui passaient devant chez lui. Le jeune bagnard, le crâne couvert de courtes boucles brunes et correctement vêtu, n'avait éveillé aucune méfiance dans le bourg. L'épicière, une énorme femme, confiait même à ses clientes qu'elle avait le béguin pour lui, tant il était beau gosse. Personne ne prêtait attention à une vilaine cicatrice qu'il avait sur l'avant-bras.

Basile était ravi de berner ses concitoyens et d'être le premier témoin des émois de Claire lorsqu'elle les rejoignait au coucher du soleil, les joues roses et le cœur battant. La jeune fille ne soupçonnait pas qu'il se vengeait encore d'Edouard Giraud. L'ancien instituteur comptait bien la pousser à quitter la région avec Jean, privant ainsi Frédéric de sa future épouse. Dans ce but, il n'avait pas hésité à confier toute l'histoire à son faux neveu. Jean avait serré les poings, plein de mépris pour Colin Roy. Il éprouvait une haine jalouse à l'égard du fils Giraud, qui avait osé contraindre Claire à cet engagement insensé.

« Je l'emmènerai, Basile ! Il ne l'aura pas ! »

Les deux hommes échafaudaient plan sur plan, sans en faire part à la jeune fille, dont l'unique souci était de rejoindre son amant, de le toucher et de l'embrasser. Chaque nuit, elle gémissait, nue et offerte, sous son corps. La pudeur, le péché de la chair, les remords, elle balayait tout d'un geste insouciant.

Hortense retint sa fille par la main d'un air doucereux.

— Tu as bien dit « vendus » ? Il aurait pu te les donner, vu le prix que paie son oncle pour le loyer ! Une bouchée de pain ! Ton père est trop généreux...

Claire ne répondit pas, dans sa hâte de fuir sa mère. Elle préférait descendre au jardin, où l'attendait Bertille.

— J'ai à faire, maman ! protesta-t-elle.

Elle dévala l'escalier et se précipita dehors. Autour du

moulin, c'était une symphonie de verdure. Les falaises semblaient blanches à force de clarté. Sous le tilleul, Bertille et Etiennette écossaient des haricots. Claire avait dressé une table de fortune : trois planches sur des tréteaux en bois. La servante jeta un regard en coin à sa jeune patronne. Elle lui enviait sa poitrine ferme et drue, sa taille bien prise et ses robes de coton fleuri.

— Alors, princesse, approchez-vous des quatre livres qu'il me faut pour le déjeuner, demain ? demanda Claire.

Bertille sourit. Elle fit ruisseler entre ses doigts les graines couleur de lait frais, vernies et lisses.

— Ils sont magnifiques, et pas un charançon[1] !

— Heureusement, princesse ! renchérit Claire. Que tu es sotte : les charançons n'attaquent que les haricots secs !

— Oh, je ne suis pas de la campagne, moi !

Claire s'installa et posa devant elle un tas de cosses jaunes striées de taches brunes. Ecosser les haricots ne l'ennuyait pas. Cela permettait à son esprit de voleter vers des rêveries délicieuses. Bertille, qui aimait discuter sans témoin avec sa cousine, commença à fixer la servante sans aucune pitié. Elle n'aimait pas cette fille maigre et fouineuse. Claire comprit le message.

— Etiennette, si tu allais promener mes chèvres le long du bief ! Il y a des ronces ; elles nettoieront un peu.

— Oui, mam'selle !

Sauvageon grogna, car Etiennette lui avait marché sur une patte.

— Fais donc attention ! cria Bertille. Tu es d'une maladresse !

L'adolescente fila en faisant claquer ses sabots. Elle détestait les trois biques qui se sauvaient à la moindre occasion et qu'elle devait chercher ensuite.

— Etiennette doit nous trouver bien dures ! fit remarquer Claire. Sans doute qu'elle aimerait être à notre place.

— Tu penses trop, Clairette ! répliqua Bertille. Cette fille n'est pas à plaindre. Elle a le couvert et le lit, tu lui as donné des bas neufs et un jupon. Basile te bourre la tête de ses idées socialistes.

---

1. Petit insecte qui détruit les récoltes de riz, de blé ou de haricots.

— Toi, je te trouve aigrie, et c'est dommage quand on est si jolie ! Et je ne suis pas socialiste, juste chrétienne. Il y a tant de misère sur terre.

— Aigrie, on le serait à moins ! continua Bertille.

Claire retint un soupir. Etait-ce sa faute si elle aimait Jean, si elle avait deux jambes souples et agiles...

— Plus malheureux que toi, il en existe sûrement ! décréta-t-elle. Une chose est vraie : tout ce que m'a raconté Jean sur le sort de ces enfants envoyés au bagne alors qu'ils crevaient de faim m'a ouvert les yeux sur bien des souffrances.

Le bruit caractéristique d'un attelage leur fit lever le nez. Une élégante calèche entrait dans la cour du moulin. Claire s'empourpra en reconnaissant Frédéric. Un homme d'allure assez jeune était assis sur le siège, à côté de lui.

— Oh ! De la visite ! chuchota Bertille. J'ai eu raison de mettre ce corsage en soie bleue.

Sa cousine était loin de se réjouir. Elle portait une robe toute simple et arborait une petite coiffe sur ses cheveux noués sur la nuque : sa tenue de maison, qui ne craignait pas la terre du potager ni la poussière. Elle retint Sauvageon par le collier. Il aboyait et hurlait à la fois, et elle avait du mal à le calmer.

— Je vais l'enfermer dans la grange ! dit-elle tout bas. Reçois ces messieurs, princesse. Je me demande ce qu'ils viennent faire ici...

De son perchoir, Frédéric la vit traîner vers un des bâtiments ce grand chien au regard oblique. Son compagnon descendit de la voiture. Il regarda tour à tour la masse imposante des étendoirs, pareille à un ancien fortin, la gigantesque falaise barrant l'horizon et le logis des Roy. Enfin, il se tourna vers le pommier et vit Bertille. Elle souriait, appuyée au dossier d'osier de son fauteuil. Ce jour-là, elle avait rassemblé sa chevelure lunaire en une seule tresse qui ceignait son front comme un diadème. Le bleu de son corsage faisait ressortir sa pâleur mais aussi la finesse de ses traits ravissants, la grâce extrême de son buste et ses grands yeux gris, très lumineux.

— Mademoiselle Claire Roy ? murmura l'étranger en marchant vers elle, fasciné. Permettez-moi de me présenter, Guillaume Dancourt.

Il s'inclina en soulevant son canotier. La jeune infirme lui tendit la main avec une expression malicieuse :

— Bertille Roy, la cousine de Claire.

— Oh, je suis désolé. Frédéric Giraud m'a répété tout le voyage que sa fiancée était une vraie beauté, alors, dès que je vous ai vue...

Le compliment combla Bertille d'aise. Elle étudia le visiteur sans cesser de sourire. Guillaume Dancourt avait une moustache d'un brun roux, des cheveux de la même teinte, mi-longs, une figure assez commune et le nez un peu fort, mais ses yeux bruns très doux lui rappelaient ceux de Claire.

— Vous habitez un site remarquable ! Un de mes amis s'adonne à l'archéologie. Il prévoit de fouiller le sol des grottes de la vallée. Si j'ai le plaisir de pouvoir rester ici, je compte l'aider dans ses recherches.

Bertille ne sut que répondre. Elle aurait aimé proposer un rafraîchissement, mais il lui fallait attendre le retour de Claire, qui discutait avec Frédéric devant le portail en bois de la grange, en plein soleil.

— Vous êtes un parent de monsieur Giraud ? demanda-t-elle enfin.

— Non, un ancien camarade de lycée. Nous nous sommes revus à Angoulême, dimanche, sur le parvis de la cathédrale. Il m'a invité à séjourner à Ponriant.

La jeune fille eut l'impression qu'il ne lui disait pas tout sur les raisons de sa présence au moulin. En fait, il ne la quittait pas des yeux et cet examen insistant, plus proche de l'admiration que de la curiosité, la troublait.

— Vous me faites penser à un tableau du peintre Ingres ! confia-t-il après avoir penché la tête d'un côté puis de l'autre.

— Je vous remercie. J'apprécie beaucoup les œuvres d'Ingres [1] !

— Vraiment ? J'en suis ravi, car moi aussi, je les aime beaucoup.

Guillaume se lança dans un discours sur les qualités de l'artiste. Tout en écoutant Frédéric, Claire jetait des coups d'œil vers le pommier. Alors que son futur mari vantait les

1. Peintre français né à Montauban.

mérites des bains de mer – elle ne comprenait pas pourquoi d'ailleurs –, elle l'interrompit.

— Qui est cet homme ? Il semble intéressé par ma cousine…

Contrarié, Frédéric répliqua, un peu vite :

— Plus tard, Claire, je vous expliquerai ce qu'il veut ! Vous faites à peine attention à ce que je vous dis ! Nous pouvons nous considérer comme fiancés, n'est-ce pas ? Aussi, j'ai un cadeau pour vous.

Le maître de Ponriant, à vingt-cinq ans bien sonnés, tremblait de gêne. Claire le déconcertait de nouveau par ses manières directes, son charme particulier et la force qu'il pressentait en elle. Il la sentait capable de le vaincre. Il lui tendit un écrin en cuir rouge.

— Non, c'est trop tôt ! murmura-t-elle sans prendre la petite boîte.

— Je vous en prie, ne me rendez pas ridicule devant mon ami et votre cousine. Prenez et ouvrez ! Ma grand-tante Adélaïde tient à vous l'offrir, puisque vous m'épousez.

Claire posa ses yeux noirs sur Frédéric. Il avait changé depuis la nuit de la battue aux loups, et encore davantage depuis qu'elle avait promis de l'épouser. La jeune fille ne pouvait se douter qu'il évitait désormais de s'adonner à la boisson, excepté quelques verres de vin. Il était resté chaste pendant un mois.

— Ce n'est pas facile pour moi, poursuivit-il, de vous prouver ma bonne volonté. Sachez seulement que la mort de mon père m'a soulagé d'un poids terrible, celui de la haine. Un jour, je trouverai le courage de me confier à vous…

Frédéric en devenait attendrissant. Ses prunelles vertes exprimaient une sincère détresse. Claire aurait préféré le voir hargneux et ironique. Vaincue par sa gentillesse, elle saisit l'écrin et souleva le fin couvercle. Une bague composée de brillants et d'un diamant très pur scintillait de tout son éclat dans la lumière vive de juillet.

— C'est une splendeur ! s'écria-t-elle. Elle doit valoir une fortune. Je vous en supplie, gardez-la au domaine. Si on me la volait…

— Rangez-la en lieu sûr, Claire. Vous la porterez à nos

noces ! Ce bijou fera merveille à votre main. Il appartient à la famille de ma mère depuis plus de cent ans.

— Je suis touchée, Frédéric ! J'écrirai à votre parente pour la remercier, enfin, si vous me dites son adresse !

Il approuva d'un signe. La chaleur et le parfum d'eau de Cologne qui émanait de la peau de Claire lui montaient à la tête. Il eut envie de l'embrasser, de l'enlacer. Accoutumé aux étreintes brèves, au désir vite assouvi, il dut s'éloigner d'un pas. Son humeur s'en ressentit.

— Pourquoi attendre l'été prochain pour ce mariage ! dit-il. Je sais que vous ne m'aimez pas, que vous devez savourer ce qui vous reste de liberté, mais, fichtre, que c'est long ! Ah, j'oubliais : ce rat de Dubreuil, le policier qui a fouiné par ici, prétend que vous vous baignez nue les nuits d'orage ! Est-ce vrai ?

Claire ne montra aucune émotion.

— Je suppose que les deux gendarmes qui m'ont surprise au bord du ruisseau lui ont fait un rapport détaillé. Eh bien, oui, j'étouffais, j'avais cherché mes chèvres tout le long des falaises. Ils m'ont fait peur, et je n'étais pas nue, je me suis couverte, avec ma robe... Vous êtes content ?

Il eut un sourire amusé.

— Je les envie, surtout.

Cette fois, Claire eut les joues en feu. Si elle ne retournait pas à l'ombre, elle allait rôtir sur place.

— Venez donc sous le pommier ! Et à la fin, dites-moi ce que nous veut votre ami !

L'arrivée de Colin fit diversion. Le maître papetier avait aperçu les visiteurs d'une fenêtre de la salle commune. Découvrir Frédéric Giraud près de sa fille ne lui disait rien qui vaille. Il marcha droit sur lui.

— Que faites-vous ici ? Je vous préviens, n'importunez pas Claire !

— Calmez-vous, maître Roy, répondit le visiteur.

— C'est vrai, papa, calme-toi ! renchérit la jeune fille. Il faudra t'habituer à voir Frédéric chez nous.

Ces paroles, énoncées doucement, apaisèrent le futur époux. Il expliqua, à mi-voix :

— Guillaume Dancourt souhaiterait apprendre la fabrication

du papier selon les méthodes traditionnelles, garantes d'une qualité qui se perd. Je lui ai parlé de vous. Il jouit de rentes conséquentes et bouillonne d'idées. Peut-être même qu'il serait prêt à investir dans votre affaire. Il ne demandera aucun salaire, bien sûr, puisqu'il désire se former au métier. Si vous ne pouvez pas le loger, le domaine lui est ouvert le temps voulu. C'est une sorte de dilettante, passionné par l'art et la science...

Frédéric, assez éloquent, continua à tracer un portrait flatteur de son ancien camarade de lycée. Guillaume, lui, discutait littérature avec Bertille. Elle désigna le papetier d'un mouvement du menton.

— Le maître du Moulin du berger, mon oncle Colin. Ses papiers ont une réputation d'excellence.

— Ah ! Je dois aller le saluer. M'accompagnerez-vous, mademoiselle ?

La jeune infirme se raidit. Durant d'exquises minutes, elle avait oublié sa triste condition. Sa joie se brisait là, sur cet écueil qui lui déchirait le cœur. Elle ne pouvait refuser cette aimable invitation sans paraître impolie. Tout bas, mais d'un ton ferme, elle se confia :

— Ce serait un plaisir, monsieur, mais cela m'est impossible. J'ai perdu l'usage de mes jambes... Un accident, à l'âge de quinze ans, qui a coûté la vie à mes parents.

Guillaume devint tout rouge. D'une nature enthousiaste, il pensait déjà avoir rencontré la femme idéale. Bertille était si parfaitement jolie ; mieux, elle était à ses yeux d'une beauté irrésistible. Et cultivée, drôle, intelligente.

— Quel grand malheur ! s'exclama-t-il.

Il était sincère.

Claire approchait, suivie de son père et de Frédéric. Elle serra la main de Dancourt.

— Messieurs, vous serez mieux au frais, dans la cuisine. Je vais déboucher du cidre. Si vous voulez bien, nous allons transporter ma cousine dans son fauteuil.

Bertille en aurait pleuré de rage. Guillaume fut le premier à empoigner un des accoudoirs. Il dut se pencher pour affirmer sa prise, et son front effleura la joue de la jeune fille.

— Vous sentez la verveine et le miel ! dit-il à mi-voix.

Frédéric hésitait. Il fixait d'un air étrange la jupe de Bertille sous laquelle se devinaient des membres inertes. Cela blessa Claire. Elle le bouscula et le remplaça.

Il recula, livide. Personne ne pouvait comprendre ce qu'il éprouvait devant la moindre infirmité. Un instant, il se revit adolescent, à treize ans à peine… C'était une nuit d'hiver froide et pluvieuse. Il avait galopé jusqu'à Angoulême, tenant sous sa veste une sorte de paquet de linges sanglants. Désespéré, terrifié, il guettait un cri, un gémissement, mais pas un bruit ne lui parvenait. Sa grand-tante, plus vaillante à cette époque, l'avait accueilli sans pouvoir le consoler.

« Il a tué Denise ! hurlait-il. Elle ne bouge plus… Il l'a tuée ! Oh, je le hais, je le hais… »

Frédéric frissonnait malgré la chaleur de l'été. Il sortit un mouchoir et tamponna ses paumes moites. Les années avaient passé. Il regrettait encore de s'être trompé. Le bébé qu'il avait ramassé sur le parquet et emporté s'était accroché à une vie inutile. Denise végétait, la face déformée, prisonnière d'un corps atrophié. Edouard Giraud n'avait jamais su que l'enfant avait survécu, ni Marianne.

— Mais qu'avez-vous donc ? s'étonna Claire du seuil de la maison. Frédéric, venez vous rafraîchir.

Il obéit à la manière d'un somnambule. Elle eut l'impression de voir son destin en marche, incompréhensible, intolérable.

Jean, sauve-moi ! se dit-elle, saisie d'une affreuse angoisse.

Cependant l'heure suivante fut animée. Bertille riait, vantait le goût délicat des biscuits à la cannelle que sa cousine achetait à l'épicerie de Puymoyen. De sa chambre, Hortense entendait les discussions et des voix inconnues ; elle n'osait pas appeler. Elle devrait patienter pour apprendre l'identité des visiteurs.

Colin ne tarda pas à trouver Guillaume Dancourt sympathique. Sa seule présence redonnait de l'espoir au papetier. Jamais il n'avait trouvé la vaste pièce aussi gaie. Les meubles reluisaient de cire, des bouquets de roses garnissaient l'appui des fenêtres. Les ustensiles de cuisine, en cuivre jaune, étincelaient. Tout respirait l'aisance et les soins patients de Claire.

Lorsque Frédéric répéta qu'il pouvait loger son ami à Ponriant, Guillaume refusa.

— Cette nuit, j'accepte ! Mais si je dois travailler avec maître Roy, je souhaiterais dormir au moulin. Si vous avez de quoi me loger.

Bertille supplia Claire du regard.

— Je nettoierai une petite pièce, au-dessus de la salle commune ! s'empressa de dire celle-ci. Vous aurez une belle vue sur la vallée ! Et quelques marches seulement à franchir pour vous mettre à l'ouvrage. Les ouvriers de mon père commencent parfois très tôt, à quatre heures du matin souvent.

— J'aime me lever avant l'aurore ! répliqua Guillaume. Bien sûr, je vous paierai une pension pour la chambre et la nourriture.

Colin protesta. Claire n'en fut pas étonnée ; libéré de sa dette, son père ne se souciait plus de ses finances. Bertille suivait les conversations avec avidité. Elle n'était plus qu'une âme pétillante, à l'affût du bonheur, aussi petit fût-il. Son corps n'existait plus, léger, si léger. Dans sa poitrine frêle, son cœur battait la chamade.

En prenant congé, Guillaume Dancourt lui prit la main et l'étreignit une seconde.

— A bientôt ! chuchota-t-il. Je vous prêterai mes livres, j'en ai apporté une pleine malle.

Claire avait entendu. Elle vit sur le visage de sa cousine une nouvelle lumière. Dès qu'elles se retrouvèrent seules, Bertille demanda :

— Crois-tu qu'il pourrait m'aimer ? Devenir mon ami, rien d'autre !

— Le monde entier t'aimerait, princesse ! Tu es si belle ! Guillaume n'a regardé que toi…

Intriguée par le silence qui régnait dans la cuisine, Hortense frappa le plancher de sa canne.

— Je viens, maman ! cria Claire. Il reste du cidre, je t'en apporte.

Etiennette apparut sur le seuil. Sa coiffe d'un blanc douteux était rejetée en arrière. Haletante, elle bredouilla :

— Vos biques, elles sont perdues du côté de Ponriant ! Je leur ai couru après, mais y faisait trop chaud, dame ! J'ai pas pu les rattraper…

La petite servante roulait des yeux pleins de convoitise, car elle venait de voir les bouteilles de cidre et le carton de biscuits. Bertille eut honte de s'être montrée dure avec elle.

— Approche, Tiennette, dit-elle à voix basse.

Elle lui servit à boire et lui offrit trois gâteaux. Claire haussa les épaules.

— Tu retourneras les chercher à la fraîche. Et puis non, j'irai avec Sauvageon. Prends ta soirée et ta journée de demain. Ta mère avait besoin de toi ; elle m'a dit ça hier en livrant le lait. Avant de partir, rentre les haricots et donne les cosses au cochon.

— Oui, mam'selle ! Merci.

Claire regarda l'horloge. Des heures la séparaient encore de Jean.

Que j'ai hâte de le revoir ! songea-t-elle.

Laissant Bertille à ses rêves, elle monta l'escalier. Quelque chose pesait au fond de sa poche de tablier.

Oh ! La bague...

Hortense exigea un récit complet. Assise au bord du lit, la jeune fille se contenta de sortir l'écrin et de l'ouvrir.

— Tout va bien, maman ! Papa te racontera ce soir. Regarde, Frédéric Giraud m'a offert ce bijou ! Je voudrais que tu le gardes, que tu le portes même. Personne ne sera tenté, comme ça !

Claire glissa la bague au doigt de sa mère, muette de stupeur. La vue d'une telle merveille ne pouvait que l'adoucir.

— Ma fille, te rends-tu compte ? Que je suis heureuse pour toi ! Tu vas devenir une vraie dame ! Ne crains rien, je ne quitterai pas la bague. Tu as raison d'être prudente, il y a trop de passage au moulin.

Hortense eut un de ses rares sourires. Apitoyée, Claire l'embrassa sur le front et arrangea ses oreillers.

— J'ai tant de travail, maman, je dois redescendre.

Elle respira mieux sur le palier, Jean lui manquait. Dans ses bras, Claire n'avait plus peur de rien.

Je ne veux pas qu'il parte ! Jamais...

Etiennette tirait l'aiguille avec une sorte de rage. Sa mère l'observait, amusée par le mauvais caractère dont sa fille avait hérité. Toutes deux veillaient chez Jeanne, la mère de Catherine. La pauvre femme, qui portait toujours le deuil, avait invité quelques voisines à coudre près du feu. Son mari était déjà couché, mais la petite Raymonde rayonnait. La moindre distraction l'aidait à oublier son chagrin. Elle pleurait encore sa sœur.

Aux poutres noircies du plafond bas étaient suspendus des tresses d'ail et d'oignons, ainsi que des bouquets d'armoise dont l'odeur éloignait les mouches. Dans la grande cheminée, deux bûches se consumaient en un feu d'été destiné à chauffer l'eau pour la chicorée que les femmes avaient hâte de boire, bien sucrée, en mangeant des crêpes.

Raymonde brodait une taie d'oreiller. Tout bas, elle demanda à sa mère :

— Maman, pourquoi tu n'as pas voulu qu'on s'installe dehors ?

— L'orage gronde ! Et je n'ai pas chaud, moi !

Etiennette essuya son front en sueur.

— Vous avez toujours froid, m'dame Jeanne !

— Depuis que j'ai enterré ma Catherine, j'ai de la glace dans le sang, petite... Mon homme aussi !

Mélanie, une vieille femme du bourg penchée sur un nécessaire à dentelle, intervint d'une voix sourde, sans lever le nez :

— C'était une brave fille, sûr. La dernière fois que je l'ai vue debout, elle m'a aidée à tirer mon seau du puits... Je n'suis guère vaillante, à mon âge. Ah, que voulez-vous, quand le bon Dieu rappelle ses ouailles, c'est qu'il a décidé de l'heure... La dame de Ponriant aussi, elle est partie trop tôt.

Les petits yeux d'Etiennette se plissèrent. Elle espérait que Mélanie raconterait des histoires de la vallée. De ces histoires qui font froid dans le dos ou vous donnent chaud aux joues.

Jeanne hocha la tête d'un air accablé. Elle se souvenait d'autres veillées, tellement plus gaies. Catherine se tenait sur la chaise du cantou. Elle chantait en tapant du pied, pour la cadence. Le Follet que la famille connaissait depuis des années venait souvent se joindre aux femmes. Il sortait son harmonica et jouait, les paupières mi-closes. Une larme roulait quelquefois sur ses joues.

— Ah, fi de loup, j'en ai gros sur le cœur. Tiens, vaut mieux causer que de brasser sa peine ! Alors, Tiennette, est-ce que tu te plais au moulin ? Il paraît que madame Hortense ne quitte plus son lit !

Ce fut la mère de la jeune servante qui répondit, sur le ton de la confidence :

— Quand je livre le lait, je ne vois que la demoiselle Claire ! La patronne aurait pu se noyer dans le bief. On ne verrait pas plus sa coiffe ! C'est une drôle d'affaire, non…

C'était l'heure de gloire pour Etiennette.

— M'dame Roy, elle tape avec une canne sur le plancher de sa chambre, et ça veut dire qu'elle a faim ou soif… Mam'selle Claire cavale là-haut, plusieurs fois dans la journée ! Même la nuit, elle cavale. Je l'entends descendre l'escalier et puis, ouste, elle remonte pas ! L'autre matin, elle est rentrée à six heures, dans un bel état !

La marchande de lait donna sous la table un petit coup de pied à sa fille. Placée au moulin, Etiennette rapportait ses gages tous les dimanches et Claire Roy lui donnait des vêtements à peine usagés.

— Ce que j'en dis, continua l'adolescente, c'est pas du mal ! Mais je me demande où elle court comme ça. Peut-être bien jusqu'à Ponriant !

Elle se mit à rire. Sa mère se retint de la gifler.

— Es-tu bête, ma pauvre gamine !

Il y eut un silence gêné. Jeanne respirait fort et Raymonde gardait les yeux rivés sur son carré de tissu. Parler de Ponriant sous ce toit-là, c'était y faire entrer Frédéric Giraud, le « maudit », comme le nommait la vieille Mélanie. Ce n'était plus un secret, à Puymoyen, que les amours honteuses de Catherine et du jeune homme. Certains avaient claironné que le Follet s'était marié avec des cornes si hautes que c'était un miracle qu'il ait pu passer le porche de l'église.

Raymonde jeta un regard furieux à Etiennette. La fillette ne pouvait pas se boucher les oreilles du matin au soir, ni à l'école. Elle devait endurer les railleries, les saletés que l'on chuchotait encore sur sa grande sœur, dont le corps pourrissait au cimetière.

— Tiens, même que le fils Giraud, il est venu au moulin aujourd'hui avec un autre monsieur ! insista Etiennette non sans malice.

— Y rôtira en enfer, celui-là ! lâcha Jeanne en se signant. Qu'il aille chercher une de ses brebis au fond d'une grotte, et que le diable l'emporte, comme le petit Roger...

Mélanie contempla les points réguliers de la fleur qu'elle composait. Sa vie durant, elle avait gagné son pain en vendant ses dentelles au marché de Saint-Cybard, où elle se rendait grâce à la patache [1]. Ses prunelles délavées se posèrent ensuite sur un point invisible, près du bahut vermoulu.

— Ah ça, ce pauvre mouflet, on n'a jamais su comment il avait disparu ! Moi, je dis qu'un vent mauvais l'a aspiré dans les tréfonds de la terre, et c'est lui qu'on entend hurler, à la minuit, quand la lune est pleine.

Raymonde frissonna. Depuis sa plus tendre enfance, à chaque veillée les femmes évoquaient la disparition inexpliquée d'un gamin du village, Roger.

— Eh oui, il avait que six ans, ce mioche ! continua la laitière. Mais c'était une tête folle, qui n'obéissait à personne. Même qu'on a retrouvé des os, une fois. Oui, un beau monsieur de la ville qui venait exprès fouiller les grottes de chez nous. Ce couillon, y prétendait que c'étaient des vieux os, vieux de plusieurs centaines d'années ! Mais la mère de Roger, qu'était déjà blanchie, elle a toujours cru que c'était son petiot qu'avait pourri là...

Etiennette tira un peu la langue pour se lécher la lèvre supérieure. La mort, le deuil, les os, le sang l'intéressaient davantage que les chansons d'amour ou les sermons du catéchisme. Elle se risqua :

— P't'-être ben que madame Hortense, méchante comme elle est, elle va mourir en couches, aussi ! De mon lit, chaque nuit, j'entends une chouette, perchée juste sur le toit du moulin. C'est pas bon signe !

Mélanie se signa. Jeanne également, avant d'ajouter :

---

1. Diligence publique.

— Ce sont des oiseaux qui apportent le malheur. Ma mère le disait. Mon homme, il les piège à la glu et il les cloue sur la porte de la grange. Remarquez, ça n'a pas empêché notre Catherine de passer ; le pus lui sortait du ventre !

Raymonde étouffa un sanglot. Les aiguilles reprirent leur va-et-vient acharné. Les coiffes s'agitaient au rythme des marmonnements que chacune laissait échapper. La plus vieille priait. Etiennette chantonnait : « Auprès de ma blonde, qu'il fait bon dormir... » Sa mère résista à nouveau à l'envie de lui décocher une bonne claque pour la faire taire. Catherine était blonde...

— Et les crêpes ? cria-t-elle pour couvrir la voix de sa fille. Faudrait remuer la pâte. Elle est assez reposée.

Lourde, massive, elle se leva et ôta le torchon qui couvrait un large pot en grès. La couture n'était pas son fort. Elle commença à graisser une poêle à long manche en la frottant d'un morceau de couenne.

— Ton feu, y cuirait pas mes fesses ! ironisa-t-elle.

Jeanne eut un pauvre sourire.

— Mam'selle Claire, pas besoin de lui chauffer le cul ! Elle l'a déjà plein de braises... C'est Miton qui me l'a dit à l'oreille !

Etiennette avait parlé d'une voix forte.

La laitière poussa un juron. Miton était un homme d'une trentaine d'années, célibataire. Poilu comme un diable, il louchait. Colin Roy l'avait engagé un an plus tôt.

— Méfie-toi donc de ce bouc puant ! bougonna-t-elle en prenant Etiennette par l'oreille. Il te cause de bien près, et pour dire des âneries. Mam'selle Claire, c'est une honnête personne. T'es jalouse parce que t'es pas aussi jolie qu'elle.

Raymonde savourait la scène. La mère d'Etiennette pinçait si fort le lobe de sa fille qu'il virait au rouge sang. L'adolescente, dure au mal, n'émit aucune plainte.

— Eh ben, mon homme, il a du mérite à roupiller ! soupira Jeanne. Vous en faites, du chahut... Lâche-la donc, ta gosse ! Elle n'est pas finaude, que veux-tu !

— Et le neveu de monsieur Drujon ? demanda Mélanie. L'avez-vous vu ? L'épicière a le béguin pour lui... Il n'est venu au village qu'une fois, pourtant. Il paraît qu'il a des yeux bleus comme du saphir !

— Moi, je l'ai vu tout à l'heure ! assura Etiennette en se frottant l'oreille. Il se lavait derrière la maison du vieux et il n'avait plus que son pantalon, même ! Lui, il a pas un poil sur la poitrine !

Un coup de tonnerre ébranla la maison. Par la fenêtre ouverte s'engouffra un vent frais qui souleva les cendres de la cheminée. Jeanne se leva, affolée. Elle ferma ses volets.

— Si la foudre pouvait tomber sur Ponriant, ça me soulagerait ! déclara-t-elle. Mais elle s'en prend qu'aux pauvres gens comme nous...

Raymonde se faufila dans l'âtre et alla s'asseoir sur la chaise du cantou, à la place de Catherine. La laitière surveillait la cuisson de la première crêpe qui grésillait, couronnée de bulles de graisse.

— Elle sera pour toi, mignonne ! dit-elle à la fillette. Mais je la ferai pas sauter, on est point à la Chandeleur !

Dehors il se mit à pleuvoir. Sous la porte filtra un délicieux parfum de terre tiède, enfin abreuvée, et d'herbes rafraîchies.

— Pourvu qu'il pleuve pas le soir du bal ! s'inquiéta Etiennette.

8

Le bel été

A deux kilomètres du bourg, assise sur les genoux de Jean, Claire songeait elle aussi au bal du 14 juillet. Basile fumait sa pipe sans quitter le jeune couple des yeux. Il se disait souvent que c'était son œuvre, ces deux-là réunis et s'embrassant sans pudeur devant lui. Il avait su, durant les années précédentes, communiquer à Claire ses idées libérales et ses rêves d'une société sans contraintes ni préjugés. Ce n'était pas un hasard si on le considérait souvent comme un vieil anarchiste.

— Tu viendras danser avec moi ! chuchota-t-elle à son amant. C'est dans six jours. J'ai acheté du satin rose au colporteur et j'ai presque fini de coudre ma robe. J'aime tellement danser, alors, dans tes bras…

— Ce n'est pas prudent peut-être ! avança Jean, étourdi par la douceur de Claire, le velouté de sa joue sous ses lèvres. Qu'en penses-tu, Basile ?

— Bah ! Que tu ailles acheter du tabac à la mère Rigordin qui en pince pour toi ou que tu tournicotes au son du violon, je ne vois pas de différence ! Tu feras la connaissance de Bertille !

Jean garda le silence et cacha son visage dans la chevelure de Claire. Il avait depuis quelques jours l'illusion de mener une existence ordinaire, d'être entré – par ruse – dans le cercle des bons citoyens. Mais ce n'était qu'une illusion. En septembre, il partirait.

— Allons, mes enfants, soyons confiants, ronchonna Basile. Nous irons boire un verre au bal, mais nous ne resterons pas longtemps. Et puis, petiote, sois prudente ! Tu sais bien que Frédéric viendra traîner à la fête, pour te voir et te faire valser. S'il soupçonne quelque chose...

La jeune fille sentit le corps de Jean se crisper brusquement. Elle eut le pressentiment, pour la première fois, que son vieil ami attisait la rancœur de Jean contre Frédéric. Elle s'empressa de mettre les choses au point.

— Pour le moment, je ne suis ni fiancée officiellement ni mariée ! J'ai donné ma parole, mais en un an, tout peut changer. J'ai sauvé mon père et ses ouvriers de la faillite et j'ai sauvé le moulin ! Ça ne veut pas dire que j'apprécie Frédéric. Je n'aime que toi, Jean, je te le prouverai.

Le jeune homme l'étreignit à lui faire mal. Elle ferma les yeux, frémissante de désir. Chaque fois qu'il la tenait ainsi, Claire oubliait le monde alentour : Basile, Sauvageon couché près de la cheminée, la chandelle allumée, les papillons bruns qui s'y brûlaient les ailes.

— Moi aussi, je t'aime fort. Je voudrais tant devenir ton mari. Pour toi, j'ai appris à lire, et bientôt je saurai écrire. Quand je serai loin, je t'enverrai des lettres.

Claire déposa de petits baisers passionnés sur les cheveux de Jean, de plus en plus abondants et bouclés. Ce garçon-là avait le don de la bouleverser. Il avait des côtés enfantins. La première fois qu'elle l'avait vu assis à la table de Basile, déchiffrant un vieux livre d'école, elle avait pleuré de joie et de peine mêlées. Il était seul sur terre, sans famille. Jean lui faisait penser aux héros des romans qui lui arrachaient des larmes quand elle était fillette, à tous ces malheureux accablés de faim, de froid, sans maison ni amour.

— Jean, je vais rentrer, dit-elle à contrecœur.

— Non, il y a de l'orage ! murmura celui-ci. Reste ici, je t'en prie.

— Accompagne-moi un peu alors !

La Grotte aux fées, le couvert des bosquets de buis, un coin de pré obscur loin des chemins leur servait de chambre. Ils n'avaient jamais osé monter à l'étage en présence de Basile et utiliser le lit-cage où Jean dormait.

La pluie commença à marteler les tuiles du toit.

— Je vais prendre le frais dehors, moi, sous l'auvent !

annonça l'ancien instituteur. Ne tarde pas, Claire ; tu es supposée chercher tes biques. Mais ça me rendrait service si vous montiez fermer les volets.

Les jeunes gens comprirent et grimpèrent les marches en riant de joie. Elle dégrafa son corsage, souleva sa jupe et se jeta sur le matelas.

— Vite, viens…

Jean admira un instant le spectacle ravissant qu'elle lui offrait. Les cuisses drapées de lin brodé, dans un fouillis de jupon, et, au cœur de ces tissus soyeux, la fente de la culotte, la toison brune, la rose de chair dont il tirait tant de plaisir. Il s'allongea sur elle. Elle se cambra pour le recevoir. Elle noua ses jambes avides autour de sa taille. Il s'enfonça en elle délicatement, haletant, éperdu de jouissance. Ce fut bref, mais ils éprouvaient le même bonheur hagard.

— Si j'ai un enfant, je pars avec toi. Personne ne me retiendra, personne.

Claire pleurait. Rien ne l'effrayait lorsqu'elle gisait sous lui.

— Et si tu partais avec moi, même sans petit dans le ventre ! Basile m'a promis que je gagnerai assez pour deux sur le bateau de son ami. Je crois bien qu'il se couperait une main pour que tu quittes le pays… Il a raison, dis. Tu ne vas pas épouser ce type ! J'en deviendrai fou, moi, de savoir qu'il te couche dans son lit, qu'il t'embrasse !

Le visage de Jean avait perdu tendresse et gentillesse. Ses yeux paraissaient plus sombres. Claire se releva et lui caressa la joue.

— C'est si difficile d'abandonner ma famille ! Bertille, mon père, et le bébé qui va naître ! Mais cela m'ennuie surtout pour ma cousine. Mes parents, ils n'ont pas besoin de moi pour vivre, n'est-ce pas, mais Bertille, qui s'en occupera ?

Attristée, Claire remit de l'ordre dans sa toilette. Jean arrangea une mèche brune qui dépassait de son chignon. Elle saisit sa main et la couvrit de baisers.

— Jean, n'écoute pas trop Basile ! Il a de la haine pour les Giraud. Il n'a pas encore pris le temps de me dire pourquoi. Je crois avoir deviné !

— Moi aussi, je le hais, ton Frédéric ! rétorqua le jeune

homme. Le soir, il cause, Basile. J'en sais, des choses, sur Ponriant. Regarde !

Il attrapa une liasse d'enveloppes rassemblées par un ruban rouge et la tendit à Claire.

— Ce sont des lettres de Marianne, la dame du domaine ! Lis-les ! Après, tu n'auras plus envie d'habiter là-bas.

Exaspérée, elle tapa du pied :

— Je n'ai pas envie d'y habiter. Ne sois pas bête ! Je n'avais pas le choix, voilà... Oh, je m'en vais ! Je ne viendrai pas demain. C'est soir d'encollage ! Papa se couche à quatre heures du matin.

Elle dissimula précipitamment le paquet de lettres dans son corsage. Sauvageon bondit sur ses talons. Appuyé contre le mur sous l'auvent, Basile contemplait la pluie drue qui détrempait la terre.

— Au revoir ! lui glissa-t-elle en passant. Faites donc une belote, tous les deux. Cela vous détendra !

Il fit la moue tandis qu'elle s'éloignait à grands pas au sein du déluge, à peine protégée par son châle.

— Tête de mule ! fit le vieil homme d'un ton affectueux.

Dès l'aube, Bertille avait demandé à sa cousine de lui laver les cheveux avec de l'eau où avaient infusé de grosses feuilles de bardane. La plante rendait la chevelure souple et brillante. Ensuite, il fallait les tresser bien serré.

— Comme ça, ils onduleront ! Ils sont si raides...

La jeune infirme montrait autant d'excitation que les autres filles de la vallée et de Puymoyen, car c'était le jour du bal.

— J'aimerais tant porter une nouvelle robe ! soupira Bertille en regardant d'un air dégoûté les toilettes que lui présentait Claire.

— Je peux t'en prêter une, princesse ! Elle sera un peu grande, mais nous ferons des retouches !

Bertille s'illumina, plissant son joli nez.

— Oh ! oui, ta robe bleue, celle de l'année dernière ! Lc bleu me met en valeur, oncle Colin me l'a dit. Et je porterai le collier de perles de ma mère !

Attendrie, Claire ouvrit l'armoire. Entre deux piles de

draps, elle aperçut le paquet de lettres que Jean lui avait remis. Elle n'avait pas eu le temps de les lire. Bertille qui était au courant demanda :

— Tu n'es pas curieuse. Moi, je les aurais déjà lues...

— Cela me gêne vis-à-vis de Basile ! Je les redonnerai à Jean.

— Si tu découvrais un secret, ce serait passionnant !

Claire secoua la tête en étalant sur le lit la fameuse robe bleue.

— Au travail, princesse ! Les ouvriers débauchent tôt, aujourd'hui, mais ils déjeunent au moulin. Je n'ai qu'une heure à te consacrer.

— Tu me descendras avant midi, Clairette, je t'en prie. J'aime bien être la première à table.

La jeune infirme baissa les yeux, songeuse. Claire feignait d'ignorer les petits changements survenus dans leurs habitudes. Quelques mois auparavant, Bertille n'appréciait guère de s'asseoir à la grande table de la salle commune. Le plus souvent, les deux filles mangeaient avec Hortense dans la cuisine familiale. Depuis l'arrivée de Guillaume Dancourt, il en allait autrement. Bertille tenait à partager le repas quotidien des ouvriers. Elle prenait même un verre de vin et du café. Tout prétexte lui était bon pour s'attarder au milieu de ces hommes dont les propos, parfois, faisaient froncer les sourcils du maître papetier.

Hortense à qui il s'était confié avait protesté :

« Que cherche-t-elle à la fin, Colin ? Après mes couches, j'y mettrai bon ordre. Tu peux me croire.

— La pauvre gosse ! avait-il répondu. Elle a besoin de s'amuser et de bavarder... Guillaume veille sur elle. Il réussit toujours à se retrouver à côté d'elle...

— Il se lassera de jouer les gardes-malades ! »

Ayant craché son venin, Hortense avait repris son tricot. Le sort de Bertille lui importait peu.

Frédéric Giraud se regardait dans la psyché qui trônait dans la chambre de sa mère. C'était le seul miroir où l'on pouvait se voir des pieds à la tête. Un rayon de soleil couchant le nimbait d'or rose. Pernelle qui l'avait aidé à enfiler sa redingote noire lui tapota l'épaule. Elle était prise d'une compassion toute maternelle.

— Vous êtes très élégant, monsieur. Madame Marianne aurait été fière de vous.

La domestique avait renoncé à quitter le jeune maître qu'elle avait vu grandir. La place était bonne, et Frédéric se montrait généreux. Il avait engagé son neveu aux écuries et sa nièce en cuisine. Ses « bessons », comme elle les appelait, lui tenaient compagnie le soir.

— J'ai meilleur teint, tu ne trouves pas ?

— Oh ! ça oui, monsieur...

Pernelle approuva avec un brave rire. Elle avait remarqué qu'il buvait beaucoup moins et qu'il prenait soin de son apparence. De toute son âme simple, elle pensait que la future maîtresse de Ponriant achèverait de rendre le jeune homme heureux. Claire Roy lui semblait une personne accomplie.

— Je parie que vous avez rendez-vous avec la demoiselle du moulin, hasarda-t-elle. Elle est bien jolie, votre fiancée !

Il ne daigna pas répondre. Il espérait voir Claire et danser avec elle, mais il n'était sûr de rien. Pourtant, saisi d'une brusque gaieté, il assura :

— Dans un an, à la même date, elle sera là, au domaine. La chambre de mère lui plaira sans doute !

Elle leva les bras au ciel.

— Elle serait bien difficile, sinon ! Avec toutes ces belles choses que vous avez achetées...

D'un regard, Pernelle fit le tour des rideaux neufs aux motifs colorés représentant des oiseaux inconnus en Charente et des fleurs exubérantes. Elle vit le secrétaire en marqueterie et la tapisserie damassée, d'un jaune pâle rehaussé d'arabesques dorées.

Frédéric mit ses gants et son chapeau. Sans un mot pour la domestique, il sortit de la pièce. Ce soir, il se déplaçait en tilbury[1]. C'était encore une acquisition à l'intention de Claire.

1. Voiture à cheval, légère et découverte, à deux places seulement.

Le bal avait lieu sur la place du village. Le cafetier avait dressé des tables de fortune – de longues planches disposées sur des tréteaux – que sa femme avait couvertes de nappes blanches. Trois rangées de lampions en papier coloré étaient suspendues aux branches des tilleuls. Sur une estrade, un orchestre jouait une polka. Les gens se pressaient, heureux, dans leurs habits du dimanche. L'air sentait le vin et le blé mûr. Le 14 Juillet célébrait la libération du peuple, mais, au cœur des campagnes, la fête était surtout l'occasion de se divertir, de guincher avant la fin des moissons.

Les jours précédents, la plupart des hommes avaient trimé dur sous le soleil, fauchant les tiges blondes dont la masse ondulante couvrait souvent des hectares de champs. La terre produisait bien sur les plateaux alentour, du côté de Ronsenac, de Torsac et de Villebois. Certains fermiers plantaient plus volontiers du maïs, mais le blé demeurait la promesse des beaux pains de froment à la mie blanche, à la croûte brune, dont les familles se régalaient.

Frédéric attacha sa jument près de l'église. C'était une bête docile qui ne broncherait pas. Il marcha sans hâte vers les danseurs qui virevoltaient en tapant des talons. Tout de suite, il reconnut Claire, moulée dans une robe rose dont le bas s'évasait en un froufrou de taffetas. Ses formes généreuses et appétissantes réjouissaient sûrement la plupart des hommes présents, car le tissu épousait chaque détail de son corps.

— Fichtre ! Elle n'avait qu'à venir nue, tant qu'à faire !

En face de la jeune fille, un grand gaillard brun frappait des mains. Il semblait un piètre partenaire, car il ne suivait pas la musique et bousculait ses voisins. Mais Claire riait aux éclats, repartait de plus belle dans la ronde, tournait sur elle-même. Un pincement de jalousie au cœur, Frédéric s'attabla à la terrasse du café et commanda du vin. Guillaume Dancourt vint le rejoindre aussitôt, un verre à la main.

— Mon cher Giraud ! Je croyais que tu ne viendrais plus ! Ta fiancée ne t'a pas attendu pour danser. Quelle fougue, cette fille !

— C'est ce que j'aime en elle…

— Eh bien, méfie-toi, car les rivaux ne manquent pas.

— Je n'ai aucun rival ! coupa le maître de Ponriant. Tu ne

sauras pas pourquoi, mon vieux Guillaume, mais Claire Roy m'appartient. Qu'elle profite du bal. Elle n'a que dix-sept ans !

Intrigué mais discret, Dancourt n'insista pas. Il ne quittait pas Bertille des yeux. Elle était assise à une table en compagnie de son oncle et du Follet, de l'autre côté de la piste de danse.

— En tout cas, tu n'as rien à craindre de moi ! murmura-t-il. Claire est une jolie fille, mais elle ne me plairait pas si j'abandonnais mes habitudes de célibataire.

Frédéric but un troisième verre. Il en avait besoin, car il comptait inviter Claire à la prochaine valse.

— Dans cette joyeuse assemblée, alors, qui choisirais-tu ? s'enquit-il.

— Je suis un orgueilleux, plaisanta Guillaume. Il me faudrait la plus belle, la plus éclatante... Bertille Roy ! Je n'ai jamais rencontré une fille aussi instruite ni aussi gracieuse ! Ta Claire la surnomme « princesse » et j'ai vite compris pourquoi. Nous discutons beaucoup, pendant les repas, au moulin...

— Elle !

Frédéric avait failli s'étrangler de surprise.

— Allons, Dancourt, tu te contenterais d'une moitié de femme... Le plus agréable, pourtant, se passe en dessous de la ceinture !

Il ricana avec l'envie d'être odieux. Jamais il n'avait pu voir la beauté de Bertille, parce qu'il ne pensait qu'à ce que cachaient ses jupes.

Choqué, Guillaume reprit, d'un ton dur :

— L'amour ne consiste pas qu'à satisfaire ses sens, Giraud ! Que fais-tu des sentiments, d'une entente harmonieuse ? Je ne connais pas Bertille depuis longtemps, une semaine environ, mais il me semble que je pourrais la contempler des années et la chérir. Telle qu'elle est ! J'ai même allumé un cierge à l'église, tout à l'heure, pour remercier Dieu de m'avoir guidé vers le moulin, d'avoir placé Bertille sur ma route.

— Pauvre fou ! Je suis amoureux de Claire, mais qu'elle se retrouve dans l'état de sa cousine, je n'en voudrais plus !

— Eh bien, dis-le-lui, persifla Guillaume. Peut-être bien qu'elle se dépêchera de se couper les jambes !

Dancourt se leva sans saluer son ancien camarade de lycée. Frédéric bondit de sa chaise.

— Qu'est-ce que tu insinues, espèce de crétin ! hurla-t-il. Claire va m'épouser et je lui ferai une flopée de gamins, moi !

La même fureur brouillait les idées des deux hommes. Ils s'empoignèrent par le col. Frédéric frappa le premier. Les convives assis près d'eux s'écartèrent en hâte.

Claire s'était arrêtée de danser. Jean se plaça derrière elle. Il dut faire un terrible effort pour ne pas la prendre par la taille.

— Mais qu'est-ce qui leur arrive ? chuchota-t-elle. Ils sont amis ! Tu as serré la main de Dancourt ; l'autre, c'est... Frédéric Giraud.

— Alors c'est lui, ton fiancé ? Très chic, le monsieur !

Il avait appuyé sur le dernier mot, plein de mépris. Assis sur un muret voisin, Basile regardait lui aussi la scène. De taille et de force égales, Frédéric et Guillaume luttaient en reculant vers l'église. Leurs chapeaux avaient volé par terre. Ils juraient tout bas, acharnés à se repousser, frappant au hasard.

— Arrêtez donc ! s'écria Colin qui accourait. On dirait des gosses dans une cour d'école. Vous faites peur aux dames !

Guillaume lâcha prise et suivit le papetier. La lèvre fendue, la cravate dénouée, Frédéric nettoyait sa redingote du revers de la main. Claire marcha droit sur lui.

— Vous aimez gâcher la joie des honnêtes gens, vous ! déclara-t-elle.

Douché par sa voix nette et sévère, il balbutia :

— Cet imbécile m'a mis en colère !

— Vous sentez le vin ! Ce n'est guère gentil pour moi de causer un scandale...

Claire continua son sermon. A quelques mètres, Basile retenait Jean par le bras.

— S'il la touche, je lui fais la peau ! menaçait le jeune homme.

— Ne sois pas stupide, petit, tiens-toi tranquille. Il s'est assez fait remarquer pour ce soir ! Ce genre de gars, je le compare à un greffon prélevé sur une souche pourrie. Il ne donnera jamais rien de bon ! Emmène Claire, Jean, emmène-la loin d'ici. Bon sang, j'ai réussi à mettre trois sous à la Caisse d'épargne ; je vous les donnerai. Prenez le large, le grand large...

Jean hocha la tête.

— T'inquiète... Elle me suivra !

Bertille couvait Guillaume de son regard limpide. Il s'essuyait la main droite, dont les jointures saignaient.

— Vous êtes impulsif, dites-moi ! murmura-t-elle. Moi qui vous croyais un bon ami de Frédéric Giraud.

— Nous étions dans la même classe, au lycée. Mais je n'ai jamais partagé ses idées et sa conduite ! Il m'a tenu des propos ignobles ! Comment votre cousine a-t-elle pu accepter ce mariage ?

Colin qui se tenait debout près de leur table préféra s'éloigner. Il redoutait plus que tout cette union arrangée.

Que cette brute avinée crève avant un an ! pensa-t-il.

Bertille hésitait à répondre. Elle choisit une demi-vérité :

— Ce serait compliqué de vous l'expliquer ce soir. Une autre fois ! J'aime beaucoup écouter la musique ou admirer les toilettes des autres filles ! J'ai appris à m'amuser d'un rien... Mais allez danser, vous ! Ce sera bientôt le quadrille des lanciers !

Il l'écoutait avec gravité ; une expression fervente l'embellissait. La jeune infirme se troubla sous ce regard masculin qui s'attachait au frémissement de ses lèvres et au moindre battement de ses cils blonds.

— Je me moque de danser, Bertille ! Je suis mieux auprès de vous.

Elle but une gorgée de cidre afin de retrouver son calme. Soudain, des larmes coulèrent de ses yeux contre son gré.

— Excusez-moi, Guillaume ! C'est plus fort que moi, je souffre trop d'être ainsi. Je voudrais valser, comme ma cousine, mettre de jolies chaussures qui claqueraient sur le parquet.

Il resta silencieux, touché au cœur. Elle avait posé son verre et cherchait un mouchoir dans son aumônière. Il prit ses mains dans les siennes et les emprisonna.

— Je vous en prie, ne pleurez plus ! Je suis là ce soir pour vous tenir compagnie ! Si vous étiez restée au moulin, j'y serais aussi, à lire un traité sur la fabrication de la colle, dans ma chambre.

Bertille éclata de rire, consolée par ces paroles qui la caressaient. Elle retira ses mains de celles de Guillaume.

— Claire nous regarde ! dit-elle pour se justifier.

C'était vrai. Claire ne savait plus où donner de la tête. Elle discutait encore avec Frédéric tout en surveillant du coin de l'œil soit Jean, soit Bertille. Elle craignait le chagrin de l'une et la jalousie de l'autre.

— Vous devriez rentrer chez vous ! lui conseilla Claire.

— Déjà ! répliqua-t-il. Non, accordez-moi une danse d'abord ! Je vous en prie, Claire, nous sommes fiancés. Où est votre bague ?

Elle recula, cherchant comment se sortir de ce guêpier. Frédéric voulut la saisir par le poignet, mais il n'effleura que sa hanche.

— Une danse, devant nos braves concitoyens ! insista-t-il. Où est votre bague, bon sang ?

— Elle a trop de valeur. Je l'ai confiée à ma mère. C'est d'accord pour la danse ! décida-t-elle. Essuyez ce sang sur votre menton, je reviens vite. J'ai laissé mon éventail sur le muret, là-bas ; on pourrait me le voler !

Preste, Claire se glissa entre les couples qui évoluaient au rythme lent d'une bourrée, un bras levé, un poing sur la hanche. Jean se rua à sa rencontre.

— Tu lui parles de bien près, à ce type ! marmonna-t-il.

— Mon Dieu, ne sois pas fâché ! Je tente de le calmer ! Ecoute, je lui ai promis une valse. Ensuite, il partira. Je voulais te prévenir, que tu ne te jettes pas sur lui ! Par pitié, n'approche pas !

Basile s'en mêla. Il glissa, à l'oreille de Jean :

— Laisse-la. Claire dresse les loups et les chevaux. Ce bellâtre ne lui fera aucun mal. N'attire pas l'attention, mon garçon ! Viens donc, allons causer avec Bertille.

Le violoniste jouait les premiers accords du « Beau Danube bleu ». Claire courut presque vers Frédéric. Il actionnait la pompe en fonte, s'aspergeant la figure d'eau fraîche.

— Vite ! lui cria-t-elle. J'aime tant ce morceau !

Il la prit par la taille et leurs mains se lièrent. Frédéric savourait le contact du tissu que la chair de Claire avait tiédi. Il dut se contrôler pour ne pas la serrer contre lui. Ils commencèrent à valser.

— Je ne vous ai jamais vue de si près ! chuchota-t-il en frôlant sa joue de sa moustache. Vous êtes ravissante...

Il fixa un grain de beauté sur son menton et le dessin de ses sourcils, celui de sa bouche. Claire subissait cet examen comme un supplice. Raidie par l'embarras et l'appréhension, elle n'était pas une cavalière agréable. Il ne fut pas dupe.

— Vous me maudissez, n'est-ce pas ? Je ne vous inspire même pas un peu d'affection ou de sympathie ! Pourtant, je ne patienterai pas jusqu'à l'année prochaine. Vous me rendez fou, Claire.

Il serra si fort ses doigts qu'elle grimaça de douleur.

— Pardon ! dit-il en guise d'excuse. Je ne suis qu'une brute !

Soudain, il s'écarta d'elle et quitta le bal sans même la saluer. Aussi soulagée que stupéfaite, la jeune fille le suivit des yeux. Elle ne respira à son aise qu'en voyant la voiture flambant neuve s'éloigner sur le chemin. Frédéric avait lancé la jument au galop.

Tremblante de nervosité, Claire rejoignit la table où l'attendaient Jean et Basile, de même que Bertille et Guillaume. Elle eut le sentiment d'être à la croisée de deux univers contraires, l'un sombre et violent – Ponriant, cet homme de colère et de douleur qui s'enfonçait dans la nuit –, l'autre à l'image des lampions colorés, dont la luminosité charmante se reflétait sur les visages aimés : son vieil ami, sa cousine de miel et d'or et Jean son bien-aimé.

Je veux rester avec eux ! Elle se sentait oppressée.

Basile lui avança une chaise. Il lui prit le bras gentiment.

— Tu es toute pâle, petiote ! Bois un coup, tu te sentiras mieux.

Assis en face d'elle, Jean retint un grand sourire rassuré. Ce soir, il rêvait de passer sa vie entre Puymoyen et le moulin et de protéger Claire. Son cœur perdait le goût de la haine et de la peur.

— On est bien, tous ensemble ! murmura-t-il.

Bertille lui jeta un coup d'œil amical. Depuis qu'elle avait fait sa connaissance, elle comprenait Claire. Jean était digne des héros de leurs romans préférés : séduisant et attendrissant.

Colin et le Follet vinrent demander une place à la table. Le papetier posa un regard inquisiteur sur le bagnard. Basile se hâta de faire les présentations.

— Maître Roy, c'est mon neveu, Jean Drujon ! Je l'ai invité à se mettre au vert jusqu'en septembre. Il doit embarquer à Bordeaux, la marine nationale...

L'ancien instituteur travestissait la vérité. Colin serra la main de Jean. Il vit aussitôt la cicatrice au-dessus du poignet, encore un peu gonflée et rosâtre. Un de ses ouvriers portait la même, à cet endroit-là précisément : Miton, un individu dont il se méfiait. Le papetier savait qu'il s'agissait d'un ancien colon de La Couronne qui avait purgé sa peine. Son sens de la justice l'avait poussé à l'embaucher. Ces gars méritaient comme les autres de travailler, selon lui.

Jean avait suivi son regard. Il déclara, d'une voix dure :

— Une sale morsure de chien, monsieur !

— Ah ! fit Colin, gêné. Eh bien, nous allons rentrer, les filles !

Bertille baissa le nez, déçue. Guillaume eut un soupir de dépit. Claire se leva sans un mot et alla chercher la calèche. Elle conduisit Roquette jusqu'à leur table en contournant le bal. Il y avait toujours foule sous les arbres et les gens s'écartaient à peine devant l'attelage.

Dès qu'il vit approcher la voiture, Guillaume se leva.

— Venez, Bertille. Accrochez-vous à mon cou.

Il la souleva sans effort. Elle eut un instant de surprise. La jeune infirme se retrouva plaquée comme une enfant contre le corps de Dancourt. Elle dut nouer ses bras derrière sa nuque. Il marchait avec précaution.

— Les princesses ont droit à tous les égards ! chuchota-t-il à son oreille.

Elle eut envie de l'embrasser sur les lèvres. Son cœur tout neuf battait à se rompre.

Claire était couchée contre Jean. Ils étaient nus et tranquilles dans leur refuge de la Grotte aux fées.

— Déjà le 16 août ! dit-elle. Quand partons-nous ?

— Le 2 septembre, nous devons être à Bordeaux. Il faudra prendre le train à Angoulême.

La jeune fille respira plus vite. Elle venait de passer un mois en compagnie de Jean, dans le cercle magique de leur amour.

Il lui semblait impossible de le quitter. Elle avait pris la décision de le suivre. Basile leur prêtait de l'argent. Ils avaient promis de le lui rembourser. Ainsi, elle échappait définitivement à Frédéric.

— N'aie pas peur, nous serons ensemble, jour et nuit. Je travaillerai dur. Tu ne manqueras de rien. Et puis la police ne peut plus rien contre moi, grâce à Basile…

Claire se tourna et l'embrassa au coin des lèvres. Elle dit en riant :

— Eh oui, monsieur Jean Drujon !

— Nous ne resterons pas longtemps à La Rochelle, promit-il. Nous irons à Paris ensuite. C'est si grand, il paraît, que nous serons comme deux aiguilles dans une meule de foin !

Ils avaient renoncé à s'exiler en Amérique. Le voyage coûtait trop cher. Basile pensait qu'ils pouvaient sans risque rester en France. L'ancien instituteur avait des relations singulières. Grâce à un ami dont il ne révéla pas le nom, il avait pu fournir à Jean un passeport l'identifiant comme son neveu. Le jeune homme pouvait prouver à quiconque qu'il s'appelait Jean Drujon. Des cheveux bruns ondulaient autour de son front et un bracelet en cuir cachait la cicatrice de son bras. Personne ne soupçonnerait, en le croisant, qu'il avait passé enfance et adolescence dans un bagne.

— Et Bertille ? demanda Jean. Elle n'est pas fâchée que tu partes ?

— Oh ! s'écria Claire en s'asseyant. Ma cousine vit sur un nuage. Guillaume lui fait la cour, et il s'occupe d'elle dès qu'il a un moment libre. J'ai essayé de la mettre en garde contre lui, car il s'en ira bientôt, mais elle ne m'écoute pas. Il ne comprend pas combien elle va souffrir à cause de lui.

Jean n'avait pas envie d'en parler davantage. Il chercha les lèvres de Claire, tout en effleurant la pointe de ses seins.

— Ma belle… tu seras toute à moi bientôt !

Elle aperçut son sexe dressé et bondit vite sur ses jambes.

— Non, je dois rentrer ! Habillons-nous. Je suis en retard.

Les absences répétées de Claire inquiétaient Colin. Il s'était aperçu que sa fille désertait la maison un soir sur deux et que tous les jours elle devait se rendre au bourg ou chez Basile. Il n'osait pas l'interroger, plein de remords et de gratitude, puisqu'elle s'était sacrifiée pour lui.

Il faut croire qu'elle aime bien Frédéric, se disait-il.

Il s'imaginait qu'elle lui rendait visite.

Cependant, depuis qu'il avait vu Claire danser avec Jean, le soir du 14 Juillet, des craintes le tourmentaient. Ce garçon surgi on ne sait d'où était beau. Il avait du charme. Mais d'où sortait-il... Le maître papetier, heureusement, n'avait pas le loisir de chercher une réponse aux questions qu'il se posait. Ses affaires reprenaient. Les commandes affluaient ; il travaillait de l'aube à la nuit noire et se couchait épuisé.

— A demain, mon amour ! chuchota Claire en enlaçant le jeune homme.

Il la pressa contre lui. Elle sentit qu'il la désirait encore. Ce fut comme un appel dévastateur auquel il fallait donner suite. Leurs corps s'accordaient si bien. Ils passaient plus d'heures à faire l'amour qu'à discuter. Cet attrait irrésistible, les instants d'extase qu'ils partageaient, hagards, émerveillés, avaient poussé Claire à fuir la vallée. Jamais elle ne supporterait d'épouser Frédéric, parce que cela l'obligerait à trahir Jean, à se coucher dans le lit d'un homme sans l'aimer. Cette idée rendait son amant à demi fou de rage.

« Tu dois venir avec moi ! répétait-il. Comment pourrais-je respirer, dis, si je sais qu'il te touche, qu'il te possède ? »

Claire ressentait le même effroi. Jean avait été le premier et elle le considérait comme son mari.

« Je te dois fidélité », lui disait-elle souvent.

Au fil des jours, dont chaque heure passée ensemble comptait double, même triple, il lui avait paru impossible de tenir sa promesse et de lier sa vie à Frédéric. La jeune fille se tourmentait beaucoup pour sa cousine et pour sa mère, mais Basile avait su trouver les mots.

« Elles n'ont pas besoin de toi à ce point, Claire ! Bertille est assez intelligente pour te laisser libre, et elle t'aime. Quant à Hortense, elle sait élever un enfant, non ? Tu en es la preuve ! Frédéric ne peut plus nuire à ton père puisque la reconnaissance de dette a brûlé ! Le bonheur est rare, sur cette terre, petiote. Ne gâche pas le tien... »

Depuis, Claire ne tenait plus en place. Elle rêvait de Paris, d'un petit logement où elle et Jean s'aimeraient en paix.

— Jean, non... Jean...

Il retroussait sa jupe en dégrafant son pantalon. Une rafale de vent, suivie d'un coup de tonnerre, les figea quelques secondes. L'air sentait la pluie. Sur le chemin bordant la rivière, ils virent un homme qui pédalait comme un fou sur une bicyclette.

— Mais c'est Guillaume Dancourt ! bredouilla Claire. Il a ramené cet engin de la ville. Je l'ai essayé ; ce n'est pas si facile.

Des nuages d'un gris intense cachèrent le soleil. Soudain angoissée, la jeune fille repoussa Jean.

— Il ne va pas si vite, d'habitude. Peut-être qu'il se passe quelque chose au moulin ! Rentre vite chez Basile ! Je prends le raccourci.

Jean l'embrassa sur la joue. Il n'était pas pressé, lui, et il la regarda courir sur la pente. Le vent soufflait plus fort, et des gouttes de pluie marquaient les pierres grises alentour de taches rondes, plus sombres. Il se roula une cigarette et l'alluma.

Claire entra haletante dans la cuisine. Etiennette activait le feu sous un gros chaudron rempli d'eau.

— Mam'selle ! Vot' mère est dans les douleurs ! Maître Roy vient de monter !

— Le bébé arrive ? cria Claire. C'est trop tôt ! Où est Bertille ?

— Dans sa chambre, là où vous l'avez laissée tantôt.

Un gémissement rauque résonna à l'étage. Claire monta les marches quatre à quatre, ses jupes relevées. Au moment de pousser la porte restée entrouverte, la jeune fille hésita. Elle n'avait jamais assisté à un accouchement. Son père l'avait entendue et il l'appela :

— Entre donc, Claire ! Où étais-tu encore ?

Elle avança vers le lit. Hortense grimaçait affreusement, les mains crispées sur le repli du drap. Son dos se cambrait, si bien que le ventre devenu énorme soulevait l'édredon.

— Maman, tu as mal ? bredouilla-t-elle.

Sa mère gardait les yeux fermés et secouait la tête. Claire voulut lui caresser le front, mais Colin l'en empêcha.

— Laisse-la, elle souffre le martyre ! Depuis deux heures déjà... J'ai dû envoyer Dancourt chercher la sage-femme.

— Mais il aurait dû prendre la calèche ! Comment va-t-il la ramener ? A bicyclette ?

Le maître papetier dévisagea sa fille d'un air froid.

— Alors tu l'as croisé... sur le chemin... Où étais-tu ? Pas chez Basile en tout cas. Le Follet est allé là-bas et il n'y avait personne...

— Je me promenais ! murmura Claire, les joues rouges d'embarras. Et j'ai vu Guillaume de loin. Que puis-je faire, papa ?

Un hurlement les fit taire. Hortense se tordait de douleur, les traits convulsés. Elle réussit à dire, d'une voix méconnaissable :

— Claire, je t'en prie, trouve le docteur Mercier ! Vite, ma fille ! J'ai trop mal, ce n'est pas bon signe. Pour toi, je n'avais pas des douleurs pareilles ; ça me déchire le ventre...

Affolée, Claire sortit. Elle faillit tomber en traversant la cuisine, car son chien se jeta dans ses jambes. Il avait encore une fois brisé sa chaîne. Elle décida de l'emmener.

— Viens, Sauvageon, viens...

Etiennette ne broncha pas, pétrifiée devant la cuisinière en fonte noire qui avait fait l'orgueil d'Hortense Roy, alors jeune mariée. La servante se gratta le menton. A l'étage, les cris ne cessaient plus.

Claire se rua dans l'écurie et détacha sa jument. Celle-ci n'était pas sellée, mais il lui était arrivé, par jeu, de monter Roquette à cru. Elle lui passa un filet et jeta les rênes sur l'encolure. Sa jupe la gênait ; elle la retroussa, dévoilant ses jambes gainées de soie grise. C'était le dernier de ses soucis. Seul comptait le sort de sa mère.

Elle poussa aussitôt l'animal au galop. Sauvageon, d'abord surpris, se mit à courir près du cheval. La jeune fille déboula dans Puymoyen sous une averse de grêle. Le village semblait désert, mais l'épicière se tenait sur le seuil de sa boutique, guettant les caprices du ciel.

— Madame Rigordin ! Je dois trouver le docteur ! Vite ! Maman accouche et elle a très mal !

— Eh, ça ne fait jamais de bien, ce travail-là... Je crois que le docteur est monté à la ferme des Braud, à Vœuil !

— Oh ! non ! cria Claire, affolée.

Elle était trempée et son linge collait à sa peau. L'épicière lança un coup d'œil méfiant à Sauvageon.

— Je l'avais jamais vu, ton chien ! Il n'a pas l'air commode, dis donc !

Claire ne daigna pas répondre. Elle donna des petits coups de talon dans les flancs de Roquette et s'engagea au trot sur le chemin qui conduisait à Vœuil.

Guillaume a dû trouver la sage-femme, lui ! Elle va soulager maman ! Quand je rentrerai au moulin, le bébé sera là, avec un peu de chance...

Elle remit sa jument au galop dans l'espoir de trouver le médecin le plus rapidement possible. Le visage blême de sa mère l'obsédait, ses gémissements aussi.

Pourquoi les femmes sont-elles obligées de souffrir autant ? se demanda-t-elle, malade d'appréhension.

Contre son gré, Claire pensa à Catherine, morte d'une fausse couche. Puis elle se souvint d'une de ses chèvres, au poil laineux d'un blanc de neige, qui était morte en mettant au monde un chevreau. La malheureuse bête avait perdu beaucoup de sang.

Pauvre maman ! Elle le voulait tant, ce petit !

D'une foi assez tiède depuis qu'elle subissait l'influence de Basile, Claire se tourna brusquement vers Dieu. Dans son enfance, elle priait avec ferveur, encouragée par sa mère.

Mon Dieu, aidez-nous, Sainte Vierge, aidez maman...

Roquette n'était pas accoutumée à mener un tel train d'enfer. Bien avant Vœuil, la jument ralentit, soufflant fort. Claire dut la ménager. La chance lui sourit. Elle aperçut en haut d'une colline les bâtiments d'une ferme et, dans la cour, l'élégant tilbury du docteur auquel était attelé un cheval gris bien connu dans le pays.

— Il est encore là ! Allez, ma Roquette, du nerf ! Sauvageon, sage !

Le chien-loup venait de sentir l'odeur forte des moutons parqués dans un pré en pente.

— Sage ! Ce n'est pas le moment de me causer des ennuis.

Cinq minutes plus tard, Claire se laissait glisser au sol. La pluie avait cessé, mais la jeune fille avait une drôle d'allure, échevelée, sa robe maculée de boue. Lorsque le médecin la vit entrer, il comprit.

— Qu'est-ce qui se passe, Claire ? C'est ta mère… l'enfant ?

— Oui ! bredouilla-t-elle. Elle vous réclame. Elle dit que ce n'est pas normal, ses douleurs ! Elles sont trop fortes…

Le docteur Mercier se lavait les mains dans un seau d'eau. Il les essuya sous le regard résigné d'un vieil homme dont l'épouse venait de mourir. Claire ne connaissait pas la famille Braud et bredouilla quelques excuses pour le dérangement.

— Vous allez au moulin à présent ? dit-elle en tremblant.

— Oui, bien sûr ! Passe devant, Claire. Avec un peu de chance, le bébé sera né sans dommage. Chauffe bien la maison ; il vient en avance, ce marmot.

Un autre jour, le terme aurait déplu à la jeune fille. Elle n'y fit pas attention et repartit. Roquette refusa de galoper et le docteur ne tarda pas à la doubler.

« Ta jument se fait vieille, lui cria-t-il. Monte donc avec moi, elle rentrera à l'écurie toute seule. »

Claire accepta. Elle retira le filet de Roquette et grimpa sur le siège en cuir fin, à côté du docteur Mercier. La capote en cuir noir était relevée. Les roues cerclées de cuivre tournaient sans bruit. Ils firent la moitié du trajet en silence, mais, avant de traverser Puymoyen, le médecin lança, d'un ton neutre :

— Est-ce vrai, cette histoire ? Il paraît que tu es fiancée au fils Giraud ? A quand la noce ?

— L'été prochain, répondit Claire. Rien ne presse.

— Tu vas devenir une vraie dame, la maîtresse de Ponriant ! Il faudra m'inviter à dîner.

— Oui, avec plaisir !

Intérieurement, elle faisait une autre réponse : « Jamais, jamais, je ne serai la femme de Frédéric. Il n'y aura pas de dîner avec vous, jamais ! »

Ils s'engagèrent enfin sur le chemin du moulin. Sauvageon ne s'était pas laissé distancer par le tilbury. Devant la maison de Basile, le chien s'arrêta. Jean se tenait à la fenêtre et l'avait appelé.

— Gardez-le ! cria-t-elle. Maman accouche. Il me gênerait !

Elle avait pu ainsi prévenir les deux hommes. Le docteur fit remarquer :

— Le neveu du vieux Basile, sa tête me dit quelque chose ! Je l'ai déjà vu, ce gars-là, mais où...

Les yeux de Claire parcoururent Mercier des pieds au chapeau. Elle avait l'impression de se découvrir un ennemi potentiel. Robuste, râblé, le docteur restait célibataire à quarante ans bien sonnés. Il habitait une belle maison à l'écart du bourg et ne fréquentait que la bonne société angoumoisine.

— Dépêchons-nous ! coupa-t-elle. Ah, je vois la bicyclette de Guillaume ! La sage-femme est sûrement là. Je suis partie il y a bien plus d'une heure ; le bébé a pu sortir.

— C'est plus long que ça, Claire, à l'âge de ta mère ! intervint le médecin.

Il lui confia les rênes de la voiture et courut presque jusqu'à la porte. Elle attacha le cheval au mur de l'écurie, qui possédait trois anneaux scellés entre les pierres. Guillaume se précipita vers elle.

— Ah, vous ramenez le docteur ! J'entends crier de la cour, quelle horreur ! Et Bertille qui est seule là-haut. Je n'ose pas monter dans sa chambre et...

— En effet, ce serait inconvenant ! trancha la jeune fille. Retournez travailler, plutôt !

— Votre père a renvoyé les ouvriers chez eux ! Je ne peux pas travailler seul. Les formes sont empilées. On a éteint le feu sous les cuves.

Exaspérée et de plus en plus inquiète, Claire se mit en colère contre cet homme maniéré dont elle se méfiait.

— Dans ce cas, rétorqua-t-elle sèchement, montez chez vous et prenez un livre ! Vous n'êtes pas de la famille ! Vu les circonstances, je vous conseille de nous laisser en paix. Bertille ne risque rien, et elle a vécu des années sans vous. Alors un jour de plus ou de moins, quelle importance ! Vous la verrez demain.

Guillaume écarquilla les yeux. Ahuri, il risqua :

— Vous devez être à bout, Claire, mais j'aimerais vous dire que j'en ai assez de vos regards méprisants et de vos remarques désagréables. Je ne veux que le bien de votre cousine !

Un hurlement épouvantable leur parvint. Claire n'avait plus qu'une idée, se débarrasser de Dancourt. Elle le toisa et chuchota :

— Pourtant, vous lui faites du mal ! Elle est très flattée de vos attentions et de votre gentillesse. Elle oublie son infirmité ! Quand vous allez partir, en octobre, elle sera désespérée ! Je n'ose pas lui en parler. Je voudrais la prévenir. Je n'ai pas pu, car elle est trop gaie pour m'écouter.

Claire recula et tourna les talons. Guillaume s'écria, sans la suivre :

— Je l'aime ! Oui, j'aime Bertille et je l'épouserai ! Avec tout votre argent, aucun de vous n'a pensé à lui acheter une chaise roulante ! J'en ai commandé une à Angoulême, moi.

Ces mots lancés comme des boulets de canon atteignirent Claire en plein cœur. Mais elle ne ralentit pas. Dans la cuisine, Etiennette surveillait l'eau agitée de bouillonnements. La servante croquait une pomme, l'air morose.

— Imbécile ! lui lança Claire. Tu veux le cuire, le bébé ! Va chercher de l'eau froide aussi. Les seaux sont vides !

La servante monta à l'étage. La sage-femme quittait la chambre, la mine défaite.

— Ah, ma pauvre Claire ! L'enfant est trop gros et ta mère souffre à en crever. Le docteur lui donne du laudanum. Une fois calmée, peut-être qu'elle pourra pousser. Aussi, c'est sa faute, à Mercier. Il lui a recommandé du repos et elle est restée couchée des mois. Il aurait fallu qu'elle marche, qu'elle bouge. Tout ce qu'elle mangeait a profité au bébé...

— Je peux entrer ? interrogea Claire d'une petite voix.

— Pas maintenant, va ! Je descends boire une goutte, j'en ai besoin, répliqua la sage-femme.

La jeune fille hocha la tête. Elle rejoignit Bertille, assise contre le bois du lit. Sa cousine sanglotait, un mouchoir à la main.

— Je n'en peux plus, Clairette ! Tante Hortense n'arrête pas de gémir et de hurler... Pourquoi a-t-elle aussi mal ? Ton père pleurait sur le palier, tout à l'heure, et moi je ne pouvais pas aller le consoler ! Je l'ai appelé. Il n'a pas répondu ! Personne n'est venu me chercher, me donner des nouvelles ! Et toi, où étais-tu ? Je meurs de faim et de soif !

Le corps de Bertille était secoué de sanglots. Elle n'était pas coiffée et ne portait qu'une chemise de fine batiste. Claire lui jeta une robe.

— Calme-toi et arrange-toi un peu, princesse ! Je vais te descendre à la cuisine ; tu auras de la compagnie. Etiennette se morfond, et la sage-femme doit vider la bouteille d'eau-de-vie. J'irai dire à Guillaume de venir te voir, de dîner avec toi. Je t'apprends une chose qui va te consoler. Il veut t'épouser !

Stupéfaite, Bertille cessa de se brosser les cheveux. Claire se changeait sans prendre garde aux vêtements qu'elle enfilait.

— Il te l'a dit ? interrogea sa cousine. Il veut m'épouser ! Oh, quel bonheur ! Claire, aide-moi, je suis si contente ! Tu n'auras plus à te faire du souci si je me marie... Tu partiras tranquille, avec ton Jean !

Claire se figea une seconde. Elle n'avait pas pensé à ça.

— Maman, on ne l'entend plus ! Mon Dieu ! Je vais voir...

La jeune fille frappa deux petits coups discrets à la porte. Colin n'ouvrit le battant qu'à demi pour barrer le passage.

— Le laudanum agit, elle est plus calme ! dit-il tout bas. Va donc préparer un bon bouillon. Ta mère en aura besoin. Le docteur l'ausculte. Laisse-les seuls.

— Papa, je voudrais la voir !

— Non, Claire, pas encore.

Colin referma la porte et appuya son front contre le bois. Il n'en pouvait plus. Hortense vivait un calvaire et il était incapable de la soulager. La vision des draps souillés de sanies lui donnait la nausée. Mercier recouvrit sa patiente et s'approcha du papetier.

— Maître Roy, je suis désolé. Le bébé se présente mal et il est énorme ! Ce genre de cas n'est pas fréquent, heureusement, mais je ne peux pas sauver les deux. Si je sors l'enfant, cela tuera votre femme, qui a déjà perdu beaucoup de sang. Et pour la tirer d'affaire, elle, je dois découper le petit dans son ventre. Il se peut qu'il soit mort étouffé, car je ne perçois plus le cœur...

Le médecin rangea sur la table de chevet le cornet en métal qui l'aidait à écouter le rythme cardiaque du bébé. Hortense poussa un cri déchirant :

— Non ! Ne faites pas ça, docteur ! Mon fils va vivre ! Colin, viens…

Il obéit, hébété par ce qu'il avait entendu et qu'il refusait d'admettre. Hortense lui saisit la main et l'obligea à s'asseoir sur le lit.

— Mon Colin ! Sauve notre enfant ! J'ai péché tant de fois…

Il dut poser son oreille sur sa bouche pour écouter la suite, car elle n'avait plus aucune force.

— Oui, j'ai péché par la chair et je suis punie par la chair ! J'avais un si grand bonheur, la nuit, dans tes bras. Je m'en languissais toute la journée. Cela me faisait honte. Je n'ai plus envie de continuer, Colin, mais notre fils, il n'est pas coupable, lui. Ce sera le maître du moulin, et il te succédera, Colin. Ce moulin, il appartient à ma famille depuis des générations, depuis ce berger si laid qu'une belle fille a aimé ! Moi aussi j'étais laide, mais tu m'as chérie, tu ne m'as jamais reniée. Dieu me rappelle parce que j'ai péché…

Le médecin s'était reculé, par discrétion. Ce qui l'attendait lui donnait des frissons. En quinze ans d'exercice de la médecine, le cas ne s'était pas présenté. Pendant ses études, il avait entendu des récits sanglants sur ces bébés que l'on sort du corps de la mère en morceaux, une jambe, la tête, un bras. C'était une vraie boucherie et il implora la Providence de lui épargner ça.

Colin sanglotait. Hortense lui disait adieu. C'était intolérable.

— Ma femme, tu ne vas pas me laisser !

Il se redressa brusquement pour la regarder. Les cheveux défaits, le teint transparent, Hortense avait un étrange sourire résigné. Ce nez fort qui la déparait, ce menton un peu lourd, il les connaissait par cœur comme ces longues cuisses satinées qu'il baisait du pli de l'aine au genou, comme les beaux seins fermes et le ventre doux, lieu de délices.

— Moi, je t'ai toujours trouvée belle, ma femme ! Et maintenant aussi, tu es belle… Je veux te voir encore dans la cuisine, avec ta coiffe blanche, ton tablier de satin vert. Tu entends, Hortense ? Tu vas rester avec nous ! D'abord, le docteur pense que le petit est déjà mort, privé d'air. Alors...

Elle ouvrit grand les yeux et le fixa avec une intensité effrayante.

— Ce serait un terrible péché de tuer un innocent ! Dieu exige de sauver l'enfant, le curé me l'a dit. Oh, j'ai mal, ça revient, j'ai mal...

Mercier se rua vers le lit. Il eut un geste d'interrogation adressé à Colin.

— Alors ? Le temps presse !

Hortense parvint à soulever ses épaules. L'autorité tragique qui émanait d'elle impressionna les deux hommes.

— Je me moque de mourir ! Sauvez mon fils ! Envoyez la servante chercher le père Jacques. Il baptisera le petit. Matthieu, il faut le nommer Matthieu ! Moi, je me suis confessée à Dieu. Tous ces mois, je lui ai parlé.

Elle retomba sur le lit en geignant. La douleur la terrassait. Tout son corps forçait pour expulser l'enfant, mais les os, les muscles, les chairs refusaient d'accomplir leur rude labeur d'écartèlement.

— J'ai besoin de la sage-femme ! fit Mercier sourdement. Je vais vous redonner du laudanum, madame Roy. Vous souffrirez moins.

Colin se mit à prier, en emprisonnant la main droite de son épouse entre les siennes, calleuses et chaudes.

— Ma chère petite Hortense, comme tu me manqueras ! bredouilla-t-il. C'est ta volonté, je la respecte, mais tu me brises le cœur...

Elle avait avalé le laudanum avec avidité. Ses paupières tremblèrent et se fermèrent. Sa respiration, jusque-là saccadée, s'apaisa. Debout entre ses cuisses, Mercier appuyait de toute sa rage sur le ventre distendu. Il prit dans sa mallette un bistouri et une pince. Colin tourna la tête, épouvanté, et sortit en courant.

9

Matthieu

Claire avait jeté dans une marmite des blancs de poireaux, une carotte, un oignon et du thym. Elle bourrait de bûches la cuisinière, si bien qu'il faisait une chaleur étouffante dans la pièce.

— J'ajoute du lard maigre, ce sera meilleur !

La jeune fille tremblait de tout son corps. Ses doigts la trahissaient. Elle avait renversé une carafe de vin et s'était brûlée à la fonte.

— Maman ne crie plus ! Pourquoi ?

Au même instant, Colin appela du palier :

— Madame Colette, montez vite !

Claire eut du mal à reconnaître la voix de son père, rauque et tremblotante. La sage-femme bondit de sa chaise.

— Le petit doit se présenter, les filles. Remplissez la bassine d'eau chaude, préparez des linges.

Etiennette poussa un soupir. Bertille, installée dans son fauteuil en osier près de la table, jeta un coup d'œil anxieux à Guillaume, plus pâle qu'elle.

— Je plains ma tante ! s'écria la jeune infirme. Elle souffre beaucoup, depuis des heures.

— Un jour, j'étais chez une de mes sœurs, quand elle a été prise des douleurs de l'accouchement ! expliqua-t-il. Cela a duré, duré. Je n'osais pas m'enfuir ; de quoi aurais-je eu l'air… Mais j'ai décidé, si je me mariais, d'éviter cette épreuve à ma future femme.

Claire haussa les épaules. A son avis, Dancourt disait des inepties pour plaire à sa cousine.

— Et comment ferez-vous ? demanda-t-elle. A ma connaissance, les enfants viennent à leur idée dès qu'un couple se marie, justement !

Guillaume garda le silence. Claire dardait sur lui un regard plein de colère. Plus les jours passaient, plus ce personnage l'agaçait. Il imitait Colin Roy, attachant ses cheveux châtains sur la nuque ; il s'était même acheté le même tablier en lin bleu. Les manches de sa chemise retroussées sur des bras solides, il jouait les ouvriers sérieux, mais il avait tendance à donner des ordres et à diriger certaines opérations.

Bertille sourit, adorable.

— C'est une belle preuve d'amour d'épargner à son épouse des douleurs atroces. Moi, bien sûr, cela ne me préoccupe pas. Je n'aurai pas d'enfants, vu mon état.

Les deux cousines se défièrent du regard. Claire regrettait ce fossé qui se creusait entre elles. Sa blonde princesse changeait. Toujours élégante lorsqu'elle se trouvait au rez-de-chaussée ou dans la salle commune, toujours bavarde et rieuse. Sévère à l'égard de la servante, hautaine quand les ouvriers la saluaient.

Guillaume lui baisa la main discrètement. Etiennette étouffa un rire, mais Claire ne put se contenir.

— Je vous ai vus, et c'est ridicule ! Je me demande ce que vous espérez, Guillaume !

Un râle d'agonie retentit juste au-dessus d'eux. Un cri de bête que l'on achève. Ils en eurent tous la chair de poule. Dans la cour, Sauvageon répondit par un long hurlement, une clameur sourde dont les notes montaient peu à peu pour se terminer en un chant sinistre.

— Y a un loup dehors ! cria Etiennette. Malheur, en plein été !

— Mais non, c'est le chien ! dit Claire, qui n'osait plus bouger.

Aucun être humain ne pouvait produire un son aussi affreux sans mourir dans la seconde. Elle guettait des éclats de voix, des sanglots. Seul s'éleva un miaulement aigu, des vagissements plaintifs.

— Mon Dieu !

La supplique venait de Dancourt qui retenait son souffle.

Bertille se rejeta en arrière, livide. Elle pleurait sans bruit :

— Claire, monte donc ! Il est arrivé un malheur !

La jeune fille fit non d'un geste. Elle voulait espérer encore. La sage-femme commença à descendre les marches, très lentement. Ils la virent apparaître, un paquet de tissus contre la poitrine. Une boule rose en émergeait, et une main minuscule.

— C'est un garçon. Il pèse au moins huit livres ! déclara-t-elle d'un air triste. Mais la pauvre madame Roy, elle a fini de souffrir. Elle a supplié le docteur de sauver l'enfant. Elle vient de passer.

Etiennette se signa. Bertille aussi. Guillaume baissa la tête, accablé.

— Non ! hurla Claire. Non, ce n'est pas possible !

Elle s'élança dans l'escalier et entra dans la chambre. Son père était assis sur une chaise près du lit. Hortense gisait, le drap remonté sur son corps. Une odeur forte et désagréable emplissait l'air chaud, celle du sang. Le médecin se lavait les mains dans la cuvette en porcelaine.

Comme chez les Braud ! pensa Claire. Il termine sa sale besogne et s'en lave les mains. Oh, l'eau est rouge…

— Pourquoi ! gémit-elle en sanglotant. Je ne lui ai pas dit adieu, je ne l'ai pas embrassée.

— Viens ! lui dit Colin. Tu peux le faire maintenant. Elle est si calme, tu as vu ? C'était sa volonté, Clairette ! Ce fils qu'elle désirait tant, il vit… Huit livres [1] ! Que veux-tu, elle n'a pas pu aller au bout !

Mercier leur présenta ses condoléances, le chapeau à la main.

— Je vais prévenir le curé. Qu'il sonne le glas !

Le médecin quitta la pièce. Claire s'agenouilla, la joue sur la main de sa mère. La peau gardait une tiédeur trompeuse.

— Ma pauvre maman ! Comme elle nous a quittés vite ! Ce matin, elle cousait des rubans sur les brassières en coton, et elle a mangé de si bon appétit !

1. Plus précisément : 3,6 kg.

Colin caressa les cheveux de sa fille. Il dit d'une voix bizarre :

— Je voudrais la veiller, ma petite ! Seul. Tu dois t'occuper de ton frère. Il s'appelle Matthieu. Ta mère a choisi ce prénom. Madame Colette te donnera des conseils.

Frappée de stupeur, Claire déposa un baiser sur le front de sa mère. Enfin, elle recula vers la porte et redescendit. Le bébé criait.

La sage-femme le lavait. C'était un gros poupon ridé, le crâne couvert d'un duvet brun. Il était rouge brique et avait les yeux mi-clos.

— On dit de ces gosses qui ont pris la vie de leur mère qu'ils sont mal aimés du bon Dieu ! prononça-t-elle à voix basse. Je n'y crois pas. Il n'a rien demandé, lui, cet innocent.

Bertille fixait l'enfant d'un œil curieux. Etiennette riait sottement, car le pénis du nouveau-né l'amusait. Le bébé fut enfin nettoyé du sang qui le recouvrait et des glaires bleuâtres. Devant l'eau teintée de rouge, Claire crut devenir folle. Elle avait envie de mettre tout le monde dehors ou de s'enfuir.

— Dis donc, Claire, conseilla madame Colette. Il faudra le nourrir au lait de chèvre, ton frère... Tu as bien des biques ?

— Oui, mais je comptais les emmener au bouc. La noire a eu un chevreau, et il tète encore.

— Envoie Tiennette la traire, sinon ce beau gars pleurera toute la nuit ! Passez-moi sa layette, que je l'emmaillote !

Claire ne réagissait pas. Elle ne parvenait pas à accepter ce coup du sort. Sa mère était morte, et il fallait penser à autre chose : traire une chèvre, habiller le bébé. Le choc était si profond qu'elle n'éprouvait aucune affection pour cet enfant.

— Etiennette ! se surprit-elle à dire. Prends un seau propre et tire du lait ! Prends du pain sec, sinon la noire ne te laissera pas faire.

La servante sortit sans protester. Bertille avait un sourire navré.

— Ma pauvre tante, elle ne l'a même pas vu, son fils...

— Quelle tristesse ! renchérit Guillaume.

La sage-femme avait fini. Matthieu Roy ressemblait à une grosse poupée ficelée dans un carcan de laine blanche. Un bonnet cachait son front.

— Veux-tu le prendre, Claire ? proposa la sage-femme. Je te préviens, il est lourd !

— Non ! Je ne saurais pas le tenir ! Gardez-le un peu.

La jeune fille retira le bouillon du feu. Les légumes caramélisaient, car le liquide s'était évaporé.

— Oh, je ne suis bonne à rien ce soir.

Elle jeta un coup d'œil par la fenêtre. Des couleurs tendres, du bleu, du rose, s'allongeaient sur le ciel assombri. L'horloge sonna sept heures. Claire s'en approcha, ouvrit la vitre et arrêta le mécanisme. Elle pensa à son père prostré au chevet de la morte, et à Jean. Ce fut comme si elle l'avait appelé de toute son âme, car on toqua à la porte. Basile entra, sa casquette entre les mains. Derrière lui se tenait le jeune homme.

— Nous avons rencontré le docteur Mercier ! déclara l'ancien instituteur. Il nous a annoncé le décès de ta mère, Claire. Mon neveu et moi, nous sommes venus.

Elle dut lutter contre l'élan qui la poussait vers Jean. Cela aurait été si bon de se blottir dans ses bras, de pleurer sur son cœur. Mais elle ne pouvait pas le faire.

— C'est gentil, bredouilla-t-elle. Ma pauvre maman a beaucoup souffert. Le bébé va bien, lui… Entrez ! Madame Colette, vous connaissez monsieur Drujon et son neveu !

— Eh oui, un peu ! répondit la sage-femme.

Jean paraissait mal à l'aise. Il n'avait jamais mis les pieds au moulin et il découvrait, intimidé, le lieu où Claire avait grandi. Il n'imaginait pas de si beaux meubles, de telles dimensions. Comparé à la maison de Basile, le logis des Roy lui fit l'effet d'une demeure cossue. La jeune fille sortit des verres et servit de l'eau-de-vie.

— Je suis toute retournée ! s'excusa-t-elle.

De la bergerie montèrent des bêlements affolés. Claire tapa du pied.

— Cette gamine ne sait rien faire. Pourtant, sa mère est laitière ! Ce n'est pas si différent, traire une vache ou une chèvre ! J'y vais !

Elle s'élança vers la cour. Jean lui emboîta le pas :

— Vous voulez un coup de main, peut-être, mademoiselle ?

Il jouait le jeu. Elle bredouilla un « oui ». Une fois dehors, ils coururent jusqu'à l'écurie et s'y réfugièrent. Eperdue de chagrin et d'horreur, Claire étreignit son amant.

— Jean, Jean ! Maman est morte, c'était affreux ! Ces cris, ces odeurs dans la chambre...

Il la serra très fort, embrassant ses joues et son front. Elle apprécia sa délicatesse. Soudain, il chuchota :

— On ne peut pas tarder. Si ta servante va voir les autres, ils se demanderont ce qu'on fabrique.

— J'avais besoin de toi ! sanglota-t-elle. Je voudrais que tu sois mon mari, ne plus me cacher !

Il la repoussa avec douceur :

— Claire ! Je dois m'en aller plus tôt que prévu.

— Quoi ! Non, tu dois rester ici... Je ne peux pas abandonner mon père. Il a dit aussi que je devais m'occuper de mon petit frère ! Tu n'as qu'à habiter chez Basile cet hiver. Au printemps, je te suivrai ! De toute façon, je n'épouserai jamais Frédéric. Et quand il saura que je suis en deuil de ma mère, il patientera. Reste ici, je t'en prie !

La jeune fille parlait très vite, les yeux fixes. Jean la prit par la main, meurtri au plus profond de lui par le désespoir de Claire.

— Montre-moi où est la bergerie !

Elle obéit. Ils entrèrent dans le petit bâtiment. Etiennette avait posé la lanterne sur un tas de paille, au risque de mettre le feu, et elle courait après les chèvres qui continuaient à bêler de colère.

— Pauvre imbécile ! hurla Claire, se libérant ainsi de l'anxiété accumulée. Tu les rends folles ! Sors d'ici !

— Mais, mam'selle, les biques, elles veulent rien savoir...

La servante ouvrit le portillon de l'enclos intérieur. L'air frondeur, elle passa devant Jean et sa jeune patronne en leur jetant un regard qui en disait long.

— Je l'aurais giflée ! avoua Claire.

— Elle est enragée de jalousie parce qu'elle est pauvre ! déclara Jean.

— Elle gagne bien chez nous ! protesta-t-elle. Bon, il faut du lait, et mes chèvres sont contrariées.

Claire avait le don de se faire comprendre des bêtes. Elle se glissa près d'une des biques et lui parla, la caressa. En quelques minutes, le calme était revenu. Le chevreau, déjà costaud, vint lécher les doigts de la jeune fille pendant qu'elle tirait le lait. Cette tâche familière apaisa ses nerfs. Jean en profita :

— Basile a eu le malheur d'arrêter le docteur, tout à l'heure. Il voulait des nouvelles de ta mère. Cet homme, il ne me quittait pas des yeux et moi, je l'ai reconnu. Il m'a soigné à la colonie de La Couronne l'hiver dernier. Les docteurs d'Angoulême, ils venaient à tour de rôle examiner les gosses. Moi, je toussais tant que le directeur, il avait peur de la phtisie. Deux fois, il m'a examiné, ce type-là. Je suis sûr qu'il m'a reconnu lui aussi. En repartant, il s'est retourné. J'ai prévenu Basile. Il va m'accompagner à Saintes jeudi. On prendra le train.

Ce nouveau coup eut raison de Claire. Elle eut froid, puis chaud, et elle crut entendre sonner des cloches. Jean la vit s'écrouler en arrière, sur la paille semée de crottes.

— Claire !

Jean attrapa le seau de lait pour le mettre hors de portée des chèvres. Il releva tendrement la jeune fille. Il dut la secouer et lui tapoter les joues.

— Oh, Jean... gémit-elle. Tu t'en vas et je dois rester là, toute seule. Je vais en mourir !

Il l'aida à se lever et l'enlaça.

— Mais non, tu es forte et en pleine santé. Tu voudrais pas que la police me reprenne ? Je serai à l'abri. De Saintes, j'irai à La Rochelle trimer sur le port ! Je t'attendrai. Je mettrai des sous de côté. Toi, dès que tu pourras, tu me rejoindras. Et je sais écrire : tu auras des lettres, ma belle, je te le promets. Au printemps, quand le bébé sera plus solide, tu me rejoindras.

Elle chercha ses lèvres et l'embrassa en pleurant. Quelqu'un toussota à l'entrée du bâtiment. C'était Guillaume Dancourt.

— Excusez-moi ! balbutia-t-il, très gêné. Je ne voulais pas être indiscret. C'est la sage-femme ; elle voudrait faire la toilette mortuaire de madame Roy et elle a besoin de vous, Claire.

Les jeunes gens se séparèrent avec l'impression d'avoir été frappés par la foudre. Ils étaient découverts. Jean sortit, livide. La jeune fille murmura :

— Je vous expliquerai, Guillaume ! Je vous en prie, ne me trahissez pas.

Il se contenta de lui sourire poliment, non sans une pointe d'ironie.

Moi qui la croyais irréprochable ! se dit-il en la suivant du regard. Giraud serait ravi d'apprendre comment se conduit sa fiancée.

Pourtant, il n'avait pas l'intention de trahir le secret. Bertille connaissait sûrement la vérité. Elle ne lui pardonnerait pas un acte aussi bas.

Eh bien, se dit-il. Au moins, mademoiselle Claire nous laissera tranquilles désormais... Je la tiens !

Jean s'était assis sur le seuil de la maison. Il n'avait pas envie de revoir Bertille ni la servante, et surtout pas Guillaume. Dans la cuisine, un spectacle déroutant attendait Claire. Basile tenait le bébé dans ses bras. Il le berçait en lui parlant doucement pour le rassurer. Madame Colette pressait Etiennette de lui donner un seau d'eau chaude et encore du linge.

— Je ne peux pas laisser votre mère dans l'état où elle est ! dit-elle à Claire. Je me doute que vous n'avez pas le cœur à faire ça. J'ai l'habitude, va !

Ce fut un immense soulagement pour la jeune fille.

— Dites à mon père de descendre un peu !

— Je ferai de mon mieux ! Ce pauvre monsieur, il est assommé par son malheur.

Colin refusa de laisser son épouse. Il donna à la sage-femme la plus belle robe d'Hortense, son foulard de cou en soie rouge et ses bottines du dimanche.

Le glas sonna enfin, et toute la vallée l'entendit. Dans les foyers, chacun s'interrogeait. Qui était mort ?

Claire se signa. Elle ne voulait pas penser au lendemain ni aux jours qui suivraient. Les circonstances, elle le pressentait, la désignaient comme la nouvelle maîtresse du moulin. Cette responsabilité inattendue l'oppressait. En se cloîtrant dans sa chambre pendant des mois, sa mère l'avait préparée à affronter cette situation. Hortense était une femme organisée et avisée. Peut-être qu'elle redoutait cette naissance et s'était arrangée pour permettre à sa fille d'apprendre à mener une maison.

Basile semblait deviner ce qui tourmentait Claire au-delà de la peine qu'elle éprouvait.

— Confie donc ton frère à madame Colette, le temps de reprendre tes esprits ! Elle l'a proposé tout à l'heure, n'est-ce pas, Bertille ?

— Oui, c'est vrai ! acquiesça la jeune infirme. Si on lui fournit le lait de chèvre tous les jours. Contre une petite somme, bien sûr ! Elle s'y connaît mieux que nous. Toi, tu devrais t'occuper des obsèques et du repas.

Claire respira à son aise. Cette solution la réconfortait.

— Regarde un peu ton frère ! s'écria Basile. C'est un beau gars !

— J'aurai tout le temps de le voir ! répliqua la nouvelle maîtresse du moulin.

Son vieil ami se leva pesamment. Il lui cala le bébé dans les bras.

— Je te pensais plus charitable, petiote ! Cet enfant n'est coupable de rien. Il n'a que toi sur terre, et son père.

Claire dut affermir sa prise sur le cocon de lainages. Elle se pencha sur le visage poupin de Matthieu. Le nouveau-né se décida à ouvrir des yeux gris-bleu. Le hasard voulut qu'il posât ses prunelles brumeuses sur sa grande sœur en ébauchant un vague sourire.

— Oh ! fit-elle, ravie.

La jeune fille frissonna, le cœur à vif. Sa rancœur et sa colère disparurent. De ce sourire, elle serait prisonnière des années, elle venait de le comprendre. Soudain, ses rêves de fuite et de bonheur lui semblèrent vains.

— Matthieu ! chuchota-t-elle. Pauvre petit Matthieu.

C'était au tour de Claire d'entrer dans l'église. Elle portait les vêtements de deuil de sa mère. Ils étaient un peu trop grands pour elle. Le noir la faisait paraître plus pâle. Avec ses cheveux tirés et sa voilette, la jeune fille avait l'air d'une reine tragique.

— Il y en aura eu, des enterrements, depuis un an ! confia-t-elle à Basile qui la suivait. Mais savoir maman dans ce cercueil, je ne peux pas le supporter.

Colin Roy était déjà assis au premier rang, le missel de son épouse entre les mains. Le maître papetier affichait une expression douloureuse qui le vieillissait. Tous les ouvriers du moulin l'entouraient, graves et recueillis. Après quelques hésitations, Jean avait retardé son départ jusqu'au soir. Il voulait soutenir Claire en ce triste jour. Cela risquait de le remettre en présence du docteur Mercier, mais il s'en moquait.

« Tu as trop de chagrin, avait-il dit. Je ne peux pas te laisser seule ! Si la maréchaussée se pointe, je filerai ! »

Presque indifférente, Claire l'avait cependant remercié. Madame Colette assistait aussi à la cérémonie en compagnie de sa fille qui allaitait Matthieu. C'était une robuste jeune femme, mère d'un garçon de six mois.

Tandis que le père Jacques évoquait Hortense Roy, « une femme pieuse et juste qui avait offert sa propre vie en sacrifice pour sauver son enfant... », Claire se perdait dans un flot de pensées amères.

Si je n'étais pas allée retrouver Jean cet après-midi-là, j'aurais peut-être pu sauver maman. Au moins, j'aurais eu le temps de lui parler, de lui dire mon amour... Et si cette naissance s'était passée normalement, le docteur Mercier n'aurait pas mis les pieds au moulin. Il n'aurait pas vu Jean. Et mon Jean ne serait pas obligé de s'enfuir ! Il pouvait très bien habiter tout l'hiver chez Basile sans être inquiété. Cela m'aurait consolée, ça oui. Nous aurions eu de bons moments, tous les deux... Et si c'était faux, cette histoire ! Le docteur a pu se dire : « Tiens, le neveu de Drujon ressemble un peu à ce jeune colon que j'ai soigné, mais ce n'est pas lui ! »

Dans son cœur, un sentiment de culpabilité se heurtait au poignant chagrin qui la rongeait. Sa mère était morte sans un baiser, sans un mot d'adieu, et Jean allait disparaître de sa vie. Il lui avait promis de revenir pendant l'hiver. Au printemps, elle le rejoindrait, mais Claire doutait maintenant de pouvoir abandonner son petit frère et son père.

Bertille lui effleura le bras.

— Claire, tu ne suis pas la messe !

Elle regarda sa cousine, que le noir embellissait encore. Assis de l'autre côté de l'allée, Guillaume leur sourit à toutes deux d'un air compatissant.

Il est fier de lui, ce nigaud, pensa Claire au bord des larmes, parce que Bertille a sa chaise roulante !

L'engin avait été livré au moulin la veille. Un fauteuil en bois clair, au siège paillé, muni d'un mécanisme perfectionné qui actionnait deux grandes roues. Bertille était devenue à moitié folle de joie. Ses cris de jubilation avaient paru indécents à Claire, compte tenu des circonstances. Elle avait lancé à Dancourt, d'une voix dure :

« Vous pouviez attendre quelques jours pour votre cadeau ! »

Il n'avait pas répondu, mais pendant une heure elle l'avait suivi des yeux alors qu'il poussait la chaise roulante dans la cour et sur le chemin. Bertille s'amusait comme une enfant ; elle demandait à aller jusqu'au bief ou vers le potager.

Avant le départ du cortège pour le cimetière, le curé s'approcha de Claire. Il semblait sincèrement affligé.

— Ma chère petite, je conçois l'étendue de ta peine. Sois forte, implore l'aide du Seigneur. Il faudra aussi faire baptiser ton frère le plus rapidement possible. Un bébé de cet âge est fragile ; s'il survenait un malheur alors qu'il n'a pas reçu les sacrements… Madame Hortense, du ciel, en serait navrée et tourmentée.

La jeune fille esquissa une approbation. Elle ne comprenait pas pourquoi tout le monde s'adressait à elle et non à son père. Jean attendait à deux pas. Claire allait s'élancer vers lui quand Frédéric Giraud arriva devant l'église, à cheval.

— A plus tard, chez Basile ! chuchota-t-elle à son amant.

Jean eut un mouvement d'humeur avant de se mêler au groupe que formaient les ouvriers. Frédéric accourait. Il saisit les mains de Claire et les embrassa.

— Je suis très affligé pour vous, sincèrement ! J'étais à Angoulême et je n'ai appris la nouvelle que ce matin en rentrant.

Elle le remercia d'un sourire désespéré. Emu de la trouver aussi fragile, il s'enhardit à la prendre par l'épaule.

— Ma chère Claire, vous pouvez compter sur moi ! Le mieux serait peut-être d'avancer la date de notre mariage. Je peux engager une nourrice pour votre frère et veiller à son éducation.

Frédéric agissait comme si elle l'aimait tendrement et n'avait qu'un désir, s'en remettre à lui en toutes choses. Claire se dégagea avec douceur.

— Mon père est capable d'élever son enfant ! Il n'y a pas de loi me désignant comme tutrice légale ! Quant au mariage, je pensais, moi, le retarder. Je tiens à respecter une année de deuil.

Elle s'était exprimée sur un ton de reproche, car lui, qui avait perdu sa mère et son père depuis peu, se moquait des convenances. Frédéric se raidit, dépité.

— Nous en discuterons un autre jour ! laissa-t-il tomber. Je suis maladroit, excusez-moi ! Ce n'était pas le moment !

— Ce n'est rien, je vous remercie d'être venu.

Claire se sentait trop lasse pour lutter. Elle accepta le bras de Frédéric pour marcher jusqu'au cimetière. Les gens ne s'en étonnaient pas. Le bruit de leurs fiançailles alimentait les conversations. Jean dit tout bas à Basile :

— Je rentre chez toi ! Regarde-les, ils sont bien assortis, la fille du moulin et le riche monsieur Giraud. Je suis pas de leur monde. J'suis rien du tout. Claire, je vais lui offrir une vie de misère...

— Tais-toi donc ! Je connais ma petiote, elle t'aime à en perdre la tête. Ce n'est pas le genre de femme à se donner à moitié. Viens, je t'offre un verre, au café. Nous avons eu de la chance dans notre malheur : ce fichu docteur était occupé ailleurs.

Le jeune homme enfonça sa casquette jusqu'aux sourcils. Il s'assura que le médecin n'était pas dans la foule.

— Sans ce carabin, je serais resté ici, Basile ! Claire, si je la perds, j'en crève.

L'ancien instituteur haussa les épaules, attendri.

— On croit ça, et même le deuil au cœur, on survit, Jean ! J'en suis la preuve.

Basile s'éloigna à grands pas. Le souvenir de Marianne le hantait. Tant qu'il l'avait sue vivante, enfermée de son plein gré au domaine de Ponriant, il avait supporté la séparation. Tel un amoureux de vingt ans, il espérait toujours la croiser sur la route ou recevoir une lettre. Il avait aimé cette femme de tout son être. En la perdant, il avait appris à haïr.

Guillaume poussait la chaise roulante de Bertille sur l'allée centrale du cimetière. Le sol lisse, du calcaire sablonneux durci par l'été, rendait l'exercice facile. Pourtant, ils s'attardaient, se laissant distancer par la foule silencieuse.

— Quel temps bizarre ! Ce soleil voilé par les nuages, ce petit vent qui sent la pluie. Ce sera vite l'automne. Vous nous quittez en octobre, c'est bien ça ?

— Je n'en sais rien ! répondit Guillaume. Je passerais volontiers l'hiver au moulin. Le travail me plaît. De plus, maître Roy aura besoin de soutien.

— Oui, approuva Bertille avec ferveur. Mon pauvre oncle Colin fait peine à voir.

L'adolescente hésitait à dire le fond de sa pensée. Guillaume ne lui avait pas encore parlé de ses intentions. Elle ne parvenait pas à croire qu'il souhaitait l'épouser. Claire lui avait jeté ça à la figure, mais le principal intéressé restait silencieux sur le sujet. Soudain, elle osa lui parler, d'une voix plus dure qu'elle n'aurait voulu :

— Vous êtes si gentil avec moi, Guillaume… Pourquoi ? Je suis ignorante en matière d'amour, mais j'ai souvent dans l'idée que vous me faites la cour ! Pardonnez-moi d'être aussi franche. Je ne voudrais pas souffrir et, si vous partez, je crois que je serai la plus malheureuse des filles. Enfin, je me berce peut-être d'illusions ! Sans doute avez-vous cédé à la pitié que je vous inspirais. Claire m'a mise en garde. Elle pense que cela vous glorifie de me faire la charité… Elle a dit ça à cause de cette chaise roulante… qui est pourtant bien pratique ! Mais j'ai peur de me retrouver plus seule et plus triste quand vous ne serez plus là !

Il demeura silencieux. Bertille le prenait au dépourvu. Certes, il était amoureux d'elle. Cependant, il avait assez d'intelligence pour mesurer la portée de son engagement.

— Votre cousine a tort. Ce n'est pas de la charité, et je n'ai pas eu pitié de vous un seul instant ! Je vous admire et je vous respecte. Si cet engin, comme disent les ouvriers, vous rend service, je suis comblé et…

Guillaume cherchait ses mots.

— C'est vrai, j'ai l'impression de commencer une nouvelle vie. J'avais honte quand on me portait d'un endroit à l'autre comme un ballot de foin !

Claire vint vers eux, pâle de colère.

— Nous enterrons ma mère, vous pourriez approcher de la tombe ! Ce n'est pas l'heure ni l'endroit pour bavarder. Comme tu me déçois, Bertille ! Je sais que tu n'aimais pas ta tante. Ce n'est pas une raison pour sourire à ses obsèques !

— Je ne vais pas me forcer à pleurer ; tante Hortense ne m'a jamais témoigné d'affection ! Elle était même carrément hostile à mon égard !

Le visage tendu par le chagrin, Claire bouscula Guillaume et poussa elle-même la chaise vers le caveau des Quesnaud. Avant ses noces, Hortense était considérée comme un beau parti puisque l'homme qui l'épouserait était assuré d'entrer en possession du Moulin du berger. L'aisance de cette lignée de papetiers se devinait aux proportions de l'édifice abritant ses défunts. Là reposaient les grands-parents de Claire, ses arrière-grands-parents ainsi qu'un vieil oncle célibataire.

Colin gardait la tête penchée sur le côté, sous l'œil inquiet du curé. Frédéric avait reculé, gêné par la vision de cet homme foudroyé par le deuil.

Je ne croyais pas maître Roy si épris de sa femme ! C'était loin d'être une beauté, et grincheuse avec ça.

Le jeune homme en conclut que les sentiments ne se commandaient pas. Lui-même, un an auparavant, considérait Claire comme une oie blanche sans attrait. Il s'en fit la réflexion, surpris d'éprouver maintenant un tel amour pour la jeune fille.

C'est le soir de la battue aux loups qu'elle m'a plu ! Loin de ses parents, loin de tout. Qu'elle était belle, dressée devant moi pour défendre son vieux chien…

Le souvenir en appela d'autres. Il pensa à Catherine, inhumée dans l'autre partie du cimetière, sous un simple monticule de terre où son père avait planté une croix en bois. Frédéric fit soudain demi-tour et s'en alla, comme pourchassé par un fantôme.

Claire parcourait d'un regard plein d'amertume la grande cuisine où sa mère avait régné des années. Cela l'étonnait de retrouver chaque élément à sa place : la belle horloge comtoise, la cuisinière en fonte noire, ornée de barres en cuivre… Son père s'était couché dès leur retour du cimetière. Madame Colette avait voulu lui montrer le bébé. Il avait agité les mains, l'air égaré.

« Pas encore ! bredouillait-il. Claire a fait le bon choix, gardez-le chez vous ! »

La sage-femme avait insisté en vantant la beauté de l'enfant, mais cela n'avait servi à rien. Colin s'était enfui. Claire revoyait la scène. Elle en était tourmentée.

On dirait que papa a perdu l'esprit ! se dit-elle, debout près de la cheminée. Que vais-je devenir, moi, si mon père change à ce point !

La jeune fille était seule. Elle avait donné deux jours de congé à la servante et aux ouvriers. Un profond silence pesait sur le Moulin du berger. Même les roues à aubes semblaient murmurer. Claire fut prise de panique. Elle avait le sentiment soudain que ce silence la rendrait folle à son tour, que ce silence serait éternel.

Que font Guillaume et Bertille ?

Claire alla jusqu'à la fenêtre afin de guetter l'arrivée de la calèche sur le chemin. Elle leur avait confié le véhicule, car il fallait transporter la chaise roulante, ce qui encombrait la banquette arrière.

Ma pauvre jument mangera son picotin en retard !

Désœuvrée et l'âme en pleine confusion, Claire s'assit dans le large fauteuil en osier réservé d'habitude à sa cousine. Sauvageon posa sa belle tête sur ses genoux. Le chien-loup faisait preuve d'un grand calme. La jeune fille crut lire de la compassion dans son regard doré.

— Mon loup ! Ma bête sauvage… Toi, au moins, tu ne m'abandonnes pas.

Elle se pencha et entoura de ses bras le cou massif de l'animal. Le ciel s'était obscurci et une pénombre angoissante envahissait le logis désert. A l'étage, cependant, s'élevaient parfois des gémissements, des hoquets de sanglots.

— Pauvre papa ! Comme il pleure ! Tu l'entends, Sauvageon !

Je n'ose même pas monter le consoler… Il ne me voit plus, il ne m'écoute plus !

Quelqu'un gratta à la porte et l'ouvrit sans attendre de réponse. Le chien remua la queue. Jean apparut. Claire le fixa, stupéfaite. Comment avait-elle pu oublier ne serait-ce qu'une seconde son regard bleu si doux, ses lèvres, son corps ? Il lui tendit les bras, sans un mot. Elle s'élança, éperdue de soulagement.

— Mon Jean ! Que je suis contente ! chuchota-t-elle.

Il la serrait à l'étouffer en couvrant ses joues et son front de baisers.

— Je ne pouvais pas t'attendre. Je voulais te voir tout de suite, ma Claire.

Ils étaient étroitement enlacés, puisant dans la présence de l'autre un inestimable réconfort. Leur amour aussi s'exaltait, si intense et profond qu'ils en avaient le vertige.

— Pars avec moi ce soir ! lui proposa Jean. Je t'en supplie ! Laisse-les tous. Ils vont te faire du mal !

Il venait de donner consistance au pressentiment qui assaillait la jeune femme. La lumière, la vie bonne et douce, Jean en possédait le secret.

— Je voudrais tant ! gémit-elle. Mais j'aurais trop de remords si je te suivais. Au printemps, Jean, au printemps, je te le jure, je viendrai. Papa ira mieux sans doute et mon frère, je le confierai à une nourrice.

Il y eut un bruit sourd en haut, dans la chambre où était morte Hortense. Claire s'affola. Des images tragiques lui vinrent : son père pendu ou pris d'un malaise.

— Papa ! hurla-t-elle.

Il y eut un autre bruit. La jeune fille embrassa son amant en le poussant vers la porte.

— Va chez Basile, je te rejoins après le dîner, ne crains rien. Je serai là à huit heures, va !

Elle courut à l'escalier.

Guillaume menait Roquette au pas. Il arrêta la jument près du pont. A cet endroit, le large chemin qui descendait de Puymoyen se séparait en deux. A gauche, il rejoignait le domaine de Ponriant ; tout droit, il menait au moulin. Assise à l'arrière, Bertille demanda :

— Que se passe-t-il ?

Dancourt sauta à terre. Il avait un sourire rêveur en contournant la calèche.

— Rien ! Mais il fait si bon ici. Je voudrais peindre cette vallée, Bertille, ces fiers rochers que l'eau des temps anciens a façonnés, cette rivière si vive… Disons aussi que je ne suis pas pressé de vous rendre à votre cousine ! Ce sera bien triste chez vous.

La jeune fille approuva d'un signe de tête. Guillaume entreprit de descendre la chaise roulante qu'il posa sur l'herbe. Il remonta dans la voiture et s'assit à côté de Bertille.

— Nous sommes seuls au monde ! murmura-t-il. Le soleil se couche, les oiseaux également. Regardez autour de vous : pas une silhouette dans les champs, pas un bruit de sabots ou de roues. Je voudrais me retrouver souvent ainsi, en votre compagnie, sans témoins.

Le cœur de l'infirme battait fort. Elle en perdait le souffle. Guillaume sentait bon l'eau de lavande et le linge frais. Il la prit brusquement dans ses bras, le visage tendu vers elle.

— Vous êtes si belle, Bertille ! Si pure, si dure parfois, et puis d'un coup, vous riez, une petite veine palpite à votre cou, et je deviens fou.

Elle crut qu'elle allait s'évanouir, car les lèvres chaudes de l'homme se posaient sur son front, effleuraient son nez et erraient au coin de sa bouche encore vierge.

— Guillaume, je ne sais pas si c'est convenable, ce que vous faitcs ! parvint-cllc à dirc.

Il la respirait et ses doigts caressaient la chair soyeuse de l'épaule, entre le tissu du corsage et le ruban de son chapeau. Une de ses mains glissa vers un sein menu, dont elle éprouva le contour.

— Petite Bertille, je vous aime ! Je ne désire qu'une chose, vous épouser, vous rendre heureuse ! Voilà, c'est dit !

Le trajet effectué au ralenti l'avait aidé à prendre une décision. Son cœur avait parlé le premier. Guillaume ne concevait plus l'existence sans cette créature diaphane, meurtrie par un destin cruel et d'autant plus précieuse à ses yeux.

— Je demanderai votre main à maître Roy dans quelques semaines. Si vous acceptez, bien sûr, de lier votre sort au mien !

Il l'enlaça et l'embrassa délicatement. Bertille se déroba, haletante :

— Vous ne pouvez pas m'aimer ! protesta-t-elle. Je suis infirme. Je ne vous donnerai pas d'enfants. Je serai une charge pour vous... Toutes vos attentions me flattaient, et je me sentais une femme comme les autres. Oui, j'étais même fière de ça. Et j'ai été méchante avec Claire, je l'ai méprisée, elle qui veille sur moi depuis si longtemps !

Elle pleurait, sincèrement désespérée. Il l'interrompit avec douceur.

— Bertille, vous êtes incapable de méchanceté ! Simplement, vous avez pris conscience de vous, de votre charme. Et je le répète, je me moque d'être père ! Si je suis votre mari, si vous m'offrez votre sourire et vos lèvres... Je saurai me satisfaire de votre tendresse, de votre parfum ! J'ai vingt-cinq ans, ma chérie, des rentes et une maison dans les beaux quartiers d'Angoulême ! Je pourrai vous choyer et vous emmener en voyage. Ne vous refusez pas à moi, par pitié.

Guillaume ne relâchait pas son étreinte. Une digue se rompit dans la pudeur de Bertille. Son jeune corps répondait contre son gré au contact de cet homme qui lui déclarait son amour, qui la touchait et la cajolait. Elle perçut des frissons au bout de ses seins et une chaleur inconnue au creux de son ventre. Claire lui avait raconté, sans beaucoup de détails, le bonheur que Jean lui donnait quand ils faisaient l'amour. Ces joies, ces délices devinées, Bertille voulait les connaître. Tout à coup, fébrile, maladroite, elle noua ses bras autour du cou de Guillaume et lui offrit sa bouche.

— Ma petite chérie ! parvint-il à articuler, bouleversé.

Il s'emporta et son baiser se fit viril, brutal. Elle poussa une plainte d'extase, puis, à l'aveuglette, dégrafa son vêtement. Il l'aida, s'acharnant sur les crochets et le satin. Enfin, voilée par de la soie blanche, il aperçut la poitrine ravissante, que la respiration saccadée de Bertille soulevait. Il tomba à genoux et colla ses lèvres aux pointes roses.

— Je vous aime ! Comme je vous aime !

Ses doigts caressaient ses cheveux drus, qu'elle avait tant rêvé de toucher.

La jument s'agitait, impatiente. Son écurie n'était pas si loin. Affamée, Roquette lança un hennissement strident.

— Il faut rentrer, dit la jeune infirme. Si quelqu'un nous voyait !

Guillaume se redressa et reprit place près d'elle. Il respirait fort. Bertille boutonna son corsage et arrangea son chignon. Elle était rose d'émotion.

— Je crois que je vous adore ! Redites-le-moi, que vous voulez m'épouser... et j'en serai malade de bonheur ! M'offrirez-vous une bague de fiançailles ?

Elle pépiait telle une oiselle grisée par le printemps. Dancourt lui baisa la joue et glissa vers ses lèvres. Il murmura, amusé par ses mines de fillette capricieuse :

— Je vous couvrirai de cadeaux, ma petite chérie ! Pour la bague, ce sera une surprise. Vous ne saurez ni le jour ni l'heure !

Il plagiait sans scrupules les Saintes Ecritures. Bertille lui fit les gros yeux, mais elle riait en silence. Guillaume sauta de la calèche, remit la chaise roulante à bord et s'installa sur le siège avant.

— Allez, Roquette ! Hue, bourrique !

La jument partit au grand trot, ce qui déséquilibra la jeune infirme. Elle se rattrapa au dossier, haletante d'une fièvre joyeuse.

— Si Claire vous entendait traiter sa bête de bourrique ! Oh, que vous êtes drôle, *darling* !

Certains jours, Bertille rêvait d'un homme assez bon et dévoué pour l'aimer. Elle osait s'imaginer mariée, vêtue de robes époustouflantes qui cachaient ses jambes. Cet époux, elle le surnommait *darling*, car, à son avis, tout ce qui venait des Anglais était chic et de bon ton. Une chose la stupéfiait en ce soir d'été : pourquoi avait-elle autant de chance ?...

— Papa ? Est-ce que ça va ?

Claire était entrée sans frapper dans la chambre de ses parents. A peine passé le seuil, elle comprit l'origine des bruits qui l'avaient inquiétée. Colin, l'œil fou, semblait décidé à tout casser : la table de chevet gisait au milieu de la pièce, la plaque en marbre brisée en trois morceaux. Il s'attaquait à l'armoire dont il vidait le contenu. Le linge volait : taies d'oreiller, draps, chemises fines, bas et caleçons de laine.

— Papa ! Veux-tu cesser !

La jeune fille avait donné l'ordre à voix basse, incapable de parler plus fort. Son père lui faisait peur. Il maugréait des imprécations de colère, acharné à piétiner, à déchirer ce qui lui tombait sous la main. Et toujours son visage affichait cette expression de stupeur proche de la folie. Claire se mit à pleurer, terrifiée.

Le maître papetier se retourna, bras ballants.

— Sors d'ici ! articula-t-il avec peine. Va-t'en, maman ne veut pas de toi… Tu n'es pas un gars, comprends-tu ! Allez, file !

— Papa, je t'en prie ! hurla-t-elle. Papa, c'est moi, Claire !

Elle trouva le courage d'avancer vers lui, mais il la fixa d'un air menaçant.

— Je t'ai dit de filer ! répéta-t-il.

Un grognement rauque les fit sursauter. Sauvageon venait d'entrer dans la chambre, le poil hérissé, babines retroussées sur l'ivoire des crocs pointus. Confronté à sa maîtresse qu'il sentait en danger, mais aussi à l'homme qu'il connaissait, l'animal hésitait. Son instinct le poussait à protéger Claire. Cependant, il n'osait pas attaquer le papetier.

— Non, Sauvageon ! cria la jeune fille. Va-t'en ! Sage, mon chien !

Colin Roy ramassa la canne d'Hortense sur le plancher. Il s'égosilla, le regard affolé :

— C'est un loup, une sale bête puante !

Claire tremblait de tout son corps, la bouche sèche. Son père avait perdu la raison ; il allait frapper Sauvageon, qui risquait de le blesser. Elle se jeta sur son chien, le prit par le collier et le fit sortir. La peur décuplait ses forces. Vite, elle claqua la porte. Au même instant, Colin abaissait la canne. Le coup atteignit Claire en plein front.

— Papa… gémit-elle.

La douleur la suffoqua d'abord. Etourdie, elle s'appuya

contre le mur. Du sang coulait en abondance de la plaie. Claire l'essuya avec son mouchoir trempé de larmes.

— Ma petite, tu saignes ? murmura Colin d'une voix changée. Je ne veux plus de sang dans cette maison, pourtant, tu entends… Tu sens l'odeur, encore, partout ? Le lit, les murs, tellement de sang…

Père et fille se faisaient face. Claire supplia :

— Mon pauvre papa, arrête ! Maman est morte, mais je suis là, moi, et il y a le petit Matthieu ! Le moulin aussi ! Le Moulin du berger, nos belles rames de feuilles, le vélin royal, nos ouvriers. Papa, écoute donc, tu n'as pas le droit d'abandonner le moulin ! Maman, elle le voulait fort, son fils, pour qu'il dirige le moulin plus tard…

Elle scandait chaque mot, ses yeux noirs plantés dans ceux du maître papetier. Il secoua la tête, hébété. Soudain, il lui tendit les bras.

— Clairette ! Ma fille ! Qu'est-ce que j'ai fait ?

Un gros sanglot le secoua tout entier. Claire courut se blottir contre la poitrine paternelle. Colin vacilla sur ses jambes.

— Papa, j'ai eu si peur de te perdre, toi aussi ! Je voudrais que tu descendes avec moi à la cuisine. Tu n'as rien mangé depuis trois jours, tu as maigri, tu ne tiens plus debout. Moi aussi, j'ai faim. Maman ne serait pas contente de voir ça ! Tu dois être courageux pour lui faire honneur !

Il poussa un long soupir et la serra plus fort. Il chuchota à son oreille, d'un ton de confidence :

— Ce que j'ai vu, Claire, ça m'a empêché de dormir, ça m'a rendu fou ! Ce qu'il a fait à ta mère, le docteur, ce n'est pas humain, non… Au début, j'ai pas voulu regarder. J'avais le cœur soulevé, mais je me suis dit que j'étais un lâche, et il y avait tellement de sang… Il a coupé le ventre de ma femme, tiens, comme font les bouchers… et il a tiré le bébé de là-dedans, ce garçon qu'elle voulait tant. Il était tout rouge de son sang à elle…

— Papa, tais-toi, implora-t-elle. Sortons d'ici !

Doucement, Claire entraînait le papetier vers la porte. Elle se dit qu'il fallait vider la chambre de sa mère, changer tentures et tapisseries pour en faire un lieu neuf, différent. Plus tard...

— Ma chère petite fille ! bredouilla Colin, comme s'il était très vieux.

— Allons, papa ! Je suis là, avec toi.

Enfin, elle le vit attablé sous la lampe à pétrole. Elle se hâta de ranimer le feu dans la cuisinière, fit réchauffer la soupe et coupa du pain et du fromage. Son père se servit du vin.

— Moi aussi, j'ai faim ! confessa-t-elle ensuite. Tant pis pour Bertille, on ne l'attend pas.

Ce n'était pas le repas traditionnel que les familles servaient parfois à ceux qui avaient assisté à un enterrement. A chaque bouchée, le papetier secouait la tête, accablé.

— Quel malheur, dis, ma Claire ! Je ne croyais pas qu'elle s'en irait si tôt, ta mère ! Je n'étais pas prêt.

La jeune fille lui prit la main et le couvrit d'un regard protecteur.

— Maman, je pense qu'elle avait peur de nous laisser ! Peut-être qu'elle a gardé le lit des mois, comme ça, pour qu'on s'habitue à se débrouiller sans elle...

— Eh oui, peut-être ! renchérit Colin. Mais moi, je ne m'y ferai pas, ma fille. Comment te dire ? Hortense, elle paraissait dure, sévère. Pourtant, au fond, elle n'était pas heureuse de sa méchanceté.

Claire entendit le grincement des roues de la calèche. Guillaume et Bertille rentraient. Très vite, elle demanda :

— Papa, tout à l'heure, dans la chambre, tu as dit de drôles de choses, que maman ne voulait pas de moi, parce que j'étais pas un gars ! C'est vrai, ça ?

Il baissa le nez sur son pain et fit tourner la lame de son couteau.

— Oh, ce sont de vieilles histoires ! J'en ai eu du chagrin, à l'époque. C'était une idée de ta mère, qu'elle aurait des fils. Quand tu es née, elle a souffert, ça oui. Mais dès que la sage-femme a gueulé que c'était une belle gazoute, une fille, j'ai cru que mon Hortense devenait folle. Si je l'avais écoutée, tu aurais grandi de l'autre côté d'Angoulême, chez tes grands-parents. Elle refusait de te nourrir, même de te regarder. Je l'ai suppliée, à genoux, Claire, oui à genoux ! Elle t'a quand même mise au sein avec un air mauvais. Tu as dû boire du lait rance, ma pauvre enfant… Ensuite, ça s'est un peu arrangé, parce que tu étais jolie et sage.

Guillaume ouvrit la porte. Il poussait la chaise roulante. Bertille avait une expression de triomphe. Elle parlait avec affectation :

— Alors, oncle Colin, vous allez mieux ?

Le papetier répondit d'un sourire las. Claire se leva brusquement.

— Papa, je vais te préparer un lit dans ton bureau. Ce n'est pas bon que tu dormes là-haut.

Elle abandonna Guillaume et Bertille en leur montrant d'un geste la nourriture sur la table.

Qu'ils se débrouillent sans moi, ces deux-là ! se dit-elle.

Le soleil couchant empourprait la terrasse pavée. Claire courut jusqu'à la salle commune et entra dans une petite pièce adjacente, celle où son père recevait ses clients et ses fournisseurs. Elle y traîna un lit-cage que le papetier dépliait à l'occasion quand il devait loger un apprenti.

Demain, je cueillerai des fleurs pour égayer et je rangerai un peu. Papa est si désordonné.

Claire avait très mal au cœur. La confidence que son père lui avait faite la peinait sans vraiment la surprendre.

Maman ne supportait pas ma vue quand j'étais un petit bébé innocent ! Et papa et moi, nous avons agi de la même façon avec Matthieu. Mon frère ! Oh, mon Dieu, je ne veux pas commettre les erreurs de maman. Demain, j'irai chercher Matthieu chez madame Colette. Comme Jean sera parti, j'aurai le temps d'apprendre à pouponner.

Elle le pensait, le chuchotait, mais ne parvenait pas à croire ce qu'elle disait. Jean ne serait plus là, dans la vallée. Ils ne s'embrasseraient plus sous la lune en riant de bonheur. Ils ne seraient plus nus, câlins, grisés de plaisir. Cela ressemblait à la mort. Les poings serrés, elle cria :

— Je ne verrai plus maman ni Jean ! Je les ai perdus… Mais Jean, oh non ! Pas mon Jean !

Colin était entré sans bruit. Il dut s'appuyer au chambranle de la porte, sonné par ce nouveau coup. Claire perçut sa présence et se retourna.

— Papa, tu es là depuis quand ? Regarde, j'ai mis le lit dans ce coin, ça te convient ?

— Clairette ! Tu aimes ce garçon, le neveu de Drujon ?

Elle jugea inutile de mentir. Ce n'était plus le moment de jouer la comédie.

— Oui, je l'aime, et il s'en va ce soir, il quitte le pays, papa. Je dois aller lui faire mes adieux !

Le papetier marcha jusqu'au lit et s'y allongea, à même le sommier. Claire protesta :

— Mais qu'est-ce que tu fais ? Je vais prendre une paillasse, des draps et une couverture à la maison. Relève-toi, enfin !

— Va donc, Claire ! Bertille a de la compagnie... Nous discuterons plus tard, ma fille, plus tard ! J'ai tellement sommeil.

Dans la grange envahie d'ombre, Jean guettait l'arrivée de Claire. La nuit approchait. Sauvageon apparut le premier au détour du chemin, suivi de la jeune fille, les cheveux défaits. Elle avait ôté ses habits noirs et portait une robe grise et un châle.

Il l'appela en sifflant le refrain du « Temps des cerises [1] » que Basile lui avait appris.

— Jean ! appela-t-elle en se glissant dans le bâtiment. Que je suis bête ! Je suis en retard. J'ai cru que tu étais déjà loin...

— Tu crois que j'aurais pu m'en aller sans te dire au revoir, sans un baiser ?

Il la prit contre lui, respira son cou et la cajola. Claire se laissait bercer les yeux fermés. Elle voulait profiter avec une ardeur désespérée de ces derniers instants de tendresse.

— Basile est monté à Puymoyen, au café. Il me rejoindra devant l'église, quand il m'aura vu passer. Sais-tu, ma Claire, que je vais à pied jusqu'à Angoulême... Ça me fera du bien de marcher ! En pleine nuit, en pensant à toi aussi fort que je t'aime. Je prends un train à six heures du matin.

La jeune fille aurait voulu lui promettre de belles choses ou le supplier de rester, mais elle en avait assez des mots. Elle

1. Jean-Basptiste Clément, 1867.

tentait de se réchauffer au corps de son amant, d'en apprendre par cœur les formes et la densité.

— Tu vas tellement me manquer, Jean ! Es-tu sûr qu'il y a du danger ? Je pourrais parler au docteur Mercier, lui expliquer ! Je t'en prie, ne t'en va pas !

Jean se dégagea et la prit par les épaules. Se penchant un peu, l'enveloppant de son regard bleu, il déclara, d'un ton persuasif :

— Mais c'est notre seule chance de vivre ensemble tous les deux un jour, Claire ! Si la police m'arrête, je vais crever à Cayenne. Je n'peux pas courir ce risque. Je t'écrirai. Ce ne sera pas long : un hiver à passer et, au printemps, on se retrouvera.

— Au printemps, s'écria-t-elle, tu n'as que ce mot à la bouche ! C'est loin pour moi, le printemps, Jean ! Demain, j'irai chercher mon frère chez madame Colette, et la vie au moulin va continuer ! Mon père a besoin de moi ; ce n'est pas Bertille qui peut le seconder.

— Et Dancourt ?

— Oh ! lui ! Il s'amuse avec ma pauvre Bertille ; j'ai hâte qu'il parte.

Claire s'assit sur la paille et pencha la tête de côté d'un air résigné. Sauvageon se coucha aussitôt près d'elle.

— Tu as beaucoup changé, Jean ! Tu parles bien, un peu comme un monsieur, et tu as un peu de moustache, des boucles brunes ! Je me souviens, le soir où tu m'as piqué les côtes avec ton couteau… C'était la première fois qu'un garçon me touchait, me tenait serrée…

Il s'agenouilla devant elle. De ses mains brunes, délicatement, il emprisonna son visage.

— C'est grâce à toi si je suis libre ! Tu m'as tout donné, Claire ! Viens avec moi, je t'en prie, il est encore temps.

Ils se regardèrent longuement, sans faire un geste. Claire pleurait de petites larmes froides qui roulaient sur ses joues. Cet homme dont elle contemplait les traits, dans le regard de qui elle se perdait, il fallait le quitter et renoncer à sa douceur, à son amour. Elle protesta faiblement :

— Je ne peux pas te suivre ! Hélas !

Il l'obligea à s'étendre. Elle resta les bras en croix, inerte, vaincue par son chagrin. Du bout des doigts, il releva sa jupe et ses jupons, et il fit glisser sa culotte en dentelle. Comme s'il célébrait une cérémonie païenne, Jean posa ses lèvres sur la toison brune en haut des cuisses, embrassa le ventre lisse, d'un blanc de lait. Puis il se coucha sur elle, la prit doucement, le visage crispé par l'émotion. Ce n'était plus la fièvre de deux jeunes gens amoureux, mais un acte grave, une sorte d'adieu désespéré. D'abord soumise et dolente, Claire se ranima et accepta le plaisir lent qui lui donnait envie de pleurer encore davantage. Surtout, elle osa garder les yeux grands ouverts, rivés à ceux de son amant. Enfin, il s'abattit sur elle, dans un râle, la tête enfouie au creux de son cou. Il pleurait aussi.

— Mon Jean ! Je ne veux pas que tu sois si malheureux. Pars en paix, je serai forte ! Je t'aime trop. Rien ne nous séparera vraiment.

Elle lui parlait au creux de l'oreille.

Il chercha sa bouche pour la dévorer de baisers. Le clocher sonna au loin. Jean se leva, rajusta ses vêtements et prit une besace qu'il avait posée contre le mur.

— C'est l'heure ! Au revoir, ma Claire ! S'il te venait un enfant, écris-moi vite, je reviendrai… dans la Grotte aux fées !

Elle se redressa et l'enlaça.

— Jean… Va, va !

Ils s'embrassèrent encore, incapables de se détacher l'un de l'autre. Leurs mains se nouaient et se dénouaient. Le jeune homme sortit de la grange avec brusquerie et s'éloigna à grandes enjambées. Claire dut s'agripper à la porte de la grange pour ne pas courir derrière lui, pour ne pas tomber sur le sol aussi. Sauvageon jappa, inquiet.

— Oui, je sais, dit-elle. Tu es là, toi…

Jean avait disparu dans les ténèbres. Claire, saisie d'un froid terrible, reprit le chemin du moulin. Ce froid ne la quitterait plus jusqu'au printemps.

10

Les destins croisés

20 novembre 1897

Claire regarda l'horloge. La nuit avait noirci les vitres, mais la jeune fille ne se décidait pas à fermer les volets. Son père était encore dans la salle des piles en train de vérifier l'état des formes.

— Mon pauvre Sauvageon, nous formons une belle paire de solitaires, toi et moi.

Elle avait pris l'habitude de parler à l'animal. L'écho de sa voix se répercutait dans la maison déserte. On aurait dit que le chien comprenait tout. S'il était une saison pénible dans la vallée, c'était bien le mitan de l'automne, quand les arbres dépouillés de leur feuillage agitaient leurs branches comme des bras squelettiques. La pluie tombait dru du matin au soir, au point que les chemins devenaient boueux et glissants. La rivière grondait, plus haute et plus violente.

— Matthieu ne veut pas se réveiller ! murmura encore Claire.

Se levant à demi, elle jeta un coup d'œil anxieux dans la bercelonnette installée près de la cuisinière. Son petit frère dormait profondément en suçant son pouce. Elle ne s'était jamais occupée d'un bébé et n'avait aucun élément de comparaison. Mais les femmes qu'elle côtoyait certains jours, ou le dimanche à la messe, s'extasiaient sur la sagesse du nourrisson qui, à trois mois, souriait aux anges et posait sur le monde un regard gris-bleu étonné.

Le lendemain du départ de Jean, Claire avait repris l'enfant à madame Colette. La sage-femme lui avait donné quelques conseils qui se résumaient ainsi : « Il lui faut de l'amour et du lait. » La présence du nourrisson obligeait la jeune fille à se montrer gaie. Elle lui disait tous ces mots cajoleurs que l'on chuchote aux bébés. Lorsqu'elle s'occupait de son petit frère, ses angoisses quant à l'avenir, la perte de sa mère et ses soucis de ménagère refluaient. Le bébé blotti contre son sein, Claire se sentait plus courageuse.

— Que fait papa ?

Le silence oppressait Claire. Elle en venait à maudire le tic-tac régulier de l'horloge, à se réjouir des craquements du feu. La soupe mijotait. Il s'en dégageait une bonne odeur de légumes chauds et de lard fondant. La jeune maîtresse de maison posa la chemisette en calicot qu'elle brodait des initiales M.R., Matthieu Roy. Une brusque envie de pleurer la saisit tandis qu'elle sortait la dernière lettre de Jean de la poche de son tablier. Le courrier datait d'une semaine.

Le jeune homme travaillait dur dans le port de La Rochelle. Il débarquait les marchandises en provenance de pays lointains, des Antilles, d'Amérique du Sud. Il mettait de côté le moindre sou, mangeait peu et ne buvait pas. Personne ne l'avait interrogé sur son passé.

Claire relut les quelques lignes qu'elle connaissait par cœur. Elle embrassa l'enveloppe et la feuille pliée en quatre. Ce papier, de qualité médiocre à son goût, Jean l'avait touché.

Que ce dimanche finisse. Vite, vite !

Demain, le facteur passerait, sa sacoche en cuir sautillant sur la hanche. Demain, Etiennette reviendrait. Les jérémiades, les sautes d'humeur de la servante la distrayaient. Demain aussi, peut-être qu'elle aurait des nouvelles de Bertille.

Leurs rêves et leurs doutes d'adolescentes s'étaient révélés vains. Il y avait eu un élément imprévu : Guillaume Dancourt. La jeune infirme qui se croyait condamnée au célibat s'était mariée avant Claire. Depuis un mois, le couple visitait le sud de l'Italie, après une lune de miel à Venise. De la belle cité construite sur une lagune, avec les rues inondées qui se parcouraient en bateau – des gondoles –, Bertille avait écrit une lettre détaillée afin de faire partager son aventure à sa cousine.

Dancourt jouissait apparemment de rentes. Il dépensait le cœur léger pour promener sa jolie petite épouse au-delà des frontières. Rien ne lui avait paru trop beau. Le fauteuil roulant faisait partie des bagages et, en mâle robuste, il soulevait Bertille comme un fétu de paille quand c'était nécessaire.

Matthieu poussa un faible cri. Claire se leva aussitôt pour remettre du bois dans la cuisinière. Elle huma le fumet de la soupe. Enfin, elle se pencha sur le berceau en osier, garni de tulle fin. Le bébé s'était rendormi.

— Oh non ! soupira-t-elle, déçue. Son biberon est prêt, pourtant.

Le vent sifflait dehors. Son souffle humide allait se perdre dans les cavités des falaises.

— Papa se soucie peu de moi, vraiment ! Il doit bien se douter que je l'attends !

Amaigrie, les cheveux nattés et attachés dans le dos, Claire se tint immobile près de la cheminée. Elle éprouvait une profonde tristesse chaque soir. Le seul qui aurait pu la consoler et la divertir, son vieil ami Basile, n'était pas le bienvenu au moulin. Le maître papetier lui reprochait d'avoir favorisé les amours de sa fille avec Jean Drujon, qu'il prenait toujours pour le neveu de l'ancien instituteur.

« Avec ses idées révolutionnaires et son libre-parler, cet homme n'est pas recommandable. J'ai trimé dur. Je ne pouvais pas te surveiller. Si j'avais su, je t'aurais interdit de mettre les pieds chez lui. Tu prétends être restée sage, mais qu'est-ce que j'en sais ? Tu es promise à un autre. Méfie-toi, Claire. Ton Basile, je peux le mettre dehors. Locataire ou pas ! »

Ces propos menaçants revenaient souvent, à l'heure de l'assiette vide, soigneusement rincée par une lampée de vin rouge que Colin finissait de faire disparaître à l'aide d'un morceau de pain.

« Toi et ton chabrot ! lui reprochait sa fille. Ce n'est guère élégant. »

Il répondait, presque imperturbable :

« Je m'en suis privé pendant plus de vingt ans pour plaire à ta mère. Si tu commences à me chercher des poux ! »

Leur tête-à-tête quotidien tournait souvent à la prise de bec. Le papetier avait changé. Il se tenait moins droit. Il oubliait de se coiffer et ne se rasait plus. Claire surveillait la fraîcheur de ses vêtements, le matin, et devait l'obliger à enfiler des chemises propres.

« Papa, est-ce que tu penses à tes clients ? Ceux qui viennent jusqu'ici font une sale mine en te voyant dans cet état. »

Il souriait, l'air frondeur, regagnant son repaire sitôt le repas terminé. La jeune fille regrettait de lui avoir dressé un lit au fond de son bureau. Les semaines s'étaient écoulées, et jamais Colin n'avait voulu revenir coucher dans la chambre conjugale.

« Ce n'est pas raisonnable ! se plaignait-elle. Le Follet a repeint les boiseries et il a retapissé avec ce beau papier peint à ramages que j'ai choisi…

— Tu y logeras Bertille et son Dancourt, ou Matthieu quand il sera plus grand… » disait Colin.

Claire pressentait que cette soirée serait semblable aux autres. Son père allait rentrer, sale et trempé, il avalerait la soupe, viderait la carafe de vin et s'empresserait de filer au lit. Elle se retrouverait seule dans la grande maison, avec au cœur le regret des jours enfuis, quand Bertille riait sous la lampe, que sa mère, droite et digne, ronchonnait en coupant le pain. C'était avant la battue aux loups, avant Jean…

J'étais heureuse, je ne le savais pas. J'avais tant d'espoir. Tout me paraissait lumineux, riche en promesses, nos prairies, le jardin, le ciel ! Maintenant, il fait si sombre.

Elle crut entendre le pas d'un cheval sur les pavés de la cour.

Une visite, si tard ?

Aussi surprise que méfiante, la jeune fille courut à l'entrée. Quelqu'un montait le perron et frappa à la porte. Soudain, elle sut. Frédéric…

— Bonsoir, Claire, je rentrais de Villebois et j'ai eu envie de prendre de vos nouvelles.

Elle ne s'était pas trompée. Le maître de Ponriant avait pris l'habitude de passer souvent devant le moulin. S'il l'apercevait, il descendait de cheval. Il n'avait jamais les mains vides. Claire se demanda, en murmurant un salut discret, ce qu'il apportait cette fois-ci.

— Je vous ai acheté des chocolats à la liqueur ! annonça le visiteur visiblement satisfait.

Le jeune homme jeta un regard circulaire sur la grande pièce. Certes, les meubles reluisaient, ainsi que les cuivres, mais il régnait dans ces murs une morosité qui l'attrista.

— Et ce bébé ? s'enquit-il. Comment va-t-il ?

Les bottes boueuses de Frédéric laissaient des marques sur le carrelage rouge. Son manteau ruisselait. Claire s'en irrita.

— Ne le réveillez pas, supplia-t-elle. Sinon, je devrai lui donner son lait, et nous ne pourrons pas discuter.

Elle appréciait malgré tout qu'il fût là. Cela brisait le silence, l'engourdissement du foyer trop vide. Frédéric admirait l'enfant quand un grognement sourd s'éleva. Sauvageon, couché près de la bercelonnette, avait bondi et se dressait devant celui qu'il considérait comme un intrus. Les babines retroussées, les crocs découverts, un pli de colère le défigurant, il avait de quoi impressionner.

— Sage ! lui dit Claire. Laisse... Excusez-le, il protège Matthieu.

Sauvageon se recoucha sans cesser de gronder. Frédéric s'était écarté, mais il ne quittait pas l'animal des yeux.

— Votre bête n'a rien d'un chien ! dit-il. Avez-vous remarqué ces yeux, obliques, jaunes... Et la taille de ses pattes. J'ai vu assez de loups, morts ou vivants, pour les reconnaître.

Le bébé poussa un cri aigu. Ses petites mains s'agitèrent. Claire le prit et le serra contre elle.

— Vous et votre grosse voix ! protesta-t-elle, contrariée.

Elle berçait le nourrisson. Exaspérée, ce fut sans réfléchir davantage qu'elle dévoila la vérité à son interlocuteur.

— Eh bien, oui, c'est un bâtard de loup ! Et alors ? Il n'en est que meilleur pour la garde. Souvenez-vous, la nuit de la battue. Je pleurais Moïse, que vous aviez tué en même temps que cette louve. J'ai trouvé un petit, blotti sous elle. Je l'ai gardé et élevé. Je suis sûre qu'il avait mon vieux chien pour père, à cause de ce blanc sur son crâne.

Frédéric se frotta le menton. Il décrivait des demi-cercles sans quitter Sauvageon du regard.

— Je m'en doutais ! dit-il enfin. Quelle maligne vous faites ! Si je me souviens de ce soir-là ! Vous m'avez paru si belle, si farouche, que j'en ai perdu la tête... Je n'ai plus pensé qu'à vous ! Un bâtard de loup ! Je ne croyais pas ce croisement possible, même si certains de nos paysans prétendent que ça l'est. Quelle imprudence ! On raconte que ces bêtes n'ont pas les qualités du chien, mais tous les défauts du loup.

— J'en suis très contente ! coupa Claire. Il n'a pas touché à mes chèvres, ni aux poules et, avec lui, je ne crains personne.

Elle lui tourna le dos, marcha jusqu'à la cuisinière et sortit d'une casserole d'eau chaude le biberon rempli de lait. Elle s'installa dans le fauteuil en osier de Bertille, le bébé calé sur un bras.

— Pardonnez-moi, s'excusa-t-elle.

— Faites, dit-il, c'est un spectacle que j'espère contempler souvent, mais il s'agira de nos enfants.

Claire leva le nez et regarda Frédéric. Il se tenait les bras croisés, les jambes un peu écartées, un sourire niais aux lèvres. Elle frissonna à la seule idée de devenir l'épouse fortunée et soumise de ce grand gaillard sûr de lui. Vite, elle se pencha sur son frère afin de cacher son embarras.

— Je rentre au domaine, ma chère Claire ! déclara-t-il. Je vous laisse le cœur gros, car cela me déplaît de vous savoir confinée dans cette bâtisse nuit et jour, sans distractions ni domestiques.

— Demain, Etiennette sera là à six heures. Ne vous mettez pas en souci pour moi ! Je vous remercie pour les chocolats ! C'est très gentil.

Il s'inclina et recula vers la porte. Sauvageon surveillait le moindre de ses déplacements.

— Soyez prudente, Claire ! persifla Frédéric. Dans bien des fables et des contes, les loups, même amadoués par une belle bergère, ont la sale manie de croquer les enfants !

Elle s'en voulut d'avoir stupidement révélé son secret et l'origine particulière de son chien.

— Sauvageon se ferait tuer pour le bébé ; il veille sur lui mieux que moi. Je vous en prie, Frédéric, n'ébruitez pas la chose. Les gens sont sots et peureux...

Il l'assura de sa discrétion à voix basse, flatté d'être mis en dehors du lot des sots et des couards. Il ouvrit la porte et se fondit dans la nuit pluvieuse en prenant soin de bien refermer derrière lui.

— Dire qu'il me plaisait, avant ! Que je voulais attirer son attention à tout prix ! songea-t-elle. Comme on change !

Claire avait parlé pour elle-même.

Elle soupira. Désireuse de vider son esprit de toute pensée amère, elle se concentra sur l'enfant qui buvait son lait en agitant ses bras.

Colin Roy entra, trempé. Il se débarrassa de ses sabots et leva une face pâle vers sa fille.

— J'ai faim, ça sent bon, dis…

Il souriait, mais ne s'approcha pas du fauteuil. Il évitait de regarder son fils. Cela blessait Claire, mais elle espérait qu'avec le temps son père s'intéresserait à l'enfant.

Deux semaines de pluie et de vent passèrent encore. Malgré les bavardages de sa servante et les plaisanteries des ouvriers qu'elle croisait parfois dans la cour du moulin, Claire se morfondait. Bertille lui manquait. Elle s'ennuyait de sa complicité.

Elle ne m'écrit même plus… se dit la jeune fille un soir.

Couchée au milieu du grand lit qui avait entendu bien des rires et des confidences, Claire n'arrivait même pas à lire. Son frère dormait dans un petit lit en bois qu'elle avait trouvé dans le grenier et repeint en blanc. Dehors, une bise violente ébranlait les cheminées de la maison et se fracassait contre les volets clos.

Si au moins il faisait beau le jour ! se plaignait-elle. Que papa le veuille ou non, j'aurais rendu visite à Basile avec le bébé. Il doit s'ennuyer autant que moi… En plus, l'humidité le fait souffrir.

Elle imaginait son vieil ami seul dans sa bâtisse encore plus vieille, lui perclus de rhumatismes dans le logis sombre, avec cet espace sous la porte qui laissait passer les courants d'air.

Basile aussi a changé ! Jean lui tenait compagnie. Ils jouaient aux cartes tous les deux, ils discutaient. Tout est devenu triste, ici.

Claire craignait de pleurer des heures sur son sort à la seule pensée des bons moments enfuis. Pour éviter de penser à Jean, elle s'inquiétait de Bertille.

Quand même, cela doit être une vraie aventure, pour elle, tous ces voyages... Je n'ai même pas vu ses toilettes ! Quelle robe a-t-elle portée sur la Côte d'Azur, et dans le train pour Venise ?...

Elle s'apprêtait à éteindre la chandelle afin de s'amuser en évoquant sa cousine aux confins de l'Italie, mais elle y renonça. Elle prit les trois lettres de Bertille et les relut, cherchant la faille, le mot écrit d'une main plus tremblante, une remarque mélancolique. Il n'y en avait pas, en fait. Un bonheur sincère transparaissait dans chaque ligne.

Eh bien, tant mieux... conclut-elle. J'avais mal jugé Guillaume. Il doit l'aimer vraiment.

Les enveloppes à la main, elle fixa la grande armoire de chêne sombre. Un souvenir lui revint, celui d'un matin ensoleillé où elle avait rangé un gros paquet de missives que Jean avait pris chez Basile.

Si je les regardais de plus près !

Ce projet la ragaillardit. Son père, pour mieux chauffer la chambre qu'elle partageait avec le bébé, avait fait installer par le Follet un poêle à bois. Claire y remit deux bûches et, pieds nus, courut ouvrir le meuble. Les lettres, calées entre deux draps, n'avaient pas bougé.

Elle se remit au lit, soudain impatiente, non sans avoir vérifié que son frère dormait paisiblement. Matthieu avait un bon sommeil.

Voyons un peu qui a correspondu avec Basile... Peut-être Marianne Giraud ? Oui, sûrement c'est elle !

Elle eut un moment d'hésitation. C'était très indiscret de lire des courriers adressés à une autre personne. Mais Claire s'ennuyait. Elle déplia un feuillet au hasard. Après plusieurs pages, la jeune fille abandonna. Elle avait le visage inondé de larmes.

Comme cette femme souffrait. Comme elle était malheureuse !

Marianne – c'était bien elle – confiait à Basile les secrets d'une existence confinée à Ponriant. Elle avouait la peur panique que lui inspirait son époux, Edouard, qui était violent.

Il était souvent question de littérature, comme pour effacer le chagrin ou poursuivre une discussion.

Claire trouva ensuite des lettres plus joyeuses, ponctuées de petits mots charmants. Les dates, notées à droite, l'aidèrent à comprendre.

J'ai commencé par l'époque la plus tragique, quand ils étaient séparés. Au début, ils étaient éblouis par l'amour, comme moi et Jean...

Epuisée et meurtrie, elle rangea le paquet de missives dans sa table de chevet. Il ne restait rien de cette mystérieuse idylle. Une relation que le monde aurait jugée coupable. De cet amour, seule demeurait la nostalgie émouvante du vieil instituteur.

Basile finira par tout me raconter ! se promit-elle.

Cette fois, elle souffla la bougie. Au même instant, elle crut entendre un drôle de bruit sur le bois des volets. Des chocs ténus.

On dirait que quelqu'un lance des cailloux !

Claire se reprocha d'avoir éteint. Elle se leva et, à tâtons, se dirigea vers la fenêtre. Il lui fallut un certain temps pour ouvrir, partagée entre l'inquiétude et la surprise. Son chien dormait sur le palier, devant sa porte, ce qui la rassurait, car il n'aboyait pas.

Qui est-ce ? se demanda-t-elle, scrutant les ténèbres. Oh, je suis sotte, le vent doit agiter une branche du rosier.

Pourtant, une lumière lui apparut, mobile et faiblissante. Une voix lui parvint entre les rafales de vent et le crépitement de la pluie.

— Claire ! Claire !

Elle se pencha, le cœur pris de folie. Assez bas, suffoquée par la stupeur, elle appela :

— Jean ! C'est toi, c'est bien toi ?

— Oui ! Peux-tu descendre ?

— Je viens !

Tout son corps tremblait. Elle eut du mal à refermer volets et fenêtre et à rallumer sa chandelle. Sauvageon se leva précipitamment en la voyant bondir hors de la chambre.

— Chut ! Reste là ! Garde le bébé.

La bouche sèche, l'esprit figé sur une unique certitude

– Jean était en bas, dehors, Jean –, elle dévala l'escalier, traversa la cuisine et tourna la clef.

Quelle chance que papa dorme dans son bureau, quelle chance que ce soit samedi, que Tiennette soit en congé…

Enfin elle tira le battant. Drapé dans un étrange manteau noir, la tête couverte d'un chapeau à long bord, Jean se rua à l'intérieur.

— Quel temps ! chuchota-t-il. Claire, ma Claire, je n'ai pas pu attendre pour te rendre visite !

Claire le dévisageait, son bougeoir à la main, rose et dorée en chemise de nuit et châle de laine. Elle retrouvait la douceur ardente de son regard bleu, son front, ses cheveux bruns, ses lèvres rouges. Ce n'était pas un mirage. Jean était bien là, tout près, en chair et en os. Il l'attira contre lui.

— Je voulais te voir. J'ai pris le train et après j'ai marché depuis Angoulême. Tout droit jusqu'ici ! Je n'en pouvais plus, Claire, d'être privé de toi…

Elle crut mourir de bonheur. Les bras de Jean autour de sa taille, de ses épaules, sa voix grave et câline. Le manteau trempé la glaçait, mais elle ne sentait rien. Sa présence et les baisers dont il lui couvrait les joues, le bout du nez et la bouche la comblaient de bonheur. Il expliqua, ivre de joie :

— J'ai posé mon sac chez Basile ! Ah, il était content de me voir. Il m'a dit que ton père habitait au fond du moulin, que tu étais toute seule avec le bébé. J'ai couru jusqu'ici… J'ai faim, tu sais.

— J'ai du pain et de la viande ! répondit-elle. Enlève tout ça, je vais te donner à souper.

Une forme grise déboula. Sauvageon se jeta sur Jean, posa ses pattes sur les épaules du jeune homme et lui lécha le visage. Le chien-loup gémissait et remuait la queue.

— Il te reconnaît ! Tu as vu la fête qu'il te fait !

Jean semblait ému. Pendant des semaines, il avait pensé à Claire, avide du moindre souvenir d'elle. Il se l'était représentée nue sur la paille, en tablier bleu sur le chemin, mais toujours suivie de Sauvageon ou le caressant.

— C'est bête, hein, ça me réconfortait, Claire, de savoir qu'il était là, près de toi, not' Sauvageon. Quand tu me rejoindras, au printemps, emmène-le, dis ! Il s'habituera... Il y en a, des chiens, qui traînent sur le port.

Elle sourit, occupée à sortir un verre, une assiette, du jambon, du pâté.

— Oui... répondit-elle sans réfléchir.

Le printemps ne l'intéressait pas. Seul comptait le présent, ces heures qui les réunissaient. Claire refusait d'envisager le départ et la séparation. Sans doute, Jean n'était-il venu que pour un jour ou deux, mais elle s'en moquait. Il emplissait la grande pièce de son corps robuste et mince et de sa respiration un peu rapide.

— Installe-toi, mange donc !

Il s'attabla sans la quitter des yeux. Claire courut refermer à clef. Elle ranima le feu dans la cuisinière et servit du vin. Elle en but aussi, d'un trait.

— Et le bébé, où est-il ? dit Jean.

— Là-haut, il dort dans ma chambre...

— Ah ! Est-ce qu'il pleure beaucoup la nuit ?

La jeune fille posa une chaise près de celle de son amant. Elle l'enlaça, le corps parcouru de frissons. Elle n'avait pas froid, mais elle grelottait d'émotion et d'impatience.

— Matthieu est bien sage. Il ne se réveille pas avant l'aube.

Jean se releva. Il n'avait avalé qu'une tranche de pain et un bout de jambon. Il prit Claire par la main. Elle comprit le message. Elle se redressa et lui sauta au cou. Ils s'étreignirent encore, si étroitement qu'ils en perdaient le souffle. Enfin ils s'embrassèrent. Leurs bouches ne se désunissaient que pour des mots d'amour chuchotés. La même fièvre les ressoudait.

— Viens, balbutia-t-elle soudain.

Ils montèrent d'une démarche maladroite, les jambes molles. Claire entraîna Jean dans la chambre de ses parents où flottait encore une vague odeur de peinture et de papier peint raide de colle. La jeune fille ne s'embarrassa pas de principes. Que sa mère fût morte là, elle n'y pensait même plus. Le lit les reçut, tandis qu'ils arrachaient leurs vêtements.

— Je brûle ! avoua-t-elle. Touche ma peau.

Il effleura un sein, il frôla ses cuisses.

— Tu es toute chaude, c'est vrai...

Jean ne put en dire plus. Le désir devenait douloureux. Il

prit le temps de contempler Claire, toute nue, offerte, paupières mi-closes, puis il se coucha sur elle et la pénétra un peu rudement. Il gémissait, égaré par la jouissance immédiate, d'une saveur violente comme un alcool fort. Elle étouffa ses cris de plaisir en mordant un bout de drap, mais son corps ondulait et se tordait, enfin comblé.

Entre deux étreintes frénétiques, ils s'endormaient quelques minutes, se réveillaient et s'enlaçaient. Ils étaient heureux. Ils n'échangèrent que des mots d'amour, d'une simplicité éternelle, sans jamais discuter du présent ou de l'avenir.

Un cri frêle les tira d'un sommeil plus profond, juste avant l'aube. Claire bondit du lit.

— Matthieu ! Je n'ai pas préparé le biberon ! Le lait... Il est au frais sur la première marche de la cave. J'y cours. Je t'apporte le bébé. Tu le berceras.

— Eh ! Je n'y connais rien, protesta Jean. Et ton père, à quelle heure vient-il boire son café ?

— Papa a un réchaud. Il se fait de la chicorée. Il ne passera à la maison qu'à dix heures pour manger. Il ne s'occupe jamais du petit.

De l'amertume altérait la voix douce de Claire. Elle courut prendre son frère pour le confier à Jean. Le jeune homme réussit à distraire le nourrisson en sifflant des chansons de marins.

— C'est prêt ! annonça-t-elle en revenant un quart d'heure plus tard. J'ai dû ranimer le feu pour faire tiédir le lait.

Joyeuse, elle s'assit près de son amant, remontant les draps bien haut, car il ne faisait pas chaud dans cette pièce. Elle cala le bébé contre son sein et le fit boire.

— Il a un drôle de visage, ce gamin ! remarqua Jean.

— Comment ça ? s'indigna Claire.

— J'ai vu un petiot de son âge sur le port l'autre jour. Il était tout rond, avec un nez minuscule. Ton frère, il a une tête longue, un air de grand bonhomme déjà...

La jeune femme serra l'enfant plus fort. Elle le trouvait superbe, et le jugement de Jean la décevait. Boudeuse, elle ne lui répondit même pas.

— Claire, lui dit-il à l'oreille, je ne voulais pas te vexer ! Allez, fais-moi un sourire. Je repars demain matin. Je voulais te revoir avant d'embarquer. J'ai travaillé trois mois sur les quais, à décharger les bateaux. Ce n'est pas assez payé. J'ai signé un contrat pour trimer sur un morutier. Il va pêcher dans les eaux de Terre-Neuve, de l'autre côté de l'océan Moi, ça me plaît bien, de traverser la mer !

Elle le regarda, se disant que cette mer dont il parlait d'un ton rêveur devait avoir le bleu de ses yeux, comme sur les peintures qu'elle avait vues dans le dictionnaire.

— Et tu m'écriras ?

La question comportait une pointe d'angoisse.

— Je ne pourrai pas, à moins de donner ma lettre aux mouettes ! Qu'est-ce qu'il y en a, des mouettes, à La Rochelle... Elles crient fort, elles se laissent porter par les vagues. J'ai hâte que nous habitions tous les deux ensemble. Je ne veux plus aller vers Paris. Je voudrais qu'on s'installe sur la côte. N'importe où, mais j'aimerais voir l'océan de ma fenêtre.

Claire avait redressé Matthieu et lui tapotait le dos. Elle expliqua :

— Il doit faire son rot, sinon il aura mal au ventre !

— Dis, tu t'y connaîtras quand nous en aurons, des bébés. Une fille, un garçon, ça me plairait !

Elle resta silencieuse. Cela lui semblait un beau rêve, de partager la vie de Jean, de lui servir la soupe, de se coucher chaque soir avec lui dans un bon lit. Mais un rêve inaccessible.

— Jean, comment je ferai pour quitter mon père et mon petit frère ? Je surveille les comptes. Je reçois souvent les clients. Je cuisine. J'élève ce pauvre petit qui a perdu sa mère... Le printemps arrivera vite, et je ne me sens pas prête à partir. Il faudrait attendre un an au moins. Peut-être que mon père se remariera.

Le garçon recula comme sous l'effet d'un coup violent.

— Et ta cousine, Bertille ? Elle va bien rentrer au bercail un jour. Si son mari travaille avec ton père, ils se tiendront compagnie... Et tu l'oublies, Frédéric Giraud ? Je te rappelle que tu t'en allais pour ne pas l'épouser...

— Il se tient tranquille... Bertille et Guillaume ne tarderont pas. C'est vrai qu'ils seront un soutien pour papa. Ecoute, cet été peut-être, nous verrons ! Et toi, si tu revenais dans la vallée ? Le docteur Mercier n'a pas prévenu la police ; nous

nous sommes affolés pour rien. Tu aurais pu travailler ici, en logeant chez Basile.

Jean se leva. Claire fut troublée de revoir son dos musculeux, ses hanches minces et ses cuisses couvertes d'une toison brune.

— Veux-tu t'habiller ! dit-elle. Je dois changer le bébé...

Par les fentes des volets glissait un jour lumineux. Il devait faire soleil. La jeune femme décida de passer une bonne journée coûte que coûte.

— Mon Jean, retourne chez Basile ! Je vais t'ouvrir la petite porte du cellier qui donne sur le jardin. Je viendrai déjeuner avec vous. Je prendrai la voiture d'enfant. Je ne l'ai pas encore utilisée, tellement il faisait mauvais temps ! J'apporterai un gâteau et du cidre. Cette nuit, tu me rejoindras !

Morose, il approuva. Matthieu dans les bras, Claire vint embrasser son amant à pleine bouche.

— Ne fais pas cette tête de chien battu ! dit-elle en riant. Je dois réfléchir tranquillement. Jamais je ne me marierai avec Frédéric Giraud. Je te le promets, nous vivrons tous les deux. La meilleure solution, ce serait que j'emmène mon frère. Papa ne demandera pas mieux. Il ne lui témoigne aucune affection.

Jean enfila son pantalon et remit sa chemise. Son regard pétillait à nouveau.

— Si ce n'est que ça, j'suis d'accord ! Ce gosse, je veux bien m'en charger, pourvu que j'aie sa grande sœur dans mon lit !

Ils se sourirent, rassurés. Claire avait l'impression qu'on lui ôtait un gros poids du cœur. Elle avait craint un refus.

— Je ne pensais pas l'aimer si fort, sais-tu, mon Matthieu ! Je serai comme sa mère, sa vie durant ! Je l'ai compris, va !

Se redressant d'un air protecteur, Jean se pencha et fixa le bébé. Il lui chatouilla la joue.

— Un asticot comme ça, ce n'est pas dérangeant. Il remplacera mon pauvre Lucien. Mais lui, personne ne lui fera de mal, je te le jure.

Claire ressentit un bonheur de petite fille à pousser le landau sur le chemin des falaises. Il faisait un froid vif, tempéré par un franc soleil. Son père l'avait laissée partir, car certains jours la volonté de sa fille le décourageait. Et elle méritait bien un peu de distraction.

« Va t'amuser chez ce vieux fou d'anarchiste ! avait-il maugréé. Tu travailles dur toute la semaine et tu élèves le petit... »

Maintenant le paysage baigné d'une clarté argentée charmait Claire, avec les champs labourés et la riche terre brune creusée de sillons bien droits. Les houppettes claires des clématites sauvages décoraient les noisetiers et les saules dénudés par l'hiver. Le parfum de sucre chaud du gâteau, emballé dans un torchon, enchantait la promeneuse.

Jean la guettait depuis la porte de la grange. Sauvageon se précipita vers le jeune homme et lui sauta au visage pour le lécher.

Cela pourrait être ainsi des années, se dit-elle. La joie d'être réunis, sans peur ni menaces.

Basile avait préparé des haricots en sauce, agrémentés de belles tranches de lard grillé. Ils déjeunèrent tous les trois en plaisantant et bavardant. Le bébé écoutait en suçant son pouce quand il ne sommeillait pas.

— Il est sage, ce gamin ! s'étonna Basile. A croire que, si l'on change le lait d'une créature terrestre, son caractère s'en ressent. Tiens, Sauvageon, il a tété une truie et, bâtard de loup, il file doux. Ton frère, Claire, a été nourri au lait de chèvre et il ne pleure jamais.

La jeune femme éclata de rire. Elle promit de ne pas donner le sein à ses enfants.

— J'essaierai le lait d'une ânesse, ils auront de la voix !

La journée passa trop vite. Claire devait partir la première. Elle planta de gros baisers bruyants sur les joues ridées de Basile.

— Je viendrai plus souvent. Tant pis pour papa ! S'il n'est pas content, je m'en moque.

Jean et Basile la regardèrent s'éloigner.

— On a le temps de faire une belote, fiston ! proposa l'ancien instituteur.

— Sûr, d'ici la nuit, faut s'occuper ! rétorqua le jeune homme.

Claire voulait une soirée parfaite, romantique. Elle avait sucré le dernier biberon de son frère. Il n'en dormirait que mieux. Colin dînait avec elle comme tous les soirs, mais elle avança l'heure du repas. Elle qui surveillait toujours le nombre de verres de vin que buvait son père lui laissa finir la carafe.

— Je suis fatiguée, papa, va vite te coucher.

Le maître papetier, repu et un peu saoul, ne demandait pas mieux. Il embrassa sa fille sur le front en lui recommandant de bien fermer la porte.

— Ne t'inquiète pas, Sauvageon grogne dès qu'un rat court dans le grenier.

Enfin, la jeune femme se retrouva seule. Elle courut au cellier chercher un pot en grès contenant du foie gras et prit une bouteille de vin blanc bouché. Elle monta se changer avec l'envie d'éblouir Jean. Elle mit un corsage en soie verte et une jupe d'été en lin beige ; elle défit ses cheveux et les brossa longuement. Son reflet lui plut : les yeux noirs, le teint doré par la clarté des chandelles, les lèvres mordillées pour être plus rouges et l'échancrure du décolleté que ne cachait aucun foulard de cou.

Dix fois, elle alla guetter à la petite porte située derrière la maison, qui ouvrait sur le jardin bordant un ruisselet.

— Mais pourquoi tarde-t-il tant ?

Elle se languissait. Une nuit, une seule nuit leur était offerte pour s'aimer et s'embrasser, pour jouir l'un de l'autre jusqu'au délire. A dix heures, on gratta à l'un des volets.

— Jean !

Claire se précipita. Il entra et la dévisagea.

— Que tu es belle !

Elle l'attira à lui et baisa ses lèvres en le prenant par la taille. Leurs corps vibraient d'impatience, d'exaltation.

— As-tu faim ? balbutia-t-elle.

— Oui, de toi… toujours de toi…

Ils déambulèrent dans la cuisine, bouches jointes, savourant l'attente délicieuse du moment où ils seraient nus, corps liés, moites, haletants de plaisir.

Jean ne mangea du foie gras et ne but du vin qu'à trois heures du matin, un linge noué sur les hanches. Ses cheveux bruns, marqués de crans, effleuraient ses épaules. La journée, il les gardait attachés sur la nuque. Claire ne se lassait pas de le contempler, de l'apprendre par cœur, des grains de beauté à cette petite cicatrice au-dessus de la pommette droite. Elle aimait le nez fin, la fossette creusant le menton et surtout les yeux bleus que l'on aurait cru maquillés, ombrés par les épais cils noirs.

— Je t'aime tant ! répétait-elle.

Il l'enveloppait d'un regard passionné. Il aurait aimé peindre les formes rondes de Claire, sa peau de satin, la masse ondulée de ses cheveux, la beauté de sa jeune poitrine, mais il ne savait ni manier le pinceau ni écrire de belles choses.

— Tu es mon sang, ma chair ! chuchota-t-il deux fois en la prenant sur ses genoux.

Elle se réfugiait en lui. Il allait disparaître au lever du jour et il ne serait plus là, tendre, caressant, patient. Elle avait envie de hurler : « Ne pars pas ! » Mais, en fille sensée, elle savait que ce genre de supplique ne servirait à rien.

— Tu m'écriras dès que tu seras rentré au port, Jean ! Promets ! Bientôt, je dirai la vérité à mon père. Je lui expliquerai… Il m'aidera, j'en suis sûre, car il m'aime. J'aurai de l'argent, je te rejoindrai à La Rochelle avec Matthieu et nous ne nous quitterons plus. J'enverrai une lettre à Frédéric Giraud, et il comprendra lui aussi. Il ne peut pas me traîner de force à l'autel.

Ils discutèrent encore longtemps. Chaque parole murmurée, scellée par un baiser, les rassurait.

Enfin, Jean remit son caban de marin – ce manteau noir en drap de laine – qui avait surpris Claire. Il prit son sac. La jeune femme caressa ses joues et étreignit ses mains. Ils s'embrassèrent une dernière fois.

— Ton père va se lever, non ? avança-t-il en lançant des coups d'œil soucieux vers une lucarne que le jour rosissait.

— Oh, le dimanche, il devient paresseux… Adieu, mon amour… Non, pas adieu : au revoir…

Claire le regarda traverser le jardin un peu ensauvagé qui s'étendait derrière la maison. Elle agita la main avec un sourire forcé, car son cœur lui semblait prêt à se briser en menus morceaux. Elle pensa même que jamais elle n'aurait aussi mal que ce matin-là…

Atlantique nord, 8 janvier 1898

Le morutier le *Sans-Peur*, enveloppé d'un épais brouillard, voguait sur une mer d'huile. Le capitaine avait baptisé le bateau de ce nom un peu bravache après l'avoir racheté à un Breton du nom de Le Couennec. C'était un solide bâtiment, repeint de rouge et de bleu.

Il faisait nuit depuis quatre heures de l'après-midi. Cette obscurité précoce oppressait un peu les hommes de l'équipage. Pour trois d'entre eux, c'était la première expédition vers Terre-Neuve. Jean en faisait partie. Lui, si content d'embarquer, n'avait pas tardé à déchanter. La masse monstrueuse de l'océan, sans cesse agitée de vagues, de creux et de bosses, l'avait secoué des jours entiers. Il avait vomi tout ce qu'il tentait d'avaler.

« Regarde la ligne d'horizon, fiston ! lui conseillait un des marins pêcheurs, natif de Saint-Martin-de-Ré. Bah, tu vas t'habituer... »

Jean dormait dans la cale, avec ses compagnons. L'air confiné empestait. Combien de fois avait-il regretté le parfum des falaises, pendant l'été, lorsque les giroflées jaunes embaumaient le miel... Il se reprochait sa faiblesse, car il n'avait pas à se plaindre des conditions à bord.

Ce soir-là, il s'était accoudé au bastingage. Son estomac lui jouait moins de tours. Une chape de froid polaire s'abattait sur le *Sans-Peur.*

— J'ai hâte de voir les côtes de Terre-Neuve... dit-il à Léon, un gamin de seize ans qui le suivait comme son ombre. On doit pas être loin, car on gèle !

Jean attirait l'amitié. Ce frêle adolescent, qu'une bourrasque aurait pu emporter, pleurait la nuit. Sa mère lui manquait, mais il n'avait pas eu le choix. A la maison, il fallait nourrir dix frères et sœurs, ses cadets.

— Moi, je suis pressé qu'on prenne ces foutues morues ! bredouilla Léon en fixant son camarade de son regard gris. Et qu'on retourne au pays. Parole, je me ferai maraîcher ou larbin, mais j'rembarquerai pas.

— T'en fais pas ! répondit le jeune homme. Quand ce sera

le moment de pêcher, tu trouveras le temps moins long… Et si cette purée de pois nous lâche, on verra peut-être des baleines. Le capitaine l'a dit !

Ils se turent, impressionnés par le silence. A peine entendait-on le fracas des vagues sur la coque. Un énorme chien noir, aussi poilu qu'un ours, vint caler sa truffe dans la main de Jean.

— Ah ! Mon vieux Dick, tu viens voir tes copains.

L'animal servait de mascotte, mais il était précieux aussi. Dressé au sauvetage des hommes tombés à la mer, il semblait guetter le moindre mouvement insolite des marins. C'était un excellent nageur, endurant au froid.

— Il me rappelle Sauvageon, une belle bête coupée de loup ! confia Jean à Léon. Ma promise, en Charente, elle l'a pris bébé sous le flanc d'une louve morte. Il m'aime bien !

Léon sourit. Il aurait écouté Jean des heures, surtout quand il parlait de Claire, la plus jolie demoiselle de France, courageuse et gaie, experte en pâtisserie, vive et séduisante.

— Elle me rejoint au printemps. Nous logerons à La Rochelle ; je te la présenterai, Léon ! Je te parie qu'elle te cuira un gâteau de Savoie. C'est fondant, sucré, doré.

Au milieu de l'océan, cernés par la nuit et ses voiles opaques, les deux camarades se prirent à rêver de soleil, d'une fille douce et câline, de gourmandises dégustées ensemble.

Le second du commandant, surnommé Jambe courte par l'équipage, s'approcha. Il boitait, mais personne ne savait pourquoi. Lui aussi appréciait le bon caractère de Jean et son acharnement au travail. Un matin, alors que Jean balayait l'entrepont, Jambe courte avait vu la vilaine cicatrice au bras du garçon.

« T'as effacé ton matricule, petit ? avait-il lâché avec un clin d'œil complice. T'as eu raison… J'en étais, moi aussi, fut un temps. A Hyères, en Méditerranée, la grande bleue ! Je me suis fait la belle, un coup de baraka. Des braves gens m'ont caché six mois chez eux. C'était il y a vingt ans déjà. Sois tranquille, ici, y a pas de passé, p't'-être pas d'avenir non plus d'ailleurs. »

Jambe courte avait éclaté de rire. Emu, Jean avait redoublé d'ardeur à servir le second et le patron.

— Hé ! Les mioches ! grommela le second. Faudrait rentrer à l'abri. Z'avez vu le froid qui fait ! Vos bijoux de famille vont geler, ce serait dommage…

Jean enfonça son bonnet de laine jusqu'aux sourcils. Il se frotta les mains.

— Ce matin, on se dorait au soleil ! Je pensais pas qu'on était autant au nord !

— Pardi ! Depuis deux heures, on navigue sur l'ancienne mer des Ténèbres, la route des Vikings… Le capitaine a viré de bord à midi ! On devrait pas tarder à repérer des bancs de morues ! Y nous reste qu'à prier le bon Dieu, qu'on croise pas un de ces maudits icebergs !

Jean et Léon avaient beaucoup entendu parler, par les autres marins, de ces masses de glace qui dérivaient dans les eaux de l'Atlantique Nord. La partie la plus importante en était immergée ; en cas de collision, le bateau pouvait sombrer corps et biens, la coque éventrée. Les récits parlaient des dangers de ces parages, à l'heure de la pipe et de la cigarette qu'on roulait les doigts poisseux d'humidité.

— On rentre, patron, je suis de vigie à dix heures ! cria Jean.

Léon le précéda de sa démarche hésitante. L'adolescent grelottait. Il n'était vêtu que d'un tricot et d'un ciré. Le second lui tapota le dos. Le gros chien noir lança un regard méfiant vers le ciel.

— Qu'est-ce que tu sens, Dick ? demanda Jambe courte. T'es pas un cabot, mais un vrai baromètre…

Les trois hommes descendirent dans l'entrepont. Là, une lampe à pétrole dispensait une clarté jaune, réconfortante après l'obscurité. Jean s'assit sur un banc et, comme bien souvent, il pensa à Claire… Son esprit s'envola et franchit des kilomètres pour errer au pied d'un alignement de falaises. Une rivière chantonnait, tellement paisible comparée à l'océan, malgré ses rebonds entre les roseaux, malgré son honnête force qui entraînait les roues des moulins. Jean revit d'abord la face ridée de Basile, tout content d'abattre des atouts à la belote, puis il s'arrêta au beau visage de Claire, à son sourire étonné lorsque le plaisir l'égarait. Il crut effleurer de ses lèvres le poli de sa joue ronde, la soie de ses seins fermes et chauds, des pommes d'amour.

— Oh, le Jeannot, tu rêves !

La voix éraillée le ramena brutalement à bord du *Sans-Peur*, au moment précis où le bateau était secoué par un coup de boutoir d'une violence extrême. Dans la cambuse où les hommes s'étaient réunis pour boire une pinte de bière, tout fut renversé et jeté au sol. Des mugissements déments suivirent ce premier choc. Livide, Léon appela sa mère.

— Tout le monde à son poste ! ordonna le second. C'est une foutue tempête qui nous arrive dessus, j'm'en doutais ! J'vais voir le capitaine, comment il s'en tire !

Dick hurlait à la mort, aboyait, hurlait encore. Le ventre tordu par la terreur, Jean sortit avec les autres. Ce qu'il vit acheva de l'épouvanter. Autour du morutier se dressaient des montagnes d'eau, que l'on devinait à la faveur des falots accrochés sur le pont. Le jeune homme eut l'impression, l'espace d'une seconde, qu'il était au fond d'un tourbillon, sur un minuscule esquif. La seconde suivante, les vagues géantes s'abattirent sur le bateau, comme pour le broyer. Mais le *Sans-Peur* résistait.

Des silhouettes, dérisoires au regard des éléments en fureur, couraient d'une coursive à l'autre, de la proue à la poupe. Les ordres que le second s'égosillait à donner étaient exécutés avec une rapidité dont dépendait la survie de chacun. Jean refusa de réfléchir ; il préférait se laisser guider, agir, obéir. De nouveau, des colonnes d'eau grise grossirent, s'enflant jusqu'à la démesure au-dessus du pont. Léon titubait, les mains plaquées sur ses oreilles. Les cris et le rugissement de la tempête le rendaient à moitié fou. Il avait souillé son pantalon sans même s'en rendre compte.

— Léon ! Par ici ! clama Jean en voyant l'adolescent courir du côté où le bateau penchait dangereusement. Fais gaffe, ça va tomber !

Ce fut le chaos : les lampes éteintes, un mât se brisant net, des gémissements et des appels au secours. Jean avait saisi Léon par le bras et il se sentit emporté vers le vide. Ils passèrent par-dessus bord. L'eau glacée, qu'il trouva très salée, s'engouffra dans sa bouche. Il la rejeta, les yeux fermés, se débattant de toutes ses forces. Quelqu'un se cramponnait à lui, Léon sûrement... Ils allaient couler.

Bon nageur, Jean tenta de se maintenir à l'air libre. Il n'entendait plus rien, perdu au cœur des ténèbres. Ses poumons étaient en feu. Mais il percevait encore les doigts crispés à la chair de son bras gauche.

— Léon, bon sang, arrête de gigoter ! hurla-t-il.

— Jean... Jean, j'veux pas crever ! Jean...

Une lumière brillait dans la nuit. Il y eut comme un reflet sur des planches vernissées de pluie. Quelque chose griffa la cuisse de Jean, qui crut deviner une grosse tête brune. On appelait :

— Oh ! Les mômes ! Dick va vous ramener, tenez-vous à son collier ! On va vous récupérer !

Jean s'abandonna au plus profond soulagement. Il avait reconnu la voix de Jambe courte. Le chien nageait autour d'eux, battant des pattes ; il avait touché le jeune homme.

— Léon, on est sauvés ! Dick, là... chope-le ! Au collier...

Mais l'adolescent, affolé, gesticulait en suffoquant. Jean le repoussa et parvint à lui faire lâcher prise. L'animal connaissait son métier ; il attrapa Léon par le col de son caban et le tira en arrière.

— C'est bien, brave bête... Continue... Je te suis, va !

Jean se remit à nager, empêtré dans ses vêtements alourdis par l'eau. Un chuintement titanesque lui fit tourner la tête. Couché sur le flanc, drossé par une ultime vague meurtrière, le *Sans-Peur* fonçait sur lui et sur la barque où le second et trois hommes se tenaient debout, des lanternes à la main.

— Maman... Mon Dieu ! Claire...

C'était la prière désespérée d'un condamné. Jean crut revoir sa maison natale, sur les coteaux de Valence, dans la vallée du Rhône... Il avait appelé sa mère dont il ne gardait aucun souvenir, un Dieu en qui il ne croyait plus depuis longtemps et la jeune fille brune dont il n'avait reçu qu'amour et tendresse. Il sombrait, fétu humain parmi un affreux fouillis de bois goudronné, de ferrailles et de cordages.

Moulin du berger, 15 janvier 1898

Bertille s'étira, tout alanguie de sommeil. Il neigeait. Guillaume avait ouvert les volets et il tirait les rideaux de dentelle. Le couple dormait dans l'ancienne chambre de Colin et d'Hortense.

— Repose-toi encore, ma princesse ! murmura Dancourt en nouant sa cravate. Je vais te monter du thé et des biscuits.

Elle eut un sourire ravi et se blottit sous les draps.

Ils étaient rentrés au moulin la veille de Noël avec une malle pleine de cadeaux. Claire, trop heureuse d'avoir à nouveau la compagnie de sa cousine, avait montré fièrement la pièce repeinte de couleurs pastel et tapissée d'un beau papier à fleurs. La literie aussi était neuve, ainsi qu'une table de toilette achetée à Angoulême par l'intermédiaire du colporteur.

Les deux jeunes cousines s'étaient retrouvées avec une joie évidente. Les tensions de l'automne avaient cédé devant le lien profond qui les unissait. Bertille avait hâte de raconter en détail ses voyages ; Claire brûlait d'envie de parler de Jean et du bébé. Pendant que l'une évoquait Venise, le palais des Doges, les plaines de Toscane, les ruines romaines du port d'Ostie, l'autre donnait le biberon, changeait les langes, agitait un hochet. Elles ne se séparaient qu'après le dîner, lorsque chacun regagnait sa chambre.

Malgré le froid et les brouillards glacés de janvier, une chaude atmosphère familiale régnait au moulin, soutenue par les pleurs de bébé, les odeurs de viande rôtie et les rires des filles. Colin lui-même reprenait de l'énergie, bien heureux d'être secondé par Guillaume.

Claire était infatigable. Elle avait préparé la terre du potager pour les semis de printemps et nettoyé la bergerie, car ses chèvres mettraient bas en février. Finalement, la mère d'Etiennette avait prêté son bouc. Il fallait du lait pour Matthieu.

Ce matin encore, la jeune femme pétrissait de la pâte à pain. La cuisinière en fonte ronflait, dégageant une chaleur intense.

— Au jardin de mon père, les lilas sont fleuris ! chantonnait-elle en brassant un énorme coussin blanchâtre, d'où montait une bonne odeur de levain.

Elle tournait et retournait ses idées au rythme de son travail. Le bonheur paisible de sa cousine n'en finissait pas de la surprendre. Bertille n'était pas avare de confidences. Claire avait appris, sidérée, que Guillaume l'avait fait examiner, à Marseille, par un médecin réputé.

« Il a dit que je pourrais avoir des enfants ! avait chuchoté l'infirme. Ce n'est guère étonnant puisque j'avais mes affaires chaque mois. Il n'y a que mes jambes qui sont mortes, mais mon mari les masse, les frictionne… »

Ces propos murmurés faisaient rougir Claire, qui avait du mal à parler aussi franchement. Elle disait souvent à sa cousine :

« Tu avais tort de te désespérer, princesse ! La vie t'a donné un époux charmant, et tu as vu plus de pays que je n'en verrai jamais ! »

Depuis deux jours, pourtant, Bertille affichait une mine plus grave.

Il y a anguille sous roche ! songea Claire. Elle me cache quelque chose.

La pâte était prête. La jeune femme la disposa dans une grande cuvette en terre cuite et la couvrit d'un torchon. Etiennette entra, blanche de neige.

— J'ai nourri les poules et *moussur*[1] le cochon, mam'selle Claire ! Il fait un froid, dites…

La servante plissa le nez pour humer le parfum de farine et d'eau tiède. Elle devenait gourmande, de l'avis de sa jeune patronne.

— Tu auras du pain chaud, juste cuit ! promit celle-ci. Mais à être aussi vorace, Tiennette, tu prends du ventre.

L'adolescente baissa le nez et alla au cellier. L'horloge sonna dix heures. La rivière grondait, grossie par les pluies qui avaient précédé la neige. Du moulin s'élevaient les voix des ouvriers. Une commande devait partir avant le soir. Tous ces détails devaient rester gravés dans la mémoire de Claire durant des années. Ils la hanteraient comme le prélude d'une sinistre symphonie.

Tiens, Basile est à la fenêtre ! se dit-elle. Qu'est-ce qui a bien pu le pousser à sortir par ce temps !

L'ancien instituteur frappait à la vitre. Un bonnet rouge

1. Monsieur.

plaquait ses cheveux gris autour de sa face maigre. Il ressemblait à un mendiant demandant asile. Elle courut lui ouvrir.

— Viens vite près du feu ! le gronda-t-elle.

Basile Drujon fit deux pas, vacilla et s'appuya au mur. Il haletait :

— Ma pauvre petiote ! J'aurais tout donné, ma vie même, pour t'éviter ça !

Claire recula. Une sensation de froid la prit, du front aux pieds. Son ventre se noua.

— Parle ! supplia-t-elle, livide.

Il sortit un journal de son manteau qu'il brandit au visage de la jeune femme.

— Petiote, je suis abonné, tu sais bien. Ah ! Ce que j'ai lu tout à l'heure... Jean... Notre Jean...

Elle lui arracha la gazette. En première page, une illustration représentait un bateau disloqué par des vagues monstrueuses. Des marins, dont seule la tête dépassait des flots, tendaient une main vers le ciel, une expression d'horreur les défigurant. Claire lut le gros titre : « Le morutier le *Sans-Peur* perdu corps et biens aux abords de Terre-Neuve ».

Sa vue se brouilla. Avant d'embarquer, Jean lui avait envoyé une carte postale. C'était un cliché photographique coloré sur lequel on voyait une plage, des barques de pêche sur le sable et le soleil se couchant à l'horizon. Au dos était écrit : « Je prends la mer sur le *Sans-Peur* ! Je reviens vite, mon aimée, pour t'offrir mon cœur. »

Guillaume Dancourt venait de descendre et agitait des tasses. Il vit Basile qui prenait Claire dans ses bras. La jeune femme pesait pour le vieil homme.

— Venez m'aider ! cria-t-il. Elle s'évanouit.

Dancourt se précipita. Il attrapa Claire et la souleva aisément. A l'étage, le bébé se mit à hurler. Bertille appela.

— Eh bien, asseyez-la dans le fauteuil ! grommela Basile. Il faut lui frictionner les mains et les joues au vinaigre.

Etiennette accourut, curieuse d'assister à la scène. Guillaume la secoua par l'épaule :

— Va prévenir ma femme ! Dis-lui que sa cousine s'est trouvée mal et confie-lui l'enfant ! Ce mioche, il avait besoin de se réveiller maintenant !

Basile avait tiré un tabouret près du siège de Claire. Elle ouvrit les yeux, comme si elle s'éveillait d'un petit somme.

— Qu'est-ce que j'ai eu ?

Mais le regard navré de son vieil ami lui fit se souvenir du journal, de la terrible nouvelle. Elle éclata en sanglots, couvrant son visage de ses mains.

— Laissez-moi seule avec Basile ! hurla-t-elle, au bord de l'hystérie. Arrêtez de me fixer comme une bête curieuse !

Etiennette grimpa l'escalier pendant que Guillaume enfilait une veste fourrée et sortait. Bertille appelait encore ; elle voulait savoir ce qui se passait.

— Basile ! Ce n'est pas possible ! Pas lui, pas Jean, je ne veux pas...

Claire pleurait, secouée de sanglots.

— Pleure, petiote, pleure tout ton saoul. Ne te gêne pas pour moi !

Elle se réfugia contre lui en poussant de petits cris de désespoir. Un vide immense lui ôtait ses forces ; elle avait l'impression d'être écorchée vivante, brisée au sol.

— Pas Jean, pas Jean ! répétait-elle en gémissant. Je devais le rejoindre au mois de mai à La Rochelle. J'aurais pris mon frère avec moi. Jean voulait bien l'élever.

Claire s'oubliait. Elle parlait fort et suffoquait. Un hurlement du bébé, à l'étage, la fit taire. Le cri aigu fut suivi de pleurs véhéments.

— Matthieu ! Qu'est-ce qu'il a ? s'exclama-t-elle en se ruant vers les marches.

Etiennette tenait le bébé contre son sein. Elle le berçait avec autant de délicatesse que s'il s'agissait d'un poulet qu'on allait abattre.

— Mam'selle, faut pas vous fâcher, je lui ai cogné la tête à la porte, mais y va bien ! Il aura une bosse, à tout prendre !

La fureur submergea Claire. A la volée, elle gifla la servante avec toute l'énergie mauvaise que lui donnait son chagrin.

— Imbécile, bonne à rien ! Qui t'a dit de toucher à Matthieu ?

La jeune femme reprit son frère et s'assura qu'il n'était pas contusionné. Etiennette se frottait les joues, d'un rouge éclatant.

— Ben, c'est m'sieur Dancourt, parce que vous aviez tourné de l'œil...

Bertille, de son lit, maudissait une fois de plus son incapacité à se déplacer. Sa chaise roulante était rangée au rez-de-chaussée. Elle demanda encore, d'une voix dure :

— Qu'est-ce que vous fabriquez ? Tout ce vacarme !

Claire étreignit son petit frère emmailloté, bien au chaud dans ses langes. Elle aurait voulu disparaître en un claquement de doigts, être rayée du monde des vivants, comme Jean. Mais cela aussi lui était interdit. A pas mesurés, elle entra chez sa cousine.

— Bertille, je suis veuve sans être mariée ! Mon Jean, il s'est noyé, l'océan me l'a pris.

L'infirme devint très pâle. Elle murmura gentiment :

— Donne-moi Matthieu, ma chérie ! Je peux au moins m'occuper de lui. Il m'aime bien.

Le poupon qui allait bientôt avoir cinq mois se trouva à son aise au creux de l'oreiller parfumé.

— J'ai besoin de marcher ! bredouilla Claire. Je reviendrai. Fais-toi aider par Tiennette.

Elle avait décidé de raccompagner Basile jusqu'à sa maison, refusant de répondre aux questions de son père, que Guillaume avait prévenu de son malaise. La paix de la vallée nappée de givre et la chute lente des flocons en rideaux serrés avaient calmé ses nerfs torturés. L'air glacé lui fouettait le sang.

— Pourquoi est-ce arrivé, dis ? interrogea-t-elle pour la troisième fois. Pourquoi Jean, pourquoi ce bateau ?

L'instituteur éprouvait un profond chagrin. Il avait appris à aimer Jean et il vouait à Claire l'affection d'un père.

— Je n'ai pas la réponse, petiote ! Un sale tour du destin ! Ce brave garçon était né sous une mauvaise étoile ! Perte de sa famille, errance sur les routes de France, puis le bagne, la mort de son petit frère ! Il faut croire que certains d'entre nous ne sont pas bénis des dieux. Et il était content, lui, d'embarquer ! Ah, bon sang !

La jeune femme s'arrêta pour ajuster le capuchon de sa

pèlerine. Elle scrutait un lointain pan de falaise où elle connaissait un mur de lierre dont les feuilles devaient pendre, alourdies par la neige.

— Notre Grotte aux fées ! soupira-t-elle. Quel bel été ! J'étais si heureuse, Basile, avec Jean. J'aurais dû le retenir ici, le cacher. Alors, tu y crois, toi ? Je ne le reverrai jamais...

Il la prit par la taille, de peur de la voir s'écrouler sur le chemin.

— Je suis bien obligé d'y croire, petiote ! Perdu corps et biens, le *Sans-Peur* a été croisé par un autre bateau dans les parages, selon l'article. Ils n'ont rien retrouvé, pas un homme, pas une planche ! Les tempêtes sont violentes, là-bas. Et l'eau, c'est de la glace ; la mort vient vite.

Ils reprirent leur route, serrés l'un contre l'autre. Basile grelottait.

— Tu n'es pas assez couvert ! lui reprocha-t-elle. Et tu ne manges pas suffisamment. Si je te perds, toi aussi, qu'est-ce que je deviendrai ? Bertille et son mari roucoulent à longueur de journée, et mon père boit trop le soir, au dîner. Il se couche la voix pâteuse, et le travail du moulin en souffre. Etiennette devient une vraie crapule. Si je n'avais pas le bébé... L'eau c'est de la glace, disais-tu, alors il n'a pas souffert, Basile. Je ne veux pas qu'il ait eu mal, ou peur. Mon Jean...

Ils étaient arrivés. Basile fit entrer Claire et alluma le feu dans la cheminée.

— Te souviens-tu, ma petiote ? En cas de coup dur, je t'offrais une goutte d'eau-de-vie ! Bois donc, ça te remettra le cœur en place !

— Mon cœur ! s'écria-t-elle. Je n'en ai plus, il est au fond de la mer, loin, très loin...

Claire ne pleurait plus. Un masque tragique figeait ses traits harmonieux. Elle paraissait encore plus belle à son vieil ami, un peu comme ces reines antiques qui portaient tout le malheur du monde sans faiblir.

11

Le sang des loups

Moulin du berger, 10 février 1898

Depuis le lever du jour, Claire cherchait Sauvageon. Le chien avait disparu la veille, au crépuscule. Au milieu de la nuit, elle avait cru entendre hurler des loups. Le froid ne faiblissait pas. Après d'importantes chutes de neige, le gel avait pétrifié la campagne. Le long de la rivière, roseaux et racines se paraient d'une couche de cristal, tandis qu'aux bords des toits de longs cônes de glace jouaient les pendeloques.

Où est-il passé ? se demanda la jeune femme en quittant l'écurie.

Le recoin garni de foin où l'animal dormait était vide. Claire avait contourné les bâtiments du moulin en appelant inlassablement son chien. Les chèvres, enfermées dans la bergerie, lui avaient répondu d'un concert de bêlements. La mise bas approchait. Elle resserra au menton l'écharpe en tricot qui protégeait ses cheveux. Son corps aminci flottait dans la robe qu'elle avait teinte en noir après la mort de sa mère.

Claire cachait sous son matelas la gazette où était relaté le naufrage du *Sans-Peur*. Devant le mutisme obstiné de sa fille, Colin Roy avait renoncé à comprendre. Peut-être se doutait-il de quelque chose ? Les ouvriers causaient entre eux, à l'heure du repas. La vue de la jeune patronne – qu'ils nommaient Claire – les attristait. Elle qui était jadis si gaie, si ronde et vive, avait maigri. Elle avait perdu sa joie et dissimulait ses formes sous des châles de laine.

Guillaume était persuadé de savoir la vérité. Il s'agissait du neveu de Drujon, ce gaillard brun au regard bleu. Sûrement, le jeune homme avait épousé une autre fille, ou bien il était mort. Cela lui était égal. Il avait ses propres soucis et se réconfortait le soir, couché près de Bertille.

Claire se résigna à rentrer. Elle était transie. Le loup, car Sauvageon, à son idée, tenait plus du loup que du chien, l'avait abandonnée.

Il a rejoint ses congénères, las d'être enchaîné toute la journée, ou bien il court les femelles ! se dit-elle. Les bêtes se moquent du froid. Les petits naîtront au printemps.

Le mot raviva la douleur qui ne lâchait pas prise. Des visions atroces, des angoisses intolérables assaillaient la jeune femme chaque nuit. Elle imaginait Jean se noyant, le corps rempli d'eau salée ou bien écrasé par la chute d'un mât. Parfois, elle rêvait de lui. Il se débattait dans des vagues furieuses. Il l'appelait au secours. De gros poissons aux dents acérées rongeaient sa chair et détruisaient ce visage chéri, tant de fois embrassé et caressé.

Du courage ! se dit-elle en marchant jusqu'à la cuisinière pour réchauffer ses mains.

— Te voilà enfin... Le biberon n'est pas prêt, et Matthieu commence à s'agiter.

La voix de Bertille la fit sursauter. Sa cousine était assise dans sa chaise roulante. D'une main, elle donnait un mouvement de balancier à la bercelonnette où le bébé dormait.

— Je ne suis pas tranquille, pour Sauvageon. Il ne tenait plus en place ces derniers jours. Où est Tiennette ?

— Dans les cabinets, à vomir ses tripes ! Elle est grosse, Claire ! Tu n'as rien vu parce que tu ne vois plus rien ! Le facteur est passé aussi. Tu as encore reçu une lettre de Frédéric Giraud. Monsieur a pris ses quartiers d'hiver à Angoulême, n'est-ce pas ?

Bertille pinça les lèvres. Elle était à bout de nerfs, confinée au moulin par la neige et le gel.

— La servante, enceinte ? répliqua Claire. Mais elle n'a que quinze ans depuis Noël ! En es-tu sûre ?

— Son ventre ne loge plus dans son sarrau. Elle ressemble à

un oreiller ficelé. Tu devrais la congédier. Elle ne se lave pas et elle chaparde !

— On dirait ma mère quand tu parles comme ça ! En tout cas, celui qui l'a engrossée mériterait bien pire ! Ce n'est qu'une gosse.

Une petite voix intérieure ajoutait, dans l'esprit de Claire : « Une gosse, peut-être, mais qui porte un enfant, contrairement à toi ! »

La jeune femme secoua la tête, mais ne se débarrassa pas de cette pensée cruelle. Elle aurait pu attendre un bébé de Jean, mais son corps pourtant sain et bien bâti n'avait pas été fécondé. Pas une seule fois.

— Tu ne m'as pas répondu, pour Frédéric Giraud ! insista sa cousine.

— Bertille, il ne se passe pas un jour sans que tu me serines ce nom-là ! Je n'ouvre pas ses lettres. Je prie pour qu'il reste des années en ville et qu'il m'oublie ! Mais pour te faire plaisir, je te dirai que les cheminées de Ponriant fument dru. Le maître du domaine est donc de retour. Cela me permettra de lui rendre visite, pour reprendre ma parole. Je n'ai plus peur de rien, princesse ! Il peut crier, me tuer même, je m'en moque. Je suis déjà morte !

— Pour une morte, tu es bruyante ! persifla Bertille. Parle moins fort ! Si ton père entrait, ou Guillaume... Après tout, puisque Jean s'est noyé, tu pourrais épouser Frédéric... Pas tout de suite, mais cet été !

Claire eut l'impression de recevoir un soufflet en plein visage. Elle s'approcha de sa cousine.

— Peux-tu un instant concevoir le mal que tu me fais en disant cela ? Tu n'as aucune pitié de moi ! Je perds l'homme que j'adorais et tu me proposes d'en prendre un autre ! Mon Dieu, je plains ton mari !

Matthieu poussa un cri inquiet. Il agitait ses petites mains et ouvrait la bouche. Il allait hurler.

— Là, mon tout petit ! chuchota Claire. N'aie pas peur ! Tu vas avoir ton lait... Ta grande sœur est là, mon mignon !

L'enfant eut un sourire en coin, rassuré. Il avait embelli ; ses joues étaient plus dodues et son nez moins fort. La jeune femme le prit et le souleva à bout de bras. Il gazouilla, ravi.

— Regardez, voici le futur maître papetier de la vallée ! Matthieu Roy, le plus beau bébé du pays !

Bertille soupira. Elle fit avancer les roues de sa chaise en les poussant du plat de la main. Chaque matin, elle repoussait la discussion qu'il lui fallait avoir avec Claire. Mais Guillaume perdait patience. Elle se décida :

— Ma Clairette chérie, pardonne-moi ! J'ai si peu connu Jean, je ne vais pas feindre le chagrin. Si tu épouses Frédéric, tu seras riche, et cela nous aiderait tous…

L'infirme balbutiait. Son teint de lys avait des nuances roses, ce qui était rarissime.

— Que veux-tu insinuer ? demanda Claire en s'installant près de la cuisinière pour donner le biberon à Matthieu.

— Je ne savais pas comment te l'annoncer, reprit Bertille. Et puis tu as eu ce gros malheur, la mort de Jean, et j'ai attendu un peu. Ce sont des histoires de famille, je n'y comprends rien, mais Guillaume est ruiné ! Voilà, c'est dit ! Il a dépensé une fortune pour ce voyage, nous sommes descendus dans les plus beaux hôtels… Et ma garde-robe, tu as vu, des splendeurs…

Claire approuva, l'air impassible. Sa cousine continua, en parlant très vite :

— Pour disposer d'une somme suffisante, Guillaume a vendu sa maison de la rue de l'Evêché, mais elle appartenait par moitié à son frère aîné, qui réclame sa part. Oh ! c'est si compliqué… Il y a une hypothèque, aussi, des tas de soucis. Nous avons dû nous installer au moulin, moi qui rêvais d'habiter en ville ! Il faudrait dans un premier temps qu'oncle Colin verse un salaire à Guillaume. Je ne peux pas t'expliquer tous ses ennuis, mais il risque un procès, car son frère a juré sa perte ! Nous avons besoin d'argent, de beaucoup d'argent !

— Vous êtes revenus ici parce que vous n'aviez plus un sou ? s'étonna Claire. Si ton mari avait géré convenablement ses affaires, tu aurais vécu dans les beaux quartiers d'Angoulême, sans te préoccuper de moi ! Bravo, je suis accablée de malheurs, mais la coupe est pleine… Tu te figures peut-être que je vais céder à Frédéric pour sauver Guillaume ! Ma pauvre Bertille, tu te fais des illusions ! Jamais, jamais ! Vous êtes logés et nourris, c'est déjà bien… Que ton Dancourt se débrouille avec sa famille de rapaces !

Colin entra. Il avait d'abord tapé ses brodequins sur la pierre du seuil pour les nettoyer de la neige boueuse qui collait aux semelles. Les deux cousines se turent immédiatement. Le maître papetier souleva le couvercle de l'énorme marmite d'où s'échappaient un fumet de viande et de la vapeur tremblante.

— Claire, est-ce cuit ? Les ouvriers ont faim, avec ce froid !

Etiennette réapparut. Depuis l'automne, la servante distribuait le repas de midi aux hommes du moulin. Elle rapportait du cellier un tonnelet de vin et une miche de pain.

— J'arrive, m'sieur Roy… C'est que ça pèse, ce fourbi !

Claire accorda un regard apitoyé à l'adolescente, maigre et mal vêtue malgré les vêtements qu'on lui donnait. Son ventre pointait. Colin lui ôta le vin des mains.

— File, petite ! dit-il. Je ferai deux tours, c'est trop lourd pour toi. Je me charge de la marmite.

Jamais le papetier ne s'était soucié des charges que portait Etiennette. Un soupçon effrayant vint à la jeune femme. Elle baissa la tête, comme si le bébé la fascinait, pour ne pas voir l'étrange expression de son père ni la grimace complice de la servante.

Pas ça ! se répéta-t-elle, révoltée. Je ne le supporterais pas…

Claire grelottait. Malgré le poêle garni de bûches, un souffle glacé passait sous la porte et par le plafond. Elle regretta de ne pas avoir monté une des briques qui chauffaient toujours dans le four de la cuisinière. Les pensées les plus pénibles la tenaient éveillée. L'aveu de Bertille, le doute qui la taraudait au sujet de son père et de la servante. La mort de Jean servait de toile de fond. Sur le pire malheur se greffaient des souches de désespoir prêtes à grandir encore, à l'étouffer.

« Je n'aurai jamais assez de courage ! gémit-elle. Je voudrais mourir, moi aussi ! »

Elle avait plusieurs fois envisagé le suicide. Son éducation catholique et son sens du devoir la tenaient à l'écart de cette tentation. Pourtant, chaque fois qu'elle sortait du moulin, Claire marchait jusqu'à un certain parapet de pierre au-dessus de la chute d'eau de la rivière. Une cascade argentée dégringolait sur un éboulis de rochers pour se perdre sous des arches robustes. Les ouvriers appelaient ça le « trou ». Tout proche, un escalier étroit descendait jusqu'aux trois roues à aubes. Avant, une espèce de plage vaseuse s'étendait dans la pénombre.

Si je me jetais là-dedans ! se disait-elle, penchée au-dessus du muret. Je me briserais le cou ou le crâne. J'arrêterais de me souvenir de Jean, peut-être que je le retrouverais au ciel... Mais je n'aurais plus mal.

Un matin, son père l'avait surprise assise au bord du vide, le regard vague. Il l'avait obligée à rentrer. Leur complicité de jadis, l'affection, les bavardages, plus rien n'existait entre eux. Juste le silence, les conseils donnés et reçus.

Le vent soufflait, cognant aux volets. Cela rappela à Claire la nuit avant Noël où Jean était venu la surprendre. Il avait lancé des cailloux et elle avait ouvert sa fenêtre.

Non ! Je ne veux pas me souvenir, non...

La jeune femme se redressa, la gorge serrée par la douleur familière qui ne lâchait jamais prise. Elle crut percevoir des bêlements de panique, malgré les sifflements de la bise.

Mais, la bergerie est de l'autre côté du moulin ! Les chèvres ont dû s'échapper, mais ce n'est pas possible, car j'ai fermé moi-même la porte !

Elle se leva en prenant garde de ne pas réveiller le bébé. Il lui fallut un certain temps pour trouver des chaussures et son châle le plus chaud. Agir l'arrachait à sa peine ; elle s'empressa de descendre et d'allumer une lanterne.

Je suis folle de sortir par un temps pareil ! pensa-t-elle en découvrant des tourbillons de neige, de même qu'un amas de glace et de boue dans la cour.

Pourtant, elle s'élança, aussitôt saisie par un froid polaire. A deux mètres, une de ses biques, la noire et blanche, se tenait figée sur place, les yeux fous. Elle bêla de plus belle en voyant Claire.

— Eh bien, Finette, qu'est-ce que tu fais dehors !

Un peu plus loin, une forme rousse gisait sur le sol, déjà constellée de flocons gelés. A la lueur de sa lampe, la jeune femme crut voir du sang. Un long hurlement la pétrifia.

— Sauvageon ! bredouilla-t-elle, saisie de terreur. Où es-tu, mon chien ?

A l'entrée de la cour, trois silhouettes sombres s'agitaient, tête basse. Leurs yeux brillaient dans l'obscurité.

— Des loups ! cria-t-elle.

Aucune des bêtes n'avait la moitié du crâne blanche. Affolée, Claire recula à pas lents.

— Viens, Finette, viens vite, je t'enfermerai dans le cellier.

Elle n'osait pas imaginer le sort des autres chèvres, prêtes à mettre leur petit au monde. Les loups ne criaient plus ; ils approchaient doucement, d'une démarche hésitante qui ressemblait à une danse sauvage.

Il ne faut pas courir ! se répétait-elle. Qui m'a donné ce conseil ? Je ne sais plus. Sans doute un vieux du village quand j'étais petite. Si je cours, ils courront plus vite que moi, si je tombe, ils me sauteront dessus !

Claire était presque arrivée au perron, toujours à reculons. La bique se décida à prendre la fuite. En quelques bonds, elle grimpa la rampe en pierre jusqu'à un pan de toit tout proche, où elle se réfugia. Des tuiles se brisèrent.

— Mon Dieu ! murmura la jeune femme. Si je pouvais sauter aussi bien. Ils viennent sur moi !

Désespérée, n'osant pas se retourner et ouvrir la porte, elle fit balancer la lanterne. Les loups s'arrêtèrent, inquiets. Soudain, un autre loup surgit de la nuit. Hérissé, menaçant, il se plaça face à ses congénères. Il avait un grognement terrible.

— Sauvageon !

Claire avait reconnu son chien au collier en cuir qu'il portait. Mais elle frissonna, tant il ressemblait à ses frères de la forêt. Même façon de se déplacer, de trotter, de montrer les crocs. Elle comprit enfin qu'il barrait le passage à la meute. Vite, elle souleva le loquet et se jeta à l'intérieur. Son premier geste fut de se poster à la fenêtre après avoir repoussé un des volets. Elle vit les quatre bêtes s'enfuir en direction des falaises. Le plus gros des loups emportait la chèvre rousse, qu'ils avaient dû tuer peu de temps avant.

— C'est Finette que j'ai entendue bêler ! Ma Roussette était déjà saignée… Et Sauvageon ! Je croyais qu'il resterait au moulin, mais non, il les a suivis ! Quel ingrat !

Ses jambes tremblaient. Elle alla s'asseoir dans le fauteuil en osier, prit le coussin et le serra sur son ventre que la peur rétrospective torturait.

Et personne ne s'est réveillé. J'aurais pu être dévorée devant la maison. Ni mon père ni Guillaume ne sont sortis…

Claire se mit à pleurer sur sa solitude, sur sa faiblesse de femme. Elle proférait des injures et des plaintes, elle haletait, sanglotait et reniflait. Ivre de larmes, de dégoût, elle se balançait d'avant en arrière, incapable de se relever, de garnir la cuisinière et de se servir ce verre d'eau-de-vie dont elle rêvait. Colin la trouva prostrée, l'air hagard. Elle avait le visage gonflé et le nez rouge.

— Qu'est-ce que tu as ? fit-il. Allons, Clairette, dis-moi.

Elle le regarda. Son père était enveloppé dans une couverture et un bonnet en laine cachait son front. Il avait aux pieds des pantoufles blanches de neige fraîche.

— Il y a du bruit sur le toit de la maison ; on dirait une bête ! Mais je n'ai rien vu ! Et toi, tu es là, avec une tête à faire peur. Il n'est rien arrivé au petit, quand même ?

La jeune femme le fixa un court instant, hébétée, puis elle se ranima.

— Oh ! Comme c'est gentil, papa, de penser à ton fils ! Depuis sa naissance, tu ne l'as pas pris une fois dans tes bras, tu ne l'as pas embrassé ! Je peux l'habiller comme un prince, broder ses bavoirs, tu ne le vois même pas. Il serait mort ce soir, qu'est-ce que cela pourrait bien te faire ? Mais rassure-toi, Matthieu dort tranquille, au chaud. Dis-moi, l'enfant d'Etiennette, tu daigneras te pencher sur son berceau, si cette souillon veut bien lui en donner un. Je suis sûre que tu as couché avec elle, une gamine de quinze ans… Quelle honte sur notre famille !

Foudroyé par l'accusation, Colin chercha un siège. Il baissait la tête et se grattait la barbe. Claire ne doutait plus.

— Papa ! Pourquoi ? Je pensais que, dans un an ou deux, tu pourrais te remarier avec une honnête femme qui serait une mère pour Matthieu. Maman est morte à la fin de l'été, depuis six mois, et tu as engrossé la servante ! Quand ? Je n'ai rien vu, sinon je l'aurais chassée, et je ne me gênerai pas. Je ne veux plus d'elle sous ce toit !

Le papetier lui fit signe de parler moins fort. Il se releva et sortit du buffet la bouteille d'eau-de-vie de prune ainsi que deux verres.

— Ma pauvre Claire, que tu es devenue dure ! Il faut croire qu'une malédiction pèse sur le moulin : les femmes deviennent des bigotes qui brandissent l'étendard des bonnes mœurs ! Tu souffrais de la sévérité de ta mère, mais tu commences à l'imiter. Ecoute, petite, Etiennette ne partira pas de chez nous. Je lui verserai une pension. Je ne compte pas l'épouser, ça non, mais si je la renvoie, elle sera la risée des gens du bourg. Il ne fait pas bon être fille-mère dans ce pays.

Il avait donné un verre à Claire. Elle but d'un trait l'alcool, ce qui eut l'effet bénéfique de l'empêcher de trembler.

— Je ne suis pas fier de moi ! reprit Colin. Etiennette était toujours sur mon chemin, où que j'aille... Un jour, je l'ai vue tomber dans l'ancien pourrissoir. Elle avait voulu vider une cuvette d'eau sale. Son genou saignait. Nous étions seuls. J'ai examiné sa plaie, j'ai vu sous ses jupes, et le désir m'a pris. Elle me voulait aussi. Je te parle en homme mûr, ma fille, et tu n'es pas ignorante des choses de la nature. Je n'étais pas le premier, figure-toi ; un autre avait cueilli sa fleur de force, un soir de bal. Miton, cet ivrogne. Je l'ai congédié.

Accablée de travail, absorbée par son petit frère, Claire n'avait pas fait attention au départ de l'ouvrier Miton, réputé pour sa pilosité et son tempérament de coureur.

— Ah ! soupira-t-elle, il s'en passe des choses dans mon dos ! J'ai veillé seule des soirées entières, même le lendemain de Noël, et toi, pendant ce temps...

Colin tendit l'oreille. Il leva le doigt vers le ciel.

— Entends-tu, cette fois, on court sur les tuiles !

— C'est Finette ! Elle bêlait dehors, et je suis sortie. Des loups sont venus... Ils ont tué la Roussette, ils l'ont emportée. Je n'en peux plus, papa, j'ai trop de chagrin.

— Pour une chèvre ! s'étonna-t-il.

Claire l'aurait giflé, mais c'était son père. Elle murmura :

— Guillaume Dancourt a dépensé une fortune qu'il n'avait pas, et Bertille n'est revenue ici que par économie. J'ai eu très peur des loups, et Jean, le neveu de Basile, il est mort... Un naufrage, près des côtes de Terre-Neuve. Je l'aimais, ce garçon ! Il n'a pas eu de chance, ça non !

La jeune femme n'eut pas le courage d'en dire plus. Elle traversa la pièce, se rua dans l'escalier et mit le verrou à sa chambre. En bas, Colin s'était assis à la table. Il avait l'impression de se réveiller d'un long rêve triste.

Ma fille a le cœur brisé, et je ne pensais qu'à moi ! se reprocha-t-il. Demain, je m'occuperai mieux d'elle, et du petit.

Le papetier tint parole. Au lever du jour, il visita la bergerie. La paille était souillée de sang, de poils blancs ou roux. Colin appela le Follet pour lui demander conseil.

— Regarde donc ! Il y a eu du grabuge cette nuit ! Les loups ! Il ne reste que la Finette. J'ai pu la faire descendre du toit en brassant un seau d'orge. Mais as-tu entendu parler de loups qui ouvrent les portes, toi ?

— Non, patron ! s'écria le jeune homme. Et mademoiselle Claire a mis la barre hier soir, je l'ai vue faire ! Voyez les planches, en bas. Les bêtes ont même pas gratté le bois, preuve que c'était mal fermé. Et puis les chèvres, ça se défend ! Mon père, y dit toujours que les loups préfèrent les brebis, qui s'affolent d'un rien...

Ils contournèrent le petit bâtiment.

— Té, dit le Follet, vous avez vu toutes ces traces de pattes ! J'aurais dû mettre en garde mam'selle Claire, tantôt ! Le maître de Ponriant, il est revenu pour chasser les loups, qui lui ont tué dix brebis. Même qu'un de ses poulains a été blessé ! M'sieur Giraud, il aura vite débarrassé les bois de c'te vermine, patron !

Claire approchait, tirant Finette par une corde. Elle entendit les derniers mots de l'ouvrier. Colin se précipita. Sa fille remarqua qu'il avait brossé ses cheveux et mis son costume en velours ainsi que des brodequins cirés. Si cela la consola un peu de le revoir soucieux de son apparence, un nouveau tourment la prit.

— Que disais-tu, le Follet ?

— Ben, mam'selle, je rassurais le patron ! Les loups, y vont plus vous causer d'ennuis, grâce à monsieur Giraud.

Colin voulut prendre la jeune femme par l'épaule, mais elle se dégagea. Les traits tendus, elle enferma sa chèvre, cassa la glace de l'abreuvoir et tourna les talons.

— Elle devient sérieuse, mam'selle Claire ! remarqua le Follet.

Etiennette arrivait à son tour, traînant ses sabots. Elle eut un sourire coquin pour Colin Roy. Dans la lumière blafarde du matin, la servante faisait pauvre figure. Une mèche grasse, d'un châtain terne, dépassait de sa coiffe fripée d'un blanc douteux. Elle avait les lèvres craquelées et un bouton au coin du nez. Ses yeux étroits, d'un bleu sombre, étaient son seul charme. Le papetier refusa de songer aux petits seins fermes et aux cuisses si minces. Il avait pris la décision de se confesser et de ne plus céder à la tentation.

— Ne reste pas là à bayer aux corneilles, petite ! ronchonna-t-il. Tu as de l'ouvrage, il me semble.

Il s'en alla, laissant Etiennette très inquiète. Aussi naïve que futée, l'adolescente convoitait la place de maîtresse du moulin. Son enfant jetterait dehors Matthieu Roy, surtout si le bébé manquait de lait. Tout le monde au village savait que des loups rôdaient. La servante avait déplacé la barre en fer qui bloquait la porte dès que Claire s'était retirée dans sa chambre après le dîner.

Maintenant, le patron est fâché ! se dit-elle, certaine cependant qu'il ne la soupçonnait pas.

Elle jeta un coup d'œil méfiant vers la maison. Finette bêlait, surprise d'être seule dans la bergerie.

— Tais-toi, saleté ! chuchota Etiennette en continuant son chemin.

Personne au bourg ni dans sa famille n'avait remarqué combien l'adolescente avait changé de caractère depuis un certain soir de bal. En entrant au service des Roy, c'était une fille taciturne, qu'un rien égayait cependant, comme la gentillesse de Claire, ses menus cadeaux. Mais au rythme des flonflons du 14 Juillet, l'ouvrier Miton, préposé au nettoyage des cuves du moulin, l'avait entraînée derrière une haie de lauriers. Il sentait le vin et la tenait serrée contre lui.

Flattée, Etiennette ne l'avait pas repoussé. Quand elle avait compris que ce galant peu reluisant allait trop loin, il était trop tard pour s'en débarrasser. Avec la douleur était venu le plaisir, bref, intense. En quelques semaines, elle avait appris à lire dans le regard des hommes, surtout dans celui de maître Colin.

L'horloge sonna trois heures. Il faisait très sombre. Claire avait passé la journée à guetter le moindre bruit du côté des falaises et des bois voisins. Deux fois, elle avait cru entendre des coups de feu et des hennissements. Installée près de la cuisinière, Bertille l'avait observée sans oser l'interroger. Elles étaient seules avec le bébé.

— Princesse, lâcha brusquement la jeune femme, Matthieu vient de boire son biberon. J'ai besoin de prendre l'air… Si tu pouvais le garder jusqu'à la tombée de la nuit.

L'infirme, qui lisait l'almanach, eut un sourire résigné.

— Oui, si tu rapproches la bercelonnette de mon fauteuil. Comme ça, je peux le prendre facilement quand il pleure !

— Matthieu ne pleurera pas ! Je l'ai changé. Mais ne laisse pas Etiennette le toucher, par pitié.

Bertille fronça les sourcils, intriguée. Claire ajouta :

— Ne me demande pas la raison, je t'en prie ! Cette fille va quitter le moulin très bientôt.

— Fais à ton idée ! acquiesça sa cousine. Tu es la patronne ! Préviens-moi si tu nous chasses aussi, Guillaume et moi !

— Pauvre sotte ! pesta Claire.

Vingt minutes plus tard, elle lançait sa jument au trot. Méprisant les convenances, elle la montait. Atteler la calèche lui avait paru fastidieux et dangereux à cause de la neige qui cachait les ornières. Roquette n'était pas sortie depuis un mois. Elle gratifia sa cavalière d'un galop imprévu et d'une bonne ruade. Sous sa jupe, Claire avait enfilé un pantalon de son père et elle tint bon, les genoux serrés contre les flancs de l'animal.

Les dames ont des selles d'amazone et la toilette assortie ! Mais je n'en ai pas besoin.

Son seul souci était de protéger Sauvageon. La jeune femme se dirigeait vers le plateau au-dessus de la vallée. Derrière le domaine de Ponriant commençait la forêt, avec ses combes envahies de ronciers et ses broussailles. L'air glacé et l'immense paysage blanc finirent par insuffler à Claire une ivresse sauvage. Depuis des mois, elle n'avait pas respiré aussi profondément. Cette promenade à cheval, le jeu des muscles de Roquette sous elle, les caresses qu'elle lui prodiguait, le fort parfum de sa crinière étaient autant de baumes bienfaisants sur la blessure à vif dont elle ne guérissait pas.

Dans le ciel, des corbeaux tournoyaient, ailes déployées. De rares flocons de neige voltigeaient. Claire s'arrêta au milieu d'une clairière. Des chiens aboyaient et des hommes appelaient. Sa jument lança un hennissement joyeux. Il y eut très vite l'écho d'une galopade. Un grand cheval blanc déboula à toute vitesse. Son cavalier dut lui scier la bouche à coups de mors pour le ralentir. La bête se cabra, avant de consentir à piaffer sur place. Frédéric Giraud salua la jeune femme en soulevant son chapeau orné d'une plume de faisan.

— Claire ! s'écria-t-il. J'avais aperçu quelqu'un, tout à l'heure, dans la vallée. Une jument noire, une fille aux cheveux noirs ; cela ne pouvait être que vous !

Elle ne l'avait pas revu depuis le mois de décembre. C'était étrange de retrouver l'éclat avide de ses yeux verts et sa bouche arrogante.

— Bonjour ! lui répondit-elle tout bas. Etes-vous seul ?

Il fit approcher son cheval, pour répondre d'un air ravi :

— Mes domestiques sont à pied dans le bois de chênes ! Avec des chiens de chasse que m'a prêtés un ami ! Quelle joie de vous retrouver ! Mais vous en faites, une mine grave ! Chère Claire, que se passe-t-il ? Et vous montez à califourchon... Cela ferait scandale à Angoulême !

Elle ne tenait pas à le contrarier. Sans vouloir abuser des sentiments qu'il lui vouait, Claire espérait obtenir satisfaction.

— Frédéric, dit-elle d'une voix tendue. J'ai un service à vous demander ! Je vous cherchais ! Mon chien, Sauvageon, a disparu. Cette nuit, je l'ai vu dans une meute de loups ! Ils m'ont pris deux chèvres. Un de nos ouvriers a parlé de vous, ce matin... Je vous en supplie, ne tuez pas mon chien ! Dites-le à vos hommes ! Ce n'est pas dur de le reconnaître, avec sa tête à demi blanche !

Les mains croisées sur le pommeau de sa selle, le jeune homme faisait la moue. Il était déçu. Claire s'était mise en quête de lui uniquement pour sauver son bâtard de loup. Mais elle était à sa merci, les joues rosies par le froid, ses belles lèvres tremblant un peu. Il crut deviner des larmes au coin des grands yeux sombres, dont il rêvait de troubler l'éclat en lui faisant découvrir le plaisir.

— Je vous en prie ! insista la jeune femme, consciente d'être admirée et désirée. Vous connaissez Sauvageon, ne le tuez pas.

Frédéric la croyait vierge. Il ne pouvait se douter qu'elle avait appris à déceler chez un homme l'instant où il céderait à bien des suppliques dans l'espoir de plaire.

— J'aimerais vous aider, ma chère ! répondit-il enfin. Mais vous m'embarrassez beaucoup. Les loups ont dévasté un troupeau de brebis derrière le domaine, sous mon nez. J'ai dû abattre le poulain de huit mois qu'ils ont blessé. Je ne peux tolérer de telles pertes... Je vous avais mise en garde, Claire : un chien qui a du sang de loup n'est pas fiable ! Il s'en prendra un jour à votre petit frère ou à un autre enfant. A vous peut-être ! La preuve en est faite, il a rejoint une meute et s'en donne à cœur joie... A votre avis, pourquoi les loups osent-ils s'approcher si près de nos bâtiments ? Votre chien a pris le pouvoir et, ne redoutant pas les hommes, il mène les autres à sa guise. Cela ne sert à rien de protéger une bête pareille, devenue dangereuse. Je suis désolé, Claire. Je n'ai aucune envie de vous peiner.

Le ton était sincère et le raisonnement sensé. Frédéric disait la vérité, elle le savait. Tout bas, comme une confession, elle avoua :

— Cette nuit, il a empêché les loups de m'attaquer ! Certes, il les domine. Mais il m'a sauvée, il ne m'a donc pas oubliée. Epargnez-le, et je vous promets que je l'enchaînerai, qu'il ne s'enfuira plus. J'ai tant d'affection pour lui. Vous devez me trouver stupide, mais je serais trop triste s'il mourait... Frédéric, accordez-moi cette faveur !

Il sauta à terre et attacha son cheval à une solide branche.

— Que m'accorderez-vous en échange ? Je dépérissais en

ville, chez ma grand-tante. Des ennuis de famille, une petite cousine bien malade. Les dîners mondains, les discours au Café de la Mairie... Comme Ponriant me manquait, mes chevaux, les falaises, et vous ! Ma prétendue fiancée, si distante, cloîtrée au moulin.

Claire se laissa glisser au sol. Elle ne voulait plus mentir.

— Frédéric, écoutez-moi : je ne vous épouserai pas. C'était un marché idiot que nous avons conclu. L'amour ne se monnaye pas. Vous ne seriez pas heureux avec moi !

Elle avait oublié combien le jeune homme se montrait irascible. Il lui fit face, défiguré par la colère.

— Ah non, pas de ça, mademoiselle Roy ! J'ai déjà perdu une petite fortune, le moulin et ses terres pour vos beaux yeux ! Je vous ai offert une bague de prix. J'attendais impatiemment l'été et nos noces. J'ai dépensé sans compter pour embellir le domaine ! Tenez, ce cheval, c'était encore un cadeau que je voulais vous faire... Ne cherchez pas à me duper, Claire ! Je vous veux. Bon sang, que regretterez-vous ? Votre cousine infirme, qui, paraît-il, vit à vos crochets, son mari étant ruiné ; toute la bourgeoisie d'Angoulême en parle... Un logis rustique, sans grand confort ! Soyez honnête !

Il la prit par la taille et frôla sa joue de ses lèvres froides. Elle se raidit, mais ne tenta pas de le fuir. Ce fut lui qui lâcha prise, pour déclarer d'un ton rude :

— Claire, il y a un instant, vous m'imploriez de sauver votre bâtard de loup ! Donnant, donnant : si vous m'épousez avant Pâques, je saute en selle et j'ordonne à mes gens de laisser ces maudits loups mettre le pays à sang ! Je range mon fusil ce soir même et, avec un peu de chance, je vous ramène votre chien, vivant !

La loyauté qui était le fond constant du caractère de Claire lui dicta une réponse dont elle s'étonnait, à chaque mot. L'espoir de revoir Sauvageon la soutenait.

— Je serai votre femme ! avança-t-elle. Avant les Rameaux si vous le souhaitez. Mais pour être franche, sachez que ma cousine n'attend que ce mariage ! Elle croit sans doute que je disposerai à mon aise de votre argent. Son entêtement m'épuise. Et mon petit frère ? Sans moi, il sera mal nourri, mal soigné ; mon père ne l'aime pas.

Ebloui par un consentement aussi rapide, Frédéric retrouva sa bonne humeur. En détachant son cheval, il répliqua très vite.

— Au diable ces mesquineries ! Vous aurez procuration à ma banque, et des revenus personnels. Donnez à Bertille ce qu'elle veut ! Quant à votre frère, il pourra passer ses premières années au domaine ; j'engagerai une nourrice. Plus tard, nous le placerons pensionnaire en ville, dans une des meilleures institutions.

Il était déjà en selle. Claire le vit éperonner son cheval et foncer au grand galop entre les arbres. Elle ne le savait pas si généreux. L'idée d'emmener Matthieu à Ponriant la consola de tout.

— Je te demande pardon, Jean ! chuchota la jeune femme.

Elle alla enfouir son visage dans la crinière soyeuse de sa jument. Là, elle jura de ne plus jamais prononcer le nom de son amour perdu.

Puymoyen, 15 mars 1898

Claire et Frédéric sortaient de l'église. Une haie de jeunes filles du bourg leur jetaient des poignées de grains de riz et des fleurs en papier. Des feuilles neuves, d'un vert acide, pointaient aux branches des arbres. Le soleil était au rendez-vous pour des noces qui avaient attiré en campagne de grands noms de la bourgeoisie angoumoisine.

— Vous êtes très belle ! chuchota le jeune homme. Souriez un peu, j'ai fait venir un photographe.

La mariée retint un soupir. Elle se répétait, toute surprise, qu'elle avait engagé sa foi et sa vie à Frédéric, devant Dieu et les hommes. Une alliance en or où brillait un diamant le prouvait. Colin Roy, vêtu d'un habit neuf, l'avait conduite à l'autel. En marchant au bras de son père, Claire avait craint de s'effondrer. Ce n'était pas la faiblesse ni l'émotion qui lui ôtait son énergie, mais la sensation de se vendre pour le bien de toute sa famille. Elle gardait intact, dans son cœur et son corps, le bonheur que lui avait offert Jean. Ce mariage précipité avait pour effet immédiat – quelques heures à peine – la nuit où il faudrait se coucher dans un lit avec cet époux qui ne lui inspirait d'autre sentiment qu'une sincère gratitude.

Le maître de Ponriant avait tenu parole. Le sang des loups n'avait pas coulé et, un matin, alors que la neige fondait, détrempant la terre attiédie, Sauvageon était rentré au moulin, l'œil plus sauvage, une oreille en sang et les flancs creux.

Le cortège se dirigea vers le jardin public situé près de la grande place du village, là où se tenaient le marché et les foires. Sous un des tilleuls, un homme en bras de chemise installait son appareil photographique. Il dressait le trépied et secouait le rideau noir sous lequel il disparaîtrait le temps d'immortaliser les mariés et les invités trop nombreux à son goût. Claire marchait les yeux rivés sur cet inconnu qui lui donnait l'impression d'être libre et serein. Peu importait son nom ou la qualité de ses clichés, il s'affairait, cheveux au vent, en sifflotant. Elle l'enviait.

Que je suis sotte, se dit-elle. Cela m'arrive aussi de chantonner en étendant le linge, même depuis la mort de Jean. Peut-être que le photographe a une existence semée d'embûches et de malheurs...

— A quoi pensez-vous, Claire ? demanda Frédéric.

— A rien d'important ! répondit-elle. Nous avons de la chance, ce beau temps !

Il la croyait angoissée par l'imminence de leur véritable union, celle des corps, et en fut attendri. Il se promit d'être délicat et patient. Une joie enfantine l'illuminait. Les jeunes femmes en robe élégante qui les escortaient en témoigneraient : jamais Frédéric Giraud n'avait été aussi séduisant, aussi beau que le jour de son mariage.

Promue demoiselle d'honneur en même temps qu'une lointaine cousine des Giraud, Bertille attirait tous les regards masculins. Sa toilette de soie grège, rehaussée de dentelles et de perles, était de son propre aveu plus chic que sa robe de noce. Ses cheveux blonds savamment nattés lui donnaient une allure de reine nordique. Guillaume, en costume gris, bombait le torse en poussant la chaise roulante. On aurait dit qu'il déplaçait un siège en or massif.

Adélaïde de Riant, quant à elle, arborait une canne en ivoire au pommeau de cuivre. La grand-tante de Frédéric avait tenu à assister à la cérémonie religieuse, mais un fiacre l'attendait. Elle ne serait pas au banquet. Au moment de se mettre en place pour la photographie, la vieille dame confia à Claire :

— Mon petit-neveu vous aime ! Je le comprends ; vous me plaisez ! J'espère que vous me rendrez bientôt visite à Angoulême... Frédéric n'a pas cru bon de vous en faire part, mais je tiens à vous recevoir le plus rapidement possible !

Claire avait tout de suite ressenti de la sympathie pour cette femme au verbe haut et à la distinction intimidante.

— Madame, j'en serai heureuse ! Je ne suis pas allée en ville depuis deux ans. Cela doit vous paraître ridicule, car, en voiture à cheval, il faut moins d'une heure. Mais j'aime la campagne, ma vallée. Et j'élève mon frère, comme vous le savez. En ce moment même, je pense à lui ! Je l'ai confié pour deux jours à madame Colette, qui est sage-femme. Elle s'occupe bien des bébés.

— Je sais tout ! coupa Adélaïde en souriant. Je suis navrée pour votre mère, paix à son âme. Mais, au moins, vous saurez comment vous occuper d'un poupon, car Frédéric veut des enfants...

La mariée se mit à rougir. La vieille dame y vit une réaction de pudeur bien naturelle pour une jeune vierge.

Frédéric se pencha vers les deux femmes, amusé.

— Que complotez-vous ? L'homme de l'art est prêt, caché sous son tissu noir ! Il demande à tous de ne plus bouger, ma chère grand-tante. Et de sourire !

Il prit la main de Claire et la serra sur son gilet de satin brodé. Des années plus tard, lorsqu'elle regarderait cette photographie, elle se souviendrait encore de l'étreinte des doigts de son mari, de sa peur à elle et de son envie de fuir.

Tout le pays vint ensuite la féliciter. Le maire le premier, tout heureux de ce beau monde qui avait envahi son village. Seule Jeanne, la mère de Catherine, était restée enfermée chez elle. Mais sa fille Raymonde avait couru voir les jolies robes des dames et les attelages rutilants. Le docteur Mercier déambulait parmi la bonne société, content de retrouver des amis d'Angoulême.

Claire cherchait la silhouette de Basile dans la foule. Contre toute logique, elle l'attendait.

Il m'en veut d'avoir épousé Frédéric, conclut-elle. Je lui ai expliqué cent fois mes raisons. Il m'a même traitée d'opportuniste.

La jeune mariée ôta de sa robe somptueuse un brin d'herbe venu on ne sait d'où. Jamais elle n'avait porté une telle splendeur. Sur plusieurs voiles de soie blanche, des dentelles traçaient de souples arabesques. Le corsage entièrement brodé de perles et de strass scintillait au moindre rayon de soleil. Ses cheveux bruns, coiffés en chignon, s'ornaient d'un fin diadème en argent qui fixait une traîne en tulle, aérienne.

Les plus humbles demoiselles du bourg l'admiraient à distance, éblouies par sa parure. Elles ignoraient que la splendide épousée aurait donné cher pour rire comme elles, en jupon rayé et caraco de lin, grisées par le printemps et libres de rêver à un amour partagé.

Le repas donné au domaine de Ponriant s'achevait. Parmi les invités se trouvaient Aristide Dubreuil, le docteur Mercier et Bertrand. Claire fut heureuse de revoir le jeune homme. Il lui présenta ses vœux de bonheur en lui baisant la main.

— Eh bien, ce mariage s'est fait envers et contre tout ! chuchota-t-il en fixant la nouvelle mariée. D'après les confidences de Frédéric, vous avez gagné la partie en vous débarrassant de cette reconnaissance de dette. Bravo ! Je n'ai pas pu arriver à temps pour la cérémonie, mais je compte déguster le festin, que nous devons à Pernelle. Je suis content de vous avoir pour belle-sœur, Claire. Cet été, si la santé de mon épouse le permet, nous viendrons séjourner un peu ici, maintenant qu'une charmante maîtresse de maison nous attend... Notre fille profitera du bon air de nos campagnes.

— Comment se nomme votre fille, Bertrand ?

C'était la voix flûtée de Bertille. Circuler dans le salon des Giraud en chaise roulante ne la gênait pas. Elle jubilait de découvrir enfin les merveilles du domaine. Vive, d'une beauté lumineuse, la jeune femme faisait oublier en un instant sa condition d'infirme.

Bertrand avait su très vite qu'elle était mariée et qu'elle avait visité l'Italie. Enfin il avait pu lui dire le prénom de son bébé :

Eulalie. Le hasard les plaça côte à côte pour le dîner, si bien qu'ils bavardèrent en riant jusqu'au dessert, au grand désarroi de Guillaume.

Assise à la place d'honneur, Claire appréhendait le départ de leurs convives. Elle gardait la tête haute, souriant à droite et à gauche et répondant aux questions qu'on lui posait, mais rien ne ralentissait la marche des heures. Son père ne lui montrait aucun signe d'affection, occupé qu'il était à écouter les plaisanteries de madame Vignier, la femme du maire. Frédéric s'entretenait avec le docteur Mercier, son voisin de table.

Qu'est-ce que je fais là ? se révolta-t-elle. Comme ils parlent fort, tous... Ils se régalent, ils trinquent. Pour eux, c'est un beau mariage. Certains doivent même se dire que j'ai choisi le meilleur parti du pays.

Elle eut une pensée pour Basile. Son vieil ami, claquemuré chez lui, devait ruminer sa colère. Il souffrait de ce qu'il considérait comme une désertion. C'étaient ses propres termes.

« Tu ne pourras plus me rendre visite quand tu seras madame Giraud... Toi, ma petiote, tu files dans le lit d'un chasseur doublé d'un salaud ! As-tu oublié la pauvre Catherine, morte à cause de lui ! Et Jean, notre Jean... »

Basile ne la comprenait pas. Claire avait abandonné la lutte. Elle se répétait que tout était en ordre. Frédéric, la veille, après le mariage civil, avait reçu maître Quérand à Ponriant. Le notaire qui, en ce moment même, reprenait une part de pièce montée, avait fait signer à la jeune femme une procuration, lui énumérant le montant de sa rente et les revenus dont elle jouirait. Bertille aurait l'argent qui résoudrait les soucis de Guillaume ; Sauvageon, enchaîné au moulin, viendrait dès le lendemain au domaine.

J'ai agi au mieux ! se dit Claire. Mon sort a peu d'importance puisque j'ai perdu Jean.

Mais il faudrait coucher près de Frédéric, accepter ses caresses, et tout ce qui s'ensuivrait. Cela la terrifiait. D'un air absent, elle regardait les convives sans les voir, tout comme les plats en argent. Elle relut le menu. Imprimée sur du papier lustré, décorée d'un dessin doré – des guirlandes de roses et des colombes –, la liste des plats se brouillait devant ses yeux. Les pâtés d'alouette aux truffes, les poulardes en gelée, la tourte aux cailles, les rôtis de cerf, les entremets au caramel, les grands vins de Bordeaux...

Claire posa le carton plié en deux, goûta un morceau de nougatine et but encore du champagne. Frédéric, qui l'observait, fut ému par son expression affolée. Il crut entendre à nouveau les conseils de sa grand-tante. Adélaïde, en le quittant, lui avait murmuré à l'oreille :

« Et sois délicat, attentionné. Ne l'effraie pas avec des manières de mâle conquérant. Votre bonheur futur en dépend. Si tu la brusques, elle sera rétive ensuite... »

Il soupira. La vieille dame ignorait que son petit-neveu était sur la voie difficile de la rédemption. Jamais elle n'aurait imaginé qu'il eût très mauvaise réputation dans la région pour avoir troussé plus d'une fille. Frédéric était certain d'avoir vaincu ses démons intérieurs. Depuis la mort de son père, il se sentait apaisé. Un prêtre de la cathédrale lui avait donné l'absolution pour ses fautes passées.

Je chérirai Claire. Je la respecterai ! se promit-il encore une fois en admirant la nuque gracile de la jeune femme, ses épaules nacrées et la joliesse de son profil.

Il s'était montré d'une telle générosité, si joyeux et patient, que Colin Roy en personne commençait à croire que sa fille aurait un mari parfait.

A six heures du soir, fiacres et calèches se remirent en route. Bertrand dormait chez un de ses amis angoumoisins. Aristide Dubreuil serra longuement la main de Claire. Elle eut envie de le griffer, car cet homme à l'œil avide avait traqué Jean. Le souvenir de son amant perdu, plus poignant que jamais, lui donnait le vertige.

Bertille avait embrassé sa cousine en jetant des regards envieux sur les richesses accumulées dans le salon.

« Tu as de la chance, lui avait-elle soufflé à l'oreille. Invite-moi souvent, je t'en prie. »

Enfin, Frédéric et Claire s'étaient retrouvés seuls malgré l'activité de fourmi de Pernelle et des bessons qui l'aidaient à ranger.

— J'aimerais me reposer un peu ! lui demanda-t-elle presque timidement.

Elle savait qu'ils devaient dîner en tête-à-tête. Elle porterait une autre robe et le collier de perles, un des cadeaux de son mari. Un feu éclairait les lambris de chêne. Il lui étreignit la main, en répondant :

— Votre chambre est prête, allez vous allonger... Je vais en profiter pour faire un tour à l'écurie. Une de mes juments souffrait de coliques.

Le maître de Ponriant s'inclina. Claire s'écria, avec une voix d'enfant :

— Oh ! alors je viens avec vous ! L'air frais me fera du bien. J'aime tant les chevaux. Pour les coliques, le mieux est de donner de l'eau de son un peu tiède et de faire marcher la bête malade.

Frédéric fronça les sourcils. Il savait tout ceci, mais l'enthousiasme de Claire l'amusa. Ils dévalèrent le perron en se tenant par la main. Ce soir-là, on vit dans les écuries de Ponriant une mariée dont la robe blanche effleurait la paille et les pavés, qui flattait une jument dolente sans avoir ôté ses gants de soie. C'était la nouvelle maîtresse du domaine.

Par un concours de circonstances, Aristide Dubreuil se retrouva dans le tilbury du docteur Mercier qui, invité à une partie de bridge à Angoulême, avait proposé de le raccompagner. Les deux hommes se connaissaient à peine, mais ils avaient en commun la protection de leurs compatriotes : l'un en arrêtant les mauvais sujets, l'autre en soignant diverses affections du corps. La conversation, cependant, porta immédiatement sur le jeune couple.

— Frédéric Giraud a du goût ! confessa le médecin. Claire Roy est une jeune fille charmante, très dévouée. Je préfère la savoir mariée à ce riche propriétaire que soumise à des tentations moins catholiques !

Le policier fit la moue. Il avait noté la froideur de la mariée à son égard.

— Charmante ! persifla-t-il. Cela dépend pour qui. Si elle avait pu me foudroyer avec ses yeux noirs, je serais déjà mort ! J'ai souvenir d'un dîner, il y a de cela un an, je crois, où Edouard Giraud se vantait de tenir la demoiselle, qu'elle épouserait son fils bon gré mal gré. A mon avis, la cruche, si belle soit-elle, est fêlée[1]. Savez-vous que mes hommes l'ont trouvée nue au bord d'un ruisseau, l'été dernier ? En pleine nuit !

Le docteur partit d'un grand rire paillard.

— Diable ! J'aurais voulu y être... Mais que cherchaient vos gendarmes ? Dans la vallée, la nuit !

Aristide Dubreuil n'aimait pas se remémorer ses échecs. Il lança, un peu sèchement :

— Je suivais la piste d'un jeune colon de La Couronne, un certain Jean Dumont, qui s'était déjà évadé deux fois. Je l'avais rattrapé et rendu à la justice. Un gars rusé. Je me disais qu'il avait pu changer de tactique. Au lieu de s'enfuir en direction d'un port – ils le font tous dans l'espoir d'embarquer –, il pouvait rôder dans la région pour dénicher une cache sûre. Quelqu'un, en ville, m'avait parlé alors de votre vallée, flanquée de ses falaises truffées de grottes.

Mercier se mordilla la lèvre inférieure, songeur. Il jeta un coup d'œil au policier.

— Jean Dumont ? Ce nom me dit quelque chose...

— Un grand type mince, avec des mirettes bleu ciel dont il se servait pour attendrir les dames, si bien qu'elles l'hébergeaient de bon cœur. Un assassin. Je devais veiller à son transfert pour Cayenne. Je ne respire à mon aise qu'en les sachant là-bas, tous ces gredins !

Le médecin fouilla sa mémoire. Un détail lui revint, qu'il hésita à lancer en pâture à Dubreuil.

— Fichtre, un assassin ! tempéra-t-il. De quoi l'accuse-t-on ?

— Dans les îles d'Hyères, en Méditerranée, il a tué un des gardiens d'un coup de pelle. A quinze ans ! Une graine de potence...

— Oui, oui, bien sûr ! convint le docteur Mercier. Des yeux très bleus, comme maquillés, Jean Dumont. Je l'ai examiné à La Couronne. Il toussait beaucoup. Sans doute une tentative pour se faire conduire à l'hôpital. Le directeur de l'établissement m'avait mis en garde. Figurez-vous que j'ai eu l'impression de l'avoir reconnu, ce gaillard, près du moulin. Je n'en mettrais pas

1. Expression ancienne signifiant qu'une fille n'est plus vierge.

ma main au feu, car Dumont était tondu, à La Couronne, et ce jeune homme, qui logeait chez le vieux Drujon, avait des cheveux bruns, assez drus.

— Les cheveux, ça repousse ! coupa Aristide Dubreuil. Bon sang, Dumont m'aurait filé sous le nez ! J'ai pourtant interrogé Basile Drujon, un anarchiste avéré. Un ancien communard.

Le chef de la police angoumoisine s'était raidi. Les lèvres pincées, le regard fixe, il resta muet un long moment. Mercier, gêné, demanda :

— Je ne suis sûr de rien, vraiment. Au bourg, on m'a même dit que c'était le neveu de Drujon. De telles ressemblances sont fréquentes. S'il s'agissait d'un criminel, pourquoi se montrer à tous ? Je l'avais aperçu au bal du 14 Juillet... et le soir où cette malheureuse Hortense Roy s'est éteinte, baignant dans son sang. Ensuite, il a quitté le pays.

Dubreuil jeta une œillade méprisante au médecin. Ils arrivaient sur la grand-route crayeuse qui descendait vers les faubourgs de la Gâtine. La vue sur Angoulême était superbe. La cité haut perchée se dorait au soleil couchant, avec ses toitures ocre en cascade, ses clochers arrogants et le beffroi de l'hôtel de ville.

— Je vous remercie de ces précieux renseignements, docteur, fit le policier. Ils viennent un peu tard, mais mieux vaut tard que jamais. Je ne ferai pas l'erreur d'importuner la jeune madame Giraud, mais Drujon me doit des explications. Je n'aime pas être berné.

Les deux hommes se quittèrent place du Champ-de-Mars. La nuit tombait.

12

Les cœurs éteints

Ils avaient à peine touché au velouté d'asperges, aux œufs mollets assortis de crème. Depuis le début du dîner, le couple parlait chevaux. Frédéric, assez fier de son élevage, vantait encore la beauté de ses produits, car il croisait des juments de trait léger avec son étalon de sang espagnol. Cela donnait des animaux aptes à l'attelage et à la monte, robustes et vifs.

Claire écoutait, s'enhardissant à soumettre ses propres idées en la matière. Elle portait une robe de soie d'un rouge sombre, très décolletée. Ses cheveux noirs, lustrés par cent coups de brosse, brillaient à la lumière douce des bougies. Frédéric l'admirait à son aise, sans parvenir à croire qu'elle allait lui appartenir.

Pernelle apporta de la tisane et se retira. Elle souriait jusqu'aux oreilles : la nouvelle maîtresse lui plaisait.

— Allons au coin de la cheminée, ma chère ! proposa le jeune homme. Vous frissonnez... Vous devez être en forme pour notre balade à cheval, demain.

Elle eut un sourire rêveur. Frédéric lui avait offert une toilette d'amazone, en velours brun, qui était une merveille. Rien ne manquait à sa tenue d'équitation de dame de la bonne société : le chapeau haut, l'écharpe en soie blanche qu'il fallait nouer sous le menton, les bottines, les guêtres. Une magnifique selle, réservée à cette monte exclusivement féminine, complétait ce cadeau exceptionnel pour la jeune femme.

Elle se laissa guider vers un profond fauteuil en cuir.

— C'est tellement étrange d'être ici ! avoua-t-elle dans un élan de sincérité. Je ne suis pas accoutumée à tant de luxe.

— Claire, ce décor vous rend encore plus jolie. J'avais hâte de vous voir bien installée chez moi.

Frédéric s'assit en face d'elle. Il tenait à venir au bout d'une confession qui lui coûtait. En pensée, il s'imagina un verre d'alcool à la main. Afin de pallier ce manque, il alluma un cigare.

— Je suis très heureux de vous avoir épousée, Claire... commença-t-il, et j'espère de tout cœur que notre union sera durable. Vous le savez, j'ai eu des torts par le passé, et une conduite dont j'ai honte. Certes, j'étais célibataire et je n'avais de comptes à rendre à personne, mais je regrette la plupart de mes actes. C'est vrai, j'ai séduit des filles, j'ai eu des liaisons... Bref, je courais les jupons, comme disait ma mère. Ensuite, il y a eu Catherine. Elle m'aimait.

Claire voulut le faire taire :

— A quoi bon me dire ces choses ? Je le sais. Vous avez changé, le père Jacques me l'a confié. Je vous ai pardonné...

Il eut un geste apaisant, puis continua :

— Je vous en prie, laissez-moi finir ! Je n'ai pas l'intention de vous déballer mes fautes passées. Vous devez comprendre ce qui m'a poussé à tant de dureté, de cruauté parfois... Je buvais plus que de raison, depuis des années. Et je haïssais mon père ! Sa mort m'a libéré.

Elle le vit serrer les poings et crisper les mâchoires.

— Une tragédie affreuse a eu lieu sous ce toit, si affreuse que j'ai souvent eu envie de mettre le feu à Ponriant. Cela s'est produit quand j'avais à peine quatorze ans. Ma mère s'était liée d'amitié avec Basile Drujon, votre locataire, qui venait de s'installer dans la vallée. Telle que je la connaissais, je suis persuadé qu'il s'agissait d'une relation honnête, car il empruntait des livres de notre bibliothèque, et tous deux ne se rencontraient que sur le chemin des falaises. Mais mon père en prit ombrage. Par malheur, maman fut bientôt enceinte. Une petite sœur vint au monde... Elle était si menue, fine : un bibelot ! Je l'admirais, je me promettais de lui apprendre à marcher, à pêcher dans la rivière. Je me promettais de dresser un poney pour elle...

La jeune femme perçut une fêlure dans la voix grave de Frédéric. Il se leva brusquement et se servit un verre de cognac.

— Cela m'aidera ! s'excusa-t-il. J'ai du mal à parler de cette époque. Enfin, la présence de Denise me comblait. Je trouvais le domaine austère et silencieux. Pendant les deux semaines où elle a vécu ici, je me suis penché vingt fois par jour sur son berceau. Comme elle m'attrapait le doigt, déjà... Je l'aimais. Que s'est-il passé ce soir-là ? Au fil du temps, j'ai cru comprendre. Mon père pensait que le bébé était le fruit d'un adultère. Ma mère avait dû nier, mais il n'a jamais écouté que ses idées à lui. Sûrement, il avait bu, puisqu'il ne marchait pas droit et trébuchait souvent. A six heures, il m'a appelé, m'ordonnant d'aller chercher le prêtre de Vœuil. Il m'a dit que Denise agonisait, qu'il lui fallait l'extrême-onction. Bertrand séjournait chez des cousins, il n'avait que onze ans. Comme je tremblais pour ma petite sœur, je ne pouvais pas croire qu'elle allait nous quitter. J'ai sellé le cheval le plus rapide de l'écurie. Le curé, je l'ai pris en croupe. Il est entré dans la chambre de maman, et cela n'a pas duré dix minutes. J'attendais devant la porte et je me souviens du visage de cet homme, blanc comme de la craie. J'ai proposé de le raccompagner, mais il préférait marcher, a-t-il assuré. Pourtant, la nuit approchait, nous étions en décembre. Je n'osais pas frapper et je souffrais le martyre. Je ne voulais pas perdre ma Denise ! Deux heures se sont écoulées. Pernelle rôdait. Elle avait un air bizarre.

Frédéric se tut un instant. Claire devina des larmes qui coulaient le long de son nez. Elle en fut bouleversée.

— Soudain, mon père est sorti de la pièce. Il tenait sur un bras un paquet de linges ensanglantés. Son regard était celui d'un fou. Il empestait l'eau-de-vie. Il a ricané et il m'a tendu le corps inanimé de ma sœur, en disant ces mots ignobles : « Va l'enterrer, cette graine de putain, elle pleurait, la bâtarde, je l'ai cognée un peu fort !... » Si vous saviez, Claire, dans quel état était Denise ! Moi, j'ai pris le bébé contre moi. J'étais horrifié et, surtout, plein d'une haine que rien n'éteindrait. Pernelle a surgi de derrière un rideau. Elle s'est penchée sur ma sœur, puis elle m'a soufflé à l'oreille : « Mon pauvre petit gars, peut-être qu'à l'hôpital, ils pourront la soigner, car elle respire encore. Emmène-la vite en ville, moi je vais enterrer un lapin à la place. » Dans la nuit, son fils, qui est mort depuis, a fabriqué une caisse en bois pour servir de cercueil...

Claire avait la bouche sèche. Elle craignait de s'évanouir. Jamais elle n'aurait imaginé que Frédéric eût dû subir une telle épreuve. Des mots défilaient devant ses yeux. Dans une de ses lettres, Marianne Giraud écrivait à Basile : « J'ai perdu notre fille, qui aurait adouci ma vie. J'ai la certitude qu'elle est de vous, car mon mari ne me touchait plus... jurez de ne jamais révéler mon péché à mes fils. »

— Quelle ignominie ! bredouilla-t-elle.

— Oui ! répliqua-t-il. Ensuite, il y eut cette chevauchée affolée jusqu'à Angoulême. J'avais pris la route de Torsac, plus pratique à cheval. Je hurlais ma rage et ma terreur, je suppliais Denise de vivre, de tenir bon, alors que j'étais certain de sa mort. Ma grand-tante m'a accueilli. J'ai accusé mon père, bien haut, en sanglotant... Adélaïde a été superbe de courage. Elle m'a donné un grog et m'a mis au lit. J'ai su au matin qu'elle avait appelé deux médecins, prétextant avoir trouvé un enfant blessé dans la rue. Nous avons gardé le secret tous les deux. Elle a adopté Denise, car ma pauvre sœur a survécu, et chaque jour, je le déplore... Un semblant d'humanité lui vient parfois aux yeux ; elle me reconnaît et sourit quand je lui offre un jouet. Mais ce n'est qu'un corps brisé, incapable de se mouvoir. A douze ans passés, vous croiriez une fillette de six ans, à la face difforme. Si je vous avoue ce drame, Claire, c'est pour une raison bien simple. Ma grand-tante se voit vieillir et elle compte sur moi pour veiller sur Denise, pour la prendre au domaine maintenant que je suis marié. Accepterez-vous, ma chérie ? Evidemment, la personne de confiance qui s'occupe de ma sœur viendrait ici.

La jeune femme murmura, sans l'ombre d'une hésitation :

— Comment refuser, vous qui consentez à élever mon petit frère ! Je serais heureuse de vous aider, et je comprends mieux aussi pourquoi votre grand-tante espérait que nous lui rendions visite !

— Adélaïde vous estime, Claire. Elle veut vous présenter Denise. Ce n'est pas un spectacle agréable, mais je me suis habitué. Ni mon père ni ma mère n'ont jamais eu de soupçons au sujet de Denise. Hélas, la haine que j'avais au cœur a fait de moi un garçon violent, qui reniait Dieu et sa famille. J'ai vite pris goût à l'alcool et aux femmes, pour effacer ces images que je redoutais : le gros sanglier Edouard Giraud meurtrissant un bébé fragile, l'assassinant.

— Par pitié, taisez-vous ! protesta Claire. C'est le pire des crimes. Votre grand-tante aurait dû dénoncer votre père ! Pourquoi n'a-t-elle pas prévenu la police ? Ou la justice... Quand je pense que des enfants innocents sont envoyés au bagne parce qu'ils ont faim et qu'ils volent du pain ! Comment avez-vous pu vivre avec ce secret ? Votre mère avait le droit de connaître la vérité.

Claire s'enflammait, prise d'une horreur rétrospective. Frédéric se contenta de hausser les épaules.

— Que faites-vous de l'honneur, du scandale ? Adélaïde n'aimait pas mon père. Mais le nom des De Riant aurait été sali par l'étalage au grand jour de ce crime abominable. Elle m'a supplié de me taire. J'ai obéi. Quant à maman, quelque chose s'était cassé en elle. Plus jamais je ne l'ai vue rire, ni sourire. Moi-même, je répugnais à l'approcher. Dans son regard désespéré, je croyais voir le reflet d'une scène atroce. Elle avait assisté, impuissante, au supplice de sa fille, ma petite sœur...

Le jeune homme vint s'agenouiller devant Claire. Elle le dévisagea, sensible à l'éclat humide de ses yeux verts et au rictus amer de sa bouche. Il pleurait sans honte. Attendrie, pleine de compassion, elle lui caressa les cheveux. C'était un geste de tendresse toute maternelle ; pourtant, à cet instant-là, Claire se disait qu'elle faisait connaissance avec celui qu'elle venait d'épouser et qu'un jour sans doute, un jour peut-être, elle aurait de l'affection pour lui.

— Comme je vous aime ! soupira-t-il. M'aimerez-vous... J'ai besoin de vous. Depuis des mois, j'attends ce moment.

Elle eut un frémissement involontaire, car il cherchait ses lèvres. Devant son humilité et sa franchise, Claire se sentait coupable.

— J'ai également une confession à vous faire ! avança-t-elle d'une voix faible. Vous m'avez donné une grande preuve de confiance en me racontant votre histoire, j'en suis encore tout émue. J'espère que vous saurez me pardonner...

Il lui ferma la bouche du bout des doigts.

— Chut ! Ne parlons plus de notre passé ! Que diable, c'est notre nuit de noces... Chère Claire, que pourriez-vous avoir fait de mal ? Vous êtes la colombe qui vole au-dessus de l'arche de Noé, vous êtes la pureté, le bien incarné.

Elle lui échappa et se mit à marcher dans le salon. L'aveu lui coûtait, mais il s'imposait pour leur existence future.

— Frédéric, ce matin, je vous ai promis fidélité, amour, obéissance devant Dieu. Ce soir, je m'engage à être une épouse dévouée, à aimer votre famille comme la mienne. Jamais vous n'aurez à vous plaindre de moi, car j'éprouve une profonde gratitude pour vous. Votre générosité m'embarrasse, parfois.

— Claire ! s'écria-t-il. Nous en avons déjà discuté ! Un baiser me paiera de tout.

Elle recula vers une fenêtre, lui tournant le dos.

— Voilà, chuchota-t-elle. Je ne veux pas vous le cacher ; j'ai aimé un homme.

Il accusa le coup en retenant sa respiration. Puis il se força à en rire :

— Oh, à votre âge, il devait s'agir d'une amourette...

— Non ! fit-elle, j'ai couché avec lui. Je ne suis pas vierge. Les jeunes filles bien éduquées restent sages ; je n'ai pas pu. Mais soyez sans crainte, ce garçon est mort.

Il y eut un pesant silence. Frédéric se dirigea vers la desserte et se resservit du cognac. Claire se décida à l'affronter. Il avait les traits tendus, un air furieux.

— Ne me fixez pas ainsi ! gémit-elle. Je tenais à vous le dire. Vous-même disiez tout à l'heure que vous fréquentiez des femmes.

Il ne répondait pas, comme devenu aveugle et sourd.

Claire aurait voulu disparaître.

— Frédéric, je suis désolée ! Je comptais vous rendre ma parole, le sort en a décidé autrement.

— Qui était-ce ? clama-t-il. Un paysan puant, un parvenu qui vous a tourné la tête avec de belles paroles ? Bon sang, Claire, vous m'avez trahi ! Je vous offre ma vie, ma fortune et vous...

Il balaya du dos de la main la carafe et les verres en cristal qui étaient disposés sur un guéridon. Jambes un peu écartées, la tête en avant, Frédéric ressemblait à une bête fauve prête à bondir.

— J'avais promis de vous épouser à la suite de ce marché ignoble ! déclara-t-elle. Alors j'ai pris la liberté d'aimer qui je voulais… Mais il est mort, comprenez-vous ? Vous me faisiez peur et encore maintenant j'ai peur de vous !

— Et si votre galant n'était pas mort, qu'auriez-vous fait ? Vous seriez devenue la maîtresse de Ponriant, en couchant avec lui dès que je me serais absenté ?

Il la toisait, menaçant. Claire balbutia :

— Non, pas ça ! Je devais partir au mois de mai le rejoindre. Auparavant, je vous aurais avoué la vérité. Je me moque de votre argent et de vos cadeaux. Quand vous versiez des larmes sur votre sœur, là, j'ai senti mon cœur se réveiller. Vous m'avez touchée, bien plus qu'en me promettant mille merveilles. Frédéric, est-ce si grave ?

— Pour moi, oui ! répliqua-t-il. Je vous pensais neuve, innocente, mais en fait, vous n'êtes qu'une femelle en chaleur, comme les autres.

Une lueur cruelle fit briller ses prunelles de chat. Elle recula.

— Je vous défends de m'insulter ! Vous êtes déçu, car je ne suis plus neuve, comme vous dites. D'après les ragots du village, vous n'avez eu aucun scrupule à déshonorer de pauvres filles, à engrosser Catherine. Je manquais à votre tableau de chasse, c'est ça ?

La colère submergeait Claire et lui faisait oublier toute prudence. Frédéric la saisit aux épaules et la secoua :

— Vous me dégoûtez ! éructa-t-il. Vous avez su manœuvrer, m'apitoyer ! Nous sommes mariés, hélas ! Mais je ne bois pas dans le verre d'un autre et je ne vous toucherai pas. Montez dans votre chambre, sinon…

— Sinon vous me frapperez, n'est-ce pas ? Quel gâchis ! J'ai voulu être franche, mais vous me haïssez. Réfléchissez un peu… Si j'étais veuve et que vous m'aimiez, comme vous le prétendez, que feriez-vous ? Basile Drujon, qui m'a beaucoup appris, estimait que les femmes ne sont pas inférieures aux hommes et qu'elles ont tort de les craindre, de se soumettre sagement. Il a raison ! Pourquoi auriez-vous le droit de coucher avec la moitié des filles de la vallée pendant que moi, je devrais rester chaste ?

Il crispa les mâchoires. La rage le suffoquait. Ses convictions s'effondraient. Très bas, d'une voix rauque, il cria :

— Drujon, bien sûr ! Dans ce cas, il me reste à conclure que ce fumier d'anarchiste avait fourré ses sales idées dans l'esprit de ma mère, qu'elle couchait avec lui. Pourquoi la placer sur un piédestal ? Qu'elle en dégringole en même temps que vous... Mon Dieu, j'étais si heureux il y a quelques minutes ! Vous avez tout détruit, Claire, sans aucune pitié ! Et ces paroles que vous me jetez à la figure, quelle honte ! Vous êtes dénuée de toute moralité.

— Taisez-vous ! coupa-t-elle. Vous n'avez pas perdu la mémoire, quand même ? J'ai accepté de précipiter ce mariage pour sauver mon chien. Vous vous en doutiez, que je n'étais pas amoureuse ! Ne jouez pas les dupes ! Vous me vouliez, ça, je l'ai entendu bien souvent, alors je suis là, à votre merci.

Claire tordait entre ses doigts un coin du châle en soie de Chine qui couvrait ses épaules. La véhémence de ces paroles lui donnait un air exalté. Fébrile, haletante, elle demeurait séduisante. Frédéric observa la naissance de ses seins, ses joues pâles et le rouge de ses lèvres, sans ressentir aucun désir.

— Je ne veux plus vous voir ! laissa-t-il tomber. Sortez de cette pièce. Allez vous coucher et mettez le verrou, que je n'aie pas la tentation de vous tuer.

Elle le regarda, effrayée. Il était trop calme à présent, les mains derrière le dos, impassible.

— Je vous en prie, insista-t-elle. Vous n'êtes pas plus innocent que moi. Je n'ai pas à implorer votre pardon. Mon seul tort, je le reconnais, a été de ne pas vous avoir fait cet aveu avant la noce.

Frédéric hocha la tête avec un étrange sourire.

— Vous me demandiez si je n'avais pas perdu la mémoire... C'est bizarre, je la retrouve, à mesure que je vous écoute. Votre amant, ce ne serait pas le neveu de Drujon ? Le soir du bal du 14 Juillet, il me regardait de travers quand je dansais avec vous ! Et les railleries de Dubreuil, le chef de la police... Ses hommes se gaussaient de vous avoir vue presque nue, au bord d'un ruisseau ! Et moi, quel imbécile je fais, je les ai enviés, persuadé de votre innocence. Elle se rafraîchissait, voilà ce que j'ai pensé. Claire, vous étiez avec ce type ? Une gueuse se roulant dans l'herbe, ma chère petite fiancée ! Vous aviez déjà ma bague... Mon Dieu, disparaissez de ma vue ! Vous me répugnez !

Elle chuchota, prise de remords, mais il fallait mentir :

— Vous vous trompez, ce n'était pas Jean Drujon. Il s'agissait d'un garçon de Vœuil, qui nous livrait au moulin. Et il est mort ! Nous pouvons divorcer, si vous le souhaitez. Je m'arrangerai avec mon père, je vous rembourserai l'argent que j'ai donné à Bertille.

Il s'était assis sur une banquette en cuir. D'un geste, il lui fit signe de partir.

— Je ne divorcerai pas. Nous sauverons les apparences. Vous tromperez votre monde, comme vous m'avez berné.

Claire n'eut pas le courage de poursuivre la discussion. Elle monta sur la pointe des pieds à l'étage. Une belle lampe à abat-jour d'opaline éclairait le couloir presque aussi large que la cuisine du moulin. Elle se glissa dans sa chambre. La toilette d'amazone la narguait.

Au moins, il ne me touchera pas ce soir ! conclut-elle.

La scène qui venait de les opposer lui parut ridicule. Elle avait mis en avant des arguments qui ne pouvaient que choquer un homme comme lui. Pourtant, elle ne parvenait pas à regretter sa conduite.

S'il m'aimait, il se ficherait bien de ma virginité !

Rageuse, Claire ôta sa robe, ses jupons et le corset qui comprimait sa taille. Elle se coucha, vêtue d'une chemise de nuit très fine, en dentelle. La révolte et le chagrin la terrassèrent. Il était très tard et elle s'était levée à l'aube.

J'ai fait ce qu'il voulait ! se dit-elle encore. Je l'ai épousé, pourquoi est-il si déçu ?

Elle retint un sanglot. Le souvenir de Jean, ravivé, la torturait.

Au milieu de la nuit, sa porte s'ouvrit avec fracas. Frédéric l'avait défoncée d'un coup d'épaule. Claire se redressa, le cœur survolté. Le clair de lune dispensait une vague clarté à travers les rideaux. Elle le reconnut à peine. Echevelé, il vacillait, sa chemise blanche déboutonnée. Ivre mort, il avait cédé à une pulsion démente : posséder son épouse, jouir de sa nudité, la plier à sa volonté.

— Que faites-vous ? bredouilla-t-elle si bas qu'il n'entendit rien.

La jeune femme voulut s'enfuir du lit, mais il ne lui en laissa pas le temps. Une première gifle l'étourdit, suivie aussitôt d'une autre. Claire s'allongea. Elle ne cria pas, ne se débattit pas. L'instinct de survie lui dictait une attitude passive.

— Je prends ce qui me revient : les restes ! grogna-t-il à son oreille en relevant sa chemise de nuit. J'ai envie de vous, je ne vais pas me gêner !

Elle se mordit le dos de la main tandis qu'il l'écrasait de tout son poids, écartant ses cuisses d'un genou. Il ne chercha pas sa bouche ; il dédaigna ses seins. Une fois en elle, il la prit rudement, à la hussarde. Jamais Claire n'avait ressenti une douleur aussi lancinante. Elle crut en mourir et cela lui fut soudain indifférent. Elle rejoindrait Jean...

— Vas-tu gueuler un peu, petite catin ! susurra Frédéric, ivre de plaisir.

Il redoubla de violence sans obtenir une seule plainte. Les injures ponctuèrent les mouvements de reins de son tortionnaire. Soudain, il s'immobilisa et bascula sur le côté en respirant très vite. Il la bourra de coups de poing, puis ses mains emprisonnèrent son cou et serrèrent. Claire ne chercha pas à lui faire lâcher prise. Epuisée, humiliée, meurtrie des pieds à la tête, elle perdit connaissance.

Frédéric se rhabilla. Il alluma son briquet. La jeune femme présentait un tableau désolant : des marques mauves à la gorge, des ecchymoses sur le ventre et le visage. Du sang souillait ses cuisses.

Qu'est-ce que j'ai fait ? s'inquiéta-t-il. Je l'ai tuée ! Je ne vaux pas mieux que mon père... Claire !

Il quitta la chambre, hagard. Pendant des mois, Frédéric avait bu modérément, aux repas. La dose d'alcool qu'il venait d'ingurgiter afin d'arroser l'échec de ses rêves amoureux avait ranimé l'étincelle de folie sadique qui l'épouvantait. Il s'enferma chez lui, une migraine martelant ses tempes. Quelques minutes plus tard, il dormait profondément.

Claire s'éveilla au lever du soleil. Le désordre des draps lui rappela aussitôt la visite de Frédéric.

Quelle brute ! soupira-t-elle en effleurant son cou et sa joue gauche.

Marcher lui arrachait des gémissements ; son ventre était douloureux. Elle se lava dans le cabinet de toilette.

Il s'est vengé, mais il aurait pu me tuer.

Elle était incapable d'éprouver de la colère ou de la honte. Son sort lui était indifférent. Frédéric ne lui donnerait pas de seconde chance. Il la gardait pour épouse. Elle se préparait à de longues années de haine et de mépris. Plus rien ne subsistait des joies anciennes. La demoiselle du moulin, vive et rieuse, n'existait plus. Une nouvelle Claire errait dans la chambre, vidée de tout sentiment. Elle avait l'impression d'être une enveloppe sans âme, cependant capable de s'habiller, de revêtir la tenue d'équitation. Les cheveux nattés sur la nuque, le foulard blanc cachant une marque au menton, la jeune femme enfila ses bottines et les laça. Pernelle la surprit qui traversait le salon.

— Que désirez-vous prendre ce matin ? demanda la domestique.

— Rien, je vous remercie.

Pernelle s'inquiéta. Elle monta à l'étage et tendit l'oreille. Frédéric ronflait. Elle visita la chambre de Claire, examina le fouillis de draps et aperçut du sang.

La pauvrette ! se dit-elle. Monsieur a dû manquer de délicatesse. Ah, les hommes…

Claire entra dans l'écurie. Deux palefreniers nettoyaient les stalles. Elle harnacha Sirius, le cheval blanc que Frédéric lui avait offert. La selle d'amazone sentait bon le cuir neuf.

— Vous direz à Monsieur que je suis partie en promenade ! ordonna-t-elle.

— Oui, madame ! répondit Louis, le neveu de Pernelle. Mais vot'e bête, elle a pas eu son avoine !

— Elle prendra sa ration à mon retour !

Le ton était sec, autoritaire. Ils se dirent que le maître avait trouvé une épouse à sa mesure. Claire leur demanda de l'aide pour se percher sur la selle, dont la forme la déconcertait. Il s'agissait de caler une jambe par-dessus une sorte de corne en cuir, tandis que l'autre était maintenue par une excroissance similaire. Un pied seulement disposait d'un étrier.

— Calme, Sirius, chuchota-t-elle à l'animal assez nerveux.

Roquette ne faisait pas la taille de ce superbe hongre, un vrai colosse. Mais la jeune femme n'avait plus peur de rien. Elle le mit au galop dans l'allée menant au portail. Au-delà s'étendaient les champs, coupés par un chemin de terre et, toute proche, la forêt. Claire détendit sa monture. Elle lui parlait doucement, flattait son encolure. Sirius fut très vite en confiance. Pendant une heure, ils parcoururent les sentiers ou longèrent des haies que les aubépines paraient de nuées blanches. Ils arrivèrent sur un promontoire qui dominait la vallée. Le soleil illuminait le gris des falaises, de l'autre côté de la rivière. Les saules s'ornaient de chatons jaunes duveteux et les pissenlits pailletaient d'or les prés d'un vert vif. L'air embaumait le printemps, le miel, la terre réchauffée.

Ce paysage si familier, mais qu'elle n'avait jamais vu de cet endroit-là, tira Claire de son état d'hébétude. Elle contempla le vieux pont et, à droite, les toits de la ferme de Lavalette, avant de se tourner vers le groupe de bâtiments que formait le Moulin du berger, dans la direction opposée. Les tuiles rousses abritaient sa maison de jeune fille. Elle récita comme une leçon :

— La salle des piles, la bergerie, le logis, la grange, les étendoirs...

A cette heure matinale, son père devait surveiller le travail des ouvriers préposés aux formes. La pâte souple et visqueuse coulait sans doute sur les fins treillis qui en filtraient la matière. Etiennette allumait la cuisinière, son ventre rond moulé par le tablier sale dont elle ceignait ses reins. Bertille paressait au lit, l'esprit en paix puisque son Guillaume ne craignait plus la faillite. Un hurlement entrecoupé d'aboiements lui parvint.

— Sauvageon, il est toujours enchaîné… J'irai le chercher ce soir !

Pas un instant Claire n'eut envie de descendre saluer sa famille. Elle se sentait exclue, rejetée. Son unique tâche désormais était de profiter de la fortune de son mari. Sirius s'impatientait. Elle reprit le galop, pour se glisser dans un bois de chênes. Les branches basses l'obligeaient à se pencher. Une idée lui vint. Elle toucha la longue bande de satin blanc nouée à son cou.

Ce serait si simple ! pensa-t-elle. Je sais faire les nœuds coulants. Je me pends à une de ces branches en restant à cheval. J'ordonne à Sirius de partir. Au besoin, je le fouette d'un bon coup de cravache. Et je serai libre, délivrée. Je ne rentrerai jamais à Ponriant. Les gens diront : « Quel malheur, le lendemain de ses noces, une fille si jolie, si sage ! » Ils jugeront Frédéric coupable de mon désespoir, alors qu'il n'est pas responsable. Il m'aimait. Il se croit trompé. Nous aurions pu être heureux ensemble si je n'avais pas rencontré Jean. Il y a deux ans, à la même époque, je ne rêvais que de Frédéric Giraud.

L'absurdité de son propre destin lui arracha un sourire ironique.

Il faut croire que je n'ai pas droit au bonheur !

Claire s'éloigna du couvert des arbres. Elle ne s'abaisserait pas au suicide. Un petit être l'attachait à la vie : son frère Matthieu. Elle fit claquer sa langue et lança son cheval au grand trot. Une demi-heure plus tard, la jeune femme entrait dans Puymoyen et suivait une ruelle pour s'arrêter devant la maison de madame Colette.

Frédéric lui avait dit qu'il ne voulait pas divorcer, mais resterait-il dans les mêmes dispositions vis-à-vis du fils de Colin Roy ?… Claire décida, debout près de son cheval, qu'au pire des cas elle confierait l'enfant à Bertille qui lui devait bien ça.

Frédéric somnola jusqu'à dix heures du matin. Pernelle frappa à sa porte. Il sentit une odeur de café chaud.

— Monsieur, fit la domestique, sa voix assourdie par

l'épaisseur du battant, je me suis permis de vous apporter votre petit déjeuner.

Le jeune homme se rappela soudain les événements de la nuit. Il se souvenait surtout d'un grand chagrin, d'une peur terrible. Claire inerte, meurtrie, le sang sur ses cuisses. Malgré la déception infinie qui l'avait rendu à demi fou, ses sentiments pour elle n'avaient pas vraiment changé.

— Mon Dieu, si je l'ai tuée !

— Monsieur ! insista Pernelle. Etes-vous souffrant ?

— Un instant ! hurla-t-il.

Il reprenait pied dans le quotidien. La bouche pâteuse, Frédéric se maudit d'avoir vidé la bouteille de cognac tout en ayant pourtant envie de boire immédiatement. Comment oserait-il entrer chez Claire s'il devait la découvrir dans la même position, livide, à jamais muette, perdue pour le monde des vivants. Il cria encore, affolé :

— Pernelle ! As-tu frappé chez Madame ?

— La jeune dame est partie à cheval au lever du soleil, monsieur. Elle n'avait pas faim.

Un soulagement inouï coula dans les veines de Frédéric. Il grommela « Entre ! » et fut content d'avaler une tasse de café noir. Pernelle lui jeta un regard perplexe.

— Vous avez une drôle de mine, monsieur !

— File donc ! J'ai la mine que je veux. Tu prépareras la chambre bleue, celle qui donne sur le parc.

— C'est mademoiselle Denise qui va s'installer ici ? Que dira votre frère, monsieur ?

La domestique plissa les yeux d'un air navré. Frédéric avait omis de préciser à Claire que Pernelle était la troisième personne au domaine qui connaissait l'existence de la fillette.

— Je lui dirai la vérité quand je le jugerai bon ! coupa-t-il. J'en ai assez des mensonges, des secrets qui empoisonnent la vie. Mon père ne risque plus rien, il pourrit au cimetière. Ma mère n'en sera pas affligée non plus, paix à son âme. File, je te dis.

Frédéric ruminait sa colère, ressuscitée en même temps que Claire. Morte par sa faute, la jeune femme aurait eu droit à ses larmes et à ses remords. Mais elle se promenait à cheval, pécheresse invétérée qui lui avait tenu tête, avec des mots d'une audace insensée, avec cette docilité désarmante durant la nuit. En évoquant la brève étreinte qu'il lui avait imposée, il gémit de désir. Il se reprocha d'avoir bu, d'avoir été si impatient.

Je n'ai même pas touché ses seins, je n'ai pas savouré ses lèvres. Ah, elle me paiera cher sa traîtrise. Elle s'est conduite en putain, je la traiterai comme telle. Chaque soir...

Il décocha un coup de poing au hasard. Ses doigts serrés heurtèrent le bois du lit. La douleur l'apaisa. Il venait de déclarer la guerre à son épouse tout en respectant ses projets. Denise viendrait vivre au domaine, et il veillerait sur l'éducation de Matthieu Roy. Il donnerait des fêtes, des chasses à courre, et Claire tiendrait son rôle. Il la voulait magnifique et élégante, présente à la moindre occasion. Outragé par la révélation qu'elle avait faite, il appréciait néanmoins son éducation, son intelligence et son goût des belles lettres.

— La garce ! siffla-t-il entre ses dents.

Claire fut de retour pour le déjeuner de midi. Frédéric étudiait des factures dans son bureau. Elle se changea, passant une robe très simple en satin vert clair. Les cheveux nattés, la jeune femme paraissait d'une extrême jeunesse.

— On vous donnerait le bon Dieu sans confession ! lui lança-t-il lorsqu'ils se mirent à table.

Elle ne répondit pas, touchant à peine au poulet frit, servi sur un lit de pommes de terre sautées.

— Sirius vous donne-t-il satisfaction ? demanda-t-il sans la regarder.

— Oui, je vous remercie. C'est un cheval sûr, qui n'a peur de rien.

Frédéric devina sous le foulard de cou une marque mauve. Il en fut gêné. Pernelle et sa nièce desservaient. Dès qu'elles furent sorties de la salle à manger, il s'expliqua :

— J'étais furieux, hier soir. Et cette nuit. Mon plus grand chagrin, c'est d'avoir perdu cet amour respectueux que je vous portais. J'espérais vous chérir, vous choyer. Cela dit, je vous aime encore, mais d'une autre façon. Vous m'appartenez et j'entends disposer de vous comme il me plaira.

Elle le défia, piquée dans sa fierté. Pourtant, ce furent ces mots empreints de vanité et de menaces imprécises qui lui redonnèrent énergie et envie de vivre.

— Nous verrons ! répondit-elle dans un souffle. Mais ne vous croyez pas obligé de boire et de m'étrangler pour me plier au devoir conjugal. Je n'ai pas l'intention de me refuser à vous ; nous sommes mariés.

Frédéric baissa les yeux, partagé entre la rage et l'admiration. Il n'avait connu que des filles soumises ou amoureuses. Claire était d'une tout autre trempe. Il déclara, d'un ton plus ordinaire :

— Vous disposerez de la moitié de l'étage. Je logerai Denise dans la chambre bleue, au bout du couloir. Vous pourrez installer votre petit frère dans une pièce contiguë, qui est repeinte en jaune et bleu. J'avais acheté un lit d'enfant.

— Et Sauvageon ? Vous me permettez de le conduire ici ? murmura-t-elle.

— Je ne reviens pas sur une parole donnée, moi... Si votre bâtard de loup ne s'en prend pas à mes brebis ni à mes poulains, s'il ne m'égorge pas le soir au moindre de vos cris, je supporterai sa présence. Demandez à Louis de lui construire une niche dotée d'une solide chaîne. Cet après-midi, nous partons pour Angoulême. La calèche sera attelée à trois heures. Nous dormirons chez ma grand-tante. Je vous prie de vous habiller en conséquence. Vous avez l'air d'une paysanne, avec vos tresses et votre jupe à rayures.

Claire repoussa la soucoupe garnie de fromage blanc et de confitures. Elle se leva.

— Je suis désolée de vous déplaire, mais j'ai vu de belles pousses d'armoise derrière vos écuries. Et de la chélidoine, aussi, l'herbe aux verrues. Votre domestique, Pernelle, devrait en user ; elle a une vilaine excroissance à la main droite.

Frédéric roula des yeux ébahis, puis prit un air dédaigneux.

— Vous n'allez pas cueillir de l'herbe sous le nez de mes palefreniers ! Vous êtes la maîtresse du domaine ! Restez à votre place ! Je ne veux pas vous voir traîner dans cette tenue.

Elle monta en courant, la gorge serrée.

Je ne vais pas passer mon temps à changer de vêtements !

Une nostalgie lui vint. Elle aurait voulu être encore

au moulin, se querellant avec Bertille ou guettant la ronde des roues à aubes. Frédéric entra sans avoir frappé. De toute façon, la porte et son verrou étaient endommagés. En corset de satin rose et jupons de dentelle, Claire poussa un cri de colère. Elle se sentait nue et fragile, exposée en pleine lumière.

— Que voulez-vous ? demanda-t-elle avec reproche. Puisque vous êtes là, vous seriez gentil de me conseiller, car je n'ai pas l'habitude d'aller en ville.

Il la fixait, moqueur. Soudain, elle comprit. Il approcha et la renversa en travers du lit. Claire ferma les yeux. Elle le laissa pétrir à pleines mains ses seins doux et blancs, investir son corps d'un seul élan énergique. Puis il l'embrassa, explorant sa bouche, se délectant de ses lèvres. C'était moins brutal que la veille. Quand il retint une plainte de jouissance, elle eut un frisson en bas des reins. Le souvenir de Jean la fit éclater en sanglots. Elle le trahissait en éprouvant du plaisir.

— Pourquoi pleurez-vous ? demanda Frédéric, le souffle court.

— J'avais peur que vous me battiez encore ! mentit Claire. Et vous m'avez ménagée. Je souffre un peu…

Elle désigna son entrecuisse d'un geste. Il se retira, mal à l'aise. Leur intimité le déconcertait tout en le rassurant. La jeune femme avait une attitude simple, presque impudique.

— Préparez-vous ! dit-il. Je vous attends au salon. Et comme toilette, choisissez une robe élégante mais discrète. Défaites vos cheveux et coiffez-les en chignon. Si vous pouviez porter la bague que ma grand-tante m'a donnée pour vous…

— Bien sûr ! chuchota-t-elle.

Ainsi débuta la vie de couple de Frédéric et de Claire.

Basse-Normandie, Ferme des sept vents, 12 juin 1898

Norbert Chabin finissait sa soupe. Sa fille, Germaine, lui servit du cidre. A petits pas, elle alla s'asseoir près du feu après y avoir remis une bûche, une souche de pommier tordue par l'âge.

— Qu'est-ce qu'il tarde, Jean ! Ce n'est pas dans son habitude, s'inquiéta-t-elle.

— Bah ! fit son père, il aura perdu une bête. C'est un bon gars, il rentrera pas sans la ramener au pré.

Germaine jeta un regard de côté vers le lit qui occupait un recoin de la pièce. C'était une couche normande à l'ancienne, que deux portes ajourées fermaient durant la nuit. Jean dormait là depuis cinq semaines. Elle aurait tant voulu se glisser à ses côtés, la nuit.

— Je me demande où il est quand même ! continua Germaine.

— Ne te fais pas de bile ! coupa Norbert, moqueur. Déjà, ce gars-là ne reprendra plus la mer, il ne va pas s'égarer dans le bocage... Je monte piquer un somme, ne veille pas trop tard.

Germaine fit oui de la tête et se remit à son ouvrage. Elle était devenue experte en broderie, ce qui lui occupait les mains et laissait son esprit libre de rêvasser. A vingt-cinq ans, aucun homme ne l'avait demandée en mariage, ni même courtisée. Son corps se languissait dans un désir confus : connaître le bonheur d'aimer, avoir des enfants. Les femmes du bourg racontaient que Norbert Chabin, un fieffé tyran domestique, gardait Germaine pour le ménage et la cuisine, son épouse étant morte dix ans plus tôt. Les jours, les semaines de solitude comptaient double pour sa fille qui se savait laide. Mais un matin, un inconnu avait frappé à la porte de la ferme. Il demandait du travail. L'inconnu était recommandé par un marin pêcheur de Port-en-Bessin, lointain cousin de Norbert. Germaine l'avait fait entrer. Son père était aux champs.

Une rougeur subite lui monta aux joues, comme chaque fois qu'elle revivait le moment où les yeux bleus de Jean, bordés de longs cils noirs, s'étaient posés sur elle. Il était maigre, ce visiteur, mal rasé et mal vêtu.

Son histoire avait ému les Chabin, père et fille. Matelot sur un morutier, le *Sans-Peur*, le jeune homme avait survécu à un naufrage aux abords de Terre-Neuve.

J'me suis accroché à une planche ! Je crevais de faim et de soif, mais j'ai eu de la chance... Un bateau de pêche canadien m'a récupéré. Il rentrait au port. Là-bas, j'suis resté à l'hospice un bon bout de temps, je délirais... Et puis, en avril, j'ai pu revenir en France grâce au patron d'une compagnie maritime. J'ai bossé dur, aux chaudières. J'ai plus un sou et je voudrais gagner mon pain, deux ou trois mois... ici, en Normandie. Il paraît que vous cherchez un commis pour les vaches. »

Norbert l'avait engagé, logé et nourri. Germaine en remerciait Dieu matin et soir. Jean était si gentil. Pendant qu'elle brodait, à la veillée, il lui parlait de sa promise, Claire. La vieille fille en eut le cœur brisé, la première fois, puis elle s'accoutuma à l'idée. Ce beau garçon, il repartirait, mais elle aurait vécu un peu près de lui. Pour Jean, elle préparait des tartes nappées de crème ou de la soupe au lard. Il la remerciait d'un sourire qui lui retournait le ventre. Elle ne se faisait aucune illusion. Le bel étranger ne pensait qu'à sa Claire.

« Si tu la voyais, Germaine ! Une beauté, très brune, la peau dorée, et généreuse, douce, câline. Figure-toi qu'elle a pour chien un croisé de loup. Cette bête lui lèche le menton, il n'obéit bien qu'à elle. »

Dès qu'il avait eu trois sous en poche, Jean avait écrit une lettre à sa fiancée. Germaine le regardait écrire, penché sur la table, éclairé par une bougie. Il s'appliquait, expliquant qu'un vieil instituteur lui avait appris à lire.

« Tu comprends, disait-il, Claire devait me rejoindre à La Rochelle au mois de mai. Je dois la prévenir avant son départ. Elle patientera, je la connais... »

Germaine avait confié l'enveloppe au facteur, qui passait à la ferme perché sur un vélo flambant neuf. Et elle avait pleuré toutes les larmes de son corps dans la grange à foin.

Perdue dans ses pensées, elle sursauta au bruit de galoches sur le seuil. Jean entra, la mine sombre. Il ôta le chapeau de paille qu'elle lui avait donné et s'assit sur la pierre de l'âtre.

— La soupe est chaude ! murmura-t-elle. As-tu faim ? Je m'inquiétais ! Le père croyait que tu courais après une des génisses.

— Non ! répondit-il. J'ai marché droit devant moi, j'me suis retrouvé du côté du Bény-Bocage.

— Eh bien, tu en as fait, du chemin ! s'étonna Germaine.

— Fallait que je retrouve mon calme ! J'ai croisé le facteur tantôt. Il avait une lettre pour moi...

Elle retint sa respiration. Jean la dévisageait. Jamais il n'avait remarqué combien la malheureuse avait le nez long, les joues creuses et les prunelles étroites. La coiffe blanche cachait des cheveux filasse. Pourtant, ce soir, il trouvait du réconfort dans son regard d'un bleu laiteux, d'une douceur poignante.

« C'est Claire qui t'a répondu ? Elle a mis le temps ! murmura la jeune femme.

— Tiens, lis donc ! Claire n'a pas osé écrire, va ! C'est sa cousine qui me donne des nouvelles ! Et quelles nouvelles ! »

Germaine sentait les larmes lui piquer le nez et perler à ses paupières. Tout bas, afin de ne pas réveiller son père, elle ânonna :

« Cher Jean,

« Je suis désolée d'avoir à t'annoncer un événement qui te blessera sans doute. Deux mois après avoir appris ta mort dans le naufrage du Sans-Peur, Claire, accablée de soucis financiers – son père délaisse le moulin –, a choisi d'épouser Frédéric Giraud qui, dans sa grande bonté, consentait à prendre en charge l'éducation du petit Matthieu. Ils sont rarement au domaine, si bien que j'ai transmis ton courrier avec du retard. Claire a été bouleversée, évidemment, mais elle a engagé sa foi à un autre. Tu sais combien elle est honnête... N'aie aucun espoir ; elle a tiré un trait sur votre courte amourette.

« Puisque Dieu t'a protégé, je te conseillerais, avec toute mon amitié, de demeurer en Normandie, loin d'une région où tu ne serais pas le bienvenu pour les raisons que tu sais. Claire est heureuse, je t'assure. Il suffit de la voir régner à Ponriant, couverte de bijoux et de toilettes magnifiques. Elle a même un cheval blanc de race, dont elle me parle avec admiration.

« Si elle s'est montrée soulagée de te savoir en vie, elle n'a pas semblé désireuse de te revoir ou de te répondre. Affligée par le chagrin que je vais te causer, j'ai pris le parti de t'écrire. Tu es libre et en vie, Jean, ne gâche pas cette seconde chance que la Providence t'a offerte.

« Bertille Dancourt »

Jean laissa échapper un gémissement. Il serra les poings et se leva, comme s'il voulait s'enfuir. Germaine était partagée entre une joie irraisonnée et une sincère compassion.

— Mon pauvre Jean ! dit-elle très bas. Dis, c'est une vraie dame, cette Bertille... Elle écrit aussi bien que monsieur le curé !

— Une belle garce, oui ! enragea-t-il. Elle a dû applaudir, le jour des noces. Elle me trouvait pas assez bien pour Claire, tu peux me croire.

— Alors, t'as fait des kilomètres dans le bocage, seul comme un chien, pour digérer la nouvelle ! Je te comprends, tu as de la peine.

Le jeune homme baissa la tête. Germaine et son père ignoraient tout de son passé de bagnard.

— De toute façon, c'était dans l'air, cette affaire ! Que je sois mort ou non, ça serait arrivé ! Ce Giraud, riche à crever, il la voulait, Claire. Il l'a, maintenant, qu'il la garde ! Elle m'a pas pleuré longtemps quand même. Je croyais qu'elle m'aimait plus que ça !

Il y eut un silence. Germaine avait cessé de broder. Elle n'eut pas le courage de proposer de la soupe à Jean. Il devait souffrir le martyre.

— Bois un coup ! lui chuchota-t-elle. Le père n'y verra rien. La bouteille est au fond du bahut, à droite.

Elle était certaine qu'un verre de calva lui fouetterait le sang. Jean refusa d'un geste. Elle lui tendit la lettre.

— Fichue saleté ! grogna-t-il entre ses dents. Tiens, regarde ce que j'en fais !

Il roula le papier en boule et l'envoya brûler dans les flammes.

— Je vais dormir à la belle étoile, Germaine. J'étouffe ici !

Jean lui effleura l'épaule au passage, un geste de simple amitié. Elle ferma les yeux, pleine d'un espoir incrédule.

Environ un an plus tard, le premier jour de juillet 1899, Jean épousait Germaine. Par défi, il avait repris son nom de Dumont. Qui donc, au fond du bocage normand, irait le reconnaître ou soupçonner son passé ?

Cela était venu tout doucement. Jean ne parlait plus de Claire et il travaillait tant que le soir il se couchait parfois avant le soleil. Pas une fois il n'avait parlé de quitter le pays. Petit à petit, Germaine avait tissé autour de lui une toile de bonté, de dévotion et d'amour. L'hiver, elle chauffait son lit avec une bouteille en grès remplie d'eau bouillante. Il avait double ration des gâteaux et des crêpes qu'elle préparait.

Enhardie par sa présence taciturne, la vieille fille – ainsi la nommait-on au bourg voisin – prenait soin de ses cheveux et ornait ses cols de dentelle. Elle devenait jolie à force de gentillesse et de gaieté naïve.

Un soir tiède de printemps, Jean, travaillé par le besoin impérieux d'une femme, l'avait coincée dans la grange. Elle venait de traire les vaches avec lui. Sa coiffe était dénouée et une mèche blonde dansait sur sa gorge découverte. Il l'avait embrassée là, entre les seins. Mais quand il avait voulu monter sur le plancher à foin, Germaine avait refusé.

« Non, Jean, pas de ça ! Je suis une fille honnête. Si tu me demandes au père, là, je voudrai bien… »

Il comprit. Il éprouvait pour elle une profonde amitié, de l'affection aussi. Toujours dépité par la trahison de Claire, il se résigna à l'épouser. Norbert était content. Il faisait une bonne affaire. On ne versait pas de salaire à un gendre.

La noce fut joyeuse. Les grands-parents de Germaine offrirent un repas dans une auberge de Port-en-Bessin, car la mariée voulait voir l'océan. Jean y consentit à regret, mais quand il entendit les mouettes, qu'il huma l'air salin, sa rancœur contre l'immensité de l'Atlantique s'évanouit. L'après-midi, après un copieux festin – des moules, des huîtres, une matelote et des flots de vin blanc –, les époux, suivis de la famille, allèrent se promener sur les dunes qui surplombaient de hautes falaises abruptes.

Germaine riait souvent pour cacher son appréhension. Son voile s'entortillait autour de sa tête, plaqué par les rafales de vent. Jean la prenait par la taille ou aux épaules, il baisait sa bouche goulûment. Elle se dérobait, affolée.

Norbert coucha chez un voisin pour leur laisser la maison. Sa fille devint femme en gémissant, en pleurant de honte. Le matin, pourtant, au souvenir des caresses de son jeune mari, elle le réveilla, prise d'un timide désir.

Jean et elle n'avaient qu'une hâte : donner un héritier à la Ferme des sept vents.

10 octobre 1899

Claire était assise au chevet de Denise. Elle lui avait lu le dernier chapitre de *Robinson Crusoé*. La pauvre petite s'endormait, comme le prouvait sa respiration sifflante. Le docteur Mercier, qui désormais montait deux fois par mois au domaine, était pessimiste. L'enfant ne passerait pas l'hiver.

Il avait fallu du temps à la jeune femme pour s'accoutumer à la vision de ce corps frêle et difforme. Le pire à supporter, c'était le visage : le nez dévié, le menton effacé, un œil exorbité, l'autre à demi caché par l'arcade sourcilière. Denise la reconnaissait et lui témoignait de la sympathie, mais c'était à Frédéric qu'elle réservait des manifestations d'amour bouleversantes.

Que fait Pernelle ? se demanda Claire. Et madame Odile ! Je parie qu'elles dégustent un gâteau et du café aux cuisines. Elles le font exprès. Si Matthieu se réveille et qu'il ne me voit pas près de son lit, il risque de tomber, comme dimanche dernier. Si seulement il était moins casse-cou, le chéri !

La jeune femme se leva sans bruit, traversa la chambre et se glissa dans la pièce voisine. Son frère dormait, niché au creux d'un lit d'enfant en bois verni. C'était un petit garçon de vingt-six mois, dont les cheveux bouclés avaient la légèreté des plumes. Claire aimait le contempler dans son sommeil.

— Tu es tellement sage, glissa-t-elle, le pouce à la bouche et si tranquille.

Une fois éveillé, Matthieu menait la vie dure à sa nourrice, madame Odile, qui s'occupait aussi de Denise. Sans cesse inquiète pour lui, Claire le confiait à contrecœur à cette femme dont elle n'appréciait guère la rudesse et la sévérité. Pernelle s'en mêlait, grondant le bambin à la moindre occasion.

— Comme je suis fatiguée ! soupira Claire.

Son existence à Ponriant ressemblait de plus en plus au

purgatoire. Frédéric la traitait en prisonnière. Plus jamais il n'avait eu pour elle un élan de tendresse. Finies les larmes et les sourires, finis les cadeaux. Il souffrait d'une jalousie abusive. L'amour qu'il éprouvait pour Claire avant leur mariage s'était mué très vite en une passion charnelle qui le rendait cruel et injuste.

La jeune femme ne sortait du domaine que le dimanche. Frédéric la conduisait en calèche à la messe. Il y assistait en sa compagnie. Ensuite, ils passaient au moulin. Les premières semaines, Colin Roy les avait retenus à déjeuner, mais Claire avait préféré mettre fin à cette habitude. Elle ne supportait pas les minauderies de Bertille, les jérémiades de Guillaume, l'état de la maison et du jardin, proches de l'abandon. Surtout, elle ne voulait pas croiser Etiennette, installée à l'étage dans son ancienne chambre. En juillet 1898, la servante avait mis au monde un garçon, baptisé Nicolas. S'il refusait de légitimer le bébé, le papetier lui prêtait plus d'attention qu'à Matthieu.

La jeune dame du domaine recueillait les nouvelles du bourg et celles du moulin. Le facteur bavardait avec Pernelle, les journaliers venus pour la moisson ou la fenaison lâchaient des ragots savoureux que les domestiques de Ponriant répétaient. Cela parvenait enfin à Claire.

Elle avait ainsi appris le départ de Basile. Son vieil ami, à la rancune tenace, n'avait pas répondu aux deux lettres qu'elle lui avait écrites. Il avait rendu les clefs à Colin et fait emporter en char à bœufs sa table et trois malles de livres. Très affectée, elle avait pleuré en cachette avant de se résigner.

Tout le monde s'est détourné de moi ! avait-elle conclu après bien des larmes. Bertille me croit comblée par ma position sociale et l'argent dont je dispose, mon père se vautre dans le lit d'une souillon. Chacun coule des jours paisibles. Que je sois malheureuse, tout le monde s'en fiche…

Ce constat désespéré avait achevé de la briser. Seuls Matthieu, ses gazouillis, ses découvertes, ses rires la maintenaient debout. Elle aurait pu aimer son mari, mais il ne lui pardonnait pas ce qu'il nommait sa fourberie, cette liaison qu'elle avait eue avec un autre dont il ignorait encore l'identité. De plus, Claire avait acquis la certitude d'être stérile. Elle se considérait comme une terre ingrate où aucune graine ne germait, une femme incapable de procréer.

« Quelle mauvaise affaire j'ai faite ! s'exclamait Frédéric de plus en plus souvent. Vous n'êtes même pas bonne à me donner un enfant ! »

Pernelle aussi surveillait les lessives. Madame saignait tous les mois. La domestique, d'abord aimable et prévenante, en devenait hostile.

« Notre monsieur a de quoi être mécontent ! confiait-elle à la laitière, à sa nièce ou à madame Odile. Il élève comme son fils le gosse de maître Roy et il n'a pas la joie d'être père. »

Claire entendit du bruit dans le couloir. Elle reconnut le pas rapide de Frédéric. Il entra, botté et sanglé d'une veste de chasse.

— Eh bien, vous n'êtes pas prête ! s'écria-t-il.

— Chut ! fit-elle. Denise s'est assoupie. Elle m'écoutait lire, mais je pense qu'elle vous attendait.

Il marcha vers le lit pour regarder la face affreuse de sa sœur.

— Où est la nourrice ?

— Je n'en sais rien, elle est descendue chercher de la tisane et du miel, mais cela dure depuis une heure. Pernelle l'a retenue pour me causer du tort. Je vous en prie, Frédéric, suis-je obligée de vous suivre ! Matthieu est triste quand je m'absente, et ces deux bonnes femmes l'accablent de réprimandes et de punitions. J'avais plaisir à ces sorties à cheval quand mon frère ne marchait pas encore. Maintenant, je me tracasse pour lui.

Frédéric regarda son épouse. Amaigrie, les traits tirés, Claire avait perdu de sa fraîcheur et de sa beauté radieuse.

— Allez vous habiller, dit-il, nos chevaux sont sellés. Je garde Denise. Quand vous reviendrez, j'irai chercher madame Odile. Et ne vous plaignez plus de Pernelle. Elle sait mieux que vous tenir une maison comme Ponriant. Quant à votre frère, il serait plus sage si vous étiez moins indulgente à son égard.

Claire ne répliqua pas. Elle devait courber l'échine et obéir du matin au soir, et même tard dans la nuit. Frédéric ne lui accordait aucun répit. L'étincelle de plaisir qu'il avait allumée une fois seulement, un lointain matin de mars, le lendemain des noces, paraissait un souvenir improbable à la jeune femme. L'ardeur bestiale de son mari, son obstination à la prendre autant de fois qu'il le pouvait l'avaient rendue froide et insensible. Au début, elle avait tenté de le raisonner, voire de le repousser. Il l'avait frappée.

A présent, Claire subissait chaque étreinte avec une indifférence résignée. Son corps ne répondait pas et son cœur éteint lui épargnait même la douleur du chagrin ou de la révolte.

Elle le rejoignit au chevet de Denise. Il la trouva livide sous le chapeau haut où brillait une tête d'épingle nacrée, une perle en forme de goutte d'eau. Pernelle se tenait près de la fenêtre alors que madame Odile disposait un pichet en fer-blanc sur la table de nuit.

Frédéric sortit et Claire le suivit. Un peu plus tard, ils galopaient sur le chemin des falaises, dans la direction opposée au moulin.

Le lendemain, le facteur goguenard apporta une lettre de Colin Roy. Frédéric, attablé devant une brioche ventrue et dorée, la tourna entre ses doigts, la décacheta et lut le contenu avant de la tendre à Claire, l'air amusé.

— Tenez, ma chère !

Il surveillait le courrier, les palefreniers et les hommes qu'il saluait à la messe. Sa femme ne le ferait pas cocu. Ces mots, Claire les entendait tous les jours. Cette fois encore, elle soupira :

— Vous perdez votre temps, Frédéric, je vous suis fidèle et je le serai ma vie durant. J'ai juré devant Dieu.

— On dit ça ! bougonna-t-il, mais je n'ai pas confiance. Je ne prends aucun risque. Je vous ai à l'œil, comme dirait mon régisseur qui lorgne vos chevilles quand je vous aide à monter en selle. Tous les mâles du pays seraient après vous si par sottise je m'absentais.

Claire replia la lettre de son père. Elle n'avait pas le courage de déchiffrer son écriture penchée et minuscule.

— Papa en fait, des manières ! dit-elle. Il peut se déplacer s'il désire me parler.

Frédéric pointa l'index sur la feuille.

— Lisez, je vous assure ! Vous ne serez pas déçue !

Elle s'exécuta. En quelques minutes, une violente colère vint à bout de sa passivité.

— Non, ce n'est pas possible ! Qu'est-ce qui lui prend ? Jamais, jamais je n'accepterai. Frédéric, par pitié, allez le lui dire.

— J'irai, ma chère ! En lui conseillant néanmoins de vous envoyer plus souvent ce genre de bêtises, car la fureur vous embellit.

Ils étaient tous les deux en vêtements de nuit. Claire portait une robe de chambre en satin rouge, brodée de motifs fleuris. L'échancrure laissait deviner la naissance de ses seins au ras du décolleté d'une fine chemise en soie rose. Frédéric la fixa, ses prunelles de chat soudain voilées, avides.

— Oh non, gémit-elle, pas ce matin ! Je vous en prie, Matthieu va se réveiller et il va m'appeler. Je voudrais lui donner sa bouillie.

Claire ne comprenait pas pourquoi ses nerfs la trahissaient. Une peur viscérale l'envahissait à cause de la lettre de son père.

— Votre frère se contentera de sa nourrice, que je paie assez cher ! Et je ne mettrai les pieds au moulin, pour gronder beau-papa, qu'après avoir profité de sa fille.

La jeune femme respira profondément, paupières closes. Elle s'était promis de ne céder ni au dégoût ni à la panique. Il lui semblait freiner un processus dangereux en ne s'opposant jamais à Frédéric. Et là, tout à coup, elle n'avait qu'une envie : hurler, griffer, sangloter. Il la prit par les poignets et l'obligea à se lever de sa chaise. De toutes ses forces, il la poussa vers le lit.

— Non, non… je n'en peux plus ! protesta-t-elle.

— Qui sait ! ironisa-t-il. Peut-être que ce matin, je vous engrosserai enfin !

Claire se mit à pleurer, allongée en travers du matelas. Elle ne luttait plus. Pendant que son mari ahanait de plaisir, les mots de la lettre tournaient comme des fous. Colin Roy voulait reprendre le petit Matthieu. Son propre père… Il ne s'était jamais intéressé à son fils, et voilà qu'il revendiquait son éducation, qu'il exigeait le retour de l'enfant au moulin dans le mois courant. Dès que Frédéric se retira, elle courut se laver et s'habiller.

— Je viens avec vous ! s'écria-t-elle. Ou vous m'emmenez, peu m'importe. Papa n'osera plus jamais me demander une chose pareille quand il m'aura écoutée. Je n'aurai pas de bébé, je n'ai que Matthieu à choyer et à aimer.

Son mari, nu de la tête aux pieds, haussa les épaules.

— Quelle franchise ! Je n'ai vraiment aucune place dans votre cœur.

— Vous auriez pu ! clama-t-elle. Oui, si vous n'étiez pas aussi dur, aussi méfiant. Il n'y a qu'aux écuries que nous sommes comme deux amis. Et à cheval.

— C'est vrai, j'admire votre science instinctive de l'équitation et votre don pour soigner mes bêtes. Allons tous les deux au moulin. Je vais seller Sirius et Vulcain. N'ayez crainte, votre père n'aura pas le petit Matthieu. Je suis attaché à ce gamin...

Claire le sentit touché et s'en étonna. Il s'enveloppa dans un drap et retourna dans sa propre chambre, de l'autre côté du couloir.

13

Le temps des larmes

Moulin du berger, 11 octobre 1899

Bertille fit rouler sa chaise jusqu'à la cuisinière en fonte. La pluie menaçait. De nature frileuse, la jeune infirme exigeait des feux ronflants. Elle avait fait poser d'épais rideaux rouges aux fenêtres afin de couper les courants d'air.

Ses mains diaphanes suspendues au-dessus de la plaque en acier, elle chantonnait :

« Pauvre marin revient de guerre, tout doux…
Tout mal chaussé, tout mal vêtu.
Brave marin, d'où reviens-tu, tout doux… »

Ce refrain l'obsédait depuis des mois. Bertille refusait de s'avouer les remords qui la tourmentaient. Une fois encore, elle sortit de son aumônière, où elle rangeait des pastilles de réglisse, un mouchoir en soie et une lettre froissée à force d'être lue et relue. C'était le courrier que Jean avait envoyé au moulin après son arrivée à la ferme des Chabin, en Normandie. Elle en connaissait les mots par cœur. Le jeune homme racontait comment il avait réchappé du naufrage et suppliait Claire d'attendre une deuxième lettre avant de quitter la vallée et le moulin.

— Je n'avais pas le choix de toute façon ! murmura-t-elle. Claire était déjà mariée et bien mariée. Guillaume a pu faire des placements intéressants. La fortune des Giraud est quasiment à notre disposition. Et quel avenir aurait-elle eu auprès d'un forçat, qu'elle n'aurait même pas pu épouser... Non, j'ai fait ce qu'il fallait puisque c'était trop tard. Claire aurait été dix fois plus malheureuse si elle avait su que Jean est en vie alors qu'elle a épousé Frédéric. Là, elle le croit mort et c'est mieux ainsi.

Ni son oncle Colin ni Dancourt n'étaient au courant de ce secret qu'elle comptait taire jusqu'à la fin de ses jours. Bertille se félicitait souvent d'avoir eu autant de chance. La lettre lui avait été remise en mains propres par le facteur qui lui contait fleurette à la moindre occasion. Malgré la certitude d'avoir bien agi, un vague sentiment de culpabilité la tracassait et, dès qu'il se manifestait, le triste refrain lui venait aux lèvres : *« Brave marin, d'où reviens-tu... »*

Bertille se trouvait des excuses. Elle caressait un beau rêve. Elle voulait habiter Angoulême et tenir un magasin. Guillaume lui avait promis que ce serait bientôt possible. Il cherchait un commerce à racheter, surmonté d'un appartement à l'étage. Durant ses heures de paresse, la jeune femme s'imaginait assise derrière un comptoir en bois sculpté, discutant avec une abondante clientèle. Elle dissimulerait ainsi son infirmité, traitant d'égale à égale avec les belles dames des quartiers bourgeois. Jamais plus l'ennui, le silence des mois d'hiver. Ils iraient au théâtre voir jouer des opéras et, le dimanche, ils se promèneraient dans les jardins de l'hôtel de ville.

— Raymonde ! Raymonde ! hurla-t-elle soudain.

Une adolescente aux épaisses tresses couleur de châtaigne mûre accourut du cellier.

— Oui, madame ?

— Va prévenir mon mari, qu'il vienne déjeuner ici. Cette tradition de prendre les repas avec les ouvriers me déplaît. J'ai besoin de causer un peu. Ensuite, tu me prépareras du café.

La jeune domestique fila dehors. Ses sabots garnis de foin la protégeaient de la boue grise de la cour, car il avait plu pendant la nuit. Elle était heureuse de travailler au moulin, qui lui semblait une demeure cossue et agréable.

Bertille, qui ne supportait pas Etiennette – de plus, celle-ci se prenait pour une dame depuis la naissance de son fils –, avait engagé à la fin de l'été la jeune sœur de Catherine, dont le souvenir demeurait vif au pays. Claire lui avait conseillé ce choix lors d'un de ses rares passages au moulin. Si l'ancienne maîtresse de Frédéric Giraud, morte des suites d'une fausse couche, marquait encore les esprits tant elle était audacieuse, chaude et vive, Raymonde impressionnait par sa gentillesse et son sérieux. Elle avait obtenu son certificat d'études avec des notes correctes. Bertille lui prêtait des livres sans crainte de les récupérer salis ou écornés.

Un pas dans l'escalier fit tourner la tête de l'infirme. Etiennette descendait, un gros poupon sur le bras. L'enfant, à quinze mois, ne marchait pas encore. Les deux femmes échangèrent un regard haineux. Une scène pénible avait eu lieu l'avant-veille. La laitière était venue avec son mari pour reprocher à maître Colin sa conduite honteuse. Leur fille Etiennette était, selon eux, déshonorée, fille-mère logée par son amant en âge d'être son père. Le papetier devait réparer ses torts par un mariage légitime. Ce pauvre Nicolas serait bientôt traité de bâtard. Enfin, la liste des récriminations avait terrassé Colin. Il s'était presque engagé à faire publier les bans et à donner son nom à l'enfant. Gêné d'être ainsi pris à partie devant ses ouvriers, sa nièce Bertille et Guillaume, maître Roy avait déclaré qu'il mènerait désormais une vie exemplaire.

Ravie, transfigurée, Etiennette avait dit, bien haut :

« Et faudrait que le petit Matthieu revienne ! C'est le frère du mien ; ils grandiront dans mes jupes, ces mignons. »

Cela avait paru juste à Colin. Il avait écrit une lettre à Claire…

Claire avait lancé Sirius au grand galop sur le chemin du bourg, ce qui retardait l'arrivée au moulin. Frédéric la suivait, tenant son chapeau d'une main tant l'allure était vive. La jeune femme éprouvait toujours un étrange apaisement à cheval. Le roulis des sabots ferrés sur les cailloux et l'odeur du corps échauffé de l'animal qui l'emportait agissaient comme un remède mystérieux sur sa peine. Sauvageon courait à ses côtés. Le chien-loup, enchaîné à une solide niche la moitié du temps, jouissait lui aussi de ces longues courses, qu'il pleuve ou que le soleil inonde la vallée.

Penchée sur l'encolure de sa monture, Claire jetait des

coups d'œil à son cher compagnon, dont le sang de loup dominait celui du chien. C'était maintenant une bête de taille respectable, aux prunelles obliques et aux pattes robustes. La tache blanche sur son crâne tendait à s'estomper, surtout l'hiver quand le poil épaississait. Frédéric le craignait un peu. Il exigeait de le savoir attaché.

« S'il me blesse un poulain, une velle ou des brebis, je le tue ! »

L'avertissement suffisait à la jeune femme. Au domaine, Sauvageon restait couché au bout de sa chaîne, son œil doré fixé sur la forêt toute proche.

La terre gorgée d'eau sentait bon les feuilles fraîchement tombées et la mousse humide. Des senteurs fortes de champignons s'élevaient. Il fallait les dénicher à l'aide d'un bâton en écartant les fougères rousses et les ronces aux épines redoutables. Claire se revit petite fille, parcourant les sous-bois en compagnie de son père. Ils en rapportaient un panier pesant où les cèpes dodus voisinaient avec les girolles couleur safran.

Les époux firent demi-tour et reprirent le chemin du moulin. Ce fut alors le parfum des falaises qui assaillit la jeune femme, une odeur si particulière de craie, de buis et d'eau fraîche. Elle en aurait pleuré. Frédéric l'épiait. Il avait un air morose et parlait peu. Soudain, il lui fit signe de s'arrêter.

— Claire ? J'ai quelque chose à vous dire.

— Je vous écoute !

— Hier, j'ai reçu maître Quérand, mon notaire. J'ai pris de nouvelles dispositions. Si vous ne me donnez pas d'enfants et si je mourais prématurément, le domaine de Ponriant reviendrait à mon frère Bertrand et à sa descendance. J'ai aussi supprimé votre rente.

Elle fronça les sourcils, accueillant la nouvelle avec une sincère indifférence.

— Très bien ! répondit-elle simplement. Pourquoi m'annoncez-vous ceci ce matin ? Vous êtes jeune et en bonne santé, j'en suis témoin !

Frédéric eut un soupir agacé. Il prit Sirius par une des rênes pour obliger cheval et cavalière à se rapprocher.

— Denise va s'éteindre, pauvre créature au cerveau malade ! Je n'aurai plus à me soucier de son sort. Claire, si je vous avais connue vierge et un tant soit peu amoureuse, il en aurait été autrement. Je ne peux pas vous pardonner, et pourtant j'essaie... Je protège aussi la fortune de Ponriant de la rapacité de votre cousine et de son époux, ce Dancourt qui abuse de votre générosité.

— Je vous l'ai dit, vous avez bien fait ! répondit-elle calmement. Mais il se peut que je meure la première.

— Quant à Matthieu, je lui ai ouvert un compte pour qu'il puisse étudier. Je ne veux pas lui nuire.

Frédéric lâcha prise. Sirius s'écarta et Claire le mit au trot.

S'il savait combien je me moque de son argent, de son domaine, du luxe et des toilettes ! pensait-elle. Je serais plus heureuse dans une cabane, avec Jean. Une chèvre pour le lait, un champ de pommes de terre, les herbes des prés pour nos tisanes.

Elle eut un sourire triste. Ce n'était là que des rêves interdits. Jean reposait au fond de l'océan.

Etiennette installait Nicolas dans la chaise haute que Colin avait commandée au menuisier du village. La servante portait une ancienne robe d'Hortense Roy qu'elle avait ajustée à sa taille. Plus de coiffe ni de sabots, mais les cheveux relevés en chignon et des bottines en cuir. Le tissu moulait une poitrine plus ronde que jadis et une taille moins fine.

— Mon bébé va manger sa bouillie ! se réjouissait-elle sous l'œil glacé de Bertille.

— Ne le gave pas, recommanda l'infirme. Il ne réclame même pas son repas. Tu devrais attendre qu'il ait faim !

Bertille estimait devoir veiller sur l'enfant qui, du côté des Roy, était son cousin.

— Je sais m'en occuper ! rétorqua sèchement Etiennette. Quand vous serez mère, vous me donnerez des leçons. Ce n'est pas demain la veille !

Malgré son établissement dans la chambre du haut, et les faveurs du maître papetier, Etiennette vouvoyait encore Bertille qui, elle, lui parlait en patronne, lui lançant des « tu » et des reproches à la figure dès qu'elle le pouvait.

Toutes deux entendirent Roquette hennir dans son écurie. Un cheval lui répondit, puis on gratta à la porte du perron.

— Oh ! C'est Claire ! se réjouit Bertille. Je reconnais la manière qu'a Sauvageon de griffer le bois pour qu'on lui ouvre. Tiennette, va donc voir.

— Je ne suis plus à vos ordres, madame, répliqua cette dernière. Si c'est mademoiselle Claire, elle saura tourner le loquet aussi bien que moi. Et son chien n'entrera pas. Il pourrait mordre le bébé.

Bertille ne cachait ni son exaspération ni sa joie. Sa cousine lui manquait beaucoup, même si elles ne partageaient plus la complicité d'autrefois. La voix de Frédéric résonna dans la cour ; il ordonnait à Sauvageon de se tenir tranquille.

Mais que font-ils ? s'inquiéta l'infirme.

Elle se déplaça, poussant les roues de sa chaise du plat de la main vers une des fenêtres. Les chevaux étaient à l'attache, mais elle ne voyait ni Claire ni son époux.

— Ils ont dû rendre visite à mon oncle d'abord ! dit-elle, contrariée. En voilà des façons ! Claire pourrait venir m'embrasser la première. Et ce n'est pas dimanche ! Qu'est-ce qui se passe ?

Raymonde entra, suivie de Guillaume, rouge et décoiffé. Il s'excusa de son état : il chargeait des rames de papier sur la charrette qui attendait au portail.

— Où est Claire ? cria Bertille, tandis qu'il lui caressait les cheveux.

— Avec son père, à cause de la lettre. Ta cousine est furieuse ! Je la comprends. Elle élève Matthieu depuis sa naissance, et Colin décide du jour au lendemain de récupérer son gosse.

— J'avais prévenu mon oncle. Claire aime son frère comme si c'était son propre fils.

Pourtant l'affaire fut vite réglée. Colin avait entraîné sa fille et son gendre dans son bureau encombré de tasses sales et de cartons. Un désordre qui consterna Claire.

— Papa ! Comment as-tu osé ?

Frédéric se pinçait les narines pour manifester son dégoût

pour la pièce où ils étaient reçus. Le papetier, les cheveux en broussaille, son tablier dégoulinant de colle fraîche, leva les bras au ciel.

— Eh quoi ! C'est mon fils, non ? Il est temps d'en finir avec cette mascarade. Il n'a pas à grandir loin de chez lui. Autant te le dire, je vais épouser Etiennette, sinon son père me fend le crâne d'un coup de hache. Je dois légitimer Nicolas, aussi. Je pense à mon salut, vois-tu ! J'ai mal agi, je répare, que ça te plaise ou non. Et vous, Giraud, ne ricanez pas...

— Mais, beau-papa, il fut une époque où vous me jetiez à la face mes écarts de conduite en me jugeant indigne de votre pucelle ! La roue tourne et j'ai le droit de m'en amuser.

Colin hurla, tapant du poing sur la table.

— Ne m'appelez pas « beau-papa », espèce d'hypocrite !

Claire aurait voulu s'asseoir ; ses jambes tremblaient. Elle renonça, car les deux sièges étaient encombrés de linges douteux, de vêtements abandonnés là. Elle remarqua également la couperose qui marquait les joues de son père, les veines saillantes sur ses mains. Il continuait à boire.

— Papa ! intervint-elle, je t'en prie. Respecte la mémoire de maman, n'épouse pas cette fille. Garde-la ici puisque tu as besoin d'elle, mais elle ne doit pas porter le nom des Roy... Et laisse-moi Matthieu, il serait malheureux avec Etiennette. Elle le tourmentera, par jalousie !

Colin se frotta le menton. Il eut soudain un air hagard, puis son regard fonça. Il ronchonna, plein de mépris :

— Tu viens me sermonner, me déranger au travail dans tes habits de grande dame ! J'ai mes habitudes, Claire, et j'en suis content. Je gagne moins que par le passé, mais je nourris ma famille et je paie mes ouvriers. Je te propose un marché. Garde ton frère encore cinq ans, mais ne me cherche pas d'histoires. Je vais publier les bans à l'église et, la petite et moi, on sera mariés. Elle est brave, sais-tu !

Frédéric prit Claire par la taille. Son ton était glacial :

— Acceptez, ma chère ! Et partons !

Elle céda, désespérée. Colin l'embrassa sur la joue. Il avait hâte de retourner à l'encollage.

— Tu es bien gentille, Clairette ! Va saluer ta cousine, elle serait vexée de ne pas te voir.

La jeune femme fit non de la tête. Sans même attendre son mari, elle sortit précipitamment, se mit en selle et siffla Sauvageon. De la fenêtre, Bertille la vit s'éloigner, si élégante dans sa tenue d'amazone.

— Guillaume ! Claire n'a pas daigné me rendre visite. Quelle prétentieuse, quelle peste !

L'infirme éclata en sanglots. Raymonde se détourna, gênée. Seule Etiennette souriait en donnant la becquée à son fils.

Ferme des sept vents, 13 octobre 1899

Jean tendit l'oreille. Le vent soufflait fort. Il repoussa son tabouret et se leva :

— J'vais faire un tour du côté de l'étable ; j'entends la porte qui grince. Il pleuvra avant la nuit.

Norbert opina de la tête. Il se chauffait les pieds sur la pierre de l'âtre en fumant sa pipe. Ce grand gars devenu son gendre travaillait si dur que le fermier pouvait se reposer avant le souper. Germaine briquait une large gamelle de cuivre, son unique cadeau de noce.

— Ce qu'il en prend soin, de nos vaches ! Elles donnent du meilleur lait, à ce qu'il raconte, depuis qu'il leur joue de l'harmonica. C'est en souvenir d'un de ses camarades du *Sans-Peur*, Léon, un gosse de seize ans qui s'est noyé, que Jean s'est acheté cet instrument à la foire. Il en avait un aussi, ce Léon. Ce n'était pas cher, rassure-toi...

— Ce sont ses sous, corrigea son père. Maintenant qu'il s'est mis à vendre du cidre, le gendre, il peut se payer ce qu'il veut, ce ne sont pas mes oignons...

La jeune femme sourit. Son visage se reflétait dans le métal doré. Sous la coiffe blanche ornée de dentelles, elle se trouvait fière allure, les joues plus rondes, la bouche rieuse. Son cœur battait dans sa poitrine, d'une joie qui ne voulait pas se calmer.

Chaque soir, le père montait tôt, et le couple s'enfermait dans le lit aux volets ouvragés. Un peu de la lumière du feu passait par les ouvertures en forme de losange. Jean la serrait bien fort sous le drap frais et l'édredon douillet. Au début de leur union, elle avait craint de lui déplaire. Sans doute pensait-il encore à Claire. Cependant, c'était un homme bon et câlin. Il lui donnait du plaisir et de la tendresse.

Germaine vivait son paradis sur sa terre de Normandie. Elle avait allumé deux cierges à l'église pour remercier la Sainte Vierge de lui avoir envoyé Jean. Pour son jeune mari, elle se mettait en peine, elle cuisinait dès l'aube, accommodant les pommes du grenier en chemises, enveloppées de pâte au beurre et cuites au four.

Jean contourna le solide bâtiment abritant la réserve de foin et l'étable. La vue portait loin, sur une vallée large et douce, découpée en des centaines de prairies étroites, bordées de haies. Le bocage s'étendait jusqu'à l'horizon. Le jeune homme s'estimait heureux. Il avait une gentille femme dans son lit, un toit sur sa tête et de bons repas. Le rude labeur des champs, la traite matin et soir, le fumier à curer, les pommiers à nettoyer du bois mort, toutes ces tâches lui plaisaient. Cela l'aidait surtout à ne pas réveiller le souvenir de Claire. Il lui avait pardonné – elle le croyait mort – mais au fond, il souffrait encore, car elle aurait pu attendre avant de se marier.

Un mois ou deux, et elle aurait su que j'étais vivant ! se disait-il parfois, saisi d'une nostalgie dangereuse.

Cependant, il était d'une profonde loyauté. Germaine l'avait épousé et, sensible à sa bonté et à son dévouement, il la chérissait. La nuit, elle gémissait sous lui, puis versait une larme de bonheur.

Des feuilles voltigeaient ; l'air sentait la pluie. Jean rajusta la capuche de son manteau pour protéger son front. Il vérifia la fermeture de la grange et ramassa un bout de ferraille. Ce fut à cet instant qu'il crut entendre appeler.

— Ohé ! c'est bien la ferme des Chabin ici ?

La voix éveilla un écho familier. Jean en frissonna et scruta les environs. Un homme se tenait sur le chemin. Grand, mince, un peu voûté. Des cheveux blancs dépassaient d'un chapeau noir. Il brandissait une canne.

— Basile ! hurla-t-il avant de traverser la cour au pas de course.

Son cri fit sortir Germaine et Norbert. Le père et la fille virent Jean courir vers un inconnu et l'étreindre avec fougue.

— Basile, je croyais que tu ne viendrais plus ! chuchotait Jean. Alors, tu as reçu ma lettre ? Attends, laisse-moi compter, il y a plus d'un an que je l'ai postée ! Je me suis fait du souci, après j'ai pensé que tu avais d'autres chats à fouetter !

— Mais non, petiot ! Ah ! ta lettre... J'ai cru que mon cœur allait me lâcher... Bon sang, que je suis content de te revoir, bien vivant. As-tu prévenu ces gens de mon arrivée ?

— Non, j'attendais une réponse et tu es là !

Germaine avançait, un torchon entre les mains. Elle ne connaissait personne au pays que Jean embrasserait ainsi. Le jeune homme s'écria, avec un large sourire :

— Ma mie, viens donc, que je te présente... mon grand-père... Je lui avais écrit, après les noces, et voilà qu'il débarque chez nous ! Sans nous prévenir, c'est un blagueur !

Basile Drujon ne tiqua pas. Jean avait sûrement ses raisons. Sans doute n'avait-il pas fait état de son passé. Germaine, rouge de timidité, planta deux bises sonores sur les joues du visiteur.

Une heure plus tard, le cidre coulait dru dans les verres, autour d'une terrine de lapin bardée de lard. Norbert rapportait les querelles de clocher du pays virois, alors que Basile racontait les barricades dans les rues de Paris, trente ans plus tôt. Les deux hommes fumaient de concert, sous l'œil réjoui de Germaine. Jean jubilait, aussi fier qu'un coq. Il avait l'impression d'avoir enfin sa famille au complet.

Le lendemain était jour de foire à Saint-Sever, une grosse bourgade voisine. Jean vit Germaine et son père partir sur la charrette. Basile ne perdit pas de temps.

— Et Claire ? s'enquit-il. Je n'ai pas pu rester chez les Roy quand elle a épousé Giraud. Tu me disais lui avoir écrit... Quel choc elle a dû avoir !

Jean serra les poings. Tout bas, il répondit :

— Basile, on en cause ce matin, après ce sera fini. Plus un mot. Ma vie d'homme, elle sera ici, dans le bocage. Claire, elle, n'a même pas pris la peine de me gribouiller une lettre. C'est Bertille qui m'a répondu que sa cousine était mariée, « bien mariée », que je ferais mieux de rester en Normandie, et d'autres choses. J'aurais pu en crever ! Mais Germaine m'a ouvert les bras, et son lit. J'ai brûlé la lettre. C'était du poison !

Basile fronça les sourcils. Il regrettait soudain son coup de colère. Avant de quitter la Charente, il aurait dû rendre visite à la jeune femme, discuter avec elle de ce coup du sort. Jean avait survécu au naufrage, mais elle en avait épousé un autre. Il se résigna en allumant sa pipe.

— Je suis un vieil idiot ! Il faut que tu le saches, Jean. Claire a eu beaucoup de chagrin en apprenant ta mort. Elle avait l'air d'un fantôme. Ce fumier de Giraud en a profité, et Bertille aussi, qui avait besoin d'argent. La petite m'a expliqué ça, mais j'étais furieux, et je l'ai envoyée balader. Quand même, cela ne ressemble pas à Claire, de ne pas t'avoir répondu en personne. Remarque, il paraît que son Frédéric est très jaloux. Il a pu l'en empêcher... Elle m'a manqué, sais-tu. J'ai passé six mois à Paris, chez un de mes cousins. J'ai donné des cours à des enfants du IVe arrondissement. Quand j'ai eu assez de sous, je me suis mis en route. J'avais hâte de te voir, fiston... Claire et toi, je vous aimais comme si vous étiez mes enfants.

— C'est du passé ! rugit Jean, rouge d'émotion. Plus un mot sur elle, Basile, je t'en prie. Elle s'en fichait, de moi ; c'était prévu, ces noces-là, avec un beau domaine en prime ! Je ne veux plus jamais penser à cette fille. Viens donc, je vais te montrer comment je trais les vaches. Tu peux me croire, j'ai vite attrapé le coup de main.

Jean enfila de gros godillots boueux ainsi qu'une veste tannée par la crasse et la pluie. Basile le suivit.

Angoulême, février 1900

Aristide Dubreuil soufflait sur ses doigts pour les réchauffer. Le poêle où fumait du mauvais charbon ne suffisait pas à vaincre le vent glacé qui s'engouffrait sous la porte de son bureau. Le policier jeta un œil navré par la fenêtre. Les toits de la ville étaient couverts de neige sous un ciel pesant, d'un gris de plomb.

— Fichu temps...

Il se pencha à nouveau sur les feuillets qu'il examinait. Il venait de classer le dossier Jean Dumont, ce jeune colon de La

Couronne plus rusé qu'un renard. Cela lui fit se souvenir du sale tour que lui avait joué Basile Drujon en quittant la Charente quelques jours avant d'avoir la visite du chef de la police et de trois de ses hommes. Cela datait du mois de juillet 1898.

Ce vieux fou avait-il deviné que ça sentait le roussi... se demanda-t-il encore. Mais j'ai bien fait d'aller traîner sur le port, à La Rochelle. Sous le patronyme de Jean Drujon, un gars s'était engagé sur le morutier le *Sans-Peur*. Le bureau du port avait sa signature. Le matelot aurait eu des papiers en règle. Et le bateau a coulé. Donc, que ce soit Dumont ou le neveu de Drujon, l'individu est mort, bouffé par les poissons. Bon débarras !

L'homme ferma les yeux, la tête appuyée au dossier de son fauteuil. Il revit le beau visage de Claire Giraud, la maîtresse de Ponriant. Par souci de ménager un propriétaire puissant et fortuné, qui faisait vivre une partie des gens de la vallée des Eaux-Claires, Dubreuil avait renoncé à interroger la jeune femme.

Pourtant, comme Drujon, je suis sûr qu'elle connaissait la vérité sur mon bagnard.

Le froid lui donnait envie d'un grog, d'une partie de cartes à la brasserie voisine, où devaient s'amuser quelques-unes de ses relations. Le chef de la police contempla le porte-documents cartonné qu'il allait ranger dans une des armoires. Jean Dumont avait échappé à la justice pour finir au fond des mers.

Dieu veille au grain ! jubila-t-il.

Pourtant, sa foi battait de l'aile depuis de longues années.

Ponriant, février 1900

Matthieu regardait le lit où Denise gisait, couverte d'un drap blanc. Le petit garçon commençait à parler, à la grande fierté de Claire. La chambre de la fillette était plongée dans la pénombre. Des cierges brûlaient, disposés sur une commode et la table de chevet. Du buis bénit était accroché à un crucifix.

— Denise ! appela-t-il. Deniseuuuuu...

L'enfant souleva le tissu, toucha du bout des doigts le drôle de corps revêtu d'une jolie robe verte. Pernelle fit irruption, roulant des yeux furieux :

— Garnement ! Tout le monde te cherchait, en bas. Je l'avais bien dit à madame, que tu étais monté !

La domestique attrapa Matthieu par le bras, blessant la chair tendre. Le petit se mit à hurler.

— Tais-toi donc ! Mademoiselle Denise est morte, et toi tu fais du chahut...

Elle le tira hors de la pièce. Il se débattait ; elle le gifla. Claire accourait, très maigre dans une longue robe noire.

— Comment osez-vous le frapper ? Viens avec moi, mon chéri !

La jeune femme souleva son frère et le serra contre elle. Matthieu passa ses bras menus autour de son cou.

— Maman... mézante... P'nelle...

Pour une fois, Claire ne le reprit pas. Le garçonnet lui donnait du maman depuis un mois. Elle l'emmena dans sa chambre. Frédéric ne viendrait pas la surveiller. Il recevait sa grand-tante Adélaïde, venue en voiture fermée d'Angoulême. Le docteur Mercier allait partir.

— Mon Matthieu, lui dit-elle tout bas. Comment t'expliquer ce qui se passe ? Tu es si jeune.

Claire s'assit au bord de son lit et berça l'enfant.

— Denise était très malade, elle souffrait. Cette nuit, son cœur s'est arrêté de battre. Moi, je crois qu'elle est soulagée. Pauvre Denise, elle n'avait pas toute sa raison, contrairement à toi, mais elle savait se réjouir d'un rien. Je suis sûre qu'elle est au paradis, maintenant, avec de gentils anges aux joues rondes, comme toi, et elle est redevenue jolie... très jolie.

Les larmes ruisselaient sur les joues de Claire, tandis qu'elle parlait d'une voix inaudible. La présence de Denise, son corps martyrisé, ses balbutiements le plus souvent incompréhensibles avaient usé son énergie et ses nerfs. Au médecin, à Bertrand et son épouse, qui avaient passé une semaine au domaine pour fêter Noël et ce nouvel an exceptionnel où ils changeaient de siècle, Frédéric avait servi le même mensonge, incapable d'avouer la vérité à son frère. Il avait raconté qu'il accueillait une enfant handicapée, dont s'était occupée des années leur vieille parente, par bonté d'âme, allant même jusqu'à l'adopter. Adélaïde de Riant, percluse de rhumatismes, ne pouvait plus assumer cette charge. Claire, que chacun savait bonne et dévouée, avait accepté de prendre le relais.

Aucune question ne fut posée, aucun doute ne s'éveilla. Bertrand, père de deux jeunes enfants, préférait jouer aux échecs avec son frère et arpenter la propriété à cheval que de s'interroger sur Denise. Sa femme, Marie-Virginie, avait témoigné une vive compassion à Claire.

« Que vous êtes douce et aimable ! lui avait-elle dit le matin de leur départ. Veiller sur cette fillette difforme, élever votre petit frère... »

Les deux femmes avaient promis de s'écrire et d'organiser une fête pour les enfants, l'été suivant. Claire envoya trois lettres à Bordeaux, mais elle ne reçut en échange qu'une carte postale où quelques mots étaient griffonnés. Marie-Virginie attendait un troisième enfant. Elle ne viendrait pas en juillet.

— Maman ! cria Matthieu en tirant sur sa manche.

— Tu dois m'appeler Claire, mon chéri ! Sois sage, sinon Frédéric se fâchera. Il a beaucoup de chagrin. Il ne faut pas le déranger.

Elle disait vrai. En découvrant Denise morte, son mari avait pleuré comme un petit garçon effrayé cherchant du réconfort sur l'épaule de Claire. C'était la veille, à sept heures du matin. Ils allaient partir à cheval, au point du jour. Selon son habitude, le maître de Ponriant avait rendu visite à sa sœur. Elle ne respirait plus. Hébété, il était entré chez sa femme et l'avait réveillée en sanglotant bruyamment.

« Mon pauvre ami ! » avait-elle murmuré sans le repousser.

Claire gardait de ces instants une émotion étrange. La tête de Frédéric appuyée sur son sein, sa chemise de nuit mouillée de larmes, elle avait bercé cet homme terrassé comme elle le faisait pour Matthieu à présent. Il se plaignait, répétant qu'il n'avait pas pu sauver Denise. Il l'avait étreinte, hagard. Elle se souvenait des baisers tendres dont elle couvrait son front, ses paupières meurtries, ses joues humides. Un frêle espoir renaissait au fond de son cœur, car il ne l'avait pas habituée à tant de délicatesse.

La jeune femme se leva et conduisit son frère dans la nursery. Madame Odile aérait. L'air glacial entrait à flots.

— Où étiez-vous encore ? demanda Claire durement. Matthieu s'était faufilé dans la chambre de Denise. Ce n'est pas un spectacle pour lui. Et refermez la fenêtre, il fait très froid.

— Votre frère n'obéit jamais ! répliqua la femme. Le temps d'aller prendre des draps sur le palier, il était parti. Je n'ai pas quatre bras, madame !

— Vous n'aviez qu'à l'emmener... Je dois redescendre. Puis-je être certaine que vous le surveillerez bien ?

Elle se pencha et montra ses jouets à l'enfant.

— Tu vas t'amuser sagement, Matthieu. Je reviendrai vite.

Frédéric fit irruption. Il était pâle, les traits affaissés. Claire se précipita vers lui.

— Ne me quittez pas ! supplia-t-il. J'ai besoin de vous à mes côtés.

— Je suis là ! dit-elle très bas en lui prenant la main.

Les obsèques de Denise, célébrées à l'église de Puymoyen, furent le plus discrètes possible. Le père Jacques officia devant les quatre personnes présentes : Adélaïde de Riant, Frédéric, Claire et Pernelle. La fillette fut inhumée au cimetière, près de ses parents.

— Je ferai dresser une stèle, se promit Frédéric, en marbre blanc ! Elle représentera un ange aux ailes ouvertes qui jouera de la musique, de la harpe !

— Oui, mon grand, convint Adélaïde, appuyée sur sa canne, le dos voûté. Et n'oublie pas de mettre une belle inscription avec son nom, Denise de Riant.

Transie, Claire ajouta d'une voix douce :

— Je pourrais trouver une poésie qui chante la gloire de l'enfance...

La vieille dame lui jeta un regard déçu :

— Je ne sais si vous êtes la bonne personne pour cela ! Des enfants, hormis votre frère qui est si capricieux, vous n'en avez toujours pas !

La déclaration fut suivie d'un silence gêné. Claire regarda autour d'elle les arbres dénudés, noircis par le gel, et le village au loin, frileux. Des cheminées montaient des fumées grises. Elle eut envie de s'enfuir.

— Ne soyez pas cruelle avec mon épouse, s'interposa Frédéric. Si la nature lui refuse la joie d'être mère, est-ce sa faute ? Vous êtes dans le même cas, il me semble !

— Par choix, tonna Adélaïde. Je n'avais pas envie de me marier, ni de procréer ! J'ai vécu heureuse, j'ai voyagé. Et puis aucun homme n'a eu l'heur de me plaire.

Claire s'éloigna, bouleversée. Elle se souciait peu de la vindicte de la vieille femme, mais elle était heureuse d'être défendue par Frédéric. Elle l'aurait embrassé.

Le soir, il ne vint pas dans sa chambre. Respectait-il la mémoire de Denise, ou bien souhaitait-il l'épargner, lui accorder du repos ? Cet état de choses dura une semaine. Claire retrouva un peu d'appétit. Elle se consacra à son petit frère, qui la récompensa en se montrant sage et câlin.

La jeune femme eut l'impression de profiter enfin du domaine. Avec Matthieu, elle passa de longues heures dans la bibliothèque, en quête d'un extrait de poème pour la tombe de Denise. Le temps s'était mis à la neige. Frédéric, lui, avait investi les écuries. Il débourrait les poulains âgés de trois ans et veillait à la réparation d'une petite porte latérale dont le bois s'était fendu. Il rentrait pour le dîner, un air apaisé au visage.

— Nous pourrons peut-être vivre heureux, après tout ? lui dit-il un soir. Vous avez meilleure mine, Claire ! Je me suis conduit avec vous comme une fichue brute. Je vais changer, je vous le promets.

Elle ne put que sourire. La nuit, il neigea en abondance. Sauvageon hurlait. Le chien-loup devait s'agiter, car sa chaîne heurtait l'angle du mur. Cela réveilla Claire.

— Qu'est-ce qu'il a ?

Vite, elle alluma sa lampe et courut à la fenêtre. Une fois les volets écartés à demi, des tourbillons de flocons lui apparurent. On ne voyait rien. Elle cria à l'animal :

— Sauvageon, calme-toi ! Je viens…

— Non, restez à l'abri ! fit une voix comme née de la nuit. Il y a une bête qui rôde. J'ai réveillé Louis, il me rejoint. Je lui ai demandé de charger mon fusil.

C'était Frédéric. Claire éprouva une inquiétude sans

rapport avec la situation. Incapable d'attendre à l'étage, elle s'enveloppa d'un châle en laine et descendit. Le cœur serré par un pressentiment inexplicable, elle traversa le salon éclairé par le feu mourant de la haute cheminée et se rua dans le hall. Derrière les vitres de la porte-fenêtre donnant sur le perron, elle aperçut une lanterne. C'était le neveu de Pernelle, dont le bonnet rouge se devinait à travers les rideaux de neige. Elle ouvrit et dévala les marches en chaussons. Sauvageon grognait, hurlait, tirait sur sa chaîne.

— Frédéric ! appela-t-elle. Où êtes-vous ?

Elle perçut des grondements, sur sa droite, du côté des communs. Puis des voix d'homme :

— Là ! Là ! Attention !

— Frédéric ! Louis ! s'égosilla-t-elle.

— Claire, rentrez, bon sang ! répondit son mari.

Il y eut alors un bruit affreux, comme un râle furieux. Ensuite, un juron étouffé, suivi d'un coup de feu, et d'un autre encore. Figée par la peur, Claire n'osait plus avancer. Elle crut entendre l'écho d'une discussion. En courant, la jeune femme rejoignit Sauvageon, tout hérissé.

— Sois sage, je vais t'enfermer dans le bûcher.

Elle le détacha, le tint d'une poigne énergique par son collier et, longeant le mur, parvint jusqu'à une porte munie d'un solide loquet. Avec un soulagement infini, elle fit entrer son chien et referma.

— Claire !

Frédéric la cherchait. Elle repartit les pieds trempés, car la neige molle lui montait aux chevilles. Son mari la vit surgir de l'ombre ouatée, les cheveux constellés de flocons.

— Dieu du ciel, Claire ! Pourquoi êtes-vous sortie ?

— Il y avait une bête, et je ne voulais pas qu'elle attaque mon chien… C'était un loup, n'est-ce pas ?

Il hocha la tête, se détournant un peu. Louis avait disparu. Le couple regagna la maison en silence. Dans le salon, la jeune femme remit une bûche sur les braises.

— Remontez vous coucher ! Je vais me réchauffer un peu.

Claire hésitait. Elle regarda son mari sans rien voir d'anormal. Pourtant, il lui paraissait très contrarié sans toutefois s'abandonner à ses colères habituelles.

— Frédéric, qu'avez-vous ? Je peux vous tenir compagnie un moment... Donnez-moi votre veste !

Il se tenait face au feu, les mains dans les poches de son vêtement. Elle s'approcha, mais il dit, d'un ton sec :

— Montez donc... Et si c'est la curiosité qui vous dévore, comme bien des femmes, sachez que je fumais un cigare, assis ici même, quand j'ai entendu votre chien hurler. J'ai préféré vérifier ce qui se passait. Un loup rôdait, une bête énorme. Nous l'avons tué. Il n'y a plus de danger.

Elle murmura, troublée :

— Je ne suis pas si curieuse, j'ai seulement l'impression que vous me cachez la vérité. Et je me demande pourquoi...

Sur ces mots, Claire se souleva sur la pointe des pieds pour embrasser Frédéric sur la joue. Il tressaillit, surpris. La sensation d'un vide intolérable, d'une perte immense le submergea. Il se retourna pour l'enlacer, la serrer très fort contre lui. Ce n'était pas une étreinte dictée par le désir charnel mais un geste d'amour sincère.

— Ma chérie, bredouilla-t-il. Ma petite chérie !

Il respira le parfum de sa chevelure et frotta sa joue contre la sienne. Eperdue, de plus en plus angoissée, Claire chercha ses lèvres. Il recula comme sous l'aiguillon d'une brûlure.

— Non, il ne faut pas... Laissez-moi, par pitié.

Elle constata qu'il avait gardé ses gants en cuir. Les récits terrifiants que les vieilles du village contaient à la veillée lui revinrent en mémoire. Tout bas, elle l'interrogea :

— Frédéric, cette bête vous a mordu ? Elle était malade ?

Il fit oui d'un signe de tête. Claire le prit aux épaules, affolée par ce que cela signifiait.

— Voyons, ôtez vos gants ! Nous allons nettoyer la plaie. Ce loup souffrait peut-être d'autre chose. Dites, rien ne prouve qu'il était enragé !

Le maître de Ponriant alla s'affaler sur un divan. Il posa ses yeux verts sur les flammes du foyer, brusquement ranimées par un courant d'air.

— Claire, j'ai commis une erreur, moi qui me vantais d'être un si bon chasseur. Le loup se montrait menaçant et il était tout proche. La rage les rend fous, ils n'ont plus peur et deviennent agressifs. J'ai demandé à Louis de me passer le fusil et j'ai perdu un temps précieux. L'animal m'a sauté dessus, il m'a planté ses crocs dans le dos de la main. Louis est brave, il a tiré presque à bout portant. Mais c'était trop tard...

La jeune femme avait envie de se boucher les oreilles. Il lui était arrivé de détester cet homme. Cependant, elle refusait l'idée de le voir mourir.

— Pourquoi tant d'imprudence ! gémit-elle.

— Quand j'ai compris que la bête n'était pas dans un état normal, j'ai pensé à Sauvageon. S'il était mordu, il faudrait l'abattre et vous auriez été malheureuse. Je vous ai déjà assez fait souffrir, Claire. Vous étiez si jolie, avant... Votre sourire, votre vigueur lumineuse. J'ai tout détruit. Le jour où nous avons enterré Denise, comme vous m'avez semblé fragile, menue, prête à succomber à votre tour...

— Taisez-vous ! lui intima-t-elle. Je vais désinfecter la morsure. Nous avons une chance, quand même, que ce loup n'ait pas la rage. Ce serait un horrible coup du sort ! Et puis il y a le vaccin de monsieur Pasteur ; il est au point depuis vingt ans... Je l'ai lu dans une revue. A l'aube, je partirai à cheval prévenir le docteur Mercier. Il saura quoi faire !

Claire se rua aux cuisines et fit bouillir de l'eau. Elle prit une bouteille d'eau-de-vie et des linges propres, renversant dans sa hâte une carafe en porcelaine qui se brisa sur le carrelage. Deux minutes plus tard, Pernelle sortait de son lit et la surprenait une cuvette à la main.

— Madame a besoin de mes services, à cette heure ? Déjà que Louis, mon neveu, découche...

Elles s'affrontèrent du regard. Claire jeta, avec mépris :

— Monsieur est blessé ! Il pense qu'un loup enragé l'a mordu. Je ferai autant de bruit qu'il le faudra !

La jeune femme fit demi-tour tandis que Pernelle se signait. Elle avait été témoin, enfant, de l'atroce agonie d'un berger mordu par un loup atteint de la rage. Muré chez lui, des planches aux fenêtres et à sa porte, le malheureux avait souffert des jours avant de rendre l'âme. Certains avaient conseillé de l'étouffer entre deux matelas afin d'abréger son calvaire.

— Dieu tout-puissant ! marmonna la domestique.

Frédéric ne laissa personne le toucher. Il paraissait saisi de panique. Pernelle dut jeter ses gants dans le feu. Il lava lui-même la plaie. Claire put seulement panser sa main en jurant de ne pas effleurer la blessure.

— Mais, monsieur, demandait Pernelle en pleurant, qu'est-ce qui vous prouve que cette sale bête avait la rage ?

— Un loup sain ne se serait pas aventuré dans la cour, si près des écuries et d'un chien à l'attache ! Il bavait. Demande à Louis : sa gueule était remplie d'une mousse grise. Et il ne marchait pas droit. Ah ! d'ici quelques jours, j'aurai la même allure...

Il sanglotait sans larmes, les nerfs à vif, en leur jetant des regards désespérés.

— Ne vous mettez pas dans cet état ! supplia Claire. Je pars maintenant chez le docteur. Je vais atteler le vieux cabriolet et prendre Guido, votre demi-trait. Il est fort, il pourra sortir la voiture des ornières au cas où la neige me jouerait des tours. Si Mercier a ce vaccin chez lui, vous êtes sauvé !

— Je vous l'interdis ! Même en allumant les falots, vous n'y verrez rien à deux pas. Restez près de moi, Claire, je vous en prie. Restez, j'ai besoin de vous.

Elle se résigna à obéir. Pernelle avait allongé son maître sur la banquette tapissée de chintz, un oreiller calé sous la tête. Claire alla chercher une couverture. Frédéric s'endormit aussitôt, à moins qu'il ne feignît le sommeil.

Dès qu'un soleil rouge se dessina derrière la silhouette noire des arbres de la colline, la jeune femme monta s'habiller et fila aux écuries. A peine la porte ouverte, une odeur âcre, épouvantable, lui monta aux narines. Le corps du loup enragé achevait de se consumer, masse sanguinolente de chair carbonisée, affreuse à voir. Louis sortit d'un appentis voisin.

— Désolé, madame, ça pue ! Le maître m'a ordonné d'arroser la bête de pétrole, d'y foutre des fagots et de surveiller le feu. J'ai presque pas fermé l'œil de la nuit.

— Savais-tu que monsieur a été mordu ? l'interrogea-t-elle.

— Eh oui, par malheur !

— Selle vite Sirius, je pars chez le docteur Mercier. Vite !

Elle alla délivrer Sauvageon. Pressentant une course à cheval, le chien tourna autour d'elle en hurlant de joie. Elle le fit taire. L'animal rôda autour du cadavre répugnant sans chercher à l'approcher.

L'esprit en pleine déroute, Claire partit au trot dans une campagne duveteuse, toute scintillante au soleil levant. Elle se reprochait encore de ne pas avoir embrassé Frédéric avant de quitter le domaine.

Que je suis sotte ! J'ai lu un traité sur la rage, et il n'y a que le sang et la salive qui contaminent.

Les doigts crispés sur les rênes, les joues glacées par le vent, elle se demanda quand et pourquoi elle s'était intéressée à cette maladie. Sa mémoire ne lui faisait jamais défaut. C'était au moulin. Bertille brodait un chemisier. Il neigeait aussi.

Ah, je me souviens trop bien ! La veille, j'avais confié Sauvageon, petit comme un chaton, à Basile. Je pleurais mon brave Moïse que Frédéric avait abattu ! Il prétendait que mon chien avait la rage ; j'avais nié. Et j'ai voulu me renseigner. On dirait que notre histoire a commencé par un coup de fusil, la menace de la rage, et qu'elle se termine ainsi. Non, ce n'est pas possible...

Dès qu'elle jugea sa monture échauffée, Claire la lança au grand galop. Les sabots ferrés projetaient alentour des gerbes de neige et de terre boueuse. Elle déboula au centre de Puymoyen, puis traversa le bourg pour emprunter un autre chemin en direction de la maison du médecin, située à l'écart. Rigordin, le mari de l'épicière, qui traînait une remorque, l'arrêta d'un grand geste.

— Où cours-tu, Claire ?

— J'ai besoin du docteur. C'est grave !

— L'est pas chez lui, ce fichu carabin ! Il a dormi en ville, je crois bien, car j'ai pas vu ses volets ouverts. Par ce temps, les bourgeois, y prennent leur aise.

— Mais il va rentrer ! Ses consultations commencent le matin. Ecoutez, monsieur Rigordin, si vous le voyez, dites-lui de monter au domaine. Mon mari est blessé.

Elle ne voulait pas divulguer la vérité. Cela se saurait bien assez tôt. Pourtant, elle prit le temps d'aller à la boutique demander à l'épicière une feuille de papier et une enveloppe en lui empruntant un crayon.

— Eh bé, Clairette, du temps que tu habitais le moulin, tu

m'aurais jamais acheté du papier ! C'est-y que ton père ne t'en donne pas !

La jeune femme ne répondit pas. Elle expliqua en quelques lignes ce dont il s'agissait, cacheta l'enveloppe et se remit en selle pour déposer la missive dans la boîte aux lettres du docteur.

Mon Dieu, j'ai fait ce que j'ai pu... Si cet imbécile de Mercier ne rentre pas avant ce soir, le mal va progresser !

Un instant, elle envisagea de prendre la patache qui partirait à dix heures, pour se rendre elle-même à l'hôpital d'Angoulême. Il lui semblait logique qu'un établissement important dispose du vaccin. Soudain, elle eut une idée.

Je vais envoyer un télégramme ! Et j'attendrai la réponse. Même si les routes sont enneigées, la poste passera. L'hôpital pourra m'aider.

Après avoir attaché Sirius à un anneau scellé dans le mur du bureau de poste, Claire dut patienter. L'employée n'ouvrait qu'à huit heures. Enfin le message fut dicté avec un minimum de mots. La femme qui s'acquittait de ce travail, une étrangère au pays, fronça les sourcils d'un air effaré.

— La rage ! chuchota-t-elle. Je vous plains, madame. C'est affreux ! J'espère que votre époux en réchappera.

Tremblante de nervosité, Claire approuva poliment. Afin d'échapper à la compassion non dénuée de curiosité de la postière, elle préféra attendre la réponse dehors, assise sur une borne en pierre. Pour se réchauffer, elle serra Sauvageon contre ses jupes, une main à son collier. Puymoyen tardait à s'éveiller. La place, toute de blanc vêtue, n'accueillait qu'une bande de moineaux. Le tonnelier ouvrit son atelier le premier. Il sifflait un air joyeux qui rendit Claire encore plus triste.

Nous avions une chance d'apprendre à nous aimer, Frédéric et moi ! se disait-elle. Il ne peut pas mourir, pas comme ça.

Les récits des souffrances que provoquait la terrible maladie couraient les campagnes depuis des siècles. De bouche en bouche s'ajoutaient des détails qui faisaient se signer les femmes, tandis que les hommes hochaient la tête d'un air grave. Claire ne parvenait pas à imaginer Frédéric à demi fou de douleur, ne supportant pas le contact de l'eau...

Elle s'abîma dans des pensées amères, s'accrochant

cependant à l'espoir que représentait le vaccin. Le temps filait. Une heure plus tard, alors que la jeune femme grelottait, la postière tapota au carreau pour attirer son attention. Claire se rua à l'intérieur.

— Alors ?

— Tenez, lisez… fit la femme tout bas.

Aucun échantillon de vaccin contre la rage n'était disponible en ce début d'année. Au bord des larmes, Claire froissa le papier.

Comment est-ce possible ? se demanda-t-elle, révoltée. Cela ne sert à rien, alors, que des savants s'échinent à nous soigner, à nous guérir ! Ils n'ont sûrement jamais eu de vaccins ici. Il faudrait vivre à Paris ! Et à Paris, il n'y a pas de loups…

Elle reprit le chemin du domaine, malade d'anxiété. Le petit visage de son frère l'obsédait. Il la réclamait tous les matins en s'éveillant. Cela lui donna des sueurs froides de le savoir seul avec madame Odile, Pernelle et Frédéric.

Louis semblait guetter son retour du seuil de l'écurie. Le jeune palefrenier pleurait, le nez rougi par le froid. Sa sœur jumelle, Louise, était là aussi, engoncée dans un vieux manteau.

— Ah ! Madame… bredouilla-t-il. Faut que je vous dise. Monsieur…

— Quoi ? s'écria Claire, affolée par leurs mines désemparées.

— Monsieur est mort ! Il a… il a…

Elle descendit de cheval. De tout son être, elle refusait d'admettre ce qu'on venait de lui apprendre.

— Ne sois pas stupide ! cria-t-elle en attachant Sirius dans sa stalle. Il n'est pas mort, enfin ! Je suis partie à peine trois heures.

— Madame ! balbutia Louise. Monsieur s'est enfermé dans la sellerie, il avait son fusil. J'ai entendu un coup de feu. Oh, c'est pas beau à voir, j'vous jure ! C'est moi qui l'ai trouvé !

Pernelle accourait, les bras en l'air, la bouche ouverte. La domestique trébucha et se redressa. Elle fixa Claire avec une expression de démente.

— Mon pauvre monsieur… J'ai rien pu empêcher ! Moi, j'vous dis que c'est la petite Denise, de là-haut, qui l'a appelé !

Il s'est tué, misère ! Not' monsieur s'est tiré une balle dans la tête. Il n'a plus figure humaine !

Le sol se déroba sous Claire, des constellations de points sombres lui brouillèrent la vue. Elle s'écroula. Sauvageon poussa un gémissement et se mit à lui lécher les joues. Louis voulut écarter l'animal, mais le chien-loup grogna, montrant les crocs. Ce fut la panique. Louise hurla, d'un ton strident :

— L'est enragé aussi ! Tue-le, Louis, tue-le !

Le jeune homme empoigna une fourche. Les cris de Pernelle et les aboiements rauques de Sauvageon ranimèrent Claire. Elle supplia, sans trouver la force de se relever :

— Il n'est pas malade ! Ne le touchez pas, sinon je vous renvoie tous les trois.

Péniblement, sans recevoir aucune aide de Pernelle et de ses bessons, elle se releva. D'un pas qu'elle croyait ferme, elle marcha jusqu'à la sellerie. Il lui fallait une preuve. Firmin, le régisseur, qui avait vu grandir Frédéric, la retint par le bras.

— Madame, n'entrez pas ! Monsieur n'a plus de visage. Vous n'en dormiriez plus pendant des mois.

Claire se dégagea et entrouvrit la porte. Elle aperçut une forme allongée par terre, sous un drap. La pièce sentait la poudre, mais également l'odeur familière des cuirs graissés et des onguents réservés aux soins des chevaux. A hauteur de la tête, le linge était sanglant. Dérisoires, les bottes noires du maître de Ponriant dépassaient du tissu, à l'autre bout du grand corps foudroyé.

— Oh ! non ! chuchota-t-elle en reculant. Non...

Le docteur Mercier, quand il arriva au domaine à midi, ne put que constater le décès de Frédéric. Claire le reçut dans le salon. Malgré le feu où brûlaient des bûches de chêne énormes, elle n'arrêtait pas de frissonner. Assommée par la rapidité avec laquelle les événements s'étaient enchaînés, elle ne pouvait pas reprendre pied. Le médecin lui présenta ses condoléances, atterré par le suicide du jeune homme.

— Je suis navré ! Il a fallu que je sois absent ce matin... J'aurais pu rassurer monsieur Giraud. Nous avions le temps de contacter d'autres services hospitaliers et de nous procurer un vaccin. Qu'est-ce qui lui a pris de mettre fin à ses jours ?

— Il était effrayé, je crois ! répondit Claire, la voix tremblante. Vraiment terrifié. On dit tant d'horreurs de cette maladie. Il ne voulait pas souffrir, sans doute ! Je me sens coupable de l'avoir abandonné pour des démarches inutiles...

La jeune femme éclata en sanglots. Mercier tenta de la réconforter :

— Vous avez bien raisonné, madame. Dans ce cas précis, plus l'injection est faite rapidement, mieux c'est. Le malheur, dans ces campagnes, je l'avoue, c'est que nous ne sommes pas équipés pour faire face à ce genre de situations.

— Si j'étais restée près de lui, il n'aurait pas fait ça ! s'écria-t-elle. Quand je suis partie, il faisait à peine jour. Mon mari dormait. Je ne pouvais pas penser une seule seconde qu'il se tuerait !

Ils restèrent silencieux. Prise d'une frénésie larmoyante, Pernelle avait fermé les volets. Elle dépensait son chagrin en préparant la maison à accueillir le corps du maître défunt. Le médecin avait bu un café agrémenté d'un verre de cognac. La vision du mort le marquait.

— Il a enfoncé le canon du fusil dans sa bouche ! précisa-t-il pour lui-même. Impossible de se rater. Je suis étonné qu'il ait eu un tel courage... Cela dit, c'est un suicide ! Je doute que vous obteniez du père Jacques des obsèques religieuses.

Claire faillit répliquer qu'elle s'en moquait. Depuis des mois, elle avait perdu la foi de son enfance. Mais elle songea à la famille de Frédéric.

— Je parlerai au curé ! murmura-t-elle. Il comprendra.

Mercier prit congé. A deux heures de l'après-midi, Louis et Firmin couchèrent leur maître dans son lit. Pernelle disposa trois linges immaculés sur la face réduite à une masse ignoble de chair et d'os. Elle recouvrit le gisant d'un drap épais.

Madame Odile, secouée par la tragédie, réussit à garder Matthieu toute la journée dans la nursery. Dans un état second, Claire fit entrer Sauvageon. Elle avait besoin d'une présence affectueuse. L'animal se coucha à ses pieds et ne bougea plus. La jeune femme rédigea deux lettres. Une pour prévenir Bertrand, la seconde destinée à Adélaïde de Riant.

Pour d'autres membres de la famille, elle se contenta de quelques lignes.

Frédéric avait tellement changé depuis la mort de Denise ! se dit-elle une fois sa tâche achevée. Ce revirement vis-à-vis de moi, ses remords ! Il souffrait dans son cœur, dans son âme. Cette morsure et la peur de la rage lui ont peut-être donné un prétexte pour se supprimer.

Elle tint ce discours au père Jacques, que Louis avait été chercher en calèche. Le religieux fut affligé par ce drame épouvantable.

— Ma petite Claire ! Que d'épreuves le ciel t'envoie... Tu dois puiser du réconfort dans la prière ! Frédéric m'a toujours paru un être tourmenté. Tu connais aussi bien que moi les frasques qui, à l'instar de son père, l'ont fait détester par la population de la vallée. Sans oublier l'histoire de Catherine, dont l'agonie injuste m'a coûté des nuits blanches. Je ne trouvais pas la force de pardonner au coupable. Ton époux... Dans son délire, la pauvre fille parlait et...

— Je ne veux rien entendre ! coupa Claire. Je vous ai relaté les faits. Frédéric s'est suicidé, car il redoutait ce qui le menaçait : mourir de la rage. Même si nous avions trouvé un vaccin, il aurait été trop tard peut-être... Consentez-vous, mon père, à une cérémonie religieuse ? Pour son frère, pour sa grand-tante !

Le prêtre regarda la jeune femme. Il eut du mal à évoquer l'ancienne demoiselle du moulin, aux rondeurs charmantes et au rire en grelot. Claire faisait penser à une silhouette décharnée aux yeux hantés de peines secrètes. Il la savait dévouée. Elle élevait son petit frère et elle avait veillé sur la malheureuse fillette, Denise, venue on ne sait d'où. Il déclara, presque contre son gré :

— Voudrais-tu te confesser, Claire ? Cela pourrait t'aider. Et sois rassurée. Dieu nous enseigne la miséricorde, le pardon. Tu m'as confié que Frédéric éprouvait des regrets sincères de sa conduite. Il était sur la voie du repentir. Comment lui refuser un enterrement chrétien, même si vous délaissiez tous deux la messe depuis un certain temps ?

Elle le remercia sans grande chaleur et promit de venir à l'église. Les heures qui suivirent la virent silencieuse, toujours escortée de Sauvageon. En compagnie de Louise et de Pernelle, Claire veilla Frédéric.

Le lendemain matin, elle écrivit à son père.

« Papa,

« La nouvelle de mon veuvage a dû se répandre. Connaissant les dispositions testamentaires de mon époux, je ne tarderai pas à rentrer au moulin, si tu acceptes ma présence. Dans le cas contraire, j'ai songé à m'installer dans la maison laissée vacante par Basile. Sois aimable de me répondre rapidement, que je sache où poser mes malles. Je ne tiens pas à vous voir tous à l'enterrement, ni à l'église, puisque nos deux familles ne s'estimaient pas et n'ont entretenu aucune relation amicale. Ne m'en veuillez pas. Ce décès est si cruel, si soudain, que je ne souhaite pas entendre de fausses condoléances.

« Ta fille, Claire »

Louis porta le courrier. A la demande de Claire, il attendit la réponse. Le trajet, sur un chemin enneigé et glissant, n'était pas des plus agréables. Le jeune homme remit l'enveloppe à Colin. Celui-ci l'envoya se réchauffer dans la salle des piles, où les braseros brûlant sous les cuves dispensaient une tiédeur bienfaisante.

Le papetier comptait rendre visite à sa fille. Il avait appris le décès de son gendre par le facteur. Etiennette le suivait des yeux pendant qu'il lisait. Elle s'approcha pour prendre connaissance elle-même du message. Bertille dormait encore.

— Colin, murmura l'ancienne servante, si mam'selle Claire revient et qu'elle me cause du tort, je te préviens, je m'en vais ! Sûr, elle voudra sa chambre... Ne la laisse pas faire. Riche comme elle est, pourquoi donc elle reste pas là-haut, au domaine ? Et ce n'est pas gentil de nous tenir à l'écart pour les obsèques !

Colin eut un geste apaisant. La mort de Frédéric le désolait. Pourtant, il éprouvait une joie aveugle à l'idée de récupérer sa fille et le petit Matthieu.

— Ma Tiennette, ne t'emballe pas ! Claire a ses raisons, sans doute. Cela m'évitera de déballer mon costume noir.

Laissons les Giraud entre eux. Et si ma fille m'avertit de son retour, c'est qu'elle préfère revenir chez moi. Je la comprends. Ecoute, si nous prenions la maison que je louais à Drujon ? Tu seras à ton aise, sous un toit où personne ne te cherchera d'ennuis. Je t'achèterai un poêle en céramique, celui que tu as vu dans le catalogue de la Manufacture de Saint-Etienne, et, pour le printemps, ce chapeau qui te plaisait tant à la foire.

La jeune femme fit la moue.

— Ce n'est pas grand, cette bicoque ! Et sale, je parie.

Mais elle se vit à sa fenêtre, guettant les attelages qui se rendaient au moulin. Plus de Bertille, plus de Guillaume. Colin l'embrassa dans le cou, les mains aventureuses. Le papetier aurait été bien en peine d'expliquer la frénésie sexuelle que lui inspirait Etiennette. Elle n'était pas jolie. Elle se montrait souvent revêche, capricieuse, mais la nuit, au lit, elle se révélait chaude et offerte. Parfois, il avait l'impression de retrouver Hortense du temps de sa jeunesse.

— Veux-tu ! le gronda-t-elle mollement. Nicolas est réveillé ; je dois lui apporter son biberon.

— Il est trop grand pour boire encore à la tétine ! protesta-t-il.

Le désir le torturait. Il voulut conduire Etiennette dans le cellier pour une étreinte aussi rapide que discrète, mais il se souvint de Louis et de la réponse à donner.

Une heure plus tard, Claire put lire, sur une belle feuille de vélin dont le parfum lui rappela de doux souvenirs :

« Tu seras toujours la bienvenue au moulin, ma petiote ! Dans une semaine, ta chambre sera prête. Bertille se réjouit de ton retour.

Ton père qui t'aime »

Sous le voile de tulle noir qu'elle portait, la jeune veuve se mit à pleurer de soulagement. Elle aspirait de tout son cœur à reprendre sa place parmi les siens. Avec Matthieu.

14

Le chemin des falaises

Adélaïde de Riant trônait dans le salon, assise près de la cheminée. La vieille dame avait supporté dignement la journée. Les funérailles de son petit-neveu avaient eu lieu dans l'intimité, mais les gens de la vallée, les familles de fermiers relevant du domaine, étaient venus nombreux. Bertrand arpentait la pièce, caressant au passage les meubles et les bibelots de sa mère. La statue de Diane chasseresse retint son attention un long moment. Enfin, il déclara, d'une voix triste :

— Mon frère n'a jamais été heureux, et je me suis toujours demandé pourquoi. Même quand nous étions adolescents, il avait cet air dur, ce regard méprisant qui me faisait peur. Il semblait en vouloir au monde entier.

Le jeune homme avait été rudement éprouvé en apprenant les circonstances du suicide de Frédéric. Claire lui avait raconté tout ce qui s'était passé. Adélaïde de Riant s'était montrée la plus exigeante en matière de détails.

Claire tenait Matthieu sur ses genoux. Il était resté à Ponriant pendant l'enterrement, sous la garde de madame Odile et, dès que sa sœur était entrée, il s'était accroché à elle et refusait de la lâcher. La jeune femme chuchota, comme intimidée :

— Frédéric avait beaucoup changé depuis quelques jours. Le chagrin le rongeait.

— Mais quel chagrin ? s'impatienta Bertrand. Bon sang, il ne manquait rien à son bonheur ! Il vous avait, Claire, lui qui rêvait de vous épouser.

— Un mariage sans enfant ne donne pas satisfaction !

trancha Adélaïde, froide comme de l'acier. Frédéric se confiait à moi ; il voulait des héritiers. Il t'enviait, Bertrand, d'avoir une gentille famille à chérir. Et puis, certes, il s'était attaché à Denise. Encore une preuve qu'il aurait été un excellent père.

Claire reçut la déclaration comme une gifle, mais elle ne chercha pas à se défendre. Bientôt, elle s'en irait. Les reproches, les questions, les regards lourds d'insinuation de l'aïeule, ce serait terminé. Bertrand murmura :

— Etes-vous certaine, Claire, de votre décision ? Soit, mon frère m'a légué le domaine, mais vous pouvez y demeurer. Marie-Virginie serait heureuse de vous avoir à ses côtés. Je brigue une charge d'avocat à Angoulême, et elle craint de s'ennuyer un peu ici.

— Je ne peux pas rester, Bertrand ! Mais je vous remercie de votre générosité. Je garde Sirius. Frédéric me l'a offert. Me séparer de ce cheval serait trop pénible.

— Il n'en est pas question, protesta-t-il. Vous pouvez faire porter au moulin tout ce qui vous appartient.

Claire ôta de sa main gauche la magnifique bague de fiançailles que la vieille dame avait remise à Frédéric deux ans plus tôt.

— Reprenez-la, madame ! lui dit-elle. C'est un bijou bien trop précieux, qui n'a plus aucune signification à mon doigt.

Adélaïde apprécia le geste. Elle se saisit de la bague et la contempla. Des larmes perlaient à ses paupières flétries.

— Mon Dieu ! Quel malheur ! gémit-elle. Je n'aurais jamais cru porter en terre mon petit-neveu ! J'ai trois fois son âge... Quelle injustice !

Au retour du cimetière, ils avaient reçu quelques membres de la famille et les notables de Puymoyen. Ils se sentaient tous les trois très las. Pernelle apporta du thé et des croquants aux amandes. Une pendule égrena une sonnerie cristalline, quelque part dans la maison pleine de silence. A chaque instant, ils s'attendaient à voir surgir le maître du domaine, botté et coiffé de son éternel chapeau de chasse. Frédéric avait laissé son empreinte. Claire pensa à la femme de Bertrand, qui aurait bien des fantômes à affronter, les nuits d'hiver. La pensée lui rappela une parole saisie au vol parmi la foule qui sortait de l'église. Quelqu'un avait dit :

« A qui le tour ? Les Giraud ne font pas de vieux os ! »

Elle revit aussi le visage fermé de la mère de Catherine, Jeanne, assise sur un des bancs les plus proches du cercueil de Frédéric. Elle ne cachait pas sa satisfaction. Le diable de Ponriant, celui qu'elle nommait le « maudit », était mort. Elle n'aurait manqué ses obsèques pour rien au monde !

Bertrand jeta un coup d'œil contrarié à Sauvageon, étalé de tout son long sur le tapis.

— Claire, je vais discuter un peu avec Firmin. Je dois m'assurer que notre régisseur pourra mener à bien la gestion du domaine. Je ne m'en sens pas capable, du moins pas sans son aide. J'emmène votre chien, il sera mieux dehors…

— Non ! refusa Claire avec douceur. Je le garde près de moi.

Il n'insista pas. Pernelle, qu'il croisa dans le vestibule, avait écouté.

— Ne vous inquiétez pas, monsieur, lui indiqua-t-elle. Quand elle sera partie, ma nièce et moi, nous ferons un grand ménage. Votre dame n'aura rien à redire ; le domaine luira comme un sou neuf. Je suis si contente que vous vous installiez ici.

La domestique avait prononcé le mot « elle » d'un ton méprisant. Bertrand la remercia, un peu surpris. Il pensait que sa belle-sœur avait su gagner l'affection de Pernelle.

Dès qu'elle se retrouva seule avec Adélaïde de Riant, Claire dit, très vite :

— Madame, je vous en prie, il faut dire la vérité à Bertrand au sujet de Denise. Je suis persuadée qu'il comprendrait mieux la souffrance morale de Frédéric. Et c'était sa sœur aussi !

La vieille femme roula des yeux furieux. Elle pointa un index ganté de soie noire vers Claire.

— Jamais ! Je refuse que notre famille soit souillée par l'évocation de ce drame. J'ai protégé Marianne du déshonneur en cachant la petite, car, réfléchissez un peu, si Edouard Giraud a voulu la tuer à peine née, c'est qu'il avait des preuves qu'elle n'était pas de lui. Il n'a pas eu de doutes quant à la filiation de Frédéric et de Bertrand ! Denise était le fruit d'un adultère. Tout ceci ne doit pas se savoir. Jamais ! Alors taisez-vous ; je suis prête à vous payer pour cela.

Claire se leva avec brusquerie. Elle prit son petit frère par la main et son chien au collier. Adélaïde la toisa sans aucune bonté.

— Madame, je vous ai considérée des mois comme ma grand-tante ! Vous ne m'aimez pas. Dans une heure, j'aurai quitté Ponriant. Vous venez de m'insulter... Gardez vos secrets honteux. Gardez tout !

La jeune femme monta à l'étage. Elle garnit une malle de ses vêtements les plus ordinaires, sans oublier la tenue d'amazone que Frédéric lui avait offerte. Pendant qu'elle s'activait à faire ses bagages, l'idée que Denise pût être la fille de Basile lui traversa furtivement l'esprit, mais toute à sa colère elle ne s'y attacha pas. Ensuite, elle prépara une valise pour Matthieu. Madame Odile l'observait, intriguée.

— Remplissez cette malle en osier de ses jouets préférés ! lui ordonna Claire. Dépêchez-vous ! Je pars ! Je débarrasse le plancher, comme aurait dit ma mère. Mon mari est mort. Je suis malheureuse, mais tout le monde s'en moque !

Claire parlait fort, les joues rouges, tant sa fureur la dépassait. Les nerfs mis à vif par la tragédie qu'elle venait de vivre, elle ne supportait pas l'idée de dormir à Ponriant, ni de s'y réveiller.

— Je rentre chez moi ! hurla-t-elle.

Effrayé, Matthieu se mit à pleurer. Excité d'être enfin admis dans la maison, Sauvageon lui lécha le nez. Le garçonnet passa des larmes aux rires. Madame Odile en fut choquée :

— Cette bête ne m'inspire pas confiance ! Que fait-elle dans la nursery ?

— Mon loup me protège du mauvais sort ! jeta Claire. Eh oui, c'est un loup !

Depuis son mariage, elle avait enduré trop de brimades. Pas une fois elle n'avait osé élever le ton pour revendiquer son statut de maîtresse. Les ordres étaient donnés d'une voix aimable et basse, assortis d'un sourire. Pernelle et la nourrice en avaient profité.

— Un loup ! Mon Dieu ! bredouilla madame Odile, qui craignait même les souris. Vous vous moquez de moi, madame !

Claire passa une chaude veste de fourrure et mit une toque

sur ses cheveux tirés en chignon bas. Elle habilla son petit frère.

— Viens, Matthieu !

Dans l'écurie, la jeune veuve demanda à Louis d'atteler une des voitures à cheval, la plus légère, et de lui apporter au moulin deux malles et une valise qui étaient sur le palier, devant sa chambre. Enfin, elle sella Sirius. Bertrand la découvrit en train de sangler le grand hongre blanc.

— Vous allez vous promener à cette heure ? s'étonna-t-il. Et l'enfant, que fait-il là ?

— Je m'en vais, répondit-elle. J'en ai assez vu et entendu ! Votre grand-tante m'a profondément blessée ! Si vous souhaitez savoir pourquoi, interrogez-la, et bon courage…

Elle nota que le jeune homme, d'un caractère passif, ne chercha pas à la retenir. Il l'aida à monter en selle et installa Matthieu devant elle.

— Je te tiens bien, mon chéri ! N'aie pas peur ! dit-elle à l'oreille de son frère.

— Z'ai pas peur !

Le petit garçon enfonça ses menottes dans la crinière de Sirius.

Claire traversa le parc et franchit le portail en pierre. La grille était restée ouverte. Menant sa monture au pas, elle prit la route en lacets qui descendait à la rivière. Au pont, elle tournerait à gauche, sur le chemin des falaises. Le froid avait capitulé. La neige fondait, dégageant une terre jaune et boueuse. Les arbres, les halliers, la végétation libérés se laissaient dorer par un pâle soleil sur son déclin. Pourtant, l'air avait la douceur d'un soir de printemps. Un oiseau, caché sur une branche, pépiait.

— Bientôt, mon Matthieu, notre vallée sera toute fleurie ! Comme tu vas être heureux au moulin ! Je te montrerai mes chèvres et ma vieille Roquette, une jument noire. Sirius va devenir son ami. Je t'emmènerai cueillir les bonnes plantes, celles qui soignent, et je t'apprendrai à te méfier des mauvaises !

Le garçonnet éclata de rire. Déjà la promenade à cheval le ravissait, et il s'enthousiasmait de ce vaste espace autour de lui. Sauvageon les devançait. Claire se dit que son chien avait deviné où ils allaient. Un frêle brin d'espoir se ranima au fond de son cœur meurtri. Elle embrassa la joue fraîche de cet enfant dont la seule présence l'avait aidée à supporter des mois de solitude intérieure et d'humiliation. La pensée de Frédéric l'escortait.

Il a choisi de mourir, se croyant condamné ! Peut-être aussi qu'il n'avait plus envie de vivre. Peut-être que ce loup n'avait pas la rage. J'ai cru comprendre qu'il avait des remords.

Elle se souvint du jour où son mari avait déclaré qu'ils avaient encore une chance d'être heureux.

Il n'aurait pas dit cela si l'idée de la mort l'avait hanté. Non, il a eu peur de la maladie ! Il se doutait que nous ne trouverions pas le vaccin à temps.

Elle reconstituait sans peine le raisonnement cruel, implacable ; elle faisait les questions et les réponses que Frédéric avait dû formuler. Eviter le pire : la douleur, la folie, le fait d'être un objet d'horreur et de répulsion pour les siens. Il avait aussi pu craindre de terroriser Matthieu, puisque tous les récits faisaient état de cris inhumains, de hurlements à glacer le sang.

Matthieu leva le nez. Il tendit un doigt et essuya une larme qui coulait le long du visage de sa grande sœur.

— Bobo ? fit-il avec une grimace.

— Oui, j'ai mal, mon chéri, mais je guérirai, je te le promets ! répondit-elle en le couvrant de baisers. Ecoute, nous allons galoper un peu. Je te tiens bien serré !

Claire fit claquer sa langue contre son palais et donna des jambes plus une caresse qu'un ordre. Sirius s'élança.

Bertille s'était réfugiée près de la cuisinière. Elle lisait un roman de Guy de Maupassant, *Notre Cœur*. La jeune femme venait de découvrir cet auteur et tenait à posséder tous ses livres. Guillaume était parti à Angoulême, toujours en quête d'un magasin à louer. Etiennette épluchait des légumes en mauvais état, car ils avaient gelé dans le cellier. Son fils Nicolas était assis dans sa chaise haute. Il jouait avec les boules de couleur de la tablette.

— Quand même ! s'écria l'ancienne servante. Pensez que

vous n'avez pas été invités aux obsèques de m'sieur Giraud, vous et votre mari. Colin n'était pas content.

— Ne dis pas de sottises ! répliqua l'infirme. Mon oncle s'en fiche bien, de ne pas être allé faire des simagrées à l'église. Moi aussi d'ailleurs. Avec ce froid, j'étais mieux ici. Déjà que je suis enrhumée... J'ai hâte que Claire revienne ; sans elle, cette maison n'a pas d'âme !

La jeune femme tamponna d'un mouchoir son nez rouge et gonflé. Elle n'en pouvait plus des regards en biais de cette Etiennette, du bruit des roues à aubes, de la pluie et de la neige contre les vitres. Soudain, elle crut voir par la fenêtre un grand cheval blanc.

— Va vite, Etiennette, nous avons de la visite ! On dirait Sirius !

Mais il n'était pas question pour la nouvelle madame Roy d'obéir à Bertille. Elle prenait au contraire un malin plaisir à ne lui rendre aucun service.

— Tu n'es qu'une sale bourrique ! lui lança la jeune handicapée en déplaçant sa chaise roulante. Où est Raymonde ?

— Je l'ai envoyée nourrir les poules ! Et me chercher de l'eau.

La porte s'ouvrit. Claire entra avec Matthieu dans les bras. Ils avaient tous les deux les joues rosées par le vent. Sauvageon la suivait, crotté de boue jusqu'au ventre.

— Me voici ! dit-elle. Je ne pouvais pas rester là-haut une nuit de plus !

Bertille se dirigea vers sa cousine, un large sourire aux lèvres. Prévenu par un des ouvriers, Colin accourait.

— Ma petite ! murmura-t-il. Je ne t'attendais pas si tôt, mais je suis content !

Sous le regard brun de son père, plein d'amour, Claire sentit se briser les digues de son chagrin, de tous ses chagrins. Elle se réfugia contre la poitrine paternelle en sanglotant, sans lâcher Matthieu, effaré par tous ces gens qu'il ne connaissait pas.

— Et ce beau petit gars, c'est mon fiston ! dit Colin en pleurant aussi.

Etiennette avait posé son couteau et essuyait ses mains. Pâle de colère, elle prit son enfant et avança vers Claire.

— D'abord, dit-elle d'une voix aigre, ton chien, il va dehors, parce qu'il met de la boue partout. Et on ne peut pas te coucher !

Le maître papetier eut envie de gifler sa jeune épouse. Il lui lança un regard furieux.

— Tais-toi ! ordonna-t-il. Pour ce soir, on s'arrangera !

Claire, qui rassurait son petit frère, mit fin à la querelle :

— Je ne veux pas vous causer de soucis. Raymonde va m'aider à dresser un lit dans cette pièce. Je serai bien heureuse de dormir là ; j'aime tant ma cuisine.

L'adolescente était entrée sans bruit et avait assisté à la scène avec une joie évidente, car elle aimait Claire.

— Il y a un lit-cage en fer, dans le grenier. Deux ouvriers peuvent le descendre. Moi, je monte chercher des draps et des couvertures. Vous serez comme une princesse, madame ! assura-t-elle en s'adressant à Claire.

C'était un précieux réconfort pour Claire de contempler le doux visage de Raymonde. La nouvelle servante était proprement vêtue et elle avait les cheveux coiffés avec soin.

— Je ne pouvais pas rêver mieux ! fit la jeune femme, qui respirait la dignité et la souffrance dans ses habits noirs. Matthieu est affamé, et je dois lui donner de la soupe.

Colin observait l'enfant. Ses traits rappelaient irrésistiblement ceux de sa mère Hortense, mais ses yeux pétillaient de malice. Il tenait sa sœur par le cou en fixant Nicolas.

— Ce petit garçon est ton frère ! lui dit Claire. Vous serez de bons amis, tous les deux.

Ces paroles lui coûtaient.

Bertille tira sa cousine par sa jupe en protestant.

— Alors, attends-tu l'année prochaine pour m'embrasser ! Je suis si heureuse que tu sois là…

Claire déposa un baiser sur son front et lui caressa les cheveux de sa main libre. Ensuite, elle marcha jusqu'à la table et examina les légumes d'un air dégoûté.

— Vous n'alliez pas manger ça ! s'exclama-t-elle.

Ils étaient tous impressionnés par sa présence. Etiennette haussa les épaules, mais resta muette. Celle que le pays surnommait la demoiselle du moulin ôta sa cape et ses gants. Ils la virent prendre un tablier suspendu à un clou et ouvrir le buffet. Au fond du meuble s'alignaient des conserves de haricots que Claire avait faites avant son mariage.

— Ce soir, je m'occupe du dîner ! annonça-t-elle. Si mes mongettes sont encore bonnes, je les réchauffe. Raymonde, les poules ont dû se remettre à pondre. Va me chercher des œufs, je te prie.

L'adolescente n'avait jamais eu droit à une formule de politesse. Elle sortit en courant. Avant de filer au poulailler, elle traversa la salle des piles en criant :

— Mademoiselle Claire est de retour !

Il y eut des hourras et des « chic alors ! ». Quand Raymonde rapporta un panier garni d'une douzaine d'œufs, elle n'eut aucun mal à embaucher le Follet et un autre homme pour déplacer le lit.

— Vous comprenez ! leur chuchota-t-elle. Etiennette ne videra pas les lieux si vite. Alors, mademoiselle a décidé de dormir dans la grande cuisine. Et elle nous fait à manger. Sûr, on va se régaler ce soir !

Colin avait sermonné sa femme. Elle devait témoigner du respect et de l'amitié à Claire. Guillaume rentra d'Angoulême à la nuit. Il fut très surpris de trouver la table mise. Un plat fumait au milieu. Le parfum qui s'en échappait suffisait pour donner faim. La lampe à pétrole suspendue aux poutres, verre et abat-jour astiqués, répandait une lumière plus vive que la veille. Un bouquet de houx décorait le buffet. Tout de suite, il reconnut Claire, assise entre Raymonde et un petit garçon. Bertille lui fit signe.

— Qu'est-ce qui se passe ? demanda-t-il. Ce n'est pas Noël !

Le papetier, en chemise blanche et gilet gris, lui répondit :

— Ma Clairette a repris sa place ! Avec elle, la maison tournera mieux. Viens donc, nous n'attendions plus que toi. Ma fille nous a fait sa fameuse omelette aux herbes. Le plat patiente dans le four. J'avais oublié son odeur : oseille, ciboule et persil, avec une pointe d'ail.

La gaieté un peu forcée de Colin ne froissa pas Claire. Le terme « ma fille », prononcé d'un ton exalté, la rassura. Le repas fut donc assez détendu, chacun voulant prouver son affection à la jeune veuve. Etiennette, qui avait bu beaucoup de vin blanc, riait fort mais ne faisait aucune remarque désobligeante.

Louis avait déposé les affaires de Claire avant la nuit. Le seul incident à déplorer fut causé par la malle en osier contenant les jouets de Matthieu. Le garçonnet voulut prendre sa toupie. Nicolas avança à quatre pattes vers lui. Ils arrivèrent en même temps vers ce que Bertille venait de désigner comme un vrai « coffre au trésor ». Malgré l'abondance d'animaux en carton bouilli, de ballons en caoutchouc et de cubes, les deux enfants se saisirent de la toupie. Peu habitué à partager, Matthieu repoussa son demi-frère de toutes ses forces.

— Oh ! Le vilain ! Il a de la poigne ! pouffa Colin d'un rire nerveux.

Etiennette se leva brusquement. Son fils hurlait, couché sur le dos.

— Mon bébé ! Il s'est cogné le front au carrelage…

Navrée, Claire s'empressa de gronder Matthieu. Il y eut bientôt un double concert de cris et de pleurs. Bertille se boucha les oreilles.

— J'espère que ce ne sera pas tous les jours comme ça ! gémit-elle.

Le maître papetier se sentait renaître. Il comprit alors combien Claire lui avait manqué.

— Au printemps, s'écria-t-il, je ferai nettoyer ton potager par le Follet. Il n'y pousse plus grand-chose. C'est dommage.

La jeune femme ne répondit pas, perdue dans ses rêves. Elle se promettait de consacrer la majeure partie de son temps à ce lieu où elle avait grandi. Sa maison, son moulin. Elle en aimait chaque pierre, chaque arbuste. Le chant de la rivière avait bercé son enfance, autant que l'odeur des buis poussant à l'ombre fraîche des falaises. Une sorte de bonheur plus fort que son chagrin la fit sourire, car son frère allait pouvoir vivre sous le toit de ses ancêtres.

Quand tout le monde fut couché, Claire garnit la cuisinière en fonte en effleurant les décorations en cuivre. Matthieu était déjà niché au creux du lit. Il avait sommeil, mais la nouveauté de la situation et le décor étranger qui l'entourait le tenaient éveillé. La jeune femme se glissa près de lui et le câlina. Elle l'aimait autant qu'un enfant né de sa chair.

— Nous sommes bien ici ? lui dit-elle. Sauvageon nous protège et le feu ronronne.

— Z'ai pas peur ! affirma Matthieu.

Le chien-loup, couché près de la porte, les regardait de son œil doré. Claire n'avait pas cédé ; l'animal dormirait désormais à l'intérieur. Colin avait tenté de la raisonner, mais cela avait amené la discussion sur un terrain pénible.

« Papa, avait-elle déclaré, je ne veux pas perdre Sauvageon ! Sans Frédéric, c'est lui qui aurait été mordu par ce loup enragé, et il aurait fallu l'abattre. Bien sûr, j'aurais préféré qu'il en fût ainsi, si cela avait sauvé mon mari. Mais le destin en a décidé autrement... Je ne courrai plus le moindre risque. Mon chien ne me quittera plus ! »

Guillaume avait alors marmonné :

« Quelle horreur, Frédéric, mourir aussi jeune, de son plein gré ! Il aurait dû avoir confiance en la médecine, que dis-je, en la science... »

Claire n'avait pas répondu. Blottie sous de chaudes couvertures, son frère lové contre son épaule, la jeune femme avait dégusté chaque instant de ce repas familial.

Comme Bertille a changé ! Elle a un air dur et elle a un peu grossi. Papa était bien gentil. Guillaume me déplaît toujours autant. Etiennette se prend pour une dame, la malheureuse. Elle m'a presque fait de la peine, dans sa robe trop grande. Nicolas n'est pas en avance ! Au même âge, mon Matthieu était plus dégourdi...

Il régnait un silence et un parfum familier dans la pièce. Claire caressait des yeux les casseroles suspendues à une planche, les gros vases en grès et la lucarne de la cuisinière. Elle eut l'impression d'être une fillette avide de simplicité et de bonté. Des souvenirs lui revenaient, tous parés d'un halo lumineux. Dans cette pièce aussi, Jean était entré et avait mangé à la table. Elle l'avait cajolé, amoureuse impatiente.

Combien il me rendait heureuse ! pensa-t-elle. Jean, pourquoi as-tu disparu de ma vie...

Elle s'enivra jusqu'à la douleur des images enfuies de leur amour. Leurs corps nus sur le sable de la Grotte aux fées, leurs courses à travers les prés, dans la clarté bleue de la lune. Tant de baisers échangés, à perdre haleine, étroitement enlacés !

Elle prit alors conscience de sa mort, de toutes les morts de ceux que l'on chérit. Avec la ronde désespérante des « plus jamais ». Pourtant, ce soir-là, Claire rêvait de retrouver Jean, de le toucher, une dernière fois, une seule fois s'il le fallait. Tout sauf l'irrémédiable.

Je n'ai pas eu le temps d'aimer Frédéric ! se dit-elle, le visage mouillé de larmes. Mais je m'attachais à lui petit à petit.

Elle revécut ces instants où son mari pleurait, le poids de sa tête sur son sein, sa tendresse qui appelait la sienne. Un mur s'écroulait, alors qu'ils n'avaient plus que quelques jours à vivre ensemble. Pour Jean, c'était différent ; ils s'étaient adorés, liés par la passion et la complicité, plus unis que beaucoup de couples légitimes.

Adieu, Jean, adieu... Au moins, je ne trahirai plus ta mémoire.

Claire s'essuya les yeux et trouva du réconfort dans la respiration légère de Matthieu. Demain, une nouvelle existence commencerait pour elle.

A l'étage, Bertille aurait été incapable de dormir. Guillaume ronflait à ses côtés. Il lui tournait le dos. Ils s'étaient querellés à voix basse à propos du magasin... Ils devraient attendre un an encore. La boutique la plus intéressante, pour ce qui était de l'emplacement et du prix, ne serait pas libre avant. La jeune infirme avait repoussé les avances paresseuses de son mari. Un autre souci la tourmentait. Dans le tiroir de sa table de nuit, cachée sous deux livres, se trouvait la lettre de Jean, datée de mai 1898. Cependant, plus les mois passaient, plus ce bout de papier tracassait Bertille. Elle n'osait pas le brûler, ni le jeter. Maintenant que Claire était de retour, la jeune femme devait prendre une décision.

Est-ce que je lui dis la vérité ? Non, elle me chasserait ! Je n'ai qu'à mettre cette maudite lettre au feu, mais en recopiant l'adresse au dos de l'enveloppe. On ne sait jamais. Mais non, à quoi bon garder l'adresse ? Depuis tout ce temps, Jean a dû partir pour l'étranger, ou il parcourt les océans !

Bertille était rongée par le remords. Elle avait poussé sa cousine à épouser Frédéric.

Claire n'a pas été comblée par ce mariage. Pire, je vois bien qu'elle a souffert. Elle est si maigre et triste. Mais l'argent ! Comment aurions-nous fait sans tout cet argent qu'elle a prêté à Guillaume ? Oh, je suis sotte de m'en faire ! Claire est jeune et elle finira par tomber amoureuse à nouveau. Elle rencontrera un honnête homme qui aura ses goûts. Ce ne sera ni un bagnard ni un riche propriétaire… J'ai agi dans son intérêt ! Jean ne pouvait pas lui offrir la sécurité, la vie harmonieuse dont elle a souvent rêvé. Même si elle l'avait rejoint à La Rochelle, cela n'aurait pas été si idyllique que ça !

La jeune femme ne se trompait guère. Claire était une enfant de Charente liée à la terre de la vallée des Eaux-Claires, à cette maison.

— Qu'est-ce que tu as à t'agiter ainsi ? bredouilla Guillaume, d'une voix empâtée.

— Tu ronfles si fort que je ne peux pas dormir ! mentit-elle.

— Allons, princesse, calme-toi !

Il étendit une main caressante vers elle.

Bertille souffla la chandelle et marmonna :

— Ne me touche pas, je n'ai pas envie d'être de nouveau enceinte et de faire une autre fausse couche. Vous, les hommes, vous n'avez que le plaisir en tête.

Son mari bougonna une protestation, mais n'insista pas. Dans la chambre voisine, Colin donnait raison à sa nièce en relevant la longue chemise de nuit d'Etiennette qui protestait.

— Non, sois sage ! J'suis pas à mon aise, ici, avec ta fille en bas et Bertille à côté. Dans notre maison, ce ne sera pas pareil… Nicolas aura son coin à lui.

Le papetier n'était pas de cet avis. Il glissa ses paumes ouvertes, chaudes et sèches, jusqu'aux seins de sa seconde femme. Enfin il grimpa sur elle, la faisant taire d'un baiser avide. Etiennette s'abandonna. Elle ne pouvait pas résister à un homme.

Claire ne profita guère de sa première journée au moulin. Elle aspirait à reprendre possession des lieux, mais personne ne lui en laissa le loisir. Guillaume vint lui parler dès le lever du jour, alors qu'elle préparait du café relevé de chicorée.

Matthieu dormait, et elle fit signe à Dancourt de parler moins fort.

— Ecoutez, Claire ! commença-t-il. J'ai une bonne nouvelle ; j'ai récupéré une partie de mes rentes après un long procès. Tout ceci, c'est grâce à votre aide. Je comptais vous rembourser chaque mois une somme raisonnable, qui vous revient de droit. Mais il y a cette histoire de magasin !

— Quel magasin ?

— Ah ! Bertille ne vous l'a pas dit ? Elle n'a plus que cette idée en tête : habiter Angoulême, tenir un commerce, une librairie. Son choix est judicieux, car je voudrais apprendre la reliure. Cela rapporte bien. Tenez, un exemple, un client affectionne un roman, mais la couverture est en simple papier. Je lui suggère une couverture en cuir ouvragé. Nous pourrons d'ailleurs proposer à la vente des produits du moulin. Si vous persuadez votre père que c'est un marché intéressant !

La jeune femme retenait son souffle. Bertille souhaitait quitter la vallée ! Malgré ce qui avait pu les opposer, Claire se réjouissait de retrouver sa cousine, leurs bavardages légers, leurs discussions sur les romans qu'elles lisaient.

— Si Bertille préfère avoir pignon sur rue ! finit-elle par dire.

— Ce ne sera pas avant un an ou deux ! répliqua Guillaume. D'ici là, j'aurai constitué un capital suffisant. Ma petite princesse se morfond entre ces quatre murs ! Elle se voit officiant derrière un comptoir, recevant des amoureux des belles lettres, comme elle. Pour cela, je devrai retarder le versement de ces remboursements auxquels je tenais tant.

Claire sourit distraitement. Elle se versa du café et en proposa à Guillaume.

— Hier soir, je n'ai pas eu le temps de vous dire à tous que je n'hériterai pas de Frédéric. Rien, pas un sou. Il m'avait attribué une rente, mais il l'a supprimée depuis quelques mois. Certes, il a pris des dispositions pour Matthieu, qu'il aimait. Personnellement, je n'ai gardé que mon cheval Sirius et ma selle d'amazone. Cependant, ne vous tracassez pas pour vos dettes. Je patienterai des années s'il le faut.

Dancourt sortit, soulagé. Il était contremaître au moulin.

Colin n'avait pas à se plaindre de ses services, d'autant moins qu'il veillait également sur la comptabilité.

A l'heure où Claire faisait déjeuner son frère, ce furent Etiennette et Colin qui vinrent s'asseoir à la grande table. Nicolas regardait Matthieu avec méfiance.

— Ma fille, dit le papetier en s'adressant à Claire. Puisque tu es revenue chez nous, tu devrais jeter un œil sur le livre de comptes. Tu t'y entendais mieux que quiconque. Je t'avouerai que les affaires ne sont pas fameuses en ce moment. Toujours la concurrence des établissements modernes, installés près des villes. J'ai encore perdu deux bons clients l'année dernière. Mais j'ai suivi ton conseil et je fabrique un peu de carton pour les emballages. A présent, j'aurai deux bouches de plus à nourrir : ton frère Matthieu et toi.

La jeune veuve devina la question que se posait son père. Quelle fortune apportait-elle... Avec calme, elle expliqua au papetier la même chose qu'à Guillaume. Elle était pauvre.

— Quel fumier, ce Giraud ! tonna Colin. Te priver de ta rente, annuler la procuration... Moi qui espérais...

— Papa, le coupa Claire. Frédéric est mort, respecte sa mémoire. Nous survivrons sans son argent. Déjà, j'ai réfléchi à votre projet d'habiter la maison de Basile.

Elle frémit au souvenir de la désertion de son vieil ami, qui ne lui avait donné aucune nouvelle. Etiennette triturait du pain, inquiète.

— Oui, reprit-elle, pourquoi ne pas la louer ? Ton épouse et toi pourriez vous installer dans ces deux pièces où tu avais logé Guillaume au début. Je ne demande que ma chambre, pour Matthieu et moi. En contrepartie, je ferai le ménage et la cuisine. Avec le potager remis en service et les bêtes, nous ne manquerons pas de nourriture. Et si vraiment tu as des soucis, j'ai quand même une procuration sur l'argent que Frédéric a fait placer pour les études de Matthieu.

Le maître papetier leva les yeux au ciel avec un sourire narquois.

— Les études de Matthieu ! répéta-t-il. Mais mon fils prendra ma succession au moulin ! Il n'a besoin que de savoir lire, écrire et compter. Pour ce qui est de relouer cette bâtisse, pourquoi pas ? Dis, ma Tiennette, tu ne serais pas trop déçue ?

Tu auras ton chapeau et ton poêle en céramique de toute façon.

L'ancienne servante estimait Claire à sa juste valeur : celle d'un ennemi de taille. Ne voulant pas la contrarier dès le premier jour, elle céda aussitôt.

— Si ça te convient, moi j'veux bien ! soupira-t-elle. Nous serons chez nous, au moins. Mais faudra nettoyer, car c'est sale là-haut.

— J'y veillerai, avec l'aide de Raymonde ! intervint Claire. Et j'ai au domaine tout le linge de ma dot. J'enverrai quelqu'un le chercher. Il y a deux malles que je n'ai jamais ouvertes. Je te les offre, Etiennette. Nous sommes de la même famille, désormais ; autant devenir amies.

Colin jubilait. Sa fille, si hautaine, si fière, courbait le dos. Elle acceptait enfin Etiennette. Il se dit que cette docilité avait dû naître de bien des peines cachées, d'une accoutumance à la soumission, sous le joug de Frédéric Giraud. Les deux femmes s'embrassèrent.

A midi, Guillaume revint déjeuner. C'était l'heure où il descendait Bertille dans la cuisine. On lui avait monté du thé et des tartines comme chaque matin. La jeune infirme ne laissa pas Claire sortir une seule fois de la maison. Elle voulait tout savoir de son existence au domaine, des visiteurs, des repas, des fêtes.

Claire entreprit de nettoyer la pièce dans les moindres recoins tout en satisfaisant la curiosité de Bertille. Elle avait besoin de travailler pour apaiser sa nervosité. Matthieu et Nicolas, eux, eurent le droit de faire un petit tour, surveillés par Raymonde. La petite servante, âgée de quatorze ans, promit de ne jamais les lâcher. Mère poule, Etiennette décida de les accompagner.

Restées seules, les deux cousines purent aborder des sujets plus intimes.

— Pourquoi n'as-tu pas eu d'enfants avec Frédéric ? demanda tout de suite Bertille. Guillaume m'a appris qu'il t'avait déshéritée. Si tu lui avais donné un fils, il n'aurait pas fait cela !

— La nature me refuse cette joie ! répondit Claire tristement. Je dois avoir une malformation. Et toi ? Ce docteur, sur la Côte d'Azur, t'avait dit que tu n'aurais aucun problème.

Bertille ourlait des torchons. Elle plissa le nez.

— Eh bien, il s'était trompé. Ça ne marche pas. Pourtant, Guillaume ne se lasse pas de moi, loin de là. Par moments, je dois le repousser. J'ai fait deux fausses couches, et j'ai cru en mourir de douleur. Je préfère renoncer. Madame Colette m'a confié un petit secret pour ne pas être enceinte tous les mois. Il suffit que l'homme y mette de la bonne volonté.

— Le monde est mal fait ! constata Claire. Je rêvais d'être mère, et je ne peux pas. Toi non plus... C'est étrange. Heureusement, j'ai Matthieu. Je le considère comme mon fils, mais je le gronde quand il m'appelle maman.

— Bientôt, il croira que c'est Etiennette sa mère ! En voilà une qui a su mener ton père où elle voulait... Une rusée, crois-moi ! Oncle Colin marcherait sur les mains pour lui plaire.

Claire approuva. Elle avait besoin de paix intérieure, de petits bonheurs. Cela la poussait à la clémence.

— Ce n'est pas grave ! dit-elle. Nous sommes vivants, bien au chaud et tous ensemble. J'ai perdu Jean, ensuite Frédéric. Je voudrais guérir de tout ce chagrin.

Le seul nom de Jean fit rougir Bertille. Sa cousine ne s'en rendit pas compte. Elle bredouilla, s'efforçant de rire :

— Nous ferons de notre mieux pour te consoler, Claire chérie ! Je suis égoïste de te retenir à la maison. Va un peu te promener. Je suis sûre que tu as très envie de prendre l'air, de soigner ton Sirius.

Claire sauta de l'escabeau à trois marches qui lui servait à atteindre le haut des vitres. Vêtue d'une jupe grise et d'un corsage noir, sanglée d'un grand tablier, elle avait l'air très jeune et fragile. Vite, elle posa son torchon.

— Comme je t'aime, princesse ! J'avais envie, c'est vrai, de rendre visite à mes chèvres et à mon cheval. Je ne serai pas longue, et pour le goûter je te ferai un gâteau de Savoie garni de confiture de cerises. J'en ai retrouvé un pot en rangeant le placard.

La jeune femme s'enveloppa d'un châle et sortit, suivie de Sauvageon. Bertille fit rouler sa chaise près de la cuisinière. Elle attrapa le crochet, souleva le couvercle en acier et, d'un geste décidé, jeta aux flammes la lettre de Jean, froissée en boule.

— Adieu, Jean ! murmura l'infirme. Reste où tu es !

Caen, juillet 1901

Basile Drujon fumait sa pipe à la terrasse d'un grand café de Caen. Le soleil réchauffait ses articulations qui le faisaient de plus en plus souffrir. Le climat humide de Normandie aggravait ses rhumatismes. Mais, l'été revenu, il se sentait plein de vitalité. Sa nouvelle existence au cœur du bocage lui convenait. Cependant, l'ancien instituteur ne voulait pas être une charge pour Jean et pour la famille Chabin. Il avait repris du service dans une école privée de Caen. La semaine, il prenait pension dans un petit hôtel, à deux pas des ruines grandioses du château de Guillaume le Conquérant. Il parvenait même, selon une sage habitude, à mettre de l'argent de côté, si bien qu'il pouvait gâter Germaine et la petite Faustine[1], âgée de un an. Jean avait choisi ce prénom découvert dans les pages d'un roman. Pour lui, lire le soir à la veillée était devenu une vraie passion. Le curé avait déclaré que c'était un beau prénom chrétien, aux origines latines.

Le samedi, Basile prenait la patache pour rentrer aux Sept Vents. Jean venait le chercher avec la charrette. Ils discutaient politique, parfois, et plus souvent élevage, fromages ou récolte. Le jeune homme fabriquait un cidre fameux, qu'il vendait dans les foires du pays.

— Monsieur, pardon... fit une voix de femme.

La serveuse, brune et mince, apportait le verre de vin blanc que Basile avait commandé. Le journal qu'il lisait, étalé sur la petite table ronde, la gênait.

— Oh ! Excusez-moi ! fit-il avec un sourire.

La serveuse éclata de rire, sans raison apparente. Il pensa qu'elle avait peut-être un amoureux ou qu'elle manifestait sa joie de sentir le soleil sur sa peau laiteuse. Basile la regarda s'éloigner. Son cœur se serra. La jeune fille lui faisait penser à Claire. Même joli visage intelligent, même silhouette gracieuse.

Basile en était contrarié. Pendant ces années passées loin de

---

1. Sœur Marie Faustine, apôtre de la Miséricorde divine, compte aujourd'hui parmi les saints les plus célèbres de l'Eglise.

la Charente, le souvenir de sa petiote, comme il la surnommait, l'avait souvent tourmenté.

Quel vieux sentimental je suis ! bougonna-t-il intérieurement. Aussi, je n'ai pas vraiment la conscience tranquille. Cela m'a vexé et peiné qu'elle épouse ce gredin de Giraud, mais de là à la rayer de ma vie ! J'aurais pu lui envoyer une carte postale, au moins. Telle que je la connais, Claire, qui n'a jamais éprouvé de rancune envers quiconque, doit se demander ce que je suis devenu...

Il but une gorgée de vin, frais et acide. Ses doigts noueux jouèrent avec la chaîne de sa montre. Pour la première fois, Basile cherchait à comprendre pourquoi il en avait tant voulu à la jeune femme. La réponse fusa, immédiate, aux portes de sa conscience. Il s'était estimé trahi par sa décision soudaine de se marier avec Frédéric, le fils d'Edouard Giraud envers qui il éprouvait une haine tenace. Et puis à l'époque, Claire et lui pleuraient encore Jean, qu'ils croyaient mort. Le vieil homme avait imaginé une longue période de deuil, que tous deux auraient partagé, trouvant un réconfort réciproque dans leur grande affection mutuelle.

La pauvre enfant, se reprocha-t-il. Elle m'a pourtant tout expliqué ! Bertille et son Dancourt qui avaient de gros soucis d'argent, et ce chantage de Giraud. Il protégeait son bâtard de Sauvageon, à condition que les noces aient lieu en mars. Bon sang, il fallait qu'elle soit désespérée, ma petiote, pour accepter si vite. Un coup de tête, une sorte de plongeon dans la pire des choses, le renoncement... Elle se moquait de tout, ma Claire. J'étais dans le même état quand Marianne est morte. J'étais prêt à crever aussi. Quand même, ne pas répondre à Jean ! Peut-être qu'elle avait peur de manquer de loyauté vis-à-vis de son riche époux... Oui, cela lui ressemble bien.

La colère de Basile se dissipa à la lumière de ces réflexions qu'il n'avait jamais voulu affronter. Il avait honte.

Pour peu que Frédéric lui ait mené la vie dure, elle était seule, sans amis qui l'auraient réconfortée.

Il ne savait rien des événements survenus à Puymoyen, au moulin et au domaine de Ponriant.

Eh bien, vieil idiot. Tu peux encore réparer tes torts. Je vais écrire à Claire. Elle a sûrement un enfant, elle aussi.

L'après-midi, Basile acheta une carte postale représentant la cathédrale de Caen, qu'il noircit de son écriture serrée et penchée en arrière. La place lui manquant, il ajouta une feuille de papier et mit le tout sous enveloppe. Il adressa le courrier à « Claire Giraud, domaine de Ponriant, Puymoyen, Charente ».

Soulagé, il dîna de bon appétit et se coucha tôt. Le lendemain, il partait pour la ferme des Chabin. Il était question d'une ligne de chemin de fer qui traverserait la campagne, mais les travaux n'avaient pas commencé. De toute façon, Basile Drujon préférait les véhicules tirés par des chevaux.

Si la petite me répond, je lui rendrai visite un de ces jours ! se promit-il avant de s'endormir du sommeil du juste.

Jean avait emmené Faustine. C'était une belle enfant qui marchait déjà depuis une semaine. De sa mère, elle avait hérité les cheveux blonds un peu ondulés et le visage étroit, mais son regard bleu, intense, était un cadeau de son père.

— Pépé Basile t'aura sûrement apporté un joujou ! dit-il à l'oreille de sa fille qu'il tenait sur ses genoux.

Le bocage resplendissait, avec sa verdure et ses eaux vives. Les prés gorgés d'une herbe haute et drue s'étendaient à l'infini, délimités par les haies de saules, de pommiers ou de prunelliers. Des vaches blanches et rousses ruminaient à l'ombre des arbres. Plus loin, deux chevaux à la robe luisante s'ébrouaient.

Le jeune homme scruta le chemin de terre grise qui partait d'un carrefour et se perdait derrière une colline basse. La patache déposait Basile deux kilomètres avant le village. Un nuage de poussière et l'écho des sabots sur les cailloux signalèrent bientôt l'arrivée de la voiture.

Basile en descendit, son chapeau et une valise en cuir bouilli dans chaque main. Les deux hommes se hélèrent.

— Alors, mon Jeannot ! Oh ! oh ! Mademoiselle Faustine est là !

Le bébé gazouillait. L'enfant aimait beaucoup le vieil

homme qui la faisait sauter sur ses genoux et lui chantait des comptines. Jean aida son ami à monter sur le siège.

— Germaine nous a préparé des moules à la crème ! annonça-t-il. Elle est allée les acheter à l'aube au marché. A pied.

— Je m'en doutais ! C'est la bonne saison. Et tes pommiers ?

La conversation familière s'engagea. Jean ne tarissait pas d'éloges sur la qualité des fruits à venir. Il vantait aussi le nouveau pressoir qu'ils avaient acheté. Basile lui tâta l'avant-bras, à hauteur des biceps.

— Sais-tu que tu as forci, à brasser de la paille et du fumier à longueur d'année. Et cette barbe, mon gars, te va bien.

Le vieil homme se demanda ce que Claire penserait si le destin la remettait en présence de Jean. Avec sa fine moustache, le collier brun et frisé qui soulignait ses mâchoires, de solides vêtements propres coupés à sa taille, Jean avait tout du paysan aisé, fier de son labeur et de sa terre. La jolie poupée qu'il avait assise près de lui, dans sa robe rose ornée de dentelles, un ravissant béguin sur ses cheveux soyeux, renforçait cette impression.

— Qui l'aurait cru, hein ? dit Basile alors qu'ils entraient dans la cour de la ferme. Tu reviens de loin. Je suis bien content de te voir établi à ton aise.

Jean lui lança un coup d'œil méfiant. Il ne tolérait aucune allusion au passé.

Moulin du berger, juillet 1901

Claire binait le carré de radis afin d'en ôter les mauvaises herbes. Elle avait consacré un coin de son potager à cette culture facile pour permettre à Matthieu et à Nicolas de jouer aux jardiniers. Les deux bambins avaient chacun leur petit arrosoir en fer, un râteau et une pelle à leur taille. Pour l'instant, accroupis, ils surveillaient les feuilles vertes et la racine blanche et rose qui sortait à demi de terre.

— Je peux en manger ? demanda Matthieu.

— Non, mon chéri, nous en ramasserons ce soir, et il faudra les laver.

Nicolas ne prit pas la peine de demander une permission. D'un geste rapide, il arracha un radis et le fourra dans sa bouche. A trois ans, il était aussi grand que Matthieu, son aîné de treize mois, et d'un caractère farouche.

— Veux-tu ! fit Claire. Crache ça tout de suite, galopin !

Elle riait sous son chapeau de paille. Le soleil de l'été avait doré ses joues et ses bras. Vêtue d'une large jupe en cotonnade fleurie – de l'indienne bon marché – et d'un corsage jaune, la jeune femme avait repris quelques rondeurs. Son regard sombre pétillait de gaieté. Elle n'avait porté le deuil de Frédéric que le délai convenable, un an. Son existence au moulin lui avait redonné des couleurs et le goût de l'espoir. Les difficultés qu'elle redoutait s'étaient vite aplanies. Etiennette disposait d'un logement qui lui convenait. Colin rayonnait, comblé par les ardeurs de sa jeune épouse et la présence active et efficace de sa fille retrouvée.

Claire occupait les deux grandes chambres du logis, car Bertille avait enfin eu gain de cause. Depuis janvier, elle vivait en ville. Sa librairie, à la devanture peinte en vert foncé, au fronton surligné de doré, attirait une nombreuse clientèle. Guillaume, lui, se perfectionnait dans l'art de la reliure chez un maître artisan. Ils avaient engagé un jeune homme pour aider Bertille au magasin. Aux dernières nouvelles, Guillaume devenait si jaloux que les querelles se multipliaient dans l'appartement du dessus, fort bien meublé et doté du confort moderne.

— Venez, mes mignons, nous allons nourrir les chèvres et mesdames les poules.

Claire prit Matthieu et Nicolas par la main. Les ouvriers avaient l'habitude de voir ce charmant tableau : leur mam'selle Claire entourée de ses deux frères, le chien-loup les précédant ou les suivant.

Dans la bergerie, ce fut le cérémonial habituel. Les garçonnets se chamaillèrent, car chacun tenait à distribuer l'orge aux chèvres. Finette, toujours vaillante, avait donné naissance à une chevrette toute blanche qui gambadait si drôlement dans le pré que la famille entière riait à en perdre haleine.

Le Follet traversa la cour de sa démarche clopinante pour rattraper Claire avant le poulailler.

— Mam'selle ! Votre papa vous demande... C'est rapport à une livraison en retard.

Elle fronça les sourcils. Aux travaux du jardin et du ménage, Claire ajoutait une participation passionnée aux productions du moulin. Cédant à sa volonté, le maître papetier avait consenti à fabriquer du carton léger en quantité pour les emballages. Et Claire avait remporté une autre victoire. Colin utilisait maintenant de la colle à base de cellulose, beaucoup moins malodorante que celle fournie par les déchets d'os et les rognures de cuir.

— Dis-lui que j'arrive ! fit-elle. J'ai promis aux garçons qu'ils chercheraient les œufs.

Elle lui montra le panier qu'elle tenait. Le Follet sourit d'un air complice, s'attardant à la regarder. Comme les autres ouvriers, il l'appelait toujours « mademoiselle » et elle s'en amusait. Matthieu la secoua par sa jupe, qu'il prenait à pleines mains.

— Maman Claire ! Je veux le panier, j'ai vu un coco...

— Attends un peu, coquin. Oh, tu as vu dans quel état tu as mis ma jupe, vilain !

Mais elle l'embrassa. Nicolas et Matthieu entrèrent courbés en deux dans l'enclos grillagé. Il ne leur fallut pas longtemps pour rapporter six œufs à la coquille ambrée. Raymonde accourait. La jeune fille devenait ravissante. A quinze ans, elle semblait embarrassée par sa poitrine généreuse et sa taille fine. Tout bas, elle dit à Claire :

— Madame, j'ai préparé le repas des petits. Je peux les faire manger ? Etiennette est partie au bourg...

— Cela m'arrangerait, car papa a besoin de moi.

Claire portait une profonde affection à la servante. Elles discutaient beaucoup, le soir, et elles étudiaient dans un dictionnaire le secret des mots ou de l'histoire. Raymonde était traitée aussi bien qu'un membre de la famille. Elle avait sa place à table et dormait dans la chambre de Matthieu. L'époque où les servantes du moulin couchaient sous les combles, sur une mauvaise paillasse, était bien révolue.

— Madame ! ajouta la jeune fille. Louis, le palefrenier de Ponriant, vient de me remettre une lettre qui est arrivée pour vous au domaine.

Raymonde tendait l'enveloppe bleue. L'écriture de l'adresse fit battre le cœur de Claire. Elle lut au dos le nom de Basile Drujon.

— Eh bien, quelle surprise !

La jeune femme s'éloigna, bouleversée, serrant sur son cœur ce courrier inattendu. Elle s'interrogeait souvent sur son vieil ami, allant jusqu'à l'imaginer mort lui aussi, sans affection ni réconfort. Claire marcha jusqu'au perron et le contourna pour descendre dans un petit jardin cerné de murets. L'herbe haute, d'un vert émeraude dans la lumière vive de midi, se couchait sous ses pas. Un saule pleureur agitait ses fines branches au feuillage léger. Plus personne ne venait ici, car le sol demeurait humide même l'été.

— Basile ! s'écria-t-elle, stupéfaite. Après si longtemps ! Il ignore que je suis veuve, puisqu'il a envoyé la lettre à Ponriant…

Claire s'installa sous le saule dont la ramure retombante faisait une sorte de refuge ombragé. Sans crainte de se salir, elle s'assit par terre, le dos appuyé au tronc de l'arbre. Elle examina le cachet de la poste.

— Caen ! Mais c'est en Normandie, ça !

Prise d'une émotion étrange, elle hésitait à ouvrir l'enveloppe. Le souvenir de Basile était toujours lié à celui de Jean. Le vieil homme avait été le témoin de leur amour et un complice précieux. Enfin elle se décida à ouvrir la missive, pour découvrir une carte postale représentant une cathédrale. Le cliché, couleur sépia, lui plut. L'imposant monument lui parlait de toutes ces villes où jamais elle n'irait, de gens inconnus, d'une vie tellement différente de la sienne. Avec une crainte juvénile, s'apprêtant à avoir encore des reproches ou un sermon, elle lut…

« Ma petiote,

« Je suis un vieil imbécile. C'est dit ! Je suis parti sans te saluer, sans t'embrasser, toi que j'aimais comme ma fille. Après plus de deux ans, le remords m'a pénétré, et j'ai eu honte de ma conduite. D'abord, je te donnerai de mes nouvelles. Après un séjour de six mois à Paris, j'ai posé ma valise à Caen. J'enseigne à nouveau dans une école religieuse, moi, l'ancien anarchiste. Il me fallait gagner mon pain.

« Tu dois te douter un peu que, si j'ai rejoint la Normandie, c'était pour me rapprocher de Jean, que j'appelais mon fiston. »

Claire s'arrêta de lire. Elle posa la carte, saisie de frissons. Basile citait Jean comme s'il vivait encore. Troublée, déjà en larmes, elle pensa que son vieil ami se sentait près du jeune homme, mort en mer, parce qu'il n'était pas loin des côtes atlantiques. Il lui fallut se calmer avant de continuer sa lecture.

« ... Claire, si je comprends ton refus de correspondre avec lui, vu que tu as épousé Frédéric, cela m'a vraiment déçu que tu charges Bertille de lui répondre. Durant des mois, je t'en ai voulu pour cela. J'étais très en colère que tu te maries avec cet homme, et là, la coupe était pleine... »

Cette fois, Claire dut se frotter les yeux. Elle pleurait en silence, le ventre noué de coliques, le cœur cognant à se rompre. Il n'y avait plus de place sur la carte. Basile, par une flèche, indiquait que la suite se trouvait sur le feuillet joint. Elle tremblait si fort à présent qu'elle eut du mal à déchiffrer les mots qui suivaient.

« Jean ne veut plus que je prononce ton nom. Il me foudroie du regard dès que j'évoque le passé. Je crois qu'il ne pourra jamais te pardonner. Cela dit, vous avez tous les deux construit une autre existence. Tu es devenue madame Giraud et tu règnes sur le domaine. Jean s'est estimé chanceux d'avoir survécu au naufrage du morutier. Il a épousé une brave jeune femme, Germaine, dont il a une fille nommée Faustine. Il vend du cidre et des fromages délicieux. J'espère que tu trouveras le loisir de m'écrire, de me dire si tu es mère également, si tu n'es pas trop malheureuse à Ponriant. Mais, te connaissant, je parie que tu as su amadouer Frédéric. En tout cas, je te présente mes sincères excuses pour ce long silence.
« Ton affectionné, Basile »

Claire laissa tomber la lettre. Jusqu'à sa mort, elle se souviendrait de ces instants sous le saule, baignée de chaleur et de lumière, où elle apprenait que Jean était vivant. Son corps lui semblait parcouru d'étincelles mystérieuses. Sa bouche était sèche et sa respiration rapide. Elle avait envie de crier, de courir droit sur le chemin des falaises, et de s'envoler en direction de la Normandie. A genoux, s'il le fallait, elle visiterait la région entière dans l'espoir de retrouver son amour. Fébrile, les joues en feu, elle relut la carte et le feuillet. Sa joie immense en fut ternie.

Il est marié... à Germaine. Ils ont une fille, Faustine ! Oh ! non ! Mon Dieu, faites que ce soit faux !

De gros sanglots la terrassèrent. La jeune femme passa par tous les sentiments en quelques secondes : l'incrédulité, la révolte, la colère, la haine. Elle recommença à lire. Enfin l'évidence s'imposa. Des mots l'atteignaient, cruels, implacables. Elle ânonna : « Cela m'a vraiment déçu que tu charges Bertille de lui répondre. »

— Bertille ! hurla-t-elle, pliée en deux sur sa fureur. Bertille !

Elle se leva, marchant dans un brouillard sombre. Ses jambes vacillaient. On l'aurait crue ivre morte. Son esprit ne parvenait pas à raisonner, à lui fournir une quelconque explication. Une seule chose lui demeurait perceptible : Jean vivait ! Il mangeait, dormait, posait ses beaux yeux bleus sur un autre paysage. Il vivait...

Raymonde la vit entrer et bondit du banc. Elle surveillait les deux petits garçons, qui mangeaient de bon appétit.

— Madame !

Claire avait un tel air au visage que la servante crut qu'il s'était produit un terrible accident.

— Madame ? bredouilla-t-elle. Il y a eu un malheur, c'est ça ?

— Non, ma petite Raymonde ! répondit la jeune femme. Mais j'ai besoin de ton aide !

— Je ferai tout ce que vous voulez ! chuchota l'adolescente. Je vous le promets.

— Je dois me rendre à Angoulême tout de suite. Je t'en supplie, garde bien les enfants. Ne les quitte pas une seconde.

Quand Etiennette sera de retour, évidemment, confie-lui Nicolas. Tu auras dix sous en plus de tes gages.

Matthieu eut peur. Il ne quittait jamais Claire et avait très bien compris qu'elle s'en allait.

— Maman ! Je viens avec toi ! s'écria-t-il.

— Non ! coupa sa grande sœur. Tu vas être gentil, Matthieu. Je te rapporterai un beau jouet. Je t'en prie, sois sage.

Nicolas jeta sur Claire un regard envieux.

— Moi, j'veux un joujou aussi...

Raymonde les gronda. Elle leur promit qu'ils iraient tous les trois chercher des têtards dans une mare toute proche. Claire n'écoutait plus. Elle monta l'escalier en courant et s'habilla. La tenue d'amazone lui parut la seule appropriée, puisqu'elle comptait prendre son cheval. Dix minutes plus tard, les mains plus assurées, elle sellait Sirius. Colin l'aperçut, qui sortait l'animal de l'écurie. Sauvageon était enchaîné au gond de la porte. Le papetier se précipita :

— Où vas-tu à cette heure ?

Claire se mit en selle et dirigea Sirius vers le portail. Elle cria à son père de ne pas s'inquiéter et lança le hongre blanc au grand galop. A une vingtaine de mètres de la maison où Basile avait habité pendant des années, la jeune femme dut freiner l'ardeur de son cheval. Leur nouveau locataire se tenait au milieu du chemin, les mains sur les poignées d'une brouette. Il lui fit signe, un peu inquiet.

— Claire, s'écria-t-il, attendez, je libère le passage.

C'était un homme de trente-six ans, professeur d'histoire au lycée Guez de Balzac d'Angoulême. Un héritage inattendu lui avait permis de mener à bien un de ses rêves : quitter l'enseignement pour fouiller le temps qu'il faudrait les nombreuses grottes de la vallée. C'était l'épicière de Puymoyen, l'accorte madame Rigordin, qui lui avait parlé du logement meublé que les Roy désiraient louer à une personne sérieuse. Depuis neuf mois, Victor Nadaud occupait les lieux. On le voyait partir de bon matin en expédition, un sac sur le dos, un casque colonial sur la tête et une grosse lanterne à la main.

Il avait établi le bail avec Claire, qu'il cherchait à rencontrer le plus souvent possible. Ce n'était pas un séducteur, ni un bel homme. Cependant, ses yeux couleur noisette ne manquaient pas de charme. Son sourire non plus. Ses cheveux courts, d'un brun mordoré, sa barbe abondante de même teinte ainsi que sa moustache lui donnaient une allure sérieuse. Il représentait pour la jeune femme « un puits de science ». Il appréciait leurs conversations et s'était réjoui de la découvrir instruite et avide d'apprendre. Bons amis, ils s'appréciaient mutuellement. Claire avait promis de convier Victor à une pêche à l'écrevisse, au coucher du soleil, en compagnie des enfants. En échange, il s'était engagé à l'emmener dans une des grottes dont il balisait les couloirs obscurs, à l'affût du moindre témoignage de leurs ancêtres, qu'il surnommait « les hommes des cavernes ».

— Bonjour, Claire ! dit-il d'un ton moins nerveux, Sirius s'étant enfin arrêté. Je voulais vous parler, justement. Un ennui de gouttière, lors du dernier orage. Le vent a dû déplacer des tuiles, car l'eau ruisselait sur le mur de la chambre.

— Oh, désolée ! répondit-elle, essoufflée. Nous verrons cela une autre fois...

Victor avait l'habitude de voir Claire souriante et d'une amabilité exquise, malgré un voile de tristesse qu'il attribuait à son veuvage. Mais là, il lui trouva un air torturé.

— Excusez-moi, vous êtes pressée !

La jeune femme dut faire un effort surhumain pour répondre d'une voix calme. Elle n'avait qu'une hâte : repartir.

— En effet, je suis en retard ! murmura-t-elle. Allez au moulin, mon père s'occupera de votre gouttière. Il enverra un de nos ouvriers.

Le grand cheval blanc piaffa et reprit son galop. Dépité par l'indifférence de Claire, Victor renonça à ses travaux de jardinage. Il rentra chez lui et se consola en examinant à la loupe un silex qu'il avait rapporté de ses fouilles la veille. Le tranchant coupant et les facettes régulières lui prouvaient que ce n'était pas un bout de pierre ordinaire. Cela ne l'empêcha pas de revoir le beau visage douloureux de Claire, ni de s'interroger sur les raisons de cette souffrance.

15

Victor

Angoulême se dorait au soleil. C'était l'heure du déjeuner. Les rues étaient pour la plupart désertes. Claire entra dans la ville après une demi-heure de trajet durant lequel Sirius avait surtout galopé. La jeune femme venait deux fois par mois chez un de leurs clients, route de Bordeaux. En calèche, elle livrait du papier de qualité, juste dix rames qu'elle pouvait transporter facilement. Mais aujourd'hui, elle avait pris la route menant au faubourg de la Bussatte. Un homme louait des stalles à la journée pour ceux qui circulaient à cheval et ne pouvaient laisser leur bête sur le trottoir. Il connaissait bien Claire, qui faisait appel à ses services les jours de foire.

— Alors, mademoiselle, lui dit-il, comment ça va au moulin ?

— Très bien, père Charruaud, je vous remercie.

Elle n'avait aucune envie de bavarder. Elle paya l'écot exigé, flatta l'encolure de Sirius et partit à pied le long de la rue de Périgueux. Un grand café avait disposé les tables de sa terrasse bien avant sur les pavés. Des couples discutaient, dégustant du vin frais ou de la bière. Claire enviait ces femmes au corsage léger, souvent orné d'un jabot de dentelles – c'était la mode –, qui sous leur canotier plaisantaient au nez de leurs amoureux. Elle se sentit très seule. Cela contribuait à exalter la colère froide qui dictait tous ses gestes depuis la lecture de la lettre.

Deux fiacres remontaient la rue également. Les chevaux étaient en sueur. Des mouches les importunaient. Les sabots ferrés, en heurtant le sol, faisaient un bruit sec, métallique. Un homme lança par la fenêtre d'un des véhicules :

— Oh ! La belle amazone !

Claire avait ôté sa veste et la portait sur son bras. La chaleur qui régnait en ville la surprenait. La librairie de Bertille se trouvait sur le trottoir de gauche, si on se dirigeait vers le Champ-de-Mars, une vaste place qui accueillait deux fois par mois le marché aux bestiaux et la foire ordinaire. Située entre une pâtisserie et un marchand de tissus, la boutique avait fière allure avec son enseigne à la calligraphie dorée. De son comptoir, Bertille apercevait les premiers tilleuls de la grand-place et, plus loin, la devanture des Nouvelles Galeries charentaises.

Claire s'arrêta deux mètres avant la porte vitrée où était inscrit « Bertille Dancourt ». Son cœur lui faisait mal. Elle craignait de gifler sa cousine sans lui laisser le temps de s'expliquer.

En plus, à cette heure-ci, ce doit être fermé.

Mais la poignée céda et Claire put entrer, ce qui agita un carillon de cuivre suspendu au-dessus de la porte. Aussitôt l'odeur des livres l'enveloppa, mélange de papier neuf ou ancien, de cuir fin et d'encre. Il s'y ajoutait une senteur de cire. Les étagères et les vitrines en beau bois clair étaient soigneusement encaustiquées.

Le magasin était vide, mais tout de suite une autre porte vitrée, voilée par un rideau rouge, s'ouvrit. Un jeune homme blond, des lunettes sur le nez, s'avança. Claire supposa qu'il s'agissait de l'employé.

— Je viens voir madame Dancourt ! déclara-t-elle. Je suis sa cousine.

— Elle est à l'étage, avec monsieur Dancourt.

Le remerciant d'un signe de tête, elle le suivit dans l'arrière-boutique d'où partait un escalier assez large. Chaque marche fit à Claire l'effet de monter au combat.

Bertille était à table, près d'une fenêtre donnant sur la rue. En robe bleue largement décolletée, l'infirme avait les cheveux défaits, relevés par un ruban. Plus ronde et moins pâle, les traits comme sculptés dans une matière lumineuse, elle était encore plus belle. Guillaume fronça les sourcils en voyant Claire.

— Mais... murmura-t-il.

— Claire ! s'écria Bertille. Quelle bonne surprise !

— Je ne crois pas, grinça la visiteuse. Guillaume, je vois que vous en êtes au fromage. Pourriez-vous nous laisser seules ? Je vous en prie.

Il sortit, furieux, retenant des imprécations. Bertille avait compris, en observant le visage défait de sa cousine, qu'il se passait quelque chose de grave.

— Tu as de mauvaises nouvelles ? demanda-t-elle très bas.

— Cela dépend ! Tiens, lis !

Claire lui mit entre les mains, sans douceur, la lettre de Basile. La jeune infirme sursauta, mais elle prit rapidement connaissance du courrier. Elle garda la tête baissée, muette de stupeur.

— Tu as bien lu ? insista Claire. Le moindre mot ?

— Oui ! souffla Bertille.

— Alors, parle ! Et vite, j'ai assez perdu de temps par ta faute !

L'infirme n'osait pas affronter le regard noir de sa cousine assise en face d'elle. C'était inutile de nier.

— Je te demande pardon, Claire ! J'ai reçu un courrier de Jean, environ un mois et demi après ton mariage avec Frédéric. Il t'était adressé, mais il est arrivé au moulin. Quand j'ai vu au dos de l'enveloppe « Jean Drujon », j'ai cru que c'était une lettre perdue, qui nous parvenait en retard. Je l'ai ouverte, je ne sais pourquoi... C'était daté du mois de mai. Jean te disait comment il avait survécu au naufrage, qu'il avait trouvé du travail dans une ferme en Normandie, qu'il voulait mettre de l'argent de côté pour rentrer à La Rochelle et louer un garni... que tu devais patienter... J'étais bouleversée, vois-tu ! J'ai réfléchi des heures ! J'ai jugé que tu serais terriblement malheureuse si tu apprenais cette nouvelle. Après tout, tu étais mariée ; il n'y avait aucune chance pour toi de rejoindre Jean... Cela t'aurait fait souffrir inutilement.

Livide, Claire tapa sur la table du plat de la main.

— C'était à moi de prendre une décision, Bertille ! A moi de lire cette lettre, à moi de répondre ! Que lui as-tu écrit ?

— La vérité ! Tu avais épousé Frédéric Giraud, tu étais riche, comblée de cadeaux.

Bertille essuya son front constellé de fines gouttelettes de sueur. Elle hésitait à avouer la totalité de son forfait. Claire hurla :

— Qu'as-tu écrit d'autre ? Parle !

— Qu'il devait t'oublier, profiter de la chance qu'il avait d'être libre et vivant, et... et... que tu ne souhaitais pas lui écrire.

Se levant à demi, Claire gifla sa cousine de toutes ses forces, sur les deux joues. Ce faisant, elle renversa la carafe de vin et un vase où fanaient trois roses rouges. Bertille ne poussa pas un cri. Elle respirait vite, affolée.

— Où est cette lettre ? demanda Claire.

— Je l'ai brûlée ! Oh, je t'en supplie, pardonne-moi. J'ai cru bien faire, te protéger !

De grosses larmes roulaient sur les joues meurtries de l'infirme. Claire regarda la nappe damassée souillée de vin, les fleurs dont les pétales se répandaient sur les miettes de pain. Un instant, elle se reprocha sa violence.

— Bertille, tu étais pourtant la seule avec Basile à savoir combien j'aimais Jean. Depuis des années, je le pleure. Son souvenir me torturait, surtout quand je devais subir mon mari, que j'avais épousé en grande partie pour vous aider, papa et toi, sans oublier Guillaume. Tu n'avais pas le droit de lire cette lettre, ni de me mentir ! Jean s'est marié et il a un enfant. Il ne me pardonnera jamais...

— Et qu'aurais-tu fait de plus si tu avais su la vérité ? cria Bertille.

— Au moins, je lui aurais répondu moi-même, en lui assurant que je l'aimais toujours autant. J'étais capable aussi de divorcer, de m'enfuir pour le retrouver. Peut-être que tu t'en doutais, que tu avais peur de perdre la poule aux œufs d'or que j'étais devenue ?

De nouveau, Claire eut envie de frapper sa cousine. Effrayée par ce qu'elle éprouvait, elle pensa à Frédéric. Il avait dû ressentir souvent cette frénésie mauvaise, ce besoin de blesser, de punir, afin d'échapper à la souffrance que causent le malheur ou le chagrin.

— Pardonne-moi ! répéta Bertille, en larmes. Tu as raison, j'ai pensé que tu allais partir et tout détruire. Je ne t'ai pas beaucoup vue, quand tu étais au domaine, mais je t'imaginais dans tes belles toilettes, un peu comme une reine pendant les dîners… Et il y avait Matthieu, que tu chérissais, que tu ne voulais pas quitter.

Claire avait la bouche sèche. Elle but un verre d'eau. Les arguments de Bertille atteignaient son sens de la logique.

— Certes, j'aurais été désespérée ! convint-elle. Et il se peut que je fusse demeurée à Ponriant, pour mon frère et par sens du devoir, mais tu te trompes sur bien des points. Je ne régnais pas : j'étais en prison, soumise au maître du domaine. Il y eut peu de dîners mondains, et Frédéric m'a battue, parfois, dès que je lui résistais. Il était d'une jalousie absurde. Pernelle me méprisait de ne pas donner d'héritier à la famille Giraud. Pourtant, les derniers jours, je n'étais pas loin d'aimer mon mari. Et je n'ai jamais souhaité sa mort, le malheureux…

La colère de la jeune femme s'éteignait, cédant la place à un désarroi amer. A quoi bon hurler et se venger ! Il était trop tard. Malgré la chaleur, elle frissonna.

— Maintenant, que vas-tu faire ? interrogea Bertille.

Claire haussa les épaules. Elle avait l'impression que son existence entière se déroulerait sous le signe de la résignation.

— J'étais heureuse, au moulin, avant de recevoir cette lettre. Le jardin, les enfants, mon penchant pour cuisiner… Mes livres, mes chers livres… Je vais répondre à Basile, lui dire tout ce qui s'est passé. Je n'ai pas l'intention de troubler la vie de Jean, mais je pourrai penser à lui sans l'imaginer mort au fond de l'océan, son cher corps livré en pâture aux poissons. Un jour, peut-être, il m'écrira, il me pardonnera… Je ne demande rien de plus.

Guillaume fit irruption. Il toisa Claire de haut et constata le désordre de la table. Du vin avait taché la robe de sa femme.

— J'étais dans le magasin, balbutia-t-il. J'ai entendu des cris et des bruits ! Ma princesse, tu as pleuré ? Que lui avez-vous fait encore, Claire ?

La jeune femme se leva, très digne.

— C'est un comble ! déclara-t-elle. Je ne peux pas voir ma cousine sans que vous soyez là, à nous surveiller ! Bertille, qui est si belle, cache une âme de vipère, un cœur de brute ! Elle m'a causé du tort, alors je l'ai giflée ! Nous sommes presque quittes... Si vous étiez resté en bas, j'aurais pu discuter un peu plus longtemps avec elle. Mais je préfère m'en aller. Ne vous inquiétez pas, je ne reviendrai plus vous déranger.

Sans un regard pour sa cousine, Claire récupéra la lettre de Basile et sortit de la pièce ensoleillée.

La ville s'animait. Les commerçants ouvraient leurs boutiques. Ils disposaient sur le trottoir des étals rectangulaires en bois où ils présentaient les marchandises les plus attrayantes. Le va-et-vient des fiacres s'intensifiait, rumeur quotidienne composée du grincement des roues cerclées de fer et des sabots cliquetant au rythme du trot. D'élégantes citadines se promenaient, une ombrelle déployée pour préserver leur teint laiteux. Une automobile passa dans un nuage de fumée, moteur pétaradant. Les passagers, fiers de rouler dans un engin aussi moderne, portaient des casquettes et des lunettes.

Claire ne jeta qu'un coup d'œil distrait à la voiture. Un autre jour, elle se serait montrée plus curieuse. Mais tout lui était indifférent, noyé dans une brume grise. Que lui importait le progrès, la musique d'un piano qui s'échappait d'une fenêtre... Devant un magasin de jouets, une jeune vendeuse déballait des petits bateaux en bois flanqués d'un mât et d'une voile en tissu blanc, la coque peinte en bleu et jaune. Elle en acheta deux : un pour Matthieu et un pour Nicolas. Puis elle continua à marcher vers la Bussatte, son paquet dans les bras. Son esprit tournait au ralenti autour d'un seul nom : Jean.

S'il n'était pas marié, j'aurais pris le train, oui, demain. Quelle joie à l'idée de le revoir ! songea-t-elle.

L'idée lui paraissait un rêve impossible. Pourtant, il lui suffisait de monter dans un wagon, comme ceux qu'elle avait vus dans une revue, et d'arriver en Normandie. A Caen, Basile la conduirait auprès de Jean. Elle pourrait le toucher, du bout des doigts, entendre sa voix. En évoquant son regard bleu, bordé de cils noirs, elle dut s'arrêter tant ses jambes tremblaient. Un vieux monsieur en costume rayé l'interpella :

— Mademoiselle, est-ce que ça va ?

Claire secoua la tête et s'éloigna. Un autre tourment la prenait. Jean avait une épouse, Germaine, et une fille de un an, Faustine. Pour lui donner naissance, il avait couché avec cette femme. Pour elle, il avait eu les mêmes gestes doux, câlins, ensorcelants que Claire avait connus. Il avait baisé sa bouche et ses seins. Elle fut prise de jalousie.

Il n'a pas pu, non, non !

L'écurie du père Charruaud, également bourrelier, était de l'autre côté de la place. Au-delà des bâtiments d'une minoterie, la campagne reprenait ses droits ; elle déployait ses étendues de landes semées de buis, de genévriers ou de bosquets de chênes. Un petit pavillon de chasse, à la toiture d'ardoises en poivrière, se dressait au carrefour de trois larges chemins.

Saisie d'un vertige, Claire s'assit sur une borne en pierre, contre le mur d'une maison.

Jean a une fillette à chérir, se dit-elle. Moi, je ne lui aurais pas offert ce bonheur-là. Je ne suis pas capable d'être mère. Il vit. C'est le plus important.

Elle cédait encore une fois à la cruauté du destin. Bertille en avait été l'instrument, mais d'autres éléments avaient joué. Claire se revit dans la clairière de la forêt, près du domaine de Ponriant. Frédéric la fixait de ses prunelles de chat, promettant de sauver son chien, son bâtard de loup, à la condition qu'elle consente à une noce hâtive.

J'ai couché avec lui, moi aussi ! se dit-elle. J'ai trahi Jean. Il m'arrivait d'éprouver du plaisir et de la tendresse pour Frédéric... C'est ainsi, on ne peut pas revenir en arrière.

Soudain, elle aspira à retrouver sa vallée, le moulin et les rires innocents de ses deux frères. Après les épreuves endurées à Ponriant, Claire avait su reprendre goût à une existence simple et bonne, bercée par l'affection de son père et de Raymonde. La lettre de Basile, ce qu'elle révélait l'avait terrassée, mais la jeune femme ne voulait plus se morfondre dans d'éternels regrets.

Elle sécha ses dernières larmes dans la crinière immaculée de Sirius. Ils reprirent la route vers Puymoyen au pas, caressés par une brise parfumée. Des nuages cotonneux cachaient par moments le soleil, projetant leurs ombres mouvantes sur les champs de blé piquetés du rouge vif des coquelicots.

Claire entra dans la cour du moulin à quatre heures de l'après-midi. Le chant mouillé de la rivière et le ronronnement des roues à aubes semblaient lui dire des paroles d'espoir. Du perron de la maison, Raymonde agita la main, toute souriante.

De cette journée, Claire ne souhaitait retenir qu'une chose : Jean était vivant. Elle devait vivre enfin en savourant chaque instant.

Caen, juillet 1901

Basile relut encore une fois la longue lettre de Claire, qui avait couvert de sa belle écriture ronde plus de six pages. Il s'était allongé sur le lit de sa chambre d'hôtel, la fenêtre grande ouverte, car il faisait très chaud malgré le soleil sur son déclin.

A soixante-douze ans, l'instituteur épris d'idées révolutionnaires, d'égalité et de liberté, à défaut de fraternité, n'attendait plus grand-chose de la vie. Il avait trouvé une famille à la Ferme des sept vents. Germaine avait à cœur de lui servir de copieux repas et Norbert l'attendait impatiemment pour leurs parties de belote, après le café du dimanche. Les Chabin le prenaient pour le véritable grand-père de Jean, donc l'aïeul de la petite Faustine.

Ce jeudi-là, cependant, les aveux de Claire réveillaient en Basile une profonde mélancolie. Il comprenait que la jeune femme était plus qu'une amie : sa fille spirituelle. Avec elle seule il pouvait discuter des heures des poètes du Moyen-Age, de la philosophie grecque ou de la politique.

Ma petiote, va ! dit-il doucement. Quand je l'ai connue, elle était haute comme trois pommes et déjà curieuse de tout.

Des images lui revinrent à l'esprit : Claire rentrait de l'école du bourg, son cartable à la main. Elle s'arrêtait toujours devant la maison de Basile pour discuter un peu des leçons apprises dans la journée et des devoirs à faire. Il l'aimait et l'appréciait. Ce qu'il venait de découvrir le désolait.

Pauvre Claire ! Elle a tellement souffert, si jeune.

Le récit de la mort tragique de Frédéric l'avait ébranlé, même s'il méprisait le personnage. Le mariage de Colin Roy avec la servante l'irritait. Quant à la trahison de Bertille, à son plan astucieux, il en était furieux.

En voilà une belle garce, tout infirme qu'elle est... Répondre à Jean, et garder le secret des années.

Il avait hâte d'être au samedi pour parler à Jean et lui apprendre la vérité. Il serait bien obligé de l'écouter. Il devait le faire, pour Claire. Elle lui demandait humblement, à la fin, d'implorer le pardon du jeune homme.

Enfin, Basile se retrouva dans la diligence, sur la voie crayeuse reliant Caen aux gros villages du bocage. Il avait répété plusieurs fois son entrée en matière, la façon dont il s'arrangerait pour lui parler seul à seul. Avec de la chance, ce serait dès la descente de la voiture. Ses espoirs furent déçus. C'était Germaine qui l'attendait, perchée sur le siège. Elle l'accueillit avec joie. Plus les mois passaient, plus elle rayonnait de bonheur et cela la rendait jolie. Par coquetterie, elle ne portait plus de coiffe la semaine, car Jean lui avait dit qu'il préférait voir ses cheveux.

— Bonjour, pépé ! s'écria-t-elle en l'embrassant. Jean n'a pas pu venir, car il s'est blessé à la main en réparant une clôture.

Basile se laissa conduire vers la ferme. Souvent, il se sentait gêné en compagnie de Germaine, qui était si gentille. Il lui mentait en prétendant être un proche parent de Jean. Là encore, il risquait de perturber l'équilibre du ménage en évoquant Claire, en secret de surcroît.

— Comment va votre petite Faustine ? avança-t-il, un bon sourire aux lèvres.

— Elle nous fera tourner en bourriques, à courir partout ! J'ai bien recommandé à Jean de la surveiller. L'autre matin, elle grimpait l'escalier et elle a failli basculer en arrière. Dites donc, pépé, vous m'avez l'air soucieux !

Basile prétexta qu'il souffrait juste de la chaleur. Dans la cour, Jean guettait leur arrivée. Les deux hommes s'étreignirent un court instant. Norbert était déjà attablé, Faustine sur ses genoux. Tous firent honneur au lapin en cocotte, gras et bien aillé, et à la tourtière garnie de pommes fondues, au léger parfum de miel.

La journée s'écoula paisiblement. Le soir, Germaine alla traire les vaches avec son père. Faustine voulut les suivre. Elle aimait boire un peu de lait juste tiré, dans le gobelet en fer-blanc que ses parents lui avaient donné.

Jean et Basile s'étaient assis sur le banc installé dehors, près de la porte. Ils fumaient, contemplant le ciel d'un rose intense, presque violet, que des écharpes d'or vif traversaient, derniers reflets du soleil couchant qui s'accrochaient aux contours des nuages.

— Je croyais que je n'aurais pas l'occasion de te dire deux mots sans témoins ! commença Basile.

— C'est nouveau, ça, s'étonna Jean, que tu aies besoin de me parler en cachette de ma femme et du beau-père.

— Ne te monte pas la tête, fiston ! Un peu plus, un peu moins. Ici, on me donne du pépé, pourtant tu sais aussi bien que moi ce qu'il en est. Jean, écoute donc. J'ai écrit à Claire, et elle m'a vite répondu. Il faut que tu saches le fin mot de l'histoire.

Basile remarqua la crispation immédiate du visage de Jean et son poing droit serré.

— Tais-toi ! menaça le jeune homme. Elle peut te raconter ce qu'elle veut, je m'en fiche…

— Ne sois pas idiot, bon sang ! Claire n'a jamais eu ta lettre entre les mains. Bertille l'a reçue au moulin et, sans avertir sa cousine, elle t'a fait la réponse que tu sais. Pour ne pas perdre l'argent des Giraud dont elle rêvait. La petiote vient juste d'apprendre que tu es vivant. Elle implore ton pardon. Elle a écrit, en soulignant que si elle avait eu ton message elle t'aurait rejoint parce que tu comptais plus que tout à ses yeux. Elle aurait quitté son époux.

A la surprise de Basile, Jean ne broncha pas. Il pouvait se lever et partir, mais il restait immobile, le regard vague.

— Tu la connais, notre Claire, ce ne sont pas des mensonges qu'elle me sert ! Il n'y a pas plus honnête qu'elle. La voilà bien triste, aussi, puisque tu es marié et que tu as un enfant.

Jean parla d'une voix rauque.

— Et elle, alors ? Tu veux me faire croire qu'elle ne couche pas tous les soirs dans le lit de son Frédéric !

— Elle est veuve ! Giraud a été mordu par une bête enragée. Pris de panique, pour ne pas souffrir mille morts, il s'est tiré une balle dans la tête.

Basile résuma en quelques mots l'essentiel de la lettre de Claire. Il insista sur un point : la jeune femme était heureuse que Jean ait survécu et lui souhaitait beaucoup de bonheur.

— Tu n'as que ça à me dire, que tu lui pardonnes ! chuchota le vieil homme. Je lui écrirai et elle sera rassurée. Est-ce que tu peux imaginer le choc que cela a dû être pour Claire, tout ce gâchis ? Tu étais en vie, mais elle avait épousé Giraud, poussée par cette jolie garce de Bertille et par le désespoir qu'elle éprouvait.

Jean secoua la tête, avant de continuer d'un ton rude :

— Les dés sont jetés, Basile ! Pourquoi tu me bourres le crâne de ces fadaises ? Même si elle se traînait à mes pieds, je n'en voudrais plus, de Claire ! Elle est jeune, et les prétendants ne manqueront pas. Mais dis-lui que je lui ai pardonné ; comme ça, j'aurai la paix ! Qu'elle ne s'avise pas de m'écrire ici surtout.

Il se leva, écrasa son mégot et marcha vers l'étable. Basile se frotta la barbe.

Il l'aime encore ! conclut-il. C'est la jalousie qui le ronge, sinon il ne serait pas si hargneux.

Mal à l'aise, l'instituteur bourra une deuxième pipe et l'alluma. Il avait voulu rendre service à Claire, mais il craignait fort d'avoir perdu l'amitié de Jean.

Le jeune homme brassait des idées sombres. Il s'était appuyé au mur de la grange, d'où lui parvenaient les rires de sa petite Faustine et les bavardages de Germaine. Le souvenir de Claire l'ébranlait, telle une grosse vague violente qui balayait tout sur son passage. Jean se sentit incapable de rejoindre sa femme et sa fille. Il s'éloigna en direction du verger. Les pommiers s'alignaient, plantés dans une vaste étendue d'herbe grasse. Ces arbres étaient devenus des compagnons, des amis. Il les soignait et taillait les branches trop grêles. A la floraison, le paysage se faisait enchanteur, par la grâce légère de nuées roses et blanches, de milliers de menus pétales qui donneraient ensuite le fruit minuscule, prêt à se former, qui allait mûrir au soleil.

Jean avait tiré de grandes joies de cette terre riche, abreuvée par les pluies et les ruisseaux. Le parfum entêtant, aigrelet des pommes pressées, dont il recueillait un jus trouble et acidulé, lui était cher.

— Maudit sort ! jura-t-il en posant ses mains sur le tronc d'un des plus vieux arbres.

Le contact de l'écorce grise ravinée le calma. Ici étaient sa famille, son bonheur. Il aimait l'heure du coucher, dans le lit fermé, avec la tendresse timide de Germaine et la chaleur accueillante de son ventre de femme. Mais Claire...

Avec une netteté effarante, Jean revit le beau visage de Claire, ses lèvres rouges, si douces, son regard noir où brillaient le désir, la passion, la fougue d'un esprit ardent. Il ne put repousser les visions de leurs plus fougueuses étreintes, le soir où il l'avait prise vierge, sur le sable et les cailloux de la Grotte aux fées. Tellement audacieuse, pour une fille qui n'avait jamais fait l'amour ! Impudique aussi, elle se livrait entièrement, sans retenue.

Ma belle !

Tout lui était revenu, vivace : les sourires éperdus, les mots chuchotés au plus fort de leur extase, leurs jeux dans le ruisseau, où ils s'aspergeaient au clair de lune, avant d'ôter leurs vêtements, et enfin la dernière fois qu'il l'avait vue, cette nuit de tempête au moulin. Claire en ménagère, soucieuse de le nourrir, d'accrocher son caban à la patère, le goût du vin blanc bu sur ses lèvres, leur montée vacillante vers l'étage, où ils s'étaient aimés, pris d'un délire sensuel, désespérés déjà de se quitter.

Bah, ça ne sert à rien de remuer ces choses-là ! se dit-il.

Pourtant, il en avait les larmes aux yeux et il ressentait l'envie de la voir apparaître, là, sous le pommier, et de la serrer contre lui. Germaine l'appela.

— Je viens ! cria-t-il, ramené au temps présent.

— Es-tu malade ?

Elle s'inquiétait.

Il fit non de la tête en se rapprochant. Faustine sortit de l'étable plongée dans la pénombre. La fillette courut vers son père en agitant les bras. Avec sa robe bleue, son béguin bordé de dentelles d'où s'échappaient des mèches blondes, elle ressemblait à une poupée. Jean hâta le pas et la saisit au vol.

— Mon petit trésor ! chuchota-t-il en la berçant contre son cœur.

Germaine posa le bidon de lait et frotta ses mains sur son tablier. Elle remercia Dieu de lui accorder autant de bonheur.

Moulin du berger, 3 août 1902

— Qui va bientôt avoir cinq ans ? demanda Claire à son petit frère perché sur le muret du bief.

— C'est moi ! répondit Matthieu en gesticulant.

La jeune femme le prit à pleins bras et l'obligea à descendre. Elle ne permettait jamais au garçonnet de s'aventurer seul au bord de la rivière, encore moins près du canal de retenue du moulin.

— J'ai si peur que tu tombes dans l'eau ! expliqua-t-elle pour la vingtième fois au moins. Ne viens jamais seul ici. Tu me le promets ?

— Promis ! Mais comment tu f'ras, quand on ira à la pêche aux écrevisses ? continua le garçonnet, soudain inquiet. Tu vas me tenir aussi ?

— Ce n'est pas pareil. La berge est en pente douce et le ruisseau n'est pas profond. Ce sera très amusant. Nous emmènerons des lanternes et un repas froid.

Elle l'entraîna vers la maison, sa main menue dans la sienne. Matthieu la considérait comme sa mère. Il n'aimait pas Etiennette, qu'il devait appeler maman. Son père en avait décidé ainsi.

— Victor, il vient ce soir ? demanda-t-il en faisant la grimace au chien-loup qui marchait à côté de lui.

En présence des enfants de la famille, Sauvageon retrouvait l'instinct de chien de garde qu'il tenait du vieux Moïse, son géniteur. Il ne les quittait pas des yeux et aboyait lorsque l'un ou l'autre s'éloignait au fond de la cour. Nicolas, à quatre ans, était le plus désobéissant. Après avoir été un gros poupon paresseux, il se rattrapait.

— Oui, je l'ai invité ! Il attend depuis plus d'un an, le pauvre. Tu vas m'aider à garnir le panier.

Matthieu éclata de rire. Claire avait composé pour lui une enfance à la saveur de miel, où les jeux et les sorties se mêlaient à l'apprentissage des lettres de l'alphabet.

Raymonde les attendait dans la cuisine. La pièce avait été repeinte en ocre rose – une idée de Claire – et les fenêtres s'ornaient de courts rideaux en dentelle, coulissant sur des anneaux de cuivre. Sur les deux buffets cirés, des bouquets de fleurs des champs, dans des vases en grès, apportaient une note parfumée.

La servante coupait des tranches de jambon, d'un beau rouge luisant. Séchée au plafond, après avoir été cuite au bouillon et frottée de poivre, de thym et de sel, la viande ferme et savoureuse se mangeait avec du pain beurré.

— Ne te blesse pas ! recommanda Claire. Le Follet a si bien aiguisé nos couteaux qu'ils tranchent comme des rasoirs.

— Ne vous tracassez pas, madame !

Raymonde avait le rose aux joues tant elle s'appliquait.

La servante et la maîtresse s'entendaient à merveille. Claire avait souvent supplié Raymonde de la tutoyer, de l'appeler par son prénom, mais celle-ci s'y refusait.

« Je vous aime beaucoup, disait-elle, mais pour moi, vous êtes une vraie dame et, comme ça, je vous prouve mon respect, mon affection. »

Claire redoutait de voir Raymonde partir. Elle était une des meilleures danseuses, les soirs de bal à Puymoyen. Très jolie, elle devait repousser de nombreux prétendants.

« Un jour, tu te marieras et tu me quitteras ! se plaignait la jeune femme.

— Je ne suis pas pressée ! » répondait la servante fidèle.

Matthieu avait dérobé une lanière de jambon sec et la mastiquait avec force grimaces de satisfaction. Sa sœur lui pinça la joue.

— Polisson, va ! Alors, qu'emportons-nous ? Les œufs durs, du sel, du pain, le jambon…

— Du fromage de chèvre ! s'écria Matthieu.

C'était une des fiertés de Claire. Elle avait deux nouvelles chèvres et gardait leur lait pour fabriquer des dômes d'un blanc neigeux qui régalaient toute la famille. La jeune femme en offrait aussi à Victor. Au cours de l'année écoulée, leur locataire avait pris une place particulière, celle d'un ami sincère dont on écoutait bouche bée les propos, les soirs où il dînait au moulin.

En enveloppant d'un torchon propre les tranches de pain, Claire se souvint soudain de cette journée de juillet où elle avait galopé jusqu'à Angoulême pour demander des comptes à Bertille. Elle avait dû s'arrêter, car Victor lui barrait la route bien involontairement. Depuis, ils avaient partagé ensemble des moments agréables : un repas dans une guinguette du port L'Houmeau, au bord de la Charente, l'exploration d'une grotte, des promenades le long de l'interminable rempart constitué par les falaises de la vallée. Claire avait découvert, en grattant le sol, des silex taillés en forme d'outil et des dents d'animaux, qui, selon Victor, dataient d'une époque très ancienne. Leurs relations demeuraient courtoises, dénuées d'ambiguïté. Elle savait qu'elle lui plaisait, il ne s'en cachait pas, mais il n'y avait jamais eu une seule tentative de séduction de leur part.

— A quelle heure on part ? demanda Matthieu. Nicolas, il vient, dis ?

— Oui, je le lui ai promis. Maintenant, tu vas m'attendre sur le banc, je dois monter me changer. Nous avons rendez-vous au pont, à sept heures ce soir.

Claire courut dans l'escalier. Elle ôta sa robe et se rafraîchit le visage, le cou et les bras dans la cuvette en porcelaine que son père lui avait offerte pour son anniversaire, avec le broc assorti.

Pourquoi je pense à ça aujourd'hui ? s'interrogea-t-elle.

Pour la jeune femme, ce « ça » signifiait la lettre de Basile lui annonçant que Jean était vivant et la scène affreuse qu'elle avait faite à sa cousine. Bertille, chaque mois, lui avait envoyé une carte postale avec ces deux mots : « Pardonne-moi. » Mais elles ne s'étaient pas revues. Leur brouille étonnait Colin et Raymonde. Cependant, ils n'avaient obtenu aucune explication.

Et c'est très bien ainsi ! pensa-t-elle. Jean m'a pardonné, cela me suffit. Personne n'a besoin de savoir...

Claire correspondait régulièrement avec Basile. Le lien de jadis s'était recréé par le biais des mots. Ils échangeaient des nouvelles des uns et des autres, mais sans donner trop de détails. Très vite, ils avaient retrouvé l'habitude de commenter leurs lectures, leurs réflexions sur le monde et la société humaine.

— Je suis heureuse ! chuchota-t-elle à son reflet, dans le miroir ovale.

Elle s'observa en toute honnêteté. Ses traits s'étaient affinés, mais son corps au contraire s'épanouissait. Ses hanches et ses seins étaient plus ronds et sa chair possédait un éclat doré qui s'accordait à ses cheveux très bruns et à ses yeux noirs. Victor la surnommait parfois la « belle Andalouse ».

Une Andalouse ! Il est fou...

Pêcher l'écrevisse nécessitait des vêtements confortables. Des vêtements qui ne craignaient ni la boue ni l'eau. Claire cacha ses formes ravissantes sous une vieille jupe en serge brune et une large chemise en coton jaune. Enfin elle natta sa longue chevelure et noua un foulard sur sa tête. Il lui restait à prendre les appâts, ce qui n'était pas le plus réjouissant. Là encore, le Follet s'en était occupé. Au fil du temps, l'ouvrier devenait l'homme à tout faire du moulin. Colin avait entière confiance en lui. Son surnom se justifiait plus que jamais, car il avait sans cesse de l'ouvrage en cours : réparer une serrure, faucher les orties, bêcher le potage... Il restait célibataire, mais Claire pensait que c'était par goût de la liberté. Le jeune homme, marié quelques semaines à Catherine, allait fleurir sa tombe dès la belle saison. Pour ce geste, Raymonde lui vouait une grande affection. Elle regrettait toujours la mort de sa sœur aînée, emportée par un flux de sang, comme on disait au bourg.

Une heure plus tard, une petite troupe fort joyeuse suivait le chemin en direction du pont. Pas un nuage dans le ciel, pas un brin de vent. Le soleil, très bas à l'horizon, s'apprêtait à dorer les falaises. Des vols de choucas tournoyaient près des anfractuosités de la roche qui abritaient leurs nids.

Matthieu tenait les deux grosses lanternes, tout fiérot. Nicolas était chargé des balances, les filets où ils piégeraient les fameuses écrevisses. Le Follet les leur prêtait, mais il en vendait aussi les jours de foire. Sur un cercle de fer, il accrochait en plusieurs nœuds bien serrés un filet.

Raymonde était de la fête. Elle marchait en tête, un grand panier en osier calé sur la hanche, d'où sortait le goulot en verre d'une bouteille de vin. Claire, une besace en cuir à l'épaule, portait un seau en fer soigneusement couvert d'un chiffon. Tous chantaient « Au clair de la lune ».

Assis sur le parapet du pont, Victor les entendit de loin. Lorsqu'ils apparurent, le tableau le charma : deux jolies filles escortées des petits garçons, et de ce drôle de chien aux allures de loup. Claire lui fit signe, rieuse. Le professeur d'histoire féru d'archéologie éprouva une vive émotion, toujours la même. Il ne s'en lassait pas. La jeune femme le bouleversait. Ce n'était pas encore de l'amour, encore moins du désir, mais une envie forte de voler à son secours et de l'arracher à cette mystérieuse mélancolie qu'il avait appris à déchiffrer au fond de ses prunelles sombres.

Quand ils furent à une dizaine de mètres de lui, Victor se leva, brandissant son cabas.

— J'ai apporté de la limonade, s'écria-t-il, et une terrine de rillettes ! Ma meilleure lampe…

Une odeur peu agréable le stoppa net. Claire s'en aperçut. Moqueuse, elle murmura :

— Cher ami, pour attraper les écrevisses, il faut leur proposer des déchets de viande avariée, et cela ne sent pas bon du tout. Le Follet a laissé ce seau au soleil tout l'après-midi.

— Vous m'en apprenez des choses !

Victor se joignit à la troupe.

Ils s'engagèrent tous les cinq dans un immense champ, qu'il fallait longer pour atteindre le ruisseau. Des meules de paille s'y dressaient, comme des maisons primitives. Les tiges de blé coupées presque à ras, jaunies, durcies par la chaleur, s'écrasaient sous leurs pieds.

— C'est très amusant de pêcher l'écrevisse ! dit Claire. Vous allez voir ! On pose les balances dans l'eau, avec de l'appât à l'intérieur, et on peut s'installer sur la berge pour le pique-nique. Ensuite, à la nuit tombée, on allume les lanternes et là, on doit surveiller nos filets. Quand il y a six ou sept belles prises dedans, on les relève avec de la ficelle.

— Tu les mettras dans quoi, tes… écrevisses ? interrogea Nicolas tout haut. Dans le panier ?

— Non, j'ai un sac en toile… répondit Claire. Un grand sac !

La campagne exhalait un parfum grisant. La terre gorgée de

soleil libérait ses effluves dans l'air plus frais. Les herbes sauvages, sur le talus – menthe, serpolet, fenouil –, répandaient des senteurs tenaces, enivrantes.

— Nous arrivons !

Claire regardait Victor.

Il avait une expression d'enfant impatient malgré les rides sur son front et ses paupières. Sa barbe était déjà semée de quelques fils argentés. Ses yeux dorés admiraient la vallée paisible, comme s'il s'était agi des pyramides d'Egypte ou des temples grecs d'Athènes aux frontons triangulaires et aux colonnes cannelées. Le récit de ses voyages passionnait Claire.

— Ici ! dit-elle en s'arrêtant devant le tronc élancé d'un peuplier.

Au bord du ruisseau l'herbe demeurait verte et abondante. Raymonde disposa la couverture et la nappe. Avec un goût certain, la jeune servante présenta les œufs durs dans un saladier, ainsi que les tranches de jambon et le pain autour de la bouteille de vin blanc.

Matthieu et Nicolas sortirent du panier, sans attendre de permission, le sachet en papier dans lequel Claire avait empilé des biscuits faits par ses soins, glacés au sucre blanc.

Victor ajouta sa part du festin en sortant la limonade, des gobelets et les rillettes. Puis ce fut l'instant crucial : il s'agissait de placer les balances du Follet dans le lit du ruisseau, aux meilleurs endroits possibles.

— Près des pierres et des souches d'arbres ! conseilla Claire. Les écrevisses s'abritent là pendant la journée. Elles ne sortent de leur refuge que la nuit.

Ils firent ensuite honneur au repas, mis en appétit par la balade et le cadre champêtre. Victor avait tenu à s'occuper de la viande faisandée qui servait d'appât. Sous l'œil intéressé des garçons, il s'était lavé les mains dans le ruisseau, opération qu'il devrait répéter trois fois pendant la soirée. Dès qu'il fit sombre, ils allumèrent les lanternes.

Matthieu se blottit sur les genoux de sa sœur, alors que Nicolas se contenta de ceux de Raymonde. L'obscurité les cernait, peut-être pleine de menaces qu'ils oubliaient dès qu'il s'agissait de relever les balances.

— Oh, bonne pêche ! annonçait Claire en leur montrant les

écrevisses à la carapace d'un bleu-vert métallique tachetée de brun, avec de longues pinces.

Fascinés, les petits trépignaient sur place, tandis que leur sœur jetait les prises dans le sac. Mais ils perdaient patience quand il fallait attendre la prochaine inspection des filets. Victor entreprit de les distraire.

— Figurez-vous, mes petits amis, que les hommes des cavernes vivaient dans cette vallée il y a des milliers d'années. Ils étaient très poilus, hirsutes, vêtus de peaux de bêtes. Ils chassaient dans ces prairies, avec des lances en bois. Au bout de ces lances, ils attachaient des pointes en silex, comme celle-ci.

L'archéologue sortit de sa poche une pierre taillée, de forme oblongue, aux arêtes fines. Nicolas bondit en avant pour s'en emparer. II se coupa un peu. Affolé par la goutte de sang qui perlait à son index, il se mit à pleurer en hurlant.

— Je suis navré ! bredouilla Victor.

Raymonde calma l'enfant et improvisa un pansement. Claire écoutait la suite, l'esprit vagabond.

— Oui, j'en ai la preuve, nos ancêtres habitaient les cavités des falaises… Si on remontait le temps, on apercevrait la lueur des feux qu'ils allumaient pour repousser les bêtes sauvages. Les loups, les ours !

Victor regardait Sauvageon, couché près de sa maîtresse, le museau posé sur ses pattes avant. Il poursuivit, d'une voix grave :

— Sans doute, un jour, ils ont apprivoisé les loups et, de siècle en siècle, l'animal sauvage est devenu le chien ! A ce propos, Claire, votre Sauvageon a parfois la démarche du loup et son œil oblique.

Elle eut un sourire étrange, mais ne répondit pas. Raymonde s'exclama :

— Monsieur Nadaud a raison : quand je croise votre chien la nuit, il me fait peur souvent.

— Je vais vous dire un secret ! confia Claire. Sauvageon a bel et bien du sang de loup. Personne ne le sait. Enfin, presque personne.

La jeune femme raconta alors comment Moïse, le brave chien de garde du moulin, s'était épris d'une louve grise.

A mots couverts, afin de ne pas chagriner les enfants, elle évoqua la mort des deux animaux, reprenant un langage imagé pour décrire la découverte du louveteau.

— Et mon vieil ami Basile l'a confié à une truie, oui ! Sauvageon a bu son lait ; il était poilu et brun, au milieu des porcelets roses.

Nicolas éclata de rire. Victor buvait les paroles de Claire, heureux de connaître un petit bout de son histoire. Il prêtait aussi attention à ses expressions, aux inflexions tristes ou gaies de sa voix. Il savait peu de chose d'elle et de son passé. L'épicière du bourg, en l'informant qu'une maison était à louer, lui avait recommandé de s'adresser à Claire Giraud, la fille du papetier Colin Roy.

« Elle est veuve, la malheureuse ! Si jeune, si jolie ! Et savante en plus. Son mari, c'était le monsieur du domaine de Ponriant, mais elle ne vit plus là-haut. Elle est retournée chez son père, au moulin. Tout le pays en a causé, de cette affaire. Il serait mort de la rage, Frédéric Giraud, mais y en a qui causent à tort et à travers, comme quoi il se serait suicidé... »

Avec ces renseignements tragiques, Victor Nadaud avait frappé à la porte des Roy, qui s'était ouverte sur Claire, les mains blanches de farine et une mèche noire sur le front échappée d'une étroite coiffe en cotonnade.

— A quoi pensez-vous ? lui demanda-t-elle à l'instant précis où il revivait cette première rencontre.

— Oh ! A ce matin où vous pétrissiez du pain, quand je suis venu pour louer la maison. C'était donc ce Basile qui y logeait, avant. Un instituteur, m'a dit votre père.

— Oui !

Elle se leva prestement et saisit une des lanternes. Elle voulait éviter le sujet. Ils retournèrent relever les balances. Nicolas commençait à bâiller. Très vite, il se plaignit. Il voulait son « dodo » et sa maman.

— J'avais prévenu Etiennette pourtant ! grogna Claire. Il n'a que quatre ans et, d'habitude, il est au lit à cette heure-ci. Rentrons, la pêche a été bonne.

Victor proposa de porter Nicolas sur son dos. Raymonde prit la main de Matthieu, que l'excitation gardait éveillé.

Claire cacha le seau sous un buisson et n'emporta que le panier et le sac en toile.

— Vous viendrez manger les écrevisses avec nous ! proposa-t-elle à Victor en arrivant à proximité du moulin.

— Avec grand plaisir ! assura ce dernier.

Il cachait son soulagement. L'invitation signifiait qu'il reverrait Claire bientôt. Etiennette les accueillit avec des reproches, mais elle fut tout sourire pour Victor. Ils la virent s'éloigner, l'enfant accroché à son cou.

— Madame, je monte coucher Matthieu, il dort debout, annonça Raymonde. Si vous n'avez plus besoin de moi, je ne redescendrai pas.

Claire n'y voyait aucun inconvénient. Victor tardait à partir.

— La lune se lève ! Avez-vous remarqué comme l'air est suave !

Elle approuva d'un sourire. Il ajouta très bas, enhardi par ce tête-à-tête imprévu :

— Ce soir, j'ai passé un des meilleurs moments de ma vie, Claire ! Je vous remercie. Si nous bavardions encore un peu ?

— Je veux bien ! Vous avez raison, tout est si tranquille.

Ils s'assirent sur les marches du perron. Claire le regardait discrètement. Elle avait envie de poser sa joue au creux de son épaule, de se réfugier dans les bras de cet homme. Il émanait de lui tant de bonté et de sérénité. Ils avaient le même goût de l'étude et des joies simples. Victor se rendit compte de ce besoin de réconfort, d'abandon à sa force d'homme.

— Ma chère petite amie, hasarda-t-il, j'aimerais tout connaître de vous. Excusez-moi de me montrer curieux. Sans ce défaut, je ne serais pas là, à gratter le sol des grottes, à déterrer des ossements et des cailloux.

Claire eut un petit rire, mais son ton était amer :

— Vous risqueriez d'être déçu en fouillant mon passé, Victor. Nous sommes une famille bizarre. Ma belle-mère a trois ans de moins que moi. C'est notre ancienne servante ! Je me vois obligée de la respecter, de supporter ses sautes d'humeur. Et j'élève mon petit frère que j'ai dédaigné à sa naissance parce qu'il avait causé la mort de ma mère. Je parie que madame Rigordin vous a informé de ces choses. Vous êtes un de ses clients, n'est-ce pas ?

— Eh bien, non, figurez-vous ! Son fils me livre à domicile. Je fréquente peu sa boutique. Cela dit, je le confesse, je m'y arrête quand je monte à la poste. Cette brave dame brûle d'envie de parler ! Ah, les cancans de nos campagnes, de nos villages…

La jeune femme avait l'air amusée. Elle lui demanda quels ragots couraient sur son compte.

— Vous êtes aimée, Claire, dans le pays. Cela n'a rien de surprenant, car je ne vous trouve aucun défaut, rien que des qualités et des vertus !

— Sous la surface lisse d'une eau calme et limpide peuvent se dissimuler des serpents, de la vase, de sales bestioles comme les sangsues ! Ne vous fiez pas à ma réputation, Victor.

Le regard qu'elle posait sur lui en disant ces mots avait changé. Contre son gré, Claire succombait au désir. Dans les bras de Jean, elle s'était livrée, amoureuse et sensuelle. Frédéric avait abusé de ses droits en lui imposant chaque nuit, et le jour aussi, des étreintes rudes, à la limite de la bestialité. Depuis plus de deux ans, elle restait chaste, mais son jeune corps se réveillait. La nature réclamait son dû. Des rêves audacieux la tiraient du sommeil, le ventre secoué de spasmes de jouissance. Elle se rallongeait, haletante, en caressant ses seins, ses lèvres. Souvent, Claire en pleurait de déception. Son lit était vide. Elle s'y agitait seule, en proie à l'envie d'un homme. Dans ces moments-là, elle osait imaginer la présence de Jean. Il la couvrait de baisers. C'était un jeu dangereux et frustrant, puisqu'elle n'avait plus le droit de le revoir. Victor ne lui était pas interdit. Il n'était ni marié ni père de famille.

— Quels noirs péchés auriez-vous commis, Claire ? la taquina-t-il. Ah, je sais ! Vous trompez tout le monde… Matthieu, en vérité, est votre fils, conçu très jeune avec un amant de passage, qui vous a abandonnée ! Ou bien, vous êtes éprise d'un inculte paysan, marié de surcroît ?

Claire ouvrit de grands yeux ahuris. Elle bredouilla :

— Vous devriez écrire des romans ! Qu'allez-vous chercher là ?

Victor éclata de rire dans l'obscurité. Elle était rarement aussi proche de lui. Il respirait son parfum frais – de l'eau de

Cologne, se dit-il – ainsi que la fragrance de sa chair tiède. Soudain, il saisit une de ses mains, douce et fine.

— Claire, épousez-moi ! Je me moque de vos secrets. C'est normal d'être triste ; vous avez perdu votre mari dans des conditions atroces. Je vous consolerai, je veillerai sur vous.

Aussitôt elle s'écarta, contrariée. Sa nature rebelle lui fit prononcer des paroles dont elle ne mesurait pas la portée.

— Ah ! non, ne me proposez pas le mariage ! Vous, les hommes, dès que vous voulez une femme, vous déguisez votre désir en sentiments éternels dans le seul but de nous emprisonner. Pourquoi faudrait-il une bénédiction et des paperasses, si la vraie raison est de coucher ensemble ? Je pourrais devenir votre maîtresse, mais je ne vous épouserai pas !

Interloqué, Victor ne sut que répondre. Claire se jeta à son cou et l'embrassa à pleine bouche. D'abord, il l'enlaça, incapable de résister à cette attaque inattendue. Puis, très vite, il la repoussa.

— Claire, je vous croyais bien différente de ces filles légères qui aguichent les hommes, les provoquent. Qu'est-ce qui vous prend, ma petite ? Vous, ma maîtresse ! J'aurais honte d'un arrangement contraire à mes idées. J'espérais vous présenter à mes parents, à ma sœur. Votre conduite me désole, vraiment !

— Tant pis ! rétorqua-t-elle d'un ton froid. La bonne éducation, les beaux esprits qui vantent la sagesse et le reste, j'en ai assez goûté. Puisque vous êtes si curieux, Victor, sachez que mes noces avec Frédéric Giraud étaient contraintes, par un ignoble marché dans un premier temps, par un chantage ensuite. Certains hommes, après l'autel et la robe blanche, se contentent de violer leur femme aussi souvent qu'ils le veulent. Elle n'a pas son mot à dire... Basile, oui, mon vieil ami anarchiste convaincu, m'avait mise en garde contre ces tyrans. J'ai eu tort de ne pas l'écouter ! Mais c'est fini : je mènerai ma vie à mon idée. Je ne serai plus l'esclave soumise d'un mari approuvé par sa famille bien éduquée ! Et je voudrais prêcher ce genre de discours à Raymonde, qui attire les garçons comme le miel rend folles les abeilles. Si je vous déçois, rien ne vous force à me revoir.

Claire se leva et se glissa dans la maison endormie. Elle referma la porte un peu trop fort, preuve qu'elle était nerveuse. Victor, abasourdi, se résigna à rentrer chez lui. Ses convictions profondes s'effondraient. Il se reprocha son attitude outragée, qui avait irrité la jeune femme. Pire, il se vit l'entraînant sous un arbre pour la posséder sur un tapis d'herbes tendres. Trente mètres plus loin, choqué par ses propres pensées, il se félicitait d'avoir tenu à distance une si redoutable séductrice.

Elle doit céder à ceux qui la désirent. Une veuve joyeuse en quelque sorte ! ragea-t-il, furieux contre le monde entier.

Au fond de lui, une petite voix lui susurrait qu'il se trompait. Claire avait obéi à une pulsion naturelle, se comportant en femme libre et consciente de son corps privé d'amour.

Oh, elle me rendra fou ! conclut-il.

Une fois couché, à demi nu dans le noir total, le préhistorien ne fut plus que regrets ardents. S'il avait été moins sot, cette nuit-là, il aurait partagé des heures exquises avec la belle Claire.

Je lui demanderai pardon et je dirai oui à tout ce qu'elle voudra…

Il s'endormit en se répétant cette promesse.

16

Claire Roy

Le Moulin du berger, 10 septembre 1902

Claire sortait de la salle des piles. Elle travaillait de plus en plus souvent avec son père, mêlée aux ouvriers qui tenaient tous à lui enseigner les secrets du métier. Les hommes étaient heureux de la voir près des cuves, un foulard rose sur les cheveux et un grand tablier marquant sa taille fine.

— A tout à l'heure, papa ! cria-t-elle. Nous encollerons la semaine prochaine.

Les formes étaient pleines, les larges feuilles de papier bien égouttées. Il fallait à présent les monter aux étendoirs pour un premier séchage.

L'air sentait la pluie, une de ces averses de fin d'été que l'on bénit, car elles rafraîchissent l'atmosphère. Claire se heurta presque à un inconnu qui rôdait dans la cour. C'était un jeune homme, qui devait avoir environ vingt ans, peut-être moins. Elle lui présenta ses excuses.

— Désolée, je ne regardais pas où j'allais, monsieur ! Vous cherchez quelqu'un ?

L'étranger – elle était sûre de ne l'avoir jamais vu dans la vallée ni au bourg – ôta sa casquette en toile. Il avait une face longue et mobile, des cheveux roux coupés très court et un regard gris-vert apeuré.

— Vous seriez pas mademoiselle Claire ?

— Si ! répondit-elle, un peu surprise.

— J'ai demandé le chemin au bourg, là-haut, pour trouver

vot' moulin... C'est une belle bâtisse, dites donc ! Je me présente, Léon Casta.

Claire était pressée. Raymonde veillait sur Matthieu avec son sérieux habituel, mais la jeune femme avait hâte de s'asseoir, de prendre un repas en compagnie de son petit frère.

— Vous désiriez me voir, monsieur ? dit-elle en jetant des regards vers le perron.

— Eh oui, j'cherche du travail, vous comprenez, mam'selle... J'étais matelot, avant, mais j'ai promis de plus embarquer, ça non ! Après le naufrage du *Sans-Peur*, j'suis resté deux mois à l'hôpital, les poumons malades.

Elle frissonna, tout de suite émue. Soudain, l'inconnu l'intéressait. Plus bas, elle demanda :

— Qui vous a parlé du moulin, de moi ? Vous n'êtes pas venu chez nous par hasard, c'est ça ?

— Que non ! bredouilla le jeune homme. J'avais un bon camarade en mer. Jean, qu'il s'appelait... Il me causait de vous tous les soirs. Du moulin, de votre chien qu'était un loup.

Léon examina les alentours, comme s'il cherchait la bête en question. Claire eut un sourire tremblant.

— Il vous parlait de Sauvageon !

Elle siffla. L'animal sortit en bondissant de la maison et courut vers sa maîtresse. Il renifla, méfiant, le bas de pantalon du visiteur.

— Sage, dit Claire. C'est un ami de Jean. Venez, Léon, je vais vous donner un verre de vin. Il est presque midi.

Il la suivit jusque dans la cuisine en pensant que cette fille était aussi belle que l'avait décrite Jean : faite au moule, les prunelles de velours noir, et gentille, avenante.

— Merci bien ! fit-il, intimidé.

Léon se trouva bientôt nez à nez avec Raymonde, qu'il trouva encore plus jolie que Claire. La servante, une petite coiffe immaculée sur ses cheveux blonds, la taille serrée par le cordon de son tablier, s'affairait de la cuisinière au vieil évier taillé dans un bloc de pierre.

— Bonjour ! lui lança-t-elle.

— Raymonde, peux-tu monter un instant avec Matthieu ! ordonna Claire en prenant elle-même deux verres et une bouteille rangée en bas d'un buffet.

— Oui, madame…

Léon ne savait pas comment expliquer sa présence, et les mots lui manquaient. Il s'embrouilla dans un discours désordonné, qui exigea de la jeune femme une attention soutenue. Elle finit par comprendre qu'il avait juré de ne pas remonter sur un bateau, qu'il avait trimé dur sur les quais, à La Rochelle, pour aider sa mère qui élevait seule ses dix frères et sœurs. Mais la brave dame s'était remariée en juillet, et Léon, libéré de ses obligations familiales, avait eu envie de voir du pays.

— Jean, il m'avait tant de fois répété que votre vallée était belle et que vous étiez la meilleure personne du monde. Je me suis dit : « Léon, va voir mam'selle Claire. Si elle a pas de travail pour toi, au moins tu lui raconteras que son promis, il est mort en héros ! Parce qu'elle a dû le pleurer longtemps, un si bon gars ! »

Claire ne bronchait pas, très pâle. Elle écoutait, tandis que les battements de son cœur s'accéléraient. Léon ne semblait pas savoir que Jean avait survécu au naufrage.

— Les journaux, à l'époque, prétendaient que personne n'en avait réchappé. Mais vous, si…

— Oh ! grâce à Jean, mam'selle. Quand le *Sans-Peur* s'est couché sur le flanc, j'suis tombé à l'eau. Jeannot a sauté pour m'aider, car je sais pas nager… Le chien, Dick, une grosse bête noire, a plongé aussi, et y venait nous chercher, mais Jean m'a fait prendre son collier, et il a crié à Dick de me conduire vers le canot que not' second avait mis à la mer. C'est là que le bateau a été fracassé, par une vague plus haute qu'une montagne. Et puis des blocs de glace flottaient, qui l'ont réduit en bouillie, le morutier. J'ai vu Jean couler là-dessous. Le second et moi, on s'en est tirés, mais j'ai jamais compris comment… Le canot a reculé, reculé ; il était penché. Le matelot qui tenait les rames a chuté. Jambe courte, not' second, il m'a forcé à me coucher au fond de la barque, puis il s'est allongé sur moi. On a dérivé trois jours, et la côte n'était pas si loin… Jean a eu moins de chance. C'est pas juste, mam'selle.

Le jeune homme se signa, les larmes aux yeux. Claire concevait sans peine la peur panique que de telles catastrophes pouvaient inspirer à ceux qui les subissaient. Elle vida son verre, regardant Léon avec insistance, car il avait côtoyé Jean pendant des jours. Elle n'eut pas le courage de mentir à ce rescapé à qui le chagrin donnait une expression d'enfant perdu.

— Cela vous étonnera de l'apprendre, murmura-t-elle en se penchant vers lui, mais Jean est vivant. Oh ! ne faites pas ces yeux ; je l'ai su il y a plus d'un an, par un ami commun. J'étais mariée, moi, parce que je le pensais mort. Je suis veuve à présent. Enfin, c'est du passé, mais je sais que Jean s'est installé en Normandie, près de Caen. Il a une petite fille.

Léon passa par toutes les phases de la stupeur et de l'incrédulité. Il se leva et planta deux bises sonores sur les joues de Claire.

— Oh ! Mon Dieu ! Comme j'suis content, bonne dame ! Le Jeannot est vivant... Si vous pouviez me donner son adresse, j'vas lui envoyer un mot. Il me trouvera du travail, j'en mettrais ma main au feu, brave comme il est !

Le spectacle de sa joie émerveillée peina autant Claire que son air malheureux quelques minutes auparavant. Elle comprenait si bien l'amour et l'affection que pouvait susciter un homme comme Jean. Il occupait ses pensées et ses rêves. Les sentiments qu'elle lui portait la retenaient prisonnière, à son corps défendant.

— Soyez discret, recommanda Claire à Léon, en notant sur un bout de feuille l'adresse des Chabin, qu'elle connaissait par cœur.

Basile la lui avait communiquée dans un de ses courriers, en lui recommandant cependant de ne pas l'utiliser.

— Ferme des sept vents, à Saint-Sever dans le Calvados ! dit-elle assez bas. Jean sera content d'avoir de vos nouvelles.

Claire ne voyait aucun mal dans ce geste. Elle imaginait la rude existence des marins à bord comme un monde de fortes amitiés masculines. Léon était transporté de bonheur à l'idée de retrouver son compagnon vivant. Jean aurait la même réaction de soulagement, d'ivresse. C'était si précieux de triompher d'une mort atroce.

— Vous pourrez lui raconter que vous m'avez rendu visite ! ajouta-t-elle.

La jeune femme n'avait pas conscience qu'en agissant ainsi elle espérait éveiller dans le cœur de son ancien amant un peu de gratitude. Selon Basile, Jean avait pardonné, mais il refusait de lui écrire ou d'entendre parler d'elle.

Léon faisait tourner son verre entre ses doigts. Il se mordillait la lèvre supérieure, de l'air de quelqu'un qui ne sait pas quoi faire de sa maigre carcasse.

— Ecoutez, lui chuchota-t-elle, vous pouvez rester ici le temps d'attendre une réponse de Jean. Il y a une soupente, près des étendoirs. Je vous y mettrai un sommier et un matelas. Mon père ne vous engagera pas au moulin, car il a son quota d'ouvriers, mais si vous nous rendez de petits services, je vous donnerai un salaire, trois repas et le linge blanchi.

Léon éclata de rire. Il tendit la main à Claire :

— J'suis d'accord, mam'selle. Je sais faucher, bricoler et même soigner les bêtes. J'ai vu que vous aviez des chevaux, au pré... Je les aime, moi, les chevaux !

— Parfait ! s'écria-t-elle. Je suis la seule à m'en occuper, et parfois cela me prend du temps. Léon, je parie que vous êtes affamé !

— Ah ! ça, oui, mam'selle !

— Ne bougez pas, j'appelle la servante !

Raymonde servit un déjeuner consistant à l'inconnu, qui dévora des grillons et des pommes de terre sautées. Matthieu partagea ce repas improvisé. L'enfant aimait les nouveaux visages. Dès que Léon lui raconta son aventure sur le *Sans-Peur*, le petit garçon, conquis, le regarda comme un héros de passage. Le soir même, Claire se félicita de sa décision. Elle trouva les stalles curées à fond et paillées de frais, et les chevaux brossés avec soin. L'heure du dîner, qui réunissait toute la famille, approchait.

— Léon, lui expliqua-t-elle, vous pourrez évoquer devant les miens le naufrage et votre sauvetage, mais ne citez pas le nom de Jean. Voyez-vous, mon père n'était pas favorable à notre amour. Je préfère garder le secret. Dites que vous passiez dans la vallée par hasard...

Elle lui donna vingt sous. Il cracha par terre et jura qu'il avait compris. Ni l'un ni l'autre ne se doutait qu'ils signaient la perte de celui qu'ils aimaient.

12 septembre 1902

Léon avait mis une soirée entière à rédiger une courte lettre dans un français malhabile, truffé de fautes d'orthographe. Mais il en était très fier. Claire lui avait fourni une enveloppe et un timbre. L'adresse, écrite en gros et flanquée d'une tache d'encre, la fascinait. Elle aurait voulu se glisser dans l'enveloppe et atteindre la Normandie, la ferme des Chabin.

— Dépêchez-vous de monter au bourg, car la levée du courrier a lieu dans deux heures.

Le garçon se percha sur la bicyclette que Guillaume avait laissée au moulin et que personne n'utilisait. Léon plaisanta :

— Je sais en faire, de cet engin, mais dans les côtes, je le pousserai, sinon on a les mollets en compote !

Claire éclata de rire. Le jeune inconnu avait plu à Colin, et même à Etiennette. La veille, au dessert – une tarte aux poires nappée de cassonade –, il avait réussi à distraire petits et grands. Le récit de ses expériences de marin novice, puis de docker chétif, s'était révélé fort amusant. Léon avait le sens de la blague. Il isolait, se fiant à son instinct, les anecdotes les plus marquantes et les plus pittoresques.

— Ne traînez pas, lui recommanda-t-elle, et ne bavardez pas ! Les gens sont si curieux par ici.

— J'serai une vraie tombe... promit-il. Une tombe à pédales !

Fier de son bon mot, Léon s'éloigna sur le chemin des falaises. La machine effectua quelques zigzags avant de filer droit. Claire l'observa un long moment avant de rentrer dans la cuisine. Raymonde épluchait des pommes de terre.

— Dites, madame, il est gentil, ce Léon ! dit-elle en souriant. Et au moins, il est drôle, j'en ai encore mal au ventre d'avoir tant ri hier soir...

Claire répondit d'un petit geste de la tête. C'était un de ces moments aussi rares que fugaces où elle se sentait prise d'une profonde détresse, dans une solitude intolérable. Quand cette angoisse l'envahissait, la jeune femme avait envie de courir à la recherche de Victor, son amoureux éconduit, et de se jeter dans ses bras. Le lendemain de la pêche aux écrevisses, le préhistorien était venu au moulin. Il lui avait présenté de plates excuses. La frustration du désir non assouvi le rendait maladroit.

« Partez, je vous en prie ! lui avait-elle dit, très pâle. Oublions ce qui s'est passé. Je ne veux pas en entendre davantage... »

Parfois, son amitié et la tendresse qu'il lui prodiguait manquaient à Claire.

La voix de Raymonde secoua la jeune femme :

— Eh bien, madame ! Vous êtes toute triste !

— Mais non, je me demande simplement ce que nous servirons au déjeuner.

La servante ne fut pas dupe. Claire veillait avec attention sur la qualité des repas et se passionnait pour la cuisine, mais les autres jours elle n'avait pas cet air malheureux.

— Il est gentil, Léon, insista-t-elle. Pensez qu'il a survécu à un terrible naufrage !

La jeune fille se perdit dans une douce rêverie. Claire sortit, Sauvageon sur ses talons et Matthieu lui tenant la main.

— Nous allons au jardin ! dit-elle à voix basse.

Elle se laissa emporter par des pensées pleines d'amertume. Son père et Etiennette formaient un couple uni qui ne craignait pas d'échanger des baisers à table malgré leur différence d'âge. Bertille, élégante et moqueuse, menait son Guillaume et sans doute d'autres hommes par le bout du nez. Léon s'était déjà attiré les bonnes grâces de la jolie Raymonde.

— Et moi, je suis seule, toujours seule... marmonna-t-elle.

— Qu'est-ce que tu dis, Claire ? s'écria Matthieu.

Elle se pencha et embrassa la joue de son frère. L'amour de ce petit garçon ne se démentirait jamais, du moins le croyait-elle.

— Je dis des bêtises, n'écoute pas ! Regarde, un rouge-gorge perché sur l'angélique, là-bas !

Ce nom d'angélique réjouissait l'enfant. Pour lui, il évoquait les tiges vertes que sa sœur faisait confire dans du sucre blanc et qu'il croquait avec gourmandise.

Ils admirèrent l'oiseau du même regard brun en entrant

dans le potager. Sauvageon se coucha près du portillon en bois. Devant les rangs de légumes bien ordonnés et la vigne palissée le long du mur, Claire retrouva son énergie. Elle s'adressa même des reproches.

Je m'étais promis d'oublier Jean. Je ne l'ai pas revu depuis bientôt cinq ans.

Fidèlement, sa mémoire lui redonnait l'image intacte du jeune homme, avec son regard d'un bleu intense, mais, au fil des années, Claire n'attachait plus d'importance aux circonstances de leur rencontre. L'individu maigre, le crâne rasé, un couteau à la main, qui l'avait ceinturée dans la grange de Basile s'était peu à peu effacé pour être remplacé par un Jean en chemise blanche, les cheveux ondulés et drus, le soir du bal du 14 Juillet. Un bel homme qui buvait à la table de Bertille et de Guillaume et que les femmes du village aguichaient. Un homme libre d'embarquer sur un morutier pour gagner son pain. Tout ce qui se rapportait à Jean se parait du halo doré et brumeux des souvenirs enchantés. La Normandie, avec ses pommiers et ses prairies découpées par des haies d'arbres, selon les descriptions de Basile, lui paraissait un pays situé au bout du monde. Elle n'avait jamais voyagé au-delà de la ville d'Angoulême.

Il y avait bien assez de nuits où elle s'éveillait le cœur pris de folie, haletante, parce que Frédéric lui était apparu, la face sanglante, vêtu d'un drap blanc. Défiguré, il la voulait encore. Elle tentait de le fuir, mais ses jambes refusaient d'obéir. Afin de dormir en paix, Claire se préparait des tisanes de fleurs d'aubépine sucrées au miel. Cela désolait Raymonde qui lui avait chuchoté, un soir :

« Ce qui vous ferait du bien, madame, c'est un brave homme comme monsieur Victor dans votre lit ! »

Claire commençait à se persuader que la jeune servante avait raison.

Léon arriva en sueur et les joues rouges sur la place du bourg de Puymoyen. Par bravade, par jeu, il n'avait pas posé pied à terre malgré la rude montée sous un soleil brûlant.

En ce milieu de matinée, l'animation habituelle régnait dans le village. De l'atelier du tonnelier montaient des bruits de ferraille et des sifflements mélodieux. Il y avait peu de vignobles alentour, le sol étant trop sec, mais, à quelques kilomètres vers Blanzaguet et Villebois, on vendangeait déjà. L'artisan peaufinait des cuveaux en bois de chêne, une commande qu'il devait livrer avant la nuit.

A petits pas, trois vieilles femmes en robe noire, des coiffes blanches cachant leur chevelure grisonnante, se dirigeaient vers la boutique de madame Rigordin, l'épicière. Une charrette tirée par des bœufs et chargée de paille dorée remontait la route de Vœuil.

C'est tranquille, ce coin ! se dit Léon.

Il passa devant l'école. La récréation battait son plein. Une nuée de fillettes en tablier à carreaux gambadaient sous le tilleul planté au milieu de la cour. Il reconnut un refrain qu'elles chantaient et pensa à ses petites sœurs.

Enfin il posa la bicyclette et la cala contre le mur de la poste. Deux hommes en habit sombre discutaient devant les trois marches du perron. L'esprit rempli du rire des écolières et du parfum d'un rosier tout proche, Léon ne fit pas attention à eux. Un des hommes recula brusquement, le bousculant. Le jeune homme, dans sa hâte de la savoir en chemin vers la Normandie et en possession de son bon ami Jean, lâcha la lettre qu'il tenait à la main.

« Pardon, mon garçon ! » fit une voix.

Aristide Dubreuil, dont l'éducation ne comportait aucune faille, s'empressa de ramasser l'enveloppe et de la tendre à son propriétaire. Le chef de la police angoumoisine n'était pas revenu à Puymoyen depuis les noces de Claire et de Frédéric. Le maire, monsieur Vignier, qui pensait aux prochaines élections municipales, l'avait invité à déjeuner, car ils étaient assez bons amis. Ils avaient fait quelques pas ensemble avant le repas qui serait copieux.

— Vous n'êtes pas du bourg ! demanda le maire à Léon d'un œil inquisiteur. Auriez-vous des parents par ici ?

— Non, m'sieur ! bredouilla ce dernier. Mais faut pas que je rate le départ du courrier.

Dubreuil était changé en statue, tous ses sens en alerte. Il plissa les paupières pour cacher l'expression de son regard.

Son métier lui avait appris à noter le moindre détail intéressant. En moins de trois secondes, il avait lu l'adresse et le nom du destinataire.

Jean Drujon !

Les mots résonnaient, nets, irréfutables. Le policier crut voir sous ses yeux une page d'un de ses dossiers. Sous le patronyme de Drujon se cachait un certain Dumont promis au bagne de Cayenne, qu'il avait cru mort noyé dans les eaux de l'Atlantique Nord. Il prit l'air le plus aimable possible en posant le bras sur l'épaule de Léon. Il savait ruser.

— Dites, mon garçon ! Avez-vous de la famille en Normandie ? Moi, une de mes tantes y habite ! déclara-t-il. Excusez-moi, j'ai lu sans le vouloir le département.

Une jeune femme aborda le maire qui s'éloigna en sa compagnie. Cela arrangea Aristide Dubreuil. Léon ne vit pas le piège dans la question du policier. La joie débordait de son cœur depuis la veille. Il éprouvait un soulagement en confiant la vérité.

— Oh ! ce n'est pas un parent, mais un camarade. Nous étions sur le même bateau, un morutier. Je le pensais mort depuis un bout de temps, le Jeannot ! Et la demoiselle Claire, du moulin, m'a donné son adresse. Il va être surpris ! Et content, je vous dis que ça… Il me croit noyé aussi, sûr !

Le chef de la police s'exclama que c'était une belle histoire. Il ajouta :

— Vous logez au Moulin du berger, si j'ai bien compris ?

— Pour une semaine ou deux ! J'suis arrivé hier. Je viens de La Rochelle. Une bonne trotte ; j'avais pas un sou en poche pour prendre le train… Mam'selle Claire m'a proposé un peu de boulot.

— Vous êtes un chanceux ! conclut Dubreuil en soulevant son chapeau.

Léon ôta sa casquette et se rua dans l'officine. Le maire rejoignit le policier.

— Monsieur Dubreuil, ma chère épouse doit nous attendre, ne la contrarions pas !

Aristide Dubreuil contenait son impatience. Mettre la main sur Jean Dumont lui vaudrait de la considération. Un déjeuner interminable et des discussions ennuyeuses lui feraient perdre un temps précieux.

— Cher ami, vous m'excuserez auprès de votre dame, mais je dois partir. Ce jeune benêt, le rouquin, vient de me fournir contre son gré un renseignement de grande importance. Le devoir m'appelle. Ceci dit, je reviendrai la semaine prochaine.

Il traversa la place à longues enjambées, les pans de son manteau noir battant au vent.

Ferme des sept vents, 14 septembre 1902

— Une chance que le soleil montre son nez ! s'écria Germaine en riant doucement. Jean, va donc chercher une autre bouteille dans la réserve.

Les Chabin recevaient de la famille. Une grande table – des planches posées sur deux tréteaux – était installée sous le tilleul de la cour. La petite Faustine, à la poursuite d'un papillon, jouait dans l'herbe. Une de ses cousines, de deux ans son aînée, faisait sauter une poupée de chiffon dans ses bras.

Avant de s'éloigner, Jean jeta un coup d'œil ému sur le ventre de sa femme, qui tendait la robe de cotonnade jaune. Cette fois, il espérait un fils. Il s'était promis, dans ce cas, de le baptiser Lucien, comme son petit frère.

— Eh ! Mon gendre ! lui cria Norbert. Prends plutôt deux bouteilles. Il fait soif avec cette chaleur.

Sur un des bancs, le vieux Mauricet, le grand-père de Germaine du côté maternel, présidait. Il perdait un peu la tête, confondant souvent sa petite-fille avec son épouse défunte. Les parents de Norbert, les Chabin de Bayeux, comme il les surnommait, se tenaient côte à côte dans leurs habits du dimanche. Odile, la sœur aînée du fermier, coupait la grosse miche de pain cuite la veille. Ce n'était pas souvent qu'ils se réunissaient ainsi, mais ils devaient régler une affaire de partage de biens. Les discussions animées, les chuchotements, les hochements de tête ponctuaient la dégustation du pâté de lièvre, des verres de cidre que l'on buvait à petites gorgées pour bien en apprécier le goût.

Basile se tenait à l'écart, sur un pliant de toile. Le canotier un peu de travers, il feignait de s'absorber dans la lecture d'une gazette locale. Cependant, il ne perdait pas un mot des tirades pittoresques qui s'échangeaient à quelques pas de lui. Faustine venait régulièrement lui faire un grand sourire en gazouillant des paroles encore incompréhensibles.

— Faut pas se raconter des menteries ! déclara bien haut Norbert à sa mère, dont le visage étroit, plissé d'un réseau de rides profondes, était à demi caché par les ailes de sa coiffe.

Elle approuva :

— Nous, les Chabin, on parle droit. Pas besoin de notaire… Ce qui est dit est dit…

Le vieux Mauricet, dur d'oreille, frappa le bord de son verre avec son couteau.

— Qu'est-ce qu'il chante, Norbert ? cria-t-il.

Il y eut des rires amusés. Germaine répéta en forçant sa voix. Puis elle porta une main à son ventre, le caressant discrètement. Le bébé avait bougé. Jean refermait la porte de la réserve où s'alignaient des caisses en bois à quadrillage intérieur, garnies de bouteilles de cidre, la cuvée de l'année précédente. Sur le mur opposé, des fûts droits contenaient la dernière récolte, un jus trouble mis à fermenter. Au fond, le pressoir trônait, lavé de frais. L'endroit dégageait une odeur forte et enivrante, cette senteur persistante des pommes qui avaient rendu là leur suc acidulé, mêlée à de légers relents d'alcool.

Le jeune homme contempla un instant le spectacle coloré que présentait la joyeuse compagnie attablée. Il aperçut la robe bleue de sa fille et ses boucles d'un blond foncé derrière Basile. L'enfant était son bien le plus précieux. Faustine commençait à l'appeler papa de son timbre fluet, aussi léger que la brise du printemps.

Il marcha vers elle sans vraiment prendre garde à des bruits de sabots montant de la grand-route voisine et qui se rapprochaient. Pourtant, il n'oublierait jamais l'herbe jaunie sous ses pas, le muret qu'il longeait, couronné de mousse et de fleurettes sauvages. Son cœur manqua un battement, tandis qu'une prescience l'obligeait à relever la tête. Une voiture noire, tirée par deux chevaux musculeux, robe rousse et crins jaunes, déboulait sur le chemin de la ferme. Les bêtes galopaient, comme les montures des gendarmes dont les tricornes sombres évoquaient de monstrueux oiseaux secoués de soubresauts.

Le temps lui parut soudain ralenti. La scène animée qui le charmait la minute précédente était comme figée. Tous, la parole coupée, avaient suspendu le moindre geste. Seul Basile regardait Jean en lui faisant signe de fuir. Germaine reprit vie la première, cherchant son mari des yeux. Elle le vit, les traits tendus, l'air affolé, prêt à lâcher les bouteilles de cidre.

Jean hésitait. Certes, il pouvait encore tourner les talons, se sauver en courant le plus vite possible à travers le dédale des pommiers du verger. Le bocage, avec ses sentiers creux bordés de saules noueux et de haies d'épineux, avait déjà abrité bien des révoltés, des proscrits. Les innombrables prairies que délimitaient arbres et arbustes formaient un labyrinthe où même des cavaliers chevronnés ne s'engageraient pas.

Basile s'était levé de son fauteuil. La voiture noire s'arrêtait près du porche. Les gendarmes mettaient pied à terre.

Si je m'enfuis, je me trahis ! se dit Jean. Pourquoi viendraient-ils pour moi ? Je suis connu dans le pays et je suis devenu un honnête homme.

Au fond de lui, il était sûr du contraire. La figure ravagée d'angoisse de Basile le prouvait. Germaine l'appela :

— Viens donc ! Je me demande bien ce qu'ils veulent !

Norbert Chabin toussait. Il s'était étranglé en avalant trop vite. Jean avança, saisi d'un froid glacial. Il n'allait pas perdre la face devant son épouse, sa fille, son beau-père. Mais il reconnut tout de suite le policier Aristide Dubreuil qui descendait du cabriolet, une main sous sa veste, sans doute les doigts sur la gâchette d'un pistolet au cas où il tenterait de fuir. Les gendarmes l'entouraient déjà, leur sabre pointé sur lui. Germaine haletait, muette de stupeur. C'était une vision de cauchemar, ces hommes cernant son mari.

— Jean Dumont ! On peut dire que tu m'as fait courir ! triompha Dubreuil.

— Emmenez-moi vite ! articula Jean, blême de honte. Ne tracassez pas ces pauvres gens, je leur ai caché mon passé !

— Oh ! ça, je m'en doute ! Aucune famille honorable n'accepterait un forçat sous son toit. Mais dis donc, tu parles comme un livre, à présent ! ironisa le policier. Tu ne jaspines plus ! N'aurais-tu pas un instituteur parmi tes relations ?

Le jeune homme ferma les yeux. On lui passait des fers aux chevilles et aux poignets. Les Chabin, debout, n'osaient pas bouger. Germaine prit sa fille par la main et, relevant son jupon, elle approcha.

— C'est mon homme, le père de la petite ! Qu'est-ce qu'il a fait de mal ? Il ne sort jamais de la ferme, sauf les jours de foire…

Pour cette femme timorée, pieuse, respectueuse de la loi, c'était un acte de courage. Aristide Dubreuil fronça les sourcils. Fonctionnaire pointilleux, il ne faisait qu'accomplir le devoir de sa charge. A son sens, l'épouse de son prisonnier était plus à plaindre qu'à blâmer. Il déclara, à titre de renseignements :

— Jean Dumont, accusé de meurtre sur la personne du surveillant Dorlet il y a une dizaine d'années. Trois tentatives d'évasion de la colonie pénitentiaire de La Couronne. Engagé sous le nom de Drujon à bord du morutier le *Sans-Peur*, rescapé du naufrage. Je dois le remettre à la justice, madame. Il vous a bernée, comme bien d'autres sans doute.

Pour Jean, l'humiliation et la conscience aiguë du malheur qui le frappait atteignirent leur paroxysme. Il eut l'impression de plonger dans un brouillard gris, un univers cotonneux au sein duquel évoluaient des silhouettes confuses et où retentissaient des paroles dont le sens lui devenait obscur. Il allait perdre connaissance.

Norbert Chabin arrivait en titubant. Rouge de fureur, il cracha au visage de son gendre qui n'eut aucune réaction.

— Salaud ! Cochon ! Tu as déshonoré ma fille ! bégaya-t-il. Mon nom ! Ma terre… Tu as mangé à ma table des années ! Un forçat, un assassin !

Le ton montait. Les insultes pleuvaient. Jean reçut un second crachat. Il baissa la tête, malade de remords et de honte. Germaine hoquetait, secouée de sanglots silencieux. Soudain, elle vit passer Basile, tenu au coude par un des gendarmes. Il lui jeta un regard navré.

— Alors, vous aussi, pépé ? bredouilla-t-elle. On vous emmène ?

Malgré le malaise qui l'étourdissait, Jean entendit. Il se ranima, secouant ses fers.

— Laissez monsieur Drujon tranquille ! hurla-t-il. Lui aussi, je l'ai trompé... Je me suis présenté comme un lointain petit cousin ; il m'a hébergé, il m'a nourri. Et puis oui, il a bon cœur, et il m'a appris à lire et à écrire. Il ne savait pas, je vous dis, que je devais partir à Cayenne, il ne savait rien... Il m'a même prêté des sous, alors j'ai filé à La Rochelle. Après, j'ai eu des remords, je lui ai donné mon adresse ici. Le pauvre vieux, il a pas de famille, il est venu habiter dans la région. Pardon, Basile, pardon ! Tu vois, j'suis de la graine de potence, un salaud, oui... un foutu salaud !

Aristide Dubreuil écoutait, la mine grave, un peu ennuyé pourtant, car l'histoire était plausible. Basile dut s'appuyer au gendarme qui le tenait. Il porta une main tremblante à sa poitrine. Son émotion n'était pas feinte. L'arrestation de Jean, qu'il chérissait comme un fils, lui brisait quelque chose à l'intérieur du corps. Il suffoquait. Les témoins de la scène crurent que la révélation le tuait.

Dubreuil fit un signe à ses hommes. Il avait repris Dumont, et ce vieillard livide ne l'intéressait plus. Basile aurait préféré partager le sort de Jean. Mais il lui serait plus utile en demeurant libre. A petits pas, il s'écarta, cherchant un siège. La sœur de Norbert l'aida à s'asseoir sur un des bancs. La troupe se mit en marche devant l'assistance éberluée. Faustine voulut rattraper son père. Toute petite parmi ces hommes taillés en colosse, elle se faufila jusqu'à Jean. Elle répétait « papa », de plus en plus fort, effrayée. Il voulut se baisser pour l'embrasser, la rassurer, mais un coup en plein menton le fit reculer. L'enfant resta plantée près du porche, la bouche démesurément ouverte sur un cri de terreur.

— Pressons, pressons ! ordonna le policier, qui ne s'attendait pas à trouver son forçat père de famille.

Les larmes brouillaient la vue de Jean. On le fit monter dans la lourde voiture fermée ; son front heurta le haut de la porte renforcée d'une barre en fer. Il ne sentit même pas la douleur, ni le sang tiède qui jaillissait de l'entaille. Son esprit lâchait prise, hanté par les appels de sa petite Faustine, par ce qu'il avait cru lire dans le regard de sa femme tandis qu'il tentait d'innocenter son vieil ami. Du mépris, de la rancœur, presque de la haine, concentrés sur lui, Jean, le traître.

Pourtant, il se trompait. Germaine souffrait le martyre. Passé le premier choc, elle ne pouvait attribuer à son époux une âme si noire. C'était son Jean qu'on lui volait, le beau jeune homme aux yeux de ciel qui était apparu et l'avait sauvée de la solitude, de l'amertume propre aux vieilles filles. Jean était l'amant des nuits chaudes d'été, celui qui la caressait, la faisait pleurer de plaisir et, le jour, se montrait tendre et prévenant. Lorsqu'elle était grosse de leur Faustine, il posait sa joue contre son ventre pour lui murmurer des douceurs. Les gendarmes lui enlevaient sa raison de vivre, son bonheur incarné.

Elle eut soudain un râle de bête blessée, qui se mua en un cri guttural sorti de ses entrailles. Sa tante chercha à la retenir par le poignet, mais Germaine la griffa et se mit à courir, penchée en avant, soutenant son ventre des deux mains. Elle hurlait encore plus fort que sa fille.

— Jean ! Mon Jean ! Non !

La voiture s'ébranlait. Un fouet claqua. Les chevaux se mirent au trot. Les gendarmes, déjà en selle, caracolaient pour composer une escorte bien rangée autour du véhicule. Ils se retournèrent, surpris par les appels rauques de Germaine. Elle n'avait jamais couru aussi vite.

Son père, Basile, les grands-parents, la tante Odile restaient immobiles, paralysés par l'horreur. Ils reconnaissaient à peine la paisible Germaine dans cette femme échevelée qui maintenant se cramponnait à un rebord situé à l'arrière du fourgon. Elle pédala un moment, pour suivre le rythme de la course, puis son corps ballotta à gauche et à droite, heurtant à chaque fois l'habitacle.

Un des gendarmes essaya de la saisir par un bras, dans l'unique but de l'aider à reprendre pied. Elle crut qu'il voulait l'empêcher de rejoindre Jean et se débattit. Une de ses mains lâcha prise. Muette, les yeux dilatés par la douleur et l'épouvante, Germaine fut traînée sur plusieurs mètres, car les chevaux de l'attelage galopaient. A bout de forces, elle abandonna. Ses doigts se détachèrent.

— Jean ! supplia-t-elle.

Les deux autres gendarmes avaient prévenu le cocher, qui eut bien du mal à ralentir l'allure. La tante Odile accourait. Avec effroi, elle vit sa nièce retomber pesamment sur le chemin dont les ornières étaient comblées par de gros cailloux. Germaine ne bougeait plus, les bras en croix, le visage en sang.

— Sainte Vierge ! dit-elle en se signant. Elle est perdue !

Aristide Dubreuil se pencha à la vitre qu'il avait eu des difficultés à faire coulisser. En apercevant la forme inerte de la malheureuse, plus de cent mètres en arrière, il grommela un juron. Jean avait perçu des cris, mais il n'imaginait pas la tragédie qui venait d'avoir lieu.

Assis en face du policier, le dos voûté, les genoux serrés, il remâchait son désespoir. Il n'aurait aucune chance de s'échapper cette fois-ci. On l'enverrait à Cayenne, de l'autre côté de l'océan. Une femme sanglotait tout haut. Ce bruit le tira de son abattement. Si c'était Germaine, il ne la quitterait pas comme ça, sans un mot de réconfort. Avec brusquerie, le jeune homme se leva et, bousculant Dubreuil, regarda dehors. Là-bas, Odile, aidée par Norbert, soulevait un corps inanimé. Au ventre rond sous la robe de coton jaune, Jean reconnut son épouse. Un des gendarmes vint placer son cheval près de la voiture. Apitoyé par l'air hagard du prisonnier, il murmura :

— Votre dame a voulu se tenir à la voiture et elle est tombée. Mais elle est vivante.

— Cocher ! s'égosilla Aristide Dubreuil, mal à l'aise. Faites aller, bon sang ! On ne va pas coucher là... Dumont, asseyez-vous !

Jean se rejeta contre la banquette. Les chevaux reprirent le galop. Leurs sabots énormes, munis de fers épais, martelaient le sol sec et pierreux. Ce bruit, auquel s'ajoutait le grincement des roues, serait toujours lié pour le jeune homme à ces instants d'immense détresse. Sa défaite était consommée. Il s'était cru longtemps plus fort que la police, que la justice. Par quelle ruse l'avait-on retrouvé ici, au cœur du bocage normand ?... Il avait survécu au naufrage du *Sans-Peur*, il avait trimé dur à la ferme. Ses rêves de prospérité, de sérénité auprès d'une famille s'écroulaient. Mais il ne pensa plus qu'à Germaine.

— Le bébé ! se dit-il, saisi d'une angoisse viscérale. Elle

risque de le perdre. C'est bien trop tôt pour qu'il naisse ! Il devait arriver à Noël...

Aristide Dubreuil l'observait. Il remarqua des larmes le long du nez de Jean Dumont. Cela ne l'émut pas. Il pensa juste qu'il fallait bien le surveiller, ce gars-là, sans doute prêt à tuer pour retrouver sa liberté et revoir femme et enfant.

— Tu seras jugé à Angoulême ! déclara-t-il d'un ton neutre. C'est ma juridiction. Ne tente rien pendant le transfert, sinon je t'abats.

— J'ai droit à un procès ? répondit Jean.

— Ce sera vite réglé ! affirma Dubreuil. Mais autant te tenir à carreau, ta peine est bien assez lourde.

Trois heures plus tard, Jean était mis en prison, à Caen. A la ferme des Chabin, Basile tenait la main de Germaine qui venait de mourir.

« C'est bien triste, tout ça ! » avait-elle soupiré.

Ce furent ses derniers mots.

L'instituteur lui avait raconté l'enfance et l'adolescence de Jean, en expliquant de son mieux les raisons de sa condamnation. Elle écoutait, le souffle court, le regard voilé par ce grand vide qui l'aspirait.

Le lendemain, le facteur apporta la lettre de Léon. Norbert Chabin la jeta au feu dès qu'il déchiffra le nom de Jean.

Moulin du berger, 18 septembre 1902

Il pleuvait. L'eau coulait dans les gouttières avec un bruit de source, les toits de tuiles rousses prenaient une teinte plus sombre. Les pavés de la cour luisaient, comme vernis. Claire, le nez à la vitre, regardait ce monde ruisselant. Le vent fraîchissait depuis la veille. Dès l'aube, Raymonde avait bourré de bûches de chêne la cuisinière rutilante.

A la table, Matthieu et Nicolas étaient plongés dans la contemplation des livres d'images que Bertille leur avait envoyés. Ils ne bronchaient pas, ne se querellaient pas. Etiennette ne manquait pas une occasion de confier son fils à Claire. Une fois encore, voyant le bambin occupé, elle avait filé rejoindre Colin, se moquant de le déranger en plein travail.

— Je ne sais pas ce que je ferais sans toi, ma petite

Raymonde ! Les journées passent si vite. Nous sommes toujours à cuisiner, repasser, coudre, raccommoder. Et il faut surveiller ces deux garnements. Mais l'année prochaine, Matthieu entrera à l'école.

— Et il vous manquera, madame ! répliqua la servante en riant.

Claire resserra le châle de laine qui couvrait ses épaules. Elle n'arrivait pas à se réchauffer. Des coups résonnaient dehors, sous l'appentis couvert. Léon fendait du bois.

— C'est un brave garçon ! chuchota Raymonde. Il ne vole pas son pain.

— Les chevaux l'aiment bien, et Sauvageon aussi. J'en serais presque jalouse ! plaisanta Claire en se rapprochant de la cuisinière.

Le fauteuil en osier de Bertille n'avait pas changé de place. Elle s'y assit, songeuse. Sa cousine continuait à implorer son pardon. Dans le paquet contenant les livres d'images, une lettre était glissée, pleine de regrets exprimés simplement, sans les fioritures de jadis.

— Je lui aurais pardonné n'importe quelle abomination, pensa Claire, mais pas ce qu'elle a fait.

Afin de chasser Bertille de son esprit, elle examina le contenu d'une casserole en fer-blanc où infusaient des feuilles et des fleurs de reine-des-prés. Elle avait cueilli la plante gracile, au plumet blanc, dans un pré humide à la mi-juillet. La tisane soulageait les maux de tête et les douleurs articulaires. Elle obligeait son père à en prendre une tasse chaque soir, car l'humidité, au moulin, était un vrai fléau.

Raymonde s'installa au bout du banc et commença à écosser des haricots. Toutes deux appréciaient ces moments de calme, qui leur permettaient de discuter des menus événements de la vallée. La servante montait au bourg tous les dimanches, et elle n'était jamais avare de nouvelles.

— Ma mère m'a dit que l'épouse de Bertrand Giraud avait eu un garçon la semaine dernière. Cela lui fait quatre enfants. Un par an ! Elle qui est si maigre !

Claire eut une moue indifférente. Il lui arrivait de croiser sur la place du village son ancienne belle-sœur. Elles se saluaient et échangeaient quelques mots par politesse. Marie-Virginie se plaisait au domaine. Pernelle la vénérait.

— J'ai reçu une carte m'annonçant la naissance ! précisa-t-elle à Raymonde. Le petit se nomme Alphonse. Je suis invitée au baptême, mais je n'irai pas.

Après avoir quitté Ponriant, Claire avait pris soin d'éviter Bertrand et son épouse. Quand elle se promenait à cheval, elle suivait toujours une direction opposée au domaine. Son existence actuelle lui donnait satisfaction et elle souhaitait sincèrement oublier ces lieux auxquels se rattachaient tant de souvenirs douloureux.

— Et monsieur Victor ? chuchota prudemment Raymonde. Vous devriez l'inviter à souper, comme avant.

— Peut-être...

— Je me demande pourquoi vous êtes fâchée avec lui ! insista la jeune fille. Il doit se languir de vous, comme dans les livres.

— Tu finiras marieuse du village, rétorqua Claire. Il ne me plaît pas assez. Pourtant, je l'aimais beaucoup. Il n'a même pas mangé d'écrevisses, le pauvre...

Elles rirent tout bas. Matthieu leva le nez. Nicolas se frottait les yeux. La grande horloge sonna onze heures. Le son cuivré et ample qui s'achevait en longues vibrations cristallines rappela à Claire d'autres journées de pluie, où, fillette frileuse, elle savourait la chaleur de la cuisine, guettant comme son petit frère le faisait maintenant une gourmandise tiède et sucrée, rendue meilleure par les trombes d'eau cinglant les vitres. Elle murmura :

— L'automne approche. Tu te souviens, ce beau panier rempli de champignons que nous avons rapporté à papa l'année dernière ? Nous irons aux cèpes, mon Matthieu.

— A cheval, dis ! demanda le garçonnet, dont le doigt effleurait une illustration qui le ravissait.

— Oui, à cheval...

Claire se réjouissait déjà d'une balade avec son frère. Du coup, elle se reprocha de céder trop souvent à la mélancolie. Elle envisagea même de rendre visite à Victor dès qu'il ferait beau. Au moins pour faire la paix. Les expéditions dans les grottes de la vallée l'avaient charmée. Ils pourraient sûrement demeurer amis. On frappa. Léon entra aussitôt, suivi d'un homme vêtu d'un manteau imperméable à capuche.

— Mam'selle Claire, ce monsieur a un télégramme pour vous !

La jeune femme se leva, stupéfaite, tout de suite alarmée Jamais elle n'avait reçu ce genre de missives que l'on transmettait au destinataire le plus rapidement possible. Elle pensa d'abord à Bertille. Malgré tout, elle aimait sa cousine et craignait qu'il lui soit arrivé malheur.

— C'est pour moi ou mon père ? balbutia-t-elle.

— Claire Roy ! coupa le commissionnaire, qui semait autour de lui de grosses gouttes d'eau.

— Merci.

Claire avait parlé machinalement en prenant le papier bleu que les doigts de l'homme avaient mouillé.

Il la salua et ressortit. Léon siffla d'admiration :

— Eh ! en voilà un sale métier : ce type est descendu à bicyclette ! Parole, avec cette pluie, il va lui pousser des nageoires.

Raymonde éclata de rire. Coquette, elle vint frôler Léon qui lui adressa un clin d'œil. Claire lisait le télégramme. Les deux jeunes gens l'entendirent chuchoter :

— Mon Dieu, non !

Elle se retourna, si pâle que la servante se précipita.

— Madame ! Quelqu'un est mort ?

Claire ne répondit pas. Elle jetait des regards désespérés sur la pièce et reconnaissait à peine le décor bien-aimé. Il lui fallut faire un grand effort de volonté pour ne pas s'évanouir. Raymonde comprit que l'heure était grave. Elle courut chercher le flacon d'eau de mélisse préparée par sa maîtresse, le meilleur remède contre les malaises. Elle saisit Claire par le coude et la fit asseoir.

— Vite, buvez ça ! ordonna-t-elle.

La jeune femme avala une petite cuillerée du liquide fort, au fugace parfum de citron et de menthe. Aussitôt elle se sentit mieux. Elle leva sur la servante un regard noir, brillant d'angoisse.

— Raymonde, il faut m'aider ! Je dois partir immédiatement pour Angoulême. Garde les garçons. Tu préviendras

Etiennette et mon père. Léon, je voudrais que tu attelles Roquette à la calèche. Je monte m'habiller.

— Oui, mam'selle ! marmonna-t-il sans bouger.

Il lui trouvait une expression bizarre et cela l'impressionnait.

Matthieu dégringola du banc et courut vers sa sœur. Il plaqua sa joue contre ses jupes, la serrant fort à la taille.

— Je veux venir avec toi ! Claire, emmène-moi !

— Non, je t'en prie, ne m'ennuie pas, Matthieu. J'ai très peu de temps.

Elle se dégagea. Avant de courir à l'étage, elle fixa Léon d'un air terrifiant.

— Léon ! Quand tu as posté ta lettre, l'autre jour, as-tu parlé à quelqu'un ? Je veux dire, est-ce qu'on t'a interrogé ? Je t'avais bien recommandé d'être discret, de ne pas bavarder à tort et à travers !

Le jeune homme ôta son béret et le tordit entre ses doigts. Il bafouilla, très embarrassé :

— J'sais plus, mam'selle... enfin, un monsieur habillé comme un bourgeois m'a causé un peu. J'avais fait tomber l'enveloppe, et il l'a ramassée.

— Un monsieur comment ? hurla Claire. Jeune, vieux ? Le maire ? Le docteur ?

— Mais je les connais point, ces gens-là ! Un monsieur bien gentil, en tout cas. Il m'a dit que, lui aussi, il avait de la famille en Normandie...

Elle lui avait parlé si durement que Raymonde alla prendre le garçon par l'épaule. Claire bredouilla une sorte de pardon et se rua dans l'escalier. Les mots du télégramme vrillaient son esprit. Ils y exécutaient une ronde folle et macabre. Elle en eut la nausée.

Je dois me dépêcher ! Basile sera déçu si je ne suis pas à l'heure.

Elle mit un ensemble en serge brune. La jupe assez longue cachait ses bottines, alors que la veste cintrée s'ouvrait au-dessus des seins sur un corsage de lin blanc. Claire roula ses cheveux en chignon et se coiffa d'un petit chapeau en feutre, agrémenté d'une courte voilette. C'était sa tenue de ville. Elle la portait rarement. Sur sa commode, le télégramme en papier bleu la défiait. Léger comme une plume, ce document venait de lui arracher le cœur de la poitrine, de lui porter un coup trop douloureux. Elle le relut, la bouche sèche.

« Jean arrêté par Dubreuil. Germaine décédée. Arrive Angoulême lundi par le train de quatorze heures avec Faustine. Basile. »

— Ils ont repris Jean ! gémit-elle en claquant des dents. Ils vont l'envoyer à Cayenne, et il mourra là-bas, il me l'a dit, il mourra pour de bon cette fois !

Elle ne comprenait pas pourquoi l'épouse de Jean était morte, ni les raisons qui poussaient Basile à voyager avec la petite fille. Faustine avait bien des grands-parents, de la famille. Elle plia le bout de papier et l'enfouit dans sa bourse.

Lorsque Claire redescendit à la cuisine, son père était debout près du feu. En la voyant aussi élégante, il murmura :

— Tiens, ça me rappelle ce jour où tu as disparu sur ton cheval sans rien m'expliquer ! Qu'est-ce qui se passe encore ? Le repas n'est pas prêt et mes ouvriers déjeunent dans moins d'une heure. Ton frère pleure, Nicolas a faim !

— Ta femme n'a qu'à faire sa part du travail ! cria Claire, furieuse. Je ne chôme pas, ici, alors j'ai le droit de m'en aller sans avoir ta permission. Je suis majeure, il me semble !

Elle s'enveloppa dans une pèlerine noire, un peu élimée, mais qui protégeait bien de la pluie. Colin leva les bras au ciel avant de se servir un verre de vin. Raymonde promit qu'elle s'occuperait du repas des ouvriers. Claire lui dit à l'oreille d'installer son lit et celui de Matthieu dans sa chambre.

— Je vais avoir besoin de loger un vieil ami et un bébé. Je t'en prie, fais au mieux. N'en parle pas. Allume le poêle avant la nuit. Enferme Sauvageon dans le cellier afin qu'il ne me suive pas.

La jeune femme claqua la porte. Elle traversa la cour et entra dans l'écurie. Le Follet finissait de boucler la bricole du harnachement. Léon tendait la capote dont le cuir craquelé aurait eu besoin de graisse. Enfin elle put prendre les rênes et lancer sa jument au trot.

— A ce soir ! fit-elle.

17

Faustine

A Puymoyen, Claire préféra prendre le grand chemin qui rejoignait le bourg du petit Fresquet et, plus loin, la route reliant Angoulême à Bordeaux. Ce trajet lui semblait moins fatigant pour Roquette qui n'avait plus l'énergie de sa jeunesse. La jument trottait avec régularité, sa robe noire lustrée par la pluie, drue et fine. Le ciel était très sombre, lourd de nuages d'un gris bleuté. La jeune femme avait l'impression que la nuit allait tomber alors qu'il n'était que midi.

Des fiacres la doublèrent dès qu'elle dépassa Sillac. Les cochers ne ménageaient pas leurs bêtes, qui s'esquintaient des années à convoyer les citadins. Le large axe montant en pente douce vers la ville était très fréquenté. Un tortillard l'empruntait. Les rails suivaient un axe nord-sud. Une automobile croisa la calèche ; le conducteur klaxonna, le visage dissimulé par de grosses lunettes et un casque.

L'agitation, la sirène du petit train qui approchait, tous ces bruits d'une cité grouillante de vie rendaient Roquette nerveuse. Claire la rassurait et l'encourageait. La jeune femme s'efforçait de ne pas céder au désespoir. Toutes ses pensées allaient à Jean.

Qu'il doit souffrir… Lui qui aime tant la liberté. Il se sait perdu. Et sa femme est morte.

Elle avait hâte de voir Basile pour en savoir davantage. Il avait sûrement toutes les réponses aux questions qui la tourmentaient. L'idée de découvrir le visage de la fille de Jean la troublait. Une toute jeune enfant, de deux ans environ.

La petite doit être malheureuse, privée de sa mère et de son père.

Eperdue de compassion, Claire éprouvait un profond chagrin. Elle aimait toujours Jean, mais elle s'était habituée à le chérir à distance. Souvent, alors qu'elle lisait les lettres de Basile, elle se réjouissait de savoir son ancien amant heureux, en bonne santé, père comblé et choyé par son épouse. La roue du destin avait tourné. Jean devait endurer le pire des supplices, prisonnier, humilié, et elle en pleurait, révoltée, meurtrie.

Il était une heure et quart à la grosse pendule de la gare d'Etat, quand Claire s'arrêta le long d'un trottoir pavé, encombré de ballots de marchandises et de caisses. Elle attacha Roquette à un piquet muni d'un anneau, réservé à cet usage. Il lui restait quarante-cinq minutes à attendre.

A nouveau, elle pensa à Jean. Où était-il ? Le reverrait-elle un jour, ne serait-ce qu'une seconde… Affamée, assoiffée par l'émotion, elle trouva le temps long. L'endroit dégageait des odeurs particulières, inconnues pour la campagnarde qu'elle était. Son nez délicat, accoutumé à respirer les fragrances des fleurs des champs et des tiges juste coupées, ou la forte exhalaison des foins chauffés par le soleil, se plissait de contrariété. Il émanait des entrepôts, des voies ferrées et des quais un relent de ferraille oxydée, de crasse huileuse et de marchandises diverses que l'humidité devait corrompre. Un garçon d'une douzaine d'années déambulait, une besace à l'épaule. Elle le héla :

— Veux-tu gagner dix sous ?

— Oui, mademoiselle.

— Garde l'œil sur ma voiture et sur ma jument. Je double le tarif si tu trouves un picotin d'avoine.

— Je m'en occupe, madame…

Claire sourit tristement. L'adolescent devait montrer plus de respect pour les gens généreux, puisqu'il était passé du mademoiselle au madame en soulevant sa casquette. Elle descendit de la calèche et marcha vers le hall de la gare.

Il est presque deux heures ! constata-t-elle.

Elle s'aventura sur le quai, tremblante d'anxiété. Il y avait foule : des femmes en tenue de voyage, des enfants guettant l'arrivée du prochain train, des hommes en costume et chapeau, leur valise posée à terre. Un convoi s'ébranla dans un vacarme assourdissant. La locomotive, secouée de soubresauts, envoyait vers la verrière des panaches de fumée tandis que ses entrailles métalliques grinçaient.

Dans d'autres circonstances, le spectacle aurait passionné la jeune femme. Il attira son regard cependant, si bien qu'elle ne vit pas un autre train entrer en gare. Les gens la bousculèrent. Les wagons s'alignaient, coffrés de bois clair et de métal argenté. Et soudain, parmi tous les visages étrangers et les corps qui se hâtaient, Claire aperçut Basile. Il avançait lentement, la cherchant des yeux. Elle le trouva vieilli, la face minée par le chagrin, les cheveux d'un blanc jaune. Il tenait une fillette d'une main ; de l'autre il portait un gros sac en cuir. Claire courut vers le drôle de duo, le cœur serré.

— Claire ! s'écria Basile en la recevant contre lui. Ma petiote ! Je suis si content que tu sois là.

Elle sanglotait, l'étreignant si fort qu'il en gémit de joie. Il ne pouvait retenir ses larmes. Faustine leva le nez et se mit à pleurer aussi.

— La pauvre petite ! Le voyage a été long. Elle a beaucoup dormi... une chance ! Elle réclame sa mère dès qu'elle ouvre l'œil.

Bouleversée, Claire se pencha sur l'enfant. Faustine était née de la chair de Jean. Le sang de l'homme qu'elle aimait coulait dans les veines de cette frêle créature, ravissante sous son béguin blanc d'où s'échappaient de légères boucles blondes.

— Ma mignonne ! N'aie pas peur. Nous allons dans une jolie maison, où il fera chaud, où je te donnerai du gâteau ! dit Claire à Faustine.

La voix douce et le regard brun plein de tendresse coulèrent sur la petite fille comme une eau sucrée. Elle posa sur l'inconnue ses prunelles d'un bleu pur intense en lui tendant les bras. Claire en frémit tout entière.

— Venez, ne restons pas là. Tout sent mauvais. Tout est rude et bruyant. Je vous emmène au moulin.

Elle souleva la fillette et la cala contre sa hanche. Basile réussit à sourire. Ils sortirent du vaste bâtiment. La pluie avait cessé.

— As-tu prévenu ton père ? demanda le vieil homme tout bas.

— Non, si je l'avais fait, le temps de lui résumer la situation, je serais arrivée en retard. Il ne sait rien, Basile, rien de rien.

Il hocha la tête. Claire n'avait pas changé.

— Il va falloir lui raconter toute l'histoire, à présent, à maître Roy. Tu as la manie du secret, ma petiote...

— On y est souvent obligé dans les familles. Je n'aurais pas eu ma part de bonheur sur cette terre, si j'avais crié à tous vents que j'aimais un bagnard en fuite.

Basile comprit que Claire évoquait les trois mois d'amour partagés avec Jean. Il revit les jeunes gens s'enfuyant à travers champs, dans l'ombre des falaises projetée par la pleine lune.

— Ah ! fit-il, quel malheur ! Chienne de vie !

Claire déposa un baiser sur le front de Faustine, qui blottissait son minois glacé contre son épaule.

— La calèche est par là ! fit la jeune femme. Sais-tu, j'ai fait atteler Roquette. Je voulais venir te chercher avec elle, en souvenir des bons jours d'avant.

Basile flatta l'encolure de la jument. Le garçon chargé de la surveiller approcha.

— Madame, votre bête a mangé son avoine ! Regardez, le seau est là, contre le mur.

— Je n'ai pas besoin de preuves, répondit-elle. Je te fais confiance. Tiens, voilà tes sous.

Ravi, l'adolescent remercia et s'éclipsa au pas de course. Claire installa son vieil ami sur la banquette arrière. Lorsqu'elle voulut lui tendre la petite fille, Faustine se mit à hurler, se cramponnant à son cou.

— Voyons, mon bébé, ne crains rien ! dit-elle tout bas. Je dois conduire la voiture et guider le cheval.

— Tant pis, grommela Basile, mets-la à côté de toi, elle est habituée. Sa mère l'emmenait à la foire en charrette. Elle l'asseyait à l'avant.

Ces quelques mots eurent raison du courage de Claire.

C'était un pan du voile qui se déchirait sur l'existence de Jean en Normandie, auprès de Germaine son épouse.

— Mais c'est dangereux, protesta-t-elle d'une voix faible. Si elle tombait ! Et puis il peut encore pleuvoir. Elle sera trempée.

— Abrite-la sous ta cape ! Pauvre petit oiseau, elle cherche un nid. Les Chabin parlaient de la placer à l'Assistance publique. C'est là que j'ai pensé à toi. Je me suis dit que Claire comprendrait. Jean n'est pas mort, que diable ! Je ne pouvais pas abandonner sa fille.

Tremblante, Claire se percha sur le siège avant, en plein air. Elle cala Faustine contre sa cuisse, la protégeant de sa pèlerine. Doucement, elle montra à l'enfant comment se tenir à sa jupe et à sa ceinture.

— En route ! lança-t-elle d'un ton faussement gai. Je suis venue par la route de Bordeaux, mais, pour le retour, je prends mon chemin habituel. Je vais remonter à la Bussatte pour descendre à la Gâtine...

Basile tenta une réponse mais il toussa, ronchonna et toussa encore. Roquette allait d'un trot plus énergique. Ils furent bientôt à bonne distance de la ville. Ce fut en pleine campagne, au milieu d'un bois de chênes et de châtaigniers, que Claire osa poser la question essentielle qui la torturait.

— Où est Jean ? As-tu de ses nouvelles ?

— Eh bien, il doit être transféré ici, en Charente. L'affaire relève du tribunal d'Angoulême. J'ai su ça en achetant une gazette, à la gare de Caen. C'est ce pourri de Dubreuil qui l'a arrêté. Devant toute la famille !

La jeune femme jeta un coup d'œil sur Faustine. La fillette sommeillait, bercée par les mouvements réguliers de la voiture.

— Sa femme, Germaine, elle était déjà morte ?

— Ah ! Ma pauvre petiote, ce que j'ai vu ! Les gendarmes emportaient Jean, ils lui avaient mis des fers aux chevilles et aux poignets. Il a voulu me protéger en déclarant que j'ignorais sa condition depuis toujours. Je ne sais pas si Dubreuil l'a cru, du moins il m'a laissé en paix. J'ai eu une douleur, là, dans la poitrine, et je me sentais partir. Et notre Germaine a enfin compris qu'on lui prenait son mari, qu'elle ne le reverrait pas. Personne n'a pensé à la retenir. Elle était enceinte de six mois, Claire, et elle courait tête baissée, prise de folie. Je l'ai vue s'accrocher je me demande comment à l'arrière du fourgon où Jean était enfermé. Chaque fois que la scène repasse devant mes yeux, j'ai envie de vomir. Son corps déformé allait de droite à gauche, se cognait... Et elle est tombée. Son père et une tante l'ont ramenée à la ferme. Elle avait la figure en sang. Ils l'ont couchée dans son lit. Elle ne s'est pas relevée. Deux heures d'agonie, et c'était fini.

La voix de Basile tremblait d'émotion. Epouvantée par ce récit, Claire devina qu'il avait beaucoup d'affection pour Germaine et qu'il ne se remettrait pas de cette tragédie. Puis elle se souvint. Jean serait jugé au palais de justice d'Angoulême. Elle pourrait assister au procès, le voir, peut-être l'approcher, lui adresser un signe de réconfort.

— Ce que je ne comprends pas, reprit Basile, c'est l'apparition de ce maudit Dubreuil, là-bas, dans une ferme isolée au cœur du bocage. Bon sang, comment a-t-il retrouvé sa trace ? Je tiens à te dire, Claire, que notre Jean était devenu un homme respecté. Il vendait son cidre au marché et dans des auberges. Il travaillait dur. Je l'ai vu souvent caresser le tronc des pommiers avec de l'amitié. Il veillait à la fermentation, lavait les bouteilles, même si Germaine protestait que c'était à elle de le faire.

Claire retenait des larmes d'amertume et d'infini regret. Elle aurait tant voulu partager les mêmes joies simples auprès de Jean. Lui préparer ses repas et contempler, assis sur un banc, le coucher du soleil. Et la nuit, s'aimer au creux d'un lit douillet. Elle plaignait de tout son cœur Germaine, qui était morte de façon tragique, entraînant dans le néant l'enfant à venir. Mais cette femme avait eu le bonheur de dormir des années dans les bras de Jean, et elle lui avait donné cette fleur de lumière, la petite Faustine...

— Il faudrait lui trouver un avocat ! fit soudain Basile. Je suis prêt à témoigner en sa faveur. Dire tout le bien que je pense de Jean devant la Cour, les juges. Il a été condamné très jeune pour un crime qui pourrait être reconsidéré comme un geste malheureux, un accident. Mais je n'ai pas d'argent, juste le solde de mon dernier salaire.

Les paroles de son vieil ami dont la seule présence la rassurait éveillèrent un espoir insensé chez Claire.

— Un avocat ! Oui, évidemment... Mais tu sais que je n'ai plus aucun revenu. Enfin, il y a l'argent que je reçois sur un compte, pour mon frère. C'était une disposition de Frédéric, qui souhaitait le voir faire des études.

Elle apercevait au loin le clocher de Puymoyen, entouré des toitures du village. En évoquant son mari, Claire pensait à Bertrand. Son ancien beau-frère était avocat. Il plaidait souvent à Angoulême. Firmin, le vieux régisseur, avait pris les affaires du domaine en main. Elle était tenue informée de ces détails par les bavardages de Raymonde.

— Nous trouverons une solution ! affirma-t-elle sans parler de Bertrand Giraud.

— Tu as donc déjà une idée en tête ! répliqua Basile.

— Peut-être, mais je dois y réfléchir encore.

Ils se turent un long moment. Des feuilles jaunes voltigeaient au vent, et la terre exhalait une âcre odeur d'humidité et d'herbes fanées. A la faveur de ce silence, chacun remuait de sombres pensées. Claire aurait voulu en savoir davantage sur l'arrestation de Jean et sur la famille Chabin, ces gens capables de laisser partir à des centaines de kilomètres une enfant de leur sang qui venait de perdre père et mère. Basile, quant à lui, ruminait son impuissance à secourir celui qu'il considérait comme son fils.

Faustine se réveilla pendant la traversée du village. Elle sortit de sa cachette les joues rouges. Un homme tirait une remorque chargée de bois. La petite se mit à crier « papa » d'une frêle voix timide.

— Non, ce n'est pas ton papa ! lui dit Claire. Mais il va revenir bientôt, n'aie pas peur !

— Ne lui raconte pas de mensonges ! grogna Basile.

— Elle a besoin d'être rassurée ! coupa la jeune femme. Laisse-moi m'en occuper. J'ai élevé mon frère et je garde trop souvent Nicolas, mon demi-frère. Etiennette abuse de ma patience, mais je m'en moque. Ces deux garçons sont ma raison de vivre.

Claire arrêta la calèche devant l'épicerie. Madame Rigordin, rendue mélancolique par le ciel bas et lourd de nuages, avait déjà allumé la belle suspension en porcelaine qui abritait une lampe à pétrole. Une douce lumière jaune se reflétait sur les bocaux en verre et le comptoir en bois verni surplombé d'une vitrine où étaient présentés des fromages, du beurre en motte et des pièces de charcuterie.

— Je n'en ai pas pour longtemps ! dit-elle à Basile. Viens, Faustine, tu vas choisir un bonbon.

La jeune femme entra dans le magasin, la fillette à son cou. Le vieil homme sourit, pris d'une poignante nostalgie. Revoir le paisible bourg de Puymoyen, les tilleuls de la grand-place et la façade épurée et harmonieuse de l'église le ramenait des années en arrière. Il avait rencontré Marianne Giraud, pour la première fois, devant l'atelier du tonnelier. Elle marchait, menue et vive. Il se promenait après avoir acheté du tabac et du pain. Leurs regards s'étaient croisés. Entre la femme mûre, épouse malheureuse d'un tyran domestique, et l'anarchiste désabusé avait fleuri une attirance irrésistible. Elle l'avait salué. Il avait soulevé son chapeau. Ils s'étaient revus souvent sans oser échanger un mot. Marianne avait dû se renseigner sur lui, car, un jour de marché, elle l'avait abordé, murmurant qu'elle avait appris qu'il était un ancien instituteur. Elle disposait d'une bibliothèque bien fournie au domaine de Ponriant. Elle pouvait lui prêter des livres…

Basile crut entendre le son de sa voix, d'une douceur exquise. Il sursauta. C'était Claire qui l'appelait.

— Tu t'étais endormi ! Et moi qui m'attarde à discuter avec madame Rigordin ! Pardonne-moi, tu dois être tellement fatigué. Regarde donc !

Elle désigna Faustine du menton. La petite fille serrait contre elle une poupée bon marché, habillée d'une robe en laine, le corps en chiffon bourré de son, la tête en papier bouilli et peint. Ses yeux ronds et la bouche étaient dessinés. Mais c'était cependant un joli jouet.

— Si tu l'avais vue devant la poupée. Elle en avait très envie. Cela la consolera un peu !

Claire avait une expression de ravissement, de profonde bonté. L'affection, le dévouement qu'on la sentait prête à témoigner à l'enfant remua Basile, dont le vieux cœur avait subi de rudes épreuves.

— Ma petiote ! soupira-t-il. Sais-tu que tu brilles comme une étoile dans ma nuit, une étoile qui me guide… Oh, je fais du lyrisme bon marché, mais tu as un air si, un air, enfin… Bref, depuis que je suis là, près de toi, je reprends confiance en l'âme humaine.

Il se tut, la gorge nouée par l'émotion. Claire lui prit la main.

— Rentrons vite au moulin. J'occupe seule la grande maison. Non, pas vraiment seule, avec Raymonde et Matthieu. Papa et Etiennette logent au-dessus de la salle commune, là où nous avions installé Guillaume Dancourt.

— Et votre locataire, le préhistorien ? Il n'a pas déménagé ?

— Non, il est loin d'avoir terminé ses fouilles. C'est un homme de science, vous vous entendrez bien. Mais je le vois moins ces derniers temps.

Claire n'en dit pas plus. Cette fois, Faustine, fascinée par sa poupée, accepta de s'asseoir à côté de Basile. Roquette allait bon train, appelant son compagnon d'écurie de quelques hennissements stridents. Sur le chemin des falaises, ils entendirent Sirius lui répondre.

— C'est mon cheval ! expliqua-t-elle. Un superbe animal. Il est tout blanc. Un cadeau de Frédéric. Je le dresse à l'attelage, mais en ville je crois qu'il aurait été trop nerveux.

La jeune femme éprouva du soulagement mais aussi une certaine anxiété en approchant du moulin. Là, ses protégés seraient à l'abri, sous son aile, mais il lui faudrait passer aux aveux. Son père devait apprendre toute la vérité.

Raymonde guettait son retour. Dès qu'elle vit la calèche, la servante courut à l'écurie. Elle examina avec une attention passionnée les nouveaux venus.

— Bonjour, monsieur ! dit-elle d'un ton aimable. Madame, j'ai chauffé la chambre et j'ai préparé une bouillie de maïs au miel, puisque vous m'aviez parlé d'un bébé. Oh ! Qu'elle est belle, quel âge a-t-elle ?

L'enfant lança un coup d'œil intéressé à la jeune fille.

Après avoir éprouvé si petite la terreur et le chagrin, Faustine se sentit en totale confiance vis-à-vis de Claire et Raymonde, avec leurs voix douces et leurs visages souriants. Même Basile, qu'elle aimait bien, l'avait grondée dans le train.

— Elle s'appelle Faustine, maugréa le vieil homme. Elle a un peu plus de deux ans. Sa mère est morte il y a à peine quatre jours.

Claire fronça les sourcils, contrariée par cette révélation trop rude à son goût. Elle prit la fillette dans ses bras pour lui faire traverser la cour constellée de flaques d'eau.

— Je crois que mon ami Basile a besoin de calme et de repos ! dit-elle en manière d'excuse.

A cette heure de l'après-midi, la maison était pratiquement déserte. Matthieu, Sauvageon couché près de lui, jouait avec ses cubes sur le carrelage étincelant de propreté. Claire fit entrer Faustine qui lui tenait la main.

— Matthieu ! appela-t-elle.

Le garçon leva le nez et bondit sur ses pieds. Il courut vers sa grande sœur. La vue de la petite fille l'arrêta net.

— Elle est mignonne ! s'écria-t-il. Elle va rester chez nous ?

— Oui, quelque temps. Tu seras très gentil, Matthieu, c'est encore un bébé.

Ensuite, ce fut le chien-loup qui eut droit aux présentations. Le haut de son crâne taché de blanc dépassait la tête de Faustine. Elle se retrouva sous un regard doré, curieux, puis une langue tiède lui lécha le visage. Il se passa alors quelque chose dont on se souviendrait des mois : Faustine éclata de rire. Cela ressemblait à une légère fanfare de grelots, éclose par miracle. La bouche étirée sur une rangée de minuscules dents pareilles à des perles, l'enfant frappée par le sort riait et riait encore.

Sauvageon se laissa tomber sur le sol, le ventre en l'air et la gorge offerte. Il signifiait ainsi sa complète soumission à la frêle créature.

— Eh bien ! murmura Claire. Voici un loup qui aime les enfants.

Basile lui-même souriait. Léon sortit alors du cellier, une barrique calée sur son épaule.

— Ah, mam'selle Claire ! lança-t-il d'une drôle de voix. Je vous attendais, faut que je vous parle.

— Pas tout de suite, je t'en prie ! gémit-elle. Finis ce que tu devais faire et reviens...

La jeune femme ne savait plus où donner de la tête. En moins de dix minutes, elle installa Basile dans sa chambre et elle lui apporta un café chaud et des biscuits. Raymonde monta le sac du « monsieur », comme elle le répétait à loisir. Ensuite, toutes deux assirent les enfants à table pour le goûter.

— Raymonde, fais manger sa bouillie à Faustine. Toi, Matthieu, tu es assez grand pour te débrouiller. Tu as des tartines beurrées.

Claire remercia la servante d'une caresse sur les cheveux avant de sortir. L'air frais et la pluie fine qui tombait à nouveau lui firent du bien. Elle ôta sa veste et, en corsage, rejoignit Léon qui la guettait depuis l'appentis voisin. Le jeune homme reniflait, contenant avec peine des pleurs de gosse.

— Qu'est-ce que tu as ? demanda-t-elle, inquiète.

— Y a eu de la visite, ce tantôt, mam'selle. Un cavalier qui s'est posté là, près du portail. Votre père était au fond de la salle des piles ; il n'a rien vu. J'y suis allé, parce que je l'avais reconnu...

— Mais qui ? coupa Claire, exaspérée par les pleurs de Léon.

— Le monsieur que j'ai vu l'autre matin, au bourg. Celui qui a ramassé ma lettre. Vous savez ce qu'il a fait ? Il m'a jeté une bourse avec une belle petite somme à l'intérieur. Alors, quand je vois ça, je la lui rends... « J'en ai pas besoin, j'ai pas travaillé pour vous ! » je lui dis. Et là, il me dit que si, que grâce à moi, il a pu arrêter un dangereux criminel, Jean Dumont, qui se faisait appeler Drujon sur le *Sans-Peur.* J'étais comme frappé par la foudre, mam'selle Claire ! Là, il fait tourner son cheval et il s'éloigne un peu sur le chemin. Vous savez ce qu'il me crie ?

— Non, répondit la jeune femme, dont les jambes tremblaient.

— Il crie : « Donnez le bonjour à Claire Roy de la part d'Aristide Dubreuil. Elle m'a berné en beauté il y a cinq ans et, et... »

Léon respirait fort. Il cherchait à se souvenir des mots exacts.

— Voilà, ça me revient : « Et si je ne la mets pas en prison, c'est qu'elle m'a donné un sacré coup de main, comme toi, mon gars ! » Dites, mam'selle, qu'est-ce que j'ai fait de mal ? Ce type, au bourg, c'était un policier, je parie…

Claire crut plonger au fond d'un gouffre effrayant. Il n'y brillait plus aucune lueur d'espoir. En rentrant de la gare, quand Basile avait évoqué la nécessité de trouver un avocat, elle s'était juré de sauver son ancien amant, quitte à se traîner aux genoux de Bertrand Giraud. Mais à présent, même si Jean échappait au bagne, jamais rien n'effacerait la faute qu'elle avait commise. A cause d'elle, à cause de son étourderie et de sa bêtise, Germaine était morte. L'enfant qu'elle portait aussi… Un fils peut-être, qui aurait fait la fierté et la joie de son père. Elle bredouilla, aveuglée par un flot soudain de larmes :

— Jamais ce maudit Dubreuil n'aurait retrouvé Jean sans moi ! Je t'ai donné son adresse, lui qui vivait en paix, honorable, libre et respecté. Sa femme l'aimait, il avait une famille… et moi, j'ai tout détruit !

En titubant, Claire alla appuyer son front contre le mur. Elle sanglotait, cognant la pierre de ses poings fermés. Léon tentait de comprendre les paroles étouffées que la jeune femme chuchotait, à demi folle de chagrin.

Colin montait aux étendoirs. Il perçut les plaintes désespérées d'une femme et aperçut Claire. Au pas de course, il se précipita vers sa fille, la prenant aussitôt dans ses bras.

— Allons, ma fille, qu'as-tu donc ? Léon, j'espère que tu ne lui as pas manqué de respect ?

Le jeune homme recula en agitant les mains.

— Non, m'sieur Roy, non ! Je lui ai rien fait, à mam'selle Claire… pour qui vous me prenez !

— Papa, laisse-le ! hurla-t-elle en se débattant.

— Bon sang, vas-tu me dire ce qui te met dans un état pareil ? Où est Matthieu… Il n'est rien arrivé à ton frère ?

Claire fit non de la tête. Colin la maintenait fermement. Elle se souvint de ses années d'enfance. Son père l'avait souvent consolée des duretés de sa mère. Là encore, sa tendresse maladroite et le regard inquiet qu'il posait sur elle agirent sur ses nerfs. Elle se réfugia contre son épaule en hoquetant.

— Papa, aide-moi, je t'en supplie… Papa, je n'en peux plus… C'est trop de malheur, c'est trop ! J'ai tout perdu, et je suis seule, tellement seule !

— Viens au chaud, tu claques des dents ! Calme-toi. Léon, passe devant et préviens Raymonde.

Le papetier reconduisit sa fille jusqu'à la maison, en la portant presque. De ses fenêtres, Etiennette vit la scène et descendit avec Nicolas. Basile regardait aussi dans la cour, sa pipe à la bouche. La démarche languide de Claire et le visage affolé de Colin l'alarmèrent. Il préféra savoir ce qui se passait.

Quelques minutes plus tard, tous étaient réunis autour de la jeune femme. Avec sa figure meurtrie par les larmes, ses doigts écorchés et l'air hébété qui la rendait méconnaissable, elle présentait l'image vivante de la désolation.

Raymonde se cramponnait au bras de Léon. Etiennette serrait son fils contre elle. Colin, lui, constatait avec stupeur la présence de Basile et d'une petite fille qu'il n'avait jamais vue. Mais il ne posa aucune question. Ce serait pour plus tard, quand Claire se sentirait mieux.

— Qu'est-ce que tu as, ma Clairette ? lui demanda-t-il à nouveau, d'un ton qui se voulait protecteur. Parle donc, ça te fera du bien.

Elle leva un regard noir, empreint de panique, sur son père et lui seul. Mais, voyant tous ces visages qui l'entouraient, elle commença à raconter sa rencontre avec Jean. Au début, elle hésitait et balbutiait, mais bientôt les mots s'ordonnèrent, nets et évocateurs. Claire ne vit même pas que Colin prenait un tabouret pour s'installer à ses côtés et que Basile avait pris place sur le banc, Faustine sur ses genoux.

Etiennette, Raymonde et Léon trouvèrent eux aussi où s'asseoir, subjugués par les aveux troublants de la jeune femme. Il lui fallait disculper Jean immédiatement. La servante eut un cri d'horreur lorsque Claire raconta les violences perverses qu'avait subies le petit Lucien au bagne d'Hyères. La plupart d'entre eux ignoraient le sort tragique des enfants errants, orphelins, condamnés à la faim et au froid. Ils volaient pour manger et ils étaient privés de tout soutien, de toute affection. Le récit était si poignant que Léon ressentit un soulagement en apprenant que Jean avait frappé le surveillant

Dorlet du tranchant de la pelle, alors que cet homme sans moralité le regardait enterrer son petit frère.

Claire fut discrète sur les mois d'amour vécus dans la vallée. Pourtant, son expression mélancolique, le sourire rêveur qui lui vint aux lèvres et le timbre de sa voix aux accents vibrants montraient à tous la force de cette passion illicite. Etiennette se frottait les yeux. Elle pleurait doucement. Raymonde frémissait, prête à connaître la même aventure si l'occasion se présentait.

Colin Roy ne tarda pas à cacher sa mine défaite entre ses mains. Il était toujours aussi attentif, certes, mais ravagé par ce qu'il comprenait. Sa fille s'était sacrifiée au-delà de ses exigences à lui. Pour tenir les rênes du moulin après le décès d'Hortense et pour élever Matthieu, elle avait épousé Frédéric le cœur plein d'amour pour un autre.

Claire continuait à parler. Même les petits garçons restaient sages. Le murmure du ragoût qui mijotait se tut également. Il n'y avait plus de bois dans la cuisinière, et personne ne se préoccupait du feu.

Enfin, après le naufrage du *Sans-Peur* qui permit à la jeune femme de citer Léon et de justifier sa présence parmi eux, Claire évoqua l'existence laborieuse et exemplaire de Jean en Normandie. Elle fut obligée de dévoiler le geste honteux de sa cousine Bertille. Du coup, le papetier releva la tête, outré. La mort violente de Germaine arracha des larmes à Raymonde et à Matthieu.

Quant au funeste hasard qui avait placé le chef de la police sur le chemin de Léon, devant la poste de Puymoyen, tous le déplorèrent d'une clameur navrée, Basile aussi. Le vieil homme ignorait ce point de l'histoire. Le canevas du drame lui parut soudain d'une précision insurmontable. L'état de Claire ne l'étonna plus.

— Et Dubreuil est venu aujourd'hui à la porte du moulin ! annonça-t-elle. Pour offrir de l'argent à ce pauvre Léon, une sorte de récompense pour sa trahison involontaire. Bien sûr, il n'en veut pas. Ces sous-là le saliraient, comme il m'a dit. Mais la vraie coupable, c'est moi ! Et il me l'a fait savoir, ce maudit policier ! J'ai toujours haï Judas, dans les Evangiles, Judas qui trahit Jésus-Christ d'un baiser… Moi, j'ai causé la ruine de l'homme que j'aime, j'ai semé le malheur. Je dois le sauver, mais si par miracle j'y parviens il me méprisera, il ne pourra pas me pardonner !

Elle se tut, très pâle. Derrière les fenêtres, le jour baissait. Basile frissonna. Le silence des heures tragiques pesait sur la petite assemblée. Etiennette eut alors un élan de compassion pour la jeune femme recroquevillée sur elle-même. Confiant son fils à Raymonde, elle alla s'agenouiller devant Claire et la prit dans ses bras.

— Je vous demande pardon, bredouilla-t-elle. Je ne savais pas que vous étiez si malheureuse depuis tout ce temps !

Colin gardait les yeux fixés sur Faustine, dont toute l'attention était concentrée sur la poupée. Ainsi, c'était la fille de Jean, ce beau garçon peu aimable dont il se méfiait. Il jeta un coup d'œil au vieux Drujon, mesurant les tourments que son ancien locataire devait éprouver. Ce dernier crut bon d'ajouter :

— Je n'ai guère eu le temps de le dire à Claire, mais je n'avais pas d'autre choix que d'emmener la petite. Personne, dans la famille Chabin, ne voulait la prendre en charge. Le grand-père, Norbert, pourtant un brave homme, a même refusé de l'embrasser quand nous sommes partis. Pauvre gosse !

— On gèle ici ! conclut brusquement le papetier. Raymonde, ce soir, nous soupons tous ensemble. Prépare-nous donc un bon repas et tire du vin à ta guise. Léon, rallume la cuisinière. Je retourne au travail, car mes ouvriers doivent se demander où je suis passé.

Le papetier caressa la joue de Claire.

— Toi, ma fille, ne te rends pas malade ! Le plus important, c'est d'éviter à Jean une condamnation trop lourde. Basile a raison : un bon avocat pourrait faire pencher la balance de son côté... Et ne t'accuse pas comme ça ! Quand le mauvais sort vous poursuit, qui est assez malin pour le vaincre ? Et si à la source de tout ce gâchis c'était moi, ton père, le seul vrai coupable...

Moulin du berger, 20 septembre 1902

Raymonde exultait. Depuis l'arrivée de Basile et de la petite Faustine, la maison était plus animée. Il en résultait un surcroît de travail pour elle, mais elle s'en moquait. Elle faisait appel aux services de Léon, si bien qu'ils avaient souvent l'occasion de bavarder. Depuis la confession de Claire, la jeune fille se sentait au premier rang d'un spectacle riche en émotions et en rebondissements. Tout cela lui rappelait certains romans qu'elle avait lus, dans lesquels les héros affrontaient de cruelles épreuves. Sa maîtresse, qu'elle aimait tant, lui inspirait à présent une sorte d'adoration.

Léon, lui, ne parvenait pas à retrouver sa bonne humeur habituelle. Le sort de Jean lui brisait le cœur. La part involontaire qu'il avait prise dans l'arrestation de son ami lui pesait sur la conscience. Comme pour se racheter, il faisait des pieds et des mains pour arracher un sourire à la petite Faustine.

Raymonde et Léon étaient les premiers levés ce matin-là. Derrière les carreaux, la nuit pâlissait. Le jeune homme ranima les braises de la cuisinière et la garnit de bûches. Accroupi, il actionnait le soufflet pour obtenir de belles flammes. Raymonde le taquinait, autant pour le tirer de sa tristesse que par désir de le séduire.

— Si le feu prend vite, c'est que tu es amoureux ! lui chantonna-t-elle à l'oreille.

Il sentit dans son dos le contact rond et ferme d'un sein. La jeune fille lui plaisait, mais il n'osait pas le montrer. Il se contenta de redoubler d'efforts en espérant une flambée aussi vive que le trouble qui l'affolait.

Claire descendit au même instant. Elle les salua d'un bonjour languissant et alla s'asseoir à table.

— Madame, le café n'est pas prêt ! Je n'ai que de l'eau tiède… Mais j'ai déjà trait les chèvres ; il y a du lait pour les enfants, dit Raymonde d'une voix enjouée.

— C'est bien, répondit Claire, la voix empreinte de tristesse. Vous êtes tous si gentils. Je n'oublierai jamais ce repas, l'autre soir. Papa ne m'a fait aucun reproche, alors que je lui avais menti bien souvent. Et Etiennette, ce geste qu'elle a eu de se mettre à genoux… Moi qui la croyais mauvaise comme la teigne. Je dois m'habiller avec soin et me coiffer pour recevoir Bertrand.

Claire parlait si bas que les jeunes gens l'entendaient à peine. Elle les inquiétait, à déambuler dans la maison comme une âme en peine, les traits tirés et les paupières rougies par les larmes. Elle avait passé la journée de la veille vêtue d'une vieille jupe enfilée sur sa chemise de nuit, guettant une réponse de Bertrand Giraud à la lettre que Léon était allé porter à bicyclette au domaine de Ponriant. Un des bessons, Louis, qui courtisait Raymonde, avait transmis un message le soir même : Bertrand devait passer le plus vite possible, dans la matinée.

— Faustine a encore pleuré cette nuit ! se reprocha-t-elle. Je l'ai prise avec moi, pauvre petite. J'ai tué sa mère. Si cette femme me voit, de là-haut, elle doit croire que je lui vole sa fille.

— Arrêtez donc, madame ! protesta Raymonde. Vous perdez l'entendement. Vous qui êtes si bonne, si généreuse.

— Autant dire que c'est moi qui ai tué madame Germaine ! intervint Léon maladroitement. Quand je suis monté au bourg, ce jour-là, vous m'aviez recommandé d'être discret, de ne parler à personne. Et moi, couillon que je suis, j'ai causé avec ce sale type… J'aurais dû le sentir, qu'il était de la police !

La bouilloire commençait à siffler. Colin entra, une cassette en fer dans les mains. Sa réaction, quand il avait appris la vérité sur Jean, avait surpris Basile. L'anarchiste le jugeait moins large d'esprit. Pas une fois le papetier n'avait émis de doutes quant à la terrible enfance du jeune homme. Pas une fois il ne lui avait reproché le crime qu'il avait commis par désespoir. Le vieil instituteur n'était pas loin de l'estimer désormais, de voir un nouvel ami en lui.

— Claire ! dit Colin à sa fille. Les affaires ne sont plus ce qu'elles étaient, tu le sais. Mais le carton d'emballage de qualité, une de tes idées, a bien marché. J'avais mis de l'argent de côté pour réparer la toiture des étendoirs ! Nous ferons ça plus tard. Si cette somme peut convaincre Bertrand de défendre Jean…

La jeune femme éclata en sanglots. L'émotion était trop forte.

— Merci, papa...

Raymonde lui servit un bol de café au lait. Etiennette entra, avec Nicolas accroché à son cou.

— Si vous voulez que je démêle vos cheveux, Claire, proposa-t-elle en souriant. J'ai rangé le petit bureau de Colin. Vous pourrez être seule avec l'avocat.

— Comme c'est aimable ! bégaya Claire. Oui, il faudrait m'aider à me préparer. Je n'ai plus aucun courage. Je n'ai qu'une envie, me jeter dans le bief... L'eau est si haute, si forte... Je l'ai entendue gronder cette nuit et j'ai failli me lever pour courir là-bas.

Colin se pencha sur sa fille et la prit dans ses bras.

— Veux-tu te taire ! Qu'est-ce que je deviendrais sans toi ? Et la petite Faustine... Matthieu et Nicolas. Tu voudrais donner un si gros chagrin à tes frères ? A nous tous ?

Claire cacha son visage contre l'épaule paternelle.

— Frédéric aussi, il est mort à cause de moi ! Je ne l'ai pas beaucoup pleuré, mais s'il est sorti, ce soir-là, c'était pour protéger Sauvageon du loup enragé. Je porte malheur...

Etiennette installa Nicolas sur le banc. Le garçonnet, mal réveillé, bâillait. Epouse de Colin depuis plusieurs mois, l'ancienne servante apprenait discrètement les bonnes manières. Elle imitait Claire en tout. Elle se forçait à parler de façon correcte. La rancœur irraisonnée qu'elle vouait à sa belle-fille s'estompait. Un élan lui fit prendre la main si menue de son ancienne maîtresse.

— Claire, ce n'est pas votre faute, pour la lettre ! Vous avez toujours été d'une grande gentillesse. C'est pour ça que vous avez donné l'adresse à Léon. Vous ne méritez pas d'être si malheureuse. Quand je suis entrée au moulin, je me souviens que madame votre mère me faisait peur. Et vous veniez me consoler quand elle me grondait ! Mais après, je vous cherchais des noises. J'étais jalouse. J'ai compris pourquoi il n'y a pas longtemps : parce que vous étiez tellement jolie et instruite.

— Cela ne m'empêche pas de faire des bêtises, Etiennette.

Elles se turent un moment. Raymonde montait chercher Faustine qui appelait en pleurant. Matthieu dévala l'escalier.

— Il faudrait garder les garçons tout à l'heure ! s'affola Claire. Quand Bertrand sera là.

Colin annonça à ses fils qu'il les emmènerait dans la salle des piles pour assister au remplissage des formes. Les entrailles bruyantes du moulin étaient un lieu encore interdit aux deux enfants. La promesse les rendit joyeux.

Claire jeta un regard autour d'elle. Il était dix heures. La grande cuisine était impeccable. Le temps avait changé. Il faisait chaud et le soleil brillait dans un ciel sans nuages. La jeune femme aurait voulu s'en réjouir, prévoir une promenade sur le chemin des falaises avec les trois petits, mais il lui semblait que son cœur et son esprit n'y étaient pas.

Elle guettait, avec une sensation anormale de lassitude, l'arrivée de Bertrand. Hormis quelques rencontres sur la place de Puymoyen, qui leur donnaient l'occasion de se saluer à distance, elle n'avait pas revu son ex-beau-frère depuis l'enterrement de Frédéric. Il l'avait invitée bien souvent à des repas de famille, au baptême de son dernier-né, mais elle envoyait trois mots d'excuse et de remerciements pour décliner l'invitation.

Raymonde gardait Faustine à l'étage. Basile lisait dans sa chambre déjà imprégnée de l'odeur de son tabac hollandais. Léon attendait le visiteur afin de s'occuper de son cheval.

L'écho pétaradant d'une automobile parvint soudain à Claire. Par la fenêtre, elle aperçut une voiture noire et rouge, conduite par Bertrand. L'arrivée de l'engin sema la panique : les chevaux se mirent à hennir de peur dans l'écurie et les chèvres partirent en bonds affolés à l'autre bout de leur pré. Même le cochon grogna, cognant la porte du petit bâtiment où on l'engraissait pour la fête du cochon du mois de janvier. Deux ouvriers, poussés par la curiosité, sortirent de la salle commune.

Le nouveau maître de Ponriant ôta gants et lunettes. Il se dirigea d'un pas hésitant vers le perron. Claire apparut, vêtue d'un corsage rose orné d'un plastron de plis plats et d'une jupe noire. Ses cheveux nattés et relevés couronnaient son front, une trouvaille d'Etiennette. Elle paraissait différente ainsi, plus sérieuse et très digne.

— Claire ! s'exclama Bertrand. Quel plaisir de vous revoir ! Toujours belle, toujours triste, n'est-ce pas ?

L'entrée en matière soulagea la jeune femme saisie d'une timidité inhabituelle. Sans façon, il l'embrassa sur les deux joues.

— Vous auriez pu nous rendre visite au domaine ! dit-il plus bas. Mais je suis content de revenir ici. Je suis entré dans la cour du moulin, une fois, il me semble. J'avais huit ans. Mon père venait pour affaires. Il m'avait emmené. Disons que j'ai passé mon enfance au pensionnat et, durant les vacances, je n'avais pas le droit de franchir les limites du parc.

Cet échange permit à Claire de prendre des forces. C'était l'heure du combat. Elle allait se battre pour sauver Jean et redonner un père à Faustine. Qu'il refuse de la revoir ensuite, cela ne devait pas compter.

— Entrez, Bertrand !

L'avocat examinait les lieux. Il s'extasiait sur la maie en chêne foncé, admirait la disposition des bouquets – il restait dans le jardin de lourds dahlias violets et des roses blanches –, félicitait Claire sur le charme de la pièce. Elle ne répondait pas, se tenant à deux mains au dossier d'une chaise. La voyant pâle et muette, Bertrand entra dans le vif du sujet :

— Bon, que se passe-t-il ? Votre courrier était pour le moins désespéré. Claire, s'il s'agit d'argent, je vous ai bien dit à la mort de mon frère que je trouvais ses décisions testamentaires injustes. Je suis prêt à vous aider.

Claire ne savait pas comment dire à Bertrand ce qu'elle voulait. Il s'approcha, surpris.

— Voyons, est-ce si délicat, si pénible ? Je suis avocat, j'ai coutume d'entendre bien des choses.

— Justement ! balbutia-t-elle enfin. J'ai besoin d'un avocat qui accepterait de défendre quelqu'un sans être payé. C'est une cause juste, je vous assure. Mais je dois vous expliquer ! Et ensuite, peut-être que vous me condamnerez aussi, sans pitié. Le bonheur d'une enfant de deux ans en dépend, ainsi que la vie d'un homme. Et je, je…

Claire sentait ses jambes se dérober sous elle. Elle n'avait rien pu avaler, et son front se couvrit de sueur. Glacée, elle vacilla. Bertrand la retint à temps.

— Mon Dieu, à qui faites-vous allusion ? Un parent ? Ayez confiance en moi, Claire, j'ai du cœur, je suis père de quatre enfants... Je n'ai aucun grief contre vous. Marie-Virginie regrette souvent de ne pas vous avoir pour amie. Je vous ai considérée des années comme ma sœur !

Il y eut un craquement dans l'escalier. Basile descendait, prenant appui sur une canne. Sa voix grave résonna, ferme et autoritaire. Une voix de maître d'école.

— Petiote, laisse-moi parler à ta place...

Bertrand reconnut le vieil homme. Il le savait très instruit et fervent socialiste.

— Monsieur Drujon ! Je pensais que vous aviez quitté notre vallée depuis des années.

Ils échangèrent une poignée de main. Basile prit place à table. Bertrand s'assit en face de lui.

— Je vous écoute ! Non pas comme voisin, mais en tant qu'avocat. Je resterai silencieux. Quand vous en aurez terminé, je vous donnerai mon avis et ma décision.

Basile plissa un instant les paupières. Il dévisagea le jeune homme et commença, d'un ton calme :

— Vous ressemblez beaucoup à votre mère ! J'ai eu l'honneur de la rencontrer. C'était une personne très aimable et fort intelligente...

— Disons que j'ai surtout hérité de ses traits, de son physique dans ce cas ! plaisanta Bertrand.

Claire comprit l'émotion que ressentait Basile. C'était admis depuis longtemps, dans le pays, que le fils cadet de Ponriant évoquait la douce et charitable Marianne.

Tous ces deuils, songea-t-elle, ces chagrins, ces amours bafouées ! Heureusement, il y a des gens qui sont épargnés.

Elle chercha dans son entourage des couples solides, des familles tranquilles. Cela l'occupa un moment. Basile exposait toute l'affaire de façon précise et pratique. Mais très vite, elle se laissa prendre par le récit, qui faisait de Jean un emblème vivant de toutes les injustices d'une société bourgeoise tournée vers la bienséance et l'hypocrisie. Il mit l'accent sur l'héroïsme avec lequel il avait sacrifié sa vie pour sauver le jeune Léon. Basile dénonça aussi la mort atroce de Germaine, qui n'avait même pas pu dire adieu à son mari. Il tut un point important : l'amour de Claire pour Jean.

Quand il eut fini ce véritable plaidoyer, le vieil homme, frémissant, posa ses yeux tristes sur Bertrand.

— Alors ?

— C'est une belle cause ! convint l'avocat. Déjà, un procès est une bonne chose. On peut espérer un verdict clément. L'opinion publique a évolué ces dernières années. Les romans naturalistes d'Emile Zola ont démontré combien la misère et l'obscurantisme nuisent à l'élévation de l'être humain. Je me fais fort de contrer le glaive de la justice en évoquant un destin aussi dramatique que celui de votre ami. Mais, dès maintenant, il me faut des témoins en sa faveur. Ce Jambe courte, le second du morutier, il serait capital qu'il vienne à la barre. Ou encore Léon, bien sûr, pour raconter son sauvetage !

L'enthousiasme de Bertrand redonnait des couleurs à Claire. Elle le devinait prêt à défendre Jean avec énergie et talent. Ils la virent se lever, prendre des verres dans le buffet et sortir une bouteille.

— C'est léger ! dit-elle. Du vin de cassis, que je prépare moi-même à la saison. Oh, Bertrand, je suis tellement soulagée !

— Comment pourrais-je refuser ? répliqua-t-il. Et ne vous faites aucun souci pour l'argent. La fortune dont j'ai hérité, et qui aurait dû vous revenir en partie, me permet de prendre cette liberté. La justice sera étonnée que Jean Dumont ait un avocat de la Cour. Je m'en réjouis. A la réflexion, je crois que je n'ai pas encore pu montrer ce que j'avais dans le ventre... Pardonnez-moi cette expression un peu vulgaire, chère Claire !

— Je vous pardonne tout ! répondit-elle.

Basile fronça les sourcils. Il ne souhaitait pas révéler à leur visiteur les liens qui unissaient la jeune femme et Jean. A moins d'être sot ou aveugle, Giraud devait se douter de la chose. Claire ajouta alors, avec une adorable expression de nostalgie :

— Vous devez savoir aussi, Bertrand, que Jean Dumont a beaucoup compté pour moi. Je l'ai aidé juste après son évasion. Nous nous sommes aimés. Hélas, je l'ai cru mort dans le naufrage du *Sans-Peur*, et j'ai épousé votre frère qui ne renonçait pas à son projet de mariage. Basile a eu la délicatesse de me laisser vous confier ce point. C'est très important pour moi d'éviter à Jean un départ pour Cayenne, dont les forçats ne reviennent jamais.

Un peu gêné, Bertrand but une gorgée de la boisson aux reflets de rubis, finement sucrée. Enfin il chuchota :

— A vous voir si émue, au bord de l'évanouissement, je supposais déjà que vous étiez profondément attachée à l'accusé.

Ce terme d'accusé, bien naturel dans la bouche d'un avocat, fit tressaillir Claire. Elle s'apprêtait à se justifier encore, lorsqu'une seconde automobile pénétra dans la cour du moulin. Cette fois, tous les ouvriers, Colin en tête, sortirent pour admirer le véhicule dont le moteur crachait et grondait. Claire ouvrit la fenêtre pour voir qui leur rendait visite.

— C'est Bertille ! s'écria-t-elle. Mais l'homme qui est au volant, je ne le connais pas.

Elle fixait sa cousine avec stupeur. C'était étrange de la revoir. Nimbée de lumière, les cheveux vaporeux à peine retenus par un chapeau de paille, Bertille avait plus que jamais l'air d'une princesse. Le bustier de sa toilette scintillait au soleil, autant que sa peau de porcelaine.

L'homme qui l'accompagnait sortit par la porte arrière de la voiture un nouveau modèle de chaise roulante, plus petit. Il aida la jeune infirme à s'y asseoir et la conduisit jusqu'au perron. Claire avait envie de s'enfuir par le cellier, qui communiquait avec une partie du jardin. Mais la curiosité la retint, ainsi que la présence de Bertrand qui n'aurait pas compris les raisons d'une telle attitude.

Quelques instants plus tard, Bertille était dans la cuisine. L'homme sortit.

— Claire, je suis venue dès que j'ai su la nouvelle...

Elle aperçut alors Basile et Bertrand. Un voile de contrariété assombrit son regard transparent.

— Es-tu au courant pour Jean ? demanda-t-elle tout bas. Il a été arrêté et ils vont le juger à Angoulême. J'ai lu ça dans le journal ce matin. Je devais te prévenir. Il est arrivé hier à la maison d'arrêt.

— Tu peux parler fort, coupa Claire durement. Ils sont au courant. J'ai demandé l'aide de Bertrand pour défendre Jean.

L'avocat s'était levé. Il s'empressa de venir saluer Bertille en lui baisant la main. Celle-ci éclata d'un rire câlin.

— Toujours aussi galant, cher ami ! Figure-toi, Claire, que Bertrand est devenu un de mes meilleurs clients. Son épouse lit beaucoup. Je fais en sorte de lui procurer les romans juste parus.

L'expression proche de l'extase de Bertrand Giraud, tandis qu'il regardait sa cousine, plongea Claire dans le désarroi. Ainsi, tout infirme qu'elle était, Bertille continuait à charmer tous les mâles du département, à semer le désordre aussi.

Elle est de plus en plus belle ! se dit-elle. Je ne verrai jamais une autre femme aussi gracieuse, dotée d'un corps si mince, si joli. Et ce visage ! On dirait un ange…

Bertille ne s'embarrassa pas de bavardages inutiles. Elle déclara qu'elle mourait de soif et poussa sa chaise près de la table. Basile alla chercher un verre propre et lui servit du vin de cassis. Il l'avait à peine saluée. Il avait du mal à cacher sa rancœur.

— Que s'est-il passé ? s'exclama Bertille. Je ne tenais plus en place. Je devais te voir, Claire ! Et vous, monsieur Drujon, que faites-vous ici ?

Raymonde descendait avec Faustine. La servante n'avait pas résisté à la curiosité. Elle s'excusa :

— Je suis navrée, madame, mais la petite s'ennuyait. Il fait si beau, après toute cette pluie. Je vais la promener le long de la rivière. Je reviendrai à temps pour le déjeuner. Bonjour, madame Dancourt. Je suis bien contente de vous revoir !

— Bonjour, Raymonde ! Tu as encore grandi… et tu es ravissante ! répondit Bertille. Que prépares-tu pour midi, j'ai faim ! C'est l'air de la campagne. Le voyage en automobile, mon premier voyage dans un de ces engins ! Je rêve d'une omelette. Tu les réussis si bien. Aux herbes, avec de l'oseille, de la ciboulette, du persil, mais attention, pas d'ail ! En ville, les œufs ne sont pas si bons.

Tous ces compliments firent rougir la servante.

— Ce sera un plaisir, madame Dancourt.

A écouter la discussion, qui témoignait de la pérennité de leur existence passée et à venir sous le toit protecteur du moulin, Claire ressentit une soudaine bouffée de joie tout à fait incompréhensible. Etait-ce dû à la voix chantante de sa cousine, qui illuminait la maison de sa présence radieuse ? Ou bien au regard pétillant d'intérêt de Raymonde ? Ou encore au minois souriant de Faustine ? Elle l'ignorait, mais l'étau qui enserrait son cœur se relâchait. Un espoir ténu s'éveillait. Il n'y avait plus de secrets ni de mensonges. La famille entière la soutenait. A eux tous, peut-être qu'ils tireraient Jean des griffes de la justice.

— Qui est cette exquise enfant ? interrogea l'infirme.

C'était là un des atouts de Bertille : son langage précieux, la vivacité de ses discours, la volonté de son regard gris.

— Je te présente la fille de Jean. Faustine, cette belle dame, c'est ma cousine Bertille. Je l'aime beaucoup.

Hormis Basile, personne ne mesura la portée de ces mots. Claire pardonnait. C'était un élan neuf vers cette superbe créature, légère comme une plume, avec des allures de reine dans une chaise roulante.

— Bonjour, Faustine, fit Bertille en embrassant la fillette. Tu as de la chance d'être ici, près de Claire. C'est la plus merveilleuse femme du monde, crois-moi.

La jeune femme ne put rien ajouter. Elle pleurait sans bruit, sous le regard noir mais attendri de Claire. Raymonde jubilait : ça sentait bon la réconciliation. Elle se hâta d'emmener Faustine au jardin. Bertrand prit congé en assurant qu'il se mettait au travail le jour même.

— Restez déjeuner avec nous ! protesta Bertille en essuyant ses larmes.

— Non, Marie-Virginie compte sur moi. Claire, demain je rendrai visite à Jean Dumont après les formalités indispensables. Si vous souhaitez que je lui donne une lettre… Je repasserai le matin vers sept heures.

— Oh ! Merci ! continua-t-elle. Toi, Basile, tu lui écriras une lettre ! Je mettrai un petit mot à la fin.

Basile raccompagna Bertrand dans la cour. Claire et Bertille se retrouvèrent seules. L'infirme en profita pour demander, inquiète :

— Alors, tu me pardonnes ? Si tu savais comme j'étais malheureuse de t'avoir causé tant de chagrin.

— N'en parlons plus ! Il y a plus grave…

— Dis-moi, vite !

Claire se souvint soudain de l'homme qui avait conduit Bertille jusqu'au moulin.

— Et ton chauffeur, qui est-ce ? Si tu manges avec nous, il ne va pas t'attendre dehors.

— Eh bien si ! C'est un taxi. Enfin, il a l'intention de travailler comme tel. Je le mets à l'épreuve. Je l'ai payé. Raymonde lui portera un casse-croûte. Raconte-moi tout, je t'en prie.

Ce fut un récit bref, cette fois. Claire n'exposa que l'essentiel en insistant sur la déplorable histoire de la lettre pour Jean, tombée par le plus grand des hasards entre les mains d'Aristide Dubreuil. Quand elle eut terminé, Bertille se remit à pleurer. Entre deux petits hoquets, elle lâcha :

— Bertrand le sauvera ! Il le faut. Rien ne serait arrivé sans moi ! Oh ! Claire, si tu savais combien je m'en veux.

— Maintenant, je sais, répondit sa cousine. Il y a des gestes, des choses que l'on fait sans vraiment réfléchir aux conséquences. Tu as cru agir pour le mieux en me cachant que Jean était vivant, et moi je pensais que Léon devait pouvoir écrire en Normandie. Vois-tu, la série de malheurs qui en découle nous servira de leçon à toutes les deux… Donne ta petite main, princesse ! Je suis contente que tu sois là.

18

Les ailes du malheur

Prison Saint-Roch, 20 septembre 1902

Jean supportait mal l'enfermement. L'étroitesse de sa cellule l'oppressait, même s'il appréciait d'y être seul. Le jour se levait. Il avait à peine dormi. Une semaine s'était écoulée depuis son arrestation. Après la prison de Caen, il se retrouvait à Angoulême, une ville qu'il n'avait parcourue que la nuit, comme un chat errant en quête d'un refuge.

Allongé sur une mauvaise paillasse, il se souvint de la prostituée qui l'avait hébergé, il y avait plusieurs années, rempart du Nord. Une femme d'âge mûr, très fardée, avec une poitrine opulente. A cette époque, il venait de s'évader du bagne de La Couronne. Ses dix-huit ans pleins de vigueur amoureuse et de curiosité pour le sexe féminin lui avaient valu d'être logé, nourri et aimé pendant quatre jours. Mais quelqu'un avait mouchardé, comme disaient ses camarades d'infortune. Aristide Dubreuil l'avait arrêté dans des circonstances assez humiliantes : l'adolescent était nu dans le lit de sa maîtresse.

« Cache-moi ton asticot, petite crapule ! » lui avait crié le policier tandis que les gendarmes qui l'accompagnaient ricanaient.

Jean avait enfilé le pantalon de coutil jaunâtre de la colonie pénitentiaire et une chemise que la femme lui avait prêtée. Il crut ressentir le feu de la honte qui l'avait brûlé ce matin-là. Et des années plus tard, sept environ, Dubreuil l'avait coincé à nouveau.

Qui m'a vendu, cette fois ? se demanda-t-il.

Il frissonna, le ventre creux. Tout recommençait. Il avait autrefois appris à endurer la faim quotidienne, que l'on satisfait d'un quignon de pain volé à un chien ou du blé vert dans les prés. L'hiver, il n'y avait rien à grappiller sur les chemins de campagne. Il fallait entrer dans les villes, pour voler à l'étalage. Mais l'été, il menait Lucien par la main à l'ombre des vergers. Tous deux se régalaient de fruits oubliés, souvent à demi pourris. Soudain, il revit nettement le visage de son jeune frère. Un joli garçon, menu, les traits fins. Ses poings se nouèrent ; il frappa le mur à côté de lui jusqu'à faire saigner les jointures de ses doigts. Un cri sourd lui échappa :

— Lucien, mon p'tit gars ! Ils t'ont tué, bordel...

Privé de l'amour de Germaine et des câlins de Faustine, Jean se laissait glisser vers son passé. Dans les îles d'Hyères, trois fois on l'avait mis au cachot. Un endroit horrible, humide. Il y faisait noir et des bestioles couraient sur ses chevilles et dans son cou. On l'assoiffait, on l'affamait. Mais ce n'était rien comparé à l'anxiété qui le rongeait : savoir son frère livré à la brutalité des autres jeunes bagnards et à la concupiscence du surveillant Dorlet, amateur de jolis petits gars. Ceux qui acceptaient sans se plaindre ses exigences odieuses avaient droit à des sucreries, du chocolat. Si l'enfant violé résistait et dénonçait le méfait, Dorlet trouvait le moyen de le punir, inventant une autre faute. Lucien avait été fouetté pendant que Jean croupissait dans le cachot.

Pourquoi je pense à ça ? se demanda-t-il, furieux contre lui-même, contre la horde d'images sordides qui le harcelait. Et ma Faustine, je la reverrai quand... Jamais ! Quand elle sera grande, elle croira que je l'ai abandonnée.

La fillette lui manquait douloureusement. Elle représentait pour lui le plus beau fruit de sa nouvelle existence. Il s'apaisa en revivant sa naissance : Germaine couchée sur la table de la ferme, entourée de la tante Odile et de la sage-femme, et l'odeur du savon chaud, du sang, les halètements de la mère en travail, écartelée et en sueur.

Il avait voulu, malade de peur, rester dans la pièce. La mort rôdait à chaque accouchement. Son épouse était étroite de bassin. Elle avait enduré des souffrances interminables. Finalement, Jean s'était enfui pour boire un verre de calvados en compagnie de Norbert, lui aussi bouleversé par les hurlements de Germaine.

Ah, ces moments-là, on les a vite oubliés quand on a eu notre fille dans les bras.

Jean étouffa un sanglot. Il se languissait des joues rondes et dorées de Faustine, de son regard malicieux d'un bleu magnifique, de ses cheveux si fins qui sentaient bon le miel et le lait.

— J'voudrais sortir d'ici ! murmura-t-il.

Le sort de Germaine le tourmentait aussi. Elle avait fait une rude chute sur la route caillouteuse. Fermant les yeux, Jean luttait contre l'angoisse. Il s'imaginait marchant dans les chemins du bocage qui ressemblaient à des lits de ruisseaux à sec, dissimulés par les haies et les rangées d'arbres. Le vert étincelant des prairies, l'herbe drue qui se couchait sous ses pas, les fleurs de pommiers qui semaient leurs pétales au gré de la brise marine lui furent redonnés le temps d'un soupir avide. Il crut aussi entendre les grondements et les murmures de l'océan, fendu par la proue du morutier. Si vaste, l'Atlantique, à l'infini…

J'aurais dû crever le jour du naufrage ! se dit-il. Maintenant, je vais laisser derrière moi une gosse innocente et une brave femme que j'ai bien aimée !

Un gardien approchait, son trousseau de clefs à la main. Un homme en vareuse bleue le suivait. Ils passèrent à Jean une assiette d'un brouet froid en la poussant sous la barre de soutènement des barreaux. Il refusa de manger l'ignoble mixture.

— Bon sang ! jura-t-il. J'ai pas mérité ça…

Il se recoucha, cachant son visage d'un bras replié. Deux heures plus tard, le gardien revint. Il escortait un inconnu, vêtu d'un costume de ville très élégant. Les autres prisonniers le huèrent. Ce fut dans un vacarme assourdissant que Jean perçut le mot « avocat ».

Un avocat ? Pour moi !

Bertrand avait un air paisible, alors qu'il brassait des idées contradictoires depuis son lever. Le discours de Basile Drujon, enflammé et virulent, l'avait séduit. Les grands yeux noirs de Claire, humides et désespérés, s'étaient chargés de l'attendrir. Cependant, il allait être confronté à un étranger. Pendant le trajet, il s'était interrogé sur Jean Dumont. Quel genre d'individu pouvait-il être ? Certes, l'instituteur lui avait appris à lire et à écrire. Selon Drujon, également, le jeune homme éveillait la sympathie et la compassion. Mais Bertrand craignait une déception qui affaiblirait son enthousiasme.

Lorsque le gardien s'arrêta devant la cellule, l'avocat examina d'un coup d'œil discret son client. Il le jugea bel homme immédiatement. De taille moyenne, Jean se tenait très droit. Les travaux de la ferme l'avaient musclé. Ses épaules tendaient une chemise de coton blanc à fines rayures grises. Il portait une barbe courte et une moustache. En avançant d'un pas, Bertrand se retrouva pris au piège d'un regard bleu d'une rare intensité. Les cils noirs, fournis et longs, ajoutaient une note singulière. Il paraissait fardé.

— Monsieur Dumont ? Bertrand Giraud, avocat à la Cour.

— Giraud ! répéta tout bas Jean, interloqué. Depuis quand j'ai droit à un avocat ? Je croyais que l'on allait me transférer à Cayenne.

— Vous avez des amis fidèles ! répondit Bertrand, qui fit signe au gardien d'ouvrir la grille composée de solides barreaux.

Jean recula, méfiant. Les deux hommes se regardèrent un instant, chacun jaugeant l'autre.

— J'ai une lettre pour vous ! dit enfin Bertrand en tendant une enveloppe. De votre ami Basile Drujon, que je connais un peu. Il vous donne des nouvelles des vôtres.

Le prisonnier, en proie à une violente émotion, s'assit au bord de son lit. L'avocat l'observait. Il nota le tremblement des mains, la tension du visage. Soudain, Jean poussa une plainte.

— Ma femme est morte !

— Je suis désolé, crut bon de répondre Bertrand.

Jean poursuivit sa lecture, la vue brouillée par des larmes de révolte, d'incompréhension et de chagrin. Basile l'informait avec délicatesse que Germaine n'avait pas souffert. Il apprit que son vieil ami habitait au moulin, avec Faustine. Les Chabin avaient rejeté leur petite-fille sous le prétexte qu'ils ne pouvaient s'en occuper, mais c'était sûrement en raison de l'accusation de meurtre qui pesait sur son père.

— Oh ! Les salauds… jura le jeune homme. Ma fille n'a pas

à souffrir de mes fautes. Norbert l'aimait, pourtant, notre Faustine.

Il s'essuya les yeux à plusieurs reprises, respirant très vite. Soudain, au bas de la feuille, il vit des lignes d'une écriture différente :

« Mon cher Jean, courage ! Je donne à Faustine tout l'amour que j'ai en moi.

« Claire »

Le prénom lui vint aux lèvres contre son gré. Il le répéta d'un ton ému, un peu surpris. Bertrand lui tourna le dos un moment pour ne pas le gêner. Quand il estima le temps suffisant, il déclara :

— Je ne peux pas rester longtemps, monsieur. Je suis navré de vous avoir porté une cruelle nouvelle. Mais le décès tragique de votre épouse peut jouer en votre faveur. Oh ! excusez-moi, mais je suis obligé d'aller droit au but… s'excusa l'avocat devant la mine sombre de Jean. Ce que je veux dire, reprit l'homme de loi, c'est que vous devez gagner votre liberté pour votre fille. Monsieur Drujon m'a raconté votre enfance orpheline, les dures conditions des colonies pénitentiaires. La petite Faustine a besoin de vous. Votre femme vous le dirait… Sans Basile, qui a pris la décision de la confier à Claire Roy, votre beau-père allait placer l'enfant à l'Assistance publique.

Jean tressaillit de colère. Il ne parvenait pas à y croire. Il avait partagé l'existence d'une famille honnête, simple et chaleureuse qui tout à coup lui ôtait son amitié. Elle ne témoignait aucune compassion, allant jusqu'à se débarrasser de sa fille. Il articula, la gorge nouée :

— Pourtant, dans la lettre, Basile me dit qu'il leur a raconté les circonstances de mon crime.

— Je les connais aussi ! s'écria Bertrand. Mais vous, Jean Dumont, vous avez vos souvenirs, des détails précis, des noms. Racontez-moi votre vie au bagne d'Hyères, où tant de gosses sont morts de maladie et de mauvais traitements. Cela servira à ma défense. Je vous rendrai visite chaque matin de cette semaine. Le procès est prévu pour le mois prochain.

J'aurai peut-être le temps de réunir des documents et de convoquer des témoins.

Jean réussit à sourire. Il tendit la main à son avocat, avec dans ses yeux d'azur une lueur de gratitude.

— Merci, monsieur, de me faire confiance. Grâce à vous, je suis rassuré sur le sort de ma petite Faustine. Vous avez trouvé les mots qui me donnent envie de lutter. Ma femme était si charitable et si douce. Je la pleurerai longtemps. Je serai un bon père si la justice se montre clémente. Germaine l'aurait voulu…

Bertrand éprouva un pincement au cœur. Le regard de cet homme accablé par le destin le chavirait. Il était conquis aussi, pris au piège du magnétisme mystérieux qui avait enchaîné Claire à son amant dès leur première rencontre. Ils discutèrent à voix basse une trentaine de minutes. Avant de prendre congé, l'avocat demanda :

— Souhaitez-vous que je transmette un message au moulin ? Je vis au domaine de Ponriant. En fait, je suis le frère cadet de Frédéric et, par conséquent, l'ancien beau-frère de Claire. C'est une jeune femme très courageuse, dont la dévotion à l'égard des siens m'a toujours impressionné. Je tenais à vous dire que je n'ai jamais approuvé les agissements de mon frère qui l'a contrainte à l'épouser.

Jean fit un geste de la main, comme s'il ne voulait rien entendre de plus. Assez sèchement, il répondit :

— Tout ceci appartient au passé. Vous direz à Claire Roy que je lui suis reconnaissant de veiller sur ma fille. Rien ne l'y oblige. Malgré toutes ses qualités, je l'avais oubliée, voyez-vous.

Le prisonnier baissa la tête. Bertrand voyait très bien que Jean Dumont gardait ce passé-là bien vivant en lui et qu'il n'avait pas pu oublier Claire. Il appela le gardien.

— Gardez espoir ! l'encouragea-t-il une fois de l'autre côté des barreaux.

Claire guettait le retour de Bertrand, qui avait promis de passer lui donner des nouvelles de Jean. Il faisait presque nuit.

— Il ne viendra plus ! se plaignit-elle. Dis, Basile, est-ce que ces engins à moteur ont des lanternes quand il fait sombre ?

— Oui, des phares. Crois-moi, on y voit mieux qu'en calèche !

Léon attendait aussi. Il avait nettoyé un grenier situé au-dessus de l'écurie pour dormir là-haut, près des chevaux. Sa situation au moulin devenait précaire. Jean ne lui proposerait pas de travail en Normandie, et Colin Roy avait été catégorique ; il n'avait pas besoin d'un ouvrier supplémentaire, qui en plus n'avait aucune expérience en papeterie. Aussi, le jeune homme cherchait du matin au soir des services à rendre, des objets à réparer. Il pouvait demeurer au moulin jusqu'au procès, car il devait témoigner en faveur de Jean.

— Mam'selle Claire ! proposa-t-il. Je peux avancer sur le chemin et vous prévenir si m'sieur Giraud arrive.

— Non, Léon, ce n'est pas la peine. Faustine a faim ; la promenade l'a fatiguée. Je vais lui donner sa soupe et la coucher.

La jeune femme semblait moins abattue. Revoir sa cousine et lui confier ses peines avaient redonné à Claire sa vivacité habituelle. En lui pardonnant, elle s'était sentie soulagée. Bertille reviendrait souvent, elle le savait. Le lien rompu se renouerait.

Matthieu faisait tourner une toupie, sous le regard fasciné de Faustine. Il avait puisé pour la fillette dans le coffre à jouets qui venait de Ponriant. Soudain, le petit garçon se leva et courut à la fenêtre.

— Une automobile !

Il s'efforçait de ne pas écorcher le mot. Claire se rua vers la porte, prenant au passage son frère par la main.

— Viens, je sais que tu as envie de la voir de près !

Bertrand coupa le moteur. Il fit quelques pas seulement. La jeune femme le dévisageait, malade d'impatience.

— Votre protégé va bien, annonça-t-il tout de suite. Enfin... aussi bien qu'un homme qui vient d'apprendre la mort de son épouse puisse aller. Cependant, il vous est reconnaissant d'avoir accueilli son enfant. Claire, je ne peux pas m'attarder. Je dois préparer mon dossier. Soyez confiante...

Elle le remercia, un peu déçue. Matthieu faisait le tour de la voiture sans oser toucher la carrosserie.

Qu'est-ce que j'imaginais ? se reprocha-t-elle en écoutant l'avocat. Que Jean m'enverrait un message d'amour ! Je n'existe plus pour lui. Il aimait Germaine... et il souffre, le malheureux.

— Claire, je reviendrai dans deux jours. Il y a ce problème de lettre qui me tracasse, oui, celle de Léon. Je connais un peu Dubreuil. C'est un policier lunatique. Il faut absolument que le juge considère monsieur Drujon et vous comme des amis abusés de Jean. Nous devons nous en tenir à une version, une seule... Vous avez été amoureuse de Dumont, Basile l'a hébergé, mais vous ne saviez rien de son passé. A cette seule condition, on peut comprendre que vous communiquiez l'adresse des Chabin en Normandie... Il faut contrer à l'avance une possible attaque de Dubreuil. Quitte à vous parjurer si vous devez témoigner. Je n'ai encore rien dit à Jean Dumont sur ce point. Il se demande pourtant comment la police l'a retrouvé...

— Il me haïra !

— C'est un risque à courir, mais j'en doute ! dit Bertrand, qui lui sourit et l'embrassa sur la joue.

Claire resta sur le perron à regarder s'éloigner l'automobile noire dans un panache de fumée.

Angoulême, 30 septembre 1902

Bertille reposa le journal d'un geste nerveux. Guillaume mit ses lunettes et la regarda avec attention. Il avait les tempes grisonnantes. A trente ans, il ressemblait à un vieux barbon, au dire de sa femme.

— Qu'est-ce qui te dérange, ma petite chatte ?

— Zola est mort asphyxié la nuit dernière ! répondit-elle. Je l'admirais tant. Dans l'article, on parle d'un poêle qui fonctionnait mal. Peut-être bien que c'est un crime déguisé. Depuis l'affaire Dreyfus, il avait beaucoup d'ennemis...

— Ne te fie pas aux rumeurs ! Cela n'empêchera pas ses livres de se vendre. Des livres que je t'ai déconseillé de lire, je crois. Il y a des scènes de très mauvais goût. Tu ne vas pas te lamenter sur la mort d'un parfait inconnu, à des kilomètres d'ici !

La jeune femme repoussa son bol de lait. Son mari l'exaspérait bien souvent. Elle le fusilla du regard, l'air furieux.

— Toi, tu te moques de tout ! Du chagrin de Claire, du procès de Jean Dumont, qui est encore repoussé de quinze jours. La seule chose qui te préoccupe, c'est ton compte en banque. Je pleurerai Emile Zola si je le veux !

Guillaume reprit du café. Il jeta un œil sur la façade de la maison située de l'autre côté de la rue. Un franc soleil l'inondait. La journée serait belle.

— Nous avons un agréable début d'automne.

— Il fait encore trop chaud l'après-midi, en ville. Je n'ouvrirai pas la librairie aujourd'hui. J'aimerais aller au moulin.

Guillaume replia le journal avec soin.

— Au moulin ? Alors, ça y est, tu t'es décidée ?

— Je n'en sais rien. J'ai envie de voir Claire. Elle me manque. Je n'ai pas d'amies, ici. Là-bas, il fait bon, le chemin du bois doit être parsemé de feuilles mortes.

Dancourt et Bertille prenaient leur petit déjeuner. Ils étaient en robe de chambre. De la place du Champ-de-Mars s'élevaient les appels des marchands de quatre saisons qui déployaient leurs étalages. Les premiers fiacres longeaient la rue de Périgueux. L'écho des sabots sur les pavés montait jusqu'au couple. Il était tôt ; dans quelques heures, le bruit deviendrait assourdissant.

— Ma princesse, ne boude pas. Ta comédie devient ridicule. Un an, tu attends depuis un an ! Tu dois parler à ta cousine. Elle sera si contente.

La jeune femme fit non de la tête. Sa chevelure blonde croulait sur ses épaules menues. Sa bouche d'un rose pâle esquissa une grimace.

— Tant pis, je vais rester cloîtrée dans cet appartement. Sors, toi. Tu devais livrer ce dictionnaire relié en cuir rouge à Saint-Cybard. Cela te dégourdira les jambes !

— J'en connais une qui ferait mieux de se dégourdir les jambes ! s'exclama Guillaume avec un sourire en coin. Toutes ces toilettes à montrer, ces souliers que je t'ai achetés ! Pour rien, tu continues à te cacher.

Bertille roula sa serviette en boule et la jeta au visage de son mari. Puis elle se leva et avança d'un pas hésitant jusqu'à la porte de leur chambre.

— Où est ma canne ? cria-t-elle. Tant que je me servirai d'une canne, personne ne saura !

Il se précipita vers elle et l'enlaça en chuchotant :

— Petite folle, tu es si belle en colère. J'aime te voir marcher, voir tes jolis pieds se poser sur le tapis. Mais je te préfère couchée, ça oui.

Guillaume embrassa goulûment sa femme dans le cou. Ses mains glissèrent sur ses seins, qui tendaient le calicot rose de sa chemisette. Il la désirait avec la même ferveur depuis leur nuit de noces.

— Oh ! non, arrête ! supplia-t-elle. Tu critiques les romans de Zola, et pourtant tu as l'esprit plus pervers que lui.

— Pervers, moi ? protesta-t-il. Mes envies sont légitimes. Je possède la plus belle femme de la ville. J'ai le droit d'en profiter.

Elle se dégagea, ivre de rage. De ses poings menus, elle frappa Guillaume sur la poitrine, ce qui le fit éclater de rire.

— D'abord, je ne t'appartiens pas, et tu n'as aucun droit sur moi !

Il lui ferma la bouche d'un baiser en continuant de la caresser au hasard.

— Maintenant que tu vas pouvoir courir dans toute la ville, ma princesse, je serai obligé de te surveiller davantage. Il y avait déjà bien assez d'hommes qui te faisaient la cour quand tu étais...

— Tais-toi ! ordonna Bertille. Ne dis plus jamais le mot « infirme », je t'en prie !

Il y avait des sanglots dans sa voix. Guillaume la serra contre lui, apaisé. Il aimait la jeune femme de toute son âme, de tout son être. Sa pire crainte était de la perdre.

— Je m'habille et je pars pour Saint-Cybard. Si tu le veux, après le repas de midi, nous prendrons un fiacre pour aller au moulin. Alors, fais-moi un sourire...

Bertille lui effleura les lèvres en étouffant un éclat de rire.

Elle se dirigea vers leur lit et s'allongea. Elle ne bougea pas, tout le temps que mit son mari à se préparer. C'était une sorte de défi, car ainsi couchée, elle le tentait, mais il résista, le médecin ayant recommandé beaucoup de calme à la miraculée.

— A plus tard, ma princesse !

Une fois seule, elle enleva sa chemisette et son pantalon de nuit en dentelle arachnéenne. Elle poussa son peignoir au sol. Nue, Bertille s'étira, levant ses jambes en l'air. Certes, elles étaient encore maigres, peu musclées, mais c'était un prodige de les agiter et de les plier.

Sa guérison demeurait un cas médical difficilement explicable. Dix-huit mois plus tôt, alors que Guillaume et elle faisaient l'amour, Bertille avait senti de forts picotements dans les orteils. Elle avait cru qu'une bête l'avait piquée. Mais une impression étrange, de la cheville au genou, l'avait figée. Dancourt, inquiet, lui avait demandé ce qui se passait. Attentive, les yeux écarquillés, assise dans un rayon de clair de lune, la jeune femme palpait ses mollets et ses cuisses. Sous la peau satinée, d'une pâleur extrême, sa chair répondait au toucher de ses doigts.

Ce n'était pas la première fois. Il lui était arrivé, pendant leur voyage en Italie, d'éprouver un élancement dans la hanche, une sensation bizarre dans les reins. Un jour, dans un bel hôtel de Venise, certaine qu'il se passait quelque chose en elle, Bertille avait essayé de se lever, de poser ses pieds sur le tapis. Elle s'était effondrée en avant, se blessant le front à un meuble. Par prudence, la jeune femme n'avait pas fait d'autre tentative.

Mais cette nuit-là, c'était différent. Ses jambes revivaient. Tous deux n'oublieraient jamais cet instant. Bertille avait crié, ahurie, incrédule. Le lendemain, ils consultaient un des meilleurs médecins de la ville.

« Une guérison inexplicable ! avait-il déclaré. Mais il faut se montrer prudent. Selon ce que vous me dites, madame ne peut pas encore marcher. C'était juste des picotements ! Néanmoins, vos membres auraient peut-être dû être stimulés bien plus tôt, après l'accident par exemple… Vous me disiez, monsieur, que vous massez et frictionnez souvent les jambes de madame ?

— Oui, régulièrement ! » avait répondu Guillaume, un peu rouge.

Bertille avait souri. C'était une manie de Dancourt, ces longues séances de massage, qui se terminaient toujours de la même façon.

Le médecin avait conseillé des exercices et des pommades qui sentaient fort le camphre. Pendant des semaines, tous les mardis, Bertille avait pris un fiacre, sa chaise roulante arrimée à l'arrière du véhicule, et elle suivait des séances de rééducation à l'hôpital de Beaulieu. Un jour, en plein été, elle avait pu faire quelques pas avec des béquilles. Les efforts acharnés que la jeune femme avait accomplis pour retrouver l'usage de ses membres la laissaient épuisée, en sueur.

Maintenant, en s'aidant d'une canne, elle parvenait à descendre au rez-de-chaussée, à cuisiner ou à s'accouder à la fenêtre. Pourtant, jusqu'au jour de sa réconciliation avec Claire, l'événement ne lui donnait pas le bonheur attendu. Hormis le corps médical et Guillaume, personne n'était au courant de cette prodigieuse rémission.

La jeune fille qui avait remplacé le premier employé des Dancourt – dont le seul tort était d'appartenir au sexe masculin – croyait toujours sa patronne infirme. Bertille avait refusé de sortir dans la rue sur ses deux jambes.

Si j'étais entrée au moulin debout, avec une canne, cela aurait provoqué un vrai choc à Claire et à mon oncle ! se dit-elle en caressant son ventre plat. Déjà que Colin ne m'a pas adressé la parole ; il me regardait comme si j'étais une garce. Basile aussi.

Bertille avait dû s'avouer la peur qui la rongeait. Depuis son accident, à quinze ans, la famille Roy, les ouvriers et les gens du village lui avaient témoigné un grand respect en raison de son infirmité. Comme, de plus, elle était très belle, on la plaignait davantage. Au fil du temps, cet état de choses avait conféré à la jeune femme un statut particulier, celui d'une sublime victime du destin, que l'on avait envie de vénérer et d'aduler.

« Et puis on ne m'a vue qu'assise ! expliquait-elle à

Guillaume, décontenancé par son attitude. Je suis petite, je n'aurai plus la même dignité. Dans un fauteuil, on m'appelait princesse, ou on me disait que j'avais un port de reine... »

Ces idées-là, ainsi que son appréhension de retourner dans le monde ordinaire des bien-portants, l'avaient poussée à rendre visite à sa cousine en chaise roulante. La plus grande honte, c'était la canne, que Bertille considérait humiliante et réservée aux personnes très âgées.

Je suis sûre que Claire ne m'aurait pas pardonné, ce jour-là, si elle avait su que j'étais presque guérie ! Guillaume ne comprend pas ce que je ressens. J'irai au procès de Jean en fauteuil roulant.

Elle s'imagina remontant l'allée du tribunal, protégée par son mari. Il lui fallut trouver comment elle se coifferait, puis quelle toilette porter.

Je serai belle, austère, l'air meurtri. Cela attendrira Bertrand et il n'en plaidera que mieux !

Bertille se redressa. Le seul nom de Bertrand éveillait un trouble délicieux dans son ventre et accélérait les battements de son cœur. L'attirance qu'elle éprouvait pour l'avocat datait du jour où il l'avait regardée pendant la messe célébrée lors des obsèques de Marianne Giraud. Ensuite, il y avait eu l'enterrement du redoutable Edouard. Là, le jeune homme, qui voulait parler à Claire, lui avait embrassé la main très délicatement. Elle rêvait alors de descendre de la calèche et de le suivre, de connaître le goût de ses lèvres. Mais à l'époque une aussi grande joie lui était interdite.

Elle se perdit dans des songes audacieux et s'endormit. Ce fut le vacarme quotidien montant de la rue de Périgueux, le passage des badauds, les commerçants ouvrant leur magasin et le va-et-vient des fiacres qui la réveillèrent une heure plus tard.

La matinée s'écoula lentement. Bertille fit des essayages, ravie de son reflet dans le miroir. Debout, elle se tenait debout...

Palais de justice d'Angoulême, 15 octobre 1902

Claire serrait fort le bras de son père. Ils attendaient Basile pour monter la volée de vastes marches en pierre menant sous le fronton du tribunal bâti comme un temple grec. La place du Mûrier se dorait sous un soleil jaune d'automne. Les arbres entourant la fontaine perdaient leurs feuilles rousses selon les caprices d'un vent un peu frais. Il avait plu pendant une semaine entière, mais la journée s'annonçait sèche et belle.

— Adélaïde de Riant n'habite pas loin ! fit remarquer la jeune femme. Je n'ai jamais eu de ses nouvelles ; elle est peut-être morte...

Colin approuva distraitement. Il avait tenu à accompagner sa fille, mais il regrettait déjà son moulin, les bavardages des ouvriers et le chant des roues à aubes. En costume trois-pièces et cravate, le papetier se sentait endimanché. Léon les rejoignit à grandes enjambées. Il avait si faim, prétendait-il, qu'il vomirait devant la Cour s'il ne mangeait pas un morceau. Basile, lui, avait voulu boire un café à la brasserie située en face de l'hôtel de ville. L'attente angoissait Claire qui murmura :

— Quand même, il est bientôt neuf heures, et des gens sont entrés. Nous ferions mieux d'y aller. Tant pis pour les retardataires !

Elle était livide. Les vêtements qu'elle portait lui déplaisaient : un corsage dont le col montait haut, une veste grise et une jupe en velours marron. Vite, elle se pencha pour nettoyer une tache de boue séchée sur une de ses bottines avec son mouchoir. Son cœur battait si vite qu'elle redoutait d'avoir un malaise. Après cinq ans, Claire allait revoir Jean, son visage, son regard bleu. Cela lui semblait impossible et pourtant chaque minute la rapprochait de cet instant où il ne serait plus un souvenir du passé. Elle entendrait même sa voix. Léon sortit de sa poche une petite boîte en fer.

— Voulez-vous des pastilles de menthe, mam'selle ? Je les ai achetées en pensant à vous. J'vous assure, ça vous fera du bien... Vous avez une sale mine !

— Non, plus tard. Merci, Léon.

Un cabriolet déboula de la rue des Postes, tiré par un cheval au trot. L'animal accéléra dans le virage, car un coup de klaxon avait retenti, l'affolant un peu. Claire reconnut l'automobile rouge et noire de Bertrand. L'avocat ne passait pas inaperçu. Il se gara, descendit de sa voiture avec précipitation et grimpa l'escalier.

— Il ne nous a pas vus ! constata-t-elle.

Le papetier soupira, excédé par la nervosité de sa fille.

— Calme-toi ! A ce train-là, tu vas t'évanouir en pleine audience. Giraud se moque bien de notre salut éternel ! Nous serons peut-être quatre à faire un faux témoignage, et sous serment en plus !

— Chut, papa... Il y a des gens, là-bas. Nous n'avons pas le choix, Bertrand est formel. Sinon je risque d'être arrêtée, moi aussi. Qui s'occuperait de Faustine ?

Claire avait jugé bon d'emmener la fillette. Elle pensait que Jean puiserait dans sa réserve de courage en revoyant son enfant joliment vêtue et en bonne santé. Etiennette avait emmené la petite se promener dans les jardins de l'hôtel de ville. Matthieu et Nicolas étaient restés au moulin sous la surveillance de Raymonde. Le Follet avait proposé d'aller avec eux ramasser des champignons. La saison s'y prêtait, alternant des jours chauds et ensoleillés et de violentes averses. Les bois fleuraient bon le cèpe et la girolle.

— Ah ! Voilà Basile ! s'écria-t-elle. Etiennette et Faustine sont avec lui. Quand même ! Et ils ne se pressent pas.

— Calme-toi donc ! répéta son père.

Enfin ils gravirent les marches, Claire la première. Elle n'avait jamais assisté à un procès, ni pénétré dans un bâtiment aussi colossal. Les doubles portes, le hall pavé d'un damier noir et blanc, la hauteur des plafonds l'impressionnaient.

— Bertille n'est pas là ! chuchota-t-elle à Etiennette. Elle m'avait pourtant promis de venir.

L'ancienne servante hocha la tête. Depuis l'aube, son univers familier basculait. Jamais elle n'avait mis les pieds en ville. L'alignement des belles demeures bourgeoises, les jardins et leurs bassins munis de jets d'eau, les pavés, les immenses devantures, tout l'émerveillait. Faustine échappa à sa surveillance et commença à courir vers l'autre bout du hall. Claire la rattrapa.

— Ma mignonne, ne te sauve pas. Il faut être sage !

La petite fille riait. Elle se blottit contre la jeune femme en racontant une histoire de son cru, émaillée de mots incompréhensibles. Basile devait connaître les lieux. Ce fut lui qui les guida vers la salle d'audience. Il y avait foule. Un procès tenait un peu du spectacle pour les citadines désœuvrées et les curieux, et cela ne coûtait rien. Deux journalistes discutaient à haute voix, débattant des charges pesant sur l'accusé.

Claire tendit l'oreille.

— Un assassin, te dis-je ! Ces types-là mériteraient la corde ! Ce sera vite réglé de toute façon : une autre affaire, bien plus importante, est jugée après le déjeuner.

— Moi, rétorqua l'autre homme, j'ai discuté avec maître Giraud, son avocat. Il compte lui éviter Cayenne. Sans doute qu'il a des arguments de poids. Je me demande bien si c'était la peine de venir. Ce ne sont pas les assises…

Colin obligea sa fille à avancer. Du menton, il lui désigna une chaise roulante au début d'une rangée de sièges. Bertille attendait, un livre à la main. Les deux cousines s'embrassèrent avec effusion.

— Mets-toi près de moi, Claire, je vous ai gardé des sièges…

Ils s'installèrent. Bertille avait choisi une robe de faille noire qui accentuait sa blondeur et sa carnation laiteuse. Une toque à voilette, noire également, était épinglée sur un chignon composé de nattes bien lisses. Elle regarda les habits de Claire d'un air déçu, mais ne fit aucune remarque. Ce n'était pas le moment de jouer avec les nerfs à vif de sa cousine aussi blême qu'une morte.

Les magistrats prenaient place. Il y eut des annonces, des coups de marteau, une rumeur d'impatience. Bertrand Giraud entra, vêtu d'une large toge noire. Bertille serra le poignet de Claire, qui chuchotait à Faustine d'être bien sage.

— Jean… Il est là…

Des remarques fusèrent de part et d'autre de la salle. Claire releva la tête. Effet du hasard ou intuition féminine, son regard se posa tout de suite sur Jean. Il se tenait debout dans le box des accusés, très droit, en chemise blanche rayée, un peu froissée. Il avait maigri ; la barbe, la moustache et la masse bouclée de ses cheveux bruns le changeaient, mais ses yeux bleus la fixaient, elle. Il l'avait vue immédiatement, lui aussi, comme deux aimants dans un lieu clos s'attireraient.

Le jeune homme la trouva moins belle que dans son souvenir. Il la revoyait toujours hâlée par le grand air, rieuse, sa chair douce et mate à portée de lèvres. Mais ce fut un rude choc malgré tout, qui l'affaiblit. Malgré la mort de Germaine, Jean avait beaucoup pensé à Claire. Quand il parvenait à la chasser de son esprit, elle revenait la nuit, au sein de rêves voluptueux. Maintenant, il observait cette jeune femme au teint pâle, à la bouche amère, aux joues creuses, habillée en institutrice, et c'était encore pire. Bien que séparé d'elle par une vingtaine de mètres, il éprouvait l'angoisse de Claire, l'émotion qui la ravageait. Il avait envie de la prendre dans ses bras et de la rassurer.

On lui dit de s'asseoir. Le juge lut l'acte d'accusation. Claire n'écoutait pas. Elle se perdait dans une contemplation affamée de son amour. Son cœur, son âme volaient vers lui avec une telle volonté qu'elle ne sentait plus son corps. Jean avait détourné la tête. La jeune femme aurait voulu abolir le temps et les années enfuies pour pouvoir rejoindre, toucher, enlacer cet homme qu'elle avait cru noyé, rayé à jamais de sa vie.

— Condamné par la juridiction de Toulon à trente ans de travaux forcés au bagne de Cayenne pour le meurtre du dénommé Dorlet... déclamait le magistrat. Inculpé aussi pour usage de faux papiers afin d'échapper à la justice...

Suivait le récit des agissements de Jean, qui aurait selon ses aveux abusé de la crédulité d'un vieillard, Basile Drujon, pour utiliser son patronyme. C'était ce que voulait Bertrand : écarter de Basile et de Claire les soupçons de complicité et d'aide à un bagnard en fuite.

Colin baissa le nez. Tous ces discours et ces termes juridiques lui brouillaient l'esprit. Il jeta un coup d'œil discret à sa fille. Elle avait l'air de souffrir et d'être heureuse tout à la fois. Il en eut du chagrin. Claire aimait trop cet homme.

A sa droite, Etiennette ne prêtait guère attention à l'affaire. Patiemment, elle étudiait les toilettes et les attitudes de l'assistance féminine.

Bertille redoutait l'instant où Jean la reconnaîtrait. Il avait de très bonnes raisons de la détester. Derrière elle, Guillaume s'ennuyait. Pour se distraire, il regardait avec amour la nuque de sa ravissante épouse et la courbe de ses épaules. La plus sage, c'était Faustine, plongée dans un face-à-face passionné avec sa poupée.

Soudain, ce fut à Jean de parler. Sa voix douce mais grave, bien timbrée, ébranla toutes les femmes. Le juge lui avait demandé d'expliquer dans quelles circonstances il avait tué Dorlet.

— C'était dans les îles d'Hyères, en Méditerranée. Mon petit frère et moi, nous étions là-bas pour le vol d'une citrouille, commis au marché de Montpellier. Je devais nourrir Lucien, car nous étions orphelins de père et de mère. Les conditions de vie, dans cette colonie pénitentiaire, étaient dégradantes, épouvantables. Plusieurs enfants sont morts de dysenterie, car on nous servait de la viande pourrie, qui voyageait depuis le continent en plein soleil. L'eau aussi était mauvaise. J'ai protégé Lucien de mon mieux, mais il y a des dangers pires que la maladie. Un des surveillants, Dorlet, avait des mœurs honteuses. Il a usé de mon frère comme d'une femme, et quand je l'ai su, oui, je n'ai plus eu qu'une envie : tuer cet homme. Je l'ai frappé et on m'a mis au cachot...

Des cris d'indignation s'élevèrent. Entendre de telles insanités dès le matin, énoncées distinctement et bien fort, choquait le peuple autant que les quelques bourgeois qui se trouvaient là. Jean se tut un instant, frémissant. Il s'appuya à la rambarde de bois qui délimitait l'espace imparti aux accusés.

— Ce sont des choses que l'on préfère ne pas savoir, en effet. Pourtant, je les dis, pour rendre hommage à mon p'tit Lucien, un martyre. Pendant que j'étais au cachot, les autres gars l'ont battu, ils l'ont mis plus bas que terre, ils le traitaient de fillette, de putain de Dorlet, ils lui ôtaient le pain de la bouche, du pain dur, moisi parfois, mais du pain...

Jean avait jusque-là pris soin de s'exprimer de manière correcte. Bouleversé, replongé dans la tragédie qui avait brisé sa jeunesse, il abandonnait toute réserve. Une femme rougeaude, un fichu sur la tête, hurla alors :

— T'as bien fait, mon gars, de venger ton frère !

Des murmures approbateurs répondirent à ce cri du cœur. Le juge frappa du marteau, menaçant d'évacuer la salle. Jean poursuivit, haletant.

— Quand ils m'ont sorti du cachot, je crevais de faim, mais

j'étais soulagé. J'ai retrouvé mon Lucien bien malade ; ses os saillaient sur tout son corps. Il ne causait plus et restait couché, le regard vide. Après, il a eu la dysenterie et il est mort. Dorlet m'a désigné pour l'enterrer, et ça me consolait de le mettre en terre, mon frère. Seulement, les autres gars, ils continuaient à l'insulter, et Dorlet, il rigolait. Il me disait : « Creuse, Dumont, creuse profond, la charogne, ça pue ! »

Des exclamations outrées fusèrent. Bertille essuya une larme. Léon reniflait. Claire écoutait, surtout sensible à la voix de Jean. Chaque vibration, la moindre fêlure lui déchirait le corps.

A nouveau, le juge exigea le calme. Dans le silence revenu, un frêle appel résonna :

— Papa !

C'était Faustine. D'abord absorbée par sa poupée, l'enfant n'avait pas pris garde à l'homme qui parlait si fort. Mais la voix lui était familière et précieuse. A force de chercher parmi tous ces gens, elle avait aperçu son père. Elle s'écria encore :

— Papa !

Jean la vit enfin, toute petite entre Claire et Etiennette. Il éclata en sanglots, en expliquant :

— C'est ma fille, ma petite Faustine !

Bertrand s'en félicita. La scène venait à point après la déclaration de l'accusé qui avait ému le juge lui-même.

— Poursuivez, Dumont ! demanda le magistrat.

Pendant que Claire promettait à la fillette qu'elle verrait son papa très bientôt, Jean, au prix d'un effort surhumain, bredouilla :

— Je tenais la pelle, je voulais mourir aussi. Dorlet avait un bâton ferré. Comme je m'arrêtais de creuser, il m'a frappé le dos. Alors je l'ai regardé droit dans les yeux, j'ai levé mon outil et j'ai frappé. Il est tombé. Je ne regrette rien, monsieur le juge. Ensuite, on m'a transféré à La Couronne…

Colin hocha la tête. Il aurait donné cher pour prendre l'air et éventuellement boire un verre. Les paroles de Jean le rendaient malade. Il ne comprenait plus, soudain, que l'on ait puni le jeune homme pour un acte qu'il aurait commis lui-même, dans la même situation.

Le récit plus ordinaire des deux évasions de Jean et de son

arrivée dans la vallée des Eaux-Claires suscita moins de passion. Brièvement, il raconta comment il avait rencontré Basile Drujon.

— J'me suis présenté à ce monsieur comme un lointain cousin. J'ai dit que j'avais besoin d'un papier d'identité pour embarquer sur un morutier. Il m'a invité à demeurer chez lui quelques semaines. J'avais enfin un foyer. Il m'a appris à lire et à écrire. J'étais fier, parce que c'était mon rêve. J'ai fait la connaissance de la famille Roy. Ils me prenaient tous pour un parent de Basile Drujon.

Jean évoqua les jours passés en mer et le naufrage. Il y eut un soupir presque général de soulagement quand il décrivit son arrivée à la ferme des Chabin et sa joie de travailler la terre, de mener une existence honnête et laborieuse.

Bertrand lui fit signe de se rasseoir et prit la parole avec l'accord du juge.

— Je voudrais terminer le récit de mon client pour lui éviter de mettre des mots sur un événement tragique dont il doit porter le poids devant vous tous. Lors de son arrestation en Normandie, menée par Aristide Dubreuil – le chef de notre police angoumoisine était seul à pouvoir l'identifier, et cela, malgré l'intervention des gendarmes –, son épouse Germaine, qui attendait un enfant pour la fin de l'année, est morte dans des circonstances déplorables. N'ayant pu dire adieu à celui qui veillait sur elle et qui la chérissait depuis des années, la malheureuse a voulu rattraper la voiture. Elle s'est accrochée à l'arrière du véhicule, mais les gendarmes n'ont pas jugé bon de s'arrêter ni même de ralentir. Les secousses ont eu raison des forces de Germaine qui, je le rappelle, attendait un enfant. Elle est tombée violemment et a succombé à ses blessures deux heures plus tard. Je préciserai que monsieur Dubreuil connaissait le passé de Jean Dumont, coupable d'un meurtre que je qualifierais de défense légitime. Ne pouvait-il, ce fonctionnaire zélé, permettre à l'accusé d'embrasser une dernière fois sa femme et sa petite fille de deux ans ?

La plupart des femmes poussèrent des cris indignés en faveur de Jean. L'avocat laissa le calme revenir avant d'ajouter :

— Pour cet homme brisé, dont l'enfance a été un calvaire,

privé qu'il était du soutien d'une famille, pour cet homme qui a déjà passé des années en colonie pénitentiaire jusqu'à sa majorité, je réclame la compassion et l'indulgence de la justice. Chez les Chabin, dans le village proche de la ferme, Jean était respecté, loué pour son travail et son honnêteté. Son existence prenait une voie droite, paisible. Il est veuf désormais, mais faut-il priver sa fille de la présence d'un père aimant ?

Claire retenait ses larmes. Soudain, elle avait l'impression d'assister au procès d'un étranger, dont la vie et les chagrins ne la concernaient pas. Jean ne la regardait plus. Elle avait envie de hurler, de l'appeler. Bertille lui chuchota à l'oreille :

— Sors, si tu ne te sens pas capable de supporter la suite. Tu peux être amenée à témoigner, tout dépendra de Dubreuil. Je ne le vois pas. S'il vient à la barre...

— Tu es bien renseignée, lui répondit Claire.

— Oui, j'ai rencontré Bertrand hier après-midi. Il m'a expliqué certaines choses.

Léon fut assigné comme témoin. Rouge de confusion, il ôta sa casquette et marcha en se dandinant gauchement. Le juge lui posa les questions d'usage. Bertrand le pria ensuite de raconter comment Jean Dumont lui avait sauvé la vie au mépris de la sienne.

— Ah ! ça, c'est sûr, renchérit le jeune homme. Sans Jean, je serais mort. Il a plongé pour me ramener à bord, il me tenait la tête hors de l'eau... Et quand le chien, not'e brave Dick, est venu à notre secours, Jean lui a dit de me ramener vers le canot de sauvetage où not'e second avait pris place. On a vu Jean couler, et j'ai pleuré comme un gosse. M'sieur le juge, je vais vous dire, y a pas de meilleur homme que Jean. Alors, qu'il s'appelle Drujon ou Dumont, ça ne change rien pour moi. C'est un héros ! Sans lui, j' serais pas là, à me languir de le voir tout triste. Et je peux vous dire aussi que, sur le *Sans-Peur*, il se dévouait pour tout le monde, à écrire des lettres, à veiller les malades.

L'assistance remarqua le trouble de Jean. Bertrand lui avait appris que le jeune homme était vivant, mais entendre après de longues années la voix éraillée de son camarade et retrouver les traits de son visage lui semblaient incroyable. Il lui adressa un signe de la main, d'un air réjoui de gamin soulagé.

Claire ferma les yeux. Elle n'en pouvait plus d'être là, si près de Jean, sans aucun espoir de l'approcher. La jeune femme prêta à peine attention au témoignage de Basile, qui confirma les déclarations de l'accusé.

— J'étais solitaire et, je l'avoue, la compagnie de Jean m'a apporté un bonheur que je n'avais jamais connu, celui de partager mon temps avec un jeune homme avide d'apprendre. Je le prenais pour un lointain cousin et je l'ai vite considéré comme un neveu, voire un fils. C'est vrai, je lui ai permis d'utiliser mon patronyme. La famille Roy, dont j'étais le locataire, s'est aussi vite prise d'amitié pour lui.

Le vieil homme, très ému, parlait d'une voix tremblante. Bertille secoua le poignet de Claire.

— Si tu es citée, sois calme. Réponds simplement ! lui conseilla-t-elle.

Mais le juge appela ensuite Aristide Dubreuil. Le policier était un de ses amis et, dans cette affaire, il y avait eu des conversations officieuses à une des tables réputées de la ville.

Dubreuil se contenta d'abord de relater en quelles circonstances il avait arrêté Jean Dumont une première fois, à Angoulême, dans le lit d'une femme de petite vertu. La description, quoique pudique, eut l'effet voulu : ternir la belle image de l'accusé qu'avaient su faire naître sa confession et le témoignage de Léon. Le chef de la police expliqua d'un ton neutre qu'il n'avait fait que son devoir.

— Dès que j'ai su où se cachait Dumont, dont la disparition en mer me semblait suspecte, j'ai prévenu par télégramme la police de Caen qui m'a apporté son aide. J'aimerais ajouter que cet homme, que l'on veut faire passer pour une victime innocente, un héros au grand cœur, a non seulement abusé de la confiance de Basile Drujon, mais aussi de celle des Chabin. Je peux attester que ni son beau-père ni son épouse Germaine n'étaient au courant du lourd passé criminel de celui qu'ils avaient accueilli. Dumont a vu son intérêt. Il s'est marié avec la fille unique de Norbert Chabin, veuf depuis dix ans. Il disposait ainsi d'une ferme aux revenus solides et d'un refuge sûr. Ces gens simples et honnêtes ont été horrifiés d'apprendre la vérité sur lui. Je déplore le décès de sa femme, Germaine, mais quels ravages a causés, chez une personne trahie à ce point, la cruauté d'une telle révélation ? Elle était comme folle, preuve en est sa conduite suicidaire… Quant à la famille Roy et à monsieur Drujon, que j'ai un temps soupçonnés d'être complices de Dumont, les circonstances mêmes m'ayant permis d'arrêter l'accusé m'ont persuadé du contraire.

L'avocat Giraud devint très pâle. Il se sentait trompé par le juge. Dubreuil était l'élément imprévisible du procès. Jean écoutait, tendu. Le policier poursuivit :

— Il m'a paru évident, certes, que si une jeune femme aussi respectée que Claire Roy, veuve Giraud, avait confié au dénommé Léon l'adresse des Chabin en Normandie, c'était une preuve qu'elle ignorait tout du passé coupable de Dumont. Sinon, elle se serait méfiée. Grâce à la Providence, j'ai pu utiliser au mieux ce renseignement et livrer à la justice un assassin, un menteur, un manipulateur, un flagorneur.

Aristide Dubreuil salua d'un bref mouvement de tête et se retira de la barre. Claire retint un cri de désespoir. Bertrand lui avait assuré que Jean ignorait encore comment le policier avait pu le retrouver. L'avocat prit une respiration profonde. C'était à lui. Ce ne serait pas facile de retourner la situation après l'intervention pleine de fiel du policier.

— Votre Honneur, commença-t-il, je voudrais maintenant vous…

— L'audience est close, maître Giraud ! déclara le juge. Le verdict sera prononcé à quatorze heures, après votre plaidoyer.

— Objection, Votre Honneur ! Je souhaite défendre mon client tout de suite et !…

— Objection rejetée ! L'audience reprendra à quatorze heures.

La salle protesta, mais la Cour se leva. Bertrand était furieux.

— Ces types sont des salauds ! confia Bertille à sa cousine. Oui, Dubreuil et le juge ! Ils sont très amis. Ils ne veulent pas que l'affaire soit bouclée en faveur de Jean.

— Oh ! l'air qu'il a eu quand il a su… balbutia Claire, comme absente. On lui aurait planté un couteau dans le cœur, il n'aurait pas eu une expression aussi affreuse. Il me haïra, maintenant. Il me méprisera.

Colin aida sa fille à se lever et la conduisit dans le hall. L'air plus frais la ranima. Faustine commença à pleurer. Elle réclamait son père.

— Allons, sois courageuse, Claire ! dit le papetier. Ce juge ne paraît pas insensible à l'histoire de Jean. Etiennette, as-tu faim, ma petite ?

Sa jeune épouse battit des mains en descendant les marches du palais de justice.

— Oui, je suis affamée !

Le clocher de l'église Saint-André sonna douze coups. Basile s'éloigna pour allumer sa pipe. Léon l'accompagna. Claire, hébétée, contemplait la fontaine de la place dont l'eau chantonnait, limpide. Elle n'avait plus la force de lutter contre ces précieux souvenirs qu'elle refoulait depuis des années : Jean dans le ruisseau, la nuit, Jean qui l'enlaçait, ruisselant, sa peau fraîche, le parfum des menthes froissées, des fleurs d'angélique dont les grandes ombelles blanches, dans la pénombre, ressemblaient à de mystérieux visages. Elle se revit nue, assise sur l'herbe, tout son corps exalté, vibrant d'un émoi délicieux.

— Comme nous nous aimions ! murmura-t-elle.

Colin lui mit la main sur l'épaule.

— Clairette, je sais que nous sommes invités à déjeuner chez Bertille, mais j'aimerais déjeuner au restaurant avec Etiennette. Elle en a tellement envie.

— Allez-y, répondit-elle, indifférente. J'irai chez ma cousine avec Faustine. La petite sera plus à l'aise… J'attends Bertille ici.

— Petiote ! marmonna Basile. Nous descendons jusqu'au Champ-de-Mars à pied, Léon et moi. Cela me détendra. Revoir la sale face de Dubreuil m'a tourné les sangs.

Claire resta silencieuse. Guillaume arrivait, poussant la chaise roulante de Bertille. Il appela un fiacre. Les deux jeunes femmes s'installèrent à l'intérieur avec son aide. Il leur tendit la fillette et monta.

— Rue de Périgueux ! ordonna-t-il.

Bertrand affrontait la rage froide qui avait envahi Jean. Les deux hommes tournaient en rond dans la minuscule cellule réservée aux accusés, dans le sous-sol du tribunal.

— Claire ! lança Jean d'un ton dur. Si je m'attendais à ça ! Et vous le saviez ? Vous ne m'avez rien dit !

— Je vous répète, décréta l'avocat, que c'était un geste inconsidéré de sa part. Après cinq ans, bouleversée de voir débarquer Léon au moulin, elle a cru agir au mieux en lui donnant votre adresse. Si ce jeune homme avait lambiné pour vous écrire, il n'aurait pas croisé Dubreuil, et voilà ! Le hasard a joué contre vous, contre Claire aussi.

Jean était si tendu qu'une veine saillait sur son front. Les mâchoires raidies, il parlait par saccades, haletant.

— Vous la protégez ! Mais je ne vous crois pas ! Je la connais, Claire, c'est une fille intelligente. Si elle avait voulu m'éviter le moindre ennui, elle aurait conseillé à Léon d'envoyer cette lettre chez Basile, à Caen. Non et elle était de mèche avec ce fichu policier ! Le second, sur le morutier, il parlait d'or quand il nous racontait qu'une femme jalouse, c'est plus mauvais qu'un serpent. Je ne voulais plus rien savoir d'elle, alors elle s'est vengée. Germaine est morte à cause de quelques mots sur une enveloppe que je n'ai jamais reçue… La preuve, Claire a déjà récupéré ma gosse !

Le jeune homme donna un violent coup de poing dans le mur. La douleur l'apaisa. Les jointures en sang, il s'assit, tête basse. Bertrand cherchait comment le raisonner, mais il était à bout d'arguments.

— Je ne peux que vous présenter mes excuses, conclut-il. J'aurais dû, il est vrai, vous avouer la vérité dès notre premier entretien. Mais Claire espérait votre libération. Elle m'a supplié de me taire, car elle voulait tout vous raconter elle-même. C'est une femme loyale et courageuse. Et là, je vous parle d'homme à homme : elle vous aime toujours… Je pense même qu'elle pourrait se faire tuer pour vous. Enfin, Dumont, comment pouvait-elle prévoir que Dubreuil serait à Puymoyen le jour où Léon irait à la poste ? Je sais de source sûre que monsieur le chef de la police, dont je n'apprécie pas les méthodes, n'en revient pas de sa bonne fortune ! Il avait classé votre dossier ! Vous étiez noyé ! Mais je vous l'ai dit, il avait suivi la piste de Jean Drujon engagé comme matelot à bord du *Sans-Peur.* Alors, quand il a lu votre nom, il n'a pas perdu une seconde !

Jean déclara tout bas, d'une voix rauque :

— Vous êtes du côté de Claire ! Moi, je n'ai pas pu lui pardonner quand j'ai su qu'elle avait vite épousé votre frère... Cela me restait sur le cœur ! Maintenant, elle a tout détruit. J'ai plus de famille, plus de maison, j'vais croupir entre quatre murs ma vie durant, si je crève pas avant, à Cayenne... Vous savez ce qui me torture l'esprit, maître Giraud ? En cette saison, d'habitude, je viens de presser la récolte de pommes, les dernières ramassées, les meilleures, un peu acides, la peau fripée. Le cidre, qui va surveiller la fermentation, qui va le mettre en bouteilles ? Et mes clients... J'avais des commandes dans les auberges, jusque sur la côte. Germaine et moi, le soir, on en faisait, des beaux projets ! Là-bas, j'avais un toit, de la terre. J'y ai pris goût, à la terre ! J'avais une bonne vie, bien douce, bien droite... Mais Germaine, à l'heure qu'il est, elle est enterrée, avec un petit dans le ventre. Mon cidre, il sera fichu. Alors, rendez-moi service, dites à Claire Roy de rester dehors quand le juge annoncera le verdict... Si je la vois encore une fois, je lui cracherai dessus !

D'abord consterné par l'obstination haineuse de son client, Bertrand s'emporta. Il avait horreur de l'injustice.

— L'entrée de la salle d'audience, aujourd'hui, est ouverte à tous. Je n'ai pas à empêcher Claire d'assister au procès. Où serait votre fille sans elle ? Certes, monsieur Drujon s'en occupait, mais un homme de son âge ne peut donner à un enfant l'affection nécessaire, ni les soins requis.

Jean fit la moue. Excédé, Bertrand sortit, en maugréant :

— Claire ne mérite pas d'être traitée de la sorte ! Accordez-lui au moins le bénéfice du doute, comme on dit.

Resté seul, Jean sombra dans le plus affreux désespoir. Au chagrin sincère d'avoir perdu Germaine et d'être séparé de sa fille s'ajoutaient des visions faussées par la haine, qui lui montraient Claire se réjouissant de l'ultime piège où elle l'avait jeté. L'esprit confus, il changea l'ancienne bien-aimée en un être sournois, cupide et cruel. Une petite voix lui soufflait qu'il s'égarait, qu'il trichait, mais il persistait, éprouvant une sorte d'ivresse à piétiner, à salir les moindres bribes de sa passion pour la jeune femme. Au sein de cette tempête intérieure brilla soudain une faible lumière. Une voix menue qui appelait « papa ».

— Faustine, ma petite Faustine... gémit-il.

Jean fixa le soupirail fermé de barreaux. Un coin de ciel, des toits. Il se promit de retrouver sa fille, de lui offrir tout le bonheur qu'il n'avait pas eu, enfant. Ce serment, il ne devait jamais l'oublier, ni le renier.

Claire tenait Faustine sur ses genoux. La jeune femme fixait le cadran d'une ravissante pendule en bronze représentant une danseuse entourée d'angelots. Dans une heure, l'audience reprenait. Ils étaient tous chez Bertille autour de la table de la salle à manger. Basile et Léon discutaient ferme du déroulement du procès.

Guillaume servait le repas : une salade de chou rouge, des œufs durs et des tranches de pâté en croûte. Il avait acheté tout ceci tôt le matin chez un charcutier de la rue.

— Serons-nous à temps place du Mûrier ? s'inquiéta Claire. Je voudrais tant que ce soit terminé ! J'espère que le juge sera indulgent.

— N'y pense pas ! lui recommanda sa cousine. Sa peine sera forcément allégée, aie confiance... Espérons un miracle !

— Un miracle ! s'écria son mari, comme tu y vas ! La justice ne fait pas de cadeaux, en principe. Dites tout ce que vous voulez, Jean a quand même tué un homme.

— Guillaume ! protesta Bertille. Tu m'agaces ! Tu as écouté Jean ; il y a des circonstances atténuantes... Et puis Bertrand n'a pas encore dit son dernier mot. Il doit plaider avant le verdict.

Léon hocha la tête d'un air soucieux. Il n'était pas à son aise dans cet appartement cossu, mais assez exigu. Il n'osait pas fumer. Basile marmonna, après avoir bu d'un coup un verre de vin blanc :

— Dubreuil est un ami du juge, Giraud me l'a confié quand je quittais la salle. Je suis pessimiste. Ces deux-là ont dû jurer la perte de Jean !

Claire trouvait le vieil homme bien silencieux depuis le matin. Elle le devinait meurtri et fatigué. La déclaration qu'il venait de faire la désolait, mais elle s'inquiéta :

— Ce n'est pas bon pour toi, Basile, ces émotions ! Et tu as beaucoup marché. Tu remonteras au tribunal en fiacre, promets-le-moi.

— Non, j'ai besoin de me dépenser, je ne suis pas si usé ! grommela-t-il. Si je t'écoutais, je me coucherais pour ne plus me relever...

Elle ne répondit pas, presque rassurée par la mauvaise humeur de Basile. Le temps s'écoulait trop lentement. Bertille parlait à peine, se contentant de grignoter des morceaux de pain. A une heure trente, Basile et Léon repartirent à pied. Guillaume, à la surprise générale, décida de les accompagner. Les jeunes femmes se retrouvèrent seules.

— Papa... gazouilla Faustine en posant sur la fenêtre des yeux anxieux.

— Oui, ma chérie, tu as vu ton papa !

Claire étouffa un sanglot sec. Les nerfs tendus, le teint blafard, elle ressemblait à une noyée. Bertille murmura :

— Garde espoir, les miracles, ça existe... Peut-être qu'un jour tu reverras Jean, libre, et qu'il te pardonnera.

— Je t'en prie, ne dis pas de sottises !

— Moi, j'y crois, aux miracles ! insista sa cousine. J'en suis la preuve !

Ces mots surprirent Claire qui dévisagea l'infirme. Bertille se leva alors de sa chaise roulante et contourna la table en s'appuyant au dossier des chaises, car sa canne était rangée dans le vestibule.

— Tu vois ! Je marche !

— Oh ! Princesse ! Mais... ce n'est pas possible !

Voir Bertille debout, splendide dans sa robe de faille noire qui lui faisait une taille très fine et moulait sa poitrine menue, tenait bien du miracle. Claire en resta bouche bée tandis que son cœur battait à grands coups affolés.

— Qu'est-ce qui s'est passé ? réussit-elle enfin à demander. Depuis quand peux-tu te lever ?

— Je ne suis pas allée à Lourdes, ni n'ai subi d'opération ! Enfin, il y a eu de fausses alertes, en Italie d'abord. Je sentais des changements, mais je ne tenais pas sur mes jambes. Et puis une nuit, j'ai senti des picotements dans mes orteils. C'était il y a six mois. J'ai consulté un médecin. Il m'a parlé de cas similaires que la science médicale ne peut pas encore expliquer. Je ne suis pas capable de me promener seule dans la rue, mais je fais des progrès.

Claire en oubliait de surveiller la pendule. Elle s'écria :

— Depuis tout ce temps ! Et tu ne m'avais rien dit ?

— J'en ai fait, des tentatives pour tenir debout, et je tombais. Au début, je n'y croyais pas. Ensuite, quand mes jambes ont repris vie, nous étions en froid ! expliqua Bertille. Guillaume me poussait à t'écrire ou à te rendre visite, mais je n'osais pas. Et puis je n'ai pas encore pris conscience du changement, de tout ce que cela bouleversera dans mes rapports avec les gens. Je continue à jouer les infirmes, le temps de m'habituer et de réfléchir. Et j'ai peur aussi d'une chose...

— De quoi ?

— Eh bien, ce n'est peut-être que provisoire. Et si demain je me réveillais à nouveau paralysée ? Je n'ose pas me réjouir ! J'attends d'être sûre. En plus, mon docteur est formel : il me faudra toujours une canne.

Bertille se tenait derrière sa cousine. Elle avait posé ses mains sur ses épaules qu'elle caressait doucement. Claire se retourna et gémit :

— Tu aurais dû te confier à moi. Je t'aime, princesse, et j'ai tant souffert que tu sois infirme. Si tu me l'avais avoué avant, j'aurais hurlé de joie, mais là... Oh ! mon Dieu, il est presque deux heures ! Vite, Bertille, vite ! Je descends pour trouver une voiture !

Claire se rua dans l'escalier, Faustine à son cou. Bertille hurla, du haut de l'escalier :

— Vas-y seule, je ne peux pas venir ! Il me faut ma chaise roulante ; je ne peux pas arriver au tribunal sur mes deux jambes ! Personne ne le sait encore... Et Guillaume qui est parti, cet imbécile !

La chance leur sourit. Un fiacre remontait la rue de Périgueux. Le cocher connaissait les Dancourt. Il monta chercher la chaise roulante et la jeune femme. A peine assise, Bertille ronchonna :

— Quand je pense que vous êtes venus du moulin avec la calèche, en attelant Sirius qui est un animal puissant et docile... Tu as vu la pauvre haridelle que cet homme utilise ? Blanchie sous le harnois ! Dans un mois, elle part à l'abattoir !

Claire aimait les chevaux. Malgré son angoisse, elle avait en effet remarqué le mauvais état de la jument.

— Tu sais bien que nous ne pouvons pas laisser Sirius à l'attache dans la rue. Il est mieux à l'écurie de la Bussatte. Nous faisons toujours ainsi.

La banalité de la discussion les soulageait de leur principal souci : le sort de Jean. Guillaume attendait en bas des marches du tribunal, ainsi que Léon. Ils s'occupèrent de Bertille. Claire entra la première dans la salle d'audience. Bertrand, dans sa large robe noire, l'arrêta aussitôt en l'attrapant par le poignet.

— Installez-vous au dernier rang, ma pauvre amie ! Jean est furieux après vous ! Il se dit incapable de supporter votre présence. Ne le contrarions pas, sinon il serait capable d'un coup d'éclat, de je ne sais quoi ! Cela lui nuirait s'il se donne en spectacle. Je suis navré.

— Mais je voulais qu'il voie sa fille ! balbutia-t-elle d'une petite voix.

— Plus tard peut-être. Je dois plaider, le juge arrive.

Bertrand la laissa frappée en plein cœur. Claire s'assit près de la porte, tremblante de nervosité et de chagrin. Beaucoup de gens ne s'étaient pas donné la peine de revenir. L'affaire ne les passionnait guère. Il leur manquait du sensationnel, un criminel d'envergure, des témoignages palpitants. Cependant, l'assistance était en majeure partie composée de femmes de tous âges. L'accusé, ce bel homme au regard bleu, les intéressait. Tout recommença. Le brouhaha, les coups de marteau du magistrat à la mine sévère. Basile, Colin, Etiennette et Léon se trouvaient de l'autre côté de l'allée, non loin de Bertille et de Guillaume. Claire se sentit terriblement seule. Elle berça Faustine pour la faire tenir tranquille.

Jean prit place à son tour. Bertrand se racla la gorge avant de parler.

— Mesdames, messieurs, Votre Honneur, je serai bref ! Vous avez tous entendu ce matin le récit de Jean Dumont, je dirais même sa confession. Certains doivent songer qu'un assassin ne mérite aucune compassion, et ils ont sans doute raison. Mais tout dépend du crime, et du vrai coupable. Qui, dans les circonstances décrites par mon client, n'aurait pas agi comme lui ? De Marie-Madeleine, la femme adultère, Jésus a dit à l'heure de sa lapidation : « Que celui qui n'a jamais péché lui lance la première pierre ! » Moi, je dirai bien haut la même chose, ou presque... Je m'adresse aux pères de famille, aux frères aînés ! Si l'on avait souillé de façon atroce votre enfant, votre frère, à l'âge le plus tendre, le plus innocent, et le sachant mort des suites de ce crime, n'auriez-vous pas tenu à le venger, ou du moins à supprimer du monde des vivants celui qui l'avait torturé ? Qui est le véritable criminel ? Je répondrai le surveillant Dorlet ! Cet homme, employé par notre République, a failli à son devoir. Il a abusé de son autorité, de son pouvoir pour commettre un acte immonde. Lucien Dumont ne fut pas le seul garçonnet à subir ses violences. Gageons aussi qu'un notable, qu'un respectable citoyen qui aurait frappé d'une pelle ce genre d'individu ne se serait pas retrouvé au bagne ! Mais pour le malheur de Jean Dumont, il était misérable, abandonné des siens, orphelin de père et de mère. N'a-t-il pas largement payé sa faute, dictée par une colère juste et un désespoir compréhensible, en passant des années en colonie pénitentiaire ?

Une rumeur d'approbation parcourut la foule. Bertrand ajouta :

— On accuse aussi Jean Dumont d'usurpation d'identité. Pourtant, monsieur Basile Drujon, honorable instituteur, n'a pas porté plainte et a cédé son nom de bonne grâce. Il n'a pas eu à pâtir de la compagnie d'un jeune homme avide d'apprendre à lire, soucieux de travailler pour prendre une place honnête dans la société. Je le concède, mon client a caché son passé à celle qui l'a épousé, Germaine Chabin. Cela peut se comprendre. Il savait qu'il serait jugé sur un acte ancien, alors qu'il avait prouvé sa volonté de rentrer dans le droit chemin. Et une fois encore, au risque de me répéter, je dirai : « Qui n'a jamais eu de secrets pour un être cher ? » Jean Dumont s'est montré un bon mari, un bon père. Il est veuf à présent, et un enfant qui s'annonçait a été volé à son affection. Son plus grand souci, il me l'a confié, c'est sa fille de deux ans,

Faustine ! Faut-il condamner cette innocente ? Elle a besoin de l'amour de son père. Monsieur le juge, je demande pour Jean Dumont l'acquittement et la remise de sa peine.

Une voix de femme retentit, pleine de gouaille :

— Et il est trop beau gosse pour moisir en prison !

Il y eut des rires. La Cour se retira pour délibérer. Jean n'avait pas bougé, les avant-bras sur les cuisses, la tête basse. Claire fermait les yeux, à bout de patience. Son esprit refusait de raisonner. Elle passait d'une pensée à l'autre, effrayée à l'idée de la sentence. Parfois, le souvenir de Bertille, debout sur ses deux jambes, surgissait, si étrange qu'elle croyait avoir rêvé. Une réflexion saugrenue lui vint, sur la taille de sa cousine qui lui avait paru bien petite.

Oui, elle doit m'arriver à peine à l'épaule, non, au menton... songeait-elle. Elle paraissait plus grande assise !

Elle souleva les paupières et regarda Jean. Il était à quelques mètres, mais étranger, lointain. Un inconnu. Elle ne l'embrasserait plus, ne le toucherait plus. Un abîme de haine les séparait. Claire serra plus fort Faustine qui dormait sur sa poitrine. De toute son âme, elle voulait garder la fillette. Le juge était de retour, ainsi que d'autres magistrats et le greffier. Dubreuil était debout près d'un gendarme. La jeune femme les devinait dans un brouillard, car elle pleurait en silence.

Bertrand se tenait à proximité de Jean. Des chuchotis s'élevèrent, puis une voix forte, solennelle.

— Accusé, levez-vous...

Un bourdonnement emplit les oreilles de Claire. Elle voulut chasser des mouches brunes qui l'empêchaient de voir. Son front se couvrit de sueur, mais elle avait très froid. Des mots lui parvinrent, confus, étouffés :

— ... Condamné à quinze ans de travaux forcés au bagne de Saint-Martin-de-Ré pour le meurtre de Paul Dorlet et pour usage de faux papiers et de fausse identité.

Claire perdit connaissance et bascula en avant, entraînant l'enfant dans sa chute. Faustine, réveillée en sursaut, hurla. Les gendarmes durent ceinturer Jean, qui voulait rejoindre sa fille et se démenait comme un diable.

Le juge fit évacuer la salle. Un début de panique et la cohue consécutive à l'ordre d'évacuation profita à Bertrand.

Guillaume s'occupait de Claire, inanimée, et Bertille criait au scandale. L'avocat attrapa Faustine et courut entre les rangs de bancs. Cela se joua en deux minutes environ, mais il put tendre la petite à Jean sans la lâcher.

— Embrassez-la vite, Dumont !

Faustine reçut un baiser humide sur la joue. Elle se mit à appeler son père au moment même où les gendarmes l'emmenaient. Le greffier chuchota à Bertrand :

— Vous pourriez être révoqué, maître Giraud, pour ce que vous venez de faire !

— Eh bien tant pis ! rétorqua le jeune avocat. Je me ferai fermier, j'ai des terres... Mais je vais demander la grâce de Dumont et je l'obtiendrai !

Ces paroles audacieuses furent couvertes par les hurlements de la petite Faustine. Etiennette libéra l'avocat de son encombrant fardeau et sortit, suivie de Colin. Basile dut s'appuyer à l'épaule de Léon.

— Notre Jean est perdu ! se lamenta-t-il. Gamin, conduis-moi à l'air libre, je me sens mal.

Claire reprit conscience assez rapidement. Sur les conseils d'une boulangère de la rue des Postes, Guillaume lui avait frotté les joues et les mains. Une jeune fille très élégante avait sur elle un flacon de sels qu'elle proposa aussitôt.

Abandonnée à sa place, Bertille sentit soudain une présence dans son dos. Bertrand poussait son fauteuil vers le hall. Il lui dit tout bas :

— Je suis désolé, j'ai fait de mon mieux. Je vais tenter de retarder le transfert de Dumont vers le bagne, mais, par chance, il ne part pas à Cayenne. Et je vais instruire un recours en grâce. Notre président, Emile Loubet [1], est un homme issu du peuple, aux idées socialistes. Le cas de Dumont le touchera. Dites-le à Claire.

— Vous avez été admirable ! répondit-elle d'un ton ému. Merci, Bertrand.

Il saisit une de ses mains gantées d'une résille noire, embrassa le bout de ses doigts, puis l'intérieur de son poignet,

1. Président de la IIIe République, en 1902.

et il s'éclipsa dans un bureau voisin. Bertille respira plus vite, les paupières mi-closes.

— Il m'aime ! se dit-elle. Oh, s'il m'aime, j'aurai tous les courages !

19

Le glaive de la justice

Moulin du berger, 15 octobre 1902

— Ouais, ça fait tout drôle de voir le moulin vide, la maison pareillement ! marmonna le Follet.

— C'est sûr ! Et je suis bien contente que tu aies cassé la croûte avec nous ! répliqua Raymonde, qui débarrassait la table de ses miettes. Remarque, il y a le chien : avec lui, à en croire la patronne, je ne risque rien des rôdeurs, ni les petits !

La servante avait proposé à l'ouvrier de déjeuner avec elle et les enfants. Matthieu et Nicolas, à cette occasion, avaient fait preuve d'une rare sagesse. L'absence de leur père et de leur grande sœur Claire les inquiétait un peu.

— Moi aussi, soupira Raymonde, j'aurais bien aimé aller au procès. Je me demande ce qui se passe là-bas, en ville... Léon me racontera, mais ce ne sera pas la même chose.

— Tu voulais être avec ton amoureux ! la taquina Matthieu.

— En voilà un petit dégourdi ! Ne va pas raconter ça à madame Claire, elle a assez de soucis.

Nicolas bâillait. Il se mit soudain à pleurnicher.

— Je veux maman, moi... et papa.

— Mais le Follet va vous emmener dans les bois pour ramasser des cèpes ! dit la jeune fille en mouchant le garçonnet.

Le soleil inondait la cour. Au-dessus des toits de l'écurie, Matthieu, collé à la fenêtre, apercevait l'alignement des falaises rompu par le vert sombre des bosquets de buis.

— Je dirai à votre père que vous avez été très gentils, promit Raymonde. Je crois qu'il vous rapportera un sucre d'orge de la ville.

— Veux pas aller avec Follet ! marmonna Nicolas, resté sur le banc.

— On verra des grenouilles, rousses comme les feuilles mortes, et je te taillerai un bâton !

L'ouvrier tentait d'amadouer le petit garçon.

Nicolas lui tira la langue. Raymonde résista à l'envie de gifler ce gamin. Elle le trouvait capricieux et paresseux.

Matthieu vint à cloche-pied jusqu'à son demi-frère. Il lui tira les cheveux dans le cou.

— Moi, j'trouverai plus de champignons que toi. Et si tu veux pas venir, tant mieux.

La servante le gronda. Il en fallait peu pour agacer Nicolas, dont les crises de larmes étaient ensuite difficiles à calmer.

— Laisse-le donc ! Il fera la sieste s'il n'a pas envie de monter au bois. Je dois encore balayer et rincer la vaisselle. J'ai aussi le repas du soir à préparer. Ils auront faim, les patrons, après cette journée.

Le Follet contemplait Raymonde sans arrière-pensée. Il ne courait pas les filles, si bien que ses collègues du moulin se moquaient souvent de lui. Des femmes, il prenait le meilleur, à son idée : leur douceur, leur gentillesse, se régalant des pâtisseries de Claire et des omelettes de la jeune servante. Si elles étaient jolies, il appréciait avec un bon sourire la rondeur d'une hanche, la courbe d'un sein sous le tissu des corsages.

— Mon brave Follet ! s'écria Raymonde. Dans le fond, on est un peu parents puisque tu fus l'époux de ma sœur. Elle me manque encore, ma Catherine.

— Ah ! ça, murmura-t-il, moi aussi je la regrette. C'était ma femme quand même.

Sauvageon avait vu Matthieu prendre un panier. Avide de promenades, le chien-loup commença à remuer la queue. L'ouvrier se leva du banc.

— Il est temps de se mettre en route, d'ici à ce que le ciel se couvre…

— Surveille-les bien, Follet ! recommanda la jeune fille. Surtout lui, là !

Elle désignait Nicolas. L'enfant eut alors une de ces colères dont il était coutumier. Il hurla, la bouche grande ouverte, qu'il voulait sa mère, qu'il avait peur. Raymonde décida de le mettre au lit.

— Emmène Matthieu et le chien, je m'occupe de ce vilain garçon !

Ils s'empressèrent de quitter la cuisine. Un vent frais les accueillit. Le souffle portait le parfum particulier des falaises, odeur de la pierre refroidie par la nuit, puis chauffée par le soleil. Il s'y mêlait, fidèle et tenace, l'haleine des bois voisins humides et des plantes bordant la rivière. Matthieu était fou de joie, tandis que Sauvageon multipliait les allées et venues d'un talus à l'autre, en quête d'une piste de lièvre ou de belette.

— Viens, on va grimper sur le plateau par ce sentier, dit le Follet. Je te parie qu'à défaut de cèpes on trouvera des souchettes. C'est presque aussi bon, ça pousse en gros paquets sur les troncs de peuplier.

Claire apprenait déjà à son petit frère les vertus des fleurs sauvages. Matthieu se sentait très heureux. Il jetait des regards connaisseurs aux arbres, aux ronciers, aux mousses jaunissantes qui couvraient les rochers épars. Ils marchèrent encore pendant un quart d'heure.

L'enfant s'aperçut de l'absence du chien.

— Tiens, Sauvageon est parti ! Tu crois qu'il a senti d'autres loups ? Parce qu'en vrai, c'est un loup, tu le sais, Follet ?

— Dame, oui, je le sais ! Maintenant, tout le monde est au courant au moulin. Mais je vais te dire, petit, ça ne l'empêche pas d'être un bon chien, et je me demande où il est passé !

Ils avançaient sous le couvert du bois de chênes. Le départ de Sauvageon attristait Matthieu qui se retournait souvent, tendant l'oreille. De là où ils s'arrêtèrent, quand le premier hurlement résonna, ils voyaient très bien les toits du moulin et le cours argenté et tumultueux de la rivière, dont les eaux étaient grossies par deux semaines de pluie. Le courant avait tant de force que les roues à aubes paraissaient prises de folie.

— T'as entendu, Follet ? C'est Sauvageon !

— Peut-être pas ! rectifia l'ouvrier.

Un deuxième appel, rauque, puissant, s'éleva dans la vallée.

C'étaient des notes désespérées, où vibrait l'angoisse, et ce chant farouche n'en était que plus poignant, au milieu d'un beau jour ensoleillé. Puis un autre cri retentit, strident, aigu. Une femme hurlait.

— Bon sang ! brailla le Follet. Ça vient du moulin ! C'est Raymonde ! Y a un problème ! Ecoute, Matthieu, j'vas courir, tu me suis si tu peux ! De toute façon, tu connais le chemin.

— D'accord ! acquiesça le garçon. Je ferai comme t'as dit...

L'homme dévala la pente en courant. Il avait de longues jambes maigres, habituées à l'effort. Au moulin à blé voisin de Chamoulard et au domaine de Ponriant, les gens écoutaient les longs hurlements de Sauvageon. Cela ressemblait tant au hurlement des loups, au cœur de l'hiver, que certains hommes vérifièrent leur fusil de chasse. Le Follet avait la bouche sèche et la poitrine en feu. Il déboula dans la cour du moulin. Raymonde se rua vers lui :

— Vite, vite, par pitié ! Nicolas est tombé dans le trou.

Le Follet reprenait sa respiration, les yeux dilatés. Le « trou » ! Les ouvriers de Colin surnommaient ainsi une sorte de ravin encaissé entre de hauts murs. Un des pans était composé d'un chaos de rochers glissants envahis de fougères. L'eau y chutait depuis le canal du bief et rebondissait en gerbes cristallines avant de s'engouffrer sous un passage voûté auquel on accédait par un étroit escalier aménagé à l'intérieur d'un des piliers colossaux du porche d'entrée. Les maîtres papetiers du siècle précédent avaient fait poser une porte grillagée en haut de cet escalier. La clef était cachée sous un pot renversé.

— Est-y vivant ? bégaya le Follet.

— Mais oui, il s'accroche à une racine. Ecoute donc.

Des pleurs d'enfant, saccadés, se devinaient malgré le rugissement des eaux furieuses.

— Je descends le chercher ! hurla l'ouvrier.

— Tu es certaine que ça ira ? demanda Bertille à Claire en l'embrassant sur la joue. Tu nous as fait peur, à t'évanouir comme ça. Aussi, tu n'avais rien mangé à midi.

— C'était l'émotion et la fatigue ! Je me sentirai mieux une fois à la maison. Reviens vite nous voir, ma princesse. Il n'y a pas de honte à marcher avec une canne.

Les deux cousines devisaient, enlacées. Bertille était assise dans son fauteuil. Claire lui caressa le front.

— Tout le monde m'attend. Je descends. Je suis si contente pour toi… Tu es guérie !

— Mais promets-moi. N'en parle pas encore.

A contrecœur, Claire jura de garder le secret.

Les Roy reprenaient la route du moulin. Léon était allé chercher la calèche. Il avait attelé Sirius et l'avait mené au trot rue de Périgueux jusqu'au Champ-de-Mars.

« Ce garçon s'y connaît en chevaux, avait murmuré Claire. Dommage qu'il nous quitte… Raymonde sera triste. »

La condamnation de Jean avait semé la détresse. Basile ne desserrait pas les dents. Léon faisait grise mine, répétant que tout était de sa faute. Guillaume lui-même prenait parti. Il estimait la sentence injustifiée en raison de la mort de Germaine Chabin, dont la police portait la responsabilité. A tous, Bertille avait dit, d'une voix ferme :

« Bertrand Giraud va instruire un recours en grâce auprès du président de la République. Loubet a des convictions humanistes ; le cas de Jean le touchera. Bertrand en est certain. Il obtiendra la grâce.

— Bertrand par-ci, Bertrand par-là ! avait ironisé Guillaume, dont la jalousie s'aggravait, car il imaginait sa belle épouse bientôt capable de courir d'un bout à l'autre de la ville. Cet avocat ne m'a pas semblé si extraordinaire. »

Mais Claire n'avait retenu que le mot « grâce ». Elle refusait de perdre espoir. A l'oreille de Faustine, dix fois déjà la jeune femme avait murmuré : « Ton papa sera gracié et il reviendra ! »

A présent, ils rentraient à Puymoyen, au moulin. Léon était parti le premier, à bicyclette. Basile s'installa sur le siège arrière de la calèche, en compagnie de Colin et d'Etiennette qui tenait la fillette sur ses genoux. Claire se percha sur la banquette avant et prit les rênes. Tout son corps épuisé aspirait à retrouver sa vallée paisible et la cuisine accueillante où le sourire de Raymonde resplendissait autant que les cuivres. Là-bas, patiemment, elle attendrait la réponse du président Loubet.

Le voyage se fit en silence. Etiennette sommeillait, Faustine aussi. Colin bâillait souvent. Il espérait ne plus jamais avoir à passer une autre journée à Angoulême. Le seul moment plaisant à son goût, c'était le repas partagé avec sa petite femme au restaurant.

Ils traversèrent le bourg de Puymoyen. Le soleil se couchait. Alors qu'elle s'engageait sur la route en lacets qui descendait dans la vallée, Claire vit Léon remontant la côte. Il pédalait comme un fou, en danseuse.

— Quel diable le pique ! s'étonna Colin.

Claire eut une pensée totalement illogique. Jean s'était évadé et, déjà, il se cachait dans la Grotte aux fées. Mais le jeune homme leur cria, la face tordue de terreur :

— Le Follet est mort, il s'est noyé ! Il a voulu rattraper le petit Nicolas qu'était tombé dans le trou ! Je vais chercher le docteur.

Etiennette poussa un cri horrifié. Claire fouetta Sirius qui prit le galop, au risque de renverser la calèche.

Jamais Claire n'oublierait ce quinzième jour d'octobre. Elle avait renoncé à tous ses rêves d'amour, Jean la haïssait et un véritable ami s'était sacrifié pour sauver Nicolas.

Elle dégringola de la calèche, confiant les guides en cuir à Basile.

— Reste là avec Faustine, qu'elle ne voie pas ça ! cria-t-elle.

Son père se ruait déjà vers le corps de Luc Sans-Souci, qu'il avait lui-même baptisé du sobriquet de « le Follet » après l'avoir embauché. Le meunier de Chamoulard était là, avec son fils aîné, un solide gaillard de vingt ans. Claire approcha, la gorge nouée. Le malheureux Follet gisait par terre, le visage marqué d'un large hématome, les lèvres en sang. Raymonde pleurait, agenouillée près de lui.

Etiennette demanda, affolée :

— Où est mon fils ? Mon Nicolas ?

— Je l'ai couché dans votre chambre, bredouilla la servante entre deux sanglots. Il a mal à la tête. J'ai envoyé Léon chercher le docteur. J'en ai eu, du souci, avec tout ça. Ce pauvre Follet, Dieu ait son âme ! Quel courage il a eu !

Colin vit sa femme s'élancer au pas de course vers leur

logement. Claire aida Raymonde à se relever. Elle l'interrogea du regard. La servante se jeta à son cou.

— Pardon, madame, pardon…

— Que s'est-il passé, Raymonde ? demanda Claire.

— Nicolas n'a pas voulu aller aux champignons. Il a piqué une colère terrible. J'avais du travail et je l'ai mis au lit dans votre chambre, à l'étage, en me disant que, comme ça, je l'entendrais s'il pleurait encore. J'avais tout ouvert en grand pour aérer… A un moment, j'suis entrée dans le cellier pour prendre le balai et le seau. Le petit a dû en profiter pour filer dehors !

Raymonde fut prise de tremblements nerveux. Ses dents claquaient et elle avait du mal à parler. Claire la serra contre elle. Colin avait écouté. Il pleurait, hagard :

— Quel brave homme, notre Follet, il a réussi à tirer mon gamin du trou… Ah, si le moulin avait tourné comme d'habitude, si mes gars avaient été là, on l'aurait sorti à temps !

Le meunier de Chamoulard hocha la tête. Raymonde, rassurée par la tendresse de sa maîtresse, poursuivit son récit :

— Le pire, madame, c'est que sans votre chien il serait mort, notre Nicolas. Je le croyais en haut, dans le lit, et voilà que Sauvageon hurle au milieu de la cour, des cris à vous glacer le sang. Je me dis : « Tiens, il n'a pas suivi Matthieu et le Follet, pourquoi donc ! » Et là, cette bonne bête vient aboyer à la porte ouverte, me tire par le tablier et me conduit droit au muret qui protège le trou. Je me penche et je vois Nicolas couché en travers sur un des rochers. Il était blessé au front et aux genoux, mais vivant ! J'ai ouvert la grille pour descendre l'escalier et tenter de le récupérer, mais l'eau montait trop haut, et moi, je sais pas nager… Sauvageon, il a essayé aussi d'entrer dans le courant, mais il n'a pas pu avancer. Regardez-le, il est encore tout trempé !

Claire porta le regard sur son chien. L'animal s'était couché près du corps de l'ouvrier. Il dardait sur sa maîtresse ses yeux dorés où elle lut de la tristesse, un profond chagrin. C'était une expression tellement humaine qu'elle fondit en larmes.

— Il s'en veut ! bégaya-t-elle en prenant les autres à témoin. Il aurait voulu sauver le Follet… Oh, mon Sauvageon, tu as fait ce que tu as pu !

La jeune femme tomba à genoux devant le loup et cacha son visage dans l'épaisse fourrure de son cou. Elle se tourna vers le Follet et lui caressa le front avant de saisir une de ses mains et de la serrer contre son cœur.

— Pauvre garçon, il n'a pas eu beaucoup de bonheur ! dit-elle. Mais on pouvait compter sur lui… Il était toujours prêt à me rendre service, à s'occuper des garçons.

Colin étouffa un sanglot. Raymonde se tordait les mains. Elle continua son récit.

— Figurez-vous que notre Follet, il a voulu passer par l'escalier, mais rien à faire. Alors il est remonté en courant, il a enjambé le muret et, je me demande comment il a fait, mais il a trouvé des prises entre les pierres pour descendre. J'ai cru mourir de soulagement quand il a ramassé Nicolas. Il m'a dit : « Je vais te le passer par en bas. » J'ai compris, je suis redescendue par l'escalier. Le Follet, il s'est jeté dans l'eau, le petit à son cou. Ils ont été entraînés, mais j'ai pu attraper Nicolas. J'ai crié : « Retourne sur les rochers, je t'apporterai une échelle. »

Tout le monde était suspendu aux lèvres de Raymonde, imaginant la scène. Le meunier de Chamoulard ajouta :

— Moi et mon fiston, on était pas loin ! Le chien hurlait si fort qu'on est accourus. Hélas, le temps qu'on soit là, ce pauvre gars était noyé…

— Oui, dit Raymonde, ça s'est passé si vite. Il a tenté de faire demi-tour, le Follet, mais il a glissé sur la roche. Je l'ai vu rouler contre le mur. Sa tête a cogné fort et il a été emporté sous l'eau. J'avais beau hurler, je pouvais pas le sauver. Et Nicolas, je vous dis pas, il braillait de terreur, ce pauvre gosse. Quand ces messieurs sont arrivés, ils ont pu sortir le corps du trou, mais c'était fini pour le Follet…

Un bruit de galopade les fit tous sursauter. Le cabriolet du docteur Mercier approchait, précédé par Léon sur la bicyclette.

— Et Matthieu ? interrogea Claire en se relevant. Où est Matthieu ? Raymonde, où est mon frère ?

— Calmez-vous, madame ! gémit la servante. Matthieu est arrivé bien après le Follet, et je lui ai dit d'aller vite dans la maison et d'être très sage.

Claire se précipita à l'intérieur. Elle trouva le petit garçon recroquevillé entre un des montants de la cheminée et le buffet, les mains sur son visage. Il tremblait.

— Mon chéri ! chuchota-t-elle. Je suis là, n'aie pas peur.

L'enfant se blottit dans les bras tendus. Il se réfugia contre ce doux corps de femme. Sa sœur était l'asile le plus précieux, le plus sûr.

— Mon pauvre chéri, dit-elle encore.

— Dis, il ne va pas mourir, Follet ? J'sais qu'il était au fond du trou, mais il est ressorti, dis…

La jeune femme embrassa son frère sur le front.

— Il est mort, Matthieu, il s'est conduit en héros ! Nous n'oublierons jamais ce qu'il a fait : il a sauvé Nicolas. Je suis très triste, papa aussi. Nous prierons souvent pour le Follet, toi et moi…

C'était pour l'enfant la première rencontre avec la mort. Il renifla, les pupilles dilatées par l'incompréhension. Basile entra à cet instant avec Faustine. L'enfant s'élança vers son compagnon de jeu en bafouillant un « Ma… tt… » heureux.

— Je dois retourner dehors. Montre un livre d'images à Faustine, je reviens le plus vite possible. Basile reste près de vous.

Le vieil homme avait une mine déconfite. Il n'aspirait qu'à se reposer. Pourtant, il promit de s'occuper des deux enfants.

Dans la cour, le docteur Mercier discutait avec Colin. Le médecin n'avait pu que constater le décès de l'ouvrier. Il venait d'examiner Nicolas et confiait son diagnostic au maître papetier.

— Votre fils n'a que des contusions. Il l'a échappé belle ! Une chute pareille ! Il faut le surveiller cette nuit. S'il vomit, il peut avoir une fracture du crâne. Gardez-le tranquille. J'ai laissé du laudanum à votre épouse.

Claire monta voir Etiennette. Celle-ci était assise près du grand lit. Nicolas dormait déjà.

— Je l'ai déshabillé et séché ! confia la jeune mère. Il grelottait. Ses genoux sont bien ouverts. Pensez que j'aurais pu le retrouver mort, dans ce trou... C'est la faute de Raymonde. Il faut la renvoyer ! Elle ne l'a pas surveillé.

L'ancienne servante était entièrement crispée par la colère. Dans son tailleur couleur prune, un col blanc dépassant de la veste, avec ses boucles d'oreilles en or illuminant son teint, Etiennette tirait un trait définitif sur son passé de domestique. Elle comptait bien user de son influence et persuader les Roy de chasser cette belle fille blonde dont elle redoutait les charmes.

— Mettez-la à la porte dès ce soir ! ordonna-t-elle.

— Nous réglerons ceci plus tard, répondit Claire d'un ton ferme. J'ai le cœur brisé, je ne peux pas croire à la mort de ce pauvre Follet, si dévoué. Ton fils est sain et sauf, c'est le plus important, non ?

Etiennette haussa les épaules.

— Colin sera de mon avis ! assura-t-elle.

Claire sortit, malade de chagrin. Une tristesse infinie pesait sur le moindre de ses gestes. Comme au tribunal, elle évoluait dans un état second, la vue brouillée par des larmes qui sourdaient de ses yeux. Elle ne les essuyait même pas. Le docteur Mercier la salua. Elle fit à peine attention.

Une heure plus tard, le corps du Follet reposait dans une petite pièce jouxtant la salle des piles. Colin avait débarrassé une table qui servait à entreposer les formes.

— C'était ici, au moulin, sa vraie maison, là où il travaillait près de nous ! Je le veillerai... confia-t-il à Claire. Il faudrait prévenir ses parents. Ils habitent le bourg de Dirac. Il y a une bonne trotte.

La jeune femme comprit que son père lui demandait ce service. Elle n'avait pas le courage de faire le déplacement, ni en calèche ni à cheval.

— Papa, j'irai à l'aube... Qu'est-ce que ça change ? Ces pauvres gens le sauront bien assez tôt ! Je suis trop fatiguée.

Léon proposa de faire le trajet à bicyclette. Il tournait sa casquette entre ses doigts, l'air gêné.

— Tant que je peux vous donner un coup de main !

Il repartit, soulagé de se rendre utile. Colin attira sa fille contre lui.

— Le Follet va nous manquer ! Il était plus que mon meilleur ouvrier coucheur. Il savait tout faire.

Claire approuva avec lassitude et s'éloigna. En traversant la cour, elle aperçut Victor Nadaud qui déambulait devant l'écurie. Il accourut. Elle ne l'avait pas vu depuis trois semaines. Soudain, il se tenait à un mètre, souriant, le regard soucieux cependant. Elle avait oublié la douceur et la gentillesse qui émanaient de lui.

— Claire, excusez-moi, je suis venu aux nouvelles. J'étais inquiet ! J'ai d'abord vu passer votre petit frère, seul, qui trottinait. Après, un jeune homme à bicyclette, deux fois. Ensuite, le docteur. J'ai eu peur, je me suis dit qu'il y avait peut-être quelqu'un de malade…

— Oh ! c'est pire. Le Follet s'est tué en sauvant la vie d'un de mes petits frères ! Un si brave garçon ; il n'a pas mérité ça !

Victor ouvrit des yeux effarés. Il s'avança vers elle, comme pour la consoler. Claire se retrouva dans ses bras, pleurant sur son épaule.

— Vous êtes bon, vous, Victor ! Je me sens tellement seule ! Je n'ai plus de force, plus de courage !

Il se contentait de lui caresser les cheveux. Les mots lui semblaient faibles pour la réconforter.

— Je vous demande pardon ! dit-elle plus bas. Je vous ai fait du mal, à vous aussi… Il ne faut pas m'aimer, je suis mauvaise !

— Allons, vous êtes sous le choc, c'est naturel ! protesta Victor. Vous n'êtes coupable de rien, Claire, et je ne vous en veux pas. Je me suis conduit comme un idiot. Nous sommes de bons amis, n'est-ce pas ?

Il la raccompagna jusqu'au perron. Raymonde vint à leur rencontre. La jeune servante avait les paupières rougies et le nez gonflé.

— Venez, madame, j'ai fait du vin chaud à la cannelle, votre recette ! Tout le monde a besoin d'un remontant.

Claire ne voulait pas lâcher la main de Victor. Il dut entrer aussi. Matthieu se précipita vers lui, la petite Faustine sur ses talons.

— Qui est cette enfant ? demanda le préhistorien, un peu

surpris. Je vous ai aperçue l'autre soir, alors que vous la promeniez sur le chemin.

— Elle est orpheline par ma faute ! déclara Claire en pleurant. Quand je vous disais que j'apportais le malheur !

La jeune femme tituba, une expression de frayeur extrême au visage. Tous la virent courir dans l'escalier et monter en sanglotant. La porte de sa chambre claqua. Basile alluma sa pipe et conclut :

— Il vaut mieux la laisser seule. C'était une sale journée, ce 15 octobre !

Ce fut à partir de ce triste jour d'automne que les gens de la vallée commencèrent à appeler le moulin des Roy « le Moulin du Loup », oubliant bientôt l'ancien nom de Moulin du berger. Les hurlements de Sauvageon, dont le souvenir faisait frémir, marquèrent les esprits. Qu'une bête bâtarde, née d'une louve sanguinaire, ait sauvé un enfant en pressentant le péril qu'il courait avait de quoi délier les langues. Dans tous les villages environnants, on se racontait l'histoire, on expliquait comment l'animal avait quitté le Follet et Matthieu pour retourner au moulin attirer la servante près du trou où gisait le petit Nicolas.

Il y eut foule aux obsèques de Luc Sans-Souci – un patronyme que beaucoup ignoraient –, chacun souhaitant rendre un dernier hommage à l'ouvrier modèle qui s'était sacrifié pour un enfant. Claire assista à la messe au bras de Victor Nadaud. Les gens du bourg la crurent fiancée, mais sa famille connaissait la vérité. Elle était si faible que ses jambes avaient du mal à la porter. Colin avait donc prié son locataire de jouer les infirmiers, car il devait faire un discours et mener le cortège jusqu'au cimetière ; il ne pouvait donc pas s'occuper de sa fille.

Il fallut à Claire plusieurs jours de repos et de soins affectueux.

— Madame se remettra ! répétait Raymonde à tout moment, ce qui prouvait qu'elle en doutait.

La servante gardait sa place. Colin fut ferme face aux récriminations d'Etiennette. Raymonde était la seule capable de mener la maison tant que Claire était souffrante. Léon, lui, courba l'échine pendant des semaines. Il s'attendait chaque matin à être congédié. Il se faisait du mauvais sang à l'idée de quitter le moulin. Un soir, il préféra en avoir le cœur net ; il alla donc trouver le papetier.

— M'sieur Roy, je me plais chez vous ! Mam'selle Claire dit que je soigne les chevaux comme pas un, et je suis assez dégourdi de mes mains... Si vous me gardez, je veux point de salaire, juste la soupente où je dors et la soupe. Mais si je suis de trop, demain je prends mon baluchon et je m'en vais.

Colin le dévisagea, interloqué. Il réfléchit, une moue aux lèvres. Léon ne chômait jamais. Il le croisait partout où on avait besoin d'aide.

— Ecoute, gamin, si tu partais, ça ferait un vide ! Le Follet était un ami, mais aussi un homme précieux, qui savait tout faire ici. On a besoin de toi maintenant qu'il n'est plus là. Reste donc, tu auras une paie, comme tous ceux que j'emploie.

Léon en eut les larmes aux yeux.

— Vous le regretterez pas, m'sieur Roy !

Un peu plus tard, le jeune homme entraînait Raymonde au fond de l'écurie. Il la serra fort contre lui et lui vola un baiser :

— Ma douce, maître Colin m'a embauché ! L'année prochaine, si tu veux bien de moi, je t'épouserai ! A l'église du village. Et tu seras la plus belle du pays.

Raymonde lui sauta au cou. Mais c'était une fille sérieuse. Quand Léon se mit à perdre la tête, elle le repoussa avec fermeté.

— Tu feras ce que tu voudras dès que j'aurai dit oui devant le curé. Pas avant !

Ainsi, peu à peu, la vie reprit son cours au Moulin du Loup. Pendant dix jours, Claire passa des heures couchée, à relire les romans d'aventures qu'elles aimaient tant, Bertille et elle. Aux repas, elle refusait de manger, mais elle s'occupait des enfants avec tendresse. La nuit, elle prenait Faustine dans son lit, la câlinait et lui chantait des comptines. En apparence, la jeune femme n'avait pas changé. Cependant, pour ceux qui la connaissaient bien, elle n'était plus la même. Son regard s'était éteint. Son sourire s'était figé. Elle n'avait pas cité le nom de Jean ni évoqué le procès. Souvent, elle parlait du Follet en le plaignant d'une voix fluette. Puis elle caressait son chien, le remerciant tout bas d'avoir au moins sauvé Nicolas de la noyade.

La veille de la Toussaint, Basile lui demanda un entretien. Ils sortaient de table.

— Si tu veux me parler ! proposa-t-elle. Allons près de la cuisinière.

— Non, viens dans ma chambre ! Pas besoin de témoins.

Claire emboîta le pas à son vieil ami qui ronchonnait à chaque marche. Il la fit entrer. La pièce empestait le tabac brun et l'encre. Basile se cala dans son fauteuil en cuir. Claire resta debout, accoudée à la cheminée.

— J'ai l'impression d'être une accusée. Je t'écoute...

— J'espère bien que tu m'écoutes, petiote ! Voilà ce qui me turlupine : je ne supporte pas de te voir errer comme une âme en peine dans cette maison ! Raymonde fait ce qu'elle peut, mais tu ne te rends même pas compte qu'elle est épuisée. Matthieu te regarde avec de grands yeux tristes parce que tu ne ris plus et que tu ne lui parles presque pas. Que tu aies du chagrin pour ce pauvre homme, le Follet, je le comprends. Cela dit, il serait le premier à te tirer les oreilles ! Tu abandonnes le navire, Claire. Or, ici, tout le monde a besoin de toi et de ton énergie ! Qu'est-ce qui te ronge ? Sais-tu que Bertrand a envoyé la lettre au président de la République depuis une semaine et qu'il a réussi à différer le transfert de Jean au bagne de Saint-Martin ?

— Non, balbutia Claire. Et toi, comment sais-tu tout cela ?

— Ah ! là, tu te ranimes ! Eh bien, pendant que tu dors, un bouquin sur le nez, ton vieil imbécile de Basile se donne du mal. Léon attelle la calèche et m'emmène au domaine demander ce qui se passe à Bertrand Giraud, puisque notre avocat ne donne pas de nouvelles. Et j'en obtiens. Si Jean est gracié, petiote, prépare-toi à l'affronter, à lui faire admettre que tu n'es pas responsable de son arrestation... La vie est là, à ta portée. Tu peux aller galoper sur ton cheval, pétrir du bon pain, bavarder avec ce malheureux Victor, qui vient s'enquérir de ta santé tous les matins. Bref, ça ne te va pas de jouer les fantômes, Claire. Tu es forte, au fond. Et tu as droit à l'amour, même si ce n'est pas celui de Jean. Secoue-toi, sinon je décampe !

La jeune femme baissa la tête. Elle eut un frisson et se frotta les bras.

— Je n'ai plus goût à rien, Basile. J'ai causé trop de dégâts.

— Balivernes ! C'est à te laisser couler comme ça que tu vas causer des dégâts ! Le plus dur, c'est encore la mort du Follet, que j'estimais. Mais je dois te dire, j'ai vu mourir de vaillants petits gars sur les barricades pendant la Commune. Une balle et c'est fait, ils sont au sol, plus de passé, plus d'avenir. Ils se battaient pour une cause qu'ils jugeaient bonne et juste. Le Follet n'a pas fait autre chose. Les gamins comptaient plus que tout pour lui. Il a donné sa vie sans hésiter. Alors, par respect pour sa mémoire, relève-toi. Sois digne ! Bats-toi !

Claire gardait les yeux fixés sur la porte de la chambre. Elle se revit soudain tentant de raisonner son père, rendu à demi fou par la mort de sa mère. Colin était dans un état d'abattement inquiétant. Elle l'avait supplié de se réveiller et de dominer son chagrin. Ce souvenir eut raison d'elle.

— Je me conduis comme papa quand maman est morte ! J'étais si désemparée, j'avais tant besoin de lui. Tu penses vraiment que les enfants souffrent de mon attitude ? Raymonde veille sur eux.

— Ils ont envie de te revoir, toi, Claire, vive et sereine, comme avant ! Je ne te dis pas d'être joyeuse et insouciante. Mais tu peux cacher ta peine et reprendre les rênes du moulin. Au fil du temps, tu seras moins faible, moins triste. J'en sais quelque chose, va ! Quand Marianne s'est éteinte, j'ai eu la tentation de me supprimer. J'ai tenu bon pour toi, petiote ! Et c'est une chance, car j'ai connu Jean ensuite. Je suis fier de l'homme qu'il est devenu.

La voix de Basile se brisa. Claire s'approcha doucement et se mit à genoux. Elle enlaça le vieil homme, un peu tremblante.

— Tu as eu raison de me gronder. Je ne te ferai plus honte, tu verras.

Ce jour-là, Raymonde se promit d'allumer un cierge à l'église, le prochain dimanche. Claire fit des crêpes sous l'œil ravi des trois enfants.

Le Moulin du Loup avait retrouvé son âme.

Prison Saint-Roch, 10 décembre 1902

Jean s'accrochait à l'espoir que Bertrand Giraud avait allumé en lui : la grâce présidentielle. Ces mots le hantaient. Malgré le désespoir qui le tenaillait, il refusait de s'imaginer purgeant quinze ans de bagne. C'était pour Faustine. S'il portait tout ce temps-là les fers des forçats, sa fille aurait dix-sept ans le jour de sa libération. Elle aurait grandi sans lui ; il serait un inconnu, un criminel. Il se languissait aussi de sa liberté perdue.

Son avocat l'exhortait à rester confiant. Il lui avait fait passer deux lettres de la part de Claire. Jean ne les avait pas lues. Elles étaient sous sa paillasse, humides et maculées de taches.

Ce matin-là, le gardien vint passer son long nez entre les barreaux.

— Voilà maître Giraud ! Peut-être bien qu'il va t'annoncer ton départ pour Saint-Martin.

Le jeune homme ne répondit pas. Comme à chaque visite de Bertrand, son cœur se mit à battre plus fort. Il devenait fou, entre ces quatre murs. Les poux grouillaient dans ses cheveux qui lui tombaient aux épaules. Il mangeait mal et dormait peu.

Dès que le jeune juriste apparut, Jean l'interrogea du regard. D'une grimace, le visiteur indiqua qu'il n'avait pas de réponse du président Loubet. Il entra dans la cellule.

— Tenez, Dumont, une autre lettre du moulin. Je sais qu'il y a une surprise à l'intérieur.

Déçu, Jean palpa l'enveloppe. Il sentit la raideur d'une sorte de carton. Intrigué, il l'ouvrit et en sortit ce qu'il prit d'abord pour une image.

— C'est un cliché photographique ! précisa l'avocat.

Le prisonnier reconnut tout de suite sa fille. Faustine se tenait debout près d'une fausse stèle, une poupée à la main. L'enfant portait une jolie robe à trois volants, ornée de rangs de dentelle. Ses cheveux bouclés étaient retenus en arrière par un ruban qui formait un joli nœud sur le côté. La fillette avait un sourire rêveur et ses yeux clairs semblaient fixer son père.

— C'est une idée de Claire. Elle m'a demandé conseil et j'ai pensé que cela vous ferait plaisir.

Jean était incapable de répondre. La gorge serrée par une violente émotion, il luttait contre les sanglots qui le suffoquaient. Enfin il se reprit et parvint à balbutier :

— Comme elle est belle ! Je crois que je donnerais ma vie pour la prendre dans mes bras juste un instant.

— Noël approche ! Qui sait, vous serez peut-être auprès de votre fille. A dire vrai, une chose me tracasse. J'ai bataillé dur jusqu'à présent, mais votre transfert à l'île de Ré est prévu pour le 3 janvier.

Les sourcils froncés, Jean scruta le visage de Bertrand. Il avait appris à l'estimer.

— Je ne vous ai pas vraiment remercié ! déclara-t-il subitement. Il faut que vous le sachiez, je vous dois une grande joie. J'ai pu embrasser Faustine à la fin du procès. Et vous essayez de m'aider. Si je sors d'ici, je travaillerai le temps qu'il faudra et je vous paierai.

Bertrand devint grave. Il posa une main sur l'épaule de son client.

— Il y aurait un moyen de me payer ! Pardonnez à Claire. Depuis la mort de cet ouvrier, le Follet, le jour où toute la famille Roy était au tribunal, Claire se torture. Je lui ai rendu visite et elle fait peine à voir. Certes, elle s'occupe des enfants et du ménage, mais elle souffre. Le vieux monsieur aussi, Drujon. Il a pris froid et garde la chambre depuis une semaine.

— Transmettez à Basile mes amitiés et mes vœux pour un rapide rétablissement.

Jean avait le cœur serré.

— Et Claire ? Je vous répète, Dumont, que Dubreuil est une crapule. Qui pouvait prévoir qu'il serait devant la poste de Puymoyen à l'heure précise où Léon s'y trouverait ? J'ai su récemment qu'il avait poussé le vice jusqu'à se rendre au moulin, après votre arrestation, afin de donner au jeune Léon une bourse bien garnie en récompense de ses services. Claire et lui ne savaient que faire de cet argent. J'ai remis la somme à Dubreuil, et j'avais envie de la lui flanquer à la figure.

Jean courba le dos et se boucha les oreilles de ses mains. L'avocat appela le gardien.

— Soit, je ne dirai plus un mot en faveur de Claire. A bientôt, Dumont.

Une fois seul, le prisonnier s'allongea sur sa paillasse. Il tenait toujours la photographie de sa fille et il la contempla longuement. Il n'osait pas embrasser l'image, de peur de l'abîmer. Enfin, il se décida à la ranger dans l'enveloppe pour la protéger. Un bout de papier plié en deux lui tomba entre les doigts. L'écriture de Claire. Il lut, par défi envers sa colère, sa rancœur. La curiosité l'emportait. La jeune femme pouvait-elle l'amadouer encore...

« Pour Jean, de la part de ses amis de la vallée des Eaux-Claires. Faustine nous donne beaucoup de joie. Elle commence à parler. Nous voudrions tant qu'elle puisse grandir près de son papa. »

Il fut presque déçu. La jeune femme adoptait un ton neutre, mettant en avant la famille entière. De rage, il froissa le message et le jeta contre un mur.

Pardonner ! se dit-il. Je n'ai fait que ça ! J'ai pardonné à Claire son mariage avec Frédéric, qui était une vraie trahison ! Ils ne comprennent pas, tous, que je la tiens pour responsable de la mort de Germaine.

Jean ferma les yeux. Il avait fini par admettre que Claire avait agi par étourderie en donnant son adresse à Léon. Mais cela ne changeait rien. La nuit, il était hanté par des visions d'horreur : Germaine agonisante, l'enfant mort dans son ventre. Et il n'y avait pas que ça. Il fallait supporter le poids de la honte, les regards des Chabin sur lui dès qu'ils avaient su la vérité. Comme la confiance et l'affection s'étaient évanouies des yeux de Norbert, du pépé, de la tante Odile, pour laisser place au mépris et à la haine ! Il marmonna, les poings serrés :

— Claire aurait pu tout aussi bien arriver à la ferme, y mettre le feu sans le vouloir et pleurnicher ensuite qu'elle était désolée. Je suis en prison, je serai bientôt au bagne pour quinze ans, et ma femme est morte !

Il se sentait coupable vis-à-vis de Germaine. C'était une

personne douce, simple et dévouée. Elle n'avait jamais cru être aimée de lui de l'amour fou et sublime des amants passionnés. Cependant, ils s'entendaient à merveille. Elle était devenue l'amie, la sœur et la mère que Jean n'avait pas eues. Souvent, se tournant et se retournant au creux de la paillasse puante, il se revoyait couché près de Germaine. Elle ignorait tout du plaisir au début de leur union. Elle s'était montrée pudique et effarouchée, tout en se soumettant de bon gré aux désirs de son jeune mari. Lui, ardent, comblé par le lit douillet et des repas délicieux, ne l'avait jamais dédaignée. Il avait besoin de son corps de femme, un peu maigre, un peu dolent.

Après deux mois de deuil, Jean se détachait déjà du souvenir de son épouse et cela l'effrayait. Quoi ? Germaine lui avait donné son amour et sa tendresse, une belle fillette surtout, mais aussi des terres, un toit, des revenus réguliers, la respectabilité. Pourtant, son visage s'effaçait, le son de sa voix également, tandis que des rêves sensuels lui redonnaient intactes les jouissances qu'il avait partagées avec Claire. A cause de ces étreintes rêvées, dont il s'éveillait le cœur battant et le sexe raide, il haïssait davantage la jeune femme.

Moulin du Loup, 15 décembre 1902

Claire fit claquer les rênes. Sirius prit le trot aussitôt. La calèche s'ébranla dans un concert de cris joyeux. La jeune femme emmenait les trois enfants dans la forêt de Dirac pour cueillir du houx et du gui.

— Tiens bien Faustine, Matthieu ! recommanda-t-elle. Le chemin est raviné par la pluie, et les ornières sont de plus en plus nombreuses.

— Oui, Clairette ! brailla le garçon en serrant contre lui la douce fillette blonde qu'il chérissait.

Nicolas était dans l'un de ses bons jours. Une mèche brune dansait sur son front – malgré l'acharnement d'Etiennette à la plaquer en arrière avec de la brillantine, si souvent que l'enfant avait les cheveux huileux de dimanche en dimanche – et il riait fort en voyant le mouvement rapide des roues.

— Nous goûterons dans une clairière que je connais bien ! expliqua la jeune femme. Mais attention, personne ne s'éloigne. Oh ! Regardez, un héron, comme dans la fable de La Fontaine que Basile vous a lue... « Le héron au long bec emmanché d'un long cou... », récita-t-elle.

Sauvageon suivait la voiture. Il obliqua vers le talus, prêt à se jeter dans la rivière pour traquer le bel échassier, immobile sur une seule patte.

— Oh ! non ! se plaignit Matthieu. Le héron s'est envolé.

Faustine battit des mains. Le froid était vif sous le ciel d'un gris argenté. La petite fille, les joues roses et les lèvres rouges, s'appuya plus fort contre son protecteur attitré, Matthieu. De Nicolas, elle se méfiait. Il la pinçait parfois sous sa manche de robe.

— Vous m'aiderez à décorer la maison ! murmura Claire. Demain, nous ferons des bonshommes en pain d'épice.

La promesse combla les enfants. Matthieu surtout, qui, depuis la mort du Follet, faisait des cauchemars et mouillait ses draps. Il guettait désormais le moindre nuage de souci ou de chagrin sur le visage de sa grande sœur. Il se sentait profondément rassuré lorsqu'elle était gaie et pleine d'entrain. Pour toutes ces raisons, ce jour-là l'enchantait. Son regard se posa sur le dos de Claire et sa nuque fine dégagée par un chignon Elle se tenait bien droite, mais les cahots du chemin la faisaient tressauter de temps en temps. Elle accompagnait chaque soubresaut d'un « et hop » qui amusait les enfants.

Bientôt, Nicolas et Matthieu se joignirent à elle et se mirent aussi à crier « et hop ». Faustine les imita, gazouillant « hop, hop ».

Sur leur gauche, les falaises dénudées de toute végétation par l'hiver se dressaient, blanchâtres et imposantes. Des corneilles tournoyaient, occupées à un mystérieux labeur, en poussant des cris rauques et discordants.

— Je veux que vous passiez une belle fête de Noël ! dit encore Claire. Si nous trouvons des branches de sapin, je les accrocherai au-dessus de la porte. Et il faudra poser vos chaussures devant la cheminée, il y aura des cadeaux le matin...

— Tu crois que le papa de Faustine sera là, à Noël ? demanda Matthieu.

Matthieu était devenu un petit garçon éveillé et intelligent. Il avait écouté bien des conversations et s'était fait une idée assez exacte de la situation malgré les précautions des adultes, qui s'imposaient de parler bas et à mots couverts.

— Peut-être ! répondit Claire sans conviction.

Elle jeta un coup d'œil sur le versant droit de la vallée, où s'allongeaient les toits du domaine de Ponriant. Bertrand perdait espoir. La réponse du président de la République tardait à venir. Mais Claire s'entêtait. Elle qui avait délaissé depuis des années l'église et la foi de son enfance priait matin et soir et communiait à la messe. Le père Jacques l'avait reçue en confession.

« Vous avez péché, ma fille ! avait dit le prêtre. Mais vous êtes loyale et dévouée aux vôtres. Dieu est miséricordieux pour ceux qui aiment... »

Réconfortée, se sentant lavée de ses fautes, Claire éprouvait une telle impression de sérénité sous la voûte de l'église qu'elle s'y rendait à pied même en semaine. C'était une bonne marche, par des chemins raides, mais la jeune femme revenait chez elle apaisée. Elle allumait des cierges : un pour l'âme du Follet, un autre pour sa mère morte en donnant la vie à Matthieu, encore un pour son mari, Frédéric, dont le suicide pesait toujours sur son cœur tendre.

Ils arrivèrent dans la clairière en chantant bien haut « Nous n'irons plus au bois, les lauriers sont coupés, la belle que voilà ira les ramasser ».

Claire sauta de la banquette. Elle attacha Sirius à une branche et mit le frein. Elle aida les enfants à descendre. Matthieu portait fièrement un panier encombrant. C'était une fabrication de Léon. Le jeune homme avait appris la technique de son grand-père. Il avait découpé des lanières dans du châtaignier vert et les avait fait sécher avant de les tresser de façon harmonieuse. L'anse était en osier.

— A la cueillette ! déclara la jeune femme vêtue d'une jupe solide et de grosses chaussures.

Le sol était humide, parfois boueux entre les arbres. Le petit groupe avançait. Nicolas tenait Faustine par la main. Claire ne tarda pas à trouver un houx épanoui, orné de baies d'un rouge vermillon.

— Il est superbe ! s'écria-t-elle. Attention, ça pique fort ! Matthieu, passe-moi les gants et le couteau.

Elle taillait des branchettes quand un bruit de pas l'alerta. Quelqu'un approchait. Sauvageon grogna.

— Ohé ! fit une voix familière. Je ne veux pas être mangé par le loup.

Matthieu se mit à courir.

— C'est Victor !

La jeune femme se mordit la lèvre inférieure. Elle était gênée. C'était bien le dernier endroit où elle s'attendait à rencontrer le préhistorien. Il vint lui serrer la main, le visage illuminé de bonheur. Elle s'interrogea. Etait-il si heureux de la voir… Il s'agissait d'autre chose.

— Claire ! J'ai fait une découverte fabuleuse ! Je dois vous montrer ça. Les garçons aussi. Venez ! Demain, je pars pour Angoulême prévenir mes amis. Un gouffre, là, à cent pas… Il y a des ossements, un bison, il me semble. Je n'ose pas descendre seul. Il me faut une échelle et des cordes. Venez, venez !

L'exaltation de Victor le rendait séduisant. Claire appréciait sa passion pour la science et l'histoire. Elle s'était intéressée à ses recherches, et c'était sans doute ce qui lui plaisait le plus chez cet homme.

— Ce n'est pas dangereux pour les petits ? s'inquiéta-t-elle. Je cherchais du houx et du gui…

Il prêtait à peine attention à ses paroles, la guidant entre les broussailles. Matthieu et Nicolas voulurent les dépasser. Ils espéraient être les premiers à voir le gouffre. Ils ne connaissaient pas la signification du mot et imaginaient une chose extraordinaire.

— Non, non ! hurla Victor. Derrière nous. Si vous tombiez, je m'en voudrais trop.

Faustine s'accrochait à la jupe de Claire. Mais une ronce rampante la fit trébucher. La jeune femme la prit dans ses bras.

— C'est là ! annonça le préhistorien en ôtant son chapeau en velours. Cela fait un moment que je parcours cette zone. Nous sommes sur un plateau calcaire ; je me doutais qu'il pouvait y avoir ce genre de gouffre, au goulet étroit, mais bien plus large ensuite…

Il y avait une lampe à pétrole et un carnet de croquis sur la mousse. Victor se coucha à même la terre humide, le nez au bord d'une cavité que la plupart des gens du pays auraient pris pour un terrier de blaireau ou de renard. Il ralluma la lampe munie d'une ficelle et fit coulisser l'objet.

— Claire, allongez-vous, il faut que vous regardiez.

La jeune femme confia Faustine à Matthieu et s'exécuta. Une fosse s'ouvrait, d'abord étroite, puis s'élargissait. A la faveur de la lumière aux reflets mouvants, Claire distingua des cornes qui lui parurent gigantesques et un bout de crâne.

— Comme c'est profond ! murmura-t-elle. Alors, vous dites que c'est un bison ? Il serait là depuis longtemps ?

— Des milliers d'années ! répliqua Victor avec excitation. Je comptais vous rendre les clefs et arrêter mon bail... Mais je reste ! Je vais inviter des amis, des docteurs, à fouiller ce gisement. Tant pis pour l'Amérique du Sud !

— Vous partiez si loin ? Pourquoi ? demanda Claire sans redresser la tête, toute proche de celle de Victor.

— Parce que je vous aime, voilà ! avoua-t-il. Votre voisinage m'empêche de travailler tranquille. Epousez-moi.. Je ne pense plus qu'à vous.

Matthieu et Nicolas s'impatientaient. Avant de se lever, la jeune femme ajouta, très bas :

— Je suis navrée, mon cœur n'est pas libre, Victor. Je n'ai pas le courage de tout vous raconter. Je vous écrirai. Mais je voudrais rester votre amie...

Il posa sa joue sur la mousse humide et baissa les paupières. Sa déception était profonde.

— Ne soyez pas triste, le consola-t-elle, pensez au bison !

Victor fit signe aux deux garçons d'approcher et de s'installer comme l'avait fait Claire. Il se lança dans un récit merveilleux à leur goût, décrivant l'énorme bête à l'époque lointaine où elle galopait dans le même lieu, quand le paysage était glacé et aride.

Claire recula, entraînant Faustine.

— C'est l'heure du goûter, messieurs ! annonça-t-elle. Vous êtes notre invité, Victor ! J'ai cuit une brioche truffée de fruits confits.

Ils passèrent un excellent moment dans la clairière, malgré le vent frais et les nuages plus épais. La clarté grise et l'odeur de bois mouillé ne les dérangeaient pas. Victor parlait. Il était intarissable. Il accepta l'offre de la jeune femme de le raccompagner en calèche. Ce fut lui, perché sur le siège avant, qui coupa du gui aux branches basses d'un chêne.

A l'arrière, bien avant d'apercevoir les toits du moulin, les enfants s'endormirent. Claire ralentit l'allure de peur de les réveiller.

— Ma chère petite amie ! murmura Victor une fois arrivé devant chez lui. Ne m'écrivez pas. Gardez vos secrets. Ma nature me pousse à la curiosité ; j'en sais peut-être plus que vous ne le croyez. J'étais fou de vouloir partir pour l'étranger six mois durant. Oh ! une quête insensée, la forêt vierge où se cacheraient des temples très anciens. Votre vallée recèle des trésors. Autant poursuivre mes investigations. Et si je vous croise sur le chemin, si je peux vous montrer le résultat de mes fouilles et, surtout, avoir de la brioche aux fruits confits, je m'en contenterai.

Il souriait d'un air dépité. Claire fut sensible à l'amour sincère qu'elle lisait dans son regard couleur de noisette mûre. Elle eut envie de l'embrasser et se le reprocha immédiatement.

— Au revoir, Victor ! Tenez-moi au courant de vos recherches...

Sirius sentait l'écurie proche ; il repartit au grand trot. Claire était furieuse contre elle-même.

Le père Jacques a cent fois raison ! se disait-elle en elle-même. Je suis encline au péché. Je pleure Jean, qui ne m'aime plus, mais je désire Victor. Aussi, ce n'est pas bon de vivre seule à mon âge. Mon sang me joue des tours.

Elle décida de boire pendant plusieurs jours des infusions de camomille, connues pour calmer les nerfs.

Angoulême, 23 décembre 1902

Bertille ne savait plus comment se débarrasser de son mari, ne serait-ce qu'une heure ou deux. Guillaume avait installé un petit atelier de reliure dans l'arrière-boutique du magasin et il passait ses journées là, à surveiller le moindre geste de sa jeune femme. Si elle discutait trop longtemps avec un client, il la rejoignait, jouant les commerçants soucieux de participer à la vente.

La guérison quasi miraculeuse de la belle libraire avait fait le tour du quartier. Bertille multipliait les sorties afin de muscler ses jambes. La tête haute, elle s'aidait d'une ombrelle confectionnée par un chapelier de la place Saint-Martial. Aussi solide qu'une canne, mais plus élégant avec son manche d'ivoire sculpté d'un oiseau, l'objet ravissait Bertille. Elle avait choisi le tissu : une soie beige ornée de fleurs roses.

Guillaume l'interrogeait dès qu'elle rentrait. Ce qui inquiétait le plus cet époux jaloux, c'était la docilité de sa femme et son amabilité. Jamais elle n'avait toléré ainsi sa manie de l'épier, d'écarter d'elle tous les mâles valides. Guillaume sentait qu'il y avait anguille sous roche et ne se trompait guère. Le seul homme dont se préoccupait Bertille, c'était Bertrand Giraud. Pourtant, depuis le procès de Jean, elle ne l'avait pas revu.

Lui qui passait deux fois par semaine au magasin ! se lamentait-elle.

Un dimanche, Guillaume et elle avaient déjeuné au moulin. C'était trois semaines après la mort du Follet. Mais là encore, Bertille s'était comportée en infirme, au grand regret de Claire.

Ce matin-là, ses nerfs la tourmentaient. Les clients se succédaient au magasin, car elle proposait en vitrine des éditions illustrées des ouvrages de Jules Verne. De son écriture alambiquée, la jeune femme avait inscrit sur une pancarte dorée : « Un beau cadeau pour Noël. » Guillaume n'appréciait guere cette initiative. Il la jugeait racoleuse.

A midi, ils fermèrent la boutique et montèrent déjeuner. Bertille était épuisée, comme chaque fois qu'elle restait trop longtemps debout.

— J'aimerais me reposer cet après-midi. J'ai la migraine. Si tu restes ici, tu vas monter et descendre, faire craquer les marches, claquer les portes. Je ne supporte pas le bruit. Si tu pouvais aller jusqu'au moulin, en fiacre… Je voudrais que tu portes à Claire les livres que j'ai choisis pour le Noël des petits.

Guillaume fronça les sourcils, suspicieux.

— Et tu seras tranquille, c'est ça ? Tu me prends pour un

imbécile ? Avoue donc que tu as un amant et que vous allez profiter de mon absence !

Jamais Guillaume Dancourt n'avait été aussi hargneux. Bertille garda son calme.

— Mais, Guillaume, tu perds la tête ! Qu'est-ce que j'ai fait de mal, à la fin ? Réfléchis un peu. Depuis notre mariage, nous sommes toujours ensemble ! Et je te rappelle que j'ai prêté serment à l'église. Je t'ai juré fidélité. Tu me prends vraiment pour une putain !

Le mot grossier foudroya Guillaume. Il bredouilla :

— Non, voyons, je te sais honnête, mais je t'aime tant, ma princesse... Les hommes te regardent d'une façon ! Déjà, quand tu étais infirme, tu les attirais. Tiens, je vais te dire ce que je ressens, au fond. Je me rendais moins malade avant, oui, avant que tu guérisses !

La jeune femme accusa le coup. Elle se leva, livide.

— Quelle magnifique preuve d'amour ! Un peu plus, et tu vas m'expliquer que si tu m'as épousée, c'était parce que je ne pouvais pas bouger, prisonnière de mon fauteuil... Guillaume, tu me dégoûtes !

Elle éclata en sanglots. Guillaume regarda sa femme, éperdu de honte et de désir. Bertille le subjuguait. Sa robe d'épais satin gris perle moulait son buste ravissant et soulignait la finesse de sa taille. D'un col de dentelle émergeait le cou gracile et lisse dont il aimait tant goûter la peau soyeuse, à la naissance des cheveux légers comme ceux d'un bébé.

— Ma princesse, ma chérie, pardonne-moi !

Guillaume se précipita et l'enlaça, cherchant ses lèvres. Elle le repoussa avec tant de violence qu'elle faillit tomber, ses genoux cédant brusquement. Il la soutint.

— Va t'allonger, mon amour. Tu es si faible encore ! Et je te fais du mal. Ecoute, ma colombe, je pars au moulin. Ensuite, au retour, je rendrai visite à mes cousins de Vœuil. Tu auras ta journée. Ouvre le magasin à cinq heures seulement, si tu veux.

Bertille restait méfiante.

— C'est vrai ? Je te remercie. Les livres pour Claire sont sous le comptoir, enveloppés d'un papier bleu. Achète du pain, aussi.

— Non, ce soir, nous irons dîner au restaurant. Celui de la place. Ils servent des huîtres.

Bertille approuva, la mine encore renfrognée. Dix minutes plus tard, Guillaume était parti. Bertille en aurait hurlé de joie et de soulagement. Elle mit de l'eau à chauffer, heureuse comme une enfant à l'idée de boire un café toute seule. Prudemment, elle descendit fermer le magasin. Il était une heure et demie. Au moment où la jeune femme tournait le verrou, Bertrand Giraud lui apparut derrière la vitrine. Il avait un large sourire ébloui.

Le cœur battant à tout rompre, Bertille ouvrit la porte et fit entrer l'avocat. Il brandissait une enveloppe blanche.

— Bertille ! La grâce ! Jean va être libéré ! Le président Loubet l'a gracié... Mais, mon Dieu, vous êtes debout !

Dans son exaltation, il lui avait fallu quelques secondes avant de prendre conscience de ce fait stupéfiant. La jeune femme tremblait de tout son corps.

— Jean est gracié ! répéta-t-elle. Oh ! merci, Bertrand, merci ! Claire sera si heureuse ! Et oui, je marche, je suis guérie... Oh ! quel beau jour, quel beau jour...

Sans plus réfléchir, elle se jeta à son cou. Bertrand la sentit s'effondrer et ne put que la serrer dans ses bras, le plus fort possible.

— Ah, mes jambes me trahissent ! fit-elle. C'est l'émotion, je ne suis pas encore très vaillante ! Je vous en prie, aidez-moi à monter chez moi, nous parlerons.

Bertille riait et pleurait. Bertrand la souleva. Elle n'était pas lourde. Leurs joues s'effleurèrent ; ils crurent tous deux atteindre le paradis. Dans le salon, il hésita :

— Où puis-je vous installer ?

— Sur le divan, là, à droite. Ne vous en faites pas, je vais retrouver mes forces. Mais vous voir, après deux mois, et cette merveilleuse nouvelle... J'ai cru m'évanouir.

L'homme la déposa délicatement et resta à son chevet. Bertille lui tenait la main. Il effleura ses doigts menus, de vrais bijoux en chair nacrée.

— Vous êtes très pâle, chuchota-t-il. Soyez franche, êtes-vous vraiment guérie ou vous imposez-vous des épreuves au-dessus de vos forces ? Si je m'attendais à ce que vous marchiez un jour... C'est inouï, Dieu vous aime !

Bertille se redressa sur un coude. De ses beaux yeux limpides, d'un gris étrange, elle fixait Bertrand. Jamais elle n'avait pu observer son visage de si près. Il avait des traits fins et mobiles, des lèvres délicates mais charnues, un semis de taches de rousseur sur son nez droit et ses pommettes.

— Je ne crois pas que Dieu m'aime, mais c'est joliment dit. En réalité, je suis une méchante fille. Je me demande souvent pourquoi j'ai eu la chance de remarcher. Enfin, nous en reparlerons. Vous m'avez beaucoup manqué ! conclut-elle.

L'avocat n'était pas préparé à un tel aveu. Il s'était précipité chez Bertille, fier de lui annoncer la bonne nouvelle. Il avait oublié aussi ses sages résolutions. Troublé, il expliqua, d'une voix douce :

— Je serai franc. J'avais décidé d'espacer mes visites. Elles m'étaient trop précieuses, et je me sentais malhonnête à l'égard de votre époux et de ma femme... Vous occupiez toutes mes pensées, ma chère Bertille, et il n'y avait pas d'issue à cette obsession. J'aurais dû écouter mon cœur il y a cinq ans. Je vous avais vue à l'enterrement de ma mère, puis à celui de mon père. Vous me plaisiez déjà. Mais il aurait fallu rompre mes fiançailles et, dans certains milieux, cela cause scandale. J'étais si jeune, vous encore plus ! J'ai refoulé cette attirance. Maintenant, je ne peux plus...

La gorge nouée, pétrifiée de joie, elle écoutait. Soudain, elle s'écria :

— Nous sommes encore très jeunes, Bertrand ! Hélas, mariés tous les deux. Et je dois tant à Guillaume. Qu'on l'apprécie ou non, il m'a aimée tout de suite, moi, une infirme. Il s'est ruiné pour m'emmener en voyage. Il m'a gâtée.

Bertille entendit alors le sifflement furieux de la bouilloire. Elle se leva du divan et trotta jusqu'à la petite cuisine voisine, prenant appui contre le mur.

— Je préparais du café. Je vous en offre une tasse ! proposa-t-elle. Etes-vous pressé ?

— Non, pas aujourd'hui. Faites attention !

Il la rejoignit, non sans ressentir une certaine gêne à se déplacer dans l'appartement en l'absence de Dancourt.

— C'est incroyable de vous voir debout ! s'exclama-t-il. Comme vous êtes petite ! Et gracieuse.

Elle lui lança un regard assombri, feignant la colère :

— Ah ! non, pas ça ! Tout le monde me le dit : « On vous pensait plus grande ! » D'abord, je vous arrive au menton.

Amusée, Bertille se haussa sur la pointe des pieds. L'excitation de ces instants inespérés lui donnait à présent un trop-plein d'énergie. Ses lèvres se trouvèrent proches de celles de Bertrand. Elle recula en vacillant. Il la rattrapa. Sous le tissu, ses mains percevaient l'élasticité de son dos et de son ventre.

— Excusez-moi ! Sans un appui solide, j'ai du mal à tenir sur mes jambes. Une faiblesse à la hanche. Les médecins me poussent néanmoins à faire des exercices, à marcher le plus souvent possible.

Bertrand ne la lâchait pas. Jamais une femme ne lui avait inspiré de tels sentiments. Il la désirait très fort. Son épouse, Marie-Virginie, ne se remettait pas bien de son accouchement. Elle redoutait tellement une autre grossesse qu'elle se refusait à lui gentiment mais fermement. Leur dernier fils, Alphonse, un nourrisson chétif âgé de trois mois, pleurait beaucoup. Bertrand se morfondait à Ponriant, devenu une vaste nursery. Ses quatre enfants le faisaient fuir. Il avait hérité des traits de sa mère, Marianne, mais aussi de son romantisme.

— Bertille, je vous aime ! s'entendit-il murmurer, renonçant à ses vœux de fidélité.

Elle leva son adorable visage vers lui, déjà consentante. Il se pencha et cueillit sa bouche en un long baiser savoureux, patient, dénué d'avidité. Comparé aux embrassades viriles de Guillaume, ce baiser était une révélation pour la jeune femme. Bien que très sensuelle et impétueuse en amour, Bertille ignorait les délices d'une passion mutuelle. Elle eut les seins, le ventre, les cuisses parcourus de frissons ; il lui vint une brusque envie de mourir blottie contre Bertrand. Cependant, il s'écarta un peu.

Ils restèrent haletants, transfigurés par ce qu'ils avaient ressenti.

— Quand avez-vous reçu la lettre du président ? finit-elle

par demander. Autant discuter de ça, sinon je vous supplierais de m'enlever…

Elle faisait un effort pour sourire. Il rajusta sa veste et sa cravate.

— Eh bien, ce matin, au palais de justice. J'ai aussitôt averti la Cour et Jean. Il sortira ce soir. Je lui ai promis une chambre dans un bon hôtel, des vêtements neufs aussi. Il n'a qu'une idée : voir sa fille. Je crois qu'il ira au moulin demain. Evidemment, il veut être présentable.

Bertille reprit son calme en garnissant un plateau de deux tasses et d'une assiette de biscuits. Bertrand porta la cafetière en porcelaine. Ils étaient presque soulagés de se comporter de façon ordinaire après ce qui venait de se passer entre eux.

— Cela vous fait des dépenses ! dit-elle distraitement.

— C'est le dernier de mes soucis ! La fortune dont j'ai hérité, ajoutée à celle de mon épouse, me pèse parfois. Je ne fais rien à moitié et, de plus, je suis un socialiste convaincu. Mes convictions sont proches de celles de Basile Drujon. Cela m'a amené à défendre Jean Dumont, qui pourrait être un personnage des romans de monsieur Zola, mon auteur préféré.

Bertille était enchantée. Elle enchaîna :

— Zola est aussi mon auteur préféré, ce qui désole Guillaume. Il prétend que les livres de Zola sont une abomination, que la nature humaine est décrite sous ses pires aspects. Moi, je les ai lus comme un enseignement.

Ce fut au tour de Bertrand de se réjouir.

— Enfin, quelqu'un est de mon avis ! Et c'est vous ! Nous sommes au seuil d'une ère de progrès. A quoi bon se voiler la face et feindre la pudeur ? Il faut dépeindre notre société, bourgeois ou paysans, telle qu'elle est.

Ces paroles ravirent Bertille tout en la blessant davantage. Elle aurait souhaité causer ainsi littérature avec son mari.

— Revenons à Jean, dit-elle. J'espère qu'il ne sera pas trop dur avec Claire. Elle aime cet homme au-delà de tout. Je voudrais éviter de nouveaux chagrins à ma cousine. Elle m'avait invitée pour Noël, mais mon mari a eu la mauvaise idée de se réconcilier avec son oncle et sa tante, dont il pourrait hériter. Nous devons réveillonner chez eux et suivre la messe à la cathédrale.

Ils se rendirent compte qu'au fil de la conversation l'un et l'autre évoquaient souvent leur conjoint respectif. Cela les ramena sur terre.

— Je ne viendrai plus au magasin, proposa Bertrand. Je ne veux pas vous créer d'ennuis.

— C'est peut-être trop tard. J'ai des voisins très curieux. Sûrement, ils vous ont vu entrer, et aussi me prendre dans vos bras... Même si c'était afin de m'aider, ils penseront autre chose ! Oh ! Je m'en moque. Mais vous avez raison, il vaut mieux ne plus venir. Je préviendrai Guillaume pour parer aux commérages. Je dirai que vous veniez m'annoncer la grâce de Jean et que j'ai trébuché.

Ils se turent, malheureux d'être soucieux des convenances. Bertille était vraiment lasse ; ses jambes tremblaient.

— Sortez par la boutique, il y a le panneau « fermé ». Si quelqu'un entre, je descendrai... La rue est assez tranquille à cette heure. Je dois m'allonger.

Bertrand retint sa respiration. Rien que d'imaginer la jeune femme alanguie sur un lit, sa jolie tête sur l'oreiller, son sang bouillonnait. Il dut lutter contre les mots interdits qui lui montaient aux lèvres : « Soyez mienne maintenant, tout de suite, Bertille, par pitié. » Il savait qu'elle accepterait et qu'ensuite il connaîtrait les tourments de la séparation et d'un besoin encore plus grand, plus déchirant.

— Je vous laisse... convint-il. Je passerai sans faute au moulin, même tard, pour prévenir Claire. Je pense que ma femme voudra d'autres romans ; je reviendrai, en client. Je ne pourrai pas ne pas vous rendre visite de temps en temps. Au revoir...

Elle espérait un dernier baiser, dont elle aurait chéri le souvenir, mais il dévala l'escalier. Le carillon retentit et il y eut des pas pressés sur le trottoir. Alors elle pleura sans bruit, heureuse et désespérée à la fois.

20

Un homme libre

Angoulême, 24 décembre 1902

Jean se regardait dans le miroir de l'armoire. La chambre d'hôtel où il avait passé sa première véritable nuit de liberté était le lieu le plus luxueux qu'il eût connu. Bertrand Giraud lui faisait l'effet d'un individu prodigieusement riche pour se montrer aussi généreux avec un type comme lui.

La fenêtre était grande ouverte sur la place des Halles, parcourue par les fiacres, les calèches et quelques automobiles rutilantes. Autour du bâtiment à la toiture de métal, les mareyeurs, les fleuristes et les volaillers avaient déployé leurs étals.

Le froid vif grisait Jean, avide d'air et d'espace. Il n'arrivait pas à croire à cet immense changement dans sa vie. Il était gracié. « Un homme libre », avait insisté l'avocat. Plus jamais il n'aurait à mentir ni à se cacher. Il pourrait élever sa fille dignement, à la vue de tous.

Bertrand était venu le chercher à la prison Saint-Roch. Il avait donné un large pourboire au portier de l'hôtel du Faisan d'or, inquiet de l'allure de Jean.

« Votre chambre est pourvue d'une salle de bains ! avait dit maître Giraud, bizarrement exalté. Je vous ai acheté un costume, du linge de corps, une chemise et des chaussures. Vous êtes de mon gabarit... »

L'avocat avait aussi pensé à fournir au prisonnier de la lotion contre les poux, un peigne, une brosse et de quoi se raser.

« Quand vous aurez repris une apparence correcte, ajoutait Bertrand en souriant, nous pourrons dîner ensemble... La table est bonne ici. »

Mais Jean avait refusé l'offre. Il avait besoin d'être seul.

« Eh bien, je vais dire à la réception de vous monter un repas vers neuf heures. Demain, je vous déposerai au pont, en bas de la route du domaine. Vous voulez toujours rendre visite à Faustine ?

— Je vais la chercher ! » avait rectifié Jean d'un ton dur.

Les deux hommes s'étaient salués. Soulagé d'être seul, l'ancien colon de La Couronne avait examiné la vaste pièce aux meubles cossus et au lit gigantesque. La courtepointe en satin rouge brodé, les gros oreillers moelleux, la baignoire, les robinets en cuivre, l'eau chaude, tout cela n'appartenait pas à son monde. A la ferme des Chabin, il se lavait dehors avec une grande cuvette d'eau glacée et un pain de savon jaune à l'odeur de glycérine. Il en allait de même chez Basile.

Il avait donc passé la soirée à se décrasser et à se débarrasser de la vermine qui infestait ses épais cheveux bruns. Puis il avait dormi, nu dans des draps soyeux.

Au matin, il examina dans le miroir le nouveau Jean Dumont. Le costume lui allait parfaitement, la chemise aussi. Les chaussures le serraient un peu. Il s'était rasé la barbe et la moustache et le regrettait déjà.

Ma petite Faustine ne m'a jamais vu sans poil au menton ! Et si elle ne me reconnaissait pas...

Il aurait été très heureux sans ce poids sur le cœur que lui laissaient la mort de Germaine et la maladroite trahison involontaire de Claire. Cependant, il ne pouvait s'empêcher de respirer à pleins poumons les odeurs de la ville et le vent de décembre. Bertrand venait le chercher à midi. Jean mit ses mains dans les poches de la veste, cherchant à se donner une attitude. Il se moquait de lui-même quand ses doigts sentirent une enveloppe au fond de la poche gauche. Elle contenait des billets de banque.

— Cette fois, Giraud exagère ! gronda-t-il. Je ne vais pas vivre de sa charité. Bon sang, je travaillerai cent ans, mais je gagnerai mon pain et celui de Faustine !

Il vit alors une carte portant ce message : « Faites un tour en ville, pensez au cadeau pour votre fille. Vous me rembourserez un jour. B.G. »

Emu malgré lui, Jean eut une étrange pensée. Si Claire avait épousé Bertrand et non Frédéric, sans doute elle l'aurait vite aimé. On ne pouvait dénier à l'avocat une âme charitable et le sens de la discrétion. L'ex-bagnard décida de sortir, puisqu'il avait une heure devant lui. Le portier le salua bien bas. Il ne l'avait pas reconnu.

Jean choisit dans un magasin de jouets un carton contenant une poupée en porcelaine et sa garde-robe. La vendeuse, une femme mûre à la mine plaisante, lui fit les yeux doux. En tendant l'argent, Jean comprit qu'il tirait un trait définitif sur son passé de proscrit. Le monde lui était offert : d'autres villes, des centaines de jeunes filles prêtes à l'aimer, des paysages nouveaux à découvrir, la tête haute. Cela changeait tout.

Il déambula rue des Postes, dans les jardins de l'hôtel de ville, curieux des fontaines, des arbres, comme le cèdre énorme au pied d'une tour ronde. Les mères de famille, encombrées de leurs enfants, lui souriaient. Un vieillard assis sur les marches du monument lui demanda l'aumône. Jean lui donna quelques sous et reçut un merci reconnaissant.

Avant midi, il retourna vers l'hôtel. Des flocons voltigeaient, légers et incertains.

Moulin du Loup, 24 décembre 1902

Claire jeta un coup d'œil autour d'elle. La vaste cuisine où elle passait la plus grande partie de ses journées était décorée et fleurait bon le sucre chaud.

L'horloge sonna deux heures de l'après-midi. Jean aurait dû être là. Que faisait-il ?... Il viendrait de toute façon pour Faustine. La jeune femme dut s'appuyer au dossier d'un fauteuil en osier, sur lequel dormait un chaton juste adopté, une idée de Raymonde. Pendant des années, il n'y avait pas eu de chat au moulin. Hortense Roy les détestait. Cette petite présence animale ravissait les enfants.

Léon entra, sa casquette à la main.

— Mam'selle, j'ai bien envie d'aller attendre Jean au pont,

puisque m'sieur Giraud a dit qu'il le déposerait là-bas. Il est bougrement en retard.

— Si tu veux, Léon ! Toi, il sera content de te voir. Dis-lui que la petite fait la sieste.

Le jeune homme eut un regard attristé. Les traits tirés de Claire et ses yeux cernés le désolaient. Il la salua et sortit. Elle lissa sa jupe noire et vérifia qu'aucune mèche ne s'échappait de son chignon. La veille, quand Bertrand était venu lui annoncer la nouvelle, elle n'avait pu que dire un merci timide. Il lui avait été impossible de dormir. Si son père, Léon et toute la famille s'étaient réjouis, Claire n'avait éprouvé qu'un infini soulagement.

La maison était calme. Raymonde tirait du vin dans le cellier, alors que Basile, toujours souffrant, gardait la chambre. Matthieu jouait avec une épée en bois que Léon lui avait taillée. Colin emballait une commande de douze rames de papier fin. A l'occasion de Noël, il libérait ses ouvriers à quatre heures.

— Mon Dieu, aidez-moi, je vais revoir Jean, ici... Il est libre, quel bonheur pour lui ! Mon Dieu, faites qu'il me pardonne...

Ainsi priait Claire.

Pourtant, elle retenait ses larmes. Etiennette, qui la boudait depuis l'accident de Nicolas, s'était cloîtrée dans son logement. La jeune femme s'assit sur un des bancs, tête basse. Sauvageon se coucha à ses pieds. Il commença à gémir, battant le carrelage de sa queue.

Jean regarda s'éloigner l'automobile de l'avocat. Elle grimpait la route du domaine, laissant derrière elle un panache de fumée noire. Il neigeait encore, une brume de flocons qui tenait à peine au sol. Les talus, les roseaux, les arbustes se paraient d'un blanc duveteux, tel un décor de carte postale.

Il ne put contenir une violente émotion. La vallée des Eaux-Claires, dépouillée par l'hiver, s'étendait autour de lui. Il jeta un œil sur la ligne des hautes falaises, un rictus amer aux lèvres.

— La Grotte aux fées... dit-il comme dans un rêve.

Le bel été de l'année 1897 lui revint en mémoire. Il accepta le flot de souvenirs ensoleillés dont il avait banni le charme. Claire sur le sable de la caverne, nue, rieuse, fervente amoureuse. La nuit d'orage où ils avaient joué dans le ruisseau, ivres de désir.

C'était le bon temps, conclut-il. Je n'en aurai pas d'autres... des joies comme ça !

Quelqu'un venait sur le chemin, une longue silhouette maigre. Il reconnut Léon.

— Eh ! Jean ! Mon vieux, content de te voir !

Le jeune homme agitait sa casquette. Il se planta devant jean, la bouche tremblante, submergé par l'émotion. Les deux hommes s'étreignirent.

— Qu'est-ce que tu fabriques dans le coin, toi, un matelot ! marmonna Jean. Tu reviens de chez les morts. Tu me couvres de lauriers pendant le procès, et là, tu viens d'où ?

— Tiens, du moulin, pardi ! Je suis leur gars à tout faire. Je remplace le Follet, quoi... Je suis le palefrenier de mam'selle Claire, qu'est si bonne, et j'ai une promise aussi, la servante, Raymonde. La plus belle fille du pays !

Jean ne put s'empêcher de sourire. La résurrection de Léon le réconfortait.

— T'as eu de la chance, toi aussi ! Quand j'ai vu le *Sans-Peur* se dresser et s'écrouler, je croyais vraiment notre dernière heure venue, et nous sommes là, Léon, à bavarder.

Le jeune rouquin devint tout rouge. Il prit Jean par l'épaule.

— Dis, on était de bons amis sur ce fichu morutier, tu te souviens ? Alors, voilà, je voudrais te dire quelque chose... C'est pour ça que j'suis venu à ta rencontre. Faut pas que tu méprises mam'selle Claire, pour ce sale coup de la lettre. Ou alors, je dois en prendre aussi. Vas-y, cogne-moi !

— Arrête ! ronchonna Jean.

— Non, écoute donc ! C'est-y la faute de mam'selle Claire si j'ai débarqué au moulin, sur la foi de tout ce que tu m'avais raconté sur ta promise ! Et voilà qu'elle m'annonce que tu es vivant, bien installé en Normandie. Alors moi, j'étais comme fou, je lui dis tout de suite que je dois t'écrire, que tu me donneras du travail, sûr... Elle, le cœur sur la main, toute pressée de me rendre service, elle m'aide à faire la lettre et me confie l'adresse. En me disant bien d'être prudent, discret au bourg. Et ton couillon de Léon, il trouve rien de mieux que de bousculer un bourgeois qui ramasse mon enveloppe ! Le diable s'y est mis pour que je tombe pile sur un enfoiré de policier.

Jean secoua la tête, excédé. Léon desservait Claire en tentant de la défendre. Un événement inattendu mit fin à la discussion qui risquait de s'envenimer. Une forme grise fonçait sur eux, la gueule ouverte, les yeux à demi fermés. Les fortes pattes projetaient des gerbes de neige mouillée.

— Sauvageon ! hurla Jean.

L'animal lui sauta aux épaules, manquant de le renverser en arrière. L'élégant costume à rayures fut vite marqué de taches de boue. Le jeune homme dut subir une pluie de coups de langue, assortie de gémissements extasiés. Il dut confier le paquet qu'il tenait à Léon.

— Mon bon chien ! chuchota-t-il. Tu es encore plus gros qu'avant... Ah ! tu m'as reconnu, tu m'as senti !

Cette fois, Jean pleurait, pris d'une poignante mélancolie. Sauvageon, c'était le meilleur de son passé, l'ombre fidèle sur les traces légères de Claire. Il s'écria, haletant :

— Léon, rends-moi service, je ne peux pas aller au moulin. C'est trop dur, j'en ai le cœur et l'âme à l'envers. J'ai eu trop de bonheur par ici. Ecoute, si tu me ramenais ma gosse ? La patache passe à Puymoyen ce soir. J'irai à l'hôtel avec Faustine. Je dépense les sous de Giraud, mais je les lui rendrai.

Léon ouvrit des yeux ébahis. Il poussa Jean du coude.

— Tu blagues ! Et ce pauvre monsieur Basile, qui est au lit, malade à crever ! Il t'attend comme on attend le saint sacrement ! Tu peux pas repartir sans lui rendre visite. D'abord, il veut te parler.

Jean céda. Il nettoya de son mieux veste et pantalon avec un mouchoir et suivit Léon.

— C'est que je ne les connais pas bien, ces gens ! maugréa-t-il en marchant. Qu'est-ce que je vais leur dire ?

— T'en fais pas, ça n'sera pas pire que la tempête au large de Terre-Neuve. Hein, ça brassait ! Allons, Jeannot, fais pas cette mine ! Si on se retrouve tous les deux vivants, y a une raison. Même qu'on a passé un drôle de Noël sur le *Sans-Peur*, tu te souviens ? A chanter, à boire de la bière !

— A vomir nos tripes ! ajouta Jean. Sacré matelot, va !

Ils approchaient du moulin. Le ciel s'était encore assombri. De gros nuages, d'un gris laiteux, rasaient la cime des frênes. Léon prit le bras de son ami.

— Viens donc !

Ils entrèrent. Jean eut un moment de saisissement. Il faisait chaud. L'air embaumait le beignet et le chocolat. Une marmite en fonte chantonnait sur la cuisinière. Il vit d'abord les boules de gui accrochées aux poutres brunes, puis les branches de houx sur le manteau de la cheminée. Une grosse lampe à pétrole, à abat-jour d'opaline jaune, donnait au décor une touche lumineuse. Les cuivres suspendus au mur, les rideaux en dentelle, les pavés rouges du sol, tout resplendissait.

Dans ce décor harmonieux qui le sidérait après des mois de cellule, Jean aperçut une minuscule silhouette vêtue de velours rouge. Faustine le regardait, souriante, ses yeux bleus pétillants de joie. Elle lâcha la main de Raymonde et courut vers lui.

— Papa ! Papa !

L'instant où Jean put serrer le corps menu de sa fille dans ses bras fut de ceux qui imprègnent la vie entière par leur perfection et l'intensité des émotions qu'ils libèrent. Le jeune père, paupières closes sur son bonheur, berçait son enfant, se grisant de son parfum de savon, de tissu propre, de lait tiède. C'était le plus beau cadeau après des mois de douleur, de doute et de désespoir. Elle se réfugiait contre lui, éperdue, le regard voilé par une extase enfantine, celle des tout-petits retrouvant l'être le plus important au monde.

Assise sur la première marche de l'escalier, dans la pénombre, Claire regardait la scène. Elle avait voulu se cacher à l'étage pour ne pas perturber ces retrouvailles, mais ses jambes s'étaient dérobées sous elle. Son cœur battait avec lenteur, mais très fort. Elle en était étourdie.

— Ma petite perle, mon trésor, mon poussin ! répétait Jean d'une voix faible.

Il se décida à admirer la petite, toute molle de tendresse. Il la reprit bien vite à son cou.

— Mon bébé, ma chérie…

Raymonde se frotta le nez, ravalant des larmes de

compassion. Léon, debout près d'elle, se rapprocha, pour la cajoler. La servante lui dit à l'oreille, en reniflant :

— Dis, quel bel homme ! Les yeux qu'il a, votre Jean, de quoi damner une sainte !

Inquiet, Léon la serra de plus près encore.

— Ah ! il te plaît plus que moi...

La jeune fille l'embrassa sur la joue.

— Mais non, idiot, c'est toi que j'aime.

Matthieu, qui jouait avec des osselets au coin de la cheminée, observait le nouveau venu. C'était donc lui, le père de Faustine. Le garçon avait envie de pleurer. Claire l'avait averti : cet homme allait emmener la fillette. Il y eut soudain deux coups frappés au plafond. Basile avait renoué avec la manie de la défunte Hortense et signalait sa présence en tapant le plancher de sa canne.

— Pépé Basile appelle ! s'écria Matthieu.

On entendit une voix enrouée qui demandait si Jean était là Léon hurla que oui.

— Ah ! fit Jean. Je monte...

Sans lâcher sa fille, il se dirigea vers l'escalier au fond de la cuisine. Claire se leva et se plaqua au mur. Jean ne l'avait pas encore vue. Il eut un geste de recul, qui brûla la jeune femme au fer rouge, mais il passa devant elle.

— Bonjour ! balbutia-t-elle faiblement. C'est la port de gauche.

— Bonjour ! répondit-il en montant.

Elle était si pâle que Raymonde se précipita. Prenant sa maîtresse par l'épaule, elle la conduisit jusqu'au fauteuil.

— En voilà un mufle quand même ! dit-elle à Claire assez haut.

Pourtant, Jean avait accusé le coup de la rencontre. Le visage de son ancienne promise – sa bien-aimée – lui était rendu dans ses moindres détails, du front au menton, les belles prunelles noires, la bouche au dessin provocant, le grain de beauté sur la joue droite, la peau dorée. Au tribunal, elle était loin de lui et mêlée à la foule. Là, une seconde et il aurait pu la toucher, la respirer.

Elle n'est pas si belle, pensa-t-il en entrant chez Basile. Et maigre, drôlement habillée.

Claire, de crainte de paraître aguicheuse, avait mis un corsage à col montant dont l'ampleur dissimulait ses formes. Elle s'était aussi protégée d'un grand châle en laine brune. Il ne pouvait pas deviner combien elle avait peur, ce qui expliquait ses traits tirés et ses lèvres décolorées.

Basile s'illumina en voyant Jean. Le vieil homme, calé en position semi-assise, des oreillers dans le dos, avait très mauvaise mine. Sa longue figure émaciée paraissait rétrécie. Ses cheveux blancs se faisaient rares, dégageant le haut du crâne.

— Mon petiot ! Bon sang, que je suis content de te revoir ! Tu es un homme libre à présent !

Jean avait la gorge serrée. Il se cala au pied du lit, Faustine sur ses genoux. Basile lui tendit la main. Le jeune homme la prit et l'étreignit.

— Mon garçon, je t'attendais, tu sais... Dis donc, tu te présentes bien, un vrai monsieur de la ville. Ah ! On s'est quittés d'une drôle de façon. Mon cœur m'a lâché le jour où ce fumier de Dubreuil t'a emmené.

— Chut, souffla Jean, je ne veux pas en parler.

— Ce n'est pas une solution, petit, de couvrir une blessure d'un beau pansement bien propre. Dessous, l'infection continue son travail. Ensuite, l'abcès s'étend à tout le corps. Je devais te le dire, Jean : Germaine est morte en me tenant la main, tiens, comme tu fais aujourd'hui. Je lui ai tout raconté, ton enfance, Lucien, le bagne. Elle t'a pardonné, la malheureuse. Elle répétait : « Il aurait dû me faire confiance, je l'aurais aimé davantage si j'avais su... »

— A-t-elle beaucoup souffert ?

– Non, le docteur était un brave type. Il lui avait donné à boire du laudanum ; elle était paisible. A la fin, elle s'est sentie partir. Elle a dit que Dieu lui avait offert un trop grand bonheur, toi et la petite, et qu'elle veillerait sur vous de là-haut. Bah, tu me connais, je ne suis pas pieux, ni croyant, mais à la voir, j'étais pris de doute. Elle avait une telle foi en la bonté divine.

Jean pleurait en silence. Faustine, pesant sur sa poitrine, gardait les yeux mi-clos, indifférente à tout ce qui l'entourait. Les premiers jours au moulin, elle avait beaucoup réclamé sa mère et son père. L'un des deux piliers de sa très jeune existence était revenu. Son petit cœur en était comblé.

— Qu'est-ce que tu as comme maladie, Basile ? bredouilla le jeune homme. Moi qui espérais t'emmener avec moi !

— Oh ! un refroidissement, les poumons sont pris. J'ai eu de la fièvre… Claire m'a bien soigné, mieux que le médecin. Elle me fait boire du sirop de sureau et de la tisane de reine-des-prés. Tu es bien gentil de vouloir d'un vieux débris comme moi, mais je n'ai plus le courage de voyager. Je n'en ai plus pour longtemps, petiot, je préfère rester ici. Je m'occupe de remplir la tête des deux garnements, les frères de Claire, Matthieu et Nicolas… Ils iront à l'école en sachant l'alphabet et un peu de calcul.

Jean fut déçu, mais il comprenait. Les deux hommes discutèrent plus de deux heures, de la dureté de la famille Chabin qui avait rejeté Faustine comme une étrangère, du procès, du dévouement de Bertrand Giraud…

Ils perçurent bientôt une rumeur au rez-de-chaussée. La voix grave du maître papetier résonna. Le ton aigu d'Etiennette s'y mêlait. Un enfant hurla de colère.

— C'est sûrement Nicolas, expliqua Basile. Une petite teigne, ce gamin !

— Je dois partir, déclara Jean. La patache passe à six heures au bourg. Je n'ai pas envie de m'attarder.

Basile grimaça. Il aurait bien fumé une pipe, mais le docteur et Claire le lui interdisaient.

— Où vas-tu aller, fiston ? interrogea-t-il, soucieux. Est-ce prudent de traîner Faustine sur les routes ? Regarde donc comme il fait sombre déjà ! Passe la nuit ici, Léon mettra un lit d'appoint dans ma chambre.

Jean refusa. Il avait l'air d'une bête traquée.

— Allons, mon garçon, ce sont de braves gens, les Roy. Tu es pressé de fuir Claire, surtout… Jean, je ne te dis pas de revenir en arrière, de l'aimer, mais traite-la en amie au moins. Elle s'est occupée de ta fille comme une mère, et ce n'est pas moi, un vieux ronchon, qui aurait consolé la petite, qui lui aurait redonné le sourire. Claire a dormi avec elle, je l'entendais chanter des berceuses quand Faustine pleurait la nuit.

— Je t'en prie, tais-toi ! s'écria Jean. Vous êtes tous après moi, mais je ne peux pas lui pardonner. Sans elle, Basile, je serais encore là-bas, à la ferme. Germaine serait prête à accoucher, j'aurais mis mon cidre en bouteille et tué une oie pour Noël. Je serais heureux, je n'aurais pas cette rage en moi.

Basile se redressa. Décoiffé, le front dégarni, en chemise de nuit, il décréta, d'un ton rude :

— Et alors ? Retourne le problème dans tous les sens : avec des si, on fait ce qu'on veut ! Le résultat : tu es libre ! Libre, Jean ! Finie la peur au ventre, fini d'éviter les gendarmes. Cela te pendait au nez, un jour ou l'autre, d'être reconnu et arrêté… Je pourrais te répliquer : sans Claire, tu serais encore un forçat en cavale. Et je me pose des questions, parfois. Tu ne lui reprocherais pas autre chose, à Claire, au fond de toi ? Peut-être de ne pas avoir pu t'oublier…

Jean fut pris de court. Il n'avait pas pensé à cela. Mais l'argument lui parut énorme. Agacé, il répondit, tout bas :

— Ne m'embrouille pas l'esprit ! D'abord, Dubreuil ne me cherchait plus. J'étais mort noyé ! Quant à Claire, je n'ai pas digéré sa sottise. Je la prenais pour une personne très intelligente. Elle n'a pas été maligne.

— D'accord ! grogna le vieillard. Finissons-en ! Accorde au moins des circonstances atténuantes à Claire, comme a fait le président Loubet en te graciant. C'est Noël, signe une trêve, petiot… Tiens, passe-moi mon peignoir et mes pantoufles, je descends avec toi. J'ai faim, ça sent tellement bon. Raymonde a mis deux chapons au four.

Basile servit un peu de bouclier à Jean. Dans la cuisine se trouvait toute la famille. Colin, sa femme et Nicolas, Raymonde et Léon, Claire et Matthieu Faustine échappa à son père pour courir vers le petit garçon

— Je te souhaite la bienvenue au moulin ! dit le papetier en serrant la main de Jean. Je te tutoie, car on se connaît depuis un bout de temps. Au bal du 14 Juillet, nous avions trinqué ensemble.

Léon jubilait. Il accapara Jean, qui se sentait pris au piège. Il lançait des regards inquiets à la grande horloge. Derrière les vitres embuées par la chaleur de la pièce, il crut distinguer des rideaux de neige. Le vent hurlait dehors. Il secouait arbres, cheminées et toitures.

— On dirait qu'il y a tempête ! fit Claire alors qu'elle installait Basile dans le fauteuil en osier, une couverture sur les jambes.

— Ah ! oui, ça souffle fort ! renchérit Colin. Les branches cassent net, et il neige dru.

Jean gardait un silence contrarié. Il ne pouvait pas monter au bourg avec sa fille par un temps pareil. Claire tenta une approche.

— Je crois que tu devrais dormir chez nous... Je n'ai pas préparé les bagages de la petite.

Le jeune homme posa les yeux sur elle Il la fixa, se résignant à une politesse froide.

— Eh bien, puisque le sort est contre moi. Je partirai demain.

– Je vous conduirai en calèche, proposa-t-elle, ou Léon. Il est devenu un as de l'attelage.

Vite, elle se sauva vers la cuisinière et ouvrit la porte du four. Une odeur de viande rôtie et de jus épicé emplit la pièce. Des groupes se formèrent. Jean et Léon s'assirent sur la pierre de l'âtre, au chevet de Basile. Tous trois se mirent à parler de La Rochelle, des bateaux, de la marine. Colin ne tarda pas à les rejoindre.

De l'autre côté de la longue table, les femmes se réunirent. Claire mit la nappe blanche des jours de fête, Etiennette disposa les couverts. Elles allumèrent ensuite trois chandeliers en argent, un des trésors de la famille. Raymonde décida de fermer les volets, car il faisait nuit noire. Des rafales glacées s'engouffraient dans la maison. Les boules de gui se balançaient dans tous les sens.

— Mon Dieu ! Il y a au moins dix centimètres de neige, et les arbres craquent à faire peur.

— Nous ne pourrons pas aller à la messe de minuit ! s'inquiéta Claire. Il fait trop mauvais.

— Alors, donne-nous les cadeaux tout de suite ! s'écria Matthieu.

— Quels cadeaux ? gronda Colin, faisant mine d'être en colère. Je ne vois pas d'enfants sages dans cette maison.

Nicolas grimpa sur les genoux de son père et lui tira la

barbe. Jean eut un sourire amusé. Il chercha sa fille des yeux. Faustine courait autour de la table, un vrai lutin en robe rouge, ses boucles blondes dansant au rythme de sa ronde. Il regarda Raymonde. Elle serait l'épouse de Léon. Il devait s'y intéresser un peu. C'était en effet une jolie jeune fille, à la poitrine arrogante. Une petite coiffe blanche soigneusement amidonnée cachait une partie de ses cheveux d'un blond foncé. Elle paraissait rieuse et active, mais Jean pressentit qu'elle porterait la culotte dans le ménage.

Colin déboucha une bouteille de vin vieux, de la frênette confectionnée par Claire. C'était une tradition des Roy. Au printemps, la jeune femme et les enfants cueillaient de jeunes feuilles de frêne. Ensuite, la récolte était mise en tonneau, avec du sucre et un peu de levure. La manne qui recouvrait le feuillage souvent rougeâtre aidait à la fermentation. Claire remplissait après deux semaines des bouteilles à goulot fin qu'elle fermait hermétiquement avec des bouchons en liège et du fil de fer. La boisson, fraîche et pétillante, régalait les ouvriers du moulin durant l'été.

Le papetier réservait toujours quatre bouteilles pour Noël. Jean n'avait pas bu de vin depuis trois mois. Bien qu'habitué à cette boisson, il sentit vite l'alcool lui monter à la tête. Plus il se détendait, plus il lançait des coups d'œil du côté de Claire. Malgré le ronronnement des conversations, les cris et les rires des enfants, il subissait le rayonnement de sa présence. Elle évitait de lui faire face, se consacrant à ses fourneaux. Mais la chaleur des feux rosissait ses joues. Une mèche brune glissa de son chignon. Un bouton de son col se défit quand elle mit un tablier.

— Raymonde, ajoute les châtaignes blanchies dans les pommes de terre sautées ! disait-elle tout bas. Papa, prépare une tartine de foie gras pour Basile, il sera malade s'il boit du vin le ventre vide.

La jeune femme veillait au moindre détail Etiennette s'était depuis longtemps assise sur le banc, fière de sa robe en velours vert et du nouveau collier – une chaîne en argent portant un pendentif en forme de cœur – que son mari lui avait offert.

Léon, lui, se montrait le plus bavard. Il racontait tous les exploits de ses nombreux frères et sœurs, il remontait ensuite à son grand-père, mousse sur un gros voilier traversant les mers du Sud, et qui avait failli être dévoré par les requins. Matthieu écoutait, rêvant de l'océan immense.

A sept heures, Claire les fit mettre à table.

— J'aurais pu m'habiller ! protesta Basile. Je suis un vieux mécréant, mais quand même, partager le repas de Noël en peignoir, ce n'est pas correct.

Tout le monde le rassura. Il fut placé près de la cuisinière, dans le fauteuil. Claire se levait sans cesse. Ce repas, auquel elle espérait de toute son âme que Jean assisterait, elle y avait travaillé la veille et toute la matinée. Colin servait du vin dès que les verres étaient vides. Il se réjouissait en secret de ne pas se rendre au bourg pour la messe et, s'il priait, c'était pour qu'il neige encore et encore, au cas où sa fille changerait d'avis. Elle devenait pieuse et cela l'inquiétait un peu.

Les plats défilaient : le velouté de poule, onctueux, d'un jaune pâle, où flottaient des croûtons grillés et aillés, les pâtés de grives en croûte, puis les deux chapons dodus. Sous la peau dorée et croustillante, là où la chair était le plus abondante, Claire avait glissé des lamelles de truffes. Le large plat en terre cuite où ils étaient présentés débordait de cèpes – mis en conserve à l'automne – et de tranches de lard. Raymonde apporta une marmite garnie des pommes de terre sautées et des châtaignes.

— Mange donc, Jeannot ! Tu chipotes ! brailla Léon, déjà ivre.

— Je vais éclater ! répliqua-t-il. Dame ! En prison, j'avais droit à un brouet de chou. C'est trop, tout ça !

Claire baissa la tête. Elle prit la remarque comme un reproche. Heureusement, les deux petits garçons dévoraient. Ils prenaient les os pour grignoter les derniers lambeaux de viande. Ils eurent bientôt les doigts luisants de graisse et les lèvres dans le même état. Faustine, assise près de son père retrouvé, bâillait souvent.

— La petite a sommeil ! remarqua Raymonde.

— J'ai un cadeau pour elle, mais je ne savais pas quand le lui donner, murmura Jean.

Pourquoi pas maintenant ! dit Claire. C'est qu'elle se couche tôt…

Pour la première fois depuis qu'il était arrivé, elle soutint le regard bleu de son ancien amant. Ce fut une épreuve douce-amère. Elle le trouvait plus beau que jadis. Il s'était rasé et ressemblait davantage au jeune homme de la Grotte aux fées. Pendant le procès, barbu et moustachu, il lui avait paru différent, presque un étranger. Jean, lui, se perdit dans les yeux sombres et brillants de Claire. Elle aussi avait repris des allures, des expressions du temps passé. Entre eux un courant invisible passait, comme dans la salle du palais de justice. Bouleversée, elle se leva.

— Où est le paquet ? demanda-t-elle. Je te le passe, Jean ; tu le lui offriras.

— Au pied du portemanteau, là… répondit-il, désemparé.

Devant Matthieu et Nicolas pétris d'envie, Faustine déballa son cadeau. Elle poussa un grand cri émerveillé en découvrant la belle poupée dont les mains et le visage étaient en porcelaine. Les toilettes épinglées sur un carton rose la ravirent aussi.

— Fais une bise à ton papa ! lui dit Basile. C'est un bon papa que tu as, coquine.

La fillette embrassa Jean et se blottit sur ses genoux, où elle s'endormit presque aussitôt, son cadeau serré contre sa poitrine.

— Raymonde ! Accompagne Jean à l'étage. Il faudra enlever sa robe à Faustine. Ce n'est pas bien grave si elle dort en chemisette. Le poêle chauffe fort.

Claire mettait toujours la petite au lit, mais ce soir, elle ne se voyait pas montant avec Jean. La servante s'empressa. Colin profita de l'absence de leur invité.

— Alors, est-ce qu'il t'a pardonné ? Je l'ai bien attendri, avec ce petit vin des Charentes.

— Papa ! Tu m'agaces ! Je ne peux pas savoir ce qu'il pense, car nous n'avons pas été seuls une seconde. Léon, il faudrait aussi installer le lit pliant dans la chambre de Basile.

— Oui, mam'selle, j'irai après le café.

— Faustine a pas eu de gâteau ! remarqua Matthieu.

— Je lui garderai sa part ! Ne t'inquiète pas.

Etiennette décréta alors tout haut que les garçons pourraient recevoir leurs cadeaux le soir même, comme Faustine. Colin refusa.

— Non, ils seraient trop agités ensuite. Ils se lèveront plus tôt pour regarder dans leurs chaussures.

Raymonde redescendit la première. Elle desservit la table des plats et des bouteilles vides.

— Monsieur Jean reste un peu avec Faustine. Elle s'était réveillée et rouspétait.

— Ne dis pas monsieur Jean ! intervint Léon. C'est un camarade, un ami, quoi…

— Moi, je ne le connais pas, et puis il a l'air d'un monsieur ! coupa la jeune servante.

Claire alla chercher le dessert. C'était un énorme gâteau de Savoie, dont la pâte était parfumée à l'eau de fleur d'oranger. La jeune femme l'avait découpé en trois couches égales. Sur chaque tranche, elle avait étalé de la confiture de fraises. L'ensemble était nappé de crème fraîche et décoré de perles en sucre rose.

Matthieu et Nicolas trépignèrent. Jean revenait. Il reprit sa place. Quand il ne resta que deux parts de gâteau, Colin se leva avec solennité. Il rapporta du cellier une bouteille de champagne et une enveloppe.

— C'est Noël ! commença-t-il. Ma petite épouse a eu son cadeau, un collier, mais étant père de famille, je tenais aussi à offrir quelque chose à Claire. Tiens, ma chérie !

La jeune femme décacheta la lettre, intriguée. Il y avait à l'intérieur un acte signé par un notaire. Le papetier expliqua, content de lui :

— Je donne de mon vivant à ma fille la maison que je vous louais, Basile… Ce sera son bien propre. Comme ça, Clairette, tu peux résilier le bail du locataire et y installer qui tu veux ! Quelqu'un qui aurait besoin de se loger dans la région, peut-être…

Il y eut un silence, suivi de murmures approbateurs. La perche était si grosse que Claire devint toute rouge d'embarras. Jean s'en aperçut. Lui aussi avait compris ce que Colin Roy envisageait. On l'invitait à demeurer près du moulin. Il préféra faire l'ignorant :

— Et qui habite la maison ? demanda-t-il.

— Un fanatique de vieux os ! répliqua Basile, ironique. Un type savant, qui fouille les grottes de la vallée.

— Oui, c'est Victor ! s'exclama Matthieu. Et même qu'il veut se marier avec Claire. Il lui disait, l'autre jour, quand on a coupé du houx...

Colin servait du champagne ; il suspendit son geste. Le silence se fit à nouveau, plus pesant. Raymonde tenta de sauver la situation.

— Oh ! mais qui donc ne voudrait pas épouser madame ! Ce Victor est trop vieux, et ce n'est pas un bel homme.

Jean avait tressailli. Il s'en voulut d'être contrarié. Il réussit à afficher un air indifférent. C'était plus cruel. Il leva même son verre :

— Dans ce cas, buvons aux futurs mariés ! Je te souhaite beaucoup de bonheur, Claire ! Ce n'est pas bien de rester veuve, ni veuf. Je pense qu'un jour, je me remarierai avec une femme aussi loyale que Germaine, qui sera une bonne mère pour ma fille.

Léon toussa. Etiennette épiait la réaction de Claire. Elle fut déçue. La jeune femme avait pâli, mais elle résistait à l'attaque perfide de Jean. Cependant l'ambiance était gâchée. On envoya Matthieu au lit. Basile préféra se retirer aussi, fatigué par le repas trop copieux.

— Je monte t'aider ! se proposa Jean. Tu ne tiens plus sur tes jambes.

Colin attira sa fille contre lui. Il la câlina, gêné.

— J'ai mis les pieds dans le plat, s'excusa-t-il. Tu m'en veux ?

— Non, papa, tu es le meilleur des pères. Vous avez tous essayé de me soutenir, mais cela ne sert à rien. Jean ne m'aime plus. Et il a perdu son épouse, penses-y un peu.

Le papetier lui souhaita bonne nuit. Etiennette et lui devaient traverser la cour. Ils emmitouflèrent Nicolas à moitié endormi, puis se couvrirent chaudement à leur tour.

Dehors, il neigeait toujours. La bise sifflait. Sauvageon sortit se dégourdir les pattes. Il s'enfonça jusqu'au poitrail dans l'épaisse couche de neige fraîche.

— Quel froid ! s'écria Claire. Dépêchez-vous ! J'espère que votre poêle n'est pas éteint.

Léon revenait de la grange, un lit de camp en fer sur le dos.

Il le posa près de l'horloge. Raymonde débarrassait la table en bâillant autant que la petite Faustine une heure plus tôt.

— Laisse ça, dit Claire. Nous rangerons demain. Allons nous coucher, je suis épuisée.

Jean réapparut. Voyant Léon rapporter un matelas, il courut l'aider.

— Ce serait plus simple de déplier le lit ici. En montant tout ce fourbi à l'étage, on risque de réveiller les enfants ! lui dit-il. Basile ronfle déjà.

Claire les salua. Elle prit une lampe à pétrole et courut presque dans sa chambre. La pénombre l'apaisa.

Qu'il est froid, arrogant ! Je l'ai perdu...

Elle tentait de se convaincre.

Elle entendit Raymonde sur le palier, qui devait prendre des draps et une couverture dans les placards. Enfin, la servante la rejoignit.

— Vous n'êtes pas couchée, madame ? s'étonna celle-ci en trouvant Claire debout près de la petite cheminée en marbre.

— Non ! Et Léon ?

— Que si, il a filé dans sa soupente. Il va geler, mon promis. Bah, je le réchaufferai demain matin.

— Tu as de la chance. Vous vous aimez, cela paraît si simple. Raymonde, je voudrais parler à Jean. Seule. Dors bien. Je ne serai pas longue.

— Oui, madame. Bonne chance !

Claire haussa les épaules. Qu'imaginait la jeune fille... Il lui fallut faire appel à tout son courage pour redescendre. Elle tâtonna le mur pour trouver la rampe. La grande pièce était plongée dans l'obscurité, mais quelques flammèches vivotaient dans l'âtre et la lucarne de la cuisinière rougeoyait. Elle se dirigea vers le lit au son du tic-tac de l'horloge.

— Jean ? appela-t-elle très bas.

Il s'assit un instant, émergeant de la literie. Elle devinait son torse, moulé dans un gilet de corps blanc.

— Qu'est-ce que tu veux ? J'ai trop bu, j'ai sommeil !

Elle s'assit au bout du lit. Il s'allongea, un bras sur le visage.

— Jean, c'est au sujet de ta fille. Faustine est si petite, elle a besoin d'une vie régulière. Je comprends ton désir de l'emmener dès demain, mais il neige encore, les chemins seront mauvais. Tu n'as ni logement ni travail. Alors j'ai pensé que je pourrais la garder le temps que tu sois installé, que tu aies un premier salaire… Et même, comment feras-tu si tu dois t'absenter toute la journée pour travailler ? Qui prendra soin d'elle ? Si encore elle avait l'âge d'aller à l'école ! Je sais que tu me détestes, que tu me méprises, mais Faustine m'aime bien. Chez nous, elle est en sécurité, et Matthieu joue avec elle. Tu lui rendras visite souvent et…

Il s'était redressé et la fit taire d'un geste menaçant.

— Et comme ça, tu me verras, tu me tiendras à ta merci ! Ecoute bien : Faustine est ma fille, pas la tienne. Sais-tu que Germaine attendait un bébé pour Noël ? J'étais en train de me dire ça ! Mon pauvre Jean, à l'heure qu'il est, tu aurais peut-être vu naître ton fils ! Tu les as tués, Claire ! La terre entière te juge innocente ; pas moi ! Demain, j'emmène Faustine. Je me débrouillerai. Il y a des nourrices. J'économiserai et elle ne manquera de rien…

Elle étouffa un sanglot de désespoir.

— Jean, je te demande pardon, je ne voulais pas ça. Je te savais heureux là-bas, je donnerais ma vie pour que tu retrouves ta femme ! Seulement, c'est impossible, n'est-ce pas ?

— Bah, ça dépend ! dit-il. Si je te tuais, ça me soulagerait !

Jean la saisit par le cou, mais il ne serra pas. Ses doigts perçurent le battement de son sang et éprouvèrent la douceur de sa peau. Comme un aveugle, il toucha son visage, ses lèvres. Pétrifiée, Claire osait à peine respirer. Soudain, il l'attira à lui. Le vin l'avait échauffé ; il avait envie d'une femme, de n'importe quelle femme. Celle-ci, il n'avait pas pu oublier combien elle était docile, ardente, faite d'une chair souple et ferme. En prison, il rêvait de la sentir sous lui, nue et offerte. Avec une brutalite qu'il ne contrôlait pas, Jean ouvrit le corsage, déchirant le tissu. Le savant assemblage d'agrafes et de crochets céda.

— Non, supplia Claire. Je t'en prie, ne me fais pas mal !

— Imbécile ! dit-il à son oreille. J'ai le droit de prendre mon plaisir. C'est ce que tu venais chercher, va…

Il l'enlaça, l'empêchant de parler d'un baiser goulu. D'une main, il lui caressait les seins, si fort qu'elle en souffrait. Sa pudeur se rebiffait. De Jean, la jeune femme n'avait reçu qu'un amour tendre, délicat. Jamais il n'avait eu ce comportement de brute avinée. Elle parvint à se dégager un peu.

— Tu auras honte après ! Arrête ! Jean !

Le désir le dominait. Il se moquait des protestations de la jeune femme. La plaquant en travers du lit étroit, il retroussa sa jupe et écarta le jupon. Claire portait une culotte longue en dentelle ; il la déchira aussi, dans sa hâte de l'atteindre au plus intime de son corps de femme. Elle renonça à se débattre, envahie d'un trouble insidieux. C'était Jean, et il la voulait. Jean, celui qu'elle aimait tant, qu'elle avait cru mort des années. Il sentit son abandon, son consentement. Dès qu'elle accepta ses exigences, un plaisir fulgurant se répandit dans chaque fibre de son être. Elle ne fut plus qu'attente impatiente. Il la pénétra très vite, et c'était si bon que la jouissance le terrassa immédiatement.

Haletante, Claire étreignit Jean. Elle chercha sa bouche dans un besoin irréfléchi de tendresse. Il recula.

— Eh bien, la fête est complète maintenant ! persifla-t-il. Un bon repas, du champagne et une putain de luxe !

La jeune femme le repoussa violemment, puis se mit à le frapper de gifles et de coups de poing.

— Tu n'as pas le droit ! lui reprocha-t-elle. Tu te prends pour qui, à la fin, un homme irréprochable, un justicier ?

Elle frappait toujours, mais sans force. Enfin, elle pleura. Jean, accoutumé à l'obscurité, distingua le galbe de ses seins et la ligne de ses cuisses. Il la désirait de nouveau.

— Viens, dit-il, hagard, viens dans le lit. Toute nue, comme avant... Allez, viens, excuse-moi.

Claire ôta ses vêtements et se faufila contre lui, entre les draps. Ils ne pouvaient pas loger dans la couche étroite sans se serrer. Jean s'allongea sur elle, embrassa son cou, ses joues. Puis il descendit un peu, frotta son visage contre sa poitrine brûlante. Cette fois, il fut doux et attentif. Elle retrouva, intactes, les sensations parfaites dont le souvenir hantait ses nuits solitaires. Ivre de joie, elle lui rendait ses baisers, ses caresses. Des mots lui venaient, contre son gré :

— Maintenant, je peux mourir... Oui, je voudrais mourir là, tout de suite... Jean, mon Jean... Pardon, je t'aime, je t'aime...

Il ne se lassait pas de la toucher, de se perdre en elle. Enfin, il se retira, rompu de fatigue. S'allongeant près de Claire, le visage sur son épaule, ce fut à son tour de pleurer.

— Tu es triste ? demanda-t-elle, pleine de compassion.

— J'ai trahi la mémoire de Germaine, j'ai trahi son pauvre amour naïf, confiant. Elle est sous terre, toute seule, et moi je mange et je bois. Ça ne date pas de cette nuit, vois-tu ! Je l'ai épousée un an après avoir reçu la lettre de ta cousine… Il y avait du dépit dans ma décision, l'envie de me venger. Je profitais d'elle, et toi, tu étais toujours là, dans mon ventre, dans mon cœur. J'en ai fait, des efforts, pour te rayer de ma vie, mais je n'ai pas pu ! Alors, tu comprends, Claire, je dois partir demain. Il me faut du temps, oui, du temps.

— Prends le temps que tu veux ! Je t'attendrai si tu veux bien de moi.

— Ah ! Je la connais, ta chanson ! persifla-t-il, soudain repris par la colère. Tu as épousé Frédéric aussitôt que tu m'as cru mort. Là, tu as déjà trouvé un autre mari, le type qui cherche des ossements. Victor, c'est ça. Je te parie que si je tourne les talons et que je reviens, tu seras dans son lit.

Claire se souleva un peu, se penchant sur le visage de Jean. Elle murmura, violemment émue :

— Tu ne penses pas ce que tu dis ! Frédéric, je n'ai pas pu lui échapper, mais c'était parce que je te pensais mort. Jean, si tu savais combien j'ai souffert de te perdre. Sans Matthieu, je me serais tuée. Le lendemain de mes noces, j'ai failli me pendre à la branche d'un chêne. Il aurait mieux valu, peut-être, car tu aurais vécu en paix, avec ta femme et tes enfants.

Elle haleta, luttant pour ne pas sangloter. Il ne répondit rien.

— Mon Jean, tu es vivant ! Et je t'aime comme avant, plus fort encore. Je ne pourrai plus laisser un autre homme me toucher maintenant. Il n'y a que toi, toi seul pour moi !

La jeune femme posa ses lèvres sur la bouche si proche de la sienne. Elle le provoqua, se plaquant tout entière contre son corps. Jean lui caressait le dos et les fesses, avec la sensation grisante de perdre conscience, d'oublier tout ce qui n'était pas Claire.

— Alors, bien vrai, tu m'aimes toujours ? demanda-t-il.

Mais tu m'empêcheras pas de partir demain… Oui, demain, il me faut du temps…

La voix de Jean faiblissait. La jeune femme lui caressait le front et lissait ses cheveux. Elle entendit sa respiration devenir régulière. Il s'était endormi. Doucement elle l'embrassa. Une paix profonde descendit sur elle, un bonheur timide, mais que plus rien ne pourrait détruire. Jean n'avait jamais cessé de l'aimer.

Claire regagna sa chambre juste avant l'aube. Avant de monter, elle garnit la cuisinière, puis déposa deux paquets enrubannés dans les chaussures de ses frères. Elle ajouta une orange à chacun. Un troisième fruit se nicha dans une paire de minuscules chaussons en laine rose qu'elle avait tricotés pour Faustine.

Elle avait aussi recouvert Jean jusqu'au menton, comme si c'était un enfant à protéger. Son lit lui parut immense ; la jeune femme s'y glissa en soupirant d'aise.

Deux heures plus tard, Matthieu la secoua avec énergie, ses cheveux châtains ébouriffés, les yeux pétillants d'impatience.

— Claire, les cadeaux !

Faustine se réveilla, toute rose et placide et Raymonde ouvrit l'œil. On frappa à leur porte. La grosse voix de Basile retentit :

— Debout là-dedans, il faut descendre voir dans vos godillots !

Le mot plut à Matthieu, qui se tordit de rire. Il s'habilla en chantonnant « godillot, godillot ».

— Madame ! appela la servante. Madame, est-ce que j'ouvre les volets ?

— Oui, bien sûr ! gémit Claire, somnolente.

Un soleil rouge, telle une boule d'or en fusion, se levait au fond de la vallée. Ses rayons enflammaient le vaste paysage blanc, dont le moindre détail – herbes sèches, arbrisseaux, roseaux, halliers – scintillait, nappé de givre. Le ciel était dégagé. Ce serait une magnifique journée, lumière vive sur des champs de neige.

Matthieu prit Faustine à son cou et l'approcha de la fenêtre ouverte.

— Regarde comme c'est beau...

La fillette arrondit la bouche et frappa des mains. En chemise de nuit, Claire les rejoignit. Elle murmura, émerveillée :

— Il ne peut rien arriver de triste après une si belle aurore !

Moins portée à la contemplation, Raymonde ranimait le poêle.

— Madame, vous vous souvenez qu'à midi, je déjeune chez mes parents avec Léon ?

— Mais oui, et je te prête ma robe bleue.

Elle regarda la servante en souriant. Raymonde eut l'impression que la splendide clarté du dehors s'était attardée sur le visage de sa maîtresse.

— Je descends faire chauffer de l'eau, madame... dit-elle. Il faudra deux cafetières au moins ce matin !

Claire la remercia. Sans hâte, elle passa derrière le paravent qui isolait le coin réservé à la toilette. Elle nettoya le visage et les mains de Faustine et lui remit sa robe rouge. Puis elle l'envoya près de Matthieu, de plus en plus agité à l'idée des paquets à ouvrir. Il lui fallait une tenue moins sévère que la veille, et elle choisit une de ses anciennes robes d'hiver en chaude cotonnade beige. D'un air de défi, elle brossa ses longs cheveux bruns, les laissant libres, croulant jusqu'en bas du dos.

— Je suis prête ! annonça-t-elle aux enfants.

En trois mois, la jeune femme avait confectionné des vêtements pour Faustine et tricoté bonnet et écharpe. Mais elle rejeta l'idée de préparer un bagage pour la petite.

Tout à l'heure, plus tard, se dit-elle. Ils ne partiront pas si vite...

Très émue à la pensée de revoir Jean, elle s'engagea dans l'escalier, tenant la fillette par la main. La famille était déjà attablée. Nicolas boudait, les bras croisés sur la poitrine. Il avait voulu déballer ses cadeaux avant Matthieu, mais Colin l'avait grondé.

Il oublia sa colère dès qu'il découvrit une boîte contenant les soldats de plomb dont il rêvait. Il y avait même deux chevaux et leurs cavaliers. Matthieu resta muet de joie en sortant d'un carton une locomotive en fer munie de petites roues. Les livres offerts par Bertille leur semblèrent moins extraordinaires, mais Claire les admira longuement. Jean l'évitait. Il montra à sa fille les chaussons et l'orange.

La petite tourna entre ses doigts menus le fruit inconnu.

– C'est mon cadeau, grogna Basile. Une orange chacun. J'ai demandé à monsieur l'avocat de me les rapporter d'Angoulême.

Jean sourit. Il devait s'arracher à cette maison, à ces gens qui l'avaient accueilli. Faustine ne parlait guère, mais elle comprenait presque tout ce qu'on lui disait. Quand son père lui expliqua qu'ils allaient partir tous les deux, elle se figea. Elle allait se mettre à pleurer.

— Papa est venu te chercher, ma mignonne ! Il ne veut pas te quitter, plus jamais.

Matthieu éclata en larmes. Il courut se réfugier dans les jupes de Claire.

— J'veux pas qu'elle s'en aille, Faustine ! D'abord, y a trop de neige...

Devant le chagrin du garçon, la fillette eut une moue pitoyable. Si petite, elle se retenait de pleurer aussi. Mais tout son corps menu et ses joues tremblaient.

— Non, veux Ma... tt... ! Maman ! murmura-t-elle.

Faustine montrait Claire du doigt. Jean crispa les mâchoires. Personne n'osait intervenir.

— Rien ne te presse, Jean ! déclara enfin Basile. Je ne te reverrai pas vivant, fiston, si tu t'en vas !

— Attendez demain, il n'y a même pas de patache pour la ville le jour de Noël, avança prudemment Colin.

Jean s'accroupit devant sa fille et la regarda longtemps. Il effleura ses boucles et chatouilla son nez. Soudain, il la serra sur son cœur.

— C'est bien parce que je t'aime fort, mon trésor, que je te laisse... Garde-la, Claire. Tu avais raison : je lui mènerais une drôle de vie avant de trouver du travail et un logement ! J'enverrai de l'argent pour sa pension.

Il embrassa encore Faustine, puis la poussa vers Matthieu.

— Amusez-vous, c'est de votre âge ! Je n'ai pas eu cette chance, moi.

Ensuite, il mit sa veste, donna l'accolade à Léon et échangea une poignée de main avec Colin, Etiennette et Raymonde. Basile se leva et lui tendit les bras. Jean l'étreignit un instant. Devant Claire, il hésita. Elle le fixait de ses larges yeux noirs. Il recula prudemment.

— Eh bien, au revoir ! Je te confie la petite.. Je reviendrai la chercher dès que je pourrai.

Il fit un pas de côté. Sauvageon lui barra le passage.

— Toi, le loup, garde bien ma fille ! souffla-t-il en caressant l'animal.

Dans le plus parfait silence, Jean marcha jusqu'à la porte. Il l'ouvrit et la claqua derrière lui. Tous le virent passer devant la fenêtre, sous le porche. Il s'éloignait déjà sur le chemin des falaises. Son départ avait eu lieu si rapidement que personne ne songeait à réagir.

Enfin Claire eut un sursaut. Elle se précipita, sans manteau ni châle, et se rua à l'extérieur. La silhouette de Jean s'amenuisait déjà. La jeune femme l'observa un moment, décidée à se contenter de cette image comme viatique durant des mois, puis elle se mit à courir. L'épaisse couche de neige, durcie par le gel, la ralentissait. Eblouie par le soleil dont l'éclat irradiait le paysage, elle trébuchait et se redressait à nouveau. Il fallait le rejoindre. Il ne pouvait pas s'en aller comme ça. Plus elle courait, plus il pressait le pas. Est-ce qu'il l'entendait ? A bout de souffle, Claire hurla :

— Jean ! Jean ! Je t'en prie !

Il s'arrêta sans se retourner. Elle le rattrapa enfin. Timide, un peu craintive, elle appuya son front contre son dos et passa ses bras autour de sa taille.

— Jean, je voulais te dire merci... pour Faustine ! Jean, écris-lui souvent, je lui lirai tes lettres. Ce n'est pas sa faute. Elle a eu peur. Elle est si petite ! Je lui parlerai de toi et elle ne t'oubliera pas.

Elle le gardait tout contre elle. Il n'avait passé que quelques heures au moulin, mais elle avait eu l'impression qu'il était là depuis toujours, qu'il ne pouvait pas repartir.

— Claire, s'écria-t-il, j'ai juré de ne pas faire souffrir ma fille, jamais. En prison, j'ai pensé à ça. Je tiendrai parole, même si ça me brise le cœur. Et Basile m'a raconté une drôle de chose, hier, dans la chambre. Sur son lit d'agonie, Germaine, elle lui a dit qu'il fallait te confier Faustine, parce que je t'aimais encore, et que tu serais une bonne mère pour notre fille… Elle a dit aussi que si je t'aimais autant, c'est que tu devais être une bonne personne. J'ai pas voulu en parler, cette nuit, mais ce matin, en me réveillant, j'y ai réfléchi. Va, ne pleure pas.

Jean se retourna. Le visage de Claire était tout proche du sien, nimbé de lumière. Il déposa un baiser sur ses lèvres.

— Rentre vite au chaud…

Il reprit sa route, traçant une piste profonde dans la neige. Claire ne bougea pas. Elle pensait qu'il aurait les pieds trempés, le pantalon aussi. Elle s'inquiéta de l'endroit où il dormirait, de ce qu'il mangerait le soir. Puis il disparut.

— Je t'attendrai, mon amour, chuchota-t-elle. Je t'attendrai toute ma vie s'il le faut.

Les cloches du village se mirent à sonner. Claire leva la tête vers le ciel. L'espoir emplissait son cœur.

Remerciements

Pour donner naissance à un livre, où l'histoire se mêle au parfum d'un terroir, de longues recherches et entretiens sont indispensables. Je tiens donc à remercier toutes les personnes qui m'ont aidée et qui ne désirent pas être citées. N'est-ce pas, Marie ! Un chaleureux merci à monsieur Jacques Bréjoux qui m'avait parlé il y a déjà quelques années, avec beaucoup de gentillesse, de l'histoire du Moulin du verger où il perpétue la fabrication artisanale du papier.

Note de l'auteur

Après la Corrèze, le Limousin, le fleuve Charente et les rivages atlantiques, j'ai tenu à mettre à l'honneur un site admirable du patrimoine charentais, la vallée des Eaux-Claires, où nombre de mes concitoyens se promènent bien souvent, pour profiter de la beauté du paysage, ou se livrer à des séances d'escalade. Depuis mon enfance, j'appréciais ce cadre bucolique, empreint d'une touche de mystère, chargé d'histoire également, des grottes ayant livré aux archéologues de la région de formidables découvertes. Qui dit grotte dit aussi légendes, superstitions… et passage secret oublié, comme ce souterrain dont on m'a parlé tout bas…

Il est des lieux qui donnent l'inspiration. Ainsi, en contemplant les bâtiments du Moulin du verger, édifié au XVIe *siècle, toujours en activité, devenu une papeterie artisanale, j'ai souhaité retracer le destin d'une famille dont la vie se déroulerait là, au pied des falaises, au bord de la rivière. Selon une habitude qui m'est chère, j'ai fait moisson de témoignages, de récits, afin d'apporter au roman le soutien de faits authentiques. Claire Roy, jeune fille rebelle et rêveuse, en est l'héroïne, entourée d'une galerie de personnages que j'espère attachants, dont certains ont réellement foulé la terre fertile de la vallée.*

J'ajouterai que le Moulin du verger, malgré quelques déboires au début du XXe *siècle, peut s'enorgueillir d'un passé glorieux, les papiers produits entre ses solides murs étant jadis les plus réputés, appréciés des rois, des marchands anglais et hollandais, objets d'un commerce fructueux.*

Le roman achevé, j'ai d'ailleurs eu une heureuse surprise. Des Québécois, dans les années 1960, en visite aux Eaux-Claires, assurèrent qu'il existait chez eux la réplique du Moulin du verger, dont j'avais fait « mon Moulin du Loup ».

Tant de Français ont quitté leur terre natale pour s'établir de l'autre côté de l'Atlantique que ce n'était guère surprenant, en fait. Pour ne pas oublier son terroir, les souvenirs du pays que l'on abandonne, sans doute est-ce apaisant de construire une maison, un château ou un moulin selon un modèle familier.

En conclusion, l'anecdote que je dois à mon éditeur, monsieur Jean-Claude Larouche, m'a vraiment charmée, et je tenais à la confier à mes futurs lecteurs, québécois et français.

Marie-Bernadette Dupuy

PRODUCTION JEANNINE BALLAND
Romans « Terres de France »

Jean Anglade
Un parrain de cendre
Le Jardin de Mercure
Y a pas d'bon Dieu
La Soupe à la fourchette
Un lit d'aubépine
La Maîtresse au piquet
Le Saintier
Le Grillon vert
La Fille aux orages
Un souper de neige
Les Puysatiers
Dans le secret des roseaux
La Rose et le Lilas
Avec le temps…
L'Ecureuil des vignes
Une étrange entreprise
Le Temps et la Paille
Les Ventres jaunes
Le Semeur d'alphabets
La Bonne Rosée
Sylvie Anne
Mélie de Sept-Vents
Le Secret des chênes
La Couze
Ciel d'orage sur Donzenac
La Maîtresse du corroyeur
Un horloger bien tranquille
Un été à Vignols
La Lavandière de Saint-Léger
Jean-Jacques Antier
Tempête sur Armen
Marie-Paul Armand
Le Vent de la haine
La Courée
tome I *La Courée*
tome II *Louise*
tome III *Benoît*
La Maîtresse d'école
La Cense aux alouettes
L'Enfance perdue
Un bouquet de dentelle
Au bonheur du matin
Le Cri du héron
Le Pain rouge
La Poussière des corons
Victor Bastien
Retour au Letsing
Henriette Bernier
L'Enfant de l'autre
L'Or blanc des pâturages
L'Enfant de la dernière chance
Le Choix de Pauline
La Petite Louison
Françoise Bourdon
La Forge au Loup
La Cour aux paons
Le Bois de lune
Le Maître ardoisier
Les Tisserands de la Licorne
Le Vent de l'aube
Les Chemins de garance
La Figuière en héritage
Patrick Breuzé
Le Silence des glaces
La Grande Avalanche
La Malpeur
Nathalie de Broc
Le Patriarche du Bélon
La Dame des Forges
La Tresse de Jeanne
Annie Bruel
Le Mas des oliviers
Les Géants de pierre
Marie-Marseille
Michel Caffier
Le Hameau des mirabelliers
La Péniche Saint-Nicolas
Les Enfants du Flot
La Berline du roi Stanislas
La Plume d'or du drapier
L'Héritage du mirabellier
Marghareta la huguenote
Jean-Pierre Chabrol
La Banquise
Claire Chazal
L'Institutrice
Didier Cornaille
Les Labours d'hiver
Les Terres abandonnées
Etrangers à la terre
L'Héritage de Ludovic Grollier
L'Alambic
Georges Coulonges
Les Terres gelées
La Fête des écoles
La Madelon de l'an 40

L'Enfant sous les étoiles
Les Flammes de la Liberté
Ma communale avait raison
Les blés deviennent paille
L'Eté du grand bonheur
Des amants de porcelaine
Le Pays des tomates plates
La Terre et le Moulin
Les Sabots de Paris
Les Sabots d'Angèle
La Liberté sur la montagne
Les Boulets rouges de la Commune
Anne Courtillé
Les Dames de Clermont
Florine
Dieu le veult
Les Messieurs de Clermont
L'Arbre des dames
Le Secret du chat-huant
L'Orfèvre de Saint-Séverin
Paul Couturiau
En passant par la Lorraine
Annie Degroote
La Kermesse du diable
Le Cœur en Flandre
L'Oubliée de Salperwick
Les Filles du Houtland
Le Moulin de la Dérobade
Les Silences du maître drapier
Le Colporteur d'étoiles
La Splendeur des Vaneyck
Les Amants de la petite reine
Alain Dubos
Les Seigneurs de la haute lande
La Palombe noire
La Sève et la Cendre
Le Secret du docteur Lescat
Constance et la Ville d'Hiver
Marie-Bernadette Dupuy
L'Orpheline du bois des Loups
Les Enfants du Pas du Loup
La Demoiselle des Bories
Le Chant de l'Océan
Elise Fischer
Trois Reines pour une couronne
Les Alliances de cristal
Mystérieuse Manon
Le Soleil des mineurs
Les cigognes savaient
Confession d'Adrien le colporteur
Laurence Fritsch
La Faïencière de Saint-Jean
Alain Gandy
Adieu capitaine
Un sombre été à Chaluzac
L'Enigme de Ravejouls
Les Frères Delgayroux
Les Corneilles de Toulonjac
L'Affaire Combes
Les Polonaises de Cransac
Le Nœud d'anguilles
L'Agence Combes et Cie
Suicide sans préméditation
Fatale Randonnée
Une famille assassinée
Le piège se referme
Gérard Georges
La Promesse d'un jour d'été
Les Bœufs de la Saint-Jean
L'Ecole en héritage
Le Piocheur des terres gelées
Les Amants du chanvre
La Demoiselle aux fleurs sauvages
Denis Humbert
La Malvialle
Un si joli village
La Rouvraie
L'Arbre à poules
Les Demi-Frères
La Dernière Vague
Yves Jacob
Marie sans terre
Les Anges maudits de Tourlaville
Les blés seront coupés
Une mère en partage
Un homme bien tranquille
Hervé Jaouen
Que ma terre demeure
Au-dessous du calvaire
Les Ciels de la baie d'Audierne
Les Filles de Roz-Kelenn
Michel Jeury
Au cabaret des oiseaux
Marie Kuhlmann
Le Puits Amélie
Guillemette de La Borie
Les Dames de Tarnhac
Le Marchand de Bergerac
Jean-Pierre Leclerc
Les Années de pierre
La Rouge Batelière
L'Eau et les Jours
Les Sentinelles du printemps
Un amour naguère
Julien ou l'Impossible Rêve
A l'heure de la première étoile
Hélène Legrais
Le Destin des jumeaux Fabrègues

La Transbordeuse d'oranges
Les Herbes de la Saint-Jean
Les Enfants d'Elisabeth
Louis-Jacques Liandier
Les Gens de Bois-sur-Lyre
Les Racines de l'espérance
Jean-Paul Malaval
Le Domaine de Rocheveyre
Les Vignerons de Chantegrêle
Jours de colère à Malpertuis
Quai des Chartrons
Les Compagnons de Maletaverne
Le Carnaval des loups
Les Césarines
Grand-mère Antonia
Une maison dans les arbres
Une reine de trop
Une famille française
Le Crépuscule des patriarches
La Rosée blanche
Dominique Marny
A l'ombre des amandiers
La Rose des Vents
Et tout me parle de vous
Jouez cœur et gagnez
Pascal Martin
Le Trésor du Magounia
Le Bonsaï de Brocéliande
Les Fantômes du mur païen
La Malédiction de Tévennec
L'Archange du Médoc
Louis Muron
Le Chant des canuts
Henry Noullet
La Falourde
La Destalounade
Bonencontre
Le Destin de Bérengère Fayol
Le Mensonge d'Adeline
L'Evadé de Salvetat
Les Sortilèges d'Agnès d'Ayrac
Le Dernier Train de Salignac
Michel Peyramaure
Un château rose en Corrèze
Les Grandes Falaises
Frédéric Pons
Les Troupeaux du diable
Les Soleils de l'Adour
Passeurs de nuit
Jean Siccardi
Le Bois des Malines
Les Roses rouges de décembre
Le Bâtisseur de chapelles
Le Moulin de Siagne
Un parfum de rose
La Symphonie des loups
La Cour de récré
Les Hauts de Cabrières
Bernard Simonay
La Fille de la pierre
La Louve de Cornouaille
Jean-Michel Thibaux
La Bastide blanche
La Fille de la garrigue
La Colère du mistral
L'Homme qui habillait les mariées
La Gasparine
L'Or des collines
Le Chanteur de sérénades
La Pénitente
L'Enfant du mistral
Jean-Max Tixier
Le Crime des Hautes Terres
La Fiancée du santonnier
Le Maître des roseaux
Marion des salins
Le Mas des terres rouges
L'Aîné des Gallian
L'Ombre de la Sainte-Victoire
Brigitte Varel
Un village pourtant si tranquille
Les Yeux de Manon
Emma
L'Enfant traqué
Le Chemin de Jean
L'Enfant du Trièves
Le Déshonneur d'un père
Blessure d'enfance
Mémoire enfouie
Louis-Olivier Vitté
La Rivière engloutie
L'Enfant des terres sauvages
Colette Vlérick
La Fille du goémonier
Le Brodeur de Pont-l'Abbé
La Marée du soir
Le Blé noir

Récit « Terres de France »

Albine Novarino
George Sand ou l'Amour du Berry

Biographie

Michel Caffier
Le Découvreur du Mississippi

Collection « Sud Lointain »

Sylvie Anne
L'Appel de la pampa
Jean-Jacques Antier
Marie-Galante, La Liberté ou la Mort
La Dame du Grand-Mât
Le Sixième Condamné de l'Espérance
Erwan Bergot
Les Marches vers la gloire
Sud lointain
tome I *Le Courrier de Saïgon*
tome II *La Rivière des parfums*
tome III *Le Maître de Bao-Tan*
Rendez-vous à Vera-Cruz
Mourir au Laos
Jean Bertolino
Chaman
Fura-Tena
Anne Courtillé
Le Mosaïste de Constantinople
Paul Couturiau
Le Paravent de soie rouge
Le Paravent déchiré
L'Inconnue de Saigon
Les Amants du fleuve Rouge
Le Pianiste de La Nouvelle-Orléans
Les Brumes de San Francisco
Paradis perdu
Annie Degroote
L'Etrangère de Saint-Pétersbourg
Alain Dubos
Acadie, terre promise
Retour en Acadie
La Plantation de Bois-Joli
La Baie des maudits
Elise Fischer
L'Enfant perdu des Philippines
Hubert Huertas
L'Orque de Magellan
Hervé Jaouen
L'Adieu au Connemara
Le Testament des McGovern
Diane Lacombe
L'Hermine de Mallaig
Eric Le Nabour
Orages sur Calcutta
Les Démons de Shanghai
Les Jardins d'Istanbul
Sonia Marmen
La Vallée des larmes
La Saison des corbeaux
La Terre des conquêtes
La Rivière des promesses
Dominique Marny
Du côté de Pondichéry
Les Nuits du Caire
Cap Malabata
Du côté de Bombay
Juliette Morillot
Les Orchidées rouges de Shanghai
Michel Peyramaure
Le Pays du Bel Espoir
Les Fleuves de Babylone
Les Tambours sauvages
Le Temps des moussons
Les Roses noires de Saint-Domingue
Bernard Simonay
Les Tigres de Tasmanie
La Dame d'Australie
Princesse maorie
Jean-Michel Thibaux
La Fille de Panamá
Tempête sur Panamá
La Pyramide perdue
La Cinquième Courtisane
Colette Vlérick
Le Domaine du belvédère

Romans

Hubert Huertas
Nous jouerons quand même ensemble
La Passagère de la « Struma »
Terminus Pondichéry
Denis Humbert
Un été d'illusions
Gérard A. Jaeger
Pour l'amour de Blanche
Dominique Marny
Mes nuits ne sont pas les vôtres
Michel Peyramaure
Le Roman de Catherine de Médicis
Jean-Michel Thibaux
Le Roman de Cléopâtre

Cet ouvrage a été imprimé en France par

CPI
Bussière

à Saint-Amand-Montrond (Cher)
en avril 2009
pour les Presses de la Cité

Composition et mise en pages : Facompo, Lisieux

N° d'édition : C07598. — N° d'impression : 091298/1.
Dépôt légal : mai 2008.